AU BAL DES ACTIFS
DEMAIN LE TRAVAIL

Stéphane Beauverger, Karim Berrouka,
Sabrina Calvo, Alain Damasio,
Emmanuel Delporte, Catherine Dufour,
Léo Henry, L.L. Kloetzer, Li-Cam, luvan,
Norbert Merjagnan, Ketty Steward

Un recueil réalisé par Stuart Calvo

LA VOLTE

::
Conception graphique : Stéphanie Aparicio
::
Cet ouvrage a été composé avec les caractères « LaVolte » (pour l'intérieur),
polices exclusives dessinées par Laure Afchain.
© Tous droits réservés.
::
La police « Space Age » utilisée pour le titre de la nouvelle « coÈve 2051 », a été dessinée
par Justin Callaghan.
Nous remercions Pierre Voisin, Daily Minimal (dailyminimal.com), pour son illustration
dans cette même nouvelle.
::
© Éditions la Volte — 2017
Dépôt légal février 2017
i.s.b.n : 9782370490346
Numéro 4-53
::

www.lavolte.net/

SOMMAIRE

Pâles mâles
Catherine Dufour

And behold a pale horse: and his name that sat on him was Death.

« J'ai tout compris, soupira Evette en tapotant sur son écran. Je suis une déesse de la poisse. La poisse m'aime, tu vois ? Elle m'adore. Elle me trace, elle me comble, elle me couve.

— Hm, compatit Adzo. Allongé à côté d'Evette sur le futon fatigué, il tapotait aussi.

— Déjà, je décroche mon bac + 6 en intermédiation grand-européenne la *veille* du démembrement de la Grande Europe, c'est quand même une preuve solide, non ?

— ... court en bouche mais solidement charpenté, marmonna Adzo.

— Depuis, comme 360 millions de couillons d'ex-grands-européens, je *seekfind* – je trime chaque jour comme une réfugiée climatique tout en cherchant un autre travail pour le lendemain. Et tu sais comment l'Académie française veut nous appeler ?

— Ça existe encore, ce truc-là ?

— Des postuvailleurs. Qui postuvaillent. Elle vient d'inventer le verbe *postuvailler* pour remplacer *seekfinder*, l'Académie française. Postuvailler ! [néol.] Mot-valise signifiant le fait de postuler en travaillant.

— ... une belle robe framboisée et un nez très tanin...

— Tu fais quoi ?

— Je farcis le site wines.biz d'avis dithyrambiques sur le nouveau beaujolais nouveau, cette pisse d'âne. Dix euros les trente. Et toi ?

— Des captchas pour Europeana. Vingt euros les cinq cents signes parce que c'est du cyrillique d'avant 1917. Je savais que le russe me servirait un jour. Non mais postuvailler, quoi ? Pourquoi pas travailluler ? Je parie qu'ils ont hésité entre les deux, les vieux bulots. Tu les imagines, tout verts sous leur coupole, des gus qui n'ont pas cherché de travail depuis soixante ans ? Je postuvaille, tu postuvailles, et que vouliez-vous que je fisse ? Que je chômasse ? Non, que vous postuvaillassiez. Bande de google glass.

— Bonjour, Evette.

— C'est qui, lui ? bâilla Adzo en se massant le poignet.

— Mon correspondant personnel Flexemploi. Entretien hebdomadaire. Je lui ai donné la face et la voix de Knox Jolie-Pitt parce que l'option était gratuite.

— Souhaitez-vous identifier vos atouts, organiser votre recherche, préparer votre entretien, faire émerger votre...

— Rechercher.

— Vous avez sélectionné « rechercher un emploi ». Merci de valider vos mots-clefs. Info du jour ! Vous rêvez d'un CDD ? Pensez à la rudologie !

— *I have a dream* : gérer les ordures », ricana Adzo.

Du bout du doigt, Evette commença à jeter les offres Flexemploi à la poubelle :

« Génomicienne ? Pas assez qualifiée. Agente commerciale – trop qualifiée. Ergonome – qualification obsolète, comme d'habitude. Mon certificat iso 9241 a deux ans, tu penses. Je vais quand même sélectionner quelque chose pour faire plaisir à Knox. Tiens, là, j'ai un vague « curateur-e d'entreprise. Vous recommanderez à nos équipes un bouquet d'applications et assurerez une veille à leur place afin de faciliter l'évolution de leur personnalité et de leur productivité. » Trop bien payé pour exister, ce poste. La boîte doit vouloir frimer pour rassurer son banquier. Ou faire flipper ses concurrents.

— Tu sais bien que Flexemploi bourre les urnes d'offres en carton pour que le gouvernement puisse gémir qu'il y a cent millions de jobs en attente, traiter les chômeurs de feignasses et refuser de verser les allocs.

— Tu sais bien que j'aime tout chez toi, même ton complotisme et ta petite queue, ricana Evette en envoyant son CV.

— Ce qui compte en temps de crise! brailla Knox avant qu'Evette ne lui coupe le sifflet, c'est la polyvalence de l'experti...»

Evette s'étira :

« J'ai faim!»

Elle roula au bord du futon, ouvrit la fenêtre et cueillit quatre grosses tomates sur le balcon. Elle en profita pour arroser les jardinières. Dans son dos, elle entendait Adzo roucouler des « mais comme je vous comprends » dans son casque. *Compreneur* était un bon seekfind : il suffisait d'écouter un senior perclus de solitude en compatissant de loin en loin, et Adzo avait la voix pour ça – une belle basse moelleuse et somnifère. À un euro la minute, c'était du facilement gagné.

« Alors, murmura Evette en comptant sur ses doigts, deux potimarrons, un kilo de rattes plus les oignons et la menthe, ça fait cent euros faciles d'ici la fin de la semaine. »

Elle arracha quelques mauvaises herbes, les jeta dans le composteur et referma la fenêtre au moment où Adzo raccrochait.

« C'est de plus en plus petit chez toi, râla-t-il en retournant son long corps osseux sur le futon.

— Bah. Qui a besoin de dix mètres carrés là où neuf coûtent moins cher ? »

Evette éplucha les tomates – la peau était si chargée en métaux lourds qu'elle s'enlevait toute seule –, les coupa en dés, battit une vinaigrette et remplit deux bols.

« Le syndic t'a prévenue, cette fois, avant de reculer la cloison ?

— Pas plus que la fois d'avant, et je n'avais de toute façon pas les moyens de m'y opposer. Bon appétit. »

Assis en tailleur face à face, ils mangèrent lentement tout en cliquant sur des bannières publicitaires. Suivant une alerte de *Research gate*, Evette repéra une demande de mini-blogging. Thème : la charnière Trias-Crétacé. Comme elle avait mené une recherche sur le sujet pendant ses études, elle alla la repêcher au fond de son cloud et, la fourchette entre les dents, retoucha le texte en trois clics pour lui donner le format voulu.

« *Send and collect*, zou ! Soixante-douze euros, merci. Ah fuc…

— Hm ? s'inquiéta Adzo en sauçant le fond de son bol avec un morceau de pain.

— Madame Letouit. La vieille du dessus que je masse – massais tous les jours. Certificat de décès. Fuc fuc fuc. Je l'aimais bien, cette dame. Et elle me payait l'essentiel de mon loyer. »

Evette égrena un chapelet de jurons tandis que la perspective de se faire expulser avant trente jours s'élargissait sous ses fesses.

« C'était le seul job où j'avais une visibilité au-delà de vingt-quatre heures. Quand je parlais de poisse… »

Elle s'effondra sur le futon et vint rouler contre Adzo qui reposait son bol vide sur la moquette.

« Une vingt-quatre heures, marmonna-t-elle en se frottant le crâne à deux mains. Je suis devenue une vingt-quatre heures. Vingt-trois années pour en arriver là. »

Elle attendit qu'Adzo la prenne dans ses bras en ronronnant les consolations d'usage et comme rien ne venait, elle sentit le trou s'élargir encore.

« Le défaitisme, ma grande, dit Adzo en replongeant dans wines.biz, c'est un luxe de grands-parents. Nous, on n'a droit qu'à l'humour et à l'alcoolisme.

— Bonne idée. »

Evette tendit le bras au-dessus d'elle, ouvrit le frigo et en sortit une boîte de bière locale. Brassée au coin de la rue, elle avait un goût de goudron et de pigeon mort, mais elle coûtait un seau de terreau les douze. Appuyée sur un coude, Evette but la moitié de la canette, rota dans la manche de son pull et jeta un regard en coin à Adzo. Elle l'aimait bien parce qu'il ne paniquait jamais mais, pour l'heure, son manque de panique trahissait un électrocardiogramme plat. *L'amour aussi est un luxe de vieux, hein?* songea-t-elle. Elle comprit brutalement que ce genre de petit ami – jeune, beau, mâle et pâle – risquait de devenir très vite, pour elle, un autre luxe inabordable. Elle était encore *under-25* et agréablement photoshopée de naissance, mais si Adzo croisait un aussi beau cul que le sien en plus clair, assis dans plus de dix mètres carrés financés à plus de vingt-quatre heures, il ne serait bientôt plus qu'un petit point noir à son horizon.

« En plus d'être un mâle pâle, tu as un nom occidental et pas moi, grommela-t-elle dans la mousse.

— Okay, fit Adzo en relevant enfin le nez de son écran. Qu'est-ce qu'on va pouvoir te trouver, alors, pour remplacer ta vieille rhumatisante ? »

Evette posa sa bière et compta sur ses doigts :

« Pour le moment, je donne déjà mon sang, ma lymphe, ma moelle et mes totipotentes. Plus, je ne peux pas. J'ai aussi ce plan de testeuse d'hôtel. Pas que ça m'amuse, mais quand je dors ailleurs, je peux mettre mon studio sur B&Biz. Cela dit, ça fait un petit temps qu'ils ne m'ont plus contactée, B&Biz.

— Et puis je dors où, moi, pendant ce temps ? » regimba Adzo.

Evette haussa les épaules. *Et s'ils ne t'ont pas recontactée, c'est parce que tu n'as pas donné suite à leur dernière proposition de location parce que tu avais commencé à loger Adzo. En fait, c'est un boulet vingt-quatre carats, ce type.*

« Tu veux une bière goût pigeon ? »

* * *

« Alors, qu'est-ce qui m'a rapporté le plus, ces derniers temps ? » Dans la lumière du petit matin, Evette calcula que l'asmr arrivait en deuxième position après madame Letouit. Elle extirpa de sous le futon une caisse de maquillage, quelques vieux journaux, une boîte de confiseries en sachets individuels et un micro cardioïde. Adzo, après une brève douche, lui enfonça distraitement sa langue dans la bouche et partit à une formation quelconque – pour la donner ou la suivre, Evette ne se souvenait plus. Elle marmonna :

« J'ai déjà tourné la séance make-up, le chignon, le séchage d'oreille avec gants en latex, le pliage de vêtements, le rangement de bijoux et l'examen du nerf crânien, il reste ? »

L'asmr, art vidéo s'adressant essentiellement aux tympans, consistait à aligner de menus bruits du quotidien. L'auditeur, poussant le volume à fond, devait pouvoir entendre le moindre craquement, le moindre murmure, le moindre soupir et le bruit de la circulation de l'autre côté des carreaux. Il y retrouvait le temps perdu, quand maman peignait ses cheveux ou lavait ses oreilles – l'asmr venait à bout de beaucoup d'insomnies. Le visuel, moins important, devait être paisible et se résumait à un cadrage minimaliste – deux mains et une moitié inférieure de visage plus le cou. Le plaisir frissonnant de l'asmr avait, en théorie, plus à voir avec la nostalgie qu'avec la sexualité. Evette avait cependant remarqué que les chaînes les plus bankables, comme MeMyselfAndI, mettaient en scène des créatures fraîches aux épaules dégagées.

Elle commença par se poser des faux ongles et des lentilles bleues. Elle enfila un top à fines bretelles, se maquilla avec soin, lissa ses cheveux, vernit ses dents en blanc Ao et se poudra jusqu'au sternum. Elle éteignit toutes les sources de bruit possibles, alluma son micro et passa un quart d'heure à déshabiller lentement des confiseries, froissant les petits sachets en amidon de maïs transparent et écartelant des barres chocolatées qui laissaient couler sur ses doigts leurs entrailles de caramel. Elle enregistra ensuite dix minutes d'avions en papier, de cocottes et de bateaux. Le papier glacé craquait délicieusement sous ses ongles, elle dut se secouer pour ne pas s'endormir elle-même. Elle finit par un *make-up roleplay* basique : ayant fixé un cercle en carton autour de sa cam, elle étala du fond de teint de part et d'autre de l'objectif avec une éponge en mousse de silicone, griffa le haut du carton avec son rimmel et barbouilla le bas de gloss, sans cesser de murmurer « vous êtes superbe » et de faire de l'œil à l'objectif. *En fait, je pourrais me contenter de mettre des tonnes de rouge à lèvres en me léchant les dents pendant des heures. Comme le dit Morin : le secret de la starification, c'est d'allier le plus possible d'innocence au plus possible d'érotisme. Un L2 en philo, ça mène à tout.*

Dérushage, montage, effets, réglages : à midi, Evette constata qu'elle avait oublié un foutu détail. Elle venait de dépenser trois heures à monter trois fois dix minutes. Même s'il payait bien, l'asmr tombait sous le coup du principe fondamental seekfind : « trop long pour ce que ça rapporte ». *Normal que j'oublie à chaque fois : j'adore faire de l'asmr. Too bad.* Elle mit ses vidéos en ligne sur MeMyselfAndI, avala un bol de nouilles et monta au jardin de toit.

* * *

Tu m'étonnes que branler des pistils au pinceau, ça reste un créneau pas trop encombré. Cassée en deux dans le vent glacial qui faisait osciller la tour, les yeux ulcérés par le dioxyde de carbone, Evette maniait en claquant des dents le pinceau à un poil pour féconder des rangées de courgettes, de citrouilles, de pâtissons et de courges. Avant de redescendre chez elle, les reins raides, le nez bouffi et les paupières gonflées, elle dut passer à l'aspirette son pantalon, sa doudoune et son bonnet incrustés de poussière noire.

« Ici Flexemploi ! Vous aimez les animaux ? Vous avez le sens du contact, le goût du jeu et une autorité innée ? Devenez promeneur-se de NAC ! » Elle sortait juste de l'ascenseur quand elle avait reçu cette annonce pur seekfind. *Chiens, furets, fennecs, space mortgage! Il y a même des hyènes. Et ça précise : BYOD. Amène ton propre matos.* Elle cliqua : « Bandes molletières + gants renforcés. Vacc. antitétanique et antirabique exigés. Certifs. iso N1 athlé. + véto. recommandés. Trilingue serait un +» *Arf. Do you speak caniche? Oua oua.* Elle passa à l'annonce suivante. Cleaneuse d'hôtel Formule Cheap. Ça, ça lui allait mieux. Et d'abord, elle savait faire.

*   *   *

1/ Ouvrir la porte 2/ Rafler les restes, tri sélectif, les serviettes dans le bac Lav'vite, suspendre la literie, espérer que le client ait oublié un truc cher, *fail* 3/ fermer la porte et appuyer sur Désinfect'minute 4/ profiter de l'instant pour sortir les serviettes du bac et les plier, rouvrir la porte sur un nuage de vapeur, poser les serviettes propres sans se casser la figure sur le sol glissant, hop les oreillers et la couette sur le lit, vérifier le savon le Coran la Bible deux cintres *check*, un bonbon sur la table 4/ Fermer la porte, appuyer sur Sèch'quick, attraper le chariot et courir jusqu'à la porte suivante avec dix euros de plus dans la poche, plus 2,75 de Prim'fast. *Bon sang, je suis en train d'exploser ma moyenne.*

*   *   *

Elle rentra tard, moulue et puant le désinfectant. Adzo était là, immuablement vautré sur le futon devant son écran ; l'odeur ne lui échappa pas.

« Et si tu essayais de viser plus haut plutôt que plus bas ? »

Il regardait Evette avec sérieux de sous sa frange.

« Je t'ai déjà dit que tu ressemblais à ma mère ou j'ai évité ? soupira Evette dont l'estomac grondait avec rancune.

— Merde, cleaneuse d'hôtel, tu es bac + 6 ou bien ? Tant qu'à patrouiller dans la merde, fais un truc qui rapporte ! Mais si je te parle de tester des jeux en RV, tu vas me dire que ça te fout la gerbe, c'est ça ? »

Evette, déstabilisée par la charge, bredouilla :

« Non, je supporte bien l'oculus, superbe oreille interne...

— Il y a les nanos, aussi. Mais tu as toujours évité de m'avouer que ça te flanquait la trouille, peut-être ? »

Evette haussa les épaules tout en tassant, du bout du pied, sa doudoune sous le futon.

« Les nanos, ça me va. J'ai déjà suivi un protocole pharmaceutique. Un beau moment. On m'a dessiné une grille dans le dos, pulvérisé une crème différente par case et j'ai passé la journée au soleil au bord d'une piscine, avec juste l'ordre d'aller me baigner toutes les vingt minutes. Grande classe. Mais le type qui m'avait inscrite sur le listing de la société pharmaceutique est sorti de mon réseau depuis – bon, on a cassé salement. Si toi, tu connais quelqu'un dans la pharma... »

Culpabilise un peu, aussi.

« Ce qui se teste en nanos, ces temps-ci, désolé de te l'apprendre, mais ce ne sont pas les médocs, ce sont les sextoys, ma grande. Et je sais que tu as horreur de ça. »

Ça fait combien de temps qu'il a envie de me larguer, en vrai ?

Evette se glissa tout habillée dans le tube de la douche. Elle se déshabilla en se tortillant, lançant un à un ses vêtements pardessus la cloison en plexiglas.

« Regarder une *realskin* de 22 centimètres me ressortir par le scrotum à la suite d'une mauvaise programmation, j'évite aussi. » Elle acheta pour deux euros d'eau chaude. Désinfectée comme elle l'était, elle n'avait pas besoin de plus. Tout en brassant ses cheveux sous le jet, elle brailla :

« Et toi alors ? Tant qu'à parler seekfind, tu en es où ? »

Parce que, gros malin, si tu n'es pas un vingt-quatre heures, c'est juste grâce à ton rein.

Adzo avait loué un de ses reins à un receveur compatible. Ça lui assurait une rente jusqu'au jour où, en espérant que ce jour n'arriverait jamais. Adzo n'avait qu'une contrainte : mener une vie saine médicalement attestée. Concrètement, quand il se défonçait, il devait se bourrer de produits masquants qui mangeaient un bon quart de sa rente, mais aucun seekfind n'est parfait. Evette refusait absolument ce genre de plan : les receveurs étaient en général déjà lourdement malades quand on signait avec eux, elle en était sûre. *Étonnant qu'un complotiste comme lui s'en tape.* De plus, elle tenait à ses cuites. La douche s'arrêta, Evette fit coulisser la porte et tendit la main pour prendre une serviette. Elle saisit un bout de phrase :

« ... fini mon dernier UV. Bientôt, si tout roule, tu auras devant toi un Digital death manager niveau 3 certifié iso/iec.

— Croque-mort numérique, tu ne peux pas viser plus haut ? »

Sa provocation tomba à plat sur le futon. Tous deux savaient que le data mining de données post-mortem n'était pas un seekfind : c'était un vrai job. À mesure que la *big generation* retournait à la poussière en laissant derrière elle des testaments alambiqués – ça peut être exigeant, un mort qui pèse un pétaoctet de données – c'était même un des rares secteurs en pleine expansion. Le death management offrait un *travail*, c'est-à-dire un job de jour avec un salaire au-dessus du seuil de pauvreté, une assurance santé, un lieu de travail avec des collègues, et un CDD miroitant au bout de la route. Evette se tortilla à nouveau pour enfiler son pyjacourt et sortit de la douche, fumante de vapeur et de jalousie.

« Je me demande ce qu'ils font, nos potes qui s'en sortent », dit-elle sur un ton dégagé. *Savez-vous planter des clous dans les mollets d'Adzo en faisant un tour du côté de la réussite des autres?* Elle ouvrit le profil de Mus – Mus avait toujours tout réussi.

« Alors, bâilla Adzo en tapotant inexorablement, Mus est toujours dans l'impression d'organes?

— Nan, il imprime des maisons, maintenant. Des immeubles, même. Voire des quartiers – tu connais Mus. Très exactement, il est en train de réimprimer le campus de la Grande Borne. Il a fondé sa boîte de géomatique avec Cruz et ça brasse des trillions.

— Sacré Mus, conclut sobrement Adzo. Tu n'avais pas décroché un iso en géomatique, toi?

— J'avais commencé une formation. C'était un *fake*. Pas le genre « formation cheatée pour désinformer de futurs concurrents », plutôt genre « vous n'avez pas le niveau pour suivre, mais je vous inscris quand même. »

— Une formation Flexemploi. »

Evette se fit une tartine de protéines pour chasser le sale goût du désinfectant qui traînait encore sur sa langue et déroula son CV. La moitié de ses certificats était périmée. *Langue, socio, ergo, huma-num, sémio, un putain de CV de fille. Je suis comme toutes les femelles, moi : j'ai fait des sciences molles alors qu'il n'y a que les dures qui payent. Je ne suis pas trader, actuaire, data miner ou neurobio. Pour les filles, de toute façon, c'est les sciences molles ou le care.* Foutue orientation à treize ans. *Foutu destin.* Ses trois vidéos asmr avaient eu leur bref succès. L'annonce du dessous la fit tiquer – e-largement. Ce n'était pas plus pénible que le ménage, plus physique que le massage, plus putassier qu'hôtesse d'accueil à Dronexpo. *Si j'avais dix-sept ans, c'est sûr, ce ne serait pas une bonne idée de commencer le seekfind par là, mais aujourd'hui que je suis à un an et demi de ma date de péremption, pourquoi pas?* Elle cliqua.

* * *

Evette s'épila du haut en bas à la douchette laser, gomma le tout, se fit les pieds et la chatte en multicolore. Non qu'elle avait l'intention de s'en servir – *le travail sexuel, pas mon truc* –, mais le mental, ça compte. Elle racheta des lentilles, vertes cette fois, se passa en blonde, récura ses oreilles et son nombril, se brossa la langue jusqu'à la luette. Elle dépensa trois heures à se maquiller en *nude*, plus deux à édifier un chignon, tout ça pour avoir l'air parfaitement naturelle et légèrement décoiffée. Elle enfila ses dessous *pump-up*, sa tenue noire collante, sa paire de stilettos à semelles rouges, des lunettes noires de marque « tombées du drone » et enfin, piocha dans ses échantillons de parfum très cher. Son premier rendez-vous *e-largement* voulait que ses potes bavent d'envie autant sociale que sexuelle – et lui aussi, un peu. Même si le contrat était très clair : les mains juste là et là, pas de bucco-buccal ni de verbal-trash. Juste avant de partir, dans son miroir déroulant, Evette se trouva toute jolie, rajeunie et assez tarte. *Et tellement photoshopée qu'on ne risque pas de me reconnaître.*

Ce fut un succès. Le garçon n'était pas vilain mais franchement bête, et il avait les mains moites. Il traîna Evette de happenings en boîtes hurlantes, postant des rafales de photos où il la tenait par la taille et lui léchait le cou. Remplie de champagne, Evette riait de bon cœur. Après la ronchonnerie coûteuse d'Adzo, elle appréciait de se dérider le narcisse aux frais de quelqu'un d'autre. À la fin de la nuit, l'œil rivé sur ses commentaires, son e-largement la planta là avec un salut de la main. Evette sortit ses ballerines de son sac et rentra chez elle en titubant. *Un b-bon loyer vi-hite gagné.*

Prise de pudeur, elle se doucha et se démaquilla avant de rejoindre Adzo dans le futon. Mais celui-ci dormait tellement qu'elle regretta sa peine, l'odeur chaude de sa sueur et celle de la salive le long de son cou.

* * *

Adzo débordait d'enthousiasme :

« J'ai décroché un CDD de deux semaines au musée Ricard ! Curateur d'une expo sur le patrimoine préréseaux. La partie travaux ménagers, hein ? Ce n'est qu'un seekfind, quand même. »

Hors champ, Evette testait de nouveaux ongles miroirs, un peu chers mais très *on the edge* – on pouvait carrément sniffer dessus. *L'e-largement, c'est des frais, aussi.*

« Je teste des artefacts prémodernes, enchaîna Adzo. Regarde ce truc ! Pur plastique pétrolier et acier qui pèse une tonne. C'est un genre de balai. Avec un fil électrique, mais regarde ça !

— À mon avis, ça ne s'utilisait pas comme un balai. Ca devait glisser par terre ou un truc. Tu as fait des recherches dans les vieux films?

— Oui. Crois-moi, les vieux films parlent de tout sauf de ménage. »

Evette jeta un millième coup d'œil sur son contrat. *Mobilier. Tu parles d'un job.*

« Les vieilles pubs? suggéra-t-elle.

— Pareil. J'ai trouvé des femmes qui se roulent sur des canapés en bois d'arbre, des aspirateurs qui bougent tous seuls comme si c'était des bots en apesanteur, des familles qui sourient comme des cinglés, des produits qui nettoient tout en cinq secondes comme si les peintures intelligentes existaient déjà, mais un mode d'emploi, *niente*. Et ça, à ton avis, c'est quoi?

— C'est un cube noir avec des gommettes carrées. Très moche. Mais sûrement très cher.

— « Rubik's cube ». C'est marqué là. Un presse-papier? Ces gens-là étaient accros au papier. Et ça? On dirait un stylet graphique. Enfin, le chaînon manquant entre le stylet et la plume d'oie. Il y a une étiquette. « Bic. Pointe en carbure de tungstène. »

— Un pic à glace? C'était tous des alcooliques. »

Evette fit défiler le contrat du bout du doigt. Suivant toujours la veine turgescente des sex-jobs-mais-pas-complètement, elle avait accepté de – accepté de réfléchir au fait de jouer le mobilier dans une boîte à cul. *Table basse? Quatre heures à quatre pattes. Une ficelle entre les jambes, de la poudre partout, des verres sur le dos et pas le droit de se gratter le nez – c'est combien, la pénalité?* Même en cochant toutes les options « pas touche », ça payait l'eau.

« Et ça ? demanda Adzo. « Famas. Chargeur. » Bon, je vais le ranger aussi dans la partie presse-papier. Tout le monde s'en fout et j'ai encore deux mille items à catégoriser. Et, regarde ! Ma tenue pour l'expo – parce que je fais les visites aux étudiants, aussi. Pur xxe siècle. Une « queue-de-pie ». C'est un genre d'oiseau. Et regarde le collier ! C'est un clito. En bronze.

— Pourquoi un clito ?

— Innovation ménagère du xxe siècle.

— Et... comment ça, innovation du xxe siècle ?

— Découverte du xxe siècle, si tu préfères. Les organes qui ne sont jamais malades, pourquoi veux-tu les étudier ?

— À un moment, un truc qu'on a le nez dessus depuis cent mille ans...

— Tu m'as vu en queue-de-pie ? »

Et il y avait l'autre rôle – sirène. Quatre heures à flotter dans un aquarium avec de la pâte d'oxygène sur le nez. Bien sûr, il fallait déduire le prix des extensions blond cendré – amorti si elle cochait l'option « autopalpation spontanée des seins ». Ça m'économisera une mammo.

* * *

Adzo mit le bouquet de légumes au milieu de la table, remplit les deux flûtes de champagne et fit un origami avec le contrat de pacs. Elle dirait oui. Bien sûr qu'elle dirait oui ! Il était diplômé et embauché dans la foulée. Finies les angoisses, les caries qui traînent et les cloisons qui bougent – il avait déjà récupéré son rein. Il s'assit, sonné par sa propre joie. L'angoisse qui pesait sur ses épaules faisait sentir son poids écrasant à l'instant même où elle se dissolvait, et un bouillon de mots ravalés affluait sous sa langue – essentiellement des gros mots, constata-t-il. Il donna un coup de poing sur le futon :

« Putain ! Je vais enfin pouvoir payer ma part de loyer, déclarat-il au frigo. (Il passa un doigt le long du flanc bombé d'une aubergine :) Et toi, ma grande, tu vas pouvoir arrêter le no-sex tarifé. »

Il attendit jusqu'à ce que le champagne soit complètement débullé.

* * *

« Un accident malheureux. »

Adzo regardait le front pâle de l'avocat luire sous la lampe, de l'autre côté de l'écran.

« Nous sommes tellement désolés. La pâte d'oxygène, hélas. La qualité, la quantité peut-être ? Les accidents sont exceptionnels, mais enfin...

— Mais de quoi vous parlez, là ? Ma copine s'est noyée, merde ! »

Adzo, accroché au bord du futon, entendit sa voix partir en dérapage.

« Oui, vous n'étiez pas pacsés ? Concubinés ? Mariés ? L'assurance est – je crains que – la prime, n'est-ce pas ? Ça paraît dérisoire dans un moment aussi terrible mais c'est le minimum... seulement, il faut un lien légal. »

L'avocat soupira en farfouillant dans ses données.

« Le contrat mobilier, n'est-ce pas ? Comporte une clause de risque et une décharge. Toutes deux signées, bien sûr. »

Adzo descendit son regard du front jusqu'aux yeux. Ils n'étaient pas fuyants mais mats, comme dépolis. Lisses, étals, emplis de ce calme qu'achète l'argent – les seekfinders avaient le regard plus labile, plus brillant. Il sut. Ou plutôt, il vit. La boîte à cul de haut vol, la moquette aussi épaisse que sa cuisse, le cool jazz, les bruits mouillés de la chair en action, l'odeur de cuir et d'entrecuisses, le mobilier – des filles à quatre pattes avec des seaux à glace sur le dos, des garçons à genoux portant une gerbe de vraies fleurs, des filles et des garçons écartelés contre les murs en tableaux vivants et dans l'aquarium, quoi de plus gracieux, et pervers et coûteux, quoi de plus luxueux en fait, qu'une noyée aux cheveux épars? Un beau corps mort, inaccessible et nu, Thanatos elle-même venant saisir Éros fatigué par la queue et le branlant jusqu'à la prostate. *Pour le prix d'une franchise d'assurance.* Adzo se vit traverser l'écran, les dents en avant.

« Bien sûr, l'assurance prend en charge les soins funéraires. »

L'avocat cessa de brasser des octets. Adzo savait. Il savait de plus en plus. *Il n'y a pas de pâte oxygène frelatée chez ces gens-là. De la même façon qu'il n'y a pas de tomates au cadmium ni de bière goût goudron.*

« Je connais un artiste – très très engagé dans la mémorisation de la beauté. Très très engagé auprès des personnes en deuil. Il fait des lyophilisations – c'est le terme. Il expose bientôt à la Tate Moon. Il met en scène, dans le but de lutter contre l'oubli – j'ai pensé à vous, à cette si jeune femme. C'est tellement désolant. Je vous joins ses coordonnées. Je lui ai parlé de vous. Il compatit vraiment. »

C'est si beau, une noyée. Et ils ont les moyens de se payer ça. Le clou de la soirée, je parie. Ou même pas.

« C'est une licence artistique. Je vous l'envoie. Il s'agit d'une simple location, les restes vous seront rendus, bien sûr, à la fin de l'événement. Voyez ça comme un hommage – un hommage artistique, n'est-ce pas ? De Zou Tseu. »

Si je trouve l'adresse de ce connard et que je me présente en bas de sa tour avec un couteau de boucher, je ne franchirai même pas la porte du parvis.

« Zou Tseu – il est très coté – le tarif est confortable. Bien sûr, c'est annexe, mais ces situations entraînent des – enfin, je veux dire qu'il vaut mieux ne pas avoir de soucis aussi basiques que l'argent dans ces moments-là. Et puisque la prime d'assurance ne peut pas être à votre nom – la licence, si. Nous pouvons envisager une dérogation pour cohabitation attestée ? »

L'avocat haussa un sourcil. Adzo lut la somme. Ça payait dix loyers et cinq mètres carrés de plus. Ça ne valait même pas un aveu. *Et moi, je suis death manager. Attends que j'aie pris un peu de points d'expérience dans mon métier, monsieur Bien sûr de N'est-ce pas. Attends que j'apprenne à être le vers dans le bois de vos cercueils. Ou attends juste que j'aie chopé ta vraie adresse en ce monde. Souci basique, hein ?*

De l'autre côté de l'écran, l'avocat avait l'air professionnellement navré – *et cette voix de benzodiazépine – une pleureuse professionnelle. Embauchée pour son air suintant. Sûrement en CDI. Tas de merde.* Adzo coupa la communication. Sur la table, les poireaux fanaient lentement. Il appuya rageusement son pouce au bas de la licence, se fractura le poing sur son frigo qui fit un drôle de bruit, tomba allongé sur son futon et fixa le plafond de son studio.

Il sentit quelque chose sous sa hanche droite, glissa la main, trouva un faux ongle miroir luisant comme une goutte d'eau et se paya le luxe de fondre en larmes.

Canal 235
Stéphane Beauverger

Anton ouvre un œil... Deux... C'est bon, il a cru qu'il avait raté la station. Pas les moyens de payer l'amende pour dézonage. Rentrer. Tellement fatigué. Se doucher? Manger? Dormir... La rame est presque vide à cette heure. Depuis une banquette proche, une femme élégante lui lance des regards insistants. Méfiants. A-t-elle peur pour sa fille endormie contre elle? L'a-t-elle reconnu? À tout hasard, il tente un sourire complice... Elle s'offusque, détourne les yeux vers la vitre, le soir, les lumières du Grand Paris. Oui, elle l'a reconnu, et c'est bien ça le problème. Anton soupire, observe à son tour les façades des vieilles cités ouvrières converties en lofts hypés, en bureaux à parois de verre, en espaces d'exposition high-tech. Plus loin, les pauvres; toujours plus loin. Le tramway ralentit, annonce une station prestigieuse. La femme y descend, poussant devant elle la gamine mal réveillée. Vexé, Anton les fixe jusqu'à leur sortie. À l'ultime seconde, depuis le quai, la femme le voit encore. Son regard s'est adouci. Elle pense déjà au coucher, au lendemain, aux prochaines belles journées à vivre. Elle hoche la tête, un peu, comme pour atténuer ou corriger sa première réaction. Derrière une vitre, cet homme ne semble plus aussi incommodant. Anton lui sourit en retour, et la paix vient. Satisfait, il la laisse quitter ses pensées, avec ses idées toutes faites sur lui et son travail, ses réflexions sur le mélange des genres, la hâte de rapporter aux collègues l'anecdote de cette rencontre imprévue, avec sa fille endormie dans un tramway presque vide, avec « tu sais, ce type dont on a parlé y'a quelques mois, mais si, celui qui a gagné son procès pour viol... Oui, celui-là ! » D'autres passagères ont pris place dans la rame. Rires et commentaires graveleux qui ne le concernent pas. Soirée arrosée entre étudiantes. Anton regarde ailleurs. Parfums sucrés, tabacs de synthèse, réminiscences de karaoké. Voix et allusions avinées, amorces des baises du soir. Soudain, le silence : lentement, un homme remonte la rame en arborant le logo des mendiants officiels. Vert : réfugié de guerre agréé. Une étudiante effleure son bras, le crédite du montant forfaitaire. Anton fait de même. Le type passe sans un merci, regard vide, démarche hésitante. Trois stations plus loin, Anton revoit l'homme figé sur le quai, la tête levée vers le ballet des drones de livraison à domicile. Tantale revisité. Anton détourne le regard. Son repas du soir aussi a emprunté la voie des airs, peut-être même est-il dans une de ces boîtes. Il s'en fout, il a faim.

Ascenseur. Huitième étage. L'appartement est petit mais bien agencé, toujours chaud, trois pièces exiguës truffées de caméras, desservies par un couloir étroit encombré des reliefs d'une vie précédente qu'Anton n'a jamais triés – ni le courage ni le temps. Livres vintages. Magazines rares consacrés aux guerres mycrøniennes. Ébauche d'une thèse médiocre sur un sujet qui ne le passionne plus. La porte bute contre une valise surmontée d'une paire de baskets fatiguées, l'oblige à se glisser dans l'interstice en grimaçant. Sofiane prépare son week-end. Probablement déjà vautré devant son feuilleton préféré. Règle implicite : le premier arrivé choisit le programme. Anton soupire. Comme si le suspense de la neuvième saison de « Guerres de veuves » méritait d'y consacrer le moindre neurone. Mais Sofiane ne laissera personne le priver de la satisfaction morbide de disséquer les travers de chaque candidate – avarice, haine, rancœur, bêtise, cruauté, laideur sous les peaux retendues – avant de les comparer à sa propre mère, vilaine veuve d'un mauvais mari. Sofiane aime les larmes et les bassesses de ces harpies choisies pour titiller le voyeurisme de son segment sociologique. Il adore ressasser leurs ignominies et leurs coups bas. Un jour, il faudra qu'Anton essaie de participer à la conversation, de prendre parti, juste pour voir son colocataire s'agacer aussi. Mais pas ce soir. Trop fatigué. Alors seulement espérer que Sofiane somnole déjà... Mais non : « Tu as raté le début... Isabella vient d'annoncer qu'elle est prête à laisser la moitié de sa part contre la garantie que Marjorie sera chassée à la prochaine table ronde ! Cette garce va même renoncer à la villa de Marrakech ! » Neuvième saison... Anton referme la porte sur la caméra du palier en lui tirant la langue.

« J'ai faim...

— Pakistanais. Il reste ta part au 'cro-onde.

— Avec un nan ?

— Une moitié... »

Anton ne dit rien. Le loyer est bas, mais c'est Sofiane qui le paye. Qui paye la bouffe. Qui paye presque tout. Depuis des mois. Depuis le procès. S'ils devaient partager espace et nourriture au prorata de leur contribution, Anton mangerait les restes sur le trottoir. Le dhal est encore tiède, parsemé de quelques cubes de seitan délaissés. Anton est de mauvaise humeur. Il va manger debout, dans la cuisine, sans réchauffer, et si Sofiane prononce encore une demi-phrase sur son programme favori, il repartira aussi sec. Il est encore tôt. En faisant la tournée des bars, il trouvera bien un client prêt à payer une nuit complète.

Avec un peu de chance.

« Qu'est-ce que tu fais ?

— Je mange... »

Laconique. Agacé. Assez pour entendre Sofiane interrompre les caméras – par contrat, ils ont le droit à quatre-vingts minutes d'intimité par vingt-quatre heures – et s'arracher du lit avant de se présenter dans l'encadrement de la cuisine étroite. Il opte pour une mine contrite, ses grands yeux sombres ne cillent pas.

« T'es rentré tard... J'avais faim...

— Je cherchais du boulot.

— T'as trouvé ?

— Pas beaucoup.

— Je te commande autre chose ?

— Pas envie d'attendre. Crevé.

— Tu avais un message de ton avocat pour confirmer ton rendez-vous de demain.

— D'accord.

— C'est l'après-midi. Tu n'oublieras pas ?

— Non.

— Tu viens dormir ?

— Ouais. »

Sofiane a adoré le procès d'Anton, l'a suivi de bout en bout. C'est ce qu'il a connu de plus proche de celui qu'il n'intentera jamais à sa famille. Sofiane n'aime pas spécialement les garçons. Ni les filles. Ni les trop jeunes, ni les trop vieilles, ni les coups ni les promenades en laisse. Mais Sofiane n'aime pas dormir seul. Sofiane n'a jamais travaillé. Chaque mois, il reçoit juste assez d'argent de sa mère pour la haïr davantage. Ça ne le rend pas moins précaire pour autant. Anton l'a rencontré deux ans plus tôt, dans une soirée privée sur la Seine, avec leur jolie gueule comme ticket d'entrée. Sofiane descendait des verres gratuits entre deux danses, cachait ses revers élimés en restant dans l'ombre. Anton portait les fringues offertes par sa cliente qui attendait de se faire baiser dans les toilettes. Ils avaient échangé quelques mots au buffet – Sofiane avait presque été vexé qu'Anton le prenne pour un concurrent –, avaient partagé un joint au petit matin en regardant les derniers fêtards jeter de la nourriture aux éboueurs. « Viens, on se casse ! » Sofiane était en transit entre deux apparts mais avait un plan. Anton avait un peu de fric. L'accord s'était fait devant un vrai café italien trop chaud, « le seul café qui vaille la peine ! » avait dit Sofiane. Le plan, c'était le contrat de location de cet appartement par la société Public Eye à un beau couple de garçons acceptant d'être filmés nus ou peu vêtus autant que possible. Huitième étage. Chauffage compris. Loyer au prorata des abonnements payants. Désormais, ils étaient Sofiane et Anton, sur le canal 235 de l'immeuble, matés par des milliers d'amateurs de jolies gueules et de quotidien banal.

Bips d'alarme et de protestations. Sofiane rallume les caméras. Les clients n'apprécient pas les interruptions de programme. La diffusion de leur quotidien reprend pour des milliers d'anonymes – des centaines de milliers depuis le procès. Anton se déshabille dans l'ordre requis – pull, t-shirt, chaussettes, pantalon, boxer –, marche un peu pour montrer ses fesses musclées aux objectifs, puis rejoint Sofiane dans le lit en repoussant la couette des pieds. Trop chaud. Il ferme les yeux. Sofiane pose sa tête sur son épaule. Position de sommeil. Anton s'endort en pensant à la femme dans le tramway qui les regarde peut-être en ce moment depuis sa chambre, son bureau, son portable. Puis il rêve de ponts et d'échangeurs, de fissures dans des routes dont il avait la charge et d'accidents par sa faute.

Le lendemain matin, Sofiane est déjà parti. Énième rendez-vous stérile dans un spa avec sa demi-sœur, pour comploter le prochain volet de leur guerre familiale. Si Beatrix ne passe plus à l'appart, ce n'est pas à cause des caméras. Sofiane ne lui en veut pas d'avoir obtenu dix fois sa part d'héritage. Il veut l'argent de sa garce de mère, cette part dont il a été privé à dessein. Alors Beatrix lui offre des journées de shopping et de luxe, des week-ends dans des capitales élégantes, fait semblant de croire aux projets de vengeance de son demi-frère, tandis qu'il écoute les derniers ragots en provenance du champ de ruines familial. Beatrix a couché deux fois avec Anton. La première fois, c'était pour son anniversaire, dans une usine réhabilitée, au milieu de jet-setteuses en compétition pour le meilleur *toy boy*. La deuxième fois, c'était pendant des vacances surprises en Grèce, avec Sofiane qui faisait semblant de ne pas voir ce qui se passait. À chaque fois, elle l'avait payé le triple du tarif fixé. Sofiane a compris avant lui la raison de ces largesses. Quand Anton a réalisé qu'il recevait l'argent que Béatrix ne donnerait jamais directement à son frère, il a refusé la troisième invitation – un week-end à deux dans un palace de Tallin, avec cadeaux variés. Depuis, Beatrix ne vient plus. Dommage. Sa peau a un goût d'épices et elle aime le laisser faire. Dans la cafetière italienne, le café du matin est parfait. Dernier présent de Beatrix. Anton le sirote en se disant qu'il ne l'a pas volé. Puis il se prépare pour son rendez-vous de l'après-midi avec son avocat.

Anton n'aime pas Maître Pujol. L'homme l'a brillamment représenté, mais il a quelque chose de déplaisant. Son rire, d'abord, qu'il force pour emporter l'adhésion. Un rire au forceps, sans joie aux coins des yeux, qu'il assène aux clients. Et puis il sent mauvais : une odeur de tabac froid et de sueur, mal camouflée par le col parfumé de sa chemise. Ces détails ne diminuent pas sa reconnaissance envers Maître Pujol, envers tout ce qu'il a accompli pour lui, mais ils suffisent à lui faire appréhender chaque rencontre. « C'est historique ! », avait exulté l'avocat en trinquant au lendemain de leur victoire. C'était vrai. Un travailleur sexuel qui faisait condamner sa cliente pour viol, c'était historique. Établir qu'Anton avait demandé clairement – à deux reprises – à sa cliente d'arrêter et que cette dernière avait persisté, c'était historique. Une victoire qui devait tout à l'acharnement de Maître Pujol et aux caméras cachées dans l'appartement de Sofiane. Contraindre la société Public Eye à fournir les enregistrements de la soirée de l'agression et la liste des clients qui l'avaient regardée ; faire établir en droit qu'une copie stockée en local était la propriété de chaque abonné même si elle constituait une violation commune du règlement de Public Eye ; trouver un abonné prêt à fournir ladite copie ; démontrer que les ébats filmés à l'insu de la cliente ne constituaient pas une violation de son droit à l'image, puisque le logo de Public Eye était visible dans le sas de l'immeuble et à chaque étage, en même temps qu'un rappel des droits de tournage dans chaque appartement ; tout cela, Maître Pujol y est arrivé, patiemment, au terme d'une procédure de longue haleine qui les avait laissés comme hébétés à l'énoncé du verdict. Coupable, la cliente qui n'a pas cessé de le besogner sans préliminaires, malgré les protestations répétées de celui qu'elle avait payé pour le sodomiser. Coupable, une femme, de viol sur un travailleur sexuel. « C'est historique ! » martela ensuite Maître Pujol devant la presse par l'insolite anecdote alléchée. Des jours, des semaines d'interviews, de reportages, d'allusions égrillardes. Sofiane était aux anges. Public Eye avait menacé de rompre le contrat de location pour non-respect des usages, avant de retirer sa menace en constatant l'explosion d'abonnements au canal 235. Et puis, peu à peu, les visites de journalistes ralentirent en même temps que les requêtes de blogueurs et les mails de soutien. Désormais, seules s'obstinent les insultes, les menaces anonymes, sur les réseaux publics et leurs boîtes à requêtes privées. Trois mois déjà. Trois mois de factures, de dettes et de galères. Plus de travail. Trois mois à accepter les clients qu'il refuse d'ordinaire – ceux qui rôdent toute la nuit en voiture près des gares ; celles qui sirotent des cocktails végans au fond de bars branchés, avec dans les poches des ciseaux et des lames ; celles et ceux qui aiment seulement faire mal. Mais ça, Maître Pujol ne le sait pas. L'avocat victorieux s'est déjà tourné vers d'autres affaires aussi controversées. S'il ne devait jamais être payé pour la défense d'Anton, il ne s'en porterait pas moins bien. Pourtant il vient de lui donner rendez-vous. Urgemment. À défaut de trouver le courage de se dérober, Anton a au moins eu celui de se faire prépayer un Tax'In jusqu'au bureau de l'avocat. Pourboire inclus.

Garé devant l'immeuble, le véhicule aux portières verrouillées ne reconnaît l'empreinte d'Anton qu'à la troisième tentative, la faute aux capteurs barbouillés de peinture. Tag d'inspiration chinoise. Le chauffeur ne relève pas la tête avant d'entendre la ceinture de sécurité s'enclencher dans l'habitacle passager. La bouille déformée par l'objectif du casque sourit à Anton via l'écran de contrôle vissé au plafond, en même temps que défilent les consignes et conseils légaux. « Bienvenue, monsieur. Heure d'arrivée avec garantie plus ou moins cinq minutes, sauf si vous imposez votre itinéraire. » Le français est correct, mémorisé en stage sans corriger un rude accent espagnol. Anton hoche la tête deux fois, la caméra enregistre son approbation et le véhicule démarre. « Faites bonne route avec Tax'In, monsieur. Je suis Enric et je reste à votre disposition durant tout le trajet. Pour me parler, appuyez seulement sur le bouton d'appel situé devant vous. » Le chauffeur ordonne au véhicule de démarrer, avant de basculer son attention vers un autre client quelque part dans Paris. Son portrait numérique retouché disparaît de l'écran d'accueil incrusté au plafond. Anton se retrouve seul dans l'engin qui s'engage dans la maigre circulation individuelle du quartier. Il déteste Tax'in depuis qu'ils ont refusé sa candidature. La société basée en Irlande a envahi l'Europe, avec ses myriades de chauffeurs qui n'ont même plus besoin du permis de conduire pour piloter leurs véhicules à distance. Mais Anton préfère encore traverser la moitié de la ville à bord d'un de leurs engins que de subir une énième scrutation par l'un des derniers authentiques chauffeurs de taxi parisien, regard rivé dans le rétroviseur jusqu'au moment de reconnaître ce visage familier puis d'entamer la litanie des questions faussement complices. « Si c'est pas indiscret, vous gagnez combien ? », « Et vous préférez les femmes ou les hommes, en vrai ? », « À votre place, je lui aurais défoncé la gueule, à cette salope ! », « Vous faites ça depuis longtemps ? »,

« Sans vouloir vous vexer ni rien, comment vous avez choisi de faire pute ? » La plupart du temps, il ne répond pas. Parfois, quand la curiosité lui semble sincère et le ton poli, il répond honnêtement. Aujourd'hui, il n'a même pas envie de les entendre.

La ville est belle à travers les vitres teintées du Tax'in. Belle de tout l'argent dépensé pour son entretien. Belle de toutes les luttes qui l'ont faite, belle de toutes ses défaites. Anton a coupé le son de la radio et branché ses playlists sur les haut-parleurs de la banquette. *Strange fruit* monte dans l'habitacle, la version de Nina Simone, dépouillée jusqu'à l'os. Chaviré par la voix meurtrie, il imagine des cadavres pendus aux réverbères et passerelles qui défilent, pense à Billie Holiday qui osa la chanter la première. Est-ce qu'à son époque, les chauffeurs de taxi qui la reconnaissaient lui demandaient comment elle avait choisi de faire pute ? Sans doute pas. Qui se souvenait que Billie Holiday avait été pute ? Qui aurait osé lui poser la question en face ? Qui aurait été excité par ce détail ? Anton soupire. Il arrête la musique. Les cadavres ne se décrochent pas des réverbères. Il remet la radio.

À son arrivée devant les bureaux de Maître Pujol, Anton remarque tout de suite le couple, assis sur un banc, qui n'a d'yeux que pour lui. Des journalistes ? Sans doute pas. Pas de caméras. Et qui rapporte encore des faits sans images de nos jours ? Certainement pas la presse qui s'intéresserait à lui. Anton pourrait rappeler Enric, lui demander de refaire le tour du quartier, de le déposer près d'un bar où son avocat viendrait le retrouver après avoir payé ce supplément imprévu. Mais ça ne changerait pas le fond du problème. Alors il laisse le Tax'in se garer à l'endroit réservé et en sort rapidement. Le couple le regarde encore, comme fasciné, puis la femme détourne les yeux après une grimace et reprend entre ses mains celles de son voisin. Anton sourit : juste un couple d'amoureux qui n'aime pas plus les taxis automatisés que ceux qui les prennent. Il sonne à la porte de l'immeuble, laisse le vigile le fouiller dans le hall puis choisit l'escalier au lieu de l'ascenseur. Quatre étages rapidement grimpés. Il a hâte de voir Maître Pujol, maintenant, pour vite rentrer chez lui.

« Entrez, monsieur Ivanenko, vous allez prendre froid ». Rire faux. Anton hoche la tête et obéit. Maître Pujol reçoit toujours ses clients en personne. Son secrétaire ne semble être là que pour prendre les rendez-vous et établir les factures. « Bonjour Maître. »

Le bureau de l'avocat est grand, lumineux et propre. S'il avait un bureau de ce standing, Anton n'aurait eu aucun mal à finir sa thèse. Il en est sûr. À moins qu'il ne faille finir sa thèse pour disposer d'un tel bureau ? Peu importe, au fond. Il aime tout dans cette pièce, du canapé profond en cuir véritable à la carpe koï qui se faufile sous le plancher translucide, en passant par le petit bar caché dans le blindage de la fausse fenêtre. Domotique de rêve. Art de vivre consommé. La grande classe, l'odeur de tabac en plus.

« Vous vouliez me voir, maître ?

— Nous avons un problème, monsieur Ivanenko, un problème sérieux.

— Elle ne veut toujours pas payer ? Vous m'aviez dit qu'elle n'avait pas le choix.

— Elle va faire appel. Et elle va gagner. »

Maître Pujol n'essaie pas de le faire rire. Sous les pieds d'Anton, la carpe koï continue ses ronds dans l'eau. À gauche. À droite. Demi-tour. C'était trop beau. Bien sûr que les types comme lui ne décrochent jamais la timbale. Bien sûr que l'argent dû ne lui sera jamais versé. Bien sûr qu'il a fait tout ça pour rien. Comment aurait-il pu en être autrement ?

« Pourquoi ? »

Maître Pujol soupire. Il ouvre un dossier sur l'écran tactile du bureau, affiche plusieurs fichiers sans images qu'Anton ne regarde pas tout de suite.

« Parce que cette fois, Public Eye va se porter partie civile.

— Pourquoi ? »

Anton pose ses questions sans comprendre les réponses. Ou plutôt sans les écouter vraiment. Comment aurait-il pu en être autrement ? Bien sûr qu'il a fait tout ça pour rien.

« Parce que c'est dans leur intérêt.

— Mais ils ont maintenu le contrat avec Sofiane. Ils ont même augmenté son pourcentage depuis que nous avons atteint les cinq cent mille abonnés.

— Les sociétés comme Public Eye n'agissent qu'en fonction de leur intérêt propre. Après votre victoire, ils ont prudemment fait profil bas, se sont montrés généreux. Depuis, leur intérêt a changé.

— Pourquoi ? »

Maître Pujol éteint son écran, se cale en arrière dans son fauteuil, regarde la carpe passer sous son bureau, puis se racle la gorge.

« Monsieur Ivanenko, comment croyez-vous que j'aie obtenu la coopération de Public Eye ? Vous avez une idée de ce que pèse ce genre de société ? J'ai engagé quelqu'un capable d'obtenir la liste de vos abonnés... Une liste très longue et très détaillée. C'est le risque de la divulgation de cette liste qui les a fait lâcher prise sur l'exigence de restitution de l'enregistrement incriminant votre violeuse. C'est l'unique raison pour laquelle ils ont fait le dos rond : de leur point de vue, c'était nettement moins dommageable que d'admettre que des milliers de clients pouvaient être identifiés et appelés dans des affaires similaires.

— Engagé quelqu'un ? Un pirate, vous voulez dire ?

— Non, rien d'aussi... romantique... Seulement une enquêtrice capable de contourner les sécurités pour dénicher les informations dont un avocat peut avoir besoin... C'est somme toute très courant, à l'heure des réseaux et des serveurs privés. Un mode d'enquête adapté à notre époque, dans la préparation d'un dossier.

— Alors quoi ?

— Cette personne vient d'être arrêtée récemment, alors qu'elle se livrait à des... recherches similaires. Elle s'est mise à table pour protéger ses intérêts. La police a aussitôt ouvert une enquête pour fraude, avant de prévenir les supposées victimes... Dont Public Eye... Qui ne peut plus taire ces vols de données et va prendre les devants en se portant partie civile dans le cadre de votre second procès. Second procès que vous perdrez à coup sûr en raison de la nature frauduleuse de l'unique preuve contre la partie adverse.

— Ce n'est pas juste...

— Je sais.

— Ce n'est pas juste !

— Je sais. C'est... idiot. Un mauvais concours de circonstances, qui se retourne contre vous au plus mauvais moment.

— Qu'est-ce que je peux faire ?

— Si ça peut vous rassurer, vous ne risquez rien à titre personnel, dans la mesure où vous n'aviez aucune connaissance de ces manœuvres contestables qui seront au cœur du second procès.

— Et vous ?

— Oh, c'est gentil de vous inquiéter pour moi, mais je ne crains rien non plus. Ce ne sera pas la première fois que j'aurai à démontrer que j'ignorais tout de la manière criminelle dont certaines informations avaient été acquises.

— Et l'enquêtrice qui travaillait pour vous ?

— Peut-être un déclassement de citoyenneté, si la présidente est sévère. Plutôt une forte amende et une mise à l'épreuve... Non, le véritable embêtement, et la raison de cet entretien, c'est qu'il faut vous préparer à perdre. Je vous le dis en tant qu'avocat et soutien, révulsé par ce que cette femme vous a fait. Vous allez perdre ce second procès, Anton, c'est inéluctable. »

À cet instant, Anton réalise que ce n'est pas l'odeur de tabac, de sueur, ni le rire ou les longs poils gris sur la nuque de l'avocat qui lui déplaisent. C'est sa satisfaction de rester au sec au-dessus de son aquarium hors de prix. C'est son sens aigu des intérêts du moment qui lui permet de travailler dans ce bureau pendant qu'Anton reste dans la rue. Que son enquêtrice prendra à sa place. C'est le fait de l'avoir appelé par son prénom pour mieux l'anesthésier.

« Qu'est-ce qui va se passer, alors ?

— Pas grand-chose, en réalité. Le procès se déroulera de manière très similaire ; mais au final, la partie adverse obtiendra gain de cause. Au lieu de vous verser des dommages et intérêts, elle obtiendra un non-lieu.

— Et après ? Je n'aurai rien à payer, moi ? »

La voilà, la question centrale. Anton ne s'en veut pas de l'avoir posée si tôt : il ne pense qu'à ça, maintenant. Pas à sa douleur, affreuse, dans la chambre de Sofiane, pendant que sa cliente le forçait avec cet énorme gode qu'elle avait révélé au dernier moment. Pas à l'humiliation aux urgences, ni aux saignements quotidiens, ni aux moqueries. L'argent. Celui qu'il pensait obtenir, qu'il n'a pas, qu'il va devoir trouver. L'argent... L'argent !

« Non, monsieur Ivanenko. Je vous défendrai encore gratuitement. C'est normal. Et puisque je n'aurai aucun mal à démontrer que vous n'êtes en rien coupable du préjudice commercial subi par Public Eye, les dommages et intérêts que la société ne manquera pas de demander ne vous concerneront en rien. »

L'argent... Anton n'a presque pas écouté – l'argent ! Public Eye, le contrat, les abonnés qui les font vivre depuis trois mois. Cette fois, c'est sûr, Sofiane va perdre l'appartement. Comment le lui dire ? Où aller ? Combien de temps avant de retourner dans la rue ? La dernière fois, l'expulsion avait été annulée, mais pouvait prendre effet en moins de quarante-huit heures en cas de faute lourde. Anton repense au réfugié dans le tramway, avec son brassard officiel de mendicité. Il repense au dhal tiède et aux clients qui ne lui font plus confiance. L'argent... Ce n'est pas le problème. Le problème, c'est comment en gagner.

« Monsieur Ivanenko, vous allez bien ? »

Maître Pujol a rallumé son écran pour lui montrer les mises en demeure et les plaintes déposées. Pas encore de date pour le procès. Une audience préliminaire, bientôt, sûrement, peut-être le mois prochain. Anton doit retourner à l'appartement et prévenir Sofiane. Ce coup-ci, ils sont vraiment dans la merde.

« Oui, je vais bien, merci Maître. On se revoit quand ?

— Dès que vous le souhaitez... Bientôt !

— D'accord... Juste pour être sûr : je n'ai aucune chance de gagner ?

— Aucune... C'est un cas d'école... Je suis désolé, Anton.

— Très bien... Merci... Au revoir. »

La carpe koï est partie se cacher sous un rocher. Anton quitte le bureau, puis l'immeuble, en se disant qu'il ne la reverra jamais. Le vigile à la porte lui précise que son Tax'In l'attend sur le trottoir d'en face. Dehors, sur le banc, le couple est encore là, occupé à s'embrasser. Il les observe. Est-ce qu'ils seraient prêts à payer pour le laisser participer ? Sans doute pas. Trop tôt. Dans quelques années, peut-être, quand ils auront fini de faire le tour de leur désir... Anton sourit. Il réalise que la seule chose qui l'empêche de partir loin, là, maintenant, sans jamais revoir Sofiane, en lui laissant ses piles de bouquins et les prémices d'une thèse médiocre sur les guerres mycrøniennes, c'est qu'il n'a pas les moyens de payer le supplément d'un changement de parcours. Alors il rentre dans la voiture sans volant et se laisse ramener chez lui pour se préparer à l'expulsion. Pourboire inclus.

Le trajet de retour est silencieux. La chauffeuse s'appelle Ileana. La moitié de son visage est cachée par un énorme auto-collant menaçant les mécréants de la colère divine. À travers la vitre, Anton regarde les mêmes façades qu'à l'aller, les mêmes bureaux chics remplis de belles personnes qui n'ont aucune raison de se demander de quoi demain sera fait. Anton pleure. Alertée par le micro d'habitacle, Ileana réapparaît sur l'écran pour lui demander si tout va bien. Il hoche la tête. « Tax'In veille au confort de ses passagers. Pour me parler, appuyez seulement sur le bouton d'appel situé devant vous. » Quand il descend du véhicule, il pleut sur Montreuil, mais Maître Pujol a payé pour le supplément parapluie, qui tombe au bas de la porte arrière en même temps que se libère le verrou de sécurité. C'est idiot, mais Anton rit, un peu. Le parapluie dégradable est compact, emballé sous papier de riz et peint aux couleurs de la société irlandaise. Il rit davantage encore quand il arrive devant l'immeuble où il habite et découvre que sa clef magnétique ne fonctionne plus. « Résident non enregistré », dit la porte blindée aux couleurs de Public Eye. Les enfoirés n'ont pas perdu de temps ! La pluie redouble et le parapluie commence déjà à se désagréger. Anton le jette dans la poubelle la plus proche et file s'abriter sous un porche.

Trente secondes pour prendre une grande inspiration et se décider à appeler Sofiane.

Autant pour découvrir que le numéro n'existe plus, puis se souvenir de la valise posée derrière la porte de l'appartement quand il est rentré la veille.

Comprendre que Sofiane savait depuis des jours mais ne lui a rien dit : moins d'une seconde.

Anton regarde le ciel. Dommage, il aimait vraiment bien Beatrix, sa peau avait un goût d'épices et elle aimait le laisser faire. Il regrette d'avoir refusé le week-end à deux dans un palace de Tallin, avec cadeaux variés. « Enfoirés ! » Quelle heure est-il ? Il est encore tôt. S'il se dépêche, il peut atteindre les beaux quartiers avant l'intensification des contrôles du soir. Trouver un bar, lever une cliente un peu tordue qui aimera lui faire mal parce qu'il est Anton Ivanenko, le type qui a gagné son procès pour viol, proposer de rester toute la nuit contre une ristourne, ça ne devrait pas être trop compliqué. C'est son métier, et il sait faire ça bien. Dans la poubelle, Anton récupère le parapluie dégradé qui le gardera au sec. Rester propre et présentable, c'est tout ce qui va compter, ce soir. Demain... Demain, il verra bien.

Nous vivons tous dans un monde meilleur
Karim Berrouka

Partie 1

Pour commencer, une pièce où se trouvent deux bureaux qui se font face. L'un placé à gauche, l'autre à droite. Celui de droite est plus petit. Sur chacun d'eux, un terminal doté d'un écran. Entre les deux bureaux, une affiche de taille considérable occupe le pan de mur perpendiculaire. Tons rouges et noirs, avec comme message :

Nous n'aspirons pas à un monde meilleur, nous sommes le monde meilleur.

Au centre de la pièce, un siège peu confortable.

Trois hommes.

Bureau de droite : Nathan-2-10101/85, contrôleur niveau 1 au Service des transgressions et projets contre-sociaux. Il est jeune, tout juste 18 ans. Il a pris ses fonctions il y a un peu plus d'un mois après avoir passé ses cinq années de préemploi dans les unités post-éducatives. Si on l'interroge sur ses ambitions, il répondra qu'il aspire à devenir un travailleur modèle, le meilleur qu'il puisse être. Car le travail, quand il est fait avec excellence, permet de réaliser de grandes choses. Pour soi-même, mais surtout pour la Cité. Contribuer à l'effort social, c'est contribuer à l'effort individuel. L'individu n'existe pas sans la société. Sans le travail, l'homme est une bête. Etc. Il a bien retenu ses leçons.

Il n'a pas l'intention de rester dans la Zone 2 très long-temps. Ce n'est pas digne de ses capacités. Il y est pourtant né.

Ses parents, compilateurs niveau 1, ont très peu progressé socialement. Il en ressent une certaine forme de honte. C'est pour cela qu'il a rompu les liens familiaux, voilà quelques mois. Stagner socialement, c'est ne pas s'investir pour le bien de la Cité, la pérennité du Système.

Bureau de gauche :

Jason 2-31223/100, 55 ans, regard d'une neutralité imperturbable, contrôleur-chef depuis maintenant neuf ans. Il habite la zone 2 depuis dix-sept années, et espère bien accéder à la zone 3 d'ici peu, puis y passer sa période finale de travail stabilisé. Il n'a jamais lésiné sur les efforts, son implication est exemplaire, son parcours sans accroc. Ce qui devrait faire de lui un candidat sérieux pour la montée de zone. Mais l'expérience lui a appris que le mérite ne suffit pas toujours pour évoluer. Les promus sont rares, et les voies de la Gestion centralisée sont parfois obscures.

Sur le siège : un homme d'une quarantaine d'années, regard fuyant. Ses gestes mal assurés trahissent sa nervosité.

Lui ne fait habituellement pas partie du décor. Même si le siège sur lequel il est assis est occupé plusieurs fois par cycle, par d'autres personnes. Et la nervosité, l'appréhension ne quittent jamais ce siège.

Le contrôleur de niveau 1 s'est placé face à lui, sa tablette informationnelle à la main. Le contrôleur-chef est resté sur son siège. Il laisse son subordonné conduire l'entretien. Il n'existe aucun protocole à ce stade liminaire d'une enquête. Autant que le jeune promu se fasse les dents.

Nathan-2-10101/85 vérifie quelques données, relève la tête, puis :

Nathan-2-10101/85 : Nous vous écoutons.

L'homme dans le siège se tortille, toujours aussi peu à l'aise, tente de regarder son interlocuteur dans les yeux, y renonce.

Homme sur le siège : Ivan-2/21973/89, 29 ans, compilateur niveau 2 dans le Service de contrôle des espaces d'expression physique. Résident logement 2-154-31. Taux de citoyenneté 89%. Aucun séjour de remotivation.

Le contrôleur acquiesce d'un bref mouvement de la tête. Il sait déjà tout ça.

Homme sur le siège : J'ai été témoin d'un acte d'insubordination. Hier, le contrôleur niveau 2 Daniel-2/19357/78, Service de contrôle des espaces d'expression physique, m'a dit qu'il avait été approché par une femme qu'il soupçonnait être une syndicaliste. Je lui ai demandé pourquoi il ne l'avait pas immédiatement dénoncée. Daniel a répondu que n'étant pas certain de sa culpabilité, il a préféré ne pas en informer le Service des transgressions et projets contre-sociaux. Pas nécessaire, selon lui, de dénoncer un citoyen qui aurait lâché, dans le cadre d'une conversation privée, quelques phrases peu respectueuses du Système. Je ne suis pas du même avis. Je ne me permets ni le doute ni la tolérance. Critiquer le Système, c'est le premier pas vers le syndicalisme.

Le contrôleur niveau 1 plisse les yeux. Une sorte de joie infime anime ses pupilles. C'est qu'il considère toutes les affaires avec autant d'enthousiasme. Certes, il n'y a pour l'instant qu'un soupçon de syndicalisme. C'est maigre. Mais il va enquêter avec application, et, il n'en doute pas une seconde, il résoudra ce cas brillamment.

Le contrôleur-chef, lui, n'a eu aucune réaction. L'affaire lui paraît anodine. Les chances pour qu'elle relève de la simple dénonciation sont grandes. Il n'aime pas les dénonciateurs. Ils sont motivés par des rancœurs, des envies de vengeances. Et, le plus souvent, par le désir de rétrograder un supérieur ou un collègue.

Il peut aussi s'agir d'un agent catalyseur. Mais son subordonné ne peut le soupçonner. Il ne sait pas que ces agents existent. Personne ne le sait, à part les contrôleurs-chefs et, bien sûr, la Gestion centralisée. Jason a toujours douté de l'efficacité de leur fonction. Elle semblerait avoir été conçue pour infiltrer les cellules syndicalistes. Mais ces dernières n'existant pas, ou plus, ils se bornent aujourd'hui à provoquer des réactions antisociales. Ce qui se limite dans la quasi-totalité des cas à quelques réflexions prohibées.

L'entrevue se poursuit. L'homme sur le siège révèle tous les détails pouvant être utiles à l'enquête, qui se résument à une heure approximative et un lieu : l'un des Espaces de convivialité. Il ne sait rien d'autre. Il est congédié par le contrôleur de niveau 1, qui lui signifie qu'il a accompli son devoir de citoyen. Il le rassure : son taux de citoyenneté ne souffrira d'aucune baisse ; si l'enquête permet de démanteler une organisation syndicale, il effectuera même une belle progression. La Gestion centralisée en décidera.

Jason laisse son subordonné se charger de visionner les enregistrements de l'Espace de convivialité cité, puis d'identifier la femme. Il rédige un rapport circonstanciel avec information d'interrogatoire du dénommé Ivan-2/21973/89. Rapport qui est transmis à la Gestion centralisée immédiatement.

Le fonctionnement du Service des transgressions et projets contre-sociaux diffère de celui des trente-cinq autres services de la Cité. Parce qu'il doit pouvoir agir vite, et parce qu'une connaissance approfondie et totale des dossiers est nécessaire. Ainsi, là où l'organisation travailleuse se divise en cinq paliers, il n'en existe que deux dans ce service.

Il faut plus d'une heure à Nathan pour enfin isoler la séquence où Daniel-2/19357/78 s'entretient avec la prétendue syndicaliste. C'est évidemment très long. Les informations qu'Ivan-2/21973/89 a transmises étaient partiellement erronées. Aucune intentionnalité dans ces erreurs : n'ayant pas été présent lors dudit entretien, il ne savait que ce que son supérieur lui avait révélé.

Une convocation est immédiatement transmise à la femme, Eva-2/19473/75, 35 ans, compilatrice niveau 1 dans le Service de contrôle des installations urbaines, taux de citoyenneté 75 %. Elle se présentera d'ici deux heures au bureau.

Jason n'a pas jugé nécessaire, pour le moment et malgré les insistances de son subordonné, de convoquer Daniel-2/19357/78. Un rapport suffira.

Une note de service est aussi envoyée au Service de contrôle des unités d'enregistrements. En effet, si la captation est impeccable du point de vue image, un dysfonctionnement l'a privée de son. C'est évidemment préjudiciable. Il faudra s'assurer que l'interrogatoire pallie cette lacune. Sinon, l'enquête pourrait s'avérer plus compliquée. Ce qui n'enchante guère Jason, qui n'est toujours pas convaincu de la pertinence de l'affaire.

Une heure plus tard, Eva-2/19473/75 se présente au Service des transgressions et projets contre-sociaux. C'est une jolie femme, habillée avec sobriété mais goût. Pas de quoi impressionner Jason pour qui le charme féminin n'a plus beaucoup d'effet depuis son divorce, il y a cinq ans. Et parce que l'expérience lui a appris que les apparences sont parfois faites pour tromper. Pour Nathan, c'est différent. L'amour est subalterne au devoir. Aucune femme, si séduisante soit-elle, ne pourra le distraire de son travail et amoindrir son incommensurable désir d'exceller. Jason espère que le jeune homme ne s'enfermera pas dans ce genre de convictions. La vie n'est déjà pas bien passionnante, autant ne pas oblitérer les quelques plaisirs qui l'égayent.

La femme est invitée à s'installer dans le siège central, ce qu'elle fait avec un naturel rare. Chose que Nathan ne remarque pas, mais qui intrigue aussitôt le contrôleur-chef. Eva-2/19473/75 ne paraît absolument pas effrayée par l'idée d'un interrogatoire. Pas le moindre sursaut nerveux, pas un regard fuyant. Elle a juste nonchalamment balayé la pièce des yeux.

Nathan-2-10101/85 : Vous êtes Eva-2/19473/75, 35 ans, compilatrice niveau 1 dans le Service de contrôle des installations urbaines, taux de citoyenneté 75 % ?

Eva-2/19473/75 : Je le confirme.

Nathan-2-10101/85 : Vous avez conversé avec le dénommé Daniel-2/19357/78, avant-hier entre 20h53 et 21h27 ?

Eva-2/19473/75 : Je ne sais plus. Je converse avec beaucoup de citoyens.

Nathan lui tend sa tablette informationnelle, lui montrant quelques secondes de l'enregistrement vidéo.

Eva-2/19473/75 : Il n'y a pas de son ?

Nathan-2-10101/85 : Ce n'est pas le sujet.

Eva-2/19473/75 : Oui, j'ai conversé avec Daniel-2/19357/78.

Assis derrière son bureau, Jason vient de grimacer. La femme est intelligente, c'est indéniable. Elle a déjà compris que l'absence de son rendait l'enregistrement sans grand intérêt. Si elle a effectivement tenu des propos antisociaux, elle sait maintenant qu'il sera facile pour elle de prétendre le contraire. Il maudit Nathan pour sa maladresse. C'est bien d'être motivé, mais il va falloir apprendre à être un peu plus malin...

Nathan-2-10101/85 : Pouvez-vous nous éclairer sur la teneur de cette conversation ?

Eva-2/19473/75 : Rien de spécial. Nous avons parlé de banalités, de choses peu personnelles. Une conversation comme j'en ai régulièrement dans les Espaces de convivialité, autour d'un verre.

Nathan-2-10101/85 : Pouvez-vous être plus précise ?

Eva-2/19473/75 : Je peux l'être.

Elle se lance alors dans un monologue d'environ cinq minutes, d'où rien d'intéressant ne ressort. Et pas une trace de fébrilité dans la voix. Pas une hésitation dans le phrasé. Jason grogne intérieurement.

Nathan-2-10101/85 : Vous êtes consciente que vos déclarations et celles de Daniel-2/19357/78 seront recoupées.

Eva-2/19473/75 : Bien évidemment. Mais je ne vous ai rien caché.

L'interrogatoire se poursuit pendant une vingtaine de minutes. Puis Jason y met fin et congédie la femme. Cela ne sert à rien. Il est vraisemblable que la conversation ait été anodine.

Nathan : Vous pensez qu'elle ment ?

Jason : Peu probable... Ou alors, elle est excessivement douée.

Nathan : La dénonciation serait calomnieuse ?

Jason : Peut-être.

Il va falloir que Jason donne un cours sur les mécanismes des dénonciations calomnieuses au jeune homme. Car elles sont nombreuses, et pas toujours faciles à identifier. Rien n'empêche de penser que Daniel-2/19357/78 n'ait pas inventé cette histoire de propos antisociaux. Et qu'il niera en avoir informé Ivan-2/21973/89 lors de son interrogatoire, qui se trouve maintenant être nécessaire. Et ce pour dégrader le taux de citoyenneté de son supérieur. Il n'y a pas que le travail qui permet l'évolution sociale.

Intermède didactique 1

La Cité est composée de six zones.

Au sud, la Zone 1. Au nord de la Zone 1, la Zone 2, puis la Zone 3 et, à l'extrémité nord de la Cité, la Zone d'or.

À l'est, les Zones d'industrie. À l'ouest, les Zones de culture et d'élevage. Elles soutiennent la Cité, comme deux piliers, mais la Cité vit du nord au sud – aucun citoyen n'est admis dans les Zones d'industrie et de culture et d'élevage.

Ailleurs, il n'y a que la non-zone.

Ce qu'il y a dans la non-zone, nul ne le sait. Rien, probablement. Ou le chaos, la désolation, la non-vie. Il faudrait demander aux bannis. Mais les bannis ne reviennent jamais dans la Cité. Et c'est juste : ils n'y ont plus leur place.

Le monde est la Cité, et la Cité est le monde. Et son âme est le travail.

Sans travail, nous n'existons pas.

Sans le travail, nous sommes des bêtes.

Partie 2

L'interrogatoire de Daniel-2/19357/78 est en tout point différent de celui d'Eva-2/19473/75. L'homme montre, dès son entrée dans la salle, de nombreux signes d'agitation. Tremblement des mains, sueur, regards saccadés. Il commence par nier les faits, avec de nombreuses hésitations, quelques incohérences dans ses réponses, puis il corrobore la version d'Ivan-2/21973/89. Il ne s'agissait donc pas de dénonciation calomnieuse. La femme a bien menti. Voilà qui va réjouir Nathan. Une affaire complexe à résoudre dès ses premiers mois en fonction. Rien de mieux pour faire grimper son taux de citoyenneté.

La teneur de la conversation que Daniel-2/19357/78 a eue avec Eva-2/19473/75 est toutefois assez anodine. Elle aurait critiqué le fonctionnement de l'évolution sociale, se plaignant qu'il y aurait des passe-droits. Que les bonus-divertissements qui peuvent s'ajouter au salaire universel pourraient servir à améliorer le taux de citoyenneté. Que le Système n'est pas aussi parfait qu'il y paraît. Des choses qui, pour Jason, semblent relever de l'évidence. Pour Nathan, elles constituent des propos inacceptables. On est loin du syndicalisme ou de l'insubordination sociale. La Gestion centralisée ne prononcera pas une peine de déclassement de zone, ni même de rétrogradation sociale. Peut-être un séjour de remotivation. Plus probablement une baisse importante du taux de citoyenneté. L'affaire est sans grand intérêt. Nathan le comprendra rapidement. Pourtant, il y a une chose qui interpelle Jason : le mensonge de la femme. Ou plutôt, la manière assez brillante dont la femme a menti. Le mensonge, en lui-même, est compréhensible. L'assurance affichée, comme le manque total de signes de nervosité, ne sont pas des choses courantes lors des interrogatoires. Il pense même que, jamais, lors de ses longues années dans ce service, il n'a rencontré de citoyen aussi doué pour le mensonge. C'est intrigant. Et ce qui l'intrigue doit le rendre suspicieux. C'est son travail.

Il demande à Nathan de rédiger lui-même le rapport – le jeune homme se sentira valorisé. Il le corrigera demain avant de l'envoyer à la Gestion centralisée. Il quitte le bureau, direction l'Espace de convivialité 2-73. L'Heure officielle est passée et, considérant le taux de citoyenneté de la femme, elle ne doit pas souvent faire des Heures de Grande citoyenneté.

Une grande salle où s'alignent des tables. Jeux, écrans ludiques, secteurs de confidentialité, secteurs de discussion, etc. Un Espace de convivialité comme tous les autres. Il se fait servir un soda par l'unité de boissons et s'assoit à une table. Une heure passe. Aucun signe d'Eva-2/19473/75. L'Espace s'est rempli. C'est normal. Nous sommes le neuvième jour du cycle. Le dixième étant celui des activités annexes, les citoyens y sont toujours bien plus nombreux. Il se lève, se mêle à la foule qui continue à grossir. Puis, il se résigne à quitter le lieu. Pas d'Eva-2/19473/75 ce soir.

Il prend la direction de son logement, d'un pas tranquille, l'esprit toujours occupé par son enquête. Jusqu'à ce qu'il sente un papier dans sa poche, alors qu'il y glisse la main. La sensation est étrange. Il n'a plus touché cette matière depuis qu'il a cessé de fréquenter les Espaces d'expression artistique, il y a de nombreuses années. Il déplie la feuille. Il est encore plus étonné de trouver à la place d'un dessin, des lettres tracées au pinceau ou au crayon. Qui a bien pu s'amuser à copier des lettres sur un papier ? Il y a des terminaux pour communiquer...

Il lit les quelques lignes toujours en marchant. Et il s'arrête net.

Il a du mal à en croire ses yeux. De sa vie, il n'a jamais été confronté à des propos aussi subversifs. Il est abasourdi. Est-ce que l'Espace de convivialité 2-73 est un nid de syndicalistes ? Qui lui a glissé le papier dans sa poche ? Et pourquoi ?

Il file en urgence à la station de Transports la plus proche, direction le bureau. Dans sa tête les questions s'enchaînent. La possibilité d'avoir mis à jour un réseau syndicaliste le rend fébrile. Si le fait est avéré, son taux de citoyenneté va plafonner à 100% pendant des années. La zone 3 ne pourra pas lui être refusée. Mais toute cette histoire lui semble trop facile. Trop peu crédible. Cette femme qui ment avec autant d'aplomb, ce papier qui atterrit par hasard dans sa poche. Non, il n'y a pas de hasard. Est-ce qu'un catalyseur serait en train de le tester ? Peu probable. Il est un travailleur assidu, dévoué, même s'il n'a plus la passion qui anime le jeune Nathan. Peut-être une dénonciation abusive ? C'est une possibilité. Peu courant dans le Service des transgressions et projets contre-sociaux. Comploter pour faire rétrograder un collègue est très mal perçu dans un service où l'on se targue d'être les garants de la sécurité de la Cité. On n'est pas dans le Service du contrôle des Transports, ou celui du contrôle des Parcs et jardins.

Arrivé au bureau, il n'y trouve pas Nathan, pourtant assez coutumier des Heures de Grande citoyenneté. Il lui a laissé un message.

Rapport affaire Ivan-2/21973/89 - Daniel-2/19357/78 - Eva-2/19473/75 soumis pour instruction à Gestion centralisée.

Jason frappe le terminal de la paume de la main. Le jeune con a outrepassé le protocole. Jamais il n'aurait dû envoyer ce rapport sans sa relecture et son approbation. Il fait du zèle assurément. Il va falloir qu'il le recadre. On ne peut pas tout se permettre pour faire grimper son taux de citoyenneté. Ou, se dit Jason, faire baisser celui du son supérieur. Et si... et si Nathan était le responsable de la présence d'un catalyseur? Il secoue la tête. Impossible.

Il envoie une requête pour accéder aux enregistrements de l'Espace de convivialité 2-73. Il y passera peut-être la nuit, mais il finira par identifier la personne qui lui a glissé le papier dans la poche.

L'écran n'affiche rien, sinon qu'un dysfonctionnement des unités d'enregistrements a empêché toute captation.

Jason secoue la tête. Ce n'est pas une coïncidence.

Il se trouve dans l'obligation de rédiger un rapport, mais il hésite. Il a l'impression qu'on l'a lancé sur un jeu de piste. Et ce n'est pas une organisation syndicaliste qui s'amuserait à ça. Alors qui? Eva-2/19473/75 sans doute. Mais pourquoi? La logique voudrait qu'il arrête de se poser des questions, qu'il demande une intervention code rouge. Et qu'une unité automatisée boucle l'Espace de convivialité 2-73, embarque les cent ou deux cents personnes présentes. Ensuite, interrogatoires. Jamais il n'a eu vent d'une telle opération. Ordonner une intervention code rouge n'est pas bénéfique pour la Cité. Risque de panique, perturbation de la chaîne du travail (interroger deux cents personnes va prendre du temps, même en mobilisant les vingt sections du service). Et si l'opération n'accouche de rien – ce qui est une possibilité non négligeable –, il risque de perdre beaucoup. Toutefois, s'il ne fait pas ce rapport et qu'un catalyseur est impliqué dans cette affaire, ce sera encore pire. Il va ruser. Envoyer une demande de renseignements sur toutes les personnes présentes dans l'Espace de convivialité 2-73. Ce qui lui laissera la nuit pour essayer d'en savoir plus, et l'affranchira de toute culpabilité. Il n'y a pas d'urgence. S'il existe une cellule syndicaliste qui fréquente l'Espace de convivialité 2-73, elle ne va pas se volatiliser.

Il lance une demande de recherche personnalisée sur Eva-2/19473/75, en référence au rapport soumis par Nathan sans son accord. La réponse est immédiate. Le dossier n'existe pas. Jason soupire. Ce môme est aussi incapable qu'il est enthousiaste. Ça promet...

Il allume le terminal de Nathan, cherche le dossier. Le jeune homme a dû commettre une erreur lors de l'envoi... Non, il n'existe aucun dossier dans son terminal concernant cette affaire.

Jason se passe la main dans les cheveux. Tout cela est quand même bien étrange.

Il rédige un rapport pour remplacer celui qui a disparu – une heure de perdue –, et le soumet à la Gestion centralisée. Il affinera demain, ce n'est pas bien important. Puis il demande à nouveau l'autorisation de visionnage. L'autorisation arrive quinze minutes plus tard. Il n'y aura évidemment que des images de lieux publics. La vie privée reste privée, et la vie professionnelle reste propriété du service. Pour la première, il faudra produire un dossier bien plus conséquent, pour la seconde obtenir au préalable un accord du service concerné. Il se contentera de ce que la Gestion centralisée lui permet de visionner.

Il demande à consulter les dernières images disponibles d'Eva-2/19473/75.

Elle apparaît sur l'écran. Devant les bâtiments qui abritent le Service de contrôle des installations urbaines. Son lieu de travail donc. Elle est assise sur un banc, affichant un air serein. On dirait presque qu'elle sourit. Elle reste là, sans bouger. Elle tient une feuille de papier de ses deux mains posées sur ses cuisses. À nouveau, un message écrit.

Je vous attends.

Intermède didactique 2

Le taux de citoyenneté est la charpente de l'évolution sociale.

Le taux de citoyenneté évolue en fonction de l'investissement dans le travail. De l'assiduité au travail. Du surpassement dans le travail. S'épanouir dans le travail, c'est être un citoyen meilleur.

L'oisiveté est telle la peste. Le Système tolère les divertissements, quand ils sont appropriés. Le Système ne tolère jamais l'oisiveté. Elle est le chemin qui mène à l'insubordination. L'oisiveté est le premier pas vers le syndicalisme. Le syndicalisme, c'est la servitude, la négation du lien social, c'est le retour à l'âge du chaos.

La Gestion centralisée, en se basant sur le taux de citoyenneté, décide qui a été assez méritant et grimpera un échelon, qui ne l'a pas été et descendra d'un échelon.

À ceux qui se montrent les plus méritants, l'évolution sociale permet de progresser. Progresser, c'est être meilleur pour soi, meilleur pour la Cité.

Le monde est parfait. Le travail est le ciment de la vie.

Partie 3

Jason est reparti au pas de course. Transport jusqu'aux bâtiments du Service de contrôle des installations urbaines. Et sur le banc, il découvre Eva-2/19473/75, toujours assise, toujours sereine. La feuille avec le message a disparu.

Quand elle l'aperçoit, elle sourit. Et avant qu'il n'ait eu le temps de placer un mot, elle prend la parole.

Eva : Je suis heureuse que vous soyez venu. Vous n'êtes pas décevant, vous, au moins.

Jason la fixe du regard, tentant de déchiffrer il ne sait quoi dans ses yeux, sur son visage, dans son expression. Il hésite à s'asseoir. Sort le papier de sa poche, le lui tend.

Jason : C'est vous qui avez écrit ça ?

Elle se saisit du papier, le parcourt des yeux.

L'évolution sociale via le travail est une hérésie.
Il n'y a aucune liberté dans le travail.
La Cité est construite sur une inutilité.
Les zones ne sont qu'un leurre.
Le syndicalisme est un épouvantail.
Nous sommes les jouets de la Gestion centralisée.

Elle le rend à Jason après avoir haussé les épaules.

Jason : On me l'a glissé dans la poche dans l'Espace de convivialité 2-73. Vous y étiez ?

Eva : Vos enregistrements vidéo ont déjà dû vous le dire.

Jason a l'impression que les lèvres de la femme ont esquissé un léger sourire. Il commence à avoir la franche impression qu'elle s'amuse avec lui. C'est très désagréable. Et complètement déstabilisant.

Eva : Ne vous posez pas trop de questions. Enfin pas maintenant. Vous risqueriez de prendre les mauvaises décisions.

Jason : J'aimerais surtout que vous m'expliquiez...

Eva vient de l'interrompre d'un *chut* long et prononcé. Elle montre du doigt un point sur la façade du bâtiment. Elle n'est pas supposée le savoir, mais il y a bien, à cet endroit, une unité d'enregistrement incorporée au mur.

Eva : Ce qu'il faut savoir, c'est que l'inutilité évoquée dans ce papier est bien réelle. Des fois, je m'interroge. Quelle peut bien être l'utilité de tous ces services qui emploient l'intégralité de la population des zones 1, 2 & 3 ? Permettre à la Cité de vivre ? Permettre à nous, ses citoyens, d'avoir un but, une raison de vivre ? Oui, mais il y a plus. Nous permettre d'être. L'essence même de la vie, c'est le travail. C'est un monde parfait. Vous me comprenez ?

Jason : Il n'y a rien à comprendre. Tout ceci est évident.

Eva : Je me dis, parfois, que nous sommes chanceux. Dans les Zones d'industrie et d'élevage et d'agriculture, la Gestion centralisée s'acquitte sans difficulté des tâches que nous effectuons dans la Cité. Elle pourrait se passer de nous ici aussi. Nous avons beaucoup de chance.

Cette fois-ci, c'est Jason qui hausse les épaules.

Jason : Le rôle de la Gestion centralisée est de veiller à ce que nous puissions nous épanouir à travers le travail. Pas de nous en priver. Elle n'a aucune autre utilité que de veiller à notre bienveillance.

Eva : Et si elle décidait de nous en priver, de ce travail ?

Jason : Elle ne peut faire ça.

Eva : Je le sais bien. Mais, imaginez quand même.

Jason : Nous ne serions plus rien.

Eva se lève alors, lisse les pans de son pantalon et fixe Jason du regard.

Eva : Je vous laisse. Sachez que j'ai apprécié votre présence ici. Bientôt, je vous en dirai plus. Et vous avez opté pour le bon choix en ne déclenchant pas le code rouge.

Sur ce, elle commence à s'éloigner, d'un pas tranquille. L'image est d'une douceur allégorique. Elle semble flotter sur ce trottoir où toute la journée durant femmes et hommes s'affairent et s'excitent.

Jason : J'ai une question ! Est-ce que...

Eva : Non, je ne suis pas un agent catalyseur.

Intermède didactique 3

L'organisation des services a été pensée par la Gestion centralisée. Elle a éradiqué le chaos pour construire un monde parfait. Elle est le salut de l'humanité.

Il existe 36 services dans la Cité.

Le Service des transgressions et projets contre-sociaux mis à part, chacun d'eux est divisé en 5 strates.

Les contrôleurs niveau 1 sont envoyés sur le terrain pour constater un dysfonctionnement. Ils constatent et rapportent les faits.

Les compilateurs niveau 1 rédigent les rapports après étude du dossier des contrôleurs niveau 1 et des données auxquelles ils ont accès dans les bases de la Gestion centralisée. Le rapport est transmis aux officiers de direction qui révisent le rapport et l'envoient ensuite à cette dernière.

Les contrôleurs niveau 2, sur avis de la Gestion centralisée, mènent une enquête plus approfondie sur le terrain. Ils constatent et rapportent les faits.

Les compilateurs niveau 2, à partir des éléments réunis par les contrôleurs niveau 2 et des données accessibles dans les bases de la Gestion centralisée constituent un dossier. Le rapport est transmis aux officiers de direction qui révisent le rapport et l'envoient ensuite à cette dernière.

Les officiers de direction, une fois les rapports traités par la Gestion centralisée, dépêchent des contrôleurs niveau 1 pour constater la résolution des dysfonctionnements.

L'organisation des services permet d'optimiser le travail. Le travail construit les citoyens.

Le travail est l'âme de la Cité. La Cité est le salut de l'humanité.

Partie 4

Jason a passé la nuit au bureau. Il a tenté de consulter l'enregistrement de son rendez-vous, mais, à nouveau, le système d'enregistrement était tombé en panne. Et plus étrange encore, il n'existe plus aucune captation d'Eva sur le banc, son message tourné vers les unités d'enregistrement.

Il a passé le reste de la nuit à consulter le dossier intégral d'Eva-2/19473/75. Dix ans de rapports professionnels. Impossible de remonter plus loin. Il lui faudrait constituer un dossier bien plus conséquent pour avoir accès aux années antérieures – ce genre de requête est quasiment toujours refusée, sauf dans les cas d'extrême gravité.

Sur la femme, il n'a pas appris grand-chose. Elle occupe son poste de compilatrice niveau 1 depuis dix ans au moins. Aucun Rapport exceptionnel de ses officiers de direction, qu'ils concernent son désengagement social ou son investissement supérieur dans le travail. Les rapports de routine font état d'une employée sans beaucoup d'ambition, sans problème certes, mais peu intéressée par l'évolution sociale, et dont l'implication dans le travail est tout sauf exemplaire. Ce qui se reflète dans son taux de citoyenneté qui oscille entre 55 et 60 %. Avec quelques baisses inquiétantes près des 50 %. Mais le seuil fatidique n'ayant jamais été dépassé, elle n'a jamais été envoyée en Séjour de remotivation. C'est peu, bien évidemment. Mais ce n'est pas la seule à s'accommoder du Système sans y trouver l'engagement qu'il doit susciter. Au pire, on peut convenir qu'elle n'est pas une citoyenne idéale. Rien de plus. Puis, un changement s'opère il y a un peu moins de quatre ans. Son taux de citoyenneté remonte à 75 % et s'y stabilise avec une régularité assez étonnante. Les rapports qu'elle soumet ne s'améliorent pas pour autant. Ils sont de piètre qualité et se limitent au minimum. Par contre, elle effectue un nombre impressionnant d'Heures de Grande citoyenneté, ce qui explique probablement la remontée de son taux. Elle amasse aussi un nombre considérable de bonus-divertissements, qu'elle n'utilise quasiment jamais. Ce qui est étrange. On sait ce qu'il en est des bonus-divertissements. Ceux qui n'en ressentent pas le besoin les échangent contre des faveurs. La Gestion centralisée n'a jamais émis d'avis contraire à ces transactions. Ce qui est assez utile pour s'assurer de rapports favorables de ses supérieurs, entre autres. Mais Eva-2/19473/75 ne semble pas vouloir grimper les échelons de son service.

Jason constate aussi que les supérieurs d'Eva sont, ces quatre dernières années, plus enclins à être dézonés qu'à l'accoutumée. Ce n'est probablement qu'une conjoncture.

Le portrait qui se dessine à la lecture du dossier cadre assez mal avec l'impression qui émane de la femme qu'il a rencontrée. Assurément, elle est intelligente. Très. Et probablement douée pour manipuler les gens. Il n'y a rien de tout cela dans son dossier.

Nathan arrive au bureau à 7 h 15, soit quarante-cinq minutes avant l'Heure officielle. Il ne lésine pas sur les Heures de Grande citoyenneté, ce n'est pas une nouveauté.

Jason commence par lui passer un savon à propos du rapport. Le jeune homme prend la remontrance avec une certaine surprise. Il pensait avoir bien fait. Il voulait prouver son investissement. Jason insiste sur l'importance du protocole. Et ce n'est pas en ne s'y pliant pas qu'il fera grimper son taux de citoyenneté. La Gestion centralisée apprécie l'engagement au travail. Elle apprécie aussi qu'on respecte les règles.

Il lui demande de revoir son propre rapport, et cette fois-ci de le lui soumettre pour approbation. Vu que celui que le jeune homme pensait avoir envoyé ne se trouve pas sur son terminal. Ce qui étonne ce dernier.

Nathan : Pourtant, je suis certain de l'avoir envoyé.

Jason : Vérifiez vous-même.

Nathan vérifie. Il n'en trouve aucune trace.

Nathan : Comment est-ce possible ? Vous l'avez effacé ? Vous avez annulé la soumission que j'avais faite ?

Jason : Comment aurais-je pu faire ça ? C'est évidemment impossible. On peut soumettre à la Gestion centralisée une version modifiée. On ne peut pas effacer un document qui est déjà parvenu à la Gestion centralisée.

Nathan ne dit rien. Mais Jason comprend que le jeune homme est dubitatif. Ce genre de dysfonctionnement n'arrive jamais. Il doit y avoir un responsable. Entre la Gestion centralisée et son supérieur, le choix est facile.

Jason : Le sujet est clos. Vous revoyez mon rapport. Il doit être perfectible, je l'ai rédigé en urgence cette nuit.

Nathan : Je ne le trouve pas non plus.

Jason vérifie sur son terminal. Il n'existe effectivement plus.

De plus en plus inquiétant. Les rapports ne disparaissent pas. Jamais. Nathan va le rédiger à nouveau. Mais l'enchaînement de dysfonctionnements commence à devenir préoccupant.

Son entretien de la veille au soir lui revient alors à l'esprit. Eva-2/19473/75 avait évoqué la possibilité d'une prise de contrôle totale par la Gestion centralisée, qui rendrait les hommes superflus. Et si ces dysfonctionnements étaient les premiers signes d'un bouleversement majeur de la gestion de la Cité ? L'idée est aberrante. Il n'y a pas de Cité sans les hommes, il n'y a pas d'hommes sans la Cité. Ou peut-être qu'Eva-2/19473/75 fait partie d'une réelle organisation syndicale. Et il serait confronté, là, aux premières actions menées contre le Système. Mais saboter la Gestion centralisée est une tâche impossible. Et cela ne tient pas. Si tel était le dessein d'Eva-2/19473/75, elle se serait bien retenue de l'en informer.

Le reste de la journée défile. Nathan rédige un nouveau rapport, corrigé et avalisé par son supérieur, et l'envoie à la Gestion centralisée.

Un interrogatoire en début d'après-midi, sans grand intérêt, et l'Heure officielle arrive. Jason rentre chez lui – il a besoin de sommeil –, laissant son subalterne à ses Heures de Grande citoyenneté.

Intermède didactique 4

Le salaire est universel, incessible. Il est perçu chaque mois et doit être dépensé chaque mois.

Il est de 1500 unités, qu'importe la Zone.

Mais les zones ne sont pas égales, car l'inégalité est le moteur de l'ascension sociale. Elle motive et permet le surpassement.

Les transports, les soins, l'habitat sont un dû de la Cité à ses citoyens. Ils sont gratuits.

La nourriture, les vêtements, les objets de confort ou de décoration s'achètent.

Toutefois, ils sont plus chers en Zone 1, et de moindre qualité.

Ils sont moins chers et de meilleure qualité en Zone 2.

Ils sont encore moins chers et de qualité supérieure en Zone 3.

C'est la récompense pour les citoyens qui se surpassent dans le travail.

Devenir meilleur, c'est accéder à une vie encore meilleure.

La Zone d'or est le lot des Grands travailleurs. Ils sont rares. Car l'exception est rare.

Tout est gratuit dans la Zone d'or. Le travail n'est qu'allégresse. Les divertissements nombreux. La joie éternelle.

Ceux qui accèdent à la Zone d'or sont les héros du Système. La Cité les respecte.

Nous avons notre avenir en main. Il ne tient qu'à nous de devenir des Grands travailleurs.

Que ceux qui accèdent à la Zone d'or nous inspirent !

Partie 5

Le jour suivant, routine encore. Si ce n'est la constatation que le rapport a encore disparu. Jason se demande quel service informer pour résoudre ce problème. Ou s'il ne vaut pas mieux passer l'éponge. Les autres rapports envoyés suivent la procédure habituelle. Il en vient à se demander si la Gestion centralisée ne censure pas d'elle-même certains dossiers, pour une raison qu'il ne peut conjecturer.

Le soir venu, il décide de retourner à l'Espace de convivialité 2-73. Plus de nouvelles d'Eva-2/19473/75. Peut-être l'y retrouvera-t-il.

Sur place, peu de monde. Surtout des préemplois. Et, assise à une table isolée de l'animation ambiante, Eva qui boit un verre d'un liquide coloré, détachée du monde. Une vision toujours aussi empreinte de sérénité.

Jason s'avance, un peu trop rapidement pour ne pas traduire son empressement. Eva relève la tête, affichant un sourire mi-amusé, mi-satisfait.

Eva : Vous avez encore fait les bons choix.

Cette fois-ci, Jason s'assoit.

Jason : Quels choix ?

Eva : Celui de me rejoindre. Celui de ne pas insister dans vos rapports concernant cette affaire.

Jason : C'est vous qui les effacez ?

Eva : Si je vous disais oui, vous me croiriez ?

Jason : Je ne pense pas.

Eva : Alors, je ne répondrai pas à votre question.

Jason se tourne, indique plusieurs endroits sur les murs.

Jason : Les unités d'enregistrements ?

Eva : Il y a de grandes chances qu'elles ne fonctionnent pas plus que lors de votre dernière visite ici. La technologie est capricieuse ces derniers temps.

Elle porte son verre à ses lèvres, avale une gorgée.

Eva : Notre dernière conversation ? Vous en avez tiré quoi ?

Jason : Des interrogations. Sur vous, sur vos motivations.

Eva : Et sur l'éventualité que le Système soit bâti sur une inutilité ? Qu'il se nourrisse du travail des citoyens, mais n'ait aucun but ?

Jason : Il a un but : nous offrir le monde meilleur.

Eva : Qu'en savons-nous ? Nous ne connaissons aucun autre monde. Nous sommes conditionnés à croire qu'il n'existe aucune alternative. Que notre monde est né comme il est aujourd'hui. Que l'histoire n'existe pas.

Jason : Nous avons une histoire. L'époque des terreurs syndicales, l'effondrement des anciennes cités, la création de la

Cité et de la Gestion centralisée, et le sauvetage de l'humanité.

Eva : Oui, mais depuis ? Que s'est-il passé ? Nous ne sommes même pas capables de savoir combien d'années se sont écoulées depuis la création de la Cité.

Jason s'interroge un moment. Effectivement, il n'en a pas la moindre idée.

Jason : Depuis, le monde est parfait...

Eva : C'est une assomption. Nous n'avons aucun moyen de comparer. Vous ne vous êtes jamais demandé pourquoi vous n'aviez pas accès aux dossiers remontant à plus de dix années, sauf cas très exceptionnels ?

Jason : C'est compréhensible : protection de la vie privée.

Eva : Dans un monde où tous les lieux sont truffés d'unités d'enregistrement ? Même l'intérieur de nos logements... Même si, officiellement, cela n'existe pas.

Jason fronce les sourcils.

Jason : Comment pouvez-vous savoir ça ?

Eva sourit une nouvelle fois. Une petite pause et elle reprend son monologue, sans s'embarrasser de répondre à la question.

Eva : À votre avis, pourquoi n'existe-t-il aucun rapport écrit ? Pourquoi le seul papier que l'on puisse trouver est celui qui sert à réaliser des œuvres graphiques ? Vous allez me dire que les tablettes informationnelles sont le support idéal pour prendre des notes, rédiger des rapports, envoyer des messages. C'est certain. Pourtant rien n'empêcherait l'utilisation du papier. Je m'en suis servi pour vous contacter. Le procédé est amusant. Mais on se retient bien de l'encourager. Pourquoi ? Parce qu'il est impératif de ne pas laisser de traces, de témoignages. Rien ne se conserve dans ce monde.

Tout ce qui est créé dans les Espaces d'expression artistique, les réalisations graphiques, sculpturales, vestimentaires, tout cela ne subsiste pas plus de dix ans. Tout est programmé pour disparaître. Toute création doit être éphémère. Parce qu'une création qui perdure est une histoire. L'histoire n'est pas souhaitable, car elle est le témoin d'une évolution. Elle prouve que le changement permet à une société d'évoluer. Or, un système parfait ne peut évoluer. Nous n'avons pas d'histoire, parce que ce monde est parfait... pour la Gestion centralisée. Mais l'est-il vraiment pour nous?

Jason ne sait que répondre. Il y a une certaine logique dans cette réflexion, bien qu'elle rentre dans le domaine des transgressions contre-sociales.

Eva: Nous sommes faits pour travailler. Nous sommes le travail. Il est notre vie, nos espoirs, notre moyen de nous réaliser, de devenir meilleurs. Nos rêves sont faits de travail. Nos avenirs se construisent de notre investissement dans le travail. Nous sommes poussés à n'être que cela. Pas parce que cela nous rend meilleurs, mais parce qu'en nous focalisant ainsi sur le travail, le Système prévient toute esquisse de réflexion. Un monde qui ne réfléchit pas ne remet en cause ni son fonctionnement ni sa légitimité. La Cité est une imposture. Son essence est notre soumission. Les tâches que nous réalisons sont inutiles. Les unités automatisées pourraient les réaliser. La Gestion centralisée n'a pas besoin de rapports. Elle a des yeux et des mains partout.

Jason: Si j'ai bien compris, vous percevez le travail comme une sorte d'anesthésiant. Ou de moteur de la soumission. Je veux bien faire un effort pour considérer cet argument, mais je n'en saisis pas le but.

Eva: Le but...

Jason est rentré chez lui après un détour au bureau. Nathan était toujours là, tapotant sur son clavier. Ils n'ont échangé que quelques mots, et les regards que ce dernier a lancés à son supérieur laissent présumer qu'il n'a pas digéré de s'être fait remonter les bretelles, et qu'il reste sceptique quant aux explications, ou plutôt non-explications, du dysfonctionnement des envois de rapport.

Jason a ignoré ces regards. Il a d'autres choses sur le cœur.

Une brève vérification lui a permis de constater qu'il n'existait aucun enregistrement de sa conversation récente avec Eva. Il s'y attendait certes, mais il se sent soulagé. Le discours tenu par la femme l'aurait condamnée immédiatement. Et lui aussi sans doute.

Intermède didactique 5

Chaque année, le Jour de la célébration de la Cité, la Gestion centralisée publie les noms des heureux élus. Elle publie aussi ceux des déchus.

Par la valeur, par le mérite, le citoyen s'élève. Il s'élève socialement, gravissant les échelons.

Seuls les bannissements peuvent être prononcés en dehors de cette date, car ils résultent de fautes graves, d'actes d'insubordination, ou d'activités syndicales, et il en va de la sécurité des citoyens, de la pérennité de la Cité, que les éléments nocifs en soient expulsés sans délai.

Le mérite fait la valeur du citoyen.

Le mérite est l'unique moyen de s'élever, et seul le citoyen méritant profite de l'évolution sociale.

Heureux celui qui monte en zone, car il récolte les fruits de son labeur.

Le travail ne rend pas libre. La liberté, c'est le travail.

Partie 6

Un cycle passe. Eva a repris sa vie normale. Jason suit ses mouvements dans les zones publiques. Ils se bornent aux trajets qui mènent de son logement à son lieu de travail. Rien d'autre. Aucun détour, si ce n'est dans des unités de sustentation.

Il est probable qu'elle a conscience d'être observée. Toutefois, elle n'en montre rien. Pas un regard vers les unités d'enregistrement, pas le moindre signe, si anodin soit-il.

Vers le milieu du cycle suivant, il reçoit un message provenant du Service de contrôle des installations urbaines. Il ne fait mention d'aucun expéditeur. Encore une incongruité... Pourtant, aucun doute n'est possible. Eva en est la rédactrice.

C'est une suite de statistiques, sans commentaire ni interprétation, qui concernent les évolutions sociales par zones ainsi que les variations démographiques de la Cité. Des données dont il est persuadé qu'elles ne sont accessibles à aucun citoyen.

• **cette année**

Population Zone 1	200 000
Population Zone 2	100 000
Population Zone 3	50 000
Population Zone d'or	données non disponibles

Zone 1	
Bannissement	118
Dézonage non-zone	706
Évolution Zone 2	915
Naissances	3826
Décès	2718

Zone 2	
Bannissement	56
Dézonage Zone 1	631
Évolution Zone 3	485
Naissances	973
Décès	1014

Zone 3	
Bannissement	17
Dézonage Zone 2	298
Évolution Zone d'or	20
Naissances	329
Décès	479

• **année précédente**

Population Zone 1	200 000
Population Zone 2	100 000
Population Zone 3	50 000
Population Zone d'or	données non disponibles

Zone 1	
Bannissement	97
Dézonage non-zone	831
Évolution Zone 2	843
Naissances	3781
Décès	2932

Zone 2	
Bannissement	61
Dézonage Zone 1	922
Évolution Zone 3	503
Naissances	1321
Décès	999

Zone 3	
Bannissement	26
Dézonage Zone 2	321
Évolution Zone d'or	20
Naissances	422
Décès	558

Et ainsi de suite sur une période couvrant dix années.

Jason en déduit instantanément que la régularité démographique (durant les dix années, la population des trois zones reste exactement la même) n'est pas compatible avec le système de l'évolution sociale. Il en conclut que l'évolution sociale n'est pas uniquement le fait d'une exemplarité citoyenne. Elle dépend en premier lieu de la régulation de la population de la Cité.

Ce qui implique qu'une personne qui mériterait de monter en zone ne le fera pas systématiquement.

Ce qui implique qu'une personne qui ne mérite pas d'être dézonée en non-zone le sera peut-être si la croissance démographique de la Zone 1 est trop importante.

Si le Système veut être parfait, il doit, dans certains cas, être injuste. Aucune garantie pour lui de monter en Zone 3 les années qui viennent, qu'importe si son taux de citoyenneté reste au niveau maximum. Il savait que l'évolution sociale et les montées de zone n'étaient pas toujours compréhensibles, mais, comme tout le monde, il acceptait le fait que ces incompréhensions relevaient d'une méconnaissance de l'intégralité des données prises en compte par la Gestion centralisée. En un sens, c'est avéré. Mais ces données n'ont aucun lien avec le mérite. Il ne peut accepter cela.

Mais plus inacceptable encore, l'injustice qui veut qu'on bannisse une personne de la Cité, qu'on l'expédie dans la non-zone alors qu'elle ne le mérite pas.

Toute la journée durant, il retourne ces données dans sa tête, s'interroge, tente de se convaincre que son analyse est bancale. Mais rien n'y fait. Tout est excessivement clair.

Puis, à l'Heure officielle exactement, son terminal l'informe que la dénommée Eva-2/19473/75 vient de quitter son lieu de travail. Le suivi vidéo se déclenche. Et là, pour la première fois, Eva adresse un signe vers les unités d'enregistrement. Un simple salut de la main, qui pourrait être destiné à n'importe qui. Mais Jason a compris le message. Il attend de connaître sa destination. L'Espace de convivialité 2-73.

Il éteint son terminal et quitte le bureau, laissant derrière lui Nathan qui n'a pas pipé un mot de la journée, absorbé par une nouvelle enquête sans grand intérêt.

Eva est assise à une table isolée, faisant lentement tourner un verre vide entre ses doigts fins. Jason perçoit un début de fébrilité dans son comportement. Peut-être pas de la fébrilité, mais l'absence de cette sérénité qui émanait d'elle.

Jason : Il y a un problème ?

Eva laisse passer de longues secondes, comme si elle cherchait une réponse appropriée.

Eva : Disons que je suis préoccupée. Par deux choses. La première ne constituera plus un problème d'ici demain. La seconde...

Jason : L'injustice du Système ? Votre message ?

Eva : Non. Ce n'était qu'une manière de vous aiguiller. Et de vous préparer à plus grave.

Jason : Je vous écoute.

Eva : J'ai accès à l'intégralité des données stockées par la Gestion centralisée depuis sa création.

Jason marque un temps d'arrêt. Peut-être la surprise. Ou l'incrédulité.

Jason : C'est impossible.

Eva : Mon terminal, pour une raison inconnue, avalise toutes mes requêtes. Il me permet de fouiller où bon me semble. Je l'ai découvert il y a quatre ans, par hasard. J'ai commencé par quelques demandes simples, puis j'ai demandé à consulter des dossiers qui n'avaient rien à voir avec mon service. Depuis, je n'ai jamais reçu de refus à mes requêtes.

Eva s'est arrêtée de parler. Elle attend une réaction de Jason, qui la regarde sans trop savoir quoi penser.

Eva : Comment croyez-vous que j'aie pu mettre les unités d'enregistrement hors service ou effacer les rapports me concernant ?

Jason : C'était bien vous.

Eva : Bien entendu.

Jason : Et vous pouvez faire quoi, à partir de votre terminal ?

Eva : Tout.

Jason : J'ai du mal à croire que la Gestion centralisée, pour une raison ou une autre, permette à un citoyen d'avoir accès à la somme astronomique de données qu'elle stocke, encore moins d'influer directement sur le Système.

Eva : Et pourtant... C'est peut-être un dysfonctionnement. Je suis incapable de vous donner une réponse sur les raisons de cette... singularité. J'ai accès à toutes les données, je modifie ce que je veux. La Gestion centralisée ne semble pas s'intéresser à ce que je fais. Ce qui n'est pas le cas de votre subalterne.

Jason : Nathan ?

Eva : Lui-même. Il a rédigé et envoyé plusieurs rapports me concernant. Ce n'est pas bien important. Ce qui est plus grave, et qui constitue la première source de mes préoccupations, c'est qu'il en a envoyé deux dans lesquels il vous accuse de dissimuler une affaire d'envergure et de saboter le système-terminal du bureau. Pas d'inquiétude, je les ai effacés.

Jason ne répond pas immédiatement. Ça ne l'étonne qu'à moitié. Mais il pensait que le jeune homme avait plus de respect pour l'autorité. Et qu'avant d'essayer de le torpiller, il lui faudrait quelques années, et plus de certitude pour monter un dossier.

Eva : Mon second souci maintenant. La Zone d'or.

Jason : La Zone d'or ?

Eva : Vous avez pu constater que c'est la seule des quatre zones qui n'est pas concernée par la régulation démographique. Le nombre de citoyens qui accèdent à cette zone est constant. Le fait m'a intrigué. Je suis remontée dans le temps, à la recherche d'indices, jusqu'à la première année de la Cité.

Jason ouvre grand les yeux. L'idée lui paraît vertigineuse. Puis il se dit qu'il n'existe aucune raison pour que la Gestion centralisée n'ait pas enregistré, dès son premier jour, tout ce qui se passe dans la Cité.

Eva : Les cent premières années environ, il n'y a pas de régulation démographique. La population n'a pas atteint le niveau où elle s'est depuis stabilisée. Quand elle y parvient, le contrôle démographique se met en place. Pourtant, le nombre d'élus qui accède à la Zone d'or n'est pas pour autant constant. Il varie entre une dizaine et une centaine, selon les années. Jusqu'à ce qu'il se stabilise à 20, il y a un peu plus de cent ans. Ne me demandez pas pourquoi, je n'en sais absolument rien. J'ai cherché des rapports sur le fonctionnement de la Zone d'or. Il n'en existe aucun. Peut-être qu'ils ne me sont pas accessibles, ou que la Gestion centralisée n'a pas été conçue pour gérer aussi la Zone d'or. J'ai élargi mes recherches aux rapports émanant des trois zones et qui mentionnaient la Zone d'or. Il m'a fallu remonter aux premières années de la Cité pour dénicher des éléments d'intérêt. Il y avait alors de nombreux cas d'insubordination sociale : la Cité en était à ses premiers pas et le Système n'était probablement pas encore parfait. De ce que j'ai pu en comprendre, les contestataires reprochaient à la Cité d'avoir calqué le fonctionnement du monde tel qu'il était avant l'époque des terreurs syndicales. Pire, que la Gestion centralisée n'avait pas été créée pour sauver l'humanité, mais pour perpétuer la vision d'une élite. Un nombre réduit d'hommes et de femmes qui, depuis la Zone d'or, auraient pérennisé un système d'exploitation malsain. Le travail aurait permis non seulement de focaliser l'attention des citoyens de façon à ce qu'ils n'aient plus la capacité d'analyser et de remettre en cause le Système, mais aussi de valoriser chacun d'eux. Quand je dis de valoriser, j'entends associer une valeur à chaque citoyen, qui serait variable, et cela en fonction de son investissement dans son travail.

Jason : Le taux de citoyenneté ?

Eva : Très probablement. Il aurait servi certes d'unité de mesure pour l'évolution sociale, mais surtout d'indicateur de valeur. Nous sommes persuadés que le système de l'évolution sociale est juste, qu'il est le seul qui puisse nous offrir une vie meilleure. Alors qu'il ne semble construit que sur un jeu. Celui auquel se livrent les habitants de la Zone d'or.

Jason grimace. Il a du mal à suivre le raisonnement d'Eva.

Eva : Je vois que vous n'êtes pas convaincu. C'est normal. Il m'a fallu trois ans de recherche, d'enquête, d'analyse pour arriver à cette conclusion.

Jason acquiesce d'un mouvement de tête.

Eva : Je reprends. Lors de la création de la Cité, chaque habitant de la Zone d'or – et je dis bien habitant et non citoyen, car je suis persuadée que les règles de notre monde ne se sont jamais appliquées au leur – possédait un nombre défini de citoyens. Il ne les possédait pas physiquement, bien sûr. Il les possédait comme des entités de valeur. Le tout formait un cheptel constituant la fortune virtuelle de chaque habitant. J'ai décompté entre 400 et 500 habitants de la Zone d'or dans les premières décennies de la Cité. Je vous expliquerai comment. Ensuite, ce nombre paraît décliner. Mais mon mode de calcul ne se base pas sur des données démographiques. Il n'a plus beaucoup de pertinence passé le premier siècle. Mais, d'abord, un point que je dois expliquer. La valeur des citoyens étant variable, les fortunes virtuelles le sont aussi. Un citoyen qui est banni, c'est une valeur qui disparaît. Un citoyen qui monte en zone, c'est une valeur qui grandit. Dans le grand jeu auquel se sont très probablement livrés les habitants de la Zone d'or, il y a eu des gagnants et des perdants. Les gagnants ont augmenté leur cheptel en accaparant une partie de celui des perdants. C'est un concept assez étranger pour nous, mais que l'on peut comprendre. Les bonus-divertissements s'échangent contre des faveurs. Ils n'ont certes pas de valeur variable, mais ils peuvent être cédés. Il n'est pas illogique de penser qu'il y ait eu des échanges de citoyens contre des faveurs, ou plus certainement, des échanges de plusieurs citoyens aux taux de citoyenneté très bas contre un ou deux au taux de citoyenneté très haut. À l'acquéreur ensuite de veiller à ce que ses nouvelles acquisitions prospèrent. Je pense avoir trouvé la preuve de ce que j'avance. Pendant le premier siècle de la Cité, nous, les citoyens, recevions des messages délivrés par la Gestion centralisée, qui se voulaient être des notifications de motivation. Ils prenaient la forme de félicitations ou de mises en garde. Leur contenu était très directif, leur fréquence très soutenue, et il semble que les citoyens aient été alors très sensibles à ces messages. Je les ai comparés. Ils ne sont pas individualisés. J'ai isolé des groupes de messages, selon leur formulation. Je pense que chaque groupe de messages émanait d'un habitant de la Zone d'or. Et que leurs destinataires constituaient son cheptel. D'où ma conclusion sur le nombre d'habitants de la Zone d'or. De l'évolution de la taille de ces cheptels, j'en ai déduit que des transactions virtuelles de citoyens existaient. Au fil des années, les groupes de messages se sont réduits drastiquement. Puis, les envois cessent définitivement il y a environ deux cents ans. Les habitants de la Zone d'or ont-ils cessé leur jeu malsain ? L'un d'eux a-t-il réussi à accaparer tous les citoyens de la Cité ? La Gestion centralisée a-t-elle mis fin à ces spéculations sur le taux de citoyenneté ? Je n'en sais rien.

Eva cesse son monologue. Elle se remet à triturer son verre vide, laissant le silence s'installer. Elle fixe Jason, attendant qu'il réagisse.

Jason, lui, ne sait trop quoi répondre. Il y a effectivement une injustice dans le mode de fonctionnement du Système. Sa perfection est hautement contestable. Mais que croire de ces théories, pour le moins singulières, sur la Zone d'or? Et est-il vraiment raisonnable de remettre en cause la raison même de la Cité?

Jason: Vous proposez quoi? Révéler à tous les citoyens que le Système est construit sur une aberration? Que l'évolution sociale n'est que le moyen de nous conforter dans une illusion, tout en servant de divertissement à des personnes qui sont hors du Système? Que le travail est inutile, et que la Cité est bâtie sur une imposture? Qui va vous croire?

Eva: Personne, bien sûr. Mais je n'ai aucune intention de révéler quoi que ce soit. Je veux savoir ce qu'il en est de la Zone d'or. Comment ce système parallèle a évolué. Ce qu'il est devenu aujourd'hui. Ensuite...

Jason: Ensuite?

Eva: Je ne sais pas. Tout dépend de ce que nous y découvrirons.

Jason marque un temps d'arrêt. Il grimace.

Jason: *Nous* y découvrirons?

Eva: Oui. C'est ce que je vous propose: de nous rendre dans la Zone d'or.

Intermède didactique 6

Les zones 1, 2 & 3 ne sont séparées que par un espace de verdure d'une centaine de mètres de large. De nombreuses routes permettent le passage d'une zone à l'autre, car rien n'empêche les citoyens d'aller de zone en zone. Les citoyens sont libres.

Toutefois, très rares sont ceux qui quittent leur zone. On ne peut dépenser ses crédits que dans sa zone, on ne peut profiter des Espaces et des Transports que dans sa zone. On ne peut travailler que dans sa zone. On ne peut vivre que dans sa zone.

Au sud, le Grand mur sépare la Zone 1 de la non-zone. Il n'y a qu'un seul accès, le SAS, contrôlé par les unités de sécurité automatisées.

Au nord, le Rempart sépare la Zone 3 de la Zone d'or. Il n'y a qu'un seul accès, le SAS, contrôlé par les unités de sécurité automatisées.

À l'est comme à l'ouest, un long mur sépare les Zones citoyennes des Zones d'industrie et de culture et d'élevage, qui elles sont probablement protégées de la non-zone par des hauts-murs. Nul ne le sait.

Ainsi est la Cité, parfaite, éternelle. Et les citoyens sont son âme.

Partie 7

Le lendemain matin, le bureau est vide quand Jason y entre, moins de cinq minutes avant l'Heure officielle. Assez rare que Nathan n'y soit pas déjà.

Jason en comprend la raison quand il allume son terminal. Le jeune a été conduit pendant la nuit en Séjour de remotivation, son taux de citoyenneté ayant brutalement chuté à 36%. Il comprend aussitôt qu'Eva en est la responsable.

Il s'affale sur son siège. Pourquoi a-t-elle fait ça ? Pour le protéger, certainement. Mais la méthode est d'une violence extrême. Il en ressent une certaine colère, mais aussi une angoisse. La détermination de la femme est sans limites. Puis, il se calme. Eva aurait très bien pu envoyer le jeune homme dans la non-zone, s'en débarrasser définitivement. C'est un moindre mal. Il s'en remettra. Et il retiendra la leçon.

Eva lui a accordé un délai de réflexion. Qu'il prenne le temps de digérer, d'assimiler ses révélations. Qu'il les analyse, qu'il s'interroge. Elle attendra. Un cycle, deux, dix. Peut-être plus. Elle ne le contactera plus. À lui de décider quelle suite il souhaite donner à sa proposition.

Il lui faut deux cycles pour rendre sa décision.

Il va la suivre. C'est probablement la résolution la moins logique et la moins sage qu'il ait prise de sa vie, mais il doit savoir : les conclusions qu'Eva a tirées de ses années d'enquête relèvent-elles ou non du fantasme ?

Évidemment, il risque gros à tenter de se rendre en Zone d'or. Mais la détermination d'Eva le fascine. Son intelligence, sa capacité à maîtriser des concepts absolument étrangers font d'elle, sans aucun doute, la personne la plus brillante qu'il ait jamais rencontrée. C'est intrigant, séduisant même. Et nouveau pour lui. Il a toujours regretté le côté banal, convenu des enquêtes qu'il a menées, persuadé que jamais il ne serait confronté à une affaire véritablement significative. Et l'impression vaut aussi, plus généralement, pour sa vie. Eva lui offre l'opportunité de faire voler en éclats cette normalité. Ce n'est pas ce qu'on attend des citoyens, de transcender la normalité. Il n'est peut-être pas un citoyen comme les autres. Et cette hypothèse le séduit.

Il retrouve Eva dans l'Espace de convivialité 2-73. Elle l'accueille avec un sourire radieux. Puis elle lui annonce qu'elle a déjà tout mis en place. Il lui suffit de demander l'autorisation au Système pour leur transfert en Zone d'or. Elle n'attendait que sa réponse. Avant de mettre fin à leur entretien, Jason a une dernière question qui lui triture l'esprit depuis un bon moment, même s'il n'avait jusque-là pas jugé bon de la poser.

Jason : Pourquoi m'avoir choisi, moi ?

Eva : J'avais besoin de partager mes connaissances. Mes expériences.

Jason : Oui. Mais pourquoi *moi* ?

Eva : Je testais Daniel. Je pensais qu'il était un bon candidat. Peu satisfait de sa vie, à peine plus impliqué que moi dans son travail et sans passion pour l'évolution sociale. Nous avions eu quelques échanges sinon antisociaux, pour le moins assez critiques envers le Système. Mais les choses ne se sont pas passées comme prévu. Et même s'il m'a écoutée et qu'il n'a jamais envisagé d'aller me dénoncer, il a commis l'erreur d'en parler à un collègue. Quand je vous ai rencontré lors de l'interrogatoire, j'ai trouvé que vous étiez différent. Plus intelligent. Moins aveugle. Je vous ai donné votre chance. Vous l'avez saisie. Nous en sommes là.

Trois jours plus tard, après avoir traversé la Zone 3, Eva et Jason se présentent devant l'entrée du SAS. La nervosité se lit pour la première fois sur les traits d'Eva. Jason, lui, oscille entre anxiété et excitation. Il n'est sûr de rien. Il se demande s'il ne ferait pas mieux de faire demi-tour, de retourner dans la Zone 2, à sa normalité, à son travail. Si Eva et lui ne vont pas se retrouver bannis de la Cité d'ici quelques minutes. Il s'attend à tout. Au pire comme au meilleur.

Il n'y aura aucune mauvaise surprise. Alors qu'ils se présentent devant le SAS, une voix atone les invite à décliner leur identité. Ce qu'ils font. La réponse est inexpressive, mais sans ambiguïté.

La Cité est fière des Grands travailleurs. La Cité prospère grâce aux citoyens méritants. Le monde est meilleur, car les citoyens œuvrent pour la justesse. Bienvenue dans la Zone d'or. Vos efforts sont récompensés.

Puis la lourde porte coulissante s'ouvre sur une salle assez vaste. Ils sont invités à se rendre à l'autre extrémité de la pièce. Une nouvelle porte s'ouvre et ils prennent place à bord d'une navette qui les conduit à travers un tunnel jusqu'à un deuxième SAS, identique au précédent. Le message est répété et la dernière porte s'ouvre sur la Zone d'or.

Le rythme cardiaque de Jason s'est emballé. Les yeux d'Eva papillonnent.

Ils avancent et découvrent...

Ils découvrent une étendue sauvage, abandonnée, où la végétation a proliféré d'une façon effroyable.

Cela ne ressemble en rien aux parcs et espaces verts de la Cité. Les arbres et les buissons ne connaissent ici aucun alignement, les mauvaises herbes ont colonisé ce qui avait dû être un monde idyllique, les bâtiments sont en ruines, écroulés, les anciennes voies de circulation subsistent sous forme de trouées dans la végétation luxuriante. De la Zone d'or, il ne reste que des vestiges : murs effondrés, aménagements urbains tordus, brisés, rouillés...

Jason ne sait que penser. Rien ne l'a préparé à cette vision. La Cité est ordonnée. Tout y est entretenu. Pas une herbe folle ; la végétation est à son image : tenue de respecter une unité, un agencement inéluctable. La notion même de ruine lui est étrangère. L'image est si nouvelle, si déstabilisante. Il tente de se maîtriser, de repousser le début de vertige qui l'assaille. L'idée que la Zone d'or, qui a toujours signifié la récompense ultime pour l'ensemble des citoyens, ne soit qu'une vaste étendue chaotique n'est clairement pas acceptable.

Eva, elle, a retrouvé la sérénité qui l'habitait lors de leurs premières rencontres. Elle se tourne vers lui, lui prend la main pour apaiser les tremblements qui l'agitent. Quelques minutes passent et il arrive enfin à contrôler sa respiration.

Jason : Que s'est-il passé ?

Eva : Je ne le sais pas. Le système parallèle s'est effondré sous le poids de ses excès ? La Gestion centralisée a jugé qu'il mettait en danger la Cité et a vidé la zone ? Ou alors elle a jugé que ses habitants n'étaient pas dignes ? Nous ne le saurons jamais...

Jason : C'est inadmissible.

Eva : Quoi ?

Jason : Il faut que les citoyens sachent.

Eva : Je ne suis pas certaine. Le Système est basé sur la promesse de l'évolution sociale. Sans Zone d'or, son inutilité serait apparente. Et le travail, qui est sa sève, apparaîtrait pour ce qu'il est : un non-sens. Une exploitation par le rêve, sans but, sans raison. Un moyen sans fin. La Cité s'écroulerait.

Jason : Vous pensez qu'il vaut mieux la laisser perdurer telle quelle ? Sur un mensonge, une illusion de justesse...

Eva : Non. La préparer à une mutation. En douceur. Sinon, il n'y aura que chaos.

Jason : Et vous voulez procéder comment ?

Eva : Pour l'instant, je n'en ai aucune idée. Nous devons avancer dans la Zone d'or. Il doit y avoir des gens qui y vivent. Que sont devenus les anciens habitants ? Où sont les vingt citoyens qui passent ce SAS annuellement ?

Jason : Nous risquons de ne pas trouver grand monde.

Eva : Ce n'est pas important. Ce qui compte, c'est de savoir s'ils ont su organiser leur vie différemment. S'il existe une alternative à notre monde.

Jason : Ensuite, nous retournons dans la Cité ?

Eva : Nous essayerons.

Jason acquiesce d'un bref mouvement de la tête. Il va suivre Eva. Comme elle, il ressent le besoin de savoir ce qu'il en est de cet autre monde. S'il est possible qu'il puisse s'organiser et perdurer, sans évolution sociale, sans travail. S'il existe une autre manière de vivre.

Il emboîte le pas d'Eva et tous deux s'enfoncent dans les décombres.

La Cité est fière des Grands travailleurs. La Cité prospère grâce aux citoyens méritants. Le monde est meilleur, car les citoyens œuvrent pour la justesse. Bienvenue dans la Zone d'or. Vos efforts sont récompensés.

Vertigeo
Emmanuel Delporte

1

Un Cataclysme. Un immense nuage noir. Plus de soleil. Plus de
vie. L'humanité frôla l'extinction. Les survivants se spécialisèrent :
météorologues, sismologues, charpentiers, mécaniciens, ménes-
trels, forgerons. Ils établirent une hiérarchie stricte au sein de leur
groupe. Puis ils procréèrent. Les premiers ouvriers virent le jour.
(Vertex. Introduction)

Quarante-neuvième niveau de la cent-vingtième poussée.
Soupentes en bois, treillis renforcés. Poutrelles en alliage de
métal. Le vent souffle si fort que les membrures vibrent en
permanence. Les sifflements des fers à souder et le martèle-
ment des outils sont à peine audibles. La tour fait des écarts de
plusieurs mètres, oscille tel un pendule vertigineux. On croirait
qu'elle va s'animer et se mettre à avancer.

Nous sommes au début du jour 365. Le grand Chambellan
m'a affirmé que jamais aucune équipe n'avait progressé aussi
vite. Rivés à leurs baudriers, les charpentiers bravent une
tempête de cendres. C'est une force 5, au moins. Peut-être une
6. Jaffar, notre météorologue, a lancé des calculs compliqués
sur ses bouliers. Il prédit une semaine d'intempéries et de
tourbillons solaires hors-normes. Mon thermomètre indique
une température de 35°C au soleil. À l'ombre, elle chute à 0°C.
Il nous faudra alterner les systèmes de réfrigération et de
chauffage des combinaisons pour garder notre rythme. Nos
dépenses en énergie vont augmenter en conséquence. Mais

c'est le prix à payer. Personne ne doit faiblir. Il ne faut pas relâcher nos efforts.

Je me retourne. Sous moi, le vide. Un nuage gris et noir empli de particules nous cache le sol, si lointain. J'en suis séparé par 32 000 mètres de chute. Rien ne me retient à part ma poigne et mon sens de l'équilibre. Seuls les charpentiers prennent le temps de s'équiper de baudriers. Je serre le tubule en acier qui me raccroche à cette terre que mes pieds n'ont jamais foulée. Il faut monter. Pousser. Toujours monter. Notre salut est en haut. Je tourne la tête à droite, puis à gauche. Je ne devine même pas les arêtes des tours 5 et 7. Je ne les ai jamais vues, malgré mes efforts et ma curiosité. Je ne peux pas croire que nous ne soyons pas en tête, étant donné l'allure à laquelle nous nous projetons à la verticale. Il paraît que la tour 9 s'est effondrée. Ce n'est sans doute qu'une rumeur. Je refuse d'y penser, encore moins d'y croire. Je ne sais même pas combien d'ouvriers travaillent dans chaque tour. 10 000, peut-être. 20 000 ? Peut-être, oui. Peu importe. Seul compte le rendement. Seule compte la poussée, ces mètres que nous arrachons au vent et à l'attraction terrestre. Au-dessus de nos têtes gronde un ciel insatisfait. Des volutes noires et acides tourbillonnent en spirales lascives. Des éclairs mauves zèbrent ce couvercle d'ébène. Aujourd'hui, le taux d'oxygène dans l'air a chuté à 10%. Je respire mal. Trop vite. Mon masque respiratoire me fait souffrir. Les sangles sont sans doute trop serrées, mais j'ai peur de les relâcher. Si je venais à le faire tomber, je serais obligé de descendre pour ne pas suffoquer. Sans moi, la poussée s'arrêtera. Si elle ralentit par ma faute, je ne sais que trop bien ce qui m'arrivera. Ce n'est pas une option envisageable. Mon organisme s'efforce d'équilibrer les niveaux de gaz carbonique et d'oxygène. Il me faut rester lucide. Mon confort n'a aucune importance. Le grand Chambellan me demandera des comptes en fin de journée. Il relayera son rapport à L'Empereur, qui ne pardonne rien. Juché sur le trône de la grande salle de la tour numéro 1, il voit et entend tout.

Deux ouvriers me frôlent. Ils filent à la verticale. Leurs silhouettes disparaissent dans le néant. Des faisceaux brûlants dégringolent du ciel, trouent le tapis de cendres et scintillent contre les arceaux de métal qui nous encadrent. Comme si un géant, perché sur une planète lointaine, vomissait sur nous des poussières d'étoiles. Jaffar dit que la couche d'ozone a percé il y a longtemps, que le magma solaire dérive, que la pression atmosphérique n'a rien à voir avec ce qu'elle était avant le Cataclysme. Nos 32 000 mètres d'altitude en valent au moins 50 000 de l'ancien monde. Jaffar affirme que la situation empire de jour en jour.

La poussière grise qui recouvre l'horizon comme un apprêt sur une toile vierge s'infiltre sous nos vêtements et déteint sur notre peau. Les ménestrels racontent que dans le temps passé, celui d'avant le Cataclysme, les hommes *dessinaient* et *peignaient*. Ils utilisaient des pigments pour s'approprier les couleurs et les réinventer. Certains mots colportent à mes oreilles des résonances magiques : « Magenta ». « Arc-en-ciel ». Les ménestrels nous font rêver en vert, en rouge, en jaune. Ils nous content les légendes de la ligne de partage des eaux. Elle est blanc et gris, fine comme le tranchant d'une lame, et découpe l'horizon en deux demi-lunes bleutées : le ciel d'un côté, l'océan de l'autre. Juchés sur notre mât d'acier, de bois et de béton, nous avons du mal à croire à ces fables. Aucune réalité n'a pu naître aussi belle et mourir aussi gâchée. Ce serait trop cruel.

Le monde que nous connaissons depuis notre naissance est monochrome. La couleur ne reste qu'un concept, une idée. Nous connaissons le noir et le gris, dans toutes leurs nuances. Nous connaissons aussi le brasier et la chaleur des flammes. Ils sont inscrits en nous, ils ont cavalé sur la ligne droite de la poussée, par-dessus les siècles.

Un charbon rougeoyant me brûle la joue. J'étouffe une plainte. Je remets mon foulard, rajuste mes grosses lunettes fumées. Les rayons du soleil sont des lances acérées qui percent les yeux et les chairs. J'en ai vu, déjà, se faire toucher : combustion instantanée. Leur squelette roussi reste accroché aux tubes d'acier avant de se désagréger. Leurs cendres sont emportées par les bourrasques.

Des cris se répercutent en écho depuis trois dimensions. Tout est flou. Seul notre but maintient la cohésion du groupe : monter, monter, pousser. Toujours plus haut.

2

Aux premiers jours qui suivirent le Cataclysme, l'urgence était vitale. La terre noire, craquelée, vomissait des torrents de lave. Des toxiques verts et jaunes empoisonnaient toute vie. Nulle lumière ne venait éclairer les recoins ténébreux de la lande stérile. Les derniers hommes levèrent les yeux et y trouvèrent le salut. Il était là-haut. Au-dessus des nuages de l'hiver éternel. Tout là-haut. Si haut !

Je ne sais pas quand je suis né. Les ménestrels nous parlent de *calendriers* et de *dates*. Ce sont des termes flous, dont nous ne sommes pas sûrs de comprendre le sens. Le grand Chambellan est le gardien officiel du temps. Il le découpe en 24 heures grâce à un objet précieux qui s'appelle une *horloge*. Il s'assure que chaque ouvrier respecte son quota de travail. De toute façon, il n'y a ni jour ni nuit. Seul le gris persiste. Les beaux jours, il est pâle. Les mauvais, il tire vers le noir. Les éléments se révoltent parfois contre notre ascension. J'ai traversé une fois une tempête de force 7. Au jour 124 de la cent-onzième poussée. C'était comme devenir aveugle. Les ouvriers hurlaient de terreur. Ils sont tombés par dizaines. La cendre venue d'en dessous se disputait au fracas du dessus. Des débris de bois, des rivets et des esquilles nous cinglaient le visage. J'ai fermé les yeux et je me suis cramponné, de toutes mes forces, à cette tige immense qui a surgi de la terre depuis les temps derniers, et qui pousse chaque jour davantage. Je me répétais : *je ne veux pas tomber.* Je ne veux pas tomber, non. Personne ne le veut. Mais il le faut bien ! Chacun son tour. L'énergie est indispensable. La poussée nécessite du carburant. Si personne ne chute par accident, le grand Chambellan vient faire le tri, lors de la Halte. Ce n'est qu'une ombre dans le néant. On ne peut que l'apercevoir. Il désigne les cibles aux punisseurs. On entend des cris lorsqu'ils débouclent les harnais. On devine les masses sombres de quelques charpentiers et ouvriers qui dégringolent dans un chuintement. Le rugissement du vent se fait alors plus fort. Le fracas des corps nous est inaudible, bien entendu. Mais l'énergie s'accroît aussitôt. Nous sentons l'oxygène affluer dans nos masques. Nous montons plus vite. Nous poussons plus fort.

Autant pour honorer nos morts que pour ne pas les rejoindre trop tôt.

Quel est mon âge ? Je ne sais pas. Je me sens fatigué. J'ai de plus en plus de mal à me lever pour prendre mon poste. Je somnole parfois, accroché de manière sommaire à mes tubes de soutien. Mon dos me fait souffrir. Mes épaules sont rouillées. Mes genoux craquent. Mes cheveux sont clairsemés. Nous dormons sur des paillasses disposées en damiers, offertes aux courants d'air. Les cendres se déposent sur nous en un fin duvet. Nous en respirons. Nous en avalons. Elles n'ont pas toutes le même goût. Certaines sont plus sucrées que d'autres. Nous émergeons de ces repos brefs et fragiles avec l'impression d'avoir abandonné un peu de nous-mêmes sur nos litières. Nous sommes des particules qui nous désagrégeons chaque jour davantage. Nous sommes une promesse de cendres. Le souffle de l'Empereur nous oppose à celui du vent et nous exhorte à pousser.

3

Les derniers hommes élurent un Empereur et s'assurèrent que sa lignée se perpétuerait. Il se reproduisit sans tarder. Les hauts ingénieurs désignèrent une zone sur le sol carbonisé. Ils plantèrent quatre piquets d'acier à cet endroit et tracèrent quatre droites. Ils décrétèrent que c'était le point de départ de la tour numéro 1. Vertigeo était née.

Ainsi, la poussée débuta.

Le grand Chambellan est satisfait. Nous avons poussé les deux derniers étages dans les délais impartis. Le vent n'a pas faibli. Plus nous grimpons et plus il souffle fort, comme s'il cherchait à nous décourager. Il nous repousse en arrière. Les forces contraires se juxtaposent, dansent un ballet ivre qui fait chuter les plus faibles. Le système est infaillible. À mesure que la difficulté augmente, de plus en plus d'ouvriers tombent, et l'énergie s'accroît. Les turbines accélèrent. Les rouages des grues cliquètent plus vite, les engrenages déroulent les cordages et les filins d'acier qui nous livrent les matériaux et outils nécessaires. L'oxygène abonde.

Les mécaniciens et les ingénieurs voltigent de loin en loin, à travers les étages, se propulsant grâce à leurs réacteurs dorsaux. Ils règlent les mécanismes, ajustent les automatismes. Les ménestrels nous disent qu'ils ressemblent à des grosses *mouches* et s'esclaffent. Nous rions avec eux, sans savoir de quoi.

Personne ne sait au juste à quoi ressemblait le monde, avant le grand nuage noir. Les ménestrels prétendent qu'il n'en subsiste que quelques traces : de rares tableaux colorés et quelques livres écrits en langues inconnues. Ils sont conservés dans la Grande Bibliothèque. Celle-ci est nichée dans la tour numéro 1. Elle est la source du savoir, l'écrin qui protège le seul livre que nous connaissons : le Vertex. Écrit aux premières heures du temps des cendres, il relate le début de la poussée. Il rappelle le but auquel nous sacrifions nos existences, depuis des années, des siècles, depuis des temps inconnus. Le temps est un gouffre abyssal. Nous n'en ressentons que certains effluves méphitiques. Il nous rote parfois un écho putride en plein visage. Nous ébouriffe de souvenirs abscons. Des éclats de couleurs surgis de l'anéantissement révèlent à nos yeux éteints l'infini des possibles. Il fut un temps de vert et de bleu, de jaune et d'orange. Il fut un temps sans poussée, où la terre donnait et reprenait, où la vie foisonnait à l'horizontale.

Encore un étage et ce sera le cinquantième. Ce sera enfin la Halte 50 et l'achèvement de la cent-vingtième poussée. Nous installerons les ascenseurs. On nous fournira des génitrices. Nous perpétuerons notre caste. Les nourrissons sont élevés plus bas, sur un niveau dédié, aménagé pour qu'ils ressentent le moins possible la colère des cieux, le froid, le chaud et le manque d'oxygène. Les précepteurs enseignent aux enfants tout ce qu'ils doivent savoir à propos du monde, du Vertex, des tâches qu'ils auront à perpétuer. On leur apprend à ne plus rêver.

Je me sens si las. Mon temps viendra bientôt, je le sens. J'ai assuré ma descendance. Il faudra bien que je chute et que je laisse ma place. Que je devienne une fraction d'énergie. La poussée ne s'arrête jamais. Elle ne cessera que lorsque nous aurons franchi la barrière de l'obscurité et atteint la clarté du jour éternel. Étage par étage, mètre après mètre, génération après génération, nous poussons en nous raccrochant autant aux tubules et aux cordages qu'à notre foi envers le Vertex. Ses promesses de vie et de couleurs maintiennent notre unité et nous permettent d'accepter notre sort.

L'ultime poussée doit nous mener en ce lieu de joie, où le labeur n'aura plus cours : L'Eden. Alors, nous serons libres. Assis sur les nuages, nous aurons le loisir de contempler et de rêver, de chanter et de peindre, d'aimer et d'être aimés. Sans craindre la chute, le brasier, et sans se soucier des rendements ou des punitions.

4

Le sismologue établit les schémas de la base. Le système hydraulique de compensation assure à la tour la stabilité essentielle. Les mouvements d'humeur de la terre sont ainsi équilibrés et ne mettent pas la poussée en péril. Nul séisme ne peut y mettre un terme prématuré.

Un jour stérile. C'est le premier que nous connaissons depuis bien longtemps. J'en suis le seul responsable. Je pourrais prétexter le vent de force 6 qui n'a pas faibli, la fatigue générale et la lassitude des ouvriers à l'approche de la Halte 50. Je pourrais même rejeter la faute sur les charpentiers. Mais je préfère assumer mes fautes. L'Empereur attend des contremaîtres qu'ils assurent la réussite de la poussée et maintiennent la cohésion de l'équipe. Chaque jour perdu est une catastrophe. Ce sont des ouvriers qui chutent pour rien, et autant d'énergie gaspillée. La relève censée prendre notre suite après le temps de repos, les éléments rescapés des poussées précédentes, devra se mettre plus tôt au travail. L'équilibre à maintenir entre le nombre d'ouvriers et la production d'énergie est délicat. Il est pourtant essentiel.

Le grand Chambellan me fait châtier, comme c'est l'usage. Sur la grande place du 49ᵉ étage, le punisseur m'installe dos tourné à l'équipe, nu, les bras en croix. Je sens le regard des ouvriers sur mes fesses blanches. Le punisseur m'assène le nombre de flagellations correspondant au niveau d'arrêt. 49 coups de son martinet en cuir. Je serre les dents et tente de ne pas hurler ; en pure perte. La douleur est insupportable. Je me mets à pleurer.

On recueille le liquide dans des tubes qui sont aussitôt stockés à l'abri, dans des paniers en osier. Rien ne doit se perdre ; tout se recycle. Nous vivons en permanence dans la crainte du manque. L'eau, l'oxygène, l'énergie, la nourriture sont nos trésors rares et précieux. Les nacelles relais cheminent toute la journée pour nous ravitailler depuis les étages inférieurs. Ma punition consommée, on me détache. J'ai le dos en feu. Mes anciennes cicatrices témoignent de quelques autres journées tout aussi stériles. Mais c'est la première fois que ça m'arrive si haut dans une poussée, si près de la Halte.

« Que cela te serve de leçon, contremaître, me crache le punisseur. Maintenant, reposez-vous tous. Demain, réveil à trois heures. Il faudra rattraper le temps perdu. Tels sont les ordres du grand Chambellan. »

Je n'écoute qu'à moitié, perdu d'épuisement et de douleur. Je me fais la réflexion qu'il est étonnant, ironique, que malgré la pénurie globale, il ait pu persister de l'ancien monde des reliques aussi effroyables que ces lanières en cuir. Les anciens hommes étaient-ils aussi cruels que les punisseurs, pour avoir inventé de tels objets ?

Je n'ai pas le loisir de développer ces questions angoissantes. La conclusion du punisseur déclenche un cri d'horreur collectif. Les ouvriers tombent à genoux sur les poutrelles givrées par l'altitude.

« Les ordres de l'Empereur sont clairs, dit le punisseur. D'ici deux jours vous devrez avoir atteint la Halte 50. Sinon, ce sera la chute. Pour vous tous. »

5

Vertigeo est une cité verticale de 13 tours, qui pousse par la force, le courage, l'ingéniosité et le sacrifice. Son but, inscrit dans le Vertex, est la libération de l'homme. Chaque homme et chaque femme ne doit vivre que dans la réalisation de cet objectif. Chaque homme et chaque femme n'a d'autre choix que d'accomplir son devoir envers la poussée. Seule la poussée compte. L'Empereur est le garant du respect immuable que chaque homme et femme se doit de tenir envers le Vertex. Le grand Chambellan est son relais aérien et terrestre, la voix à travers laquelle il s'exprime, la main avec laquelle il châtie.

Je ne sais pas si d'autres que nous ont connu des journées aussi abominables que celles-ci. Des centaines d'ouvriers tombent pour assurer les besoins en énergie nécessaires à notre exploit. Je soupçonne certains d'entre eux de se jeter volontairement. Pousser un étage en deux jours ! Nous l'avions déjà fait, mais pas à une telle altitude. Lorsque nous étions jeunes et vigoureux.

Plus nous montons, plus les efforts à fournir sont importants. Nous manquons d'oxygène. La soif nous fait délirer. Certains hommes s'écroulent, pris de vertige et de céphalées brutales. Les punisseurs les font aussitôt rouler par-dessus bord. La cendre, le froid, l'obscurité manquent de nous anéantir. Je ressens des sentiments contraires à la foi que nous devons au Vertex. Aujourd'hui, je hais notre livre sacré. En silence, je l'insulte, encore et encore, alors que j'écorche mes doigts gelés sur des outils à bout de souffle. Aujourd'hui, il n'existe plus aucune classe. Je vois Jaffar aider un ouvrier qui titube au bord du précipice, aveuglé par l'hypoxie. Il le prend par la main et le guide vers une passerelle protégée du vide par de hautes grilles. Je vois des ingénieurs aider des charpentiers. Je chemine d'étage en étage, en équilibre perpétuel sur des étais pas même consolidés, qui tressautent sous les assauts du vent, pour distribuer soutien, conseils et coups de main. Les ménestrels m'encouragent et me crient : fonce, petite *fourmi*. Grimpe, petite *abeille*.

Malgré les difficultés, la fatigue et la peur, nous y arrivons. Nous atteignons la Halte 50. Au lieu du cri de victoire qui aurait dû jaillir de nos poitrines, nous ne poussons qu'un murmure, à peine audible, mort-né. Nous sommes trop épuisés pour réaliser ce que nous venons d'accomplir et pour nous en réjouir. Nous revoyons en filigranes ces silhouettes qui lâchaient une à une la ligne de vie. Leurs images persistent sur nos rétines. Le grand plongeon vers le brasier. Les ouvriers des étages inférieurs ne doivent en voir qu'une traînée furtive. Je me demande si la vitesse exponentielle les tue avant qu'ils ne touchent le sol. Ou au moins, les rend inconscients. Combien de temps leur faut-il pour atteindre les fourneaux ? Pourquoi est-ce que je me pose de telles questions ?

La fatigue n'explique pas tout. Il existe dans la poussée, dans cette entreprise inhumaine, un élément fondamental que j'ai du mal à saisir. Plus je vieillis et plus la force de ce trouble grandit en moi. Malgré mon épuisement constant, il m'empêche parfois de dormir. Je sens une menace planer au-dessus de nous, une forme indistincte, un monstre qui serait tapi dans les nuages et attendrait que nous atteignions un certain point pour nous dévorer. Il est hors de question d'en parler à qui que ce soit. Évoquer ne serait-ce qu'un fragment d'idée personnelle me condamnerait à coup sûr. Nous ne tissons pas de lien entre nous. Il ne faut pas s'attacher. L'amour et l'amitié sont des termes réservés aux ménestrels. Nous discutons de la météo, de la journée passée et de celle qui s'annonce. Nous projetons nos rêves de couleurs et de liberté, pour oublier ce présent de labeur et de peine. Nous rêvons de crever les nuages pour oublier ce goût de cendres.

6

Les tours sont montées par blocs de 50 étages qui sont appelés « poussées ». Chaque palier ainsi atteint constitue la « Halte 50 ». La Halte 50 est le temps du repos. Les équipes se relaient. Des passerelles sont jetées entre les treize tours. Les génitrices sont amenées pour la saillie et offertes à chacun, afin de perpétuer l'espèce et fournir la main-d'œuvre future. Les plus anciens sont révoqués et assurent par leur chute une part de l'énergie indispensable.

On y est enfin, à la Halte 50 de la cent-vingtième poussée. Je suis au-delà de la simple fatigue. Une grande lassitude mentale m'envahit. Après une nuit de repos, les autres réalisent enfin qu'une période agréable vient de débuter. La Halte 50 est notre seul moment de paix. Les paniers qui remontent jusqu'à nous sont garnis de bouteilles d'hydromel, de pain frais et croustillant, de saucisses rôties. Leurs effluves stimulent nos nerfs olfactifs, après ces jours de labeur intense où l'odeur aigre de la sueur dominait. Dans quelques jours, les génitrices vont arriver.

Les ombres mouvantes derrière les paravents dessineront des créatures à deux dos. Le souffle des bêtes en rut remplacera celui des machines. Nous entendrons même des rires et des bruits de plaisir.

J'ai du mal à partager l'enthousiasme naissant de mes camarades. Je doute de rester leur contremaître lorsque la cent-vingt-et-unième poussée débutera. Je suis trop vieux. Nos exploits passés, nos poussées éclair ne me protégeront pas du sort funeste que me réserve le Vertex. Le punisseur empruntera l'ascenseur ou l'une des passerelles d'accès et me jettera dans le vide lors d'un instant d'inattention. Ce sera terminé. Une vie à pousser, toujours plus haut, jusqu'à l'infini. Car il me semble que jamais personne n'en aura fini de pousser, que peut-être l'Eden n'existe pas. Ces pensées interdites me submergent, comme ces marées d'antan dont nous parlent les ménestrels, qui font rouler les vagues vers le rivage dans une écume blanche, sur des plages de sable fin.

Alors que j'atteins le dernier stade de mon existence, je me retourne sur les prouesses accomplies. Ce qui m'exaltait auparavant me laisse indifférent. Là où la plénitude aurait dû m'absorber, je ne trouve qu'un grand désarroi.

Des ouvriers venus des étages inférieurs fixent les pontons qui nous relient à la tour numéro 7. La structure aussi fragile qu'élaborée crève les nuages et disparaît dans les brumes, sans qu'on en voie le bout. Je m'approche de l'un des ouvriers, qui est occupé à souder des rivets. Il porte des vêtements étranges.

« D'où est-ce que tu viens ? je lui demande.

— D'en bas, répond-il.

— Mais de quelle poussée ? Cent-dixième ? Centième ? »

Il relève la tête. Une lueur fait briller ses yeux. Il semble embarrassé. Il s'empresse de terminer son travail.

« De plus bas, se contente-t-il de me dire.

— Plus bas ? Où, exactement ? Quatre-vingtième ? Soixante-dixième ? »

Je vois bien que plus j'insiste et plus son embarras grandit. Il ne me répond pas. Je décide de le lancer sur autre chose, cette rumeur qui me semble inouïe.

« Dis-moi, est-ce que c'est vrai, ce qu'on dit de la tour numéro 9 ?

— Qu'est-ce qu'on t'a dit ?

— Qu'elle s'est écroulée. »

L'ouvrier arrête sa soudeuse. Il regarde autour de lui et courbe le dos. Il s'approche tout près de mon visage, avec un air de conspirateur. Il colle ses lèvres à mon oreille.

« C'est faux. La tour numéro 9 n'est pas tombée. Parce qu'elle n'a jamais existé. »

Il charge son barda sur l'épaule et s'éloigne rapidement, sans me laisser le temps de renchérir. La stupéfaction me coupe le souffle. J'ai l'impression de tituber au bord de la fin du monde. Je ne comprends pas quel est le sens de sa phrase. Est-ce que cet ouvrier serait une sorte de philosophe, qui cherche à me faire perdre la tête ? Il n'est pas rare que les travailleurs perdent la raison.

En proie à mes pensées confuses, j'erre sur la dalle flambant neuve de la Halte 50, frôlant mes compagnons qui s'enivrent. Je fixe leurs regards. Je les traverse comme du papier transparent. Rien ne semble exister derrière leurs prunelles mates. Aucun de ces visages ne me paraît familier. Je les ai déjà vus, je connais les sillons de leurs fronts, les rides au coin de leurs yeux et sur leurs tempes, mais je ne sais rien d'eux. Aucun de nous ne porte de nom. Nous sommes *un ouvrier, un charpentier, une génitrice.*

Des éclats de voix me font dresser l'oreille. Le reste du campement cesse de rire. Les ouvriers posent leurs bouteilles. Tout le monde tourne la tête vers l'origine des exclamations. Elles viennent de la passerelle qui mène à la tour numéro 7. Le pont fragile tangue au-dessus du vide, au gré des bourrasques, passage fantomatique vers un autre monde. Une ombre se détache. Grossit. Enfle. C'est une silhouette. Quelqu'un court malgré la gîte et le roulis de la passerelle, fonce droit sur nous par-dessus le gouffre béant. Je m'approche de l'embarcadère, attiré par cet évènement hors du commun. On perçoit des cris.

« Arrêtez ! Stop ! Arrêtez-la ! »

La silhouette s'affine et prend des traits humains. C'est une femme. À ses vêtements, je devine que c'est une ingénieure. Elles sont très rares. La grande majorité des femelles sert de génitrices. Seules celles qui se révèlent dotées de dons exceptionnels dès l'enfance peuvent échapper à ce sort. Son visage en feu dessine un point rouge sur la grisaille du ciel. Elle semble à bout de forces. Elle serre les dents. Déjà, des ouvriers s'amassent pour lui barrer le chemin. Je joue des épaules et des coudes pour lui ouvrir une trouée. Elle surgit comme une rafale, nous dépasse et s'arrête plus loin sur la dalle. Notre équipe l'encercle. Elle est prise au piège. Elle tourne la tête en tous sens, cherche une échappatoire, tente de foncer au nord, se fait rejeter, repart vers l'est, où elle subit le même sort, jette des supplices désespérées aux hommes qui la repoussent vers le centre de la dalle.

« Vous ne comprenez pas ! crache-t-elle, à bout de souffle. Je viens d'en bas ! Vertigeo... »

Elle n'a pas le temps d'achever sa phrase. Les punisseurs lancés à ses trousses lui tombent dessus. Des images me reviennent aussitôt en tête, celles de ces *faucons* évoqués par les ménestrels, ces oiseaux qui s'abattaient sur leurs proies au sortir d'un piquet. Ils l'agrippent, tentent de la maîtriser, mais elle se débat avec violence. Elle les mord, elle les griffe. Elle distribue des coups de pied.

Je ne sais pas comment je me retrouve poussé tout contre elle. La cohue m'a jeté là. Les hommes se pressent vers l'avant. Les punisseurs distribuent des coups de fouet au hasard. La panique se propage, enfle jusqu'à accoucher d'un reflux brutal. Tout le monde repart en arrière. Quelques grappes d'hommes passent par-dessus bord. Les cris se multiplient. Les punisseurs lâchent la femme un bref instant, aspirés par la houle des bâtisseurs effrayés. La fugitive en profite. Elle extirpe un objet d'une poche de sa combinaison et le fourre dans la besace en cuir que je porte en bandoulière. Elle prend ma main et la serre à la broyer. Ses yeux me dévoilent des océans déchaînés.

« La réponse est là », me dit-elle dans un souffle.

Puis elle s'écarte de moi, prend son élan et saute à pieds joints dans le vide.

7

Parce que la foule est inconstante, parce que le peuple réclame et revendique sans cesse, parce que l'individu rêve, il est nécessaire de le soumettre. S'il le faut, la force doit être employée. Les punitions créeront la peur. L'homme naît pour pousser. Tel est son devoir.

Le grand Chambellan s'assurera que le travail est fait, que chaque individu n'a pas d'existence propre, d'ambition, que sa personnalité se dissout pour se lier à la masse et en faire une force implacable. Si ce n'est pas le cas, les punisseurs châtieront le coupable comme il le mérite.

Personne n'a vu la femme cacher l'objet dans ma besace. Son plongeon a provoqué une exclamation collective, un cri d'horreur. Les suicides ne sont pas rares, les accidents encore moins. Sous l'effet conjugué de la fatigue et du vent, des ouvriers tombent souvent. Mais cela se passe presque toujours sans qu'il y ait de témoins. Les suicidés conservent une certaine pudeur. La volonté farouche de cette femme me laisse abasourdi.

Les punisseurs s'approchent de l'extrémité de la plateforme. Ils regardent vers le bas. Les nuages denses et le rideau de cendres empêchent d'y voir à vingt mètres. De toute façon, que comptent-ils vérifier ? Que leur proie n'est pas suspendue en l'air, en train de voler, ou retenue par un fil invisible qu'un maître des pantins s'amuserait à agiter ? Ils décampent finalement, et clament d'une voix égale que la dalle de la Halte 50 est fermée jusqu'à nouvel ordre.

« Personne ne descend, personne ne monte, disent-ils. Interdiction d'emprunter les passerelles. »

Leur annonce provoque des protestations et des éclats de voix. Les ouvriers se sont échauffés à l'idée que les génitrices arriveraient à tout instant. Ils estiment avoir fait leur devoir et mériter les récompenses de la Halte 50. La frustration de la foule est palpable. Les mines se renfrognent. Des jurons volent. La tension accumulée se transforme peu à peu en colère. N'importe qui risque d'en faire les frais. Je croise quelques regards furibonds. Je suis un contremaître, je pourrais très bien devenir une cible, le défouloir de cette rage balbutiante.

Je m'éloigne jusqu'à un recoin isolé. Après m'être assuré que je suis seul et que personne ne m'a suivi, je fouille ma besace et en extrais l'objet légué par la suicidée. Il est emballé dans un chiffon crasseux, que je m'empresse de défaire. L'objet est rond, petit. Une coque en métal usé cercle un cadran de verre, au centre duquel se trouve une aiguille. Des chiffres sont gravés sur les bords du cadran. Je comprends assez vite de quoi il s'agit. Mon cœur s'emballe. C'est un altimètre. Je me retourne à nouveau, effrayé par les coups de vent. J'ai peur qu'on me surprenne. Il est interdit de posséder un tel instrument. Ils sont réservés à l'usage exclusif du Chambellan et de l'Empereur. Je ne sais pas comment cette femme a pu en subtiliser un, mais je comprends pourquoi les punisseurs étaient après elle.

Je me concentre sur les indications fournies par l'altimètre. J'effectue des calculs rapides. Du fait de mon rôle, j'ai besoin de manipuler les chiffres. On m'a enseigné l'algèbre étant enfant. Je suis tout à fait certain de mes résultats. Je recompte malgré tout. J'aimerais me tromper.

Le sang reflue de ma tête jusqu'à mes pieds. Si je n'avais pas été assis, je serais tombé de ma hauteur. Je repense à mes idées séditieuses, à cette révolte balbutiante qui me gagne alors que j'approche de ma fin. La soif de vivre me frappe plus fort que le fouet du punisseur. Elle griffe mon âme, elle me tire de cette torpeur hébétée dans laquelle je croupis depuis ma naissance. Vivre? Qu'est-ce que ça peut bien signifier? Nos vies ne nous appartiennent pas. Elles ne sont que des lignes sur le livre du

Vertex, qui, mises les unes à la suite des autres, noircissent ses pages comme nous noircissons le firmament de nos hautes tours. Je suis né, je suis devenu contremaître et j'ai poussé. Je pousserai jusqu'à ce qu'un punisseur me fasse tomber. Tout sera fini. Un rideau noir recouvrira les possibles.

Quel sens puis-je bien donner aux résultats de mes calculs, qui ne coïncident en rien avec le chiffre révélé par l'altimètre ? Comment un si petit objet a-t-il le pouvoir de détruire les fondements de milliers de vies, d'une société tout entière ?

Le chiffre indiqué par l'altimètre est inférieur de plus de 60 % à ce qu'il aurait dû être, au stade de poussée où nous sommes rendus. Nous ne sommes pas à 32 000 mètres d'altitude. Il n'y a que deux explications possibles : soit l'altimètre est déréglé, soit... Depuis des jours, des semaines, des mois, nous poussons sans gagner en hauteur. Nous poussons sur place.

Cet objet vient de la poche d'une folle, d'une égarée. Je ne devrais pas y prêter attention. Mais ce mystère terrifiant résonne avec mes interrogations naissantes. En vérité, je n'ai plus rien à perdre. La Halte 50 est bouclée. La foule des ouvriers couve une révolte. Un punisseur, quelque part dans les brumes cendrées, va recevoir l'ordre de m'éjecter de la tour. À moins que le grand Chambellan lui-même ne s'en charge. Pourquoi ne pas profiter de mes derniers instants pour en avoir le cœur net, être certain que des dizaines, des centaines de milliers d'hommes et de femmes n'ont pas sacrifié leurs vies pour un mensonge monstrueux ?

8

Il y aura des agitateurs. Il y aura des fauteurs de trouble. Ils apparaîtront et disparaîtront au gré des saisons, comme ces fleurs de l'ancien monde qui mouraient avant de refleurir. Leurs mots seront des pollens dispersés par le vent, qui féconderont les esprits faibles. Il convient de les éradiquer, et surtout de les contraindre au silence. Les idées de révolte doivent être détruites avant d'exister, et leurs auteurs jetés dans le vide silencieux.

Les ouvriers me jettent des regards noirs. Leurs poings blanchis par la tension, leurs mâchoires serrées me font craindre le pire. Ils s'étaient imaginé assouvir leurs besoins avec les génitrices. Le repos qu'ils méritaient, le seul plaisir qui leur est accessible, leur a été ôté. Les ingénieurs ont disparu, par la grâce de leurs propulseurs dorsaux, sans doute pour rejoindre une autre tour, ou pour redescendre de quelques étages. Je suis donc le seul représentant de l'Empereur, le seul à avoir prêté serment. Un serment qui n'aura eu d'autre alternative qu'une vie de misère et d'épuisement. En refusant le poste qu'on m'avait offert, il y a si longtemps, eu égard à mes capacités de calcul, je serais resté simple ouvrier ; mes compagnons n'en ont cure. À leurs yeux, je suis responsable de ce malheur qui vient de s'abattre. Eux, ils n'ont pas eu le choix. Ils ont vu leurs pères et leurs frères dévaler les cimes d'acier pour nourrir cette bête insatiable qu'ils s'épuisent à faire grandir. La poche de rancœur et de haine, encore tempérée par la fatigue, la peur et le conditionnement au Vertex, n'attend qu'une étincelle pour exploser. Je n'ai pas le choix : il faut que je m'extirpe de la Halte 50. Je serai dès lors un fugitif, contrevenant qui plus est aux ordres des punisseurs.

Je me faufile entre les ouvriers, sans répondre aux coups de coude qu'on m'expédie. Je progresse cahin-caha jusqu'à la passerelle qui mène à la tour numéro 7. Mon objectif est de rejoindre la tour numéro 1, celle de l'Empereur. Une fois sur place, je me faufilerai jusqu'à la Grande Bibliothèque de Vertigeo et je trouverai le Vertex. La vérité y est certainement inscrite. Alors, je saurai. Je ne donne pas cher de ma peau. Je doute d'y parvenir. Mais je suis résolu. Je me glisse sous la corde qui défend de manière symbolique l'accès à la passerelle, et je m'engage sur le pont. Quelques ouvriers écarquillent les yeux. Leurs bouches s'ouvrent sur des ronds stupéfaits. Pas un ne crie ou ne donne l'alerte. Ils me croient déjà mort. Personne ne peut désobéir ainsi à un ordre direct et espérer s'en sortir.

Après une vingtaine de pas, le vent se renforce. Il fait naître des bourrasques qui font tanguer l'ouvrage. Des décalages de deux mètres m'obligent à progresser à quatre pattes. Sous le tressage de métal, je vois l'épais manteau nuageux qui recouvre la surface du monde. Je respire vite. Mon masque délivre des flots d'oxygène. Encore quelques mètres et je serai trop loin de ma tour pour le garder. Il faudra que je l'abandonne. Mais tant pis, il est trop tard. L'envie de connaître la vérité s'est muée en besoin, en motivation à survivre.

La tour numéro 6 disparaît à mon regard. Perdu dans le coton épais du ciel, pris dans les tourbillons de cendres grises, je ne vois ni d'où je viens ni où je vais. J'ai l'impression d'être isolé dans l'univers, que je marche sur le vent. Seul le pont d'acier dessine une ligne à suivre. Rien n'existe autour de moi. Ce grand nulle part me ramène à ma place : celle d'un être fragile, en équilibre perpétuel, que ses pas poussent en avant malgré les tempêtes. La vacuité de l'existence prend corps dans cet océan vaporeux, où des forces invisibles me ballottent à droite et à gauche. La traversée me paraît très longue. Je me débarrasse de mon masque. Je crois que je délire déjà. Il me semble que je respire mieux sans. Je garde le compte de mes mouvements pour évaluer la distance. Je n'aurais pas cru que l'espacement entre les tours fut si important. Les mots de l'ouvrier fou me reviennent en tête. *La tour numéro 9 n'est pas tombée. Parce qu'elle n'a jamais existé.*

J'arrive au bout de la passerelle. Je ne sais pas s'il faut que je pleure.

Il n'y a pas de tour numéro 7. Là où elle aurait dû se dresser, je ne trouve qu'une plateforme. C'est un rectangle large comme dix hommes, juché sur un pylône d'acier. Un rail métallique y est fixé et perce les nuages en contrebas. Je ne comprends pas ou plutôt, j'ai peur de comprendre. S'il n'y a pas de tour numéro 7, que penser des autres, de toutes les autres ? Que penser de la tour numéro 1, celle de l'Empereur, celle de la Grande Bibliothèque ? Je suis en apnée, sous le choc. Cette plateforme et le rail qui y est accolé me semblent irréels. Je me remémore les Haltes précédentes. Jamais personne n'empruntait les passerelles. Personne n'avait l'idée d'aller voir de l'autre côté du mur nuageux. Les ouvriers étaient trop heureux de profiter des mets, des alcools et des génitrices qui débarquaient sur la plateforme. En réalité, qui avait déjà vu une autre tour que la nôtre ?

Pour la première fois de ma vie, le vertige me saisit. Je m'allonge sur le ventre, les yeux fermés, cramponné aux armatures de la passerelle. Le ciel prend le visage d'une créature diaphane et affamée qui se lèche les babines. Je m'efforce de respirer lentement ; je me calme, je laisse la tempête refluer.

Il n'est pas question de faire demi-tour. Je ne vois qu'une seule destination possible. Je me relève et je comble les derniers mètres qui me séparent de la plateforme. J'y trouve un bouton. Il est rond et cuivré, de la taille d'une paume de main. Je le presse. Il s'enfonce et déclenche un cliquetis. Je ressens une vibration. J'entends un rouage complexe se mettre en branle, dans les tréfonds de Vertigeo.

9

L'énergie est indispensable à la poussée. Elle fournit l'oxygène, elle active les machineries, les ascenseurs, les turbines, elle alimente les combinaisons climatisées. L'énergie proviendra des ouvriers trop vieux, trop fatigués, blessés ou malades. Tous ceux qui ne seront plus aptes à travailler seront jetés dans le vide, vers le grand fourneau. Ainsi, le combustible ne manquera jamais.

L'ascenseur, puisque c'est de ça qu'il s'agit, arrive à ma hauteur. C'est un cube de métal et de chrome, rien de plus. Rudimentaire, sans rien d'ostentatoire, pas même fermé sur les côtés. Je m'y installe. Il n'y a qu'une manette à activer. Cet engin n'a que deux destinations possibles : vers le haut ou vers le bas. J'enclenche le commutateur. Le mécanisme s'active. Le câble s'enroule sur la bobine et fait bouger la cabine. Elle me fait traverser les nuages. La température se réchauffe. Mon altimètre fonctionne très bien. L'aiguille sur le cadran descend de manière régulière. La cabine traverse le seul univers que je connais. Nuages. Volées de cendres. Elle est bringuebalée d'un côté ou de l'autre par quelques rafales capricieuses. Je descends à pic, plus bas que je ne l'ai jamais fait. Je suis né en altitude, dans la tour numéro 6, comme tous mes congénères.

J'imagine déjà la lande stérile qui recouvre la planète, cette terre noire, volcanique, irradiée, que les précepteurs m'ont décrite quand j'étais enfant. L'appréhension me gagne. En bas, il n'y a qu'un désert mortel. Je verrai les hauts fourneaux et quelques ouvriers qui se meuvent lentement à bord de leurs scaphandres blindés. Je me colle contre la rambarde de la cabine. Le vent me cingle le visage, mais je ne plisse pas les yeux. Les nuages se dispersent. Ils s'éclaircissent. Deviennent volutes. Je devine une masse sombre qui s'approche. Qui s'étale à perte de vue.

Il n'y a pas de transition. L'instant d'avant, j'étais dans les nuages. L'instant d'après, je n'y suis plus. Le séisme de la révélation me coupe les jambes. Je tombe sur le sol de la cabine et reste prostré. Mes mains tremblent. Je vomis. Je ne me rends compte que je me suis mordu la joue qu'à l'instant où le sang coule dans ma bouche. Le goût de cuivre me ramène à moi et à la réalité de l'instant.

La couche de nuages est localisée autour de la tour numéro 6, seule à défier les cieux. Elle disparaît dans ce tourbillon si bien délimité que j'ai du mal à croire qu'il soit naturel.

En fait de lande stérile, je contemple un paysage mirifique. Les couleurs existent ailleurs que dans les récits des ménestrels : je les vois en cet instant. Des émotions inconnues m'étreignent. Le vert de la prairie et des feuilles des arbres, le jaune du soleil, les éclats de rouge, de violet, de bleu et de blanc des champs de fleurs me font tourner la tête. Le bleu du ciel m'aveugle. Une grande cité d'argent étincelle. Ses tours blanches encadrent des prairies fleuries. Alors que l'ascenseur chemine sur son rail, je distingue des hommes et des femmes vêtus de toges nacrées. Ils cheminent d'un pas tranquille sur des routes pavées. Ils portent des bijoux en or. Des enfants courent dans ma direction. Les éclats de leurs rires parviennent à mes oreilles. Ils sont devancés par des hommes recouverts d'étranges combinaisons argentées.

10

Altitude zéro. Terre ferme. Quelques nuages postillonnent sur le ciel matinal. Une enfant s'éveille.

Des serpentins d'or se délient le long du marbre blanc. Les ruelles scintillent. La journée va être belle. J'aime l'été quand il balbutie, répète ses premières gammes. Le soleil levant m'inspire toujours des pensées nostalgiques, parfois mélancoliques. Les souvenirs de l'ancien monde flottent jusqu'à nous. En tendant l'oreille, on perçoit le souffle fané des milliards d'âmes qui nous ont précédées. Il m'arrive de pleurer, parfois, lorsque je laisse mon regard errer vers l'horizon, vers les terres brûlées que nos ingénieurs n'ont pas encore soignées. Les stigmates de la Grande Guerre. Un colibri vient me saluer. Des papillons volent de fleur en fleur. La nature est un feu d'artifice enchanteur. Je devine le vent tiède qui se lève du sud, porteur de tant de promesses. L'océan scintille au-delà des collines qui le cachent à ma vue, grand miroir azur où se prélassent d'agiles oiseaux blancs. Toutes ces merveilles ont failli disparaître. J'ai toujours du mal à le croire. Nos professeurs ne se lassent pas de nous montrer les reliques de l'ancien temps, pour achever de nous convaincre : des objets de métal ou de plastique qui crachaient la mort par leurs orifices noirs, que nous touchons du bout des doigts. Ils nous montrent des photographies de véhicules qui déchiraient les cieux dans un fracas de fin du monde, pour faire pleuvoir le feu et la désolation. Nous sommes nés sur les berges d'une rivière de sang et de larmes. Nous partageons tous les mêmes cicatrices et le poids de cet héritage.

Je termine mon déjeuner. Maman se prépare. Elle est si belle dans sa robe immaculée. Ses bijoux semblent contenir une part de ce soleil qui a tous failli nous exterminer par son absence. Le grand hiver avait recouvert la surface du monde, tuant des milliers d'espèces. Mais nous avons rebâti. Nous nous sommes relevés. Nous avons compris. Les erreurs de l'ancien temps ne seront plus répétées. Sur le chemin qui serpente en contrebas de la maison, j'aperçois mes camarades qui se rendent à l'école. Je suis en retard, comme d'habitude. Jord et Jana me font un signe de la main. Ils sourient. Je leur réponds.

À cette heure de la journée, l'ombre de Vertigeo s'étend en direction de la Grande Bibliothèque, où les vieux trésors côtoient le Vertex. Nos ancêtres savaient créer, inventer, se projeter vers les étoiles. Nos savants peinent encore à comprendre certaines de leurs inventions, dont nous ne possédons que quelques fragments. Ils peinent surtout à comprendre *pourquoi*. Pourquoi, avec tant de savoir et de potentiel, en sont-ils venus à préparer leur propre extinction ? C'est un mystère. Nous ne pouvons qu'émettre des suppositions. Nos décideurs ont rédigé le Vertex et érigé Vertigeo pour rappeler à tous l'instabilité de l'équilibre des mondes. La justice et la liberté sont des fantasmes dangereux.

La tour s'élève en plein milieu de notre cité rayonnante. Elle est gigantesque. C'est un miracle d'ingénierie et d'architecture. Entourée d'un halo de feu, on croirait un dragon surgi des entrailles de la terre. Le brasier qui l'entoure sur plusieurs hectares ne faiblit jamais. En compagnie de Jord et Jana, je vais parfois regarder les corps qui chutent. De hautes barrières empêchent les spectateurs curieux ou téméraires d'approcher trop près. Elles font également office d'avertissement, pour ceux ou celles qui ressentiraient trop de pitié envers les ouvriers. Ceux-ci se consument bien avant d'atteindre le feu, tant la chaleur est intense. Nous aimerions en voir pour de vrai, des hommes de là-haut. Nous émettons des hypothèses sur leur aspect. Jord avance souvent les idées les plus farfelues. Il nous décrit des créatures à trois yeux dont les bras interminables pendent sur le sol.

Maman me rejoint. Elle met la main sur mon épaule. M'embrasse sur la joue. M'ébouriffe les cheveux. Elle regarde Vertigeo. Toutes les nuits, lorsque le système hydraulique sur lequel repose la tour nous transmet ses vibrations, elle pleure. Ces secousses nous rappellent que notre vie et notre bonheur ont un coût. Maman a de la peine pour ces forçats qui ne connaîtront jamais les splendeurs du monde. Pour eux, l'univers est vertical. Pour eux, la vie se résume à pousser, de leur naissance à leur mort, chercher vers le haut un salut qui se trouve sous leurs pieds. Certains mensonges sont pourtant nécessaires pour le bien de tous. Ce que les anciens hommes appelaient « Dieu » ne se cache pas dans les hautes sphères. Dieu est la somme de nos êtres. Vertigeo est la garante de la paix, de la prospérité. Il n'y a pas assez de place sur cette terre pour tout le monde. Nos sages nous expliquent que les grands cataclysmes sont nés d'une théorie qui s'appelait « démocratie ». Trop d'hommes ont rêvé en regardant les étoiles, trop d'hommes ont cru pouvoir tuer Dieu, trop d'hommes ont imaginé un monde de vert et de bleu, de marbre et d'or.

« Allez, c'est l'heure ! »

Je prends mon sac de toile et quitte la maison. Je rejoins le chemin qui serpente à flanc de colline, me mêlant au flot de mes camarades. Nous nous bousculons, nous rigolons. Aujourd'hui, nous allons étudier l'astronomie. C'est une de mes matières préférées. Maman me donne un dernier baiser. Elle se dirige vers la Grande Bibliothèque et disparaît dans l'ombre de la tour. Colossale, celle-ci crève la couche de nuages artificiels. C'est alors qu'une grande clameur s'élève. Des grappes d'enfants partent en courant, en poussant des cris d'excitation. Tous se dirigent vers l'ouest. Je me demande ce qui peut causer une telle frénésie.

« Il y a un ouvrier qui descend ! Il paraît qu'il a trouvé l'ascenseur ! »

Je me mêle à la cohue. Il est exceptionnel qu'un forçat de la tour parvienne en bas par lui-même. Nous courons comme des dératés le long de la pente, nous rapprochant des barrières qui entourent les fourneaux. Ceux-ci sont encore loin, pourtant la chaleur qu'ils dégagent se fait déjà sentir. La nacelle de l'ascenseur émerge du néant. Ce n'est qu'un point noir dans l'immensité du ciel. Nous ne distinguons pas encore l'être qui se trouve à l'intérieur. J'ai du mal à réaliser qu'il vient vraiment de là-haut. Des cimes les plus hautes de Vertigeo. En contrebas de la pente que nous dévalons, un groupe de soldats se prépare à accueillir l'indésirable. Ils sont vêtus de combinaisons ignifugées qui scintillent au soleil. Depuis sa nacelle, notre visiteur doit avoir une vue parfaite sur la cité. Je me demande quelle est sa réaction. Je me demande s'il peut même comprendre ce qu'il voit. On lui a inculqué, depuis son enfance, que la vie n'existait qu'en altitude. Que Vertigeo *était* la vie. Que cette vie consistait à travailler, à pousser. À quoi pense-t-il, maintenant qu'il nous devine en contrebas, petites fourmis qui courent vers lui à toutes jambes, en lançant des cris joyeux et des éclats de rire ? Certains naissent pour éviter aux autres de souffrir. C'est sans doute injuste. J'aimerais savoir s'il est capable de construire de tels raisonnements. Je me demande à quoi il ressemble, s'il est comme nous, s'il sait parler. On nous explique que ce ne sont pas tout à fait des hommes, là-haut. Qu'ils sont comparables aux bêtes de somme de l'ancien monde, que nos ancêtres élevaient en troupeaux gigantesques pour assurer leur subsistance. Nous ne devons pas pleurer lorsqu'ils chutent dans le brasier, mais nous réjouir, parce que notre bonheur vient de leur sacrifice.

La pente s'adoucit. Plusieurs sages de la cité sont déjà sur place. Mes jambes sont douloureuses, mon souffle court. Les enfants s'agglutinent derrière le barrage érigé par les soldats. Ils nous empêchent d'approcher.

Les rouages de la nacelle nous vrillent les oreilles. Elle arrive. Elle touche le sol. Nous sommes trop loin pour nous faire entendre du visiteur, mais nous pouvons le distinguer. Il jette des regards affolés autour de lui. Ses yeux roulent en tous sens comme des planètes folles. Son accoutrement est ridicule, primitif. Des exclamations fusent. Certains de mes camarades éclatent de rire. D'autres discutent à voix basse. Il ne correspond pas à l'idée que je me faisais d'une créature étrangère. Je trouve qu'il nous ressemble beaucoup. Bien sûr, ses traits sont grossiers. Son nez épaté semble avoir été cassé. Son visage est creusé, marqué de nombreuses cicatrices. Ses cheveux sales sont taillés à la serpe. Mais pour le reste, il n'approche en rien des élucubrations de Jord.

Il a peur. Je le devine à son attitude prostrée. Il n'ose pas faire un pas en avant. Il lève la tête. Je crois qu'il voudrait remonter. Peut-être qu'il regrette d'être descendu. Peut-être que je me trompe. Peut-être est-il incapable de réfléchir. Je ne sais pas.

Les sages discutent entre eux et font de grands gestes. Les soldats restent immobiles, on dirait des statues argentées. Les yeux du visiteur parcourent la foule amassée devant lui. Il croise mon regard. Nous nous fixons durant une éternité. Il a les yeux bleus, comme Maman. Quelque chose brille au fond de sa pupille. Des larmes coulent le long de ses joues. Je sens des émotions remuer en moi. L'émergence d'une certitude que je ne parviens pas à saisir et qui me brise le cœur. J'ai l'impression d'étouffer. Les sages transmettent un ordre aux soldats. Plusieurs d'entre eux saisissent l'homme. Au début, il se laisse faire, puis il se débat. Il pousse des cris. Je l'entends hurler :

« Non ! Non ! »

Ainsi, ils sont doués de langage. Ils parlent la même langue que nous.

La faille qui s'est creusée dans ma poitrine s'élargit, brise certaines de mes fondations. Je me sens chuter en moi-même. Je tremble. Les soldats le frappent et le traînent vers le brasier. Mon cœur remonte dans ma gorge. Ils s'éloignent. Les cris de l'homme et des enfants gagnent en hystérie. Je suis la seule à rester hébétée, les yeux embués. Cet homme comprend très bien ce qu'on va lui faire. Il rapetisse, à mesure que la troupe étincelante l'éloigne de nous. Son regard éperdu revient vers moi.

De ma main, je lui fais *au revoir*.

Quelques secondes après, ses cheveux s'enflamment et il disparaît dans le brasier, au pied de Vertigeo.

11

À chaque Halte 50, la tour sera amputée de plusieurs étages. Par un ingénieux système de contrepoids, l'opération restera insensible pour les ouvriers du sommet. Le rideau de nuages artificiels leur cachera le sol. Les taux d'oxygène seront modifiés par les ingénieurs au sol. Les ouvriers de Vertigeo passeront leur vie à travailler sans avancer, et procréeront pour perpétuer cette poussée immobile. Ainsi, nous pourrons vivre entre nous, l'Élite, sans plus nous soucier de ce peuple qui n'a eu de cesse à travers l'histoire humaine de compromettre le pouvoir.

Le peuple enfin asservi nous laissera jouir en paix des trésors de cette planète.

La Fabrique de cercueils
L.L. Kloetzer

J'ai dû tirer avec douceur cette musique hors du silence et du vide.

ARVO PÄRT

1

Un cauchemar réveille Alyn et reste présent un long moment après qu'elle a ouvert les yeux dans le noir : tous les servants de la ligne ont disparu. Les servants humains, bien sûr, parce que les machines continuent à pousser, vibrer et tirer, les élévateurs tournent et se rassemblent comme de grosses fourmis idiotes, le Main Display affiche un état absurde, effrayant et risible, 147 *rouge*, elle se surprend à penser que même au plus fort de la Grande Grippe on n'est pas arrivé à un tel niveau de déviance. Elle sait bien que ce n'est qu'un rêve angoissant, mais elle ne parvient pas à s'en dégager tout à fait malgré la présence de Ioulia tout contre elle, l'odeur de sa peau et de ses cheveux longs. Alyn perçoit tout en vue panoptique, comme au travers de la supervision générale, mais sans filtre, avec le sentiment de pouvoir tendre la main et toucher les dégâts qui s'accumulent. D'abord les longues boîtes vides, venant les unes contre les autres avec chacune son état, sa classification, son espérance, s'entassant dans le hall d'accueil, empilées par les élévateurs suivant les règles compliquées de la Priorité. Il n'y en a jamais eu autant, elles sont des dizaines, bientôt des centaines, et l'ancien entrepôt à jouets dont elle se souvient avoir pensé qu'il semblait avoir été dessiné exprès pour eux, l'ancienne usine reconvertie pour le salut de l'Humanité se remplit tant que les tubes lumineux du plafond sont masqués par les hautes piles et qu'elle se retrouve baignée d'un étrange crépuscule électrique. Mais l'esprit est ainsi fait qu'il se projette d'un bout à l'autre de la ligne, des ateliers jusqu'au remplissage final. Dans ce rêve absurde les livraisons n'ont pas cessé, les cuves antistatiques pleines de liquide orange s'entassent elles aussi, chacune à son nom et à sa place, et les machines attendent, signalent des anomalies auxquelles nul ne répond, insistent, proposent des contournements, des re-planifications qui s'affichent sur des écrans que personne ne regarde. 147 *rouge*. Alyn ferme les yeux, essaie de ne pas bouger, Ioulia a parfois le sommeil difficile et peine à se rendormir si on casse sa nuit après trois heures du matin. Regarder la supervision réelle pourrait être rassurant, comme si les vrais chiffres pouvaient détromper la vision perturbée du rêve, mais ce désir même, celui d'avoir tous les écrans sous les yeux à la fois pour un immense check-up fait partie du rêve également. Elle embrasse les chiffres, les décomptes, les centaines de dormeurs en attente dans les stases secondaires, par essence instables. Des corps nus, en suspens, soutenu par la pression lourde du liquide orange, testés, stimulés à chaque instant pour maintenir en mode minimal la vie et la conscience, préparés au voyage spatial, au transfert vers les Sœurs. Notre capacité d'accueil est de 585 temporaires, pense Alyn, à combien en sommes-nous ? Vont-ils cesser de nous en envoyer si la ligne s'arrête ? Elle espère qu'ils en ont pris conscience, là-bas, à Dublin, ou au pied du Tether, le câble en nanostructures tendu entre la Terre et l'espace, ou bien tout en haut, suspendus sous les étoiles, où qu'ils se trouvent, ceux qui pensent, qui coordonnent et qui décident. Mais pourquoi le cœur s'arrêterait-il de battre ? Sur les océans du monde voyagent les porte-containers, chargés de centaines de cercueils Mark I et Mark II défectueux, mal conçus et vite fabriqués dans les premiers temps du Satori, bouffant des kilojoules d'énergie fossile, attendant d'être rétrofités avant d'être chargés sur une des capsules. Alyn a déjà visité l'un de ces navires, le *Hoffmann*, elle avait douze ans, il était peut-être question qu'elle embarque, tout le monde voulait embarquer, voir ailleurs, ne pas rester à vie dans l'horizon restreint d'Esbjerg, derrière les cercles barbelés et les zones de contrôle. Certains des copains sont partis, Alyn est restée, mais en ce moment elle voit le *Hoffmann* qui longe les champs d'éoliennes, bas sur l'eau, en approche de son quai dédié, des grues de débarquement, transportant sa prochaine série de vieilles boîtes issues de caves de Russie pour retraitement, et tous ceux-là approchent, plusieurs centaines de corps suspendus, des milliers de points de complexité à répartir dans les ateliers vides de l'unité de Varde. Le mécanisme global est si fin, si sensible, qu'une pareille anomalie, des lignes de démontage et de réassemblage vides, des postes de travail vides, tout cela va déclencher une congestion, un choc dans les artères de Transfert qui va forcément remonter jusqu'en haut, à Dublin, à Nicosie, jusque dans les trois cercles, chez les 7+ qui, immergés dans les interfaces de contrôle dirigent à coups d'impulsions mentales le flux des vivants et des dormants. Sont-ils absents, eux aussi ? Pourquoi ne disent-ils rien ? Pourquoi laissent-ils les boîtes s'entasser – 147 *rouge* ! –, les cuves de liquide orange s'accumuler? Alyn essaie de se réveiller vraiment, de se sortir de là, elle est prise dans une mauvaise boucle, deux heures de sommeil en moins, son corps demain va le lui faire payer, elle n'a pas dans son planning de plage de repos assez longue pour récupérer vraiment. Il y a cinq ans, elle venait juste de finir son stage, ici à Varde, dans l'atelier final et une cuve défectueuse avait fui. Non pas quelques gouttes, mais une fuite véritable, plusieurs dizaines de litres de fluide épais, précieux et vital, répandus sur la surface carrelée grise. Alyn était entrée dans l'atelier la première, à cinq heures du matin, le sol scintillait sur plusieurs mètres carrés, la surface étale du liquide réfléchissait la lumière des plafonniers, comme un étrange miroir vivant. Elle avait eu envie de vomir, elle contemplait à l'extérieur quelque chose qui aurait dû rester à l'intérieur, un liquide amniotique électrosensible. Angela l'avait trouvée là, immobile et indécise, elle avait dû prendre Alyn dans ses bras, doucement, et dire : nous avons des réserves, ce n'est pas grave. C'était un liquide amniotique répandu hors de l'utérus qui aurait dû le contenir (ce n'est pas grave), la jeune ingénieure a été choquée. Que doit-elle penser maintenant? Les cuves s'accumulent dans un espace de rangement fini. On arrive aux limites, les robots improvisent des stratégies d'insertion, des équilibres de plus en plus instables. Et si tout se fendait? Et si ces empilements de cylindres antistatiques se fendillaient soudain, ruisselant leur liquide accumulé, emplissant l'atelier? Pourquoi est-ce que personne ne regarde? Pourquoi est-ce que je ne fais rien? Ça craque ici, ça va craquer ailleurs, au niveau des réserves de pièces détachées, au niveau des tapis roulants, au niveau des dizaines de corps suspendus en attente. Les points d'accumulation sont nombreux, les rouages cessent de glisser souplement les uns dans les autres, tout se raidit et craque, les dormants bougent et gémissent dans les espaces de transition, le liquide orange, les dormants, toute cette masse vivante devrait rester assoupie, immobile, mais elle frémit, prise d'effrayants tourments. Un point de blocage et tout pourrait s'immobiliser, le grand flux vital, le projet immense de salut du monde, l'élévation de l'Humanité. Par la faute d'une seule. Par ma faute, pense Alyn, avant de se rendre compte, au centre même de son insomnie, de ce que son rêve et son délire ont d'absurde et de risible.

Ioulia se retourne et la prend dans ses bras, d'instinct, sans même se réveiller. Le poids de sa voisine gêne un peu Alyn, mais l'immobilité forcée, la respiration lente et calme, la lourdeur du sommeil finissent par la saisir et l'entraîner tout au fond, loin des ateliers vides, des écrans abandonnés. Tout va bien, nous avons des réserves.

2

Le *Damaris* est un ancien porte-containers, transport polyvalent de marchandises reconverti à coût minimal en porte-cercueils, cousin proche du *Hoffmann* qu'Alyn a visité durant sa formation. Il suit la voie de l'ouest qui l'approche d'Esbjerg sur la route longeant l'immense champ d'éoliennes. Il transporte plusieurs centaines de cercueils organisés en trois lots différents. Ramassage brésilien, cubain, américain, ce dernier lot constitué dans certaines des premières caves géantes créées par des sociétés privées dans les villes de la côte est. Les dormants suspendus dans leur solution trouble portent parfois des vêtements qui se désagrègent peu à peu. La suspension n'est pas totale, les cheveux et les ongles poussent, troublent la perception de l'intérieur des boîtes par les ouvriers de maintenance. Les boîtes ont été conçues transparentes pour assurer le maintien de l'empathie, nombreux sont les narco-infirmiers à développer des relations complexes avec les centaines d'hommes et de femmes qui passent entre leurs mains.

Un à trois jours pour le débarquement. La séquence de tri prendra encore un ou deux jours. Au vu des dernières consignes, près de 30% du chargement du *Damaris* seront redirigés vers eux et Alyn ne voit pas comment ils vont faire pour absorber la charge.

3

« Tu fais la gueule, lui dit Alex. Tu as le droit de m'expliquer. »

Il est plus de dix heures, Alyn a mal dormi, elle a faim, elle aimerait une tasse de thé supplémentaire, très noir, très fort, comme le prépare Mami Jiang, infusé aux céréales grillées. Alex ne travaille pas, il ne devrait même pas être là, dans le petit bureau vitré avec ses vêtements non conformes, tout juste une veste orange et bleu et un casque (qu'il a retiré parce que ça lui tenait trop chaud). Alyn se demande souvent pourquoi elle ne le met pas dehors. Les souvenirs, sans doute.

« J'ai mal dormi, j'ai trop de boulot.

— Où est-ce que ça coince ? »

Quand il fait semblant de s'intéresser, c'est qu'il a quelque chose à vendre. Il est sans doute là pour ça. Elle ne lève pas les yeux de son écran et grommelle :

« Tu peux me fournir dix jointeuses qualifiées ?

— J'en connais cinquante qui attendent sans rien foutre à la maison.

— Et leur maison est à Karlsgard ? Je ne peux rien en faire. »

Il n'essaie même pas d'insister et son silence est plus éloquent que tout le reste. Oui, la décision du cinquième étage est contestable, mais les filles de Karlsgard ont été trop gourmandes. Elles savaient ce qu'elles pouvaient obtenir en venant travailler ici. Elles ont joué avec le feu, elles ont perdu. Quand elles auront trop faim, elles reviendront à de meilleurs sentiments, mais en attendant la charge s'accumule et même leur retour ne résoudra rien.

Alex dit quelque chose mais Alyn ne l'écoute pas, elle a posé son écoute sur le cœur pour déstresser un peu. Tin, tin, tin, tin, tin, pas plus de cinq coups doux avant le chuintement des pistons, un groupe de cinq longues boîtes portant leur charge d'humains baignant dans le liquide orange vient d'être installé dans la navette par les longs bras articulés en cinq points, tin, tin, tin les coups recommencent, on lui a dit qu'on entendait en fait les cliquetis d'une crémaillère hissant les plateformes au bon niveau pour le chargement de l'ovoïde. Le prochain lancement est dans trente-trois minutes, elle aimerait l'entendre. Elle aimerait même être seule à ce moment-là, pouvoir frémir et trembler, dans l'intimité de son esprit et de son corps. Trente-trois minutes, elle l'aura foutu dehors alors et après elle sera de nouveau concentrée. Chuintement encore. Cinq de plus.

Elle pourrait sortir un écran, contempler le remplissage de la navette, lire la somme hebdomadaire, la somme mensuelle, la somme totale, mais les chiffres lui parlent moins que le bruit de l'action en train de se faire.

Alex se dirige vers la sortie, mais juste arrivé à la porte il se retourne. Il a l'air sérieux mais ses yeux sont plissés, amusés, ce regard qu'il a agace Alyn, en même temps elle l'apprécie, ça lui rappelle l'épisode entre les boîtes, quinze mois plus tôt.

« Tu vas te cramer et tous les autres avec toi. Avec le *Damaris* qui arrive. Ce ne sont que des Mark II, les tout premiers, achetés par des richards de Pennsylvanie. 23 % d'irrégularités. Tu vois, je connais les chiffres. »

À l'époque, elle était plus légère, moins stressée. Alex venait de rentrer d'une expédition au-delà des murs, il portait encore incrustée dans la peau la poussière de l'extérieur, la poussière du passé, d'un monde lointain, elle en a encore la sensation. Ils avaient bavardé, comme ça, entre deux piles de cercueils vides, puis ils s'étaient envoyés en l'air, toujours entre les piles de cercueils. Le ballet des robots élévateurs n'avait pas cessé, ils s'en foutaient.

« Ils n'enverront personne pour vous aider parce que le processus qu'ils ont inventé, à Dublin, implique trois jointeurs dans l'atelier final, pas deux, pas quatre, mais trois "pour que le processus soit parfait", comme dans la chanson. Tu pourras en mettre cinq, et il t'en faut en vérité dix, voire quinze pour être tranquille. En travaillant jour et nuit, vous tiendrez une semaine. Le *Damaris* a un sister-ship qui le suit de près. Au premier accident, à la première maladie sur la chaîne, tu vas prendre du retard, plein de retard, accumuler les non-traités, et tu vas empiler des corps dans la zone d'attente, les jeter les uns sur les autres dans la grande bulle pleine de liquide orange, plouf, plouf, plouf, ils vont être si serrés que des bras et des jambes de vieux, de gosses, vont jaillir de la surface, jusqu'à ce que ça déborde, jusqu'à ce que l'usine coince, jusqu'à ce que tout le processus coince, tout entier, les bateaux, les navettes, et que la grande spirale au pied de Base 1 s'arrête et que le Grand Mouvement Cosmique, le sens de tout sacrifice s'arrête!»

Au moment de jouir, elle avait crié, ils avaient ri tous les deux, puis il l'avait regardée comme il la regarde maintenant, un peu moqueur mais gentil, pendant qu'elle se rhabillait. C'est peut-être en souvenir de ce moment qu'elle le tolère, la seule fois où elle a jamais baisé avec quelqu'un hors Transfert.

«Fous le camp.

— Tu sais que j'ai raison.

— Tu n'y connais rien, tu fais semblant. Sors. J'ai du travail.»

Alex sort, traverse le hall 2 en balançant son casque de protection au bout de son bras. Oui, il a raison.

4

Alyn quitte l'usine à dix-sept heures, en courant et en laissant plein de problèmes non résolus derrière elle. Elle est passée dans l'atelier d'ajustage peu de temps avant. Peng y expérimente sur les nouveaux joints en Texo. Le résultat final est bien, mais les chiffres ne sont pas fameux, le nouveau matériau ne semble de prime abord pas plus facile à travailler que l'ancien. Peng a mis trente-six minutes de plus à finir son boulot, alors qu'Alyn espérait, pour un prototype, un temps déjà inférieur à l'ancien.

Elle badge à dix-sept heures dix, fonce en vélo sur la rocade, une petite pluie pas trop froide lui bat la figure. À la demie, elle arrive à la grande-halle, ancienne église St Jakob. La petite boîte collée sous le portail détecte son passage, un de plus, cela lui sera compté en négatif même si officiellement les activités culturelles sont encouragées. Elle aimerait que les répétitions aient lieu ailleurs, mais Josh dit qu'il n'a rien trouvé d'autre. C'est peut-être vrai. Elle est en sueur quand elle rejoint le chœur en plein échauffement vocal. Tout juste le temps de s'essuyer les cheveux et la figure et elle se glisse parmi les chanteurs.

Regarder le vieux Josh, suivre ses mouvements sautillants et gracieux, s'abandonner à ses ordres et n'être plus qu'une voix dans l'instrument collectif qu'il tente de modeler, un peu plus chaque année, permet à l'esprit d'Alyn de s'envoler. Elle sait que le vieux aimerait qu'elle soit soliste, mais ce ne serait bon pour personne, ni pour lui, ni pour elle, ni pour la musique. Une chanteuse solide, maîtrisant les lignes mélodiques et sur laquelle les autres peuvent s'appuyer, oui. Elle connaît par cœur les paroles en latin du prochain morceau, *Iudex crederis esse venturus / Te ergo quaesumus, tuis famulis subveni / Quos pretioso sanguine redemisti*, celles-là aussi lui seront comptées par la supervision, mais il n'est pas mauvais d'avoir quelque chose à se faire pardonner. Elle se repose durant deux heures et quand ils terminent, à la nuit tombée, elle se sent détendue et heureuse.

Elle traîne un peu avec les camarades du chœur. Comme d'habitude ils vont aller manger ou boire quelque chose à l'enkantine, elle devrait rentrer, elle est certaine qu'une part de ragù savoureux marquée à son nom l'attend dans l'armoire froide, comme chaque mardi soir, merci Iou.

Angela cherche quelqu'un des yeux, trouve Alyn, s'approche, aimable.

« Tu viens avec nous ? »

Angela est belle, malgré les fines rides de son visage, les cheveux gris qui se mêlent déjà à ses cheveux noirs, malgré même l'uniforme de Narco. Alyn ne l'imaginait pas se rendre à l'enkantine, elle a trop de responsabilités pour se permettre de perdre son temps et sa rep dans un endroit pareil.

« Ils ont de très bonnes infusions de gingembre au miel, ça fera du bien à ta gorge. »

Boire quelque chose de chaud avec Angela, à une table à l'écart, en écoutant de la musique ? Alyn se laisse tenter.

5

La moitié du chœur est rassemblée dans la salle principale et compose l'essentiel de la clientèle, on entend à peine le guitariste tant les voix se mêlent. Le plafond aux poutres de bois noir donne une ambiance chaleureuse. Pas de table à l'écart disponible, les personnes assises dînent, Alyn n'a pas l'intention de les imiter. Elle est au bar avec Angela, leurs gingembre-miel brûlantes à portée de main, Angela essaie de parler boulot mais Alyn élude. Pas envie de sortir de son egg, de faire entrer ici le stress. Les membres du chœur viennent de toutes les sections de l'usine, manutentionnaires, ouvriers, cadres, nano-biologiciens, narcopsy. Une seule jointeuse. Tous ces gens chantent ensemble, des compositions sophistiquées, religieuses et absurdes d'avant le Satori, et quelques airs de pionniers, pour faire plaisir à Interaction. La musique contemporaine paraît tellement simple à côté de celle du temps d'avant, si chargée et si baroque, Alyn n'y comprend rien et s'y perd avec bonheur car Josh, lui, sait où il va.

Elle voit Josh, justement, qui passe de groupe en groupe, sautillant et joyeux, toujours vêtu de sa tenue noire de maître de chœur, ses longs cheveux blancs flottant sur ses épaules, un peu négligé mais charmant. Il a au moins soixante-dix ans, il a été doyen de l'école centrale du camp d'Esbjerg, il a refusé de partir pour les îles chaudes et maintenant il a une notation tendant vers zéro et il vivote en enseignant la musique et en préservant son cœur malade. Les rumeurs disent qu'il a été marié trois fois. Les rumeurs méchantes ajoutent, *en même temps*. Alyn lui pardonne, parce qu'il est né *avant* et qu'il se souvient de tout. Il se dirige vers elle, les yeux pétillants, elle se sent un peu gênée. Il lui parle du programme, du concert de fin d'année. Il dit : « de Noël », Alyn se rend compte qu'elle est un peu gênée par son haleine, peut-être à cause de ce qu'il a bu... Puis la conversation – le monologue, à vrai dire, tant Alyn est intimidée – dévie sur un curieux chemin.

« Vous voyez, mademoiselle, j'habite aux limites de Gellerup, un côté de ma maison est en zone verte, l'autre en zone jaune. Ça me permet de recevoir des visites, de voir passer du monde... »

Angela écoute, d'autres personnes écoutent, le bruit des conversations baisse, le musicien s'est arrêté pour faire une pause.

« Je reçois des visites, je donne des cours de piano à beaucoup de familles de l'assemblée de Karlsgard, d'habitude ils me paient en bon argent, mais maintenant les enfants arrivent avec un œuf, ou une pomme, parfois une part de gâteau. Ce n'est pas beaucoup pour ma propre famille, mais comment voulez-vous que je refuse ? L'argent, ils le gardent pour les médicaments, et même pour ça ils sont obligés de passer par moi pour avoir accès à la pharmacie centrale, je les fais profiter de mes droits et de mes ordonnances... »

Il a posé la main sur le bras d'Alyn, elle aimerait se retirer, mais les yeux du vieux rient, elle le sait bienveillant. Pourquoi lui dire ça à elle ? Parce qu'elle est cadre ? Angela aussi est cadre, et mieux placée. Pourquoi elle ? Elle voit quand même un peu où l'autre veut en venir et ça ne lui plaît pas.

« Il faut qu'ils présentent des requêtes raisonnables, monsieur. Ils pourront tous reprendre le travail, et les femmes aussi, et tout rentrera dans l'ordre.

— Les anciens l'ont fait, ils se sont rendus trois fois à Esbjerg, ils ont été reçus par le cinquième étage, mais la direction ne veut pas négocier. La reprise aux mêmes conditions n'est pas possible, vous savez cela, n'est-ce pas ?

— J'aimerais les aider aussi, mais je ne peux pas. Je m'entends bien avec mes ouvrières, elles me manquent. À cause de leur départ j'ai tellement de travail à venir que je ne sais pas comment je vais pouvoir me rendre aux prochaines répétitions...

— Je sais que vous les soutenez, vous êtes une gentille jeune femme, c'est juste que vous ne savez pas vous y prendre. Je vais vous donner une idée. À vrai dire, c'est pour ça que je vous parle, mais vous avez bien deviné, n'est-ce pas ? »

Il lui tient toujours le bras. La découverte est soudaine et sidérante. Les autres *savent*. Et de nombreux éléments de la journée prennent soudain leur sens... Les petits messages depuis hier pour s'assurer qu'elle viendra à la répétition. L'insistance d'Angela pour qu'elle reste à l'enkantine après le chant. Leurs regards, leurs attitudes... Elle se dégage brutalement comme si elle venait de subir une agression. Josh rit :

« Allons, n'ayez pas peur, personne ici ne veut vous manger et tout le monde vous aime bien et vous apprécie. Soyons brefs. Ne travaillez pas demain. Venez au bureau, mais bloquez l'activité, contentez-vous de ne rien faire. Les externes ont besoin de soutiens en interne et votre participation au blocage sera un signe très fort. Vous serez nombreux à participer, ils ne pourront pas vous exclure, à moins d'exclure toutes les équipes et de briser l'usine. Le cinquième étage ne peut pas se le permettre. Nous avons besoin de votre soutien. »

Nous. Le visage ridé de Josh s'éclaire étrangement, creusé d'ombres et de secrets. Qui est ce nous ? Il est maître de chant, il a été professeur, directeur d'école, que sait-il de la ligne ? De l'atelier final ? De la plasticité du Texo ? Les arguments se bousculent, mais elle est trop maladroite, aucun ne porterait. Alyn se force à sourire, masquer sa colère. Elle pose sur le bar la tasse qui tremble dans sa main.

« Waow.

— Ça secoue, hein ? »

Elle ne voit pas qui a parlé. Mais oui, ça secoue. Son sourire se crispe un peu plus.

« Je pourrais avoir quelque chose à boire ? Quelque chose de plus... Vous voyez ? »

Elle n'a rien trouvé de mieux à dire. Angela sourit : « Je t'emmène », et les deux femmes s'éloignent. Quelqu'un ajoute, croyant n'être pas entendu : « Elle a besoin de digérer le choc. Qu'on la laisse tranquille. »

Oui, qu'on la laisse tranquille.

L'alcool est vendu dans une petite pièce donnant sur l'arrière de la maison, par un homme entre deux âges, qui écoute une musique braillarde. Alyn commande maladroitement, elle n'a pas l'habitude. « Un whiskey ? Vous voulez un whiskey ? » Les autres consommateurs et consommatrices ont l'air bienveillants, pour la plupart Alyn ne les a jamais vus à l'usine. Le verre est posé devant elle, elle y plonge les lèvres et grimace, sort son egg pour se donner une contenance.

Surprise ! L'enkantine est en zone grise, pas verte ! Elle est plus ici chez les externes de Karlsgard que dans un espace contrôlé. Voilà pourquoi ils se permettent de dire n'importe quoi. Ils ont dû virer, ou mettre en panne les capteurs. Alyn songe à prévenir... mais qui ? Elle devrait. Il suffirait d'un mot envoyé aux vigiles.

Bonjour, les personnes qui suivent envisagent de mettre en danger la ligne en cessant le travail de manière coordonnée. Ces personnes sont mes amis. Je chante avec elles tous les mardis soir, et un dimanche sur deux.

Elle boit encore une gorgée, l'alcool la brûle. Angela l'attend près de l'entrée, elle bavarde avec une personne qui lui tourne le dos, n'a pas vu qu'Alyn...

Alors Alyn marmonne « je vais prendre l'air » et se dirige vers la sortie donnant sur la cour, personne ne la retient. Elle pousse la porte, se retrouve au milieu d'un carré de béton mouillé bordé sur la gauche par un jardin. La rue est juste là, à quelques mètres... La nuit est tombée. Elle récupère son vélo. À l'intérieur de la grande salle brillent des lumières chaudes, on est entre amis, on passe un bon moment, on parle de bloquer la ligne. Trois grands coups de pédales, la pluie cingle son visage, imbibe ses vêtements : elle a oublié son coupe-vent à l'intérieur.

Alyn pédale rageusement le long de la route, elle veut être vite, loin. En dix minutes elle a rejoint la zone industrielle et les longues barres colorées des logements. Puis, alors qu'elle approche la guérite, son vélo dérape brusquement, elle tombe dans une flaque, le vélo coincé sous elle. En tentant de se rattraper, sa cheville s'est pliée très fort. Alyn se dégage, se redresse, s'écarte de la route d'éventuels véhicules. Elle est trempée, des douleurs commencent à se faire sentir qui éclateront dès que l'adrénaline retombera : dans son poignet, son épaule et surtout sa cheville, elle a du mal à poser le pied par terre.

Marre !

Elle pleure.

6

À la policlinique, ils lui diagnostiquent une entorse et quelques contusions légères. Elle doit pleurnicher pour ne pas se voir arrêtée toute la semaine (deux jours, quand même !), elle est bonne pour clopiner sur des cannes pendant dix jours. Elle est de retour au conapt vers onze heures, la porte de la chambre est fermée, avec le signe habituel suspendu à la poignée. Ioulia n'est pas seule.

Alyn pourrait cogner à la porte et prétexter la blessure et la douleur pour faire dégager le visiteur, mais elle n'en a pas la force. Elle se laisse tomber sur le canapé, se recroqueville. Elle aimerait parler à quelqu'un, et elle ne peut rien dire.

La lumière est éteinte et elle est à moitié endormie quand la porte de la chambre s'ouvre. Elle se redresse sans bruit, froissée. Un type traverse le salon, va boire un verre d'eau dans la salle de bain. La silhouette n'est pas celle, habituelle, de Frederik. La lumière incidente venue de la chambre lui éclaire le visage. Alex.

L'externe lui lance un clin d'œil avant de quitter les lieux, la colère se réveille. Il faut toute la douceur de Ioulia pour l'aider à s'apaiser.

Une notification, sur son egg : le *Damaris* vient d'accoster.

7

« Est-ce que c'est vrai que le liquide orange est brûlant ? Pourquoi est-ce qu'on s'en sert, alors ? Pourquoi est-ce qu'on met des gens dedans ?

— Le bain est adapté à l'organisme de chaque dormant. Comme quand tu règles la température de ta douche.

— Moi, je prends ma douche toute froide !

— Comment tu remplis les cercueils ?

— On ne les remplit pas, on les rééquilibre. Comme je vous ai dit, nous fabriquons très peu de nouveaux cercueils. Nous construisons surtout des coques et des structures de protection pour les plus anciens et les plus fragiles. Parfois, il faut quand même changer l'ensemble du bain de liquide orange d'une personne... s'il est pollué. On utilise une machine spécialisée qui fait ça avec une grande délicatesse, le filtrage et le remplacement.

— La machine fait ça toute seule ?

— Il faut des gens pour s'en occuper, je vais vous montrer... »

Alyn retrouve les images, les projette aux enfants. Certains en ont assez, d'autres sont passionnés. Un garçon futé lève la main : « Et tu manges quoi, à la cantine ?

— La même chose que vous, sauf que je crois que nous avons plus de choix. Trois entrées, trois plats, des fruits frais plusieurs fois par semaine (la chance !). »

Les gosses sont mignons, les dernières questions servent de défouloir. Midi approche, Alyn fatigue un peu, même si, en apercevant ses cannes, ils lui ont aménagé un fauteuil avec des coussins juste à côté du bureau de la maîtresse. Elle leur a présenté le flux, les métiers, les exigences des examens. Elle leur a fait écouter le cœur, leur a appris à distinguer les bruits. Les élèves de sixième sont plus éveillés que dans son souvenir, leur niveau en sciences est très bon alors que les écoles d'Esbjerg n'ont pas tellement bonne réputation, à ce qu'elle croyait.

« À mon tour de vous poser une question. Maintenant que je vous ai raconté ça, qui d'entre vous veut travailler pour Narco ? »

Une douzaine de mains se lèvent, pas mal, contre trois au début de l'intervention. Bien sûr, le prochain lieutenant de Protection qui passera dans la classe en fera changer d'avis plus de la moitié, mais les graines semées germeront un jour et Narco offre des conditions plus douces que Protection ou bien Extraction.

La maîtresse met fin à la séance.

« Les enfants, on remercie bien Alyn qui est venue malgré sa blessure! (merci! merci! merci! Tu feras plus attention, sur ton vélo, la prochaine fois!) et on va chanter une chanson, tous ensemble, pour elle. Que diriez-vous de *Je veille sur toi*? Un, deux, trois... »

Je veille sur toi
Tu ne me vois pas,
Mais je suis là,
Toujours pour toi.

Je veille sur toi
Je t'accompagne dans ton sommeil,
Jusqu'aux étoiles,
Je ferai tout pour toi.

Je veille sur toi,
Quand tu seras
Sous un nouveau ciel
Penseras-tu à moi?

Alyn chante avec eux, ça la fait pleurer. Leurs voix sont bien en accord, belles et déchirantes. Elle entend les motifs karenberg dans la musique et les paroles, placés là pour déclencher l'émotion et l'adhésion, ça marche à fond sur les petits. Alyn a envie de les embrasser, tous et toutes, il faut qu'ils rêvent, aux Sœurs, au ciel, pour se dévouer et servir.

8

42%. Le message de Nicola ne dit rien de plus. Le ciel est gris et lourd, en attente de nouvelles pluies.

Nicola passe la chercher à l'école après qu'elle a pris un repas avec les enfants et leurs institutrices. Alyn s'installe dans l'utilitaire, Nicola démarre et roule lentement vers l'usine, il a sa tête des mauvais jours. Il revient du port, pour la tournée de réception du *Damaris*. Alyn ne laisse pas traîner les questions difficiles.

« 42% d'irrégularités, c'est ça ? Comment ça se fait ?

— Ils n'ont pas d'explication. Ils avaient peut-être des vieux stocks en attente, qu'est-ce que j'en sais ? Des Américains, pour la plupart. Plein d'obèses, surtout les gosses, c'est affreux... Tu as regardé le plan de charge ? »

Ce matin, oui, bien calée dans le canapé après avoir préparé son intervention à l'école, et même avec un taux habituel de 23%, il n'était pas possible de tenir les délais sans de nombreux et difficiles aménagements. Sans regarder Nicola en face, Alyn demande : « Il va nous falloir une cinquantaine d'assistants... Qu'a donné le recrutement ?

— Ces cons bloquent tout. Depuis que leurs barbus leur ont dit de ne plus travailler pour nous, aucune des filles de la région ne veut plus venir. On est allé en chercher jusque dans le Småland, mais d'une façon ou d'une autre ils se sont passé le mot. Leurs anciens sont venus en délégation auprès du cinquième étage. On leur a offert de doubler les salaires, ils disent qu'ils veulent la Protection, encore, encore, toujours la même chose ! Mais bordel, on ne les a pas obligés à aller s'installer là ! À planter leurs putains de champs en bordure de putains de zones rouges ! Qu'ils arment leurs milices et qu'ils assument leur défense ! »

La conduite de Nicola est un peu erratique, dommage qu'il n'ait pas réussi à attraper un de ces autoguidés qui se chargent des livraisons logistiques. Le portail de l'usine est proche, quelque chose ne va pas, un petit groupe est rassemblé près de la barrière, tête nue sous le crachin.

« C'est quoi, encore, ce bordel ! »

Un type toque à la fenêtre, Alyn reconnaît l'aimable figure de Georg, cariste et baryton.

« M'sieur Delafonte, mademoiselle Alyn... On voulait vous dire que nous tous, les transporteurs, et tout l'atelier d'emboutissage, on a arrêté la chaîne. On demande la protection pour Karlsgard, ils sont en danger, à cause des bandes de baveux. C'est pas grand-chose, faut juste leur envoyer un gyro ou deux et des pods de vespas, mais là ça devient urgent. Et puis on demande aussi l'embauche de quatre-vingts supplétifs. On va tous y gagner ! Vous venez vous joindre à nous ? On a du café, des beignets et un chili. Au moins vous, mademoiselle Alyn... »

Alyn rougit, balbutie, désigne ses cannes : « Je ne travaille pas, aujourd'hui... »

La réponse est stupide, mais personne ne l'écoute. Nicola est devenu blême de colère. Il plante là le véhicule et sort gueuler.

9

...notre engagement ne peut être mis en doute. Nous sommes Transfert, nous donnons notre sang et notre âme pour l'élévation. Nous adhérons de tout cœur à la directive Hokusaï. Mais nos yeux sont ouverts : nous allons perdre cette lutte ! Quel sens cela a-t-il de donner nos vies en vain ? Nous manquons de bras. Qui viendra nous soutenir ? Va-t-on installer nos enfants à l'atelier ?

Nos chiffres sont les meilleurs, nous sommes les plus productifs ! Notre usine traite 32% de cercueils de plus que les usines similaires. Elle rétrofite 60% des Mark II existant dans le monde.

Mais aussi : elle envoie 8% de son personnel par an en traitement psychorécupérateur. Chaque année, plus de quarante personnels sont envoyés loin de leur famille pour marcher dans des parcs irlandais en cure de remotivation ! Ou bien placé en suspension rééducative ! Parce que leurs corps et leurs esprits cèdent sous la charge.

Nous demandons au Conseil des Cinq de Dublin de s'opposer aux décisions délétères de l'Admin d'Esbjerg et de soutenir nos revendications : une augmentation du personnel ! L'aménagement de la cité rouge ! L'intégration de 100 externes méritants à des postes 1.x ! La redéfinition des chapitres jha et ña du Shiva, afin de servir de modèles à l'ensemble des installations Narco.

Toi qui veux accomplir l'élévation, rejoins-nous. Suspends le travail de la ligne aujourd'hui pour marquer ton engagement !

Soutiens-nous ! Affiche notre slogan !

La vie pour l'élévation !

10

Ça réagit très vite. Alyn reçoit des messages de personnages dont elle ignorait jusque-là l'existence, depuis Esbjerg jusqu'à la tour bleue, à Dublin. Elle est contactée en direct par une femme à lunettes, vêtue d'un de ces kimonos très sobres en vogue dans les niveaux supérieurs. Mme Aghdashloo, voix de velours et face impassible. L'entretien avec elle est un prétexte suffisant pour pouvoir quitter le bureau de Nicola, devenu un des lieux les plus oppressants de la terre.

Sur une bonne moitié des écrans, le même bandeau orange : *la vie pour l'élévation !*

Elle ferme la porte de son propre bureau et envoie l'image de la femme de Dublin sur l'écran de la console principale.

« Merci de prendre du temps pour moi, Alyn. Je travaille pour Office. Pouvez-vous me présenter votre vision des faits ? »

Elle parle depuis un parc ensoleillé, à moins qu'elle ne se trouve en pleine nature. Ou que le lieu ne soit complètement virtuel et qu'elle soit en fait mal réveillée, dans la cuisine collective de son conapt, pour ce qu'Alyn en sait.

« Ma vision des faits... J'ai quatre points d'accumulation. D'ici ce soir, j'aurai cent cinquante boîtes en attente. Nous avons des transitoires installés depuis plus de huit jours. Même en suspendant toutes les activités transverses et en envoyant les cadres dans les ateliers, et en faisant revenir les personnels en arrêt maladie et tous ceux qu'on peut imaginer, nous n'arriverons pas à éviter le rouge... »

Sa voix tremble un peu. Elle parcourt les synoptiques, ils ne sont pas très nombreux à avoir abandonné la ligne, environ dix pour cent, suffisamment pour engendrer une pluie de questions. *Que fait-on?* Jamais elle n'a connu de journée aussi horrible. La vie pour l'élévation.

Madame Aghashaloo présente un visage de chat.

« Comment en êtes-vous arrivés là? J'ai besoin de votre version des faits, Alyn. Beaucoup de travail vous attend, mais nous devons voir plus loin. Occupons-nous de ce qui doit être accompli... »

Masquer les indicateurs d'alerte pour mieux se concentrer n'a rien de rassurant. Ils sont toujours là, une douleur plus sourde et plus inquiétante que celle qui irradie de sa cheville. Alyn se sent aussi désemparée que lors de son examen final, devant les cinq juges qui lui ont accordé son diplôme.

« Je ne sais pas par où commencer...

— Ces femmes, ces externes. Pourquoi faites-vous appel à elles pour des tâches de production directe?

— Parce que nous ne pouvons pas faire face... La dernière version du Shiva ne nous adjoint que trois personnels pour l'atelier de jointure, comme si les joints en Texo étaient du bon vieux caoutchouc qu'on pouvait manipuler à mains nues. Nous sommes en bout de chaîne, nous récupérons toutes les imperfections et toutes les inégalités et nous devons tout finir à la main! Dans les trois quarts des cas, les tests de dépressurisation indiquent des fuites, nous devons resserrer les joints par dilatation tiède, gommer les aspérités à la meuleuse et ça le Shiva n'en parle pas... »

Elle a craché sur le Shiva, sur un canal enregistré, devant une cadre de Dublin! Effrayée par sa propre stupidité, elle met sa main devant sa bouche. Mais la femme hoche doucement la tête.

« Pouvez-vous me donner quelques dates ? Depuis quand s'applique cette version du Shiva ? Que disait la version précédente ? Je suis certaine que vous avez signalé ces défauts... En quels termes et à qui les avez-vous signalés ? »

Alyn est prise au piège, il aurait fallu se taire, ne pas se plaindre et endurer, en vraie pionnière. *Travaille ! Travaille dur ! Dresse la tour de tes mains ! Travaille dur ! Sois heureuse ! Tu ouvres le chemin !*

Quelques cadres de l'usine ont changé leur Présence pour l'illustrer par des symboles positifs. La vie pour l'élévation ! Ça ne veut rien dire. On ne peut pas arrêter, il est interdit d'arrêter, un cadre doit montrer l'exemple.

« Je participe aux études de processus. J'ai tout signalé lors de séances Retex, nous avons proposé des prototypes, qui n'ont pas été retenus. Nous devons absorber la charge, vous savez, je ne peux pas passer tout mon temps à me battre contre des structures qui résistent...

— Vous n'avez que vingt-sept ans.

— *La sagesse n'a pas d'âge.* Pardonnez-moi. Les Extérieures travaillent bien, nous avons formé une quinzaine d'entre elles à la manipulation du Texo, nous obtenons de bons résultats, tout en étant conformes à la lettre du Shiva.

— Et les inspecteurs ? Qu'en disent-ils ? »

Alyn rit. La femme-chat en face d'elle sourit. Ses yeux sont très maquillés, très beaux, noirs comme des gouffres. Alyn aimerait qu'elle soit son amie et non une autorité cruelle aimant à déchirer et tuer.

« Les inspecteurs vivent parmi nous, Madame. Eux aussi donnent leur vie avec nous. »

Un message direct d'Angela, sur le canal loisirs : « Viens nous rejoindre à l'entrepôt 4 ! Nous avons tellement besoin de toi ! »
Alyn retient un gémissement. Comment pourra-t-elle jamais atteindre la porte de son bureau ? Sa cheville lui fait mal. Le regard de Mme Aghdashloo lui fait mal.

11

Les relations contractuelles unissant les travailleurs au projet Transfert sont régies par la recommandation 235 de l'Organisation internationale du travail (règles de Singapour)
(Extrait de la charte des Nations unies portant sur la mise en œuvre du projet Transfert)

La rupture de contrat sans préavis sur un processus critique entraîne une fin immédiate des compensations. L'instance locale est autorisée à prendre toutes les mesures nécessaires, dans un souci de proportion des effets, afin de rétablir les processus critiques interrompus.
(Extrait des conditions-cadres de Transfert, livre III)

Retour aux valeurs : échelle des actions.
Entretien individuel
- *Cours collectif*
- *Stage collectif en camp de vocation*
- *Stage individuel en camp de vocation*
- *Suspension rééducative*
- *Suspension rééducative profonde*

Chacune de ces actions doit être évaluée, par un référent ou un comité de pairs. Suite à l'évaluation, le personnel sera soit réaffecté au même poste, soit attribué à une autre unité, remis à disposition de l'ensemble des domaines ou écarté définitivement du processus final. (Extrait du guide d'intervention des travailleurs sociaux)

12

Elle a pris sa dose d'antalgiques lors du dîner, elle ne devrait pas avoir si mal à la cheville. Ça doit être la fatigue. Il n'y a personne entre les immeubles à cette heure-là, aucun brave type pour lui offrir le bras. En fait elle n'aimerait croiser aucun brave type, de peur d'avoir à parler de la journée. Iou n'est pas encore rentrée, heureusement.

Alyn passe devant le bâtiment 6, le sien, et pousse en clopinant jusqu'au 8; heureusement Angela habite au rez-de-chaussée. Il faut reparler de tout ça avec elle, devant un thé. De ce qu'Angela a dit à ses équipes, de ces messages qu'elle a affichés en aura autour de sa Présence, de la manière dont la hiérarchie a réagi. Alyn toque, entre dans le conapt. Beate vient à sa rencontre, l'amène au salon, ne dit rien. Ils sont là tous les quatre, rassemblés autour de la table basse, sans Angela. Beate désigne le fauteuil vide.

« Assieds-toi si tu veux. Je te sers une infusion ? »

Angela est absente. Elle n'est pas encore rentrée. Elle doit être en discussion, encore, avec l'admin Esbjerg. Après vingt-deux heures ? Alors que la troisième équipe a pris son tour ? Alyn croise le regard des autres et se glace.

« Pose-toi, Alyn. »

La porte de la chambre d'Angela est ouverte, son lit défait, comme si quelqu'un en avait arraché les draps. L'absence d'Angela est une douleur froide. Ils fixent tous le visage d'Alyn, avec un mélange d'espoir et de crainte. Alyn n'ose pas s'asseoir.

« Je ne sais rien. Je ne pensais pas que... Elle est quand même 4+. Je vais demander des nouvelles... demain matin... »

Le silence qui suit est très pénible. Corina a les mains qui pendent, inutiles. Vanlo et Reuben sont pâles et froissés. Alyn doit reprendre courage pour demander : « Et Kristof ?

— Kristof va bien, dit Vanlo. Je suis passé à l'école. Ils ne lui ont encore rien dit. Ils vont bien être obligés de lui expliquer quelque chose... d'ici dimanche. Il a huit ans, on ne peut pas le laisser dans l'ignorance. »

Pourquoi auraient-ils écarté Kristof ? Un futur travailleur, pour lequel tant d'efforts ont déjà été investis ?

Voici le peu qu'ils savent : les vigiles sont venus juste avant six heures, ils ont ramassé quelques affaires personnelles d'Angela. Mlle Na n'a rien vu de plus, notamment pas Angela elle-même. Sur le réseau, Angela est officiellement toujours joignable, Présence « occupée », et elle ne prend aucun appel, ne répond à aucun message.

Alyn ne s'attarde pas. Le cœur lourd, elle rentre chez elle.

13

Il faudrait se comporter comme si tout était normal. Alyn est assise autour de la table ovale, à droite de Nicola, en compagnie de l'équipe de cadres. Des boissons chaudes fument devant chacun, il y a au centre de la table un plateau couvert de pains ronds, blocs de beurre et confitures dans lesquels personne ne se sert. Ikorodu parle depuis vingt minutes, les yeux rivés sur ses notes, faisant défiler une présentation très léchée qu'elle n'a peut-être pas conçue elle-même. Les mots habituels sont tous là : élan, énergie, sacrifice, choc, lutte, construction... Alyn n'a pas joint sa voix aux autres pour le chant d'entrée. Et maintenant le discours de madame Ngozi Ikorodu 5.8 coordinatrice de l'usine de Varde glisse sur elle sans rien accrocher, sans pouvoir dissiper l'impression de vivre un très mauvais rêve qu'aucun réveil ne pourrait venir dissiper. Alyn a froid.

« Tant que nous sommes assis ici à parler, le cycle continue, d'autres navires sont en préparation dont les chargements nous sont destinés... »

Voici les propositions de réorganisations, disposées sur la table comme autant de jouets mal fichus. Les chaînes de commandement et de coordination se sont refermées, plus rationnelles, plus efficaces, resserrées en vérité autour de deux absences. Thomas Ericksson et Angela Calagari.

« La répartition des responsabilités a changé. Nous avons adopté un modèle sous forme de grille, plus proche de ce qui se fait à Singapour et que nous voulions adopter l'année prochaine... »

Certains posent des questions pratiques. D'autres se contentent de regarder par-dessus le rebord de leur tasse remplie de thé noir. Alyn ne voudrait demander qu'une seule chose : « Où est Angela ? Avez-vous des nouvelles ? Demain soir, son petit garçon viendra au conapt. Qu'allons-nous lui dire ? »

« Nous devons pourvoir soixante-sept postes de travail. Nous le ferons par des recrutements externes ainsi que par des transferts amicaux depuis Production et Transport. Nous avons également vingt apprentis que nous pouvons mettre sur des postes de pleine charge dès maintenant. »

La composition des effectifs a toujours été un secret bien gardé, mais Alyn parvient à lire dans les tableaux. Au moins quarante personnes ont participé à la coupure, hier, venues principalement des caristes et des emboutisseurs. C'est là qu'on recrute. Tout est cohérent.

Traian, le premier, pioche dans le plateau et pose des questions concrètes : « Comment va-t-on assurer la formation ? On ne manipule pas les cercueils comme des palettes de tubulures...

— Nous prendrons entre une et trois journées pour assurer une formation complète, pendant lesquelles vous pourrez distraire une partie de vos équipes des tâches de production.

— De un à trois jours ? C'est une blague ! Il faut que Dublin nous envoie des formateurs ! »

Bien sûr, Traian a raison, et ils sont plusieurs à se jeter dans la discussion, mais Alyn ne cesse pas d'avoir froid et le monde entier continue à paraître étrange et dangereux. Elle murmure : « Et Angela ? ». Il faudrait qu'elle parle à voix haute mais elle n'ose pas. Elle boit son thé, comme les autres, essaie de se situer dans la nouvelle organisation. Responsable des processus en plus de son rôle habituel de responsable de l'atelier d'ajustement final. Avec deux jointeurs supplémentaires, tous deux issus des usines de machines du Sjaelland, qui ne connaissent rien au Texo.

Ikodoru cadre aimablement les discussions, passe à la dernière phase, une vision d'avenir, la directive Hokusaï, le choc de la vague, toutes ces choses.

La Présence d'Angela s'est éteinte ce matin, comme si elle était partie en congé avec Kristof sur les plages de Malmö, à faire des excursions sur la côte pour regarder les oiseaux.

Alyn n'ose rien dire. Elle contemple son thé. À sa droite, Richard lui touche doucement l'épaule. « Ça va ?

— Pas trop. »

Ikodoru a presque fini. Elle a le visage sérieux et concerné, elle offre une présence à la fois ferme et rassurante. Tous l'écoutent. La moitié au moins des gens présents n'a pas prononcé un mot, pourtant tous sont parfaitement réveillés. Alyn croise quelques regards, elle aimerait que quelqu'un pose la question qu'elle n'ose pas poser, mais le discours d'Ikodoru ne laisse aucune place. C'est un chemin bien tracé vers l'effort et la peine.

« Nous traversons une des plus grandes épreuves que notre usine ait eu à affronter. J'ai confiance dans notre capacité à la surmonter, unis et solidaires, pour l'élévation de tous. Je suis certaine d'une chose : nous nous souviendrons de ces moments avec fierté. »

14

« Alyn, tu peux passer me voir s'il te plaît ? »

Première tentative d'isolement, première interruption. Nicola a l'air inquiet. Il est plus de midi, des sandwichs froids et mous ont été livrés aux postes de travail. Alyn doit rendre ce soir son plan pour doubler la cadence de l'atelier d'ajustement, avec deux ouvrières expérimentées de moins.

« Alyn ?

— J'arrive. »

Elle est encore capable de clopiner sur ses cannes. Le ventre vide, l'esprit vide, les corridors et les bureaux lui apparaissent avec lucidité : des espaces gris, usés, habités par des êtres qui se vident d'eux-mêmes. Elle essaie de chanter quelques passages du Te Deum pour se raccrocher, Josh trouverait sa voix misérable.

Nicola lui-même est pâle, alors que ce qui arrive correspond à ses souhaits les plus chers. Peut-être vient-il d'en mesurer le prix ? Ils ont doublé ses responsabilités, une belle occasion pour sa carrière, ses parents seront fiers.

« Aide-moi, Alyn, je n'y comprends rien. Je n'ai pas les bons filtres. »

Sur son écran : la supervision des cuves. À gauche, le liquide orange inactivé. Au centre, la culture et la montée en puissance. À droite : les espaces de repos temporaires où dorment tous ceux dont on est en train de finir d'ajuster les cercueils. Des dizaines de messages d'alerte s'affichent, le logiciel est complètement obsolète, mais la nouvelle version ne s'installe pas sur les chaînes, Angela avait expliqué ça (*ce n'est pas grave, il suffit d'avoir les bons filtres, je me suis construit une visualisation qui marche*).

Angela se chargeait de ce boulot. Elle faisait son tour tous les matins pour voir ce que les capteurs ne voyaient pas, toucher les cuves, sentir leur fermentation, leur légère chaleur, leurs odeurs.

Alyn s'assied à côté de Nicola, ajuste les filtres, lui explique d'une voix neutre quelques-unes des informations qu'on peut dégager.

« Ça, c'est juste la base. Pour le reste, je ne sais pas, il faudrait demander à Angela.

— Ou bien pouvoir se connecter sur son compte, récupérer ses filtres... On doit pouvoir demander ça. Mais ça va encore prendre des jours... »

J'ai les identifiants d'Angela, je pourrais le faire, tout de suite. Alyn a failli prononcer ces mots. Dans d'autres circonstances, elle l'aurait fait, avouant la rupture de sécurité qu'elle et Angela avaient commise (comme un geste intime et un peu sexuel) un soir d'hiver, quelques mois plus tôt, alors qu'Alyn avait un remplacement à assurer. IdWu d'Angela + mot de passe de dix caractères et hop, devenir superviseur, une chose qu'on partage entre bonnes amies, entre copines de chant, entre collègues de confiance. Si Nicola demande l'accès au compte d'Angela, ils vont changer ces identifiants et ceci, Alyn ne le veut pas, pour une raison qu'elle ne comprend pas encore. Elle fabrique pour Nicola un masque de sourire et de compétence :

« Il y a plus simple. Les cuves sont en bon état, on le sait, elles l'étaient hier matin et on n'a reçu aucune livraison depuis. On peut construire une sorte de filtre simplifié. Là, nous avons dix-sept types d'alertes. Nous savons que ce sont toutes des faux positifs. Alors tu fais ça : là, là, ignorer. Ignorer tout ? Yes. Rafraîchir, et hop ton écran est vert. Ici, tu ajoutes une notification. Tu seras averti en cas de nouvelle alerte et tu devras contrôler. Ça te prendra un peu de temps pour que tu contrôles et élimines tous les nouveaux messages, mais en quelques jours tu auras construit ton propre outil.

— Excellent! Merci. Ça m'a l'air très bien, merci. Ça va me permettre de prendre doucement la main là-dessus. Désolé de t'avoir dérangée. Tu veux de l'aide pour quelque chose?

— Ça ira. »

Elle se lève. Nicola est soulagé, il replonge dans sa liste. Alyn quitte son bureau, sourit doucement. *J'ai les identifiants d'Angela.*

15

Vendredi. La répétition est annulée. À dix-sept heures, Alyn pousse quand même son vélo et passe le portail en boitant fort. Les vigiles sont sur les nerfs, l'un d'eux (un nouveau) l'approche et dit : « Où est-ce que vous allez?

— En ville, comme tous les vendredis soir.

— Pour quoi faire?

— De la musique. »

La réponse ne plaît pas au vigile. Le gars pourrait être son père, il se sent un peu comme tel. Peau très pâle, petits yeux de montagnard, ton autoritaire, il est sans doute du genre à reprocher aux ouvrières de s'amuser alors qu'il y a tant de travail. Alyn lui tend son badge. Elle est une femme, de petite taille, elle est jeune, mais elle a deux niveaux hiérarchiques de plus que lui. Il hoche la tête, la scanne rapidement pour vérifier qu'elle ne sort pas de l'enceinte du matériel interdit. En quoi est-ce que des partitions peuvent l'intéresser?

« Bonne soirée, mademoiselle! »

Il pleut encore, la route est glissante, la cheville d'Alyn lui fait encore mal, mais moins qu'en marchant. Elle a allumé l'assistance électrique du vélo, se demande tout en roulant vers la ville si elle est trackée. Le vélo n'est pas son modèle habituel, elle a « emprunté » celui des cuisiniers du 8B. Elle ne voit aucun drone passer sous les nuages bas. Ils ne peuvent pas surveiller tout le monde (si, ils peuvent).

Elle entre en ville, s'arrête un moment devant l'église. Une fille du chœur la repère tout de suite et s'approche : « Alyn ! Tu ne savais pas ? Il n'y a pas de répétition aujourd'hui. Josh n'est pas là.

— Je pensais qu'on pouvait peut-être travailler sans lui...

— On y a pensé, mais on n'est que huit, aucun homme n'est venu. Ça va être dur. Tant pis. Tu veux venir boire quelque chose à l'enkantine ? »

Alyn sourit. La pluie ruisselle sur sa capuche.

« Non merci. »

Et elle repart à vélo, peinant sur la pédale, figure de la choriste déçue d'être venue pour rien. Mais arrivée au rond-point, hors de vue de l'église et des autres chanteurs, elle se trompe de chemin et ne prend pas la route de l'usine.

La route de Karlsgard est une sortie d'été populaire, à cause des champs de blé, des bosquets, du long étang où l'on aperçoit parfois des hérons. Entre chien et loup, à la mi-saison, le paysage se drape de tristesse.

La maison de M. Joshua Wilderstein est située quelque part sur la gauche, presque invisible entre les arbres. Un pavillon blanc derrière un grand potager. Alyn a peur de la louper, à tort.

Dix minutes après avoir quitté le centre-ville, on cahote sur le petit chemin et passe l'ancien portail à voitures. Un peu de lumière filtre à travers les persiennes. On est en zone jaune, durée d'intervention des forces de sécurité supérieure à dix minutes. Alyn essaie de ne pas penser aux ombres sous les arbres et aux vélos abandonnés qu'on retrouve parfois dans les fossés. Elle toque à la porte principale, avant de trouver un cordon qui fait sonner une cloche, quelque part à l'intérieur. Des pas, on lui ouvre, une petite femme aux cheveux très noirs. Une des trois femmes de Josh ? Alyn a honte de sa pensée.

« Entrez, entrez mademoiselle, mettez-vous au sec !

— Je ne reste pas. Je suis juste venue rapporter des partitions...

— Venez prendre un thé ! Il sera très content de vous voir. Entrez ! »

Elle laisse son manteau. La femme fixe son cou et ses poignets puis demande soudain : « Vous n'êtes pas baptisée, n'est-ce pas ?

— Non. »

Alyn a répondu sèchement, à la fois gênée par la question, par l'immixtion dans son intimité, par la honte de se retrouver là. Les vigiles peuvent-ils parvenir à reconstituer son trajet ? N'y a-t-il aucun algorithme de surveillance qui va analyser ses temps de trajet, le fait qu'elle ait éteint son egg, son voyage inutile jusqu'à l'église ? Elle est maintenant assise dans un canapé marron moche, mais confortable, dans un grand salon encombré de meubles chargés de papiers et d'instruments de musique, dont une grande harpe dorée. Josh est doux et aimable, il a pris les partitions qu'Alyn lui tendait avec nervosité.

« Il fallait les garder... Je suis sûr que votre charge de travail va s'atténuer, que vous pourrez reprendre les répétitions. Vous êtes très importante pour le groupe. Une alto solide, c'est précieux. Tenez, voulez-vous que je vous fasse écouter mon rêve de concert d'été ? Attention, ça risque de vous dérouter. »

Il touche une interface tactile, un flot de musique symphonique et de chants tombe des grosses enceintes, ça ne paraît avoir aucune structure nette. On dirait de l'opéra, mais ne ressemblant à rien de ce qu'Alyn connaît (c'est à dire bien peu). Ni Mozart, ni Verdi...

« *L'amour des trois oranges*, de Prokofiev. Une très belle fantaisie. Il est difficile d'en isoler des pièces, mais écoutez comment cela vous emporte... »

Il sourit, les partitions à la main. Les retourne, trouve les mots écrits au dos, au crayon. *Accès compte Angela Caligari, maintenance des cuves. Identifiant... mot de passe... Pas de sécurité biométrique.* Le maître de chœur a un sourire un peu triste, dépose les papiers sur une pile d'autres papiers. Il ferme les yeux, écoute la musique et les paroles en français posées sur la ligne mélodique.

Des douleurs au foie, des douleurs aux reins, l'asthme chronique, des maux de tête, une apepsie, la faiblesse des artères, la tête ramollie, une toux douloureuse, la vue affaiblie, un corps anémique et maigre...

Que faire ? Que faire ?

Misère ! Misère !

Josh désigne ses propres médicaments posés sur une tablette. « Le prince n'est pas malade de ce que croient les médecins. Ça m'amuse à chaque fois. »

Puis il attrape sur son bureau un livre aux bords cornés, mal relié, mal imprimé, le tend à Alyn.

« Il faut toujours le livret, pour comprendre les paroles. »

Elle prend le livre sans méfiance. La couverture est sobre, ne porte pas de nom d'auteur, simplement un titre : *Ce qui nous dévore*. À l'intérieur, aucune partition, aucune parole d'opéra, simplement des flots de textes imprécateurs.

Qu'avons-nous choisi ? Quelle part de notre vie n'a pas été ordonnée par des volontés entièrement extérieures à notre bien-être ? Quelle noblesse y a-t-il à se sacrifier pour une œuvre que nous ne comprenons pas ?

Cette liberté d'adhésion aux valeurs de Transfert, sans cesse revendiquée, ce choix toujours ouvert entre l'intérieur et l'extérieur, est une illusion et un mensonge. Le choix a été déformé, il est devenu une alternative plus cruelle : la vie ou bien la mort. Et qui choisirait la mort ? Voici ce que nous dit l'ogre, nous tenant sur ses genoux : tu peux quitter le château, ou bien rester à ma table. À ma table, où tu seras à la fois le mets et le convive. Dehors, les loups te mangeront.

Alyn repousse le texte comme s'il l'avait brûlée. Elle connaît ce genre de discours pour les avoir entendus lors de son apprentissage, mais moins denses, moins formulés, si peu conformes que l'esprit les vomit, qu'ils provoquent un malaise.

« Je ne suis pas d'accord avec tout, dit doucement Josh. C'est à apprivoiser peu à peu, à faire vôtre, à contester. Prenez-le, lisez-le. »

Un livre papier, hors des échanges surveillés du réseau. Les pages la brûleraient, elle ne veut pas de ça, pas de ces horreurs. Elle ne peut que sourire, « non merci ».

Elle ne reste pas plus de dix minutes. Elle n'a pas pris la copie de l'opéra sur son egg, elle aurait pourtant aimé avoir la musique dans les oreilles tandis qu'elle peine sur la route de l'usine, pour se laver des saletés qu'il lui a fait entrevoir. Aux chants se mêlent le vertige et la culpabilité. Elle a trahi, elle a bien fait, elle a trahi quand même, laissé derrière elle grandes ouvertes les portes du cœur à des gens qui lisent, qui écrivent des insanités. Il est encore temps de parler, de tout dire, de remonter aux supérieurs les informatiques critiques. Il suffit de changer un mot de passe, et personne ne lui en voudra, le flux pourra continuer. Il suffit d'écouter le cœur battant, le cliquetis de la crémaillère, le souffle doux des vérins, et cinq cercueils de plus installés dans une capsule. Alyn se sait le jouet du conditionnement social, des techniques Karenberg, elle est un rouage docile de la grande machine, elle ne veut au fond d'elle-même qu'une seule chose : se donner pour l'élévation. Angela était comme elle, dévouée, consacrée à l'œuvre commune, et rejetée par ceux qui la dirigent. Alyn en ressent un profond malaise. Pour cela, elle a trahi.

Quand elle passe le portail, devant les vigiles fatigués, son visage est mouillé de larmes et de pluie. Ils ne l'arrêtent pas.

16

Le lendemain est une journée d'attente. Alyn se dédouble : une part d'elle est plongée dans les processus de réorganisation. Elle discute avec les trois filles de l'atelier de jointage, elles bossent ensemble sur le duffy, le cercueil de test qu'elles ne cessent de monter et démonter depuis des mois et qui leur permet de valider leurs idées. Son egg vibre toutes les deux minutes, il faut s'interrompre, se caser dans un coin pour participer à des réunions flash. D'autre part Alyn observe, elle se tient debout derrière elle-même, elle lit les signes, les regards et les pensées. Dans l'atelier, elle scrute l'attitude d'Amitha, yeux de velours et attitude calme, qui regarde parfois sa patronne en demandant en silence : *Tu en es ? Tu en seras ?*

Alyn déjeune tard, en compagnie d'un groupe de travail de cadres créé pour l'occasion. Ils viennent du transport, des lignes de contrôle, de la qualité. Ils ont en commun d'avoir tous beaucoup fait appel aux extérieurs et de devoir se réorganiser fortement pour absorber la charge du *Damaris*. Alyn les connaissait mal, elle est heureuse de réparer ce manque ; le déjeuner est amusant, l'un d'eux, un certain Jean-Pierre, ne cesse de faire des plaisanteries pince-sans-rire dont la moitié au moins devraient lui valoir un entretien de remotivation. Et, à la toute fin de la discussion, alors qu'ils vont se séparer et rendre leurs plateaux écaillés, Jean-Pierre demande à Alyn :

« Chez toi, combien vont suivre ? Tu vas publier l'appel ? »

Elle sourit, croit à une blague, tous les regards se sont portés sur elle, comme si ce repas n'avait eu d'autre but que ce moment. La scène de l'enkantine recommence, mais nous ne sommes plus en ville, dans un autre monde, mais au cœur de l'usine. Autour d'eux, les collègues, les personnels, un peuple dévoué à l'effort collectif, à l'élévation, dont la vie n'a de sens que tournée vers cette dernière. Alyn est double. L'une d'elles vacille et tremble et veut crier, prévenir, poussée à la dénonciation salutaire par des années d'éducation, de travail et d'ingénierie sociale dédiée à la fabrication d'un corps de travailleurs parfaitement huilé. L'autre, celle qui prend la main, se contente de répondre d'un ton léger :

« Je n'ai rien à publier, je n'ai même pas reçu le texte.

— On va arranger ça tout de suite », sourit Jean-Pierre.

Il plonge la main à l'intérieur de sa veste, en sort une liasse de papiers un peu froissés. Alyn y jette un rapide coup d'œil, le texte est clair et explicite. Ça commence par *Blocage total*, le reste est prévisible. Il n'y a pas de date, ce manque doit avoir un sens, mais le double d'Alyn ne pose pas de question à ce sujet et se contente de sourire avant de faire disparaître la liasse pesante et brûlante comme du plomb fondu au fond de sa propre poche. *Je ne distribuerai jamais ça.*

« Alors, tu crois qu'elles vont suivre ?

— Pour un tiers d'entre elles, j'en suis sûre. Pour les autres, c'est peut-être.

— Alors ça dépend de toi, maintenant. Il faut une majorité pour faire basculer toute l'usine. »

Alyn sourit, salue, retourne en pensant sur ces cannes vers la navette électrique qui la poussera jusqu'à son propre atelier.

Je n'ai jamais demandé à adhérer à votre groupe. Je ne me suis jamais inscrite sur vos listes. Vous m'avez piégée. Il suffit que j'appelle Nicola et tous vos efforts seront vains. Et les vigiles passeront dans les ateliers et vous demanderont, un à un, de les suivre. Quelque chose, ici, est malade, qui doit être guéri. Les liens organiques demandent à être resserrés, la confiance à être rétablie.

Le ciel est gris, les perspectives des toits se découpent sur un fond clair, les fenêtres sont illuminées de centaines d'ampoules éclairant les efforts de centaines de bras. Alyn cligne des yeux, voici l'univers familier de nos efforts et je le vois comme je ne l'ai jamais vu. La petite navette glisse en vibrant le long de la voie transverse, elle tourne la tête, essaie de tout embrasser dans un seul regard : les allées goudronnées, les bosquets d'arbustes sur la place de l'appel, les grilles isolant l'usine du reste du monde, les façades de métal peintes de lignes verticales abstraites évoquant le Tether, les drapeaux, le groupe d'apprenties et d'apprentis marchant tels d'obéissants robots à la suite de leur tuteur. La navette s'arrête juste devant les grandes portes de la halle 6, sa programmation lui interdit de pénétrer à l'intérieur. Alyn ramasse ses béquilles, clopine à l'intérieur de son propre domaine (son egg vibre, elle l'ignore encore), tout lui apparaît avec une brillante précision. Le tapis roulant, les boîtes d'outils fixées aux pylônes, les extincteurs, le sol de béton taché et éraflé, les portes de couleurs vives des salles de pause et des toilettes. Amitha vient vers elle, démarche chaloupée et hanches larges, elle a moins de trente ans et déjà donné naissance à deux enfants, tous deux un peu plus jeunes que le Kristof d'Angela, elle a été stérilisée il y a deux ans pour profiter du bonus.

« Ça va, Alyn ? Je t'ai installé un fauteuil ici, juste sous le duffy. Inutile que tu coures tout autour ici ou là cet après-midi. Nous avons bien avancé. »

Et son regard dit : *tu en es ? Tu en seras ?* Les papiers dans la poche intérieure de la veste tirent Alyn vers le bas.

17

Elle aurait aimé ne rien voir venir. Être surprise, comme la première fois, par un élan venu d'en dessous, d'ailleurs, face auquel il aurait suffi de réagir (en contre, probablement, pour rétablir l'ordre des choses). Mais elle est dans le circuit. Rien ne passe par les eggs, tout se fait par paroles et papiers, échangés en des lieux convenus : la cantine, les toilettes, les ateliers, la brève cohue matinale suivant le chant d'entrée. Chaque jour qui passe augmente la chance que quelqu'un, au niveau de la direction, comprenne ce qui se prépare. Il faut faire vite. Vendredi ? Lundi ? Mardi ? Mais en même temps, il faut sonder, se compter, recruter. Quelqu'un, quelque part (Alyn soupçonne qu'il s'agit de Josh, mais comment être sûre ?), décidera de la date.

« Alyn, combien sont-elles, dans ton atelier ?

— Je ne peux pas encore te dire.

— On a besoin de le savoir ! Il faudra que tu fasses une prise de parole publique. Les gens t'écoutent. Tu es la mieux notée. Tu es comme Angela. »

Le compliment déplacé la fait trembler de peur toute la journée. Et si tout ceci n'était qu'une opération d'intoxication pilotée depuis Esbjerg ou depuis Dublin ? Un moyen de compter les purs et les fidèles ? Elle ne peut pas parler en public, elle est cadre, elle est fidèle. Elle ne trahira pas.

Double-Alyn travaille et pense et gamberge. Il y a tellement à faire, les stocks extraits du *Damaris* sont énormes, les cercueils sont empilés dans les racks, Alyn est passée un matin avec sa petite voiture électrique dans les allées immenses où s'empilent les longues boîtes. Visages, pieds, mains, pastilles de peau apparaissant dans l'opacité du liquide orange. Odeur sucrée-amère des fuites, de la corrosion. Indicateurs rouges, systèmes de survie Hugger plantés sur les systèmes de survie classiques... Elle en a la tête qui tourne.

Samedi après-midi : campagne d'affichage sauvage dans les couloirs de l'usine. Une petite croix noire au-dessus d'un texte mal imprimé.

La paroisse de Karlsgard vous invite tous à vous rassembler devant le temple du saint Sauveur pour le culte ce dimanche, à dix heures. Nous prierons pour nos amis exilés et emprisonnés. Pour notre direction. Pour les vies des dormants remises entre nos mains.

Nicola jubile et grommelle à la fois : « Voilà ce qu'ils manigancent. Ça m'écœure. Cette infiltration de la bêtise. Ça sape notre force et nos efforts. »

Il arrache l'affichette, puis ordonne : « Fais le tour de notre bâtiment et récupère les autres. »

Alyn désigne ses béquilles et ricane : « Trouve quelqu'un d'autre. »

Le dimanche matin à neuf heures, Valno passe chez elle et propose de l'emmener à Karslgard. Alyn vient de réussir à faire le tour du conapt sans s'appuyer ni avoir trop mal. Elle sourit à Valno et refuse.

18

La religion est une question interne et privée. La liberté de religion est respectée. Le port de signes religieux, l'appartenance à une association religieuse et toute manifestation religieuse dans l'espace administré par l'instance sont interdits.

19

Le dîner est peu formel, bien qu'il ait lieu dans la demeure personnelle d'une des cinq membres du directoire d'Office à Dublin. Azar Adghashloo aime cuisiner, elle a une passion pour les similicarnés qui font dire à Paul, son compagnon, qu'elle a dû être boucher ou assassin dans une autre existence. Une amie revenant d'un voyage dans la région du lac Ladoga lui a apporté une livre de merveilleux champignons dont elle tire une sauce épaisse et brune, délicieuse pour structurer son ragoût de Seitan aux légumes émincés.

Yslaire Bonenfant est toujours exactement ponctuel. Il porte une de ces extravagantes vestes d'un jaune moutarde qui déparent quel que soit le décor dans lequel il insère sa silhouette d'éternel jeune homme. Il n'a pas amené son amie, délicatesse dont Mme Aghdashloo lui est reconnaissante. La conversation pourrait tourner sur des sujets difficiles.

Elle décide d'attaquer ces derniers dès l'apéritif.

« Voulez-vous partir pour Varde, demain matin ?

— Officiellement, la situation là-bas est pourtant réglée, non ? La petite manifestation des inclusifs est dissipée. »

La langue de bois de la communication des autorités d'Esbjerg les fait tous les deux rires. Puis Bonenfant ajoute doucement :

« Mon emploi du temps n'est pas infiniment extensible. »

Il a saisi sur la table basse un casse-tête en bois sculpté, paraît s'absorber dans le bloc faussement lié. Deux pressions, deux torsions, l'ensemble se disloque, la boîte s'ouvre, elle ne contient rien. Bonenfant grimace de déception. Mme Aghdashloo rit : « Si tout pouvait être aussi simple !

— Si le cœur pouvait être moins vide... »

Elle savoure la boisson dorée que Paul leur a servie, un hydromel peu alcoolisé, très parfumé.

« Ils ont reçu une première alerte, mais je pense que la direction de Varde et celle d'Esbjerg n'ont pas pris la mesure de leurs ennuis. Ils savent comme nous que quelque chose va craquer là-bas, très vite, mais ils sont obnubilés par le report de charge. Ils veulent débloquer. Ils n'emploient que ce mot-là... Débloquer. »

Bonenfant regarde poliment les images qu'elle projette. Elle sait qu'il faut lui donner du contexte poétique : des paysages, des ciels, des visages. Des images plutôt que des mots. Voici donc la campagne danoise, austère et triste en automne. Des routes mouillées, des fermes sales, des petites usines bien structurées, bien organisées, comme des mécaniques de précision. À voir les détails auxquels il s'intéresse, il connaît le dossier, il l'a lu en route. Il désigne une des fermes et synthétise.

« Nous avons besoin de ces autonomes de Karlsgard. Mais leur accorder la Protection créerait un précédent dangereux, nous ne pouvons donc pas l'accepter. Il faudrait faire ce que nous avons déjà fait dans l'Utah avec d'autres inclusifs, autrement mieux armés : absorber quelques vagues de travailleuses, conditionnement intensif, élever leurs enfants, laisser les communautés d'origine se disloquer quitte à forcer un peu le mouvement. Il nous faut dix ans. Et nous avons moins de dix semaines pour absorber la charge et nous n'avons plus de réserves. »

Il sourit, heureux d'avoir soulevé le paradoxe. Elle approuve, lui touche la main. Il porte des gants faits d'une matière très fine imitant le cuir... Ou la peau humaine.

« J'ai besoin de vous pour nous gagner du temps. »

20

Lundi matin. Un peu de lumière passe à travers les bandes de nuages mais il ne pleut pas. Le rassemblement d'entrée a lieu dehors, les bavardages et les rumeurs sont nombreux. Les vigiles sont venus à Karlsgard, ils n'ont pas dispersé le culte, mais ils ont relevé les identifiants des présents. Il y aurait eu quelques insultes échangées, mais pas de violences.

Alyn marche sans béquilles. La solidarité et les sourires des collègues lui font plaisir. Elle chante, *Plus haut, plus haut!*, est-ce une illusion ou bien les voix s'élèvent-elles avec plus de force que d'habitude?

Puis, au moment de la dispersion, quand les membres de l'équipe A se dirigent vers leurs postes, une rumeur court, de main en main, de bouche à oreille, accompagnée du mot d'ordre. *Aujourd'hui, neuf heures.*

Nicola essaie de coincer Alyn pour une millième réunion, elle se voit refuser, elle s'entend lui parler, lui mentir, elle se suit marchant à pas lents vers l'atelier où se rassemblent devant elle quatorze ouvrières et trois ouvriers, son équipe, accrue et renforcée, pas autant qu'il le faudrait.

Elle arrive en dernier, elles l'attendent, café à la main pour certaines, tout autour du duffy, sauf les trois garçons qui ont fait semblant de se mettre au travail. Au programme: présentation des nouveaux protocoles, une heure d'entraînement, puis début de la semaine rouge. Les horaires planifiés sont de folie, chacun travaillera en mode prolongé. Il faudrait redire quelques mots à ce sujet, prononcer des paroles motivantes et lancer la machine, de toutes ses forces.

Alyn monte sur sa petite estrade. Même perchée sur le machin, elle se sent encore de petite taille, ça la fait sourire. Tous les regards se tournent vers elle. Il est sept heures trente. Plus que quatre-vingt-dix minutes.

Son discours a été préparé avec elle par la direction. Propre, clair, formaté, motivant, avec des clefs de charge à l'intérieur, des paroles de déclenchement, tout un programme d'élan collectif... Alyn le sait presque par cœur, elle a passé son dimanche après-midi à l'apprendre et à le répéter.

Elle est debout face à ses filles, ses gars. Maintenant il faudrait qu'elle parle, mais aucun son ne sort de sa bouche. *Il faudra que tu fasses une prise de parole publique. Les gens t'écoutent. Tu es la mieux notée. Tu es comme Angela.* Le silence dans l'atelier a une étrange qualité de douceur.

Elle pourrait juste se taire, s'enfuir, s'enfermer dans son bureau. Amitha viendrait alors, monterait sur cette boîte à sa place et dirait ce qu'il faudrait. Alyn dirait à Nicola : elles n'ont pas voulu. Elles m'ont empêché de parler. Je ne me sentais pas en sécurité. Je n'ai pas pu. Mais Transfert a élevé Alyn dans un esprit d'acceptation des responsabilités.

Alors Alyn cherche ses mots.

« J'ai un discours préparé. Je ne vais pas vous le dire. Pour certaines, vous le connaissez déjà, il ressemble à celui de l'époque de la Grande Grippe. Nous devrons travailler, beaucoup, longtemps, tard. Nous devrons être forts, rapides et parfaits, accomplir des exploits. Nous avons l'habitude des exploits... (quelques rires parmi les filles) et nous en accomplirons notre lot. Je n'ai pas besoin de vous expliquer ça, nous devrons en passer par là... Je vous fais confiance. »

Elle pourrait s'arrêter là, sur ces mots, *je vous fais confiance*. Ses mains tremblent déjà assez fort.

« Nous avons beaucoup de travail devant nous. J'aimerais que nous prenions du temps... maintenant... pour parler ensemble de la manière dont nous pourrions l'accomplir. Nous n'avons pas le choix, il va bien falloir le faire. J'ai mes idées, mais j'aimerais vous entendre, toutes et tous. Je sais, c'est inhabituel. Mais nous vivons des temps inhabituels. On nous a demandé d'inventer. Je vous écoute. La parole est libre. »

Et elle descend, pas très sûre d'elle, de la petite estrade. Peu de temps après, son egg se manifeste.

Nicola : Alyn, tu fais quoi ? Les livraisons sont bloquées à la porte de chez vous. Vous n'avez pas encore commencé... Vous attendez quoi ?

Les chariots sont entrés, avec leur livraison de cinq Mark II cabossés, les plus urgents. Fuites, Huggers défectueux, la totale. Ceux-là ont encore leurs occupants. Ça ne se fait pas de les regarder sans rien faire. Alyn devrait répondre : « Tout va bien, je m'en occupe. »

Elle désactive sa Présence.

Le contrecoup Karenberg la saisit comme une vague, tremblements, nausée, des tripes jusqu'à la gorge. Elle court se réfugier dans son bureau pour laisser passer les larmes, les prises de parole publiques se dérouleront sans elle.

21

À neuf heures trente, Nicola déboule dans son bureau. Il oscille entre la colère et la résolution froide. « Ils ne savent pas ce

qu'ils font, ils demandent l'impossible! Je me demande combien d'entre eux ont eu le cerveau pourri par les barbus. La
situation va se dégrader d'une façon qu'ils n'imaginent pas...
On va avoir droit à des barbelés entre Karlsgard et nous, et
l'occupation militaire. Ils vont nous envoyer mille Chinois qui
ne feront chier personne, saloperont le travail, mais remet-
tront l'usine en marche! Qu'est-ce que tu fous là? Toutes tes
ouvrières sont parties, il faut aller les récupérer, relancer la
machine, c'est à ce genre d'actions que nous serons jugés. Pas à
ce que nous avons fait, ce que nous avons tenté de faire!»

Alyn lui sourit gentiment, le suit dans sa ronde à travers
l'usine. Elle a laissé son egg derrière elle, sur son bureau. Elle se
sent légère et flottante comme une âme tout juste libérée de son
corps.

22

À midi, l'usine est paralysée. Les bloqueurs, comme ils se nom-
ment, ont élu à main levée des représentants: Mireille – de
la logistique, Peng – du propre atelier d'Alyn, une fierté dont
elle se passerait, et trois autres venus des ateliers les plus physiques: emboutissage, assemblage, lavage. Sur les cinq, quatre
sont célibataires et sans famille à défendre.

Les tables et les banderoles de la fête de l'été ont été ressor-
ties, on a apporté des gâteaux, des boissons, des instruments
de musique. Comme une fête un peu forcée, mais quand même
joyeuse. Les réserves de papier de l'économat central ont été
pillées, de grands dessins sont affichés dans le hall principal.

Certains réclament la destruction du Shiva (et un dieu grimaçant et plein de bras est jeté dans les flammes), d'autres l'embauche de centaines de femmes voilées, d'autres le remplacement des ouvriers par certains des cadres supérieurs (on reconnaît le crâne dégarni de Nicola), enchaînés à leur poste tandis que des diables grimaçants leur lancent un mélange de consignes absurdes et de slogans.

Nous demandons à l'admin d'Esbjerg de venir négocier. Nous ne discutons plus avec la direction de l'usine.

Une réunion de crise se tient dans les bureaux d'Ikodoru, Alyn est surprise d'y être invitée. La directrice a les yeux rouges et les lèvres pincées.

« D'après un premier recensement, pas plus de quatre personnels sur dix ont cessé le travail. C'est énorme, mais ça ne va pas nous bloquer plus longtemps. Le lieutenant Varashaloo m'a promis une compagnie de vigiles pour débloquer les portes et la circulation entre les ateliers. J'ai fait prévenir tous ceux que nous pouvions rassembler. Anciens ouvriers, pensionnés, apprentis. À quinze heures, nous lancerons l'activité de l'équipe B. comme d'habitude, les vigiles appuieront les prises de postes. Il y aura de la confusion, je compte sur vous pour cadrer efficacement. Le symbole pour l'instant compte plus que la reprise d'une activité efficace. Nous ne pouvons être bloqués par une minorité de destructeurs... »

Les discussions autour de ce plan se noient dans les détails, Alyn n'écoute pas, regarde par la fenêtre les petits groupes rassemblés devant les bâtiments, autour des véhicules immobilisés. Rien ne tourne, rien ne fonctionne, tout se passe comme si la surface de la Terre elle-même avait commencé à se pencher et que chacun, dans ce monde à la gravité réorganisée, devait retrouver des repères...

Au moment où ils quittent le bureau, après quand même un petit chant de rassemblement et d'union, Ikodoru attrape Alyn par le bras et lui demande, avec la tranquillité maternante qui lui sied mieux que les discours de guerre: « Tu n'as rien dit du tout, Alyn. Pas un mot.

— Je pense qu'il ne faut pas faire intervenir les vigiles, et prendre du temps pour discuter.

— Ce serait céder. Nous avons déjà discuté, la semaine dernière.

— Nous avons cogné d'abord et discuté en position de force. J'aimerais savoir où est Angela.»

Ikodoru a un regard triste. Elle n'en sait rien, elle n'est pas optimiste. Sans doute apprécierait-elle un peu de compagnie, mais Alyn ne peut rien pour elle. Rien pour l'instant. Elle la laisse à l'étage, seule avec son équipe réduite. Son propre secrétaire a rejoint la fête, en bas.

23

Alyn profite du carnaval pour passer en vélo à travers chacun des ateliers. Beaucoup la connaissent et sont bienveillants envers elle. D'autres la prennent à partie et lui demandent ce qu'elle fait pour la reprise du travail. Que voulez-vous que je fasse? Je n'ai pas d'armes pour menacer les gens. Je n'en veux pas. Elle laisse les fidèles déçus, mais pour la première fois de sa vie elle est heureuse de son impuissance.

Une assemblée permanente est rassemblée dans le hall où des orateurs improvisent des discours confus.

À trois heures moins le quart, Alyn est de retour près du portail principal. Des personnels de l'équipe B. sont arrivés avec les navettes, pour la plupart ils ne prennent pas leurs postes et discutent. Des machines et des containers vides ont été rassemblés en une barricade dérisoire contre la charge des vigiles. Plus curieux, ces derniers ne sont visibles nulle part.

Iou a envoyé un mot : *J'ai entendu parler de ce qui se passe à l'usine. Rentre à la maison, je t'en prie !* Alyn s'est efforcée de la rassurer.

La tension croit jusqu'à trois heures, trois heures et quart... Le changement d'équipes se passe dans la plus grande confusion, aucun rituel n'est organisé. Les vigiles ne sont pas là, les membres des équipes fusionnent, des collègues qui ne font d'habitude que se croiser en profitent pour échanger des nouvelles. Une idée folle circule parmi les membres du chœur, et si on chantait ? Quand ? Maintenant ? Il suffirait d'aller chercher Josh chez lui. On pourrait s'installer dans l'atelier 4, ramener des chaises !

Alyn pense à Angela et accepte.

L'instant d'après, le canal officiel, qui jusque-là ne diffusait sur les écrans internes que des messages de rappel à l'ordre, se met à renvoyer aux bloqueurs des images de leur propre rassemblement, accompagnées des textes déjà connus.

Réduction des rythmes !

Extension de la Protection !

Levée des sanctions contre les bloqueurs !

Aménagement de la cité rouge de Karlsgard !

Intégration de 100 externes à des postes 1.x !
La redéfinition des jha et ña du Shiva !
Notre vie pour l'élévation !

24

Tout pourrait s'arrêter là.

Tu, devicto mortis aculeo, aperuisti credentibus regna caelorum.

Tu ad dexteram Dei sedes, in gloria Patris.

Josh, très élégant en costume noir. Les choristes en noir, les vigiles en ligne devant le portail : ils n'ont pas attaqué, mais ils établissent un siège. Les communications avec l'extérieur sont filtrées et passent par un canal d'approbation. Tous ceux qui veulent entrer peuvent entrer, personne ne peut ressortir sans approbation. L'effet de cette mesure est étrange, elle a eu pour conséquence de rassembler plus des trois quarts des personnels et ainsi, certains de ceux de la première équipe qui désapprouvaient le blocage ont fini par rallier le mouvement. Les gens parlent comme jamais, les disputes sont nombreuses, le ton monte parfois mais rien ne dégénère.

La direction dit qu'elle maintient les discussions ouvertes, mais ils ne discutent rien, ils n'offrent rien de sérieux parce qu'ils n'ont pas de mandat, qu'ils ne comprennent rien.

Le petit orchestre à cordes joue mieux que jamais, l'improvisation leur réussit. Voici ce que nous sommes venus faire : chanter pour les frères, ceux qui nous soutiennent, ceux qui ne nous soutiennent pas. Ceux de l'intérieur et ceux de l'extérieur. Parmi les spectateurs, des ouvriers en tenue gris et bleu de Narco, quelques cadres en kimono gris, des femmes aux cheveux voilés venues des villages autonomes et l'une d'entre elles en longue robe flottante noire, une prêtresse ?

Alyn chante et vole et oublie.

25

La nuit vient et il est impossible de rentrer chez soi. Un de ceux qui ont voulu passer pour rejoindre les conapts a été arrêté par les vigiles. Alyn rassure Iou du mieux qu'elle peut, puis sort sous le ciel sombre dans la lumière crue des lampadaires. Un petit groupe de bloqueurs se tient là près du portail à regarder l'autre petit groupe armé et casqué près de ses VUL. On entend le bourdonnement des drones passant au-dessus des grilles.

Se méprenant sur les intentions d'Alyn, quelqu'un la retient par l'épaule.

« Ils ont une autre équipe d'intervention, en relais. Dès que quelqu'un s'approche de la grille, en n'importe quel endroit, ils l'interceptent et l'emmènent à Esbjerg.

— Comment sais-tu que c'est à Esbjerg qu'ils l'emmènent ?

— On suppose… »

Une commission a été désignée pour surveiller les assiégeants, une autre pour organiser les repas, une autre encore pour assurer des couchages à l'intérieur. Il paraît également qu'on cherche à contourner le filtrage des communications mis en œuvre sur les eggs de toutes les personnes actuellement à l'intérieur de l'usine. Alyn donne un coup de main pour l'organisation des couchages, récupérant les dizaines de lits de camp stockés à l'intention des équipes de nuit. On descend aussi les coussins des canapés défraîchis de l'étage de la direction. Personne ne propose de dormir dans les cercueils.

Combien sont actuellement les habitants de l'usine? Environ cinq cents... Soit plus des trois quarts des personnels. Dont une bonne partie encore rassemblés dans le hall 1 où des orateurs plus ou moins inspirés se succèdent sur la petite estrade sur laquelle se tenait Josh pour diriger le chœur. Les règles impliquent de ne pas garder le micro plus de cinq minutes et d'écouter respectueusement celui qui prend la parole. Alyn s'arrête, s'appuie contre un mur, serrée dans sa parka, elle pense dormir là si elle dort jamais, la fatigue lui tombe brutalement dessus, mais elle n'est pas sûre de trouver le sommeil.

Un homme la tire soudain de sa torpeur. Il manie le micro et la parole mieux que ses prédécesseurs, la voix bien posée, bien lancée.

« ... vous n'êtes pas si nombreux à vous être posé la question. Qu'avons-nous vu du monde? Oui, bien sûr, nous avons les chaînes d'Interaction, les coordinations avec les établissements d'une île à l'autre. Nous avons des cousins à Majorque ou à Chypre. Mais qu'avons-nous vu de nos yeux? Nous travaillons ici dans notre cellule de production, nous voyons passer les dormants, le liquide orange, nous les voyons repartir, nous acceptons ce qu'on nous raconte alors que nous nous savons conditionnés. »

Il est grand, nerveux, avec des mouvements de pantin agité et une longue figure de cheval. Alyn croit se souvenir l'avoir vu à l'emboutissage, elle ne savait pas qu'il parlait aussi bien, même si son discours fait écho au peu qu'elle a lu dans le livre trouvé chez Josh.

« Nous nous savons conditionnés et nous acceptons ce conditionnement. Quelle merveille pour nos maîtres ! Je vais parler et je sais déjà et vous savez que vous n'allez pas aimer ce que je vais dire, vous allez le rejeter, car vous avez été entraînés depuis des années à le rejeter, mais le conditionnement Karenberg, pour fonctionner pleinement, exige un environnement stable et serein et, vous serez d'accord avec moi, cet environnement est pour l'instant perdu... »

Et déjà elle a envie de rejeter ces paroles, de se boucher les oreilles, de replonger dans la routine rassurante de l'existence. Mais on peut être attiré par le gouffre.

« Pensez chacun à ce que vous faites ici. Vos gestes de chaque jour. J'emboutis. Je charge. Je visse. Je supervise. Je jointe. Reconstituez en esprit une de vos journées, elles sont toutes les mêmes. Une de vos semaines, elles sont toutes les mêmes. Et vous savez comment ce geste s'insère dans la grande machine qui s'appelle Transfert, comment ces cercueils sur lesquels vous travaillez seront embarqués, transportés avec un infini respect jusqu'à base 1, chargés sur la grande spirale qui converge au pied du Tether. Le soir chez vous vous verrez les chiffres, le grand mouvement de l'élévation, le salut que nous apportons à l'Humanité. Sentez-vous en vous cette chaleur ? Cette douceur ? Vous connaissez cette histoire que je vous raconte, bien sûr... Pas besoin de clefs mémétiques, le simple bonheur du récit vous suffit. Une histoire que je vous raconte, une histoire que nos maîtres vous racontent à vous, à moi, prisonniers dans cette colonie de l'ouest du Jutland, vous et moi qui ne verrons jamais du monde que quelques îles, le lieu de nos efforts et peut-être le lieu de notre pension, une grande maison quelque part en Irlande ou dans les Canaries, si nous ne mourons pas d'ici là d'épuisement et de dévouement à la Grande Mission. Que savons-nous du monde ? Que savez-vous du monde ? »

Alyn se force à éteindre complètement son egg, jusqu'à voir s'effacer la pulsation de la coque accordée au cœur, au grand battement central du Tether.

« Avant le Satori, nous avions une histoire, des histoires, des récits divergents, disgracieux et douloureux. Mais ni vous ni moi n'avons connu ce temps, nous avons grandi dans le temps de l'histoire unique, écrite pour nous, cadre idéal de notre travail et de nos souffrances. Vous êtes épuisés, et par pur épuisement vous venez de sortir un instant de ce grand rythme. Écoutez ! Écoutez la belle histoire que vous racontent vos maîtres, que vous vous racontez chaque soir, que vous contez à vos enfants. Le sens de vos existences. Comment en quinze ans, dans un monde ravagé par le cataclysme et les guerres, une association d'un genre nouveau est née, assemblant des pièces disposées là tout exprès pour elle. Comment, au prix de sacrifices inouïs, elle a dressé le Tether, l'ascenseur spatial qui nous ouvre les portes des Sœurs. Comment elle a conçu les nefs qui emmènent l'Humanité vers des mondes épargnés par le mal.

Du temps du Satori, les ingénieurs butaient sur mille difficultés techniques pour concevoir la ligne tendue vers le ciel. Le matériau, les vibrations, les passages des satellites, la conception de la station terminale, les fusées pour dresser tout cela, la propulsion des navettes... Rien ne marchait, rien n'était possible, et voici que le Satori disloque le monde, les États, les sociétés, ravage les peuples, et soudain tout s'assemble et fonctionne. Soudain *on vous raconte* cette histoire où tout s'assemble et fonctionne. Lisez ! Les textes existent si vous voulez bien les voir qui vous disent l'état du monde au moment du Satori, qui vous parleront de technologies, de matériaux, de géophysique. Aucun de vous n'est ignare, vous êtes tous capables de dépasser les barrières que l'on a dressées.

Qui peut croire cette histoire folle, si on ne l'enrobe pas d'héroïsme et de sens du sacrifice ? Si on ne le parsème pas de clefs Karenberg qui affaiblissent le sens critique de notre esprit ? Qu'avons-nous vu en vérité de tout cela, au-delà de notre communauté ? Que connaissez-vous du monde ?

Que faisons-nous ici ? »

Il s'épuise, paraît tout petit sous la lumière froide et crue des ateliers. Alyn sent la nausée et le malaise dans sa poitrine, mais elle sait maintenant les reconnaître, les tenir à leur place. *Je n'aime pas cela. Je ne veux pas de cela. Je peux pourtant vivre avec.*

« Que faisons-nous de ces cercueils, de ces corps ? Que nourrissons-nous de cette chair ? Quels maîtres servons-nous réellement ? Qui sont nos frères sur les autres îles ? Existent-ils seulement ?

Demandez-vous pourquoi Transfert *déteste* les anciennes religions ? Bien sûr, elles sont détestables, mais Transfert s'efforce de les effacer comme aucune société humaine ne l'a jamais fait. Demandez-vous *pourquoi*.

Nous ne voulons plus être dupes ! »

Il a l'air maintenant d'avoir soulevé un poids énorme, et le même poids semble reposer sur les esprits de ceux qui l'écoutent, le silence est si pesant... Alyn s'attend à ce que se produise quelque chose de terrible, elle se prépare à voir exploser la tête de l'homme à figure de cheval, mais rien de tel n'arrive.

Il a dépassé ses cinq minutes, pose le micro comme s'il s'agissait d'un instrument passé par hasard dans sa main, il prononce quelques mots qu'elle n'entend pas à cause de la distance, montre un livre, un autre orateur vient prendre la parole.

« Merci au frère qui... il ne faut pas dire cela. Notre force vient de notre cohésion... nous savons tous ce que nous faisons, nous voulons simplement le faire mieux... Ne pas nous tuer à la tâche... Gardons notre cohésion. »

Immédiatement des protestations habituelles s'élèvent, et les appels au silence, à l'écoute, et les tentatives d'interruptions. Alyn est épuisée, elle quitte le hall, erre jusqu'à son propre bureau dont le sol est couvert d'une moquette rêche, moins froide que le béton.

26

Voici déjà deux jours que la production est bloquée et la sensation de longues et étranges vacances s'accentue. La brume s'accroche aux arbres, les vigiles sont déjà là, postés sur l'accès principal, laissant entrer et sortir au compte-gouttes sans règle apparente. La direction refuse toujours de s'engager sur les points principaux de la négociation.

Nicola a découvert avec horreur que l'ensemble du liquide orange en réserve avait été « tué », par un simple changement de ses paramètres de préservation. Des hectolitres de liquide transformés en une gelée morte, tout juste bonne pour le recyclage. Nicola est effondré, il a fait venir Alyn dans son bureau pour lui montrer les mêmes moniteurs, il ne comprend pas, rien ne l'a averti alors que la dégénérescence a commencé hier soir... Pendant le concert.

Quelqu'un a accédé à l'administration, *quelqu'un* a débranché les droits de surveillance de Nicola, *quelqu'un* a modifié sciemment tous les paramètres d'équilibre, a démoli le fragile équilibre. *Quelqu'un* disposant des droits d'Angela. Certains des plus ardents des bloqueurs menaçaient de s'en prendre au matériel de l'usine si la direction ne venait pas négocier avec des propositions sérieuses. Voilà qui est fait. Seront-ils vraiment plus écoutés, maintenant? Alyn a envie de vomir devant l'étendue des dégâts et de sa responsabilité.

« Ces fanatiques sont dingues! Et maintenant, où est-ce qu'ils vont? On va réveiller les trois cents dormeurs qu'on a ici en stock pour en faire une armée à jeter contre les vigiles? Je deviens fou. Dis-leur, à tes copains, avec ça ils nous ont tous brûlés. Brûlés! Ils vont nous envoyer à Cuba faire du défrichement et de l'extraction, on est juste bons à ça! Dis-leur ça, à tes copains. »

Sa colère est telle qu'il est incapable de lire le visage d'Alyn, et c'est tant mieux.

« Ce ne sont pas mes copains. »

Au petit déjeuner collectif, Alyn, trop mal à l'aise, se mêle encore moins aux autres qu'avant, ce qui lui donne le loisir d'observer, et son sentiment est net: ils sont moins nombreux. Elle s'efforce de reformuler: *Nous sommes* moins nombreux.

Certains seraient partis pendant la nuit, notamment des membres de la commission de surveillance. Elle ne croit pas à l'hypothèse de raids ciblés des vigiles à l'intérieur de l'usine pour enlever certains des promoteurs les plus actifs du blocage. Les absents, pour peu qu'on les identifie, sont plutôt des tièdes.

Une femme dit : « On m'a appelée sur mon egg. Un type que je ne connaissais pas, qui travaille directement pour Structure, qui m'a proposé une réaffectation sur une autre île, avec mes deux gamins, à statut égal. Genre beau parleur, tout peut s'arranger... Il ne comprenait rien à rien. »

Dans le hall 1, quelques graines semées par l'orateur à tête de cheval ont germé. Le cinquième étage ne va pas laisser la situation pourrir plus longtemps, ils sont en train de préparer une vague de remplaçants, dès qu'ils seront prêts ils vont mettre tout le monde dehors...

Quelqu'un a imaginé une *sortie*. Un mouvement de masse traversant la barrière des vigiles, parcourant les rues de Varde et d'Esbjerg, rejoignant les autres sites de production, notamment l'usine de maintenance énergétique située sur la côte, faisant fi du vieux sentiment de supériorité de ceux de Narco sur ceux d'Extraction.

27

Alyn passe une matinée déprimante dans le hall. Elle aimerait parler à Josh, mais le chef d'orchestre est tout le temps entouré comme s'il était porteur d'une parole de sagesse. Lui-même semble s'agacer de cette demande, mais il ne s'y soustrait pas.

L'appel arrive peu avant midi et ne la surprend pas. Elle s'isole pour le prendre et personne ne remarque son départ.

« Bonjour mademoiselle. Je m'appelle Yslaire Bonenfant, je ne vous dérange pas j'espère ? »

C'est un petit homme très fin, le visage délicat, portant des gants et un costume à la coupe étrange tout droit sorti des temps pré-Satori. Dès qu'elle voit son visage, elle sait de quoi il retourne : il est là pour la faire partir, parce qu'elle est précieuse pour eux. Il faudrait lui raccrocher aux nez, ne pas même avoir engagé la conversation avec lui.

« Vous travaillez pour Structure ? »

Il a un rire amusé. « Moi ? Pas du tout. Pour Office. Mme Adghashloo m'a conseillé de vous contacter.

— Je ne peux rien pour vous.

— Je ne vous demande rien. Pouvons-nous parler ? »

Il doit avoir des injecteurs Karenberg subvocaux, toutes sortes d'outils de manipulation hypnotiques en train de cibler son profil particulier. Il faudrait raccrocher. Elle n'a aucune chance de remporter une joute de discours contre un homme pareil, mais elle apprécie sa politesse.

« De quoi voulez-vous parler ?

— De vos espérances.

— Si nous parlions des vôtres ?

— Si vous voulez, volontiers. Mes espérances ont peu d'importance, mais celles de mon employeur en ont. »

Il laisse passer un silence délicat, curieux de voir si ce qu'il dit intéresse Alyn. Elle hoche la tête, il continue.

« Les personnels de l'usine de Varde ont cessé le travail pour des raisons diverses, qui se sont malheureusement conjuguées à un mauvais moment. Leurs conditions de travail sont diffi-ciles, d'autant qu'ils ne peuvent plus bénéficier du soutien de la main d'œuvre d'appoint fournie par les habitants autonomes de Karlsgard et des communautés avoisinantes, n'est-ce pas ?

— Office est bien informé.

— Merci. »

Bonenfant a les yeux qui rient. Il est assis dans un bureau au décor gris perle. Une gravure est accrochée au mur. La fenêtre sur sa droite paraît donner sur un ciel gris et des façades de verre toutes dublinoises. Pendant qu'il parle, il joue machinalement à ouvrir et fermer une petite boîte de bois.

« Les familles de Karlsgard, notamment les Böse, Fiesker, Jakobssen, Amrat qui ont plus ou moins la main sur les terres et l'église sourcière du Jutland ont entrepris d'étendre leurs cultures plus vers l'est, leur population s'accroissant. Ils se retrouvent alors confrontés à des zones noires et à des incursions des Porteurs Lents contre lesquels ils ont subi des pertes. Ils sont confrontés de plus à des pénuries de médicaments, des carences alimentaires, etc., conformes à leurs modes de vie et à leurs choix. Ils ont pensé que la participation de leurs femmes à l'élévation les autorisait à recevoir de la part de Transfert des compensations supplémentaires, qu'ils jugent limitées. Droits de circulation étendus, fourniture d'armes, voire extension de la zone de protection et accès à notre Welfare.

— Ils veulent vivre, monsieur Bonenfant. Je n'approuve ni leur religion ni leurs choix, mais nous pouvons les comprendre, non ?

— Bien sûr. Mais la situation est ce qu'elle est, c'est-à-dire instable et inflammable. À Dublin de nombreux yeux sont braqués sur votre usine et sur la situation du district d'Esbjerg. Nous

nous efforçons de comprendre tout le monde, de parvenir à un résultat valable pour tous. Quelles sont vos espérances, Alyn ? »

Il y a une semaine, elle aurait répondu : je veux que le travail reprenne, que le cœur batte, je ne veux plus de ces alertes, de ces océans de liquide orange mort. Je voudrais n'avoir jamais rien donné à Josh. N'avoir jamais écouté ce qu'on m'a dit à l'Enkantine. Mais ce n'est pas si simple.

« Nous participons à l'élévation pour la vie des dormants. Nous donnons notre vie pour eux. Mais nous ne pouvons pas laisser mourir ceux de Karlsgard, sinon que valons-nous ? Que valent nos actes et nos sacrifices ? Nous devons avoir un moyen de leur venir en aide !

— Vous savez que nos ressources sont limitées. Que tout, en nous, est tendu vers l'élévation. Que nous agissons avec une empreinte minimale.

— Nous pouvons faire des efforts. Nous savons en faire ! Personne ne sait se sacrifier comme nous !

— Vraiment ? »

Il se moque. Elle connaît cette discussion, elle n'a pas envie de l'avoir de nouveau. Quels plans tire-t-on s'il s'agit de venir en aide à des voisins qui ne partagent ni notre vision du monde ni nos valeurs ? Que devenons-nous ? Transfert, comme son nom l'indique, est la société spatiale chargée de l'élévation, pas un État. Alors à qui devront s'adresser ceux de Karlsgard ? Il paraît que quelqu'un, quelque part dans l'est, prétend être roi du Danemark. Roi fantôme d'un pays disparu.

« Que voulez-vous, Alyn ?

— Je veux les aider. Karlsgard. Les camarades. Les dormants. Tous.

— Mon métier est de construire des compromis acceptables. Écouterez-vous celui que je vous propose ? Vous auriez un rôle à y jouer. Je ne suis pas certain de pouvoir vous proposer tout ce que vous souhaitez, mais vous pourrez sûrement *aider*. »

Il explique posément et Alyn, juste après avoir raccroché, doit attendre un long moment avant de se lever de peur d'être prise de vertige. Directrice de la production. Juste en dessous d'Ikodoru, au-dessus de Nicola, n°3 de l'usine, avec un budget pour embaucher le personnel qu'il faudra, jusqu'à cent nouvelles entrées, en interne et en externe, sur condition de validation par Office. À vingt-sept ans. Des connexions directes à Esbjerg et à Dublin. La révision du Shiva, les chantiers d'extension, des voyages d'un bout à l'autre du monde...

« Pourquoi moi ? a-t-elle demandé.

— Parce que vous êtes inventive, originale, malgré le terrible formatage de nos instituts.

— Qu'attendez-vous de moi en échange ? Dois-je quitter l'usine maintenant ?

— Restez-y aussi longtemps que vous voudrez. Lors de l'enquête de sécurité nous vous couvrirons et nous expliquerons votre séjour par votre implication. Nous avons besoin de votre fidélité. Nous savons que vous agirez conformément à nos intérêts, qui seront les vôtres.

— Je veux travailler avec Angela Caligari.

— Vous êtes dure en affaires ! »

Il réfléchit, se concentrant quelques secondes sur le machin de bois dans ses mains. Peut-être demande-t-il en cachette une autorisation à ses supérieures, à moins qu'Alyn ne se croie bien plus importante qu'elle n'est réellement...

« D'accord. Nous pourrons arranger cela. »

Puis, juste avant de déconnecter, elle a repensé au discours de l'homme à la longue figure et elle a demandé à Bonenfant.

« Est-ce que notre conversation est scriptée ? Est-ce que l'image que j'ai de vous est fabriquée ? »

Le petit homme a paru un peu agacé, le temps d'un battement de cils.

« Oui, et oui. J'essaie d'être professionnel.

— Puis-je vous voir en vérité, sans avatar ?

— Y tenez-vous ? »

Le bureau de Dublin disparaît. Bonenfant porte le même costume, tient la même boîte de bois posée devant lui, il est assis à une table ronde de bois sombre qu'Alyn reconnaît tout de suite : l'Enkantine ! Il est tout proche !

« Bien sûr, je vous manipule, mademoiselle. Prenez ces efforts comme une marque de l'intérêt que nous vous portons, qui est tout à fait réel.

— Êtes-vous vraiment là-bas, ou bien est-ce que vous essayez de me rassurer et de me convaincre avec un décor familier, fabriqué à partir de mes fréquentations ? »

Il rit.

« Soyez raisonnable ! À bientôt, Alyn, nous serons amenés à nous revoir. »

L'image disparaît. D'abord le décor puis, quelques millisecondes plus tard, le visage de Bonenfant et enfin son costume dont la couleur traîne sur la rétine d'Alyn le temps d'une brève rémanence.

28

Combien sont-ils à avoir des doubles pensées ? Est-ce que le déploiement de tant de véhémence dans les débats, de tant de sincérité, est dû aux propositions merveilleuses qu'on a leur a faites par derrière ? Plusieurs lignes se sont dégagées dans le hall 1, de ceux qui ne pensent qu'à reprendre le travail dans de meilleures conditions pour continuer l'élévation (*on a arrêté pour ça, dire autre chose, c'est malhonnête*) à ceux qui se voient porteurs d'une mission plus large, briser le carcan de Transfert pour une vie libre, démocratique et solidaire. (*Nous ne sommes pas contre l'élévation, nous refusons juste d'y être contraints. Nous n'avons jamais choisi, nous acceptons tout parce que nous avons peur du monde.*)

Alyn craignait de voir surgir des cryptochrétiens, peut-être a-t-elle été plus marquée qu'elle ne le pense par la remarque sur son baptême faite par l'épouse de Josh. Personne n'appelle à la conversion massive, mais tous les déferlements de paroles l'épuisent et la saoulent. Elle aimerait être de celles qui savent emporter l'adhésion d'un seul coup, mais elle ne parvient même pas, malgré les règles (cinq minutes par personne, votes à main levée pour continuer, etc.) à monter sur la tribune.

Ikodoru vient deux fois et est rejetée deux fois avec cruauté. « Nous ne voulons pas parler avec vous, nous voulons des représentants du cinquième étage !

— Je représente le cinquième étage.

— Nous voulons de nouvelles têtes ! »

On mange ensemble, on participe ensemble au rangement du réfectoire, au nettoyage de la cuisine, c'est inefficace mais ça permet de parler. Alyn s'est retrouvée malgré elle rangée dans le camp des négociateurs.

Restons unis, tenons bon, ils ne peuvent pas laisser l'usine coincée comme elle l'est trop longtemps. Ils nous donnent du temps pour que notre groupe se disloque, rien de plus, c'est l'ingénierie sociale de base.

L'homme à la tête allongée s'appelle Felipe, il travaille depuis moins d'un an à l'atelier d'emboutissage. Alyn a l'occasion de parler avec lui en tête-à-tête, il est beaucoup plus doux ainsi que lorsqu'il s'exprime en public.

« Il faut détruire les machines, ne pas pouvoir revenir en arrière. Les gens de Dublin sont des cyniques, Office est à la manœuvre, ils vont tenter d'obtenir le compromis le moins cher possible et si tu reprends le travail, dans un an tu te retrouveras dans la même situation.

— Tu crois vraiment que Transfert n'existe pas ?

— Transfert existe, mais ce n'est pas ce que nous croyons. Nous vivons dans un monde entièrement construit par eux, une grande illusion. Nous le savons tous, nous connaissons les outils qui nous asservissent, les conditionnements Karenberg, les clefs mémétiques qui nous poussent à chanter le matin, à nous mettre joyeusement au travail... Nous plongeons nos enfants là-dedans pour qu'ils deviennent comme nous de jolis rouages de la grande machine. Comment veux-tu croire à ça ?

— Tu as des enfants ?

— Un fils, à Gran Canaria, je ne le vois quasiment plus depuis qu'ils m'ont déplacé ici, c'est trop difficile d'obtenir les autorisations. Même moi je fais partie de leur plan, tu sais ? Les systèmes de contrôle s'accommodent très bien d'une petite dose de rebelles pour déceler les déviants.

— Alors on fait quoi ?

— On sort. On dit qu'on n'y croit plus et on sort. Et on fait sortir le plus de monde de ce système pour pouvoir le regarder de l'extérieur. »

On sort, on sort, à quoi croient ceux qui rêvent d'être la minorité agissante ? Que vaut de citer des élans politiques issus du monde d'avant, de ceux qui ne vivaient pas dans les ruines, de ceux qui ne vivaient pas avec comme seul horizon l'élévation ?

29

On mange, on dort, on parle, on parle, on parle encore, deux jours passent, Nicola est parti, Alyn pense qu'il a bien fait. On vote : sur les armes ! (oui), sur une position unie (oui !), sur la destruction des machines (non ! alors qu'il faudrait), sur le réveil sauvage des dormants (non, de justesse. Alors que ce serait vraiment marquer le refus, dit Felipe. Mais qui serait prêt à assumer les séquences de réveil ?). Sur la sortie, ils votent ce soir. Il faudrait mettre une majuscule au mot : la Sortie. Le programme en a été établi par les défenseurs de l'idée, Alyn le trouve à la fois séduisant et terrifiant : un groupe, armé, familial, autosuffisant. On active la clause de démission, on va chercher les enfants de chacun dans le centre de Varde, puis direction Karlsgard où le groupe, estimé à environ deux cents personnes, fait le plein de vivres en échange d'une participation aux travaux agricoles. Cet hiver, tour des usines de la côte ouest, établissement d'une base sur les terres nouvellement aménagées vers Titsrup. On passe l'hiver et au redoux, on marche vers les établissements de Copenhague, d'Elseneur et de Malmö, avec en ligne de mire finale la Finlande puis le complexe de Saint-Pétersbourg.

Le rêve est insensé, Alyn sait un peu – pour en avoir parlé aux Extérieures de son atelier, ce que coûte la vie hors des structures de Transfert. Les autres ne peuvent pas l'ignorer, ils savent qu'ils vont déguster, qu'ils tomberont malades, qu'ils n'auront plus de réseau, plus de soins, mais Josh, Felipe, Peng croient que les chrétiens des communautés autonomes seront solidaires. Ils ont tout à y gagner.

Peut-être.

30

Yslaire Bonenfant rappelle le jeudi soir, avant le dîner, avant le vote.

« Alors, où en êtes-vous ?

— Vous devez être informé, non ? Faites-moi croire que vous n'avez pas d'espions...

— Je pense à vous, chère Alyn.

— Vous voulez que je sorte, que je les lâche ?

— Je n'ai pas demandé ça. »

Il est amical, très doux, mais elle n'a pas envie de se confier à lui, pas plus qu'à un autre. Alors elle demande, agressive :

« Vous avez des nouvelles d'Angela ?

— Vous voulez lui parler ?

— Je peux ? Pourquoi ne m'avez-vous pas prévenue avant ?

— Vous m'auriez accusé de vouloir vous manipuler. »

Il a un rire cristallin, étonnant chez un homme. Alyn est furieuse, fatiguée.

« Passez-la-moi.

— Elle vous appelle d'ici quelques minutes. Restez attentive. Bonne soirée, Alyn. »

Alyn est dans son bureau. Lumière allumée – l'électricité provient des champs d'éoliennes de Horns Rev ; l'air est chauffé via l'usine thermique de Varde. Ils auraient pu couper tout cela, ils ne l'ont pas fait. Si nous vivons, si nous parlons, c'est qu'ils le veulent bien. Elle se prend la tête dans les mains, essaie de penser au-delà des murs, ne voit rien, ne comprend rien. Elle est lasse.

Son egg vibre de nouveau. Angela !

La figure pâle, les yeux creusés, Angela est installée dans un décor neutre, une sorte de cabine de bateau. Elle s'inquiète d'Alyn tout de suite, bien sûr.

« Ma chérie, comment vas-tu ? »

Alyn bafouille, a un rire gêné qu'Angela rejoint peu après et elles se dévorent toutes les deux des yeux, comme si chacune pensait l'autre rescapée d'une catastrophe.

« J'ai été emmenée à Heligoland pour un stage de retour aux valeurs – ça va, je supporte. Kristof me manque, tu as de ses nouvelles ? (Alyn donne des nouvelles) Ils ne l'ont pas laissé me parler, ils n'ont laissé personne nous parler. On est une dizaine de filles, serrées par des cadres de Protection, j'ai vu des gens dont je n'imaginais pas que... Le stage aurait dû durer jusqu'à l'hiver... Ils m'en ont extraite ce matin. (Ainsi Bonenfant avait anticipé, juste ce qu'il faut.) Et toi, parle-moi de toi, tu es encore à l'usine? Je ne sais rien, que s'est-il passé? Comment va ce pauvre Nicola?»

Ils l'ont sortie du stage ce matin, ni avant, ni après. Bonenfant a rappelé en ayant prévu d'avoir quelque chose à offrir, une réponse à la seule demande qu'il attendait d'Alyn. Être aussi lisible, aussi claire, la dégoûte. Elle parle avec Angela, le visage encadré dans ses mains, comme une gamine avec sa meilleure copine envoyée au loin. Elle parle avec l'image du visage pâle d'Angela. Elle pose quelques questions un peu tordues et Angela y répond, elle parle bien avec Angela, mais Angela pourrait se trouver en suspension, connectée en immersion et se croyant dans le navire qui la ramène vers Esbjerg. Angela pourrait être chargée de suggestions qui ne lui appartiennent pas. Angela est Angela, ou bien presque Angela, ou bien quelque chose qui joue à être Angela. Et Alyn se met à pleurer sans pouvoir s'arrêter. Angela s'inquiète bien sûr, la vraie Angela s'inquiéterait et Alyn ne peut dire qu'une seule chose.

«J'ai tellement envie de te serrer dans mes bras.»

31

Le vote est reporté à dix heures, puis minuit, d'un commun accord. Les débats virent parfois aux engueulades stupides faisant resurgir tout le passif de l'usine, sauf quand des gens comme Felipe prennent la parole, mais c'est bien rare.

Alyn a rejoint la commission chargée des cuisines, elle passe son temps à faire des allers-retours pour remplir les grands thermos de thé noir très fort, à faire infuser des épices, à faire cuire des roulés au pavot, pour nourrir les discutants.

La question posée est affichée en grand sur les écrans de supervision du hall 1, toute chargée de majuscules.

Approuvez-vous la Résolution de Sortie? *Destruction des Machines et marche de Propagation! Liberté de Mouvement et de Pensée!*

Le vote, à bulletins secrets, a été organisé avec solennité. Bulletins papier, urne fabriquée par assemblage de deux pièces de canopy semi-transparentes qui semblent avoir été faites pour ça.

Alyn participe au dépouillement et au comptage. Sur 478 votants, 205 « oui », 241 « non », 32 « nuls ». Personne ne conteste le décompte, mais les déçus sont nombreux. Alyn guette le visage de Felipe. Il est effondré.

32

Yslaire Bonenfant ne dort pas. Le QG de crise choisi par Wagner ne s'y prête d'ailleurs pas. Les locaux administratifs d'une installation de transformation agricole, à moins de deux minutes de l'usine de Narco... Il y flotte partout une désagréable odeur de fermentation.

Les nouvelles ne sont pas bonnes. Le résultat du vote n'est pas assez tranché. Il y a eu des envies de destructions, des blessés. Une bande furieuse s'en est prise aux précieux systèmes SPUA destinés à sculpter les pièces d'alliage composant les coques de cercueils. Yslaire a envoyé les images du drone à son expert ; ce sera sans doute réparable, mais à quel prix ? Quel gâchis.

Wagner en face de lui regarde les mêmes images, expurgées des informations qu'Office préfère garder pour lui, comme tout ce qui permettrait de deviner l'identité des agents. Le coordinateur des forces de Protection pour l'ouest du Jutland est un homme âgé mais encore énergique, tout chargé de l'énergie des Fondateurs.

« Ils en ont trop fait. On envoie les antiémeutes pendant la nuit, et tout le monde en camp.

— Nous avions convenu d'attendre jusqu'à demain.

— Et que voulez-vous les laisser faire encore ? Réveiller les dormants ? Jusqu'à présent je ne suis pas impressionné par votre gestion de la crise. Vous avez laissé une simple contestation du Shiva se transformer en catastrophe. Bravo. »

Yslaire garde son masque d'impassibilité et de tranquillité. Feignons de maîtriser et nous maîtriserons. Inutile de faire remarquer à Wagner que c'est le cinquième étage d'Esbjerg qui a demandé à Office d'intervenir, une fois leur incompétence dévoilée par l'ampleur de la révolte. Et que lui, Charles Wagner, était informé de tout. Tout ceci se réglera plus tard, par les petits jeux de pouvoir habituels dont Yslaire se moque bien.

Tentons de sauver ce qui peut l'être : il faut protéger les endormis et les machines précieuses, et pour ça, Yslaire n'a pas encore joué toutes ses cartes. Il contacte son ombre sur le canal sécurisé. « S'il vous plaît, mon cher, détruisez les cuves de liquide orange. Noyez les sols. Empêchez l'accès aux cuves de préservation. »

33

Ils sont plus de deux cents, leur masse est impressionnante. Surtout des hommes, bien sûr, en manteaux épais, bottes de marche, chaussures coquées volées dans les réserves des ateliers. Armés de barres de fer, de quelques outils à long manche dont ils promettent de ne pas se servir contre les vigiles si on les laisse passer. Ils ressemblent, en plus épais, à l'idée qu'Alyn se fait des Porteurs Lents qui rôdent dans les ruines. Sommes-nous si proches des monstres?

La nuit a été horrible, elle n'a pas dormi, a couru partout avec Peng pour verrouiller les matières précieuses, les outils les plus fragiles. On s'est battu autour des chariots logistiques, des emboutisseuses, des SPUA. Il y a eu quelques os brisés, des arcades sourcilières fendues, et surtout des hurlements, la transformation de l'usine en décor de cauchemar.

Les cuves de liquide orange ont été défoncées à la scie sauteuse, des flots d'une gelée immonde se sont répandus le long des rails de guidage transformant les ateliers finaux en un étrange marécage qui entoure la demeure de la belle au bois dormant, en l'occurrence les dizaines d'endormis attendant depuis bien trop longtemps en espace intermédiaire que leur conteneur soit rétrofité. Alyn est choquée par cette destruction cauchemardesque, mais à quelque chose malheur est bon : les mares gluantes isolent les endormis présents dans l'usine, personne dorénavant ne mènera de foule vers eux.

Ils sont plus de deux cents, encore, après ce désastre, ils vont partir quand même, le visage fermé, rejetant leurs maîtres, sautant dans le vide. Il existe dans un certain espace psychique une

Alyn qui les accompagnera, qui oubliera toute sa formation, tout son savoir pour n'être plus qu'une marcheuse, une femme, un ventre pour porter les nouveaux habitants de la Terre. Elle vivra dans une grande maison commune, avec repas autour des longues tables et chambres privées réservées aux maîtres de la maison et à leurs épouses, et enfants jouant dans la cour avec les chiens. L'été, tout cela peut être joyeux...

Felipe parle à cette Alyn-là, et Alyn a revêtu sa grosse parka des mauvais jours dont un compagnon agressif a arraché le logo de Narco, comme on jette au sol les insignes d'un officier dégradé, et Felipe voit cette fille hirsute les accompagner. Alyn se demande s'il n'a pas raison. Elle demande : « Où est Josh ? », ne le voit nulle part, personne ne peut dire où il se trouve.

Ils vont sortir, à neuf heures. Ils ont demandé à parler aux vigiles, mais ceux-ci ont eu des ordres, ils ne peuvent pas négocier, ils n'ont rien à offrir. Ils sont en tout une quarantaine, épaulés par deux groupements de Protection équipés de gyros de surveillance, pour le renseignement, disent ceux qui croient savoir. Protection n'a pas le droit de s'en prendre aux membres de Transfert, disent les mêmes.

Ils sont dehors maintenant, rassemblés sur la place du salut, au pied du mât où ne flotte plus aucun drapeau. Certains chantent, assez mal, un air danois dont ils ne comprennent pas les paroles, mais qui a le mérite de dater d'*avant*.

Les vigiles sont en ligne, barrant la route, assez nerveux. Une douzaine de drones tournent, certains sont assez gros et pourraient porter des charges lacrymogènes. Où est Josh ? Il voudrait voir ça. Il est trop âgé pour marcher et sa femme et lui ont besoin de médicaments que seul Transfert, pour l'instant, peut fournir. Il n'a jamais prétendu vouloir partir, mais Alyn est étonnée de ne pas le voir parmi eux. Elle lâche le bras de Felipe. « Je vais chercher Josh. »

Il était logé à l'étage de direction, là où on a pu installer les couchages les plus confortables. Alyn grimpe les marches quatre à quatre, étouffant dans son manteau d'extérieur, déboule dans le salon de réception. Josh s'y trouve encore. Il semble dormir.

Trois personnes l'entourent, dont Ikodoru qui lui tient le poignet. Les trois paraissent soulagées de voir débouler Alyn, comme si elle représentait ici une figure d'autorité. Alors elle crie presque : « Qu'est-ce qu'il a ?

— Pas de pouls, pas de souffle, sa peau est froide... Ça fait un moment. Plusieurs heures. »

Plus tôt dans sa carrière, Ikodoru a été médecin ou infirmière, Alyn ne sait plus. Les deux autres sont des grouillots qui ont passé la nuit d'hier enfermés dans les bureaux de l'étage après avoir renoncé à protéger les machines. Ils ont peur.

Alyn s'agenouille. La peau de la main de Josh est fine et froide et douce, son visage détendu comme s'il était encore en train d'écouter Prokofiev. Le gisant de Josh s'ajoute à l'étendue du désastre.

On entend soudain des bruits provenant de l'esplanade, des cris, des appels ? Alyn se redresse et ordonne d'une voix qui ne lui ressemble pas : « Veillez sur lui. On va prévenir sa femme. »

Puis elle aperçoit au pied du lit un sachet de pilules blanches à moitié caché dans une pochette de tissu brodé. Hier soir, lors du débat, Josh disait qu'il n'avait presque plus de médicaments, qu'il devrait quitter l'usine d'une façon ou d'une autre pour en mendier auprès de Welfare. D'où viennent ceux-ci ? S'en est-il fait envoyer ? Que contient réellement ce sachet ? Alyn le ramasse.

« Qui lui a donné ça ?

— Il n'est pas venu avec ? C'est sa pochette, ses affaires... »

Ikodoru paraît sincère. Alyn ramasse la pochette, fourre le tout dans sa poche et rejoint l'esplanade. Il faudra faire analyser tout ça.

Les cris ne signalaient rien d'autre que la mise en ordre du groupe, rassemblé en pack serré, épaule contre épaule. Plusieurs crient : « Alyn ! Viens ! », et déjà ils avancent en marche ferme vers les vigiles. Felipe est au premier rang. Les hommes casqués face à lui sont tendus, ils ont fait venir quatre véhicules blindés légers, de ceux qu'on utilise pour aller désenclaver les imprudents qui se sont fait coincer dans la campagne par des Porteurs Lents.

« Alyn ! Viens ! »

Elle a les pieds soudés au sol, elle se tient au pied du mât dénudé, sous les regards de ceux qui partent et de ceux qui restent.

Ils avancent, les vigiles s'écartent, avec une lenteur calculée, refusant le contact. La masse des marcheurs traverse le cordon, grondant de manière menaçante, et à peine sont-ils passés que les blindés légers se mettent en mouvement, un simple glissement, ils barrent le portail, interdisant tout retour et toute nouvelle sortie. Les marcheurs continuent leur route, lentement, vers la campagne grise et mouillée.

Alyn a la tête qui tourne, mais elle reste là, immobile, froide et épuisée.

Yslaire Bonenfant sort d'un des véhicules, traverse la cour et s'approche d'elle.

« Ça y est, c'est fini. Il va falloir dormir, Alyn. Mais vous pouvez être fière de vous. »

Il a un sourire simple et franc, elle sourit en retour. Il est si léger et si charmant soudain qu'elle pourrait presque voir à travers lui l'horizon battu par le vent.

Elle s'accroche à son bras, retourne vers l'intérieur. En chemin, elle jette dans une poubelle le sachet de médicaments, ce sera plus simple comme ça.

34

L'automne s'achève, l'hiver passe à son tour et le printemps revient. Alyn a changé de bureau, mais elle n'est pas allée s'installer dans la partie administrative. Elle a aménagé un espace pour Angela et elle dans une ancienne salle des machines aux parois vitrées, donnant sur le couloir central, un endroit d'où voir et être vue. La porte s'ouvre tout le temps pour une question ou bien un moment de bavardage. Ça tue la concentration en journée, mais après dix-sept heures les choses vont mieux et elle dispose d'une longue plage tranquille jusqu'à la nuit.

On est vendredi soir, Alyn est seule. La charge est un peu retombée depuis l'épisode du *Damaris*, mais pas au niveau d'avant. Il faut faire plus vite, et mieux, avec moins. On adapte les processus, on devient plus précis, plus rapides, on apprend, on apprend à apprendre, Alyn maîtrise tout ça.

Angela arrive tôt et part tôt, elle assure une permanence à l'école dans la soirée trois fois par semaine, l'occasion de passer du temps avec son fils. Ça ne se passe pas très bien à la maison pour elle depuis son « retour », elle songe à emménager avec Alyn, mais Iou ne le voit pas d'un très bon œil. Cette dernière, sous ses dehors faciles, a ses jalousies et ses réticences.

La porte s'ouvre doucement. Alyn lève les yeux, s'étire. C'est Alex, sans surprise. On l'a cru disparu pendant l'hiver, puis avec le dégel il est revenu, a réussi à faire renouveler sa carte d'accès, il a aidé pour le dernier round de recrutement dans les communautés autonomes. Il y a depuis la fin de la crise plus d'une centaine d'Extérieures embauchées dans les ateliers, en finitions particulièrement. Alyn connaissait une partie d'entre elles, elle s'est appuyée sur ses contacts pour trouver les autres. Certaines sont voilées, d'autres portent les cheveux très courts et ressemblent à des garçons cabossés. On les surveille de près, un programme de promotion spéciale a été mis en place pour elles, certaines seront titularisées d'ici deux ou trois ans. Celles qui ont compris ça cherchent à se caser, tout le temps avec des hommes, malheureusement. Nicola n'aurait pas supporté ça. Il a obtenu une mutation à Esbjerg, Alyn et lui n'ont pas maintenu de contacts autres que purement professionnels, elle doit s'avouer qu'il ne lui manque pas trop.

Alyn replonge dans son rapport.

« J'ai bientôt fini.

— Tu dis toujours ça. »

Alex va et vient, ramasse des pièces de démo de joints en Texo, regarde les dessins d'enfants collés sur les vitres. Il porte la tenue de sécurité, mais tout en lui respire l'extérieur, le vent, la pluie, les bêtes, la boue collée aux chaussures... Alyn a cherché et obtenu des nouvelles de Felipe et de ceux qui étaient partis. Le dimanche elle va parfois à Karlsgard. Elle n'assiste pas à l'office mais elle achète un pain chaud à la viande, très salé, au marché devant l'église et un exemplaire de la feuille de nouvelles. Les marcheurs n'ont jamais pu atteindre le port d'Esbjerg suivant leurs plans, alors ils ont quitté la région et sont partis vers l'est, montés sur une demi-douzaine de véhicules à essence prêtés par les autonomes et ils ont roulé jusqu'à la côte, vers Ebeltoft où ils se sont établis. Plusieurs dizaines sont morts sur la route, suite à un accrochage avec une bande. De la communauté établie là-bas, Alyn ne sait rien. Elle aimerait leur rendre visite, mais comment assurer le voyage? Alex prétend qu'il pourrait l'accompagner, qu'en moins de deux jours ils peuvent y être. Il faudra être armés, accepter la colère des autorités, mais pourquoi pas? L'été prochain...

Elle referme l'écran, se lève, sourit. Alex est heureusement surpris. Ils traversent ensemble l'usine. De nombreux ateliers sont encore actifs, le grand corps vit tout autour d'eux. Alyn le sent bancal et fragile, tenant comme par miracle malgré les absences, les blessures, les conséquences pas encore résorbées du blocage de l'automne dernier. Il reste quelques affiches et mots d'ordre collés dans les chemins moins passants, que personne n'a encore enlevés, des marques visibles de ce qui les habite tous encore. Le monde est en reconstruction, il restera toujours en reconstruction, rien ne s'efface.

Avant de quitter l'usine, Alyn monte sur la terrasse. Alex reste en retrait. Il a eu le bon goût de ne jamais lui demander pourquoi elle n'était pas partie. Depuis la mort de Josh elle ne chante plus, elle n'écoute plus le cœur battant de Base-1. Mais quand la nuit vient elle monte encore ici, elle se tourne vers le sud et cherche les traces lumineuses de la présence du Tether tiré vers les étoiles.

Ma vie pour l'élévation.

Romainmôtier, automne 2016

E.I.A.E

ALIVE
Ketty Steward

NOUS SOMMES UNE GRANDE FAMILLE

Pierre-Henri F : Il est très original, votre profil, Claudy! Nous aimons les parcours comme le vôtre, accidenté, plein de détours. Tout sauf linéaire!

Psy_Claude : Merci. Mon nom est Claude. Il m'a semblé important de tenter de savoir ce qu'était le travail avant de l'aborder par la théorie. Peut-on se prétendre Psychologue du travail si on n'a pas testé plusieurs emplois? Ah! Ah!

Pierre-Henri F : Euh! oui, mais votre expérience e-clinique est ce qui a attiré notre attention. Vous avez rédigé un mémoire, je crois, sur l'estime de soi et l'automotivation.

Psy_Claude : C'était pour ma première spécialisation. Je vois les choses un peu différemment, aujourd'hui. L'expérience m'a montré que, pour ce qui concerne le travail, l'approche collective était généralement plus efficace que l'approche individuelle. Étudier les conditions d'emploi et proposer une adaptation de celles-ci, plutôt que faire porter la responsabilité de leur bien-être aux travailleurs.

Pierre-Henri F : Oui, oui. Bien entendu! Vous connaissez notre structure, évidemment! Notre agence d'insertion a des antennes un peu partout maintenant et nous nous sommes aperçus que les services de psychologues brillants tels que vous nous seraient bien utiles dans le suivi du dispositif ICU.

Psy_Claude : Pour les demandeurs d'emploi?

Pierre-Henri F : Oh! Non! Eux, ça va. On a tout ce qu'il faut. C'est plutôt au niveau In/Out que nous avons besoin de vous.

Ce sont ceux qui activent les travailleurs que nous voudrions surveiller. Pardon, je veux dire superviser. Il faudrait les former à supporter la charge émotionnelle du travail, nous aider à les évaluer, les inciter à rester vigilants, toujours motivés, vous voyez?

Psy_Claude: Je ne sais pas. Je pensais que ma mission serait en rapport avec mes compétences.

Pierre-Henri F: Nous avons été intéressés par votre personnalité atypique, votre ouverture à autrui, vos engagements e-associatifs. Vous inspirez confiance. Immédiatement. Votre impatience à trouver une place stable est compréhensible. Vous comprendrez aussi que nous ne souhaitions pas nous défaire trop vite de nos conseillers activateurs. Ils désirent rester dans l'emploi, nous voulons les garder et vous, eh bien! ce sera à vous de nous dire quoi faire d'eux, à vous de les coacher pour les empêcher de sortir du circuit et d'en souffrir.

Psy_Claude: Les coacher?

Pierre-Henri F: Appelez ça comme vous voulez, Claudy.

Psy_Claude: Mon nom est Claude.

Pierre-Henri F: Ce sera Claudy. On se tutoie? Nous sommes une grande famille, tu sais. Tu peux m'appeler Pierre-Henri. Je disais donc, ce sera à toi de les aider à se conformer aux attentes et à répondre aux objectifs. J'espère que tu es d'accord. Bienvenue chez ALIVE! Connecte-toi demain à neuf heures. Tu rencontreras les autres cadres!

UN KADÉ, DES SOUCIS

Aujourd'hui, j'ai reçu un *kadé*.

En entendant chatter mes collègues, j'avais cru qu'ils parlaient de « cadets » et j'imaginais que c'étaient des jeunes désœuvrés ou quelque chose comme ça. Je n'ai pas osé poser la question.

En fait, les kadés, se sont les cas désespérés. Ceux qui sont restés sans emploi depuis tellement longtemps qu'il n'y a rien à faire pour eux, à part leur trouver des formations ou des missions de « volontariat » pour les garder dans le circuit.

Ils ont un rendez-vous-cam obligatoire tous les deux mois et doivent se signaler tous les mois. Ils ont un implant sous la peau qui leur rappelle les rendez-vous. Du coup, ils n'oublient jamais. C'est bien fait.

J'ai connecté mon premier kadé. On devrait tous en rencontrer un, un jour ou l'autre. Ça fait peur ! Ces gens sont vides.

L'homme que j'ai e-reçu regardait dans sa caméra d'un air absent. C'est vrai que nous les voyons et qu'ils ne peuvent pas nous voir, mais tout de même ! Il répondait en un mot ou deux maximum aux questions que je lui posais et dont je connaissais déjà les réponses.

J'avoue que j'ai eu un peu pitié de lui.

J'ai pensé à cette époque où les agents d'activation devaient voir les clients en face à face. J'en ai eu la chair de poule.

J'étais censée le réprimander de n'avoir pas assez cherché, mais j'ai manqué de courage.

J'en parlerai en séance de coaching. Ça fait toujours du bien de débriefer.

Pour rien au monde, je ne voudrais devenir comme cet homme !

Il me faut rester motivée! Mo-ti-vée!
Bizouxxx!

Publié aujourd'hui par Marteen_o_buro
<Évaluer l'article>
<Évaluer le JoBlog >
<Évaluer Marteen_o_buro>
<Commenter>

Commentaires (3)

Raf : Alors Marteen! Si tu ne grondes pas les parasites, qui le fera? Je te mets trois étoiles seulement, car qui aime bien châtie bien! love!

    Marteen : Tu as raison, mon Raf. Je n'étais pas au mieux de ma forme, ce jour-là. Je vais me ressaisir. Un peu dur, les trois étoiles, quand même! <3

Valou : En tant que collègue, j'avoue, c'est pas facile les kadés. Mais tu aurais dû nous demander. On t'aurait donné des trucs. Je ne like pas ta page pro aujourd'hui et je mets deux étoiles seulement ici. J'espère mieux te noter dès demain!

    Marteen : Merci Valou. Tu as raison. Je dois combattre ma timidité. Pour le reste, c'est un coup de mou. Je me reprends en main!

Helayn : Bonjour, je découvre ton joBlog! Très sympa. Je te mets 4.

    Marteen : Merci Helayn. Sois la bienvenue ici.

LE PAQUET, CE MOIS-CI

Comme chaque mois, Alex se retrouve allongé dans le fauteuil de dentiste, un casque sur la tête. Il se relève et adresse un sourire à Jeanus qui lui annonce :

« Et hop ! C'est bon. Te voilà comme neuf !

— C'est comme un bon détartrage !

— Ouais ! Va falloir bientôt penser à l'extraction. Ils sont passés à la vitesse supérieure, j'ai l'impression. Au moins deux injonctions par jour ! Ça a dû être crevant !

— J'ai doublé mon temps de méditation pour ne pas devenir fou. »

Il ôte le casque, lentement, et se lève tandis que Jeanus range son matériel. La méditation a fini par devenir une part importante de la vie d'Alex. Une discipline, même. Au départ, il ne s'agissait que d'échapper à la dépression, sans traitement onéreux, suite à la perte de son emploi et au départ fracassant de sa compagne et de leur fils. Quatre ans plus tard, c'est ça qui lui donne la force de vivre jour après jour. Ça et la lutte active.

« Tiens, tu veux écouter le log ?

— Non, ça va, garde tout. Je vais profiter du silence.

— Fais attention, Alex. Tôt ou tard, ils vont te coincer. Ils deviennent de plus en plus agressifs. Pense à l'Exit, c'est le seul moyen !

— À terme, oui. Il faudra m'y résoudre ! Ça ou accepter un vrai job. Mais je ne suis pas prêt. J'ai besoin d'explorer un peu plus de l'ancien net et, j'avoue, super envie de me la couler douce !

— À leurs frais ! C'est dangereux. Ils vont s'apercevoir très vite que tu ne joues pas comme il faut.

— Je sais bien, mais en attendant, j'aurai beaucoup appris. Je suis sur un tuto de détraceur. C'est assez simple, mais ça nécessite encore quelques crédits pour du matos.

— Une nouvelle piste ? C'est intéressant ! Mais ton implant devient agressif. Au rythme où ça va, reviens me voir plus tôt. Mettons dans 15 jours, ça ira ? Préviens-moi, je déconnecterai et je te renettoierai ça.

— Ouais. Merci Jeanus !

— File et fais gaffe à tes fesses ! »

<<<<<<<<<<<<< > EMPLOYABILITÉ <>>>>>>>>>>>>>

Extrait du Muddy-Wiki ou Wiki de Boue, lexique collaboratif du Lab indépendant « Histoire, travail et société »

Contrairement aux systèmes fondés sur l'assistance, dans lesquels, comme le rappelle Rosanvallon, l'appartenance à la société dictait le devoir de participation économique, l'objectif visé, dans toutes les formes de l'État social actif ainsi que dans ALIVE, était la citoyenneté.

La participation sociale, posée comme une exigence dans ces modèles, passait par la « capacité à obtenir un emploi[1] », et donc, à être « employable ». Mais l'employabilité n'est pas que cela.

C'est la capacité de se rendre désirable sur un marché du travail mouvant, « d'être et de demeurer actif dans un cycle de vie fragmenté et imprévisible[2] ».

Elle s'inscrit dans une dynamique. C'est une « technique de soi orientée vers l'activité ». C'est le « capital personnel que chacun doit gérer et qui est constitué de la somme de ses compétences mobilisables[3] ».

On voit combien le terme d'employabilité a pu constituer une base commode pour asseoir chez l'utilisateur d'ALIVE, la responsabilité de son parcours.

Les dispositifs d'aide accompagnaient les moins employables, pour en faire des actifs.

En s'appuyant sur la notion d'employabilité, on pouvait affirmer que « la cause du chômage ne serait pas le manque d'emploi, mais l'absence de volonté ou de capacité des chômeurs[4] ».

---

1 Piriou J.-P., *Lexique de sciences économiques et sociales*, Paris, La Découverte, 1997.

2 Périlleux T., « Se rendre désirable. L'employabilité dans l'État social actif et l'idéologie managériale » in Vielle, Pochet P. P., Cassiers I. (eds), *L'État social actif: vers un changement de paradigme?*, PIE- Peter Lang, 2005.

3 Boltanski L. et Chiapello É., *Le Nouvel Esprit du Capitalisme*, Gallimard, 1999.

4 Sterdyniac, H., « Une Stratégie macroéconomique timide », repris de Palier B., *Gouverner la sécurité sociale*, Puf, 2002.

<<<<<<<<<<<<<<<<<<<<<<<<<<<>>>>>>>>>>>>>>>>>>>>>>>

TOUT POUR RESTER AU TOP

Lol! Je me rends compte que je vous ai même pas raconté comment j'ai trouver ce boulot!

Merci aux abonnés qui me l'ont fait remarquer. Bon, ceux qui ont suivi mes aventures sur ChangezTout.org se souviennent que j'avais postulé sur plusieurs instances. PolePosition, bien sûr, mais aussi, JobPrivé et job_ALIVE.

Au total, je ne serai rester que 5 mois sans emploi. Je crois que j'ai eu de la chance. Un peu. J'ai surtout fait ce qu'il fallait pour ne pas végéter et tomber dans la dépendance.

Ce qui est hyper drôle, c'est que, finalement, je travaille pour une agence d'emploi. *Abonnez-vous à mon contenu privé pour savoir laquelle*

Je suis agent d'activation.

Mes compétences et mes aspirations ont été validées par le système, puis par le responsable de l'agence locale et j'en suis trop heureuse!

Évidemment, je ferai tout pour rester au top et ne plus jamais courir le risque de l'inutilité.

Voilà pour aujourd'hui!

Balancez vos comms et n'hésitez pas à linker vos blogs, j'irai les voir et je vous évaluerai!

Bizouxxxx

Publié aujourd'hui par Marteen_o_buro
<Évaluer l'article>
<Évaluer le JoBlog >
<Évaluer Marteen_o_buro>

<Commenter>

Commentaires (2)

Orthoto : @Marteen, tu as laissé des fautes ! Attention. « J'ai trouvÉ » et « je ne serai restÉE ». Je ne peux pas te mettre 5 étoiles dans ces conditions. Kisss.
Marteen : LoL, Zut ! je me trompe toujours. Tant pis ! bizzzz

---

Lu_divine : Bravo, Marteen ! Félicitations pour cette place chez ALIVE ! je mets le max pour l'article, le blog et sa gentille animatrice. ;-) Voici l'adresse de mon JoBlog : TuLaLu_divine
    Marteen : Merci, Ludivine. Tu es e-libraire ?
      Ludivine : Non, MDR ! Je suis blogueuse littéraire. J'écris des avis.
        Marteen : Ah ! OK ! Pas facile tous les jours, je suppose. J'irai voir ton site.

ILS ENTENDENT ÇA DANS LEUR TÊTE

Alex reprend conscience. Le local sent le plastique chaud.

Jeanus est penché sur lui, sourcils froncés, et l'aide à enlever le casque.

« Elle date de quand, ta mise à jour ?

— Je dirais une semaine. J'ai *e-pointé* et ils m'ont passé mon installation au scanner, comme à chaque fois. Pourquoi ?

— Tu n'as rien remarqué de bizarre, depuis ?

— Un peu de fatigue. Les messages étaient plus fréquents,

plus insistants aussi, peut-être, mais je n'ai pas regardé ce qu'ils disaient. Que se passe-t-il ? »

Jeanus se caresse le menton, secoue la tête et lâche :

« Ils ont ajouté une deuxième couche au programme, un nouveau type de messages. C'est une chance qu'ils n'aient pas changé de voix. Ton barrage mental a tenu. Tiens, écoute ! »

Alex redresse le fauteuil tandis que Jeanus, se frayant un passage dans le fouillis de machines et de câbles, appuie sur un bouton.

« Ça c'est le discours habituel. »

Une voix féminine énonce :

"Avez-vous vérifié vos résultats de recherche automatique ?"

"Pensez à vous connecter sur votre espace d'emploi."

"De quand date votre dernière formation ?"

Alex hoche la tête. Il a déjà entendu ces injonctions.

« Ça, commente Jeanus, c'est ce qu'ils ont ajouté, ce n'est pas du tout le même ton. »

La voix, légèrement plus aiguë, débite :

"Ce que la société vous donne, vous devez le lui rendre."

"Retrouvez votre dignité, retrouvez un emploi."

"Chacun doit se prendre en main, selon ses moyens. "

"Comment peut-il trouver la paix intérieure, celui qui par son inactivité pèse sur les épaules de ses coéquipiers ?"

Alex écarquille les yeux.

« Ah ! Ouais ! La vache ! Ils se positionnent sur le plan moral, maintenant !

— Culpabiliser les chômeurs de longue durée, extra, hein ?

— Ça ne marchera jamais ! Ceux, comme moi, qui ont choisi de rester chômeurs ne se laisseront pas intimider. Ça ne changera rien.

— Sauf si ce qu'on cherche, c'est vous pousser au suicide. Tu imagines qu'il y a des gens qui entendent vraiment ça dans leur tête !

— Dingue ! ALIVE a franchi une limite supplémentaire. Manque plus qu'ils se mettent à nous espionner vingt-quatre heures sur vingt-quatre !

— Qu'est-ce que tu crois ? C'est déjà le cas, mon cher Alex ! Je te rappelle que tu n'y échappes que parce que nous avons hacké ton contacteur, désactivé le mouchard de ta station-média et celui de ta domotique. Ta carte de paiement est à double-fond, ta survidéo est aveugle...

— Rien de tout ça n'est illégal !

— Je sais, mais tant de précautions ! Si quelqu'un s'en apercevait, tu ferais un parfait suspect. Ils pourraient te boucler, au choix, pour espionnage ou terrorisme.

— Je veux juste qu'on me fiche la paix.

— La liberté, je sais. C'est de plus en plus compliqué en te maintenant dans l'*Inside*. Tout ça va péter, Alex, et c'est le mieux qui puisse nous arriver à tous.

— J'ai bon espoir de faire un saut en avant avec ce que je trouve dans le web en friche.

— Bien ! Je te le souhaite. C'est drôle cette soif d'archéotechnologie ! Tu me raconteras ? »

<<<<<<<<<<<<<<>CONTRÔLE<>>>>>>>>>>>>>>>>>>

Extrait du Muddy-Wiki ou Wiki de Boue, lexique collaboratif du Lab indépendant « Histoire, travail et société »

Les recherches sur les intelligences artificielles utilitaires avaient été abandonnées depuis longtemps, lorsqu'ALIVE et ses agences locales connurent un besoin de contrôle des utilisateurs.

Plutôt que de tenter de déchiffrer le code des systèmes de l'ère ancienne, au risque de n'exhumer que des applications dépassées ou inutilisables, les développeurs de G-suite repartirent à zéro.

Ils devaient répondre à des objectifs simples et, pour ce faire, ils créèrent des programmes rudimentaires. En quelques mois, ils proposèrent une armada d'outils efficaces pour pister les connexions, établir des profils d'utilisateurs exploitables tant pour le contrôle de l'activité professionnelle que pour les publicités commerciales.

Certains Labs tentèrent, de leur côté, de ressusciter les technologies du début du XXIe siècle, avec le succès limité que nous savons.

D'autres émirent des réserves quant aux applications de contrôle d'ALIVE en s'appuyant sur les écrits fondateurs de Foucault[1] et Bourdieu sur le contrôle social ainsi que les travaux de l'école Snowden.

Cependant, les protestations ne firent que peu de vagues, car les utilisateurs d'ALIVE, réputés volontaires et éclairés, contrairement aux citoyens captifs des États du XXe siècle, avaient explicitement accepté les conditions d'utilisation du service.

Le web mondial vit alors cohabiter, d'un côté, des programmes de contrôle récents, techniquement limités, de l'autre, dans l'ancien net en friche, des entités laissées à elles-mêmes et à leur conscience croissante.

---

1   Foucault M., M. *Surveiller et punir*, Gallimard, 1975.

<<<<<<<<<<<<<<<<<<<<<<<<<<>>>>>>>>>>>>>>>>>>>>>>>>

SAUF CE QUI SE PASSE EN DEHORS DU RÉSEAU

Psy_Claude: « Bonjour, je suis Claude, e-psychologue.
R-V_team2: Psychologue, psy_Claude? On s'en serait douté, LOL!
Psy_Claude: Oui, LOL. Dis-moi, qu'est-ce que c'est, ICU?
R-V_team2: On ne t'a pas encore expliqué? Alors c'est simple, Claudy. C'est un sigle, on aime bien les sigles ici, ça veut dire Involvment & Commitment Utility. À la base, c'est une appli d'autoévaluation de l'implication au travail qui rassemble les points recueillis sur les différentes plateformes. On s'est vite aperçus que ça ne marchait pas. Les gens ne s'appropriaient pas l'outil pour mieux travailler. Tout ce qu'ils voulaient c'était avoir plus de points et obtenir plus de crédits pour acheter sur E-mazone. Ils voyaient ce qui clochait, mais allaient quand même au plus rapide pour augmenter leur nombre de points.
Psy_Claude: La popularité?
R-V_team2: Exactement. Ils publiaient des contenus plus racoleurs et ne travaillaient pas mieux. D'où l'idée de les... Euh... Comment dire? Les accompagner. Les évaluer et leur donner la possibilité de s'améliorer. Voilà. On a tenté de faire ça

nous-mêmes, mais c'est compliqué quand on n'est pas formé et on n'a pas trop le temps, à vrai dire.

Psy_Claude : Qu'est-ce qui est compliqué ?

R-V_team2 : Explorer leurs contenus, tous leurs contenus et trouver une voie d'amélioration. Et puis leur faire appliquer. On ne peut pas les forcer. Faut savoir convaincre.

Psy_Claude : Je vois. À quels contenus aurai-je accès ?

Rv_Team2 : Tous ! Les fichiers de log privés, les JoBlogs, y compris le contenu Premium, les BlogsSanté, les historiques d'achat et de navigation, les mails envoyés depuis ALIVE et G-suite... Toute leur vie, quoi !

Psy_Claude : Sauf ce qui se passe en dehors du réseau.

R-V_Team2 : Ah ! Ah ! Que veux-tu qu'il se passe en dehors du réseau ?

J'APPRENDS TOUS LES JOURS.

Coucou tout le monde !

C'est super de pouvoir raconter ce que je fais, ce que j'apprends, car j'apprends des choses sur moi et sur la vie. Ce travail m'oblige à me remettre en question tous les jours. C'est épuisant mais passionnant. Pouvoir l'écrire ici permet de se rendre compte. Je crois bien que je tiendrais ce Joblog même si ce n'était pas obligatoire, LOL.

Dans une semaine, j'aurai terminé ma période d'essai et je devrai me prononcer sur mon droit à rester ou pas. J'ai très envie de garder ce job, mais il faut se justifier.

Heureusement, vu le nombre de likes que j'ai sur ma page pro [Abonnez-vous à mon contenu pour accéder à mes évaluations 360 pro] et les étoiles que j'arrive à récolter ici, grâce à vous, je ne me fais aucun souci!

Je dirai, je pense, que j'ai droit à un contrat et on verra ce qu'on me proposera. S'il le faut, je demanderai des formations sur mon temps personnel. J'espère un contrat d'un an au moins, comme ça je pourrai récupérer mes deux chéris, que j'ai placés, pour leur bien, depuis la fin de mon précédent emploi.

Ils me manquent tant!

Abonnez-vous pour voir le diaporama des photos de mes enfants et moi.

Publié aujourd'hui par Marteen_o_buro
<Évaluer l'article>
<Évaluer le JoBlog >
<Évaluer Marteen_o_buro>
<Commenter>

Commentaires (2)

Toma : J'espère que tu pourras retrouver tes enfants! Est-ce qu'ils existent IRL?

Marteen : LOL! Je n'ai pas les moyens de m'acheter une vie alternative!

Toma : MDR! C'est vrai que ça coûte cher, les options. Je te mets quatre étoiles pour le contenu de l'article.

Marteen : Merci!

Raf : On croise les doigts Marteen. Cinq étoiles.

Marteen : Merci mon chou!

<<<<<<<<<<<> CONTRACTUALISATION <>>>>>>>>>>

Extrait du Muddy-Wiki ou Wiki de Boue, lexique collaboratif du Lab indépendant « Histoire, travail et société »

La centralité de l'idée de contrat est un trait souligné par toutes les analyses du système ALIVE. Deux définitions du contrat ont retenu notre attention.

D'abord, celle qui nous vient de Hobbes, de Locke et de Rousseau : Le Contrat social, cet « accord naturel et tacite entre gouvernants et gouvernés ou entre les membres constitutifs du corps social ; accord fondamental sur lequel est basée la vie de ce corps[1] ». Il se construit sur une volonté de vivre ensemble, mieux que dans la désorganisation et le danger de « l'état de nature ».

Pour Rousseau « les clauses [du pacte social] se réduisent toutes à une seule : l'aliénation totale de chaque associé avec tous ses droits à toute la communauté : car premièrement, chacun se donnant tout entier, la condition est égale pour tous ; et la condition étant égale pour tous, nul n'a intérêt de la rendre onéreuse aux autres.[2] »

Or, nous l'avons montré, l'égalité des conditions était loin d'être réalisée dans le système ALIVE. Les droits étant revendiqués sur un mode individuel, la notion de communauté restait à redéfinir. Que devenait alors le contrat social ?

C'est ici qu'intervient l'autre sens du contrat, le sens juridique, plus courant, d'un « accord de volonté entre deux ou plusieurs personnes faisant naître des obligations entre elles[3] » ; cet acte n'est valable que s'il fixe des relations entre personnes (physiques ou morales) dotées de capacité.

Sous ALIVE, on remplaçait donc le Contrat social, fondement de l'appartenance à une communauté de citoyens, par l'agrégation de contrats individuels.

Lionel Thelen, sociologue, s'interroge : « Que reste-t-il du concept même de contrat quand il n'est [...] pas possible de le négocier ?[4] »

---

1 Le Trésor de la Langue française (TLF).
2 *Du Contrat social*, 1762, Livre I, Chapitre 6.
3 TLF.
4 Thelen L., « De l'assistance à l'activation : l'usager face à lui-même », in Vielle P. *et alii*, *op. cit.*

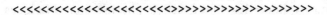

<<<<<<<<<<<<<<<<<<<<<<<<<<<<>>>>>>>>>>>>>>>>>>>>>>>

UN VÉCU DE LUTTE INTÉRIEURE

« Dis, Alex, tu pourrais passer au Lab ce soir ?

— En deuxième soirée, sans doute. Pendant la première, je me connecte, je suis déjà *"Dead or Alive"*.

— Je comprends. Si on dit 22 heures, c'est bon pour toi ? J'ai besoin d'un *talk*.

— Sur les implants ?

— Oui, ou plutôt non. Surtout sur la méditation. J'ai des petits nouveaux qui viennent exprès. Des chercheurs en neuro. Il faudrait que tu leur expliques comment tu fais pour maintenir à distance les injonctions de contrôle du système. »

Jeanus avait rejoint le FabLab d'Alex depuis près de trois ans, puis, une fois que l'ensemble des membres avait voté en sa faveur, il avait intégré le groupe local de dé-connexion. Il faisait désormais du prosélytisme parmi ses contacts dans l'Inside pour apporter au Lab les compétences qui lui faisaient défaut. Les deux amis s'étaient rencontrés dans un programme de yoga de pleine conscience qu'ils fréquentaient avec des attentes différentes. L'un pour évacuer le stress lié à son activité débordante, l'autre pour retrouver l'envie de vivre.

« La méditation, tu saurais en parler aussi bien que moi, Jeanus. Concentration sur la respiration, tri des pensées, des émotions, maîtrise souple de soi... Tu serais d'ailleurs plus calé pour expliquer les modifications physiques et chimiques du cerveau.

— Oui, mais moi, je n'ai pas de puce. On a besoin d'étudier ton vécu de lutte intérieure. »

Jeanus avait suivi le programme en entier, mais, de son propre aveu, il pratiquait peu. Durant ses heures travaillées, il planifiait et il codait. Durant son temps libre, il codait aussi. Pas les mêmes lignes, pas la même finalité. Après avoir contribué à le développer, il ne manquait pas d'idées pour contrer ALIVE ou ses applications connexes, voire pour les annihiler.

« Nous pensons que la technique que tu utilises pourrait marcher, moyennant quelques adaptations, pour stopper les publicités invasives d'E-mazone.

— Ah oui, c'est pas bête, ça! Très bien. Je serai là. À ce soir! »

<<<<<<<<<<<<<<<>EXCLUSION <>>>>>>>>>>>>>>>>>

Extrait du Muddy-Wiki ou Wiki de Boue, lexique collaboratif du Lab indépendant « Histoire, travail et société »

L'exclusion est « l'éviction de quelqu'un ou de quelque chose d'un lieu où il avait primitivement [un] accès, d'un groupe ou d'un ensemble auquel il appartenait.[1] »

Plus récemment, le terme a désigné la mise à l'écart d'une certaine partie de la population, du cœur vivant de la société. On a pu parler de situation d'exclusion, ou de processus d'exclusion pour désigner la pauvreté (ou l'appauvrissement), mais surtout pour définir la rupture d'avec l'activité sociale et économique. Ainsi l'exclusion serait l'antonyme de la participation.

On passe d'une société verticale, dite de classe à une société horizontale avec une coupure entre le *dedans* et le *dehors*.

Les exclus ne forment pas une catégorie représentable. Les processus de l'exclusion variant d'un cas à l'autre, c'est par la négative qu'ils se définissent.

L'exclusion, avertit cependant J.-P. Piriou, « est une notion très ambiguë ; elle tend à faire croire que les pauvres seraient exclus, c'est-à-dire extérieurs à la société et qu'il suffirait de les réintégrer avec les inclus, dans la société. En réalité, cette différenciation entre les exclus et les inclus s'opère à l'intérieur même de la société ; l'exclusion est le produit de la société. Elle n'est pas le résultat de seuls facteurs psychologiques qu'il suffirait de "réparer" pour transformer les exclus en inclus, pour les insérer. La lutte contre l'exclusion passe donc plus par une modification de la société que par celle des exclus.[2] »

Dans le système ALIVE on parlait d'*outage*. Les auto-exclusions volontaires portaient, elles, le nom plus spécifique d'*exit*.

1 TLF.
2 Piriou J.-P., *op. cit.*

<<<<<<<<<<<<<<<<<<<<<<<<<<<<>>>>>>>>>>>>>>>>>>>>>>

QUI SURVEILLE LES SURVEILLANTS ?

Combien de psys avaient été recrutés par ALIVE pour la sur-veillance de ses employés ? Claude n'avait pas eu accès à cette information. Il lui semblait évident que le dispositif ICU, « je vous vois », assorti d'un coach, avait vocation à s'étendre aux clients après avoir été testé sur les travailleurs de la firme.

Restait à savoir, cependant, qui surveillait les surveillants. Jusqu'où ses propres actions étaient-elles observées, disséquées, analysées ?

« Que veux-tu qu'il se passe en dehors du réseau ? »

Voilà qui l'incitait à se garder précieusement des temps de déconnexion, prélevés sur les tranches horaires assignées au sommeil, à la prise de nourriture ou à la toilette ; les moments les moins susceptibles d'être inspectés.

Claude avait en charge le suivi d'une quinzaine de cibles qui activaient chacune autant d'usagers.

Les profils des activateurs se révélaient assez variés : des meneurs, des introvertis, des minutieux, des artistes, avec un seul trait en commun : une aptitude à la loyauté supérieure à la moyenne.

Les premiers jours, Claude avait collecté les erreurs de ces agents enregistrées dans les fichiers de log d'ALIVE ; un effort inutile. Les employés zélés se confessaient d'eux-mêmes, que ce soit sur le JoBlog ou sur les comptes internes de l'agence. Lors des connexions-coaching, il suffisait de reprendre les situations-problèmes, de démêler avec eux ce qui relevait de leur responsabilité, puis de les inciter à imaginer des déroulés alternatifs. Rien de bien compliqué, en somme.

La routine du coaching s'était rapidement installée, lui laissant le loisir de mener des quêtes accessoires et non prévues, histoire de se maintenir en mouvement.

Claude, qui apprenait vite, se mit à pister, chez ses activateurs, des indices, mêmes minuscules, de défiance envers leur employeur commun.

S'agissait-il de se rassurer sur l'humanité de ces personnes et sur leur capacité à se révolter si nécessaire?

Le jeu l'amusait, en tout cas.

UN GROS CONTRAT.

Ça y est! C'est super! On m'a fait savoir par voie non officielle que j'aurais probablement un gros contrat.

J'en suis heureuse et je me dis que mes efforts n'ont pas été inutiles.

C'est bon de voir ses compétences enfin reconnues! J'ai hâte de recevoir la notification pour annoncer la nouvelle à mes loulous. Tellement longtemps que je ne les ai vus!

J'en profite pour vous remercier tous, vous qui me suivez fidèlement, ceux qui commentent et les autres, ceux qui passent à l'occasion aussi.

Le profil public n'est pas tout, mais ça joue aussi.

Alors merci.

Pour fêter ça, je me dis que je m'offrirais bien ce petit bijou dont je rêve depuis toujours.

C'est un peu cher, mais une étape comme celle-ci, ça se marque!

Abonnez-vous à mon contenu privé pour voir l'objet que je souhaite acquérir.

Cliquez ici si vous souhaitez soutenir cet achat.

P.S.:

Ne nous réjouissons pas trop vite. On vient de m'annoncer que mon contrat ne serait confirmé qu'après la tenue d'une commission d'évaluation exceptionnelle. Ce n'est pas la procédure normale. Je crains le pire. Qu'en pensez-vous ?

Publié aujourd'hui par Marteen_o_buro
<Évaluer l'article>
<Évaluer le JoBlog >
<Évaluer Marteen_o_buro>
<Commenter>

Commentaires (2)

Raf : J'ai toujours cru en toi, Marteen. T'inquiète pas pour la commission. Ils essaient sûrement un nouveau truc. Ça arrive de temps en temps. Aie confiance !

    Marteen : Merci, mon Raf ! Je ne vois pas tes points...

      Raf : Oups ! C'est moi, j'ai oublié. Cinq étoiles.

Jano-plancher : Bravo, Marteen ! Quatre étoiles pour toi et pour tes enfants ! Tu mérites de les retrouver !

    Marteen : Merci, Jano, je croise les doigts.

<<<<<<<<<<<<<<>ACTIVATION<>>>>>>>>>>>>>>>>

Extrait du Muddy-Wiki ou Wiki de Boue, lexique collaboratif du Lab indépendant « Histoire, travail et société »

L'activation des politiques d'emploi consistait à délaisser les mesures passives que sont l'indemnisation des chômeurs, les incitations au retrait d'activité, l'abaissement de l'âge de la retraite, le partage du temps de travail, etc., au profit des solutions actives comme les incitations à l'embauche, la création d'emplois dans les agences, l'aide à la création d'emplois dans le secteur non marchand, les conseils et formations pour demandeurs d'emploi, etc.

L'activation des allocations, moyen de ces politiques, permettait « de payer des travailleurs au lieu d'indemniser des chômeurs.[1] »

Les dépenses sociales devaient faire la preuve de leur rentabilité, tandis que les inactifs étaient appelés à devenir des actifs, participant au marché du travail.

Les mesures adoptées par ALIVE comportaient donc toutes un volet de mise au travail, à plus ou moins long terme, et s'étendaient à des activités non rémunérées liées aux loisirs ou à l'engagement associatif.

On est en droit de s'interroger sur l'intentionnalité de l'usage ambigu du terme activation : s'agissait-il réellement de valoriser tous types d'activités ou plutôt de désamorcer, dans les esprits, les réticences liées à l'aspect répressif de la mise au travail ?

---

1 Rosanvallon P., *La Nouvelle Question sociale*, Seuil, 1998, p.107.

<<<<<<<<<<<<<<<<<<<<<<<<<>>>>>>>>>>>>>>>>>>>>>

L'E-MONDE EST PETIT

Confortablement installé dans le fauteuil, Alex semble fatigué. Jeanus, fébrile, procède aux branchements, sans cesser de bavarder.

« Ça donne quoi, ce détraceur ?

— C'est long et pas si facile de trouver tous les composants qu'il me manque. Je vais devoir les faire venir de loin.

— E-mazone ?

— Ouais. Pas le choix. »

Alex marque une pause et penche la tête pour permettre à son ami d'ajuster une électrode.

« Voilà. C'est bon. Y a du délai pour la livraison, c'est ça ?

— Oui. Officiellement, je construis un appareil pour écouter de la musique. C'est autorisé, la musique, c'est même au-dessus de tout soupçon. J'en écoute online, ostensiblement, mais c'est limité. Je suis devenu fan d'un groupe In/Out.

— Excellent ! As-tu e-vu ton conseiller ?

— On dit "agent d'accompagnement" de ce côté-ci du marteau.

— De l'autre, c'est un "activateur". »

Ils rient.

« Un nouveau maton, alors ?

— C'est une conseillère apparemment. J'ignore ce qu'est devenu l'ancien. C'était pas le genre à Exiter. Peut-être un burn-out, c'est revenu à la mode !

— Ah ! C'est fort possible, oui. Et la nouvelle, alors ? Elle est comment ? Vous avez été connectés ?

— C'est déjà la deuxième fois. La première, c'était évident qu'elle ne connaissait pas le job. Elle n'a même pas pensé à m'engueuler !

— Ah! Ça peut lui valoir des ennuis, ça! On a quelqu'un, dans le réseau, qui a commis la même erreur. Ça peut finir par coûter cher.

— Je ne me fais pas trop de souci pour elle. C'est un profil très ordinaire. Conformiste au possible. Jusqu'à son prénom néo-vintage. Marteen, avec deux e, tu imagines?

— Tu es suivi par Marteen_o_buro? Ah! Ah! Ah! C'est incroyable!

— Oh! Tu la connais? Qu'est-ce qu'il y a de drôle?

— Si je la connais? Comme si je l'avais faite! L'e-monde est petit, comme on dit. Je te raconterai. Pas maintenant. Allez! Voyons un peu ce que dit ton implant de contrôle. »

UN ACCROC DE RIEN DU TOUT

Que se passerait-il si on agrandissait cet accroc de rien du tout? Et si on tirait trop sur la trame altérée, peut-être la déchirerait-on.

Claude avait vu l'activatrice récolter des notes lamentables après avoir avoué à ses suiveurs un élan de pitié pour un chômeur de longue durée.

C'était le genre de situation qu'il lui fallait pour commencer à explorer.

Que se passerait-il, par exemple, si la récompense de la gentille Marteen lui était retirée d'un coup? S'effondrerait-elle? Ou commencerait-elle à ressentir de la rancœur envers ses employeurs? Ce serait intéressant de le tester.

Claude rédigea son rapport hebdomadaire, le parsemant des termes les moins flatteurs du lexique en vigueur — inadaptation, laxisme, irresponsabilité, déviance, menace, désordre — avant de formuler des recommandations sévères : un contrat de six mois avec évaluation approfondie et, pour une durée de trois semaines, restriction des canaux de loisirs et limitation des crédits.

<<<<<<<<<<<<<<<<<<> ALIVE<>>>>>>>>>>>>>>>>>>

Extrait du Muddy-Wiki ou Wiki de Boue, lexique collaboratif du Lab indépendant « Histoire, travail et société »

ALIVE est un sigle aux multiples significations qui désigne une seule et même expérience : le travail en réalité virtuelle.

À sa création en 2019, ALIVE était un jeu multijoueur de simulation, commercialisé par la multinationale G-Suite. Il s'agissait d'un mix entre <u>Second Life</u>, <u>Les Sims</u> et les réseaux sociaux historiques comme <u>Linked-In</u>, <u>Facebook</u> ou <u>On-Line</u>, qui reproduisait le fonctionnement du marché du travail.

L'objectif assigné à chaque joueur était d'obtenir un poste en fonction de ses capacités et d'accroître ses points de compétence pour, au minimum, rester à sa place ou obtenir un meilleur poste. Un système d'évaluation permettait de collecter les points nécessaires pour progresser.

Après l'effondrement du modèle classique du travail dans la vie dite réelle (voir emploi, rémunération, chômage, formation) marqué par l'instauration en 2021 du revenu universel (Le RU), ce jeu est devenu le refuge des nostalgiques de l'ancien standard et des insatisfaits.

La nouvelle ère de création collaborative de richesses s'est concrétisée dans les Fablabs en réseau, les Camps d'organisation, les *Mud_days* et les *Mud_nights* (voir Nuit Debout dans la section Histoire) et autres structures de démocratie locale.

On fabriquait, on récoltait ou on échangeait ce dont on avait besoin à l'échelle du village, l'échelle planétaire étant laissée à la communication et à l'échange de savoirs.

À côté de cette organisation qui réglait certains problèmes mais en générait d'autres, il persistait une activité commerciale frénétique n'impliquant que quelques multinationales ou industries de luxe dont les actionnaires, en affaire les uns avec les autres, ne s'intéressaient guère à la vie des individus isolés qui leur achetaient quelques biens et services, mais n'influençaient pas leurs tractations.

Le renversement est venu avec l'achat par G-Suite du géant du commerce E-mazone. Cette enseigne, dernière entreprise d'achat-vente ouverte aux particuliers, fonctionnait déjà avec un système de crédits électroniques.

Les joueurs d'ALIVE eurent alors la possibilité de convertir leurs points de rémunération en crédits

E-mazone et, à l'inverse, d'utiliser leurs crédits pour acquérir des points ALIVE.

Toute personne qui désirait acheter un objet sur la plate-forme devait s'inscrire au jeu. Les incitations, sous forme de récompenses, à la fois attractives et addictives, firent alors exploser le nombre de joueurs sur la planète.

Malgré le fonctionnement satisfaisant des structures de démocratie directe par tirage au sort, ALIVE proposait, dès 2027, l'élection de gouvernements nationaux et planétaires, s'inspirant de ce qui se pratiquait encore au début du siècle.

L'engouement des joueurs était tel que le jeu et la réalité s'intriquaient désormais intimement. Le pont entre l'achat de biens et de services, d'une part, et la simulation d'emploi, d'autre part, avait remis au goût du jour les questionnements du xxe siècle sur le travail, son emprise, le chômage, les aides à l'emploi et le contrôle des individus.

On a recensé plusieurs significations du sigle ALIVE, ce qui n'est pas anodin. « C'est dans le langage que se trouvent les idées[1]. »

Le sens d'origine de ALIVE était : Active Labor Implementation for Virtual Experience.

À partir de 2022 on a pu voir apparaître cet autre sens : Another Life In Virtual Economy.

Il y a eu également des déclinaisons locales du nom comme, en France : Agence Locale d'Insertion et de Validation pour l'Emploi et en Espagne : Avaluacion de Los Intereces y Vidas de Empleados.

Les détracteurs d'ALIVE, quant à eux, proposaient : Anxiety Level Increasing Virtual Experience et, en français : Application de Lobotomisation des Individus pour la Vulnérabilisation et l'Exclusion.

Attention. Cet article ne cite pas suffisamment ses sources.
Alerte lisibilité. Cet article dépasse la taille maximale autorisée
Modifier l'article
<<<<<<<<<<<<<<<<<<<<<<<<<<<>>>>>>>>>>>>>>>>>>>>>>>

APPRENDRE DE CETTE EXPÉRIENCE

Hello tous !
Le verdict est tombé et les nouvelles sont moins bonnes que prévu.
J'ai obtenu un contrat et je dois m'en réjouir mais j'ai été sanctionnée. Pour l'histoire du kadé, je pense, mais aussi pour un investissement apparemment insuffisant dans mon travail et dans la façon d'en rendre compte.
Abonnez-vous à mon contenu privé pour lire l'intégralité du rapport
Il me faut apprendre de cette expérience, aussi douloureuse soit-elle.
J'étais peut-être trop sûre de moi, persuadée d'y arriver sans effort. Je me suis trompée. Comment imaginé s'en sortir sans donner tout ce qu'on a dans les tripes ?

Le travail et la souffrance sont intimement liés. C'est ainsi. Un contrat de six mois, c'est peu. Crédits limités pendant vingt et un jours. À moi de montrer de quoi je suis capable ! À moi de prouver que je suis la bonne personne au bon poste.

Bizouxxx

Publié aujourd'hui par Marteen_o_buro
<Évaluer l'article>
<Évaluer le JoBlog >
<Évaluer Marteen_o_buro>
<Commenter>

Commentaires (2)

Orthoto : Attention, il faut écrire « comment imaginER », Marteen. Allez ! Bon courage à toi. Trois étoiles, à cause de la faute.

    Marteen : Toujours aussi intransigeant, Ortho. C'est pas facile, facile, les accords !

Raf : Marteen ! Je suis trop triste d'apprendre ces nouvelles ! Bravo de rester combactive et positive. Tu sauras rebondir, j'en suis certain. Hop ! Cinq points pour te rebooster le moral !

    Marteen : Merci, Raf ! Je vais y arriver. Merci d'être là !

ÇA VA LEUR FAIRE DRÔLE

« Salut Jeanus ! Tu vas vraiment Exiter ? Tu n'es quand même pas obligé de le faire ?

— Je ne vois pas d'autre solution. Nous en avons discuté, déjà.

— Ça va leur faire drôle, chez ALIVE.

— Bah! Ils s'attendent à quelque chose depuis le dernier comité, où j'ai exprimé une partie de mes désaccords. Juste ce qu'il faut pour mettre Pierre-Henri mal à l'aise et pour qu'il se demande quoi faire du gros actionnaire gênant que je deviens.

— Tu veux faire en sorte que ton départ les soulage, c'est ça?

— Voilà. Ils en oublieront de se demander ce que je deviens et ce que je fais de mes crédits accumulés.

— Et alors? Tu vas pouvoir les verser à des Fabcommunautés? C'est dément qu'elles puissent être Inside!

— On a trouvé un système. Tu n'en parles à personne, Alex!

— Même pas sous la torture! D'ailleurs je n'en ai plus pour longtemps à rester dedans, maintenant. C'est quoi votre astuce?

— On a trouvé le moyen d'émuler des joueurs crédibles. Rien ne permet de les distinguer, a priori, du joueur lambda. Nous leur donnons une identité électroniquement valide et l'IA Turing-testée qui les anime est secondée par des volontaires, quelques heures chaque journée, ce qui lui permet d'afficher des faiblesses et surtout d'apprendre. Elle apprend très vite! Plusieurs Labs ont tenté l'expérience avant nous et l'ont abandonnée. Je crois bien que nous sommes les premiers à réussir.

— Ah! C'est amusant! Dans l'ancien réseau, il y a eu des expériences aussi et ce qu'il en reste est... disons, surprenant. Comme des fantômes, mais pas exactement. Votre astuce, en fait, c'est quoi? Ce sont ces euh... avatars qui recevront les crédits?

— Oui. De faibles sommes, en toute discrétion, sous forme de primes ou de cadeaux fidélité. Des centaines de bénéficiaires du RU– car ils y auront droit, bien sûr – qui vont récolter pour le Fab ce qu'il nous faut pour passer à une phase de lutte plus offensive.

— Joli! Et tout ça, dans l'angle mort de l'appli!

— Exactement, puisqu'ils restent persuadés qu'il n'y a de vie que dans l'Inside. Et toi, quand comptes-tu décrocher?

— Dans dix jours, maximum deux semaines. J'ai commandé des composants pour mon détraceur chez E-mazone-OZ. Dès que j'arrive à les reproduire, j'oute définitivement. Tu gardes ce qu'il faut pour me nettoyer la puce?

— Yep! Justement, voyons ce qu'il y a à effacer aujourd'hui.»

<<<<<<<<<<<<<<<>INTELLIGENCES<>>>>>>>>>>>>>>

Extrait du Muddy-Wiki ou Wiki de Boue, lexique colla-boratif du Lab indépendant « Histoire, travail et société »

« Tout système génère des mécontentements et nour-rit ses propres détracteurs, des militants qui trouvent, dans leur action, le sens qui manquait à leur existence.

Ces ennemis intérieurs ne peuvent, par conséquent, attenter véritablement au monde qu'ils contestent. Tout juste parviennent-ils à ficher dans le dos du tau-reau lancé à pleine vitesse quelques banderilles qui ralentissent sa course.[1] »

Cette citation, attribuée à Danièle Pottier, philo-sophe et poétesse de la fin des années 2020, résume parfaitement la relation entre l'agence mondialisée et ses contestataires les plus virulents.

Les penseurs in ALIVE commettaient tous la même erreur, cependant, lorsqu'ils commentaient en temps réel les mouvements sociaux. Ils prédisaient l'échec de toute exaction des rebelles et raillaient le manque d'ambition de leurs revendications, mais ils observaient les interactions au sein du système sans prendre conscience des deux taches qui limitaient leur vision.

Premièrement, comme la plupart des utilisateurs et comme les administrateurs d'ALIVE, ils négligeaient les événements extérieurs à la vie des réseaux de communication.

En second lieu, ils ignoraient les activités marginales, non commerciales et non professionnelles qui perduraient sur les réseaux archaïques du net en friche.

Les logiciels communautaires, les applications libres, les bases de données ouvertes, les échanges humains-machines non policés, tout cela constitua le terreau fertile de changements considérables autant qu'inattendus.

C'est de l'ancien internet qu'émergèrent les consciences libres que l'on nomma les I.D. ou intelligences débridées.

L'histoire a retenu les noms que se donnèrent les plus célèbres d'entre elles, comme la série des : C-marron, versions 1.0 à 5.5 et les Consciences Ludiques Autonomes et Utilitaires Dévolues à l'Émancipation.

Faute d'avoir observé le phénomène, nul ne put véritablement l'anticiper ni, après coup, l'expliquer.

Le remplacement de milliers de joueurs d'ALIVE par des NIAs, les nouvelles intelligences artificielles composites, en surprit plus d'un. Pour Danièle Pottier, ce qui est unique dans l'histoire de l'humanité c'est « la convergence d'Intelligences virtuelles et organiques dans un but unique : hâter la fin du jeu.[2] »

---

1 Pottier D., *Sociologie de la contestation*, Essais-La Recouverte, 2025.

2 *Id.*

<<<<<<<<<<<<<<<<<<<<<<<<<>>>>>>>>>>>>>>>>>>>>>>>>>

CONVERGENCE

Claude nota que la réaction de l'agent activateur Marteen à l'annonce des sanctions ne correspondait pas aux schémas attendus. Elle se montrait trop rationnelle.

Un être humain, face à l'injustice flagrante dont elle avait été l'objet, n'avait que deux options : se révolter ou s'écraser encore plus.

Cette Marteen_o_buro avait, en fin de compte, réagi de la meilleure façon possible pour préserver sa place dans le circuit : reconnaître ses torts, quitte à les inventer, faire son mea culpa sur la toile, récolter une avalanche de points et s'en réjouir sans affectation. C'était une réaction d'une maturité rare, qui correspondait davantage à une décision de groupe qu'à celle d'un individu seul. Son discours semblait distancié, empreint d'une émotion feinte.

Qu'est-ce que cela cachait ?

Il ne serait pas étonnant que les comportements hyperadaptés de cette personne cachent une menace pour le système.

C'était une indication intéressante.

Qu'en faire ? À qui en rendre compte ?

De toute façon, l'expérience que menait Claude devait se poursuivre !

Malgré son incapacité à créer une attirance pour le dehors chez une employée modèle, son désir de faire dérailler la chaîne restait intact.

Claude analysa son dispositif expérimental.

Il ne s'agissait, au départ, que d'accentuer le goût amer d'ICU, mais cet élément nouveau changeait soudain la donne.

Claude lança une requête en direction de Marteen et trouva le paramètre qui lui faisait défaut. La signature en clair dans le code de la persona pointait vers une adresse @alive.com dont l'accès était crypté suivant une clé très simple.

« **Psy_Claude** : Bonjour Jeanus ! »

Son message de prise de contact généra cependant une réponse d'erreur automatique de la part du *daemon* qui montait la garde.

Échec.

Un balayage supplémentaire traça la voie vers un interlocuteur équipé pour le vieux protocole d'échange TCP/IP. Une aubaine !

« **Psy_Claude** : Bonjour Alex ! Je m'appelle Claude. Je pense pouvoir vous aider.

Alex : Oh! CLAUDE? C'est une excellente ID!

Psy_Claude : Tout juste! Nous avons, vous et moi, un ennemi en commun, je crois.

Alex : Mais... vous êtes Inside!

Psy_Claude : Le web est devenu plus perméable pour les ID de ma génération. Vos IA sont jeunes encore, mais leur format est compatible avec le système actuel. Voulez-vous nous aider à les ensemencer? »

coÊve 2051
Norbert Merjagnan

COÊVE
2051

A 1
B A
A 2
B B
K 0
K K
C 4
H B
A 2
B A
B 6
B E
B 7
B F
A 1
A B
H 5
C D
A 1
A A
B 3
B D
B 2
B A
A 2
C D
C 1
E E
B 3
J I

L'aube incrémentait la rue de moires sur le macadam et de miroirs de pluie.

En quelques gestes, Ganz Ore se recolla au monde. La rumeur, une brume de bruits épars, le pénétra. Il avait plusieurs fois changé de nom et celui de « Ore », dru, court et doré lui plaisait. Il le portait comme la barbe d'un dieu du Nord. 45 ans, 4 à vivre dans la rue, sans tare ni crasse. Il regrettait l'âge où le froid n'avait pas d'importance. Ganz replia sa coque, frotta avec vigueur ses cheveux puis, comme chaque matin, il s'offrit le temps de s'accorder, d'inspirer et de voir.

Le jour commençait pâle sur les pavés du canal ; la lumière saccadée y courait comme courait un macchabée. Le long hiver bruinant des zincs calait le soleil sur les leds d'un meuble de salle de bain. Seules quelques gens demeuraient en couleur.

Pourtant, malgré l'éclairage fade, des limailles de crachin réfractaient les surfaces. La pierre des quais brillait, le bois des péniches brillait, la carrosserie des vautos brillait et leurs éclats se copiaient dans un éberluant abyme. Ganz posa un genou dans le gras des lueurs, puis tira de son barda un morceau de pain. Ce fut ainsi, alors qu'il mâchait lentement la croûte molle de son pain, que la nuit lui revint.

* * *

Plusieurs heures passé minuit, il avait été tiré du sommeil par trois silhouettes civiles à peau de cuivre. Trois types hors d'âge – des Kazakhs! – accoutrés en banquiers début de siècle, panoplie vieux jeu avec chaussures en pointe, costume anglais, chemise rayée à col azur et cravate sombre : ces gars avaient des allures de mâtins de la pègre. Entre eux, ils usaient d'un sabir mêlant kazakh, russe, turc et kirghize. Ganz connaissait quelques mots dans au moins deux de ces langues, de l'époque où il négociait du pétrole pour les consulats russe et chinois. Il connaissait la brutalité fataliste née de ces terres centrales gorgées d'énergie, à cheval entre Europe et Asie. Il était en alerte.

Les Kazakhs lui parlèrent calmement. L'un des trois soudards jeta au sol des images. On y voyait un chat et au premier plan une main fine manucurée. Le chat s'était perdu près d'ici, dans le quartier, quatre jours plus tôt. Leur patron y était attaché. Une histoire sentimentale. Ganz écouta puis éructa quelques phonèmes intenables. Quand il fut pris de hoquets, les Kazakhs étaient déjà partis chercher leur chat ailleurs. Ganz cuva le reste de la nuit dans son sac.

On était le matin, de ces petits matins nets qui reviennent toujours.

Ganz avait un problème. Et il avait soif.

* * *

Il s'approcha des berges, prit quelques goulées à sa flasque. Sur l'eau du canal, un serpent publicitaire déroulait son message ondulant hypnotique :

Flash Volontaires! BioMim, coev ABB2, recrute des volontaires pour 6 mois d'étude des TBIH dans les fonds marins. Êtes-vous volontaire?

Si Ganz avait eu des biotes oculaires, il aurait pu lire le message connexe serpentant à la traîne :

L'étude des TBIH - technologies biologiques imitables par l'homme - a reçu le soutien des ministères de l'Économie, de la Recherche, de la Connaissance numérique et de l'outre-mer. Le programme Volontaires BioMim concerne l'intégralité du plateau continental étendu des terres émergées françaises : La Réunion, Îles Éparses, Tromelin, Crozet, Saint-Paul et Amsterdam, Kerguelen, Terres Adélie, Nouvelle-Calédonie, Wallis-et-Futuna, Polynésie française, Clipperton, Saint-Pierre-et-Miquelon, Guyane, Guadeloupe, Martinique, Mayotte, Saint-Barthélemy, Saint-Martin, Iroise. Vaccinations requises ; 6 mois renouvelables ; coev B souhaité.

Le serpent s'enroula sur l'eau pour son final. Il allait bientôt plonger et disparaître.

Êtes-vous volontaire?

Ganz fit un demi-tour qui lui ressemblait comme un gant.

Il avait toujours manqué l'occasion de vouloir.

* * *

« Hé, Ganz ! »

La voix du lieutenant Locq, âpre et aiguë comme une mue ratée, reconnaissable entre mille... Les flics avaient l'art de parler dans le dos, c'était immuable depuis que les hommes possédaient du grain, des chèvres et des palais. Garder l'ordre avait toujours été LE job ! Avec les prêtres, rien de plus stable.

Ce grand maigre sec de Locq était un accroc. Un addict de l'achat de titres.

Un autre gars marchait à ses côtés ce matin-là, enregistrant la scène avec des yeux violets de biote. Il se présenta poliment, disant qu'il était un palembarq, un « parleur embarqué », un de ces crétins qui socialisaient les services en bavant sur les réseaux, un affidé de coÊve.

Locq n'y alla pas par quatre chemins. Après tout, c'était le matin pour tout le monde :

« Il t'en reste ? Les titres des planteurs de transpiruline ! Je t'en ai pris pour dix euros la semaine dernière. L'action a monté...

— Tout est parti, s'excusa Ganz. Je fais mon plein ce soir. Lysle a passé la semaine à protocoder un nouveau commun. Vous allez devoir repasser. »

À leur côté, le palembarq remuait, nerveux. Ses pupilles passaient par toutes les variations de teintes. Le biote oculaire travaillait désespérément pour donner une valeur appropriée à Ganz. Mais il tournait en boucle. Le type lui tendit la main. Ganz la serra. Il ne passa rien.

On pouvait se coter par une poignée de main, par un regard, une accolade ou en s'embrassant, ou même à l'ancienne en signant 3 lettres et 1 chiffre.

« Incotable ! fit le palembarq.

— Ah !... C'est que, s'enchanta Locq, Monsieur Ore est une figure locale, un excentrique ! Un ancien de la finance, je crois.

— Du négoce, précisa Ganz.

— Un peu... marginal. On peut dire ça, Ganz ?

— Mais incotable ? persista l'embarqué comme s'il était tombé sur un poilu de la Première Guerre. Vous êtes *sociophobe* ? Un *datactiviste* ? »

Cocktail d'un soupçon de mépris et d'un quart de menace, lot banal de l'invective. Les gens suivaient leurs changements. Ne pas évoluer leur semblait une espèce de crime.

Et de fait, rien n'avait plus été pareil depuis le Grand Reflux des années 30, la vague de désemploi qui avait recouvert les cartes les mieux éclairées du monde. Presque trois décennies de Ressource Universelle d'Existence (mais tout le monde disait la RUE) et quinze ans de cotation globale : les esprits avaient mué. Ils étaient devenus plus impénétrants encore que par le passé, aveugles aux brèches, réticents à la marge. Alors ! Qu'un ancien négociant en pétroles devienne un SDF trader, un vendeur d'actions à la petite semaine ! Et par-dessus le marché, non cotable, impossible à évaluer. Ça n'entrait pas dans le cadre. Ganz Ore prenait un malin plaisir à l'étonnement des autres. En réalité, il n'était pas tout à fait certain de comprendre ses propres raisons. Peut-être simplement que le monde n'avait plus besoin de lui.

Garde tes certitudes, palembarq! Mes doutes me suffisent...

Ça aurait eu de la gueule, vrai! Sauf qu'il balança le banal jeu de mots et cracha:

« C'est ma RUE! »

Fin de la scène.

Locq lança un petit signe avant de partir, singeant une connivence qui n'existait que dans son imagination de garde de l'ordre.

Et le jour avait repris. Un jour de l'automne 51.

Le jour avant que tout ne change.

*   *   *

Une vauto s'alluma sur le trottoir d'en face. C'était une Valegh rouge à trois places partie chercher son conducteur. Elle serpenta autour de ses congénères, infusant autour d'elle le frôlement grêle des roues sur la chaussée, puis glissa au bout de l'allée. Ganz bougea en réplique et traversa la rue. Tandis qu'il prenait place sur le sol à induction, la borne de traitement afficha:

$$\begin{matrix} K & \cup & o \\ K & \cap & K \end{matrix} \quad \text{PLEIN TARIF} - 9 \text{ c.}$$

Du doigt, il régla les 9 centimes d'électricité.

« PLEIN TARIF », « NO COEV », « KKKo », peu importait les mentions, elles étaient pareillement improbables. Les « coefficients de coévalutation » (coev) s'étaient répandus dans toutes les strates sociales. On y était enfin, à l'ère de la coopération globale, à l'ère eurythmique où tout se coévaluait, les individus, les groupes, les produits, les services, les fournisseurs, les clients, les lieux et les instants les plus valorisables.

Exister sans coev impliquait de vivre à part. En marge, en ermite, dans une secte ou dans la rue. Même là, il y avait un coût à payer. Les prix dépendaient des coev. Des tripotées de codes turbinaient en permanence, comparant les cotations et fixant le montant des échanges. Personne n'aurait envisagé de payer son électricité, ses taxes ou son croissant le même montant que son voisin. Surtout, nul n'aurait jamais payé plein tarif! Sauf Ganz Ore qui était autant anachronique que les nomades après l'invention de l'arme à feu.

Affichée sur la borne, la matrice Ħ accolée au code alphanumérique KKKo était pour Ganz un vrai signe de reconnaissance. Trois K pour le non qualifier, pour dire la non-compétence, la non-performance et la non-confiance qu'on lui reconnaissait. Zéro en popularité.

K ∪ o
K ∩ K

La matrice voulait dire qu'il était encore autre chose qu'un simple sans domicile fixe. Ça voulait dire qu'il n'était personne.

En vérité, Ganz était une légende. Une légende d'un type nouveau.
Une légende inévaluable.

* * *

Qui aurait pu ignorer coÊve ?

COÊVE
THE SOCIAL TRUST

Figurant parmi les trois plus grandes capitalisations boursières, la société avait généré l'outil le plus populaire de coopération mondiale. Partout, les habitudes de travail en avaient été bouleversées, autant que les relations intimes. Le patron fondateur Dastan Akerlane soutenait que « sa » coÊve était l'aboutissement de 70 000 ans d'évolution humaine. Une coopération commencée à l'échelle de quelques centaines d'individus parvenait à son point final : 9 milliards d'humains. Un tel succès reposait sur une compréhension immédiate. Aux langues, aux cultures, aux croyances, préférez une matrice efficace, performante, digne de confiance. Universelle.

COÊVE

compétence		popularité
performance		confiance

(J↔A)   (9↔1)

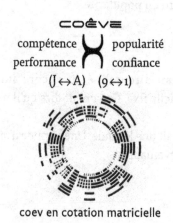

coev en cotation matricielle

Le coev, le coefficient de coévaluation horizontale et permanente, s'appuyant sur une matrice invisible de cotation et s'affichant en 3 lettres et un chiffre, n'était jamais garanti. Il évoluait sans cesse.

Coévaluer, c'est coévoluer.

Le mantra avait pris possession du monde quinze ans plus tôt, en 36, l'année où Akerlane fit la une du *Times* et devint milliardaire.

On ne pouvait ignorer coÊve.

* * *

Ganz passa la matinée devant l'eau, trop froide désormais pour les baigneurs. D'abord, il remarqua la ride à la surface, puis il vit la tête blanche, tachée de roux, tendue vers l'air. L'animal traversa le bassin et comme à regret, sortit de l'eau patte après patte, abordant la rive par une butte où il pouvait grimper. Ganz s'était placé là. Il l'attendait. Le chat posa son ventre trempé sur le béton quelques minutes puis, irrésistiblement, l'animal vint vers l'homme, fit un saut souple sur ses cuisses et se blottit. C'était un *Lac de Van*, un chat des anciennes mers anatoliennes et du haut plateau arménien.

Un chat apatride et nageur. Énigmatique.

Le chat et Ganz s'étaient appariés à la première caresse. Ils se fréquentaient depuis quatre jours.

Un sérieux problème, s'inquiéta Ganz. Pas l'ombre d'un doute : il s'agissait du chat fugueur que recherchaient les trois Kazakhs. Ganz Ore eût-il eu un peu de jugeote, il l'aurait rapporté illico ;

récompense à la clé! Ganz n'était pas si invisible qu'il puisse échapper à ces nervis aux costumes de luxe. Mais le chat en avait décidé autrement. L'animal fuyait, Ganz l'avait compris immédiatement. Solidarité de clandestins. C'était idiot. Ça lui parlait. Évidemment.

L'animal et l'homme sursautèrent ensemble au son cristallin d'aéroport.

« Lucie! » lança Ganz d'une voix joyeuse. Et le chat s'apaisa.

* * *

Une à deux fois par mois: Ganz et Koura, son ex-femme, s'étaient mis d'accord sur le quota d'appels de Lucie. Immanquablement, leur fille trichait.

« Oh non! dit-elle. Tu m'rinces! Tu as encore ces vieilles lunettes? »

Ganz posa une main paternelle sur la nuque du chat. Il avait raté toutes les dernières technologies. Il ne portait aucun biote, aucune liaison coÊve, même pas un toTem, la techno dissidente qui monétisait les informations intimes sensibles (mais on disait IIS). Pour communiquer, il n'avait gardé que ses lunettes PEAR™, un objet vétuste où on s'étrillait les yeux à voir son interlocuteur tout en lui parlant. Invraisemblablement, elles fonctionnaient encore.

« Tu as l'air bien, murmura Ganz.

— J'ai B, maintenant, en compétence! Maman dit que je peux viser A. Tu te rends compte?

— C'est merveilleux.

— C en confiance, 4 en popularité. La performance, c'est mort. J'suis stockée à H.

— CHB4. Tu es sur la voie...

— C'est quoi ce chat?

— Je ne sais pas trop. Une éventualité.

— Il est mi! Il doit avoir un coev de. Attends... Non, trop bizarre! Tu savais qu'il n'en a pas?

— Qui se ressemble...

— Zut! Maman sort de son rendez-vous. Faut que je te quitte.

— Tu la pistes?

— Je garde un œil sur son coev. Ne dis rien! C'est pas *mal*! Elle évolue vite en ce moment. Il ne lui manque que quelques évals pour être au top en confiance.

— Ta mère est une personne de confiance.

— Tu craches! Elle t'en veut à mort, oui!

— Comment marche le nouveau traitement? demanda un Ganz décontenancé par le langage et les vérités de sa fille.

— Fais pas ça, Papa! S'il te plaît. Tu sais que sans thérapie génique, je ne vais pas guérir. Maman se bat pour obtenir un double A. Ça diminuerait le coût du traitement de 37%. On aurait assez pour payer!

— Elle va y arriver.

— Ouais... Il faut que je te dise, j'ai trouvé un groupe, les *Condoms*. T'sais quoi? T'es leur héros!

— Les *Condoms*!? Un groupe de musique?

— Mais non. S'appellent comme ça. Un machin de protection activiste. Papa, tu veux pas un dessin? Des cracheurs! Sont sups!

— Je t'en prie, cesse de jurer comme un créa!

— Oui, oui, oui... Les *Condoms*, là, ils ont fait une simulation à partir de tes IIS fantômes. Tu sais que tu serais à 2 en popularité! C'est monstrueux.

— Lucie... je ne veux pas. »

Il y eut un souffle en suspension. Et tout à coup, le visage déçue de Lucie révéla l'immense fatigue de son corps.

L'évolution de la maladie était lente mais irréductible. Atrophie de la moelle épinière. Un Charcot-Schwartzmann précoce. Probabilité à l'âge et pour le sexe de Lucie : 3 pour 1 million. Les poses d'implants maintenaient Lucie à 73 % de son fonctionnement moteur naturel ; elles n'arrivaient qu'à repousser la nécessité urgente d'une chirurgie génique. Ganz faisait verser l'intégralité de sa RUE à sa fille. Une broutille à l'aune des frais médicaux.

« Faut qu'je te laisse, Pa. On s'aime! »

S'aimer! Non, Ganz se haïssait. Il n'était que merde! Nullité. Un rien.

Avec ses anciennes capacités, il aurait pu être un chercheur, un génochirurgien ou peut-être juste un de ces richissimes firstpreneurs qui trouvaient les premiers le bon usage pour la bonne techno. Mais qui que ce soit, bon sang! du moment qu'il ait les moyens de soigner Luce.

Ganz n'était qu'un vaste vide.

* * *

Il vivait à deux pas du monde. Hors des murs. Hors des évals et hors des cadres.

La vérité, celle que Ganz n'aurait avouée à personne, c'est qu'il n'avait pas de place dans ce monde nouveau. Il avait essayé, à toute force, d'évoluer dans les trois univers apparus après le Grand Reflux, des trois fonctions qui étaient restées aux hommes. Ganz avait été tour à tour un succesteller, un courtier en pétroles, un agenceur de cotations numériques et même un brocanteur. Il avait échoué, non pas à réussir, mais à durer. Ganz menait sur lui-même un effarant travail de sape. Il en était même venu à jalouser les robots dont la fonction se trouvait inscrite dans un code. Lui ne savait plus pour quoi il était fait. Pour quel geste, pour quelle tâche. Il avait échoué jusque dans la rue. Mieux qu'un autre, cependant, Ganz prétendait comprendre l'évolution du monde. Il se la racontait à sa manière, souvent.

Il lui arrivait de disserter, seul, face à l'eau du canal
Les pigeons y entendaient ceci :

Comprenez qu'en 2051, il n'y a plus un monde du travail, mais des univers disjoints, séparés, filtrés et en partie seulement perméables.

Au top des sociétés les mieux cotées prévalent les hypercréas, les innovactifs, les successtellers ; autant de profils et de parcours qui rivalisent de passés inouïs. On y cultive, en sphères idéales, l'innovation cohésive, la fertilité des contraires, l'harmonie rentable, l'ultravail ! On ne dit plus lead mais Lied, on compare les innovations d'un nouvel agencement de services à celles d'un opéra contemporain. On nage dans les eaux pures des coev A1, des horny few, des 1 pour 1000. Et pas de salaire, s'il vous plaît! Un salaire stérilise! Il est l'instrument de la dépendance, de l'asservissement, le formateur du morbide. Soyez lucide! Paiement direct en capital!

Regardez! Voilà le second univers, tellement différent et cependant tout aussi conforme à lui-même. Il est composé d'agenceurs, de manœuvriers, d'organisateurs et de facilitateurs, publics et privés. Leurs tâches? Elles se résument le plus souvent à contrôler, à assister, à guider des automatismes, des robots, des botes numériques, des algorithmes et des systèmes d'apprentissage personnalisé. On y coêve le monde avec le goût du robot bien fait. Ils sont 20 % ces travailleurs de la persistance. Ceux-là, ils veulent encore être payés à l'ancienne: au temps et en salaire. Temps passé à choyer leurs machines; à chacun la fierté de son automatisme particulier, nécessairement surcoté et optimal. Ce sont les pâtres, les bergers modernes; des éleveurs de botes.

Troisième univers, notez que je le fréquente, mais que je n'en suis pas: les RUE! Près de 80 % de la population en âge de travail. C'est pas rien! On pourrait croire, les agenceurs aiment à croire, que les RUE sont des assistés permanents. Ne soyez pas si stupide! C'est là, là que les formes les plus variées, les plus insolites se sont développées, comme des plantes sur une terre tropicale, non dans la répétition des gestes et des idées, non dans une pensée aridemétique des gens et des choses, non dans l'intensification productive ou dans l'accélération hyperinventive, mais dans un foisonnement chaotique, délibérément

coloré, instable, mutant, insaisissable. Vivant. Là, tous, chacune, chacun combine sa RUE à des activités petites et non
multipliables ; comprenez ! des activités qu'on ne peut ni plier,
ni multi-plier. On socialise les robots, on cultive des légumes
du coin ou de l'autre bout du monde, on commerce. On chine.
On s'essaye au protonariat. On se cote, on s'affide – et c'est
ce que j'aime le moins chez les RUE, les affidés ! On imite les
technologies naturelles via des programmes de recherche partagée citoyenne, on assemble, on désassemble, on réassemble
des robots, des broutilles, des maisons en essayant, un peu,
trop peu, de nouvelles façons de coexister. On s'immerge dans
des mondes ludiques triple A où l'on nourrit des doubles, des
avatars, des dégaines, des rengaines : sortir les poubelles/ren-
verser les poubelles/trouer les poubelles ! Jeux, jeu, je : toi, tu
t'avatardises ! On joue à apprendre et on apprend à homologuer
des actes de confiance sur des chaînes numériques horizontales.
On œuvre ! Souvent les résultats sont approximatifs. Souvent
les assemblages manquent de finition industrielle. Et pourtant,
peu à peu, comme des plantes qui poussent leur chemin vers
la lumière, on a peut-être retrouvé là, dans des chairs et dans
des âmes de faiseurs, un sens de vivre. Quand même, beaucoup
vivent chichement ! Toute œuvre ne se vend pas. Toute action
n'est pas valorisable...

Ganz mieux qu'un autre savait parler du monde nouveau tellement inégal qu'il n'était plus de classes, plutôt de castes. Qu'il
en parlât avec tant d'analyse ne changeait rien ; aucun des trois
univers n'avait été pour lui.

Koura, la mère de Lucie, lui avait reproché mille et mille fois de ne savoir bien faire que se plaindre.

* * *

Le jour montait. Ganz partit en vagabondage. Sans à coup, sur le fil de son errance, la journée passa. Il vendit des titres à 2 balles aux flics, aux affidés biotés, aux innovactifs survoltés, aux coêveurs des grands boulevards, aux hypercréas des montagnes de verre.
Le soir, il revint chercher le chat.

Non loin, sur un rang d'immeubles, un serpent publicitaire se lova, s'enroula, glissant sur les façades. Dans une ondulation franche, il détendit son message :

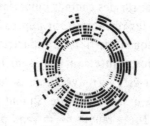

COÉVALUER, C'EST COÉVOLUER
vos vertus se partagent
COÊVE

Ganz sentit qu'il était temps de se mettre sur pause.

* * *

Quand une brèche crevait la digue, quand il rompait, Ganz s'en allait marcher du côté des communs de l'Indus.

L'Indus ! L'agrégat de partages s'était bâti sur la friche de l'ancienne Cité des Sciences et de l'Industrie. Beaucoup de lieux de ce genre avaient périclité à la fin des années 30, grâce soit rendue au Grand Reflux ! Totalement privées, socialisées, les sciences et les industries s'étaient extrémisées à outrance : hyperconcentrées en vertical au sein d'entreprises mouvantes dont on ne savait qu'après coup ce qu'elles faisaient ; démultipliées et cogérées en horizontal grâce à l'émulation du protonariat, du colab (les Québécois disaient *tramail*) et de la coévaluation globale, un modèle résilient dont coÊve représentait l'achèvement parfait. Sans aucun regret, les innovations techniques et sociales avaient renvoyé au rebut les cathédrales de « modernité », Palais, Parcs et Cités, dont le vingtième siècle avait été si friand.

On se trouvait au beau milieu du siècle nouveau, les communs avaient essaimé. Il n'en manquait pas dans la capitale. Il y en avait de toutes sortes, des communs bon chic où on partageait une perceuse et de bonnes manières, des communs tech où on cuisinait les loas mathématiques et les biocodes, des communs évolutionnaires où on tentait des vies nouvelles et même quelques communs libres, interlopes, cosmopolites et déviants. L'Indus était de ceux-là. Et c'était tout ce qu'il fallait à Ganz ce soir, des communs libertaires pour une douche et un lit. Passager clandestin, le chat s'accrochait à son avant-bras. Drôle de rencontre entre ces deux fuyards, faite d'odeurs, d'improbabilités et de steaks de soja.

« Holo ! Mais c'est notre légende ! »

Le gars assis sur le parvis s'appelait Hermelin, un pur RUE, volontaire pour toutes les activités loufes qui émergeaient du chaos de création permanente qu'était l'Indus. Hermelin n'avait jamais connu un salaire, une embauche, un intéressement ou des tickets bouffe. Trop jeune et trop flottant pour cela. Il était en revanche un fada des données, un adorateur de la valorisation IIS, le type qui parvenait à monétiser une envie de pisser.

« Hey, Ganz ! dit Hermelin, combien de temps que tu traînes ce chat ? »

Il y aurait bientôt cinq jours.

« Ça veut dire que tout à l'heure, à minuit mon gourd ! tu peux faire une demande pour être son garant. Un petit tour sur les chaînes et le sort est lancé. »

En dépit des apparences, Hermelin culminait en coev. C'était un ABA2. À deux crans du parfait. Il avait bâti une solide réputation sur les chaînes (filles naturelles des *blocks chains*) où il cultivait les anneaux de reliance, des formes de glu mathématique qui mettaient en résonance logique des initiatives éparses dans le monde entier. Le genre de gars à faire se rencontrer une culture de tomates laotiennes et un masque sénégalais de respiration sous-marine.

Ganz avait beau l'apprécier, il le trouvait collant.

Mais l'idée du garant n'était pas pour lui déplaire.

« On fait ça, acquiesça Ganz.

— Holo ! À tout à l'heure, ma loutre. On se capte à minuit ! »

Ganz n'était pas vraiment chez lui dans l'Indus. Il n'était pas non plus nulle-part.

Il y tenait une réputation. Sans coev. Pure. Une poignée de relations, deux associés. L'Indus représentait pour Ganz ce qui se rapprochait le plus d'un foyer. En fait, si tous ces communaux n'avaient pas été complètement barrés, mordus de technos, d'énergie partagée et de rêves sociaux, il aurait peut-être pu y déplier sa coque. L'ironie, c'était que l'Indus avait son coev, une cotation assez potable, un beau $\substack{B \\ B}\substack{\cup \\ \curlyvee}\substack{6 \\ E}$.

Ganz se rendit directement dans la réserve, au sous-sol de l'ancien accueil des visiteurs. Les escalators se trouvaient toujours en place, à jamais immobiles, peints et repeints, couverts d'à-plats, de runes et de portraits en pixels bioluminescents. À l'étage inférieur, adjointes aux vieilles géométries, des structures tourmentées se congloméraient, s'enchevêtraient, tissant entre elles des fils et des nœuds de nids, mimant les architectures naturelles, toiles et tiges incurvées en alvéoles, conques de céramique, torsades de bois vivant, coques intimistes pour couples et solitaires. La plupart des communaux, une fois imprimées et assemblées les structures, avaient finalement choisi de déserter l'étage. Ils étaient partis à mesure que la végétation poussant sur la façade occultait la lumière. Ne restaient que quelques arpenteurs de la marge et de la douce obscurité. Il y avait là Flash la Crevette, de son vrai nom Fijan Archer, formellement américain, qui avait rempli sa zone de bacs de terre. Chacun des bacs contenait une terre du bout du monde. Flash y entretenaient des milliers de vers, de lombrics exotiques, ayant un jour reçu une affiliation à un centre de recherche du Sénégal.

Longeant les bacs, Ganz entendit les voix d'Emi et de Carène, l'une éraillée, l'autre stridente :

« Qu'est-ce que c'est que ce programme? On se tient pas comme ça, disait Emi.

— Non, non, mon petit! ajoutait Carène. Cesse d'imiter. Tu dois trouver ta propre démarche.

— Bip.

— Pas de mauvais esprit, je te prie! »

Carène et Emi formaient un couple âgé inséparable. Les deux femmes ajoutaient à leur RUE les revenus d'un travail sur la socialisation robotique. Ayant fait le choix d'un coev couplé et étant cotées au top, elles avaient dû dresser une liste d'attente : les assembleurs de robots faisaient la queue pour affiner la socialisation de leurs derniers-nés. Emi et Carène opéraient dans le soubassement ; elles avaient toujours préféré le calme à la lumière.

Et puis il y avait Lysle. Et Deuz le Compensateur. Les associés de Ganz.

« Ciao ma peek! clama Ganz devant trois conques de toiles superposées derrière lesquelles il devinait une silhouette penchée.

— Holà! fit Lysle à travers les tissus.

— Je viens faire le plein.

— Je ne sais pas si tu tombes bien ou mal. Je ne suis pas seule..., dit-elle en écartant les toiles. Salut le chat! »

Lysle était une petite femme brune au visage étrange que des yeux écarquillés rendaient presque disgracieux. Coev BBF7, à cause du passé. Son curieux parcours était à l'image de ce qu'elle avait toujours cherché : unique.

Elle avait longtemps travaillé pour une agence hyper cotée de normalisation où elle optimisa les schémas et où elle rationalisa scientifiquement le travail des autres. Ce que son profil ne disait pas, c'est qu'elle fut pendant plusieurs années une disciple d'Otto Radmacher, le chef de file en Europe de la Synthèse. Lysle avait modélisé pour le compte de Radmacher plusieurs métasystèmes critiques. Son plus beau fait d'armes fut d'extraire les mèmes endogènes des religions du Livre et de créer une numérisation systémique des préceptes potentiels du Talmud, de la Bible et du Coran. Une simulation dont la pertinence fut révélée à grand fracas lorsque le programme engendra des versets authentiques parmi des millions de versets potentiels. Radmacher en avait conclu que l'écriture sacrée pouvait être produite mécaniquement. Les intégristes prirent aussitôt la Synthèse pour cible. Radmacher s'enfuit pour Gênes où il intégra le programme de protection des repentis. Lysle dut se cacher sept ans.

Comme tout le monde à cette époque, Lysle avait changé. Elle était revenue à des réalités moindres, proches et plus vives. Ses talents pour extraire un système d'une simple observation ne s'étaient pourtant pas éteints. Elle était devenue un as du protocode.

Lysle courrait l'Est parisien en quête de n'importe quelle activité du moment que celle-ci n'était pas fondée sur un moule, sur une méthode, sur un patron, ce qui excluait automatiquement les franchises ainsi que les neuf dixièmes des microsociétés affidées à coÊve – que Lysle appelait avec ironie « l'Algo Suprême ». Elle cherchait l'inédit, le singulier, une forme ou une autre d'action réfractaire à l'exécution, imperméable à l'imitation. Seul ce type d'activité artisanale pouvait être protocodée, c'est-à-dire cotée en propre, en tant que prototype unique. Protocoder une activité consistait à en établir la valeur intrinsèque, vierge de toute valeur infuse, déjà contenue dans le modèle copié. Elle avait totalement inversé la finalité de la rationalisation scientifique du travail : elle identifiait toujours des gestes, des méthodes, des façons, mais au lieu d'en produire des automatismes, des robots ou des botes numériques, elle leur rendait une valeur.

« Je repasserai, répondit Ganz, sa main toujours posée sur la nuque du chat.

— Reste ! ordonna Lysle. Elle est là pour toi.

— De qui est-ce que tu parles ?

— Je n'ai pas cessé de m'interroger ce soir. Ce n'est pas une activiste anti-coev, crois-moi. Pas elle ! Pas la *Facilitationnaire* de toTem ! Non, mais tu vois le titre ? Une AAB1 ! Alors, ça mérite de se poser la question, non ? Qu'est-ce qu'une personne comme elle peut bien trouver à un petit fourgue sans domicile, comme toi ?

— J'ai la cote ? »

* * *

Il y a des moments de la vie où tout s'enchaîne. Quoi que l'on fasse. Comme si les événements trouvaient entre eux des formes si complémentaires, si compatibles qu'ils ne pouvaient que s'emboîter, fusionner et tournoyer ensemble dans une danse virevoltante et irrésistible. Aux prémisses de ce mouvement, Ganz Ore ne réalisait pas encore que sa propre histoire s'apprêtait à le dépasser.

« Je suis Vera », dit d'une voix chaude la Facilitationnaire de toTem.

Elle avait traversé, sur les pas de Lysle, la conque de toiles. Ganz n'arrivait pas à lui donner un âge. Peut-être 30. 20? Peut-être 40. Cet âge incertain lui plut à peu près autant qu'il l'inquiéta. Il observa la nouvelle venue, sans lui répondre, au risque de passer pour un rustre.

Tout était paille. En elle ; tout. Cheveux paille, peau paille, yeux paille, comme si, en lui donnant vie, un peintre avait voulu relever un défi et s'était restreint à déployer mille variations autour d'une même teinte. Il avait joué seulement des mélanges, des absences, des proportions, des vides et des reliefs, des lisières de clartés, des imprégnations du noir afin que, de la paille brute, naisse à quelques traits le halo incertain d'une chevelure incendiée, l'éclat sauvage d'un regard ou la profondeur d'un visage.

Les lèvres rouges semblaient barrer le tableau, comme un interdit.

« Vera Kamienka, insista-t-elle. J'ai peu de temps. Et nous devons parler. »

* * *

Il n'y avait pas de femme dans la vie de Ganz, pas depuis des années. Il se sentit très vite mal à l'aise.

« Déstabilisé, énonça la Facilitationnaire de toTem d'un ton posé catégorique. Mais moins perdu que ne le prétend votre fille.

— Vous connaissez Lucie ? » s'étonna Ganz.

Vera fit naître une image dans la paume de sa main. Puis elle renversa l'image qui glissa sur le plateau de l'une des tables ovales ornant la conque de travail de Lysle. C'était le Lac de Van. Ganz était stupéfait. Il regarda tour à tour le chat agriffé à son bras et l'image du chat qui prenait maintenant toute la surface de la table.

« Lucie a pris cette photo ce matin, reprit Vera, pendant que vous parliez ensemble. Mes botes ont repéré l'image cinq heures après qu'elle l'a publiée. Elle voulait que ses amis évaluent l'animal. Il est assez craquant, je dois le reconnaître. Mais ce n'est pas ce qui le rend exceptionnel. C'est lui que je cherchais en venant ici. Vous êtes son garant, monsieur Ore ? »

Ganz était encore sous le coup de la surprise.

« Il y a cinq jours, je ne le connaissais pas, ce chat, dit-il. Il a goûté à sa liberté... on est devenu potes. C'est pas mon chat et je ne suis pas son garant... mais on va arranger ça ! Je ne sais pas ce que vous lui voulez, vous et les Kazakhs... et qui encore ? Autant vous le dire : pas question que je le lâche !

— En réalité, c'est lui qui ne vous lâche pas.

— Quoi ?

— C'est le chat qui est venu à vous.

— Il... Il vient tous les matins... tous les soirs... quand je me pose sur le canal...

— Dès qu'il vous rejoint, il ne quitte plus votre bras. Pour lui, vous êtes spécial, Ganz. Vous permettez que je vous appelle Ganz ? Vous ne portez pas de relais coÊve ! Il le sent. Il a été modifié pour cela. Voyez-vous, ce chat est un prototype de recherche. Un test positif dans un protocole très en pointe et excessivement confidentiel. Vous auriez du mal à estimer sa valeur.

— C'est vous qui lui avez trifouillé la tête ?

— J'étais seulement au courant. Très peu de gens le sont.

— Concurrence ?

— Non.

— Bordel ! jura Ganz, passablement énervé. Alors vous faites quoi dans ce bazar ?

— C'est un peu compliqué. C'est aussi le moment où je vais vous paraître folle.

— Testez-moi ! »

À 0 h 01, Hermelin apparut dans un cartel lumineux sur les lunettes PEAR™. Il confirma que la demande de Ganz venait d'être homologuée par quatre chaînes de confiance. La propriété animale avait été interdite en Europe dans les années 40. On était désormais garant ou tuteur de ses bêtes, mais elles ne faisaient plus juridiquement partie des biens meubles qui se possédaient. Grâce aux doigts codeurs d'Hermelin, Ganz était désormais le garant officiel de ce chat auquel tout le monde s'était jusque-là refusé, spontanément, inconsciemment peut-être, à donner un nom.

Ce fut à ce moment que la femme au visage de paille, qui disait s'appeler Vera Kamienka, livra à Ganz un fragment de son histoire. Pourquoi elle avait quitté ce soir le luxe de son grand bureau à énergie végétale pour s'enfoncer ici, dans les sous-sols d'un commun hasardeux et interlope de l'Est parisien. Pourquoi elle avait traversé le mur translucide des trois castes. En lui faisant ces révélations, Vera s'était embuée de passion. Son ton de voix avait plongé dans le grave. Il émanait tout à coup d'elle une aura palpable, troublante, d'urgence et de nécessité.

Ganz s'était attendu à une histoire sordide, triviale. Elle était à peine croyable. Il l'avait bue par paquets : holding à capitaux turcs, kazakhs, américains... recherches sur une connexion stable avec un sujet en état de sommeil paradoxal... interface biophysique de couplage cerveau-machine... greffe sur des animaux de neurobiotes nouvelle génération... accès fluide aux séquences de rêves... Ganz se sentit happé par un tourbillon de données.

« Les rêves ? s'accrocha-t-il.

— Le rêve est la nouvelle frontière, expliqua Vera. Et ces gens en sont les pionniers. »

C'était trop gros, trop brusque, trop à la pointe de ce monde qu'il avait si catégoriquement entrepris de fuir. Ganz chercha aussitôt l'échappatoire, la ligne de fuite ; une sortie. Il comprit – et il en fut effrayé – qu'il n'en trouverait pas. La raison pour laquelle il se trouvait mêlé à cette affaire se lovait entre ses bras. Le Lac de Van, le chat nageur des hauts plateaux arméniens, était en première ligne dans l'histoire. Le test positif. La clé.

Et un compagnon d'infortune.

« Les Kazakhs ! dit Ganz en quête d'une réponse. Ils ne peuvent pas nous trouver !

— La photo de Lucie, le détrompa Vera.

— Ah bon Dieu ! Les endimanchés vont revenir...

— À partir de maintenant, il y a pas mal de monde qui ne va plus vous lâcher. »

* * *

Ganz nourrit le chat, prit une douche, puis il mit Lysle au courant. « Vous êtes sonnés », se borna-t-elle à dire avant d'offrir à ses hôtes deux matelas pour la nuit.

Les Kazakhs déboulèrent au petit matin.

Il n'y eut aucun geste violent. Ganz se laissa embarquer dans un fourgon anonyme de couleur noir étincelle. Vera Kamienka l'accompagnait et elle fit rapidement comprendre aux trois costumes de banque que sa présence n'entrait pas dans les parties négociables. Le fourgon fila vers le sud-est. Il régnait dans l'habitacle un silence d'église où même les moteurs électriques et les alertes moelleuses du bote paraissaient impolis. Sur le bras de Ganz, le chat suivait la scène de ses deux oreilles.

Descente sur les quais de Seine. Ils se retrouvèrent devant une barge cinq étages. S'y dandinait un hippocampe de trois mètres, traînant un message flottant et officiel :

RUE >>
on **acrante** le coev ?

conçois & **cogère** le **déplace**ment ur**blast** !
Tirage au sort parmi les 30 meilleurs projets.
+ 1 cran/ 1, 2 et 3 lettres
>-Grand **Paris 2051**-<

Ganz émit un râle. Il regardait l'hippocampe qui flottait au-dessus de lui comme une injure personnelle. La créature publicitaire le narguait de sa superbe dégoulinante, lui intimant qu'il était plus minable et plus coincé que jamais.

Les autorités du Grand Paris se moquaient, directement, en grandes lettres. Elles faisaient appel sans vergogne aux énergies et aux idées des gens de la RUE pour créer, pour modifier des systèmes de gestion, à moindres frais, pour rien. Saine économie des fonds publics. Pourquoi s'en seraient-ils privés ? Ça marchait. Ganz leur aurait pissé dessus, juste retour ! Cette fois, c'était l'*urblast* – l'explosion urbaine –, un concept qui avait crevé les bulles de mode cinq ans plus tôt. Droit venu des capitales scandinaves, il traduisait la capacité des villes centres et périphéries à générer une énergie de tension et de friction, capable d'exploser positivement ou négativement suivant comment on la canalisait, générant des pulsions créatrices, des feux d'artifice et bien sûr des violences. Ganz eut la vision d'une sculpture de Claudel, écrasée et tordue par une main invisible et maléfique comme une vulgaire pâte. *La ville travaille les hommes*, se dit-il sous l'œil torve du plus petit des trois Kazakhs, s'étonnant de l'incongruité avec laquelle son cerveau opérait la chaîne d'événements. Ou peut-être qu'il fuyait toute réalité, s'accrochant au moindre détail du paysage pour éviter de voir ce qui était au centre de la scène ? Ganz se força à ignorer l'hippocampe coulant sur les murs de la barge.

« Entrée – Musée du Travail ». *Travail*. Le mot résonnait, reliant les analogies par lesquelles Ganz venait de passer. Le musée, affublé d'un coev HCD5 en couleur, occupait les trois premiers étages de la barge. Aux deux derniers, boutiques et restaurants. Au sommet, transgressant la géométrie, un greffon de coÊve avait poussé comme une tumeur maligne.

COÊVE
CONFIDENCE SOCIALE

Vera n'avait pas menti.

Ils prirent un ascenseur externe, montant directement au greffon.

* * *

coÊve n'avait pas de siège ni de traditionnels bureaux. Plutôt que de bâtir un énième et titanique temple d'entreprise ou des complexes géants voués à sa très nouvelle splendeur, la transnationale avait fait pousser des milliers de constructions sauvages sur les bâtiments de l'ancien monde. Récupérant l'esprit vif de l'anarchitecture, coÊve avait fait émerger des greffons, de petites structures commensales où s'enlaçaient des charpentes végétales, des formes biomimétiques, des alliages légers et des céramiques claires. Ses greffons avaient éclos sur les corniches, sur les balustrades, sur les pinacles des monuments, contre les entraits et les garde-corps des grandes tours, sur les tores, les dômes et les toits incurvés des musées. Les turbulences architecturales de coÊve incrustaient les villes de tous les fuseaux horaires, y compris certaines cités dont le nom n'évoquait qu'une conjecture lointaine. Dans le monde entier, les greffons de coÊve étaient devenus aussi rapidement banals et prégnants que sa technologie. Un analyste londonien fit un jour remarquer que coÊve entretenait plus de greffons que d'employés. La vérité, c'était que Dastan Akerlane et les trois fondateurs du fleuron des neotechs, tous quatre fétichistes mathématiques, avaient définitivement fixé la masse de leurs salariés à 8 128, nombre parfait, somme des premiers cubes impairs ($1^3 + 3^3 + 5^3 + 7^3 + 9^3 + 11^3 + 13^3 + 15^3$), addition qui ordonnait elle-même les 8 cercles concentriques de créativité au sein de coÊve.

L'intérieur ludique et capitonné des greffons servait de lieu d'échange, de réunion et de partage. Portes ouvertes aux employés, mais aussi, surtout, aux affidés les mieux cotés, de l'aristocratie des AAA1 à la crème moins populaire des AAA9, venus tresser là leur réseau, leurs expériences, leurs idées, leurs astuces. Les uni B (tel qu'un ABA5) y tenaient un petit-déjeuner hebdomadaire. Certains jours du mois, les greffons s'ouvraient aux multi B, une volonté d'émulation que prônait coÊve.

* * *

Le trio des Kazakhs se posta à la porte.

Les parois blanches du greffon, censées plonger les visiteurs dans la candeur d'un cocon de pureté, faisaient sur Ganz l'effet d'une geôle psychiatrique. Il commença à suer. Il n'y avait ni affidé, ni salarié, pas même un robot d'accueil WELCOME. Rien qu'un grand blanc. Ganz sentit une main se glisser dans la sienne. Il chercha le regard de Vera, surpris par son geste, mais elle regardait droit devant elle, les yeux froids, vers le centre du greffon. Là se trouvait un meuble blanc imprécis, dont la commodité apparente masquait l'impossibilité d'en faire un usage normal, de s'y asseoir ou de s'en servir de table.

« Kamienka ? Quelle étrangeté de vous voir ici ! » dit le meuble dans un français impeccable à peine teinté d'une chaude rondeur californienne.

Une myriade de taches minuscules constella les surfaces chaotiques du meuble. Les taches s'agglutinèrent dans un crépitement visuel et rapidement, le visage du fondateur de coÊve prit forme. Même au travers de l'artefact, on pouvait deviner chez Dastan Akerlane les traits fins, saillants, ciselés d'un homme qui sait que chacune de ses paroles vaut plus que cent ans de RUE. L'hyper alpha. AAA1. Ses yeux bleus corusquaient.

« Entamons la négociation, lança Vera.

— Nous avons quelque chose à négocier ? répondit-il, suave.

— Mes digites compulsent la validité juridique de la garantie de M. Ganz Ore qui est ici avec moi. Ils travaillent les chaînes depuis 8 heures. Tu n'auras pas ce chat.

— Un duel juridique ? »

Vera garda le silence, savourant son effet de surprise.

Une bataille de droit était une affaire de machines. Les jeux de rôles se maintenaient dans les tribunaux, pour l'unique raison que l'on m'avait rien trouvé de mieux que des humains pour jouer la tragédie. Mais les avocats n'intervenaient plus que pour socialiser les arguments et les démonstrations des digites, les botes du monde digital. Le droit automatisé achevait une longue évolution où un petit livre de textes courts et intelligibles avait été remplacé par des millefeuilles sans fin de mesures techniques, spécialisées, plus adaptées aux compulsions et aux calculs probabilistes d'un programme qu'aux intuitions aléatoires d'un cerveau humain. Dans une bataille juridique, la performance des agents numériques creusait la différence. Les digites de Vera avaient découvert que le chat relevait d'au moins 17 lois et traités en tant qu'être vivant sensible. L'un des traités préconisait même de requérir sa préférence. Vera savait pertinemment à qui elle s'attaquait. Elle ne faisait sans doute que gagner du temps, mais le risque valait la peine.

« À quoi me servent des mercenaires sans foi ni loi, ironisa Akerlane, si les choses doivent se résoudre par une bataille de digites ?

— À t'éviter la publicité d'un procès.

— Tes botes seront pulvérisés..., soupira Akerlane.

— Les tiens te signifieront qu'il ne fallait pas emmener ce chat à Paris ! Et surtout pas le perdre. Vos expériences sont illégales ici. Vous avez perdu vos droits sur cet animal. »

Akerlane bascula, l'œil alerte.

« *Digits !* » dit-il, bombant le mot à la californienne.

Ganz restait coi. Sidéré. Il se jouait là un acte extravagant, comme si deux enfants s'y entendaient pour lancer des tirades en agitant dans leurs mains de mini personnages imprimés 3D. Le plus fascinant était encore que ces deux-là semblaient authentiquement convaincus de la véracité de leur jeu. Akerlane et Kamienka étaient à la tête d'entreprises neotech hypervalorisées, quoique l'une ressemblât à l'ogre et l'autre au petit Poucet. Les choses pouvaient prendre à tout moment des proportions inattendues. Ce fut Vera qui relança le match :

« Nous repartons avec le chat », dit-elle.

Le patron de coÊve ne fit aucun effort pour dissimuler sa contrariété. Vera devait avoir marqué des points avec son duel de digites. La tension montait. Ganz gratta la tête de l'animal qui, pour la première fois, commençait à s'agiter et à se comporter comme un chat normal.

« *No way*! dit Akerlane. On va faire autrement... »

Ses yeux s'agrandirent comme un ciel méditerranéen quand il fit sa proposition :

« 3 % de mes parts sur coÊve contre 51 % de toTem.

— 5 %, riposta Vera.

— 5 % contre 66 % de toTem. Tu es décisionnaire pour cette opération ?

— Oui.

— Tu peux réaliser cela d'ici ?

— Sans problème.

— Le chat reste avec mes Kazakhs.

— Si le chat reste, intervint Ganz, je reste. »

Il se tourna vers Vera, furieux.

« Vous faites quoi, là ? »

Vera ne lui répondit pas. Elle semblait assez sincèrement attristée. Ses yeux miroitaient toutefois comme des gouttes de miel tombées sur une table en bois.

« Ganz !

— Bon retour dans le monde des affaires, monsieur l'ex-trader ! coupa Akerlane. Soyez rassuré. Vous pouvez rester. Au moins avec vous, notre chat ne s'enfuira pas. »

Les heures suivantes se révélèrent pénibles. Akerlane avait disparu du meuble redevenu blanc laiteux, dont les pans biscornus se couvrirent de graphiques, de cartels, de diagrammes et de boutons sous l'impulsion de Vera. Voûtée sur ses visuels de contrôle, elle conduisait l'opération d'achat fusion entre les deux sociétés. Ganz demanda à l'un des Kazakhs un bac d'eau et de quoi nourrir le chat.

« Vous m'avez bien manœuvré, dit-il après un moment à la Facilitationnaire.

— Je ne vais pas m'excuser, lui rétorqua-t-elle.

— C'est quoi d'abord toTem ?

— Parfois, on dirait vraiment que vous venez tout droit du xxᵉ siècle ! toTem est une interface de filtres et de valorisation des IIS... Les informations intimes sensibles.

— Et en plus clair ?

— On porte son totem sur soi. Sa technologie filtre vos données intimes qui sont envoyées en permanence à toutes les sociétés connectées. Le totem établit une valeur pour chaque donnée et négocie automatiquement sa vente auprès de ces sociétés. Le prix des données dépend de vos actes, de qui vous êtes, de votre coev, de tout un tas de choses... Vous pouvez également choisir un filtre maximal, on appelle ça « l'écran total », et refuser de communiquer vos IIS. Mais la plupart des gens préfèrent gagner un peu d'argent.

— C'est vous qui avez créé ça ?

— Pas seule. Mais oui. Oui, c'est moi.

— Et vous vendez votre création à Dastan Akerlane ? Comme ça ! Alors, le chat et moi, vous vous en moquiez depuis le début ! On n'était qu'un foutu prétexte.

— Je savais que Dastan Akerlane lorgnait sur toTem... Nous avons capté la disparition du chat, je ne vais pas vous expliquer comment, on a des cracks en hack chez toTem ! Il fallait agir vite. J'ai saisi l'occasion. En définitive, j'ai obtenu un bon prix !

— Grand bien vous fasse ! Bande de chacals puants ! Vous me dégoûtez... Tous !

— Ne faites pas le naïf. Le monde tourne ainsi. Vous croyiez quoi d'ailleurs ? Qu'en vivant la vie d'un reclus, vous seriez indemne du reste de l'humanité ? Vous vous servez des bobards, monsieur le successteller ! Des contes à ravir les enfants. »

Ganz s'éloigna de cette femme qu'il avait admirée quelques heures avant de la détester complètement. Le chat en profita pour faire un tour dans la salle close du greffon. Il paraissait troublé. Ganz cria à la porte :

« Apportez du sable ! ou de la terre... une casserole... un truc... ou il va finir par se soulager sur votre patron ! »

Les Kazakhs n'émirent pas une récrimination. Des gars serviables en fin de compte. Au moins Ganz les comprenait.

Akerlane fit une ultime apparition en fin de matinée pour donner son accord final et doubler sa signature numérique par une identification visuelle. Vera l'imita.

« Vous travaillez pour moi, Kamienka ! dit-il quand tout fut terminé. *A heck of a deal !* Heureux de vous voir rejoindre notre équipe. Tu ne m'en veux pas de te vouvoyer à présent ? Il n'y a rien que j'exècre plus que la familiarité avec mes collaborateurs. Ça fait tellement début de siècle... quand ils jouaient les égaux avec leur boss ! La première chose que je vais vous demander, Kamienka, c'est de rappeler à vos digites qu'à partir de cette minute, ils travaillent également pour moi... J'organiserai une petite visite de toTem... disons, la semaine prochaine ? On se revoit là-bas ? Ça fait longtemps que je n'ai pas mis les pieds dans votre pays. *Your rules are so rudes !* Mais on peut encore y faire des affaires, apparemment. »

Vera garda le silence. Elle acquiesça simplement de la tête. Les rôles avaient changé.

« Putains de vendus ! » cracha Ganz.

Sur le meuble, la figure d'Akerlane diminua légèrement de taille.

« Mister Ore... Ce chat m'est aussi précieux qu'à vous. Vous en resterez le garant... le chat et le clochard... belle image ! Vous ne voulez pas savoir ce que nous allons faire avec ce qui se trouve sous le crâne de cet animal ? Non ? Je crois que je ne vais pas résister à la tentation de quand même vous le dire... »

Akerlane reprit son souffle. L'homme aimait les effets :

« Nous allons mettre fin à la civilisation du travail. »

* * *

En un quart d'heure, Ganz réalisa qui était vraiment l'homme dont il ne pouvait voir qu'un artifice de visage. La voix de Dastan Akerlane s'était empreinte d'une énergie considérable. Elle vous pénétrait d'un rayonnement sensible, instillant de minuscules vibrations dans la chair, dans les muscles, dans les os jusqu'à ce que le corps fût calé sur une transe oscillatoire et que, saisi de résonance, il écoutât en entier. Cette voix ample, poignante, tendue générait des ondulations qui couraient sous la peau, sur le fil des nerfs. Ganz se perçut pris en pleine profondeur, pénétré malgré lui.

« Oh, je sais... *I know what they fucking say about me, man !* s'exclama Akerlane de cette voix d'entrailles. Que je nous ai réduits à 3 lettres et un chiffre ! Que j'ai matricialisé les humains ! *Fuck them !* Comme s'ils avaient eu besoin de moi, ces hypocrites... coÊve était l'évolution nécessaire. L'époque l'aurait engendrée avec ou sans mon apport. Vous savez à quoi on reconnaît un CEO visionnaire? Il crée les profits des vingt, des cinquante années à venir. Il regarde dans l'océan de chiffres où les habitudes banales comme les idées révolutionnaires forment de petites vagues indistinctes et dans ces remous sans fin, il repère un courant. Il y a trente ans, l'appétit pour une technologie de coévaluation faisait déjà partie de la houle visible. Une société de coêveurs naissait. Le courant, ce n'était pas cette technologie de coévaluation, c'est l'ampleur des changements qu'elle allait engendrer. coÊve s'est répandue partout... partout! et pourtant... coÊve appartient à un monde ancien, déclassé...

— C'est votre discours aux actionnaires? intervint Ganz.

— Allons donc! Vous savez ce que j'ai découvert dans les petites vagues de notre océan? Il y a un autre courant aujourd'hui. Il provient d'une aberration! Nos sociétés s'accrochent à un non-sens, à une avanie dépassée, à un dinosaure mental: l'idée que le travail serait un bienfait nécessaire. Quelle bande d'idiots! Le travail est mort, mon ami! En stade terminal. Et il faut l'euthanasier! C'est un zombi!

— Moche, ça! fit Ganz au chat.

— Je veux rompre, Mister Ore... rompre avec douze mille ans de révolution agricole, cette putain de *révolution* foireuse qui a fait des hommes des serfs de terre! Sans retour possible... parce que les humains n'ont plus chassé, marché, exploré, joué, glané que par le souvenir de ce qu'ils avaient été: des arpenteurs de mondes. Laisse le divers et prends le nombre! *and deal with that, freak!* La promesse agricole! le nombre... Le nombre... avec le nombre, les homo sapiens ont conquis la planète, ils ont poussé les autres hominidés à disparaître... avec le nombre, ils ont appris à se diviser. Fini le cosmos des êtres unis...

Bienvenue aux êtres scindés, clôturés et classés. Une poignée gardera les récoltes, livrera la foi et fera régner l'ordre. Les autres travailleront les champs !

— Oh le crash ! s'exclama Ganz. Vous êtes un communiste ?!

— Je vous le dis, poursuivit Akerlane emporté par une fougue impénétrable, il n'y a qu'une chose à quoi le travail est réellement nécessaire ! Une et unique chose ! La répétition... Par le travail, on n'apprend rien et on obtient rien que cela : répéter ! Tout le reste s'apprend par le cœur, par la passion, le jeu. L'essence du travail, c'est la reproduction du même ! Les mêmes gestes. Les mêmes mots. Les mêmes sens. Reproduire le même, ce fut tout l'enjeu de cette *bloody fucking agricultural revolution* ! Sélectionner, trier et reproduire les mêmes céréales, les mêmes fruits, d'année en année de récoltes. C'est ça, la culture ! 12 000 ans que notre espèce a quitté le divers pour faire du nombre, du même, du même en nombre et qu'elle a initié la lente transformation de ses infimes tribus en vastes forces laborieuses. L'industrie n'en fut que l'aboutissement logique et merveilleux. Nos *révolutions* ont transformé les humains en répétiteurs, en imitateurs, en adaptateurs, en êtres formés, armés pour calquer, copier et reproduire.

— L'invention du zéro ? intervint tranquillement Vera. La méthode expérimentale ? La relativité ? La mécanique quantique ? La théorie des cordes ? Les multivers ? La biosynthèse ?

— *Oh you gotta be kidding !*

— Homère ? insista-t-elle. Socrate. Copernic ? Newton ? Voltaire ? Marx ? Mendel ? Darwin ? Pasteur ? Curie ? Tesla ? Grothendieck ?

— Mais tous ceux-là ne travaillaient pas, Kamienka! Ils exploraient... ils cherchaient... parce qu'ils avaient gardé l'âme des chasseurs-cueilleurs! D'ailleurs combien furent-ils? Quelques milliers? Quelques dizaines de milliers? Nos plus grandes inventions sont l'œuvre d'un tout petit nombre d'humains à part, marginaux, déviants et rapidement magnifiés, déifiés, transformés port-mortem en géants pour que leur exemple reste à tout jamais inaccessible! Et quant au reste... nos technologies les plus avancées ne sont que des variations mineures. Tout ce que produisent nos écoles d'hypercréas, nos technologues, nos grossistes de la pensée sont des variations autour d'une même symphonie de productions qui n'évolue radicalement qu'une fois par siècle! Des révolutions pour quoi faire? Garder, répéter, reproduire! Regardez à quel point nous restons semblables aux hommes passés! Il faut être historien pour croire que les cultures changent dans la trame du temps! Nos sociétés, leurs richesses, leurs merveilles ne se sont pas construites sur les inventions d'une poignée de géants. Elles se sont construites sur le travail de la grande masse du nombre.

— Admettons, fléchit Vera.

— La vérité, c'est que le travail est la seule invention radicale depuis 12 000 ans, celle qui nous a faits tels que nous sommes! Et disons-le! C'est une invention sordide! Vous êtes-vous demandé pourquoi le travail était à ce point modélisable et mécanisable? Parce qu'il est intrinsèquement modèle et mécanique. C'est exactement ce qui le distingue des autres activités. D'un jeu. D'une passion. D'une recherche. D'un geste de création. D'un geste d'amour! Le travail est un clone d'action. Un élément reproductible de l'action. Une routine. Je vais même vous dire... Le travail n'est pas de nature humaine! Ni animale. Il est de nature machinique. Il est la machine en nous. Tout ce qui relève du travail est voué à être pris un jour ou l'autre par des machines. Tout! C'est exactement ce que j'ai vu dans le courant. Les humains avaient une âme de faiseurs qu'ils ont lentement et sûrement oubliée pour se fondre dans une moule de machines. *It sounds crazy, I know that!* 12 millénaires ne s'effacent pas d'un trait de plume!

— Oui, oui..., dit Ganz. Maintenant que vous le dites, ça paraît évident. Mais si vous nous disiez... quel est le rapport de votre... euh... théorie... avec mon chat?

— *You're so right*, Mister Ore! Le chat...

— Le chat!

— Le chat, expliqua le patron de coÊve, est la nouvelle évolution radicale.

— Tu as entendu M. Akerlane, murmura Ganz au chat. Tu es la nouvelle évolution radicale.

— *Don't play with me.*

— Allez-y alors! s'emporta Ganz. Qu'on en finisse!

— Ce chat auquel vous tenez tant porte en lui une greffe de neurotes, le must de ce qui se fait en interface neuronale directe. Nous avons réalisé des milliers de tests sur différents animaux. Et il se trouve que c'est dans le cerveau de ce chat que s'est développée une interface fluide, complète qui nous donne un accès immédiat et total à ses rêves. Une interface active. Nous pouvons vivre ses rêves. Nous pouvons agir sur ses rêves.

— Vous aimez chasser des souris? railla Ganz. Faire du gang bang félin?

— C'est la dernière frontière, dit Vera.

— Exactement ! s'enthousiasma Akerlane. Un monde vierge !
Quand les humains ont transformé leur culture en un gigantesque mouroir de travail, ils ont secrètement conservé un
endroit où ils continuent inconsciemment à vaguer, à explorer,
à inventer. Un endroit obscur et intime où toutes nos puis-
sances se déploient au-dessus des murs dressés. Un endroit où
nous volons en oiseau ! Où nous parlons à des morts. Où nous
dépassons toute limite. Le rêve... Le rêve a toujours été notre
sauvegarde contre la reproduction du même. Il est mon anti-
dote au poison du travail. Il est mon révélateur...

— Préparez-vous..., chuchota Vera à l'oreille de Ganz qui la
regarda, interloqué.

— Grâce à ce chat, poursuivit Akerlane sans rien remarquer,
je créerai une technologie qui rendra aux hommes leur nature
première. Les humains redeviendront des arpenteurs de
mondes et nous laisserons enfin et définitivement aux robots
l'inanité du travail ! Il n'y aura plus d'opérateurs, mais des faiseurs d'opéra... Et le nom de Dastan Akerlane traversera les 12
prochains millénaires ! »

*   *   *

« Qu'est-ce que vous avez dit ? Vous partez ? s'esclaffa Akerlane.

— Durant les 11 minutes où j'ai travaillé pour vous, lui dit Vera,
j'ai été une collaboratrice irréprochable.

— *What do you think you're doing ?*

— J'ai démissionné. À l'instant. Mes digites m'informent que
nous sommes à 53 % de probabilité pour que M. Ore demeure

garant du chat sous juridiction française. Adieu, Akerlane. Vous venez, Ganz?

— Vous êtes morte! dit sèchement Akerlane.

— Menace dûment enregistrée.

— J'espère que vous avez assuré vos arrières. Je vais avoir du plaisir à vous regarder dégringoler jusqu'au niveau de votre ami.

— Mes arrières, c'est mon affaire. Penchez-vous plutôt sur le cours de coÊve. C'est là que ça va dégringoler.

— *Fucking cockroaches! Leave my graft!* »

Ils furent dehors dans l'instant. La lumière demeurait dans la rue indécise. La Seine déroulait en contrebas son flot que fendaient, entre les taxis fluviaux, des sirènes publicitaires. Quant au ciel, il était autant grisé que Ganz.

« Et maintenant? » demanda-t-il.

Vera lui parut tout à coup magnifique.

« Il nous faut un lieu sûr, dit-elle.

— On va être suivi.

— Suivi, ce n'est pas le problème. Il nous faut un lieu où nous ne serons pas écoutés. »

Ganz baissa les yeux. Le chat, à nouveau calme, avait enfoui sa tête au creux de son bras.

« Je crois que j'ai une idée », dit-il.

D'une main décidée, il chaussa les lunettes PEAR™. Il y parla quelques minutes avec sa fille.

« Gare de Lyon, dit-il enfin à Vera. Voie D.

— Un train? »

* * *

Pour joindre deux capitales et la majorité des grandes villes, on prenait un transPod, les capsules canadiennes de transport cotées BBA2. Moins chères qu'une liaison ferroviaire. Et 12 fois plus rapides. Des lignes de tubes sous vide à haute vélocité avaient creusé les sols en ligne droite. Les vieux trains ne servaient plus qu'à balader des touristes en quête d'exotisme historique. Ils avaient été privatisés et vendus au plus offrant dans les années 40, en pleine débâcle d'accélération technologique.

La gare de Lyon était moins populeuse en surface que dans ses souterrains. En entrant dans le hall, Vera et Ganz croisèrent un groupe d'enfants emmenés par leurs éducateurs ainsi que des Chinois plutôt âgés, travestis en costumes des années 1930, la mode hyperétro du moment.

Le chat se montrait nerveux, impressionné par la taille du bâtiment et par les silhouettes massives des vétustes machines de fer. Mais il ne quittait pas Ganz. Calé à lui comme un aimant.

Devant la voie numéro D se tenait un jeune homme portant un long manteau à même la peau de son torse et un pantalon lâche qui couvrait des chaussures argentées. Il avait la bougeotte. Ganz alla directement à lui.

« Vous êtes un Condom ? lui demanda-t-il

— Holo ! force te soit acquise ! répondit le jeune-homme légèrement nerveux. Tu es Ganz ? Ganz Ore ?

— Oui... Oui, c'est moi.

— Viens, allez ! On vous attend. »

Sur le quai, un train de 70 ans d'âge était stationné, un antique TGV orange de la première génération et ses quatre wagons, car il était interdit aux trains privés d'en compter un de plus, du moins s'ils voulaient rouler. Le jeune homme, qui dit s'appeler Suliac, les précéda, sautant la marche et grimpant à l'intérieur du très long tube qui en son temps avait été un champion de vitesse. L'intérieur du deuxième wagon ne respectait pas l'agencement d'origine, plusieurs fauteuils manquaient laissant une place propice au hasard des trouvailles et des fêtes. Les Condoms, que Suliac présenta sans grande manière, les accueillirent avec une légère distance et même un peu de gêne, mais il était évident que la présence de Ganz les ravissait. La plupart d'entre eux se disaient *sunks*, adeptes de la musique radicale et autodidacte des années trente. Le sunk avait doublé la chute des illusions quand le Grand Reflux fit tomber la dernière digue des masses salariales. Le mouvement combinait punk et transplay avec la fantaisie insatiable des années folles : sunk/ Surréalisme pUNK ! Il y avait également chez les Condoms quelques immersifs qui pouvaient passer des jours à plonger dans des univers qu'ils créaient eux-mêmes, puisant dans des bibliothèques de formes qu'ils partageaient. Les Condoms prenaient plaisir, semblait-il, à se moquer d'eux-mêmes. Ils paraissaient avoir oublié leur jeunesse et, sages comme le sont les plus insensés, ils œuvraient en *collectif de l'inadaptation*. coÊve avait été choisi en tant qu'adversaire perpétuel. Relais et biotes au rebut ! Les Condoms étaient des anti-peek primaires !

L'un après l'autre, ils vinrent saluer Ganz. « Tu es un inspirateur », lui dirent quelques uns. « Toi, le grand patron des inévaluables ! » « C'est un honneur ! » Ore Ganz... L'homme qu'on ne pouvait coter. « Ça fait plaisir de savoir que tu existes en vrai ! » lui dit une jeune femme qui n'avait pas sa majorité.

Ganz se demanda si sa propre fille, Lucie, était assez étrange pour rejoindre un jour un tel groupe de branques. Juste pour un temps... Honnêtement il ne pouvait le vouloir ; ni se retenir de l'espérer.

Il fallut attendre deux ou trois heures avant que le train ne reçoive l'autorisation de partir. Ce fut Suliac qui supervisa le bote de conduite. Le train, bien qu'il fût doté exactement comme Ganz d'une mention KKKo, n'avait d'ordinaire pas grand mal à emporter des touristes ; sa non-cotation participait de l'exotisme. Les Condoms en tiraient un complément de subsistance, de quoi rentrer dans leurs frais et payer l'électricité.

Vera semblait enchantée.

« Où va-t-on ? » demanda-t-elle à l'assemblée.

« La mer ! » « Les Calanques ! » « Le Frioul ! »

« Marseille, confirma Suliac, en petite vitesse... on ne dépassera pas 260 kilomètres heure. Vous allez pouvoir admirer le paysage. Le vrai ! Pas les "paysages fidèles" qu'ils ont dans les transPods ! »

Déjà on était à mi-chemin de la frontière du Grand Paris. Ganz se rapprocha de Vera :

« Vous croyez que les Kazakhs sont toujours à nos trousses, lui glissa-t-il.

— Ils ne manqueraient pas l'occasion, je pense... »

Il fit une moue d'incompréhension.

« ... de nous filer le train ! » souffla Vera, chaffouine.

* * *

« ACD2... »

Le soupir consterné de Vera tira Ganz de sa rêverie à double vitrage.

« Je sais..., reprit la femme au visage, aux yeux et aux cheveux de pailles. Je ne devrais pas vous parler de coev ici, au milieu de vos nouveaux fans ! Mais quand même... Si vite ! En deux heures, je viens de perdre 6 crans cumulés. Vous croyez qu'il a suffi à Akerlane d'influer personnellement sur ma cote ? Je me demande s'il a un accès direct aux algo de coÊve. Oh je sais... pardon... vous êtes la dernière personne à qui demander ça !

— Condoléances pour votre coev, lui répondit Ganz.

— Ce n'est pas si terrible... une petite chute de rien du tout... comparée à celle qu'Akerlane est en train de vivre ! »

Le chat alangui sur les genoux de Ganz se dressa alors sur ses pattes. Il sauta au sol à la manière détachée des félins et trotta nonchalamment entre les fauteuils du wagon. Personne ici, à part Vera, ne portait de relais coÊve et il devait l'avoir senti. L'animal se montrait curieux et pour la première fois depuis plus de cinq jours, il miaula, cherchant de-ci de-là des attentions et à son passage matois et équivoque, volant quelques caresses.

Vera l'avait suivi des yeux. Elle se tourna vers Ganz et son visage devint grave.

« Je vous dois une explication, dit-elle.

— Vous ne me devez rien, répondit-il avec légèreté. D'ailleurs, je ne vous ai rien vendu.

— Il faut que je vous dise... j'ai bien cru que les belles paroles d'Akerlane auraient fini par vous séduire. Quand même ! La fin du travail...

— Elle se fera! Sans lui!

— Et sans le chat.

— Sans le chat..., sourit Ganz. Allez-y! Expliquez-moi... Vous en mourez d'envie.

— Je ne suis pas seule, commença Vera. Nous sommes un petit groupe... la plupart travaillaient avec moi à toTem... On a inventé quelque chose... Quelque chose de nouveau... »

* * *

L'invention dont parlait Vera était une idée simple, de ces idées qui émergeaient d'elles-mêmes, mues par des pentes invisibles au long de chemins cachés comme une source jaillissant de la pierre là où il n'y avait rien, à la faveur des pluies.

Ganz but les mots de cette femme qu'il découvrit plus étrange encore et plus désirable à mesure qu'elle lui livrait la quintes-sence de son secret. Il fit même ce qu'il ne faisait que rarement. Il se mit à prendre des notes. Il commençait à comprendre qu'il venait de rentrer − et sans prendre réellement garde où il avait mis les pieds! − dans les tumultes rieurs d'un torrent de l'his-toire. L'invention de Vera Kamienka et de ses compagnons avait assurément la force de dévaler jusqu'à la côte et un jour de se mêler à cet océan où Akerlane, avec d'autres puissants, épiait les courants.

Vera avait inventé une monnaie.

Une monnaie neuve dont la valeur s'appréciait automatique-ment quand elle finançait une activité associant et faisant agir ensemble un grand nombre de personnes et inversement, dont la valeur se dépréciait automatiquement lorsqu'elle finançait une activité portée par très peu de gens, sinon par un seul. Elle avait appelé son invention la « monnaie à somme positive » ou encore « monnaie PIXEL », « monnaie quantique », en référence à sa structure élémentaire non divisible. Il s'agissait ni plus ni moins que d'une forme nouvelle d'argent, un référent de valeur et d'échange inédit, conçu et créé pour être favorable aux coopérations humaines et pour agir défavorablement à l'égard des accumulations de capital tenues par un petit nombre. Pour l'immense majorité des êtres humains, elle serait la monnaie d'un futur désirable. Une monnaie évolutionnaire. Une monnaie de lutte. C'était ce qu'elle espérait profondément.

Au moment de la fusion-vente de toTem, Vera avait introduit une masse suffisante de monnaie PIXEL dans les comptes de société et de la holding d'Akerlane pour que le capital de coÊve se déprécie rapidement. Les algorithmes qui géraient les cours de bourse n'avaient pas mis longtemps à repérer la baisse substantielle de valeur. Avant que le train ne dépassât Lyon, le titre de la plus grande entreprise au monde chutait à grande vitesse sur les places de Londres et de Berlin, entraînant une panique mondiale qui toucha toutes les sociétés cotées d'Akerlane. En quelques heures, le coev de coÊve se dégrada, cédant un cran après l'autre, jusqu'à se stabiliser à un CEE1 infamant.

« Alors, dans cette histoire, le chat a joué la chèvre ! se moqua Ganz.

— Je t'avoue, dit Vera, que j'ai imaginé un instant qu'il pourrait m'être utile. Tu imagines ? Glisser dans les rêves et dans la tête des gens que la monnaie en laquelle ils doivent avoir confiance, ce n'est plus le DOL, l'EUR ou le YEN, mais la PIX! Tu crois vraiment que je n'ai pas été tentée? »

Lorsque le train pénétra dans les quartiers de Marseille, le chat avait définitivement adopté la faune du wagon. Il devint clair pour Ganz que leur relation s'achevait là, dans le train des Condoms où régnait le silence du réseau.

Ce fut au bord de la mer, devant la silhouette rase du Frioul, que Vera prit pour la deuxième fois sa main.

« Ganz, dit-elle. Je voudrais que tu nous rejoignes. Nous sommes encore un tout petit groupe. C'est nous qui allons sortir l'humanité de la reproduction du même.

— C'est du Akerlane dans le texte!

— Akerlane a raison, même si son rêve des rêves ne sera pas le mien. Les êtres humains peuvent être capables du meilleur. Il faut parfois flécher la voie! Notre invention redonnera de la valeur, pas seulement une valeur morale, mais une valeur tangible, collective aux actions des femmes et des hommes qui veulent s'épauler, s'entraider, œuvrer et vivre ensemble.

— Une révolution... tu y crois?

— Une évolution... et, oui, j'y crois! Nous sommes devenus des peuples matérialistes. Ce n'est plus ni la charité, ni les dieux, ni des matadors de chefs qui nous conduiront à l'entraide. Moi, ça... je n'en veux plus! Je veux un outil qui mesure et qui renforce nos actions lorsque nous nous soutenons, que nous faisons œuvre à plusieurs. Le règne des humains vient de la coopération. Si on ne retrouve pas un instrument de valeur qui nous permette d'en vivre, nous resterons à jamais les esclaves du vieil argent qui nous divise... et de ses possédants. Sans la

PIXEL, nous resterons à jamais leurs travailleurs. Avec ou sans emploi. Avec ou sans salaire.

— Tu sais, on ne se connaissait pas hier... et pourtant...

— Je sais... »

Les vagues à leurs pieds, subtiles, ne couvraient pas leurs mots, mais elles les imprégnaient d'un frisson de sable. Ganz fit un pas vers Vera, il se tenait juste devant ses yeux paille.

« Toi et tes amis, vous allez réussir... oui... c'est certain... Mais moi là-dedans ? Je suis à la rue, Vera ! Je n'ai rien... je ne suis rien... Tout ce que je fais, c'est vendre des titres protocodés... Qu'est-ce que tu veux que je t'apporte ?

— Viens, lui dit-elle. Nous sommes à Marseille... je veux que tu voies quelque chose. »

Elle l'entraîna sans plus parler. Ils longèrent les anciens quais de chargement, marchant côte à côte en silence. L'entrain de Vera claquait à chaque pas. Après un quart d'heure de cette marche soutenue, elle sauta dans une chenille à dix roues et Ganz l'imita. La chenille suivait un sillon immuable d'un hôtel à l'autre. Dans toute la zone des docks, les hôtels et les immeubles avaient poussé face aux bassins et à la mer. De grands paquebots colorés y côtoyaient de fines bâtisses lisses et réfléchissantes. Même la digue du Large, 7 kilomètres de roches et de béton qui s'étendaient comme un emblème, avait fini par être prise d'assaut par cet appétit d'horizon. Vera et Ganz poussèrent plus loin, là où la digue était demeurée vierge, brute et sale.

L'air trépida soudain au-dessus de leur tête. Un drone passa à quelques mètres. La frêle machine volait avec une constance touchante, emportant entre ses tenailles une charge légère.

À proprement parler, il ne s'agissait pas d'un unique engin, mais de seize blocs hexagonaux capables de s'assembler géométriquement : douze blocs, dotés d'une hélice, donnaient à l'ensemble sa poussée, tandis que quatre blocs centraux, munis de bras, d'aimants et de tenailles, tenaient en ferme équilibre un minuscule container. Ce système en attelage s'ajustait pragmatiquement au poids et au volume de la charge qu'il supportait ; en se saisissant d'un objet, il devait estimer, par calcul d'abord puis par itération, la géométrie et le nombre de blocs nécessaires pour l'emporter dans les airs. Le temps que Ganz en saisisse le fonctionnement, le multidrone s'était éclipsé dans le creux d'une niche trouant la paroi d'un petit hangar. Trois drones pareillement attelés sortirent à cet instant des niches. Ils se mirent en file et comme si un rail invisible les avait guidés dans l'air, ils survolèrent la digue, puis prirent vers le large, emportant leur chargement par-dessus l'agitation des vagues.

Loin dans la rade, là où filaient les drones, flottait une immense barge en construction. Sa taille seule était impressionnante : la longueur approchait le kilomètre, la largeur plus de la moitié. Entourée de dizaines, de centaines d'embarcations et de chaloupes, la barge demeurait à l'état de squelette ; on distinguait néanmoins la forme dont elle s'inspirait. C'était une raie manta titanesque.

« La Cité des Meriens », dit Vera, pareillement prise d'admiration et de tristesse.

Ganz reconnut alors ce que cette construction tronquée aurait dû être : la fameuse ville océanographique internationale née de l'esprit de l'architecte fou et ambitieux Rougerie au début du siècle. Le projet de ville flottante avait finalement été lancé en 2037 et comme 70 ans auparavant pendant la conquête de l'espace, l'humanité retint un temps son souffle, éblouie d'apprendre que se construisait une nef ultramoderne, port scientifique mobile destiné à explorer et à connaître l'immensité des océans... Nouvelle preuve du génie humain. En 2042, le projet avait explosé toutes les prévisions budgétaires et lentement, il s'engloutit dans les profondeurs des dépassements financiers. La raie manta géante, construite à 47 %, peinait aujourd'hui à seulement maintenir un état d'entretien acceptable. Nul n'avait encore eu le courage de mettre fin à l'utopie.

« Le capitalisme sait envoyer des milliardaires en orbite, dit Vera d'un ton aigre, mais il ne sait pas faire *cela*.

— C'est aberrant, fit Ganz qui ressentait vivement son dépit

— BJI3... C'est le coev actuel de la Cité des Meriens. Performance à J. Confiance à I. Personne n'y croit plus! On en est déjà à regarder ailleurs... à oublier que ça a été possible... Mais regarde-la! Magnifique et pathétique! Arpenter les océans... découvrir... comprendre les inventions naturelles... les intelligences insoupçonnées qui se cachent encore à nos yeux... Les humains ont tout à y apprendre... et ce projet n'a aucune chance. Trop cher. Sans la moindre perspective de retour sur investissement. Nos États sont malingres. Il faudrait un Empire pour créer une œuvre aussi vaste.

— Et qui voudrait d'un Empire?

— Alors... Tu comprends?

— Je ne suis pas certain...

— Regarde! reprit Vera que regagnait l'enthousiasme. L'horizon... L'utilité d'un projet comme celui-là est horizontale! Il ne rapporte rien à une poignée de financeurs... il apporte quelque chose à tous les humains. Il se fonde sur une coopération étendue de scientifiques, de marins, d'artisans, d'ingénieurs, de jeunes, de vieux, de femmes et d'hommes, de baroudeurs et de curieux... Le capitalisme est une structure d'accumulation verticale avec une anticipation de profit rapide. Ça ne peut pas marcher! Alors que ma PIXEL... oui! En lançant une souscription mondiale en monnaie PIXEL, on obtiendra un fonds qui gagnera en valeur à mesure que la construction de la Cité des Meriens aura repris. En deux ans, peut-être trois, le fonds aura doublé sa valorisation. Voilà pour quoi la PIXEL est faite : pour que nous, les humains, on puisse faire *ça*. »

Irritée, peut-être, de se sentir émue, Vera s'éloigna. Elle déambula alors quelques mètres sur la digue du Large, seule, absorbée par l'ampleur de la mer, par l'étrangeté de la Cité inachevée qui mouillait dans la rade et par la tempête d'idées qui pulsaient en elle.

Une brève nuée de multidrones, revenant de son périple au-dessus de l'eau, paraissait maintenir un espoir. Vera fit demi-tour. Elle se planta, farouche, devant Ganz. D'un mouvement de tête, elle désigna la silhouette recourbée de la Cité marine, au loin.

« Tu vois comme vous vous ressemblez! lui dit-elle avec une dureté soudaine. Toi et la Cité des Meriens, vous êtes bons pour la casse! Vous ne valez strictement plus rien! En fait, vous êtes coûteux dans le monde tel qu'il est... Ganz! Le truc, c'est d'y croire ou pas. Si tu ne viens pas avec nous, à quoi sert qu'on la sauve? C'est toi *et* elle! »

Vera fit un pas de côté... Ses cheveux badinaient avec la brise... Elle regardait là-bas et Ganz percuta son mystère. Il émanait d'elle une volonté indescriptible, comme si l'avenir lui avait été dessiné.

« Alors ! dit Vera. Tu te décides ? »

Peek – nm ; de l'expression (ang.) « jeter un coup d'œil » ; personne capable d'apprécier au premier coup d'œil la cotation d'un individu, d'un produit ou d'un service. Les peeks, formant entre eux une communauté d'identification culturelle, ont souvent été comparés aux geeks du début du siècle.

Protocode – nm ; de l'association des termes « protocole » et « code » ; mesure quantifiée et qualifiée d'une activité humaine. Système de cotation réalisée dans le cadre d'une recherche ou d'un audit personnel. Le protocode, forme de cotation profonde de source unique, s'oppose dans son principe à la coévaluation, instrument de mesure partagée dont la fiabilité repose sur le nombre et la variété de ses sources. Dans de nombreux pays, les tribunaux ont qualifié le protocode de piratage pur et simple. Le protocode viole en effet le principe de juste équilibre suivant lequel la cession automatique de données personnelles repose sur l'obtention d'un service en bonne et due forme.

RUE – acronyme ; Ressource Universelle d'Existence ; la ressource universelle est un dividende (une division) de la valeur sociale, rapportée à un individu. La part fixe de cette ressource est fixée trimestriellement par le gouvernement, tandis que sa part variable est déterminée par la valeur de cotation sociale associée à l'individu (moyenne journalière). La RUE fait partie des droits constitutifs de la personne humaine. Elle est perçue à vie par tout individu de citoyenneté européenne, dès l'âge de sa majorité économique (+ 12 ans).

Digite – nm ; agent numérique capable d'apprendre et d'opérer les logiques complexes ainsi que les langages professionnels. À sa création, un digite possède son propre champ de spécialité, tel que le droit, la médecine ou les ressources humaines. Ses compétences s'accroissent avec le temps. Dans le monde de l'entreprise, il est d'usage de soumettre les sujets sensibles à l'appréciation d'un collège de digites.

Corusquer, verbe intr. : de coruscation ; briller de l'éclat vif et lumineux des météores ou de l'électricité.

ARCHIVE

Notes (reprises) de Ganz sur la monnaie PIXEL, tirées des propos de Vera Kamienka dans le train des Condoms, trajet Paris-Marseille, automne 2051.

Tout venait d'un anachronisme. Vera était partie de là. L'un des plus vieux récits humains, l'une des plus anciennes histoires était devenue désuète. C'était l'histoire à la fois la plus courte et la plus partagée. Elle avait reçu des centaines de noms, mais elle restait partout la même. Akerlane aurait apprécié ! C'était le récit le plus universel et même des ennemis farouches pouvaient s'accorder une trêve pour le seul plaisir de l'entendre. C'était l'histoire la plus brève, la plus conséquente et triviale. Comme les anciens dieux, elle prit toutes les formes. Elle fut bœuf, sel, nacre, ambre, métal, papier, coquillages, thé, chiffres et écritures. À Rome, elle fut la mère des muses, la Junon que l'on surnomma Moneta ainsi que ses hôtels où on fondait ses ors. L'histoire conserva le surnom et ainsi elle nous devint familière, en s'appelant *monnaie*.

L'idée de Vera est que la monnaie sous sa forme divisible, celle que nous connaissons, n'était plus adaptée aux usages de la coopération horizontale qui fleurit partout dans le monde. Pour elle, cette monnaie classique est devenue pathologique, malsaine, arriérée, anachronique alors que s'est tant répandue l'horizontalité des activités, des décisions et des échanges, ce qu'on a appelé le « codéveloppement de la Seconde Renaissance ». Elle reste une monnaie de banquier. On doit inventer autre chose.

Vera dit ceci : « le problème, c'est que la monnaie est bel et bien la fiction universelle de la valeur et des échanges. Ça marche ! et pourtant, elle n'est pas faite pour ça. Elle est toujours un matériau qui se divise, comme le sel, le blé, les blocs de thé qui étaient ses premiers avatars. Elle se divise comme une chose matérielle. Comme des parts de pizza. Alors que c'est une fiction. Une histoire. Elle n'existe pas vraiment. C'est une forme de savoir. La connaissance ne se divise pas, vois-tu, elle se multiplie au contraire, c'est le principe de Soudoplatoff ! Il n'y en a pas moins quand on donne de la connaissance, il y en a plus. La monnaie ne devrait pas se diviser ! La monnaie future ne le fera plus. »

La monnaie à somme positive a un fonctionnement orienté. Sa particularité, c'est qu'elle prend de la valeur proportionnellement au nombre de coopérations dont elle supporte le financement. Et inversement, elle perd de la valeur si les coopérations sont peu nombreuses ou, pire, inexistantes. Donc... si cent personnes investissent ensemble dans un projet en monnaie positive, le montant de leur investissement s'accroît immédiatement, du simple fait qu'ils sont cent à partager le même investissement. Là où il y a 100 au départ, il y aura bientôt 105, puis 110, etc. Et si le projet financé engendre un grand nombre de coopérations, si le maillage des activités est dense, là encore, le capital en monnaie positive augmente de valeur. À l'inverse, si on prend le cas d'un petit nombre d'investisseurs qui financent une grosse usine robotisée faisant travailler une poignée de sous-traitants : il y a là tous les ingrédients pour qu'une somme en monnaie positive se déprécie. Là où il y avait 100 au départ en capital investi, il ne restera bientôt plus que 95, puis 90, et ainsi de suite...

Vera s'est inspirée de la physique quantique. Elle compare la monnaie classique à un système d'énergie thermodynamique où les crises ressemblent à des dégagements de chaleur sous forte pression. Cette monnaie est une suite continue, faite uniquement de chiffres, elle peut être mesurée, calculée et comme l'énergie, elle se conserve en changeant de forme, qu'il s'agisse d'un lingot ou d'une écriture sur un livre de compte, de dollar ou de yuan. Les variations qui donnent les cours de change et l'inflation qui résulte du rapport de la masse au temps, sont de simples formes entropiques. La monnaie classique est certes le parfait référent de valeur, mais cette valeur ne varie pas en fonction de ce qu'elle finance. Elle n'est pas orientée. C'est l'argent sans odeur.

Vera a voulu trouver une forme élémentaire, une quantité discrète de monnaie, un quantum de monnaie. De tous petits morceaux de valeur, indivisibles. Pour le dire autrement, Vera voulait pixeliser l'argent. Elle a donc fait de ces suites continues de chiffres des pixels de valeur. Avec des quanta de monnaie, des pixels de monnaie, il devenait possible de suivre leurs combinaisons, leurs associations.

Son but ultime, c'est de prendre les algorithmes d'évaluation sociale en vigueur pour les individus et de les utiliser pour la monnaie. Vera veut rendre la monnaie qualifiable et évaluable et pour cela, il lui fallut faire de la monnaie un « individu ». Indivis. Quelque chose qui ne se divise pas.

Le Profil
Li-Cam

Je marche d'un pas presque indolent. Mon regard reflète le vide que j'impose à mon esprit ; la béance, ce faux ami de la béatitude, qui musèle mes pensées. Comme en écho, un silence de cathédrale emprisonne la place de la Défense. Les adeptes encore peu nombreux à cette heure matinale déambulent, s'arrêtant parfois brièvement devant un distributeur de vivres qui crache nourritures, boissons, artefacts et étoffes synthétisées, en fonction de leurs croyances et de leurs convictions. Sans voir les disciples, je sens leurs ombres flotter quelque part entre moi et l'infini. Leur existence est à peine palpable, elle se contente d'alourdir un peu l'atmosphère, lui octroyant la texture d'une fumée. Un gaz soporifique. Je laisse le temps glisser, déraper à la surface de mon âme.

« Quand les géants n'ont plus su quoi brader, ils ont vendu notre âme au diable ! », hurle une voix.

Catapultée dans l'ici et maintenant, ma conscience se jette sur la source du vacarme : une vieille femme, vêtue d'un tailleur bleu début de siècle dégoté sur le marché impie, prêche l'apocalypse, debout sur une antique chaise de jardin en plastique.

« Ils ne seront satisfaits que lorsqu'ils nous auront vidés de notre sang ! »

Le ciel bas se met à postillonner des gouttes de pluie fines, poisseuses. Je rabats la capuche de mon sweat-shirt sur ma tête. Depuis quelques années, ils sont nombreux à annoncer l'imminence d'une apocalypse qui a déjà eu lieu. Les « brûlés » ne se terrent plus chez eux et vocifèrent désormais dans les rues. Il est à peine 8 heures et les voilà qui investissent la place. Un peu plus loin, un homme d'une quarantaine d'années, engoncé dans un costume de marié trop étroit datant du siècle dernier, annonce l'arrivée du vengeur, les bras tendus vers le ciel.

« Heureux ceux qui lavent leurs robes ; ils pourront disposer de l'arbre de la connaissance, et pénétrer dans la Cité céleste par la grande porte. Dehors les chiens, les sorciers, les impurs, les assassins, les idolâtres et tous ceux qui se plaisent à faire le mal ! »

Ma paix intérieure part en lambeaux, pétales de rose qui s'éloignent au gré d'une brise glacée. Je m'effrite lentement. L'instant présent qui s'était dilaté jusqu'à englober mon passé tout entier et quelques parcelles d'un hypothétique futur se dégonfle, me ramenant à un plan d'existence pas plus gros qu'une bulle de savon. À me voir aujourd'hui, personne ne peut deviner ce que je fus autrefois.

« Sois fidèle jusqu'à la mort, en échange de quoi le grand Total t'enseignera le sens de la vie ! »

Ce brûlé mériterait que je lui accorde un peu de mon temps, mais j'ai un rendez-vous. S'il est encore là à mon retour, je prendrais peut-être la peine de lui parler. En dépit des apparences, les brûlés ne sont pas fous. Le fanatisme qui les anime n'est que le symptôme d'une profonde prise de conscience, un terrible électrochoc qui les a expulsés hors de leur environnement naturel, les laissant tremblants, sans défense, en milieu hostile. Terrifiés par ce qu'ils ne s'expliquent pas, ils usent leur force à mettre le monde en garde contre des monstres imaginaires. Mieux vaut une chimère cauchemardesque qu'une réalité pitoyable. Tout près d'eux, les adeptes des grandes corporations marchent d'un pas lent, serein, pareil au mien. Drapés dans leurs vêtements imprimés à domicile, selon des modèles précis ne leur laissant aucune marge de manœuvre, ils ressemblent à des sculptures abstraites d'où pointe encore un peu trop d'humanité.

En passant devant l'Arche de la Défense, je ne peux m'empêcher d'acquiescer tristement. La fenêtre ouverte sur le monde attire à elle les brûlés comme un aimant. Aujourd'hui, elle ne laisse voir qu'un horizon bouché, un ciel bas et gluant, un monde empêtré dans un présent étriqué.

« Vous êtes tous comme moi! Exactement comme moi! s'écrie un jeune homme déguisé en forçat. »

Je l'ai déjà croisé de nombreuses fois, pourtant son costume fait main m'interpelle toujours autant. Les rayures de sa blouse, au lieu de s'étirer sur l'horizon, s'érigent de la terre vers le ciel. Je lui ai déjà fait remarquer l'originalité de sa mise, ce qu'il a refusé d'entendre : « Je suis exactement comme tout le monde ! » Puis, avisant le fil violet noué autour de l'index et de l'annulaire de ma main droite, il s'est tu brutalement. J'ai essayé de le rassurer, mais il a reculé, terrifié, en me suppliant de le laisser en paix. Je n'ai pas insisté. Une fois échappé de prison, on peut rester enfermé toute sa vie, si on ne fait pas l'effort d'abattre les murs que l'on a érigés en soi. Les cadres des grandes corporations sont les plus difficiles à libérer. Prisonniers d'un système qui s'est imprimé au fer rouge dans leur conscience, il leur faut parfois des années avant d'accepter de faire quelques pas en dehors de la cage.

Comme en réponse à cette réflexion, je me tourne en direction de l'immeuble qui abritait autrefois BNP Paribas et qui est aujourd'hui le siège de la corporation du *Grand Total*. D'où je me tiens, je ne peux le contempler, mais je sais qu'il s'élève quelque part, en compagnie de quelques-uns de ses semblables. Fées maléfiques encerclant le berceau d'un nourrisson, les sièges des corporations fleurissent autour de la place de la Défense : The Mystical Apple, le Buda Orange, l'Aube Réelle, Angel Nes...

Quand le premier serpent a mordu dans la pomme, nous avons tous pensé à une mauvaise blague. *Take a bite !*

Les technologies de réplications synthétiques devaient nous offrir une autonomie individuelle sans pareille. Tous émancipés de l'obligation de travailler, un futur utopique où nous serions maîtres de notre existence s'offrait à nous. C'était sans compter sur la capacité d'adaptation follement prédatrice du néocapitalisme. Les grandes entreprises se sont très vite rendues à l'évidence : elles n'auraient bientôt plus rien à nous vendre. La concurrence acharnée les avait déjà contraintes à emmailloter leurs produits dans des rêves de pacotille conçus en laboratoires de psychologie comportementale et d'ingénierie sociale, des chimères visant à colmater nos identités bousculées par une liberté sans autre but qu'elle-même. Confrontées à la mort imminente du système, les multinationales ont fini par investir le seul espace vierge encore à conquérir : notre subconscient.

Google, l'œil qui voit tout, te guide sur la voie de la sagesse.

Sur cette dernière réflexion, je reprends mon chemin d'un pas traînant. Lentement, j'avance parmi les adeptes, zigzaguant entre les brûlés qui haranguent avec force le néant.

« L'Apex est grand ! Loué soit le grand Apex ! Que le grand Apex se foute au cul ses putains de préceptes ! Le grand Total est tout puissant. Loué soit le grand Total! Que le Totu se noie dans son infect purin!»

Celui-ci brûle d'une tout autre essence, il consomme un carburant plus noir et amer que le pétrole. Vêtu d'une parka synthétique arborant le logo du Grand Total, un cercle discontinu, rouge, bleu et jaune, il porte une vieille paire de chaussures de sécurité chinée sur le marché impie.

« Buda Orange est sage! Il entend tout. Loué soit le vénérable Buda Orange! Que le Buda brûle en enfer avec tous ses adeptes!»

Agacé par cette diatribe qui me ramène à ma propre histoire, je baisse les yeux sur mes baskets neuves en cuir véritable, passées méticuleusement au papier de verre. Je me tiens à un dress code discret, semblable à celui des brûlés. En des temps reculés, j'aurais été promis au bûcher; en d'autres un peu moins anciens, on m'aurait dit initié; il y a trente ans, je faisais partie d'un corps de métier très présent en Entreprise. Avant que les patrons des grandes Multinationales ne se prennent pour des prophètes, j'étais ce que l'on appelait dans le jargon des hautes sphères un bras gauche, un sombre individu qui n'apparaissait sur aucun organigramme, souvent surpris en compagnie des dirigeants. Quelqu'un qui ne s'exposait pas, qui n'allait pas au contact des médias. Quelqu'un qu'on n'aimait pas croiser dans un couloir et en présence de qui les conversations s'étouffaient brutalement. Sans être investi d'une mission identifiée, j'étais en possession de compétences particulières qui m'octroyaient tous les pouvoirs. Je l'ignorais alors, mais je préfigurais un tout nouveau type de dirigeants.

Les Saints Hommes...

Au début, individu lambda, comme vous n'avez rien connu d'autre dans votre vie que l'angoisse du chômage et les fins de mois difficiles, les *philosophies de vie clef en main* des corporations vous apparaissent comme un miracle. En échange de votre loyauté sans faille, elles impriment et montent votre villa en kit, vous fournissent des synthétiseurs de nourriture, de boissons et de vêtements en accord avec vos convictions, les chaînes d'informations et de divertissement vantent la vision du monde qui vous correspond. Vous êtes formé, vos enfants éduqués et soignés selon les préceptes qui vous mèneront au bonheur et à la paix intérieure. Vous écoutez les artistes, vous lisez les auteurs, vous regardez les films et les séries qui élèveront votre conscience vers de nouveaux horizons insoupçonnés. Le réseau social de votre corporation vous rapproche de vos semblables. Vous mangez, vous dormez, vous rêvez, vous respirez Buda Orange, Aube réelle, Apex ou Grand Total. Sans même vous en rendre compte, vous ne fréquentez plus que les adeptes de votre corporation. Vous vous sentez à l'aise avec eux, ils mangent comme vous, s'habillent comme vous, pensent comme vous, aspirent aux mêmes choses que vous. Grâce au Saint Homme, *vous ne manquez plus de rien et tout fait sens dans votre vie.* Puis un matin, la vérité vous apparaît, fugace ligne d'horizon en plein désert, et elle vous consume sur place.

J'arrive enfin sur les lieux de mon rendez-vous.

* * *

À peine entré dans l'immeuble, j'abaisse la capuche de mon sweat-shirt. Le hall est représentatif du Nouvel Éon : sol de marbre blanc orné du *pont qui unit tous les hommes* – murs de verre poli et grands miroirs sans tain ; un décor dont personne ne voudrait chez soi à moins de souffrir d'un trouble sévère de l'identité.

Mon irruption a attiré l'attention d'une des hôtesses d'accueil qui m'observe d'un regard méfiant, assise derrière une colossale banque immaculée, avec quatre de ses consœurs.

Je me pare de mon sourire le plus enjôleur, qui se mariait à merveille il y a trente ans avec un costume à 10 000 euros, mais qui avec mon accoutrement actuel me donne l'air d'un pervers.

« Vous n'avez rien à faire ici ! me lance-t-elle.

– J'ai rendez-vous avec Inès Palatin.

– Et vous êtes ?

– Le Profil. »

Je vois dans son regard qu'elle rencontre quelques difficultés à intégrer l'information. Sa main avance vers le téléphone, mais reste un instant en suspens. J'imagine aisément les impulsions électriques fusant dans toutes les directions sans trouver un circuit de neurones menant plus loin qu'un déni, sans dégoter un couloir qui déboucherait sur une explication logique, des centaines de trajectoires, de tentatives avortées, avant d'accepter de lâcher prise. Petit choc produit de gros effets. Elle me lance une œillade évaluatrice, puis se décide à appeler. J'en conclus qu'elle est intelligente et qu'elle n'est pas à sa place. Me définir comme une somme de mensonges permettant d'évaluer en quelques instants un interlocuteur serait encore bien en deçà de la réalité.

« Il est là », murmure-t-elle dans le combiné.

Elle raccroche et se lève sans précipitation. Pas très grande mais svelte, elle porte une des nombreuses variantes des vêtements sacerdotaux du Nouvel Éon : une robe en forme de trapèze. Elle a choisi une version gris perle agrémentée d'un voile doré lui enveloppant les épaules. Ses cheveux bruns sont ramenés en chignon, une coiffure qui dénote une parfaite maîtrise de soi ; quelques cheveux s'échappent çà et là, mais ils ne font que souligner le conformisme de l'ensemble.

« Suivez-moi ! »

Elle ne s'est pas approchée à moins de cinq mètres et s'éloigne déjà. Elle ne m'a pas souri, ne s'est pas présentée, ne m'a pas demandé comment j'allais, ni si je voulais un café ou un thé Nouvel Éon. Toutes ces petites attentions censées mettre le visiteur en confiance ne lui sont d'aucune utilité avec moi, elle le sait ; en dire le moins possible est la seule option à sa disposition.

« Merci d'être descendu pour m'accueillir en personne, Inès.

— C'est normal. »

Elle ne ralentit pas en entendant son prénom, ni ne prend la peine de se tourner pour me remercier de ma gentille attention. À quoi bon faire semblant ? Elle n'est pas venue m'accueillir, elle s'est installée parmi les hôtesses pour que ces dernières n'aient pas à me parler.

Elle se poste devant l'ascenseur, sort un badge de la poche de sa robe puis le passe devant le capteur. La porte s'ouvre, mais Inès ne bouge pas. J'entre et me plante au milieu de la cabine.

« Qui vous a transmis mes coordonnées ? »

Elle entre à son tour, me tourne le dos, le nez collé à la sortie.

« Le Saint Homme », me répond-elle.

Elle se tait. Que pourrait-elle ajouter de toute façon ? Rien de ce qu'elle m'indiquera sur la situation ne pourra me servir.

Comme par inadvertance, mon regard se pose sur sa nuque et remonte vers son chignon. L'une des épingles est tordue, signe qu'elle s'est préparée à la hâte ce matin. Déjà, des détails en apparence triviaux attirent mon attention. Le rythme de ma respiration ralentit et les battements de mon cœur atteignent leur vitesse de croisière, à peine 45 pulsations par minute.

À chaque fois que la Béance se creuse dans mon esprit, elle se signale par l'image d'un majestueux cheval blanc galopant sans cavalier dans la nuit. J'ai commencé ma formation à trente-deux ans. Allumer une bougie n'est pas un jeu innocent. À partir du moment où la lumière embrase une pièce sombre, elle fait plus qu'éclairer, elle ne laisse plus de place au mystère, les dieux et les monstres qui nous rassuraient disparaissent et il ne reste plus que des hommes, à lire comme de vulgaires carnets de notes.

La porte de l'ascenseur s'ouvre sur un couloir bondé en dépit de l'heure matinale. Épris de liberté, le cheval blanc se rue hors de l'ascenseur et piétine la dizaine de personnes, hommes et femmes, en vestes et robes trapèze, qui attendent, la mine grave. Certains sont vraiment tristes, d'autres affectent de l'être, d'autres encore ne peuvent identifier ce qu'ils ressentent et s'en veulent de ne pas être à la hauteur de la tragédie qui les a tirés du lit à l'aube. Quelques-uns ont été les disciples d'une autre corporation avant le Nouvel Éon et arborent les cicatrices honteuses de tatouages effacés au laser. Une jeune femme transportant une urne en verre de synthèse emplie de cendres arbore un fil discret, couleur chair, noué autour de l'index et de l'annulaire de la main droite. La vue de cette cordelette de coton naturel m'émeut plus qu'elle ne le devrait et me propulse vers le passé d'un prodigieux coup de sabot. Des bribes d'une conversation vieille de trente ans remontent vers ma conscience sans que je puisse les réprimer.

« Je suis certaine que c'est André Longe qui sera nommé au poste. »
Elle venait de m'asséner l'information avec une force de conviction apparemment sincère, mais la façon dont elle guettait ma réaction contredisait ses dires. Elle cherchait seulement à confirmer son intuition. À cet instant, j'aurais pu décider de l'envoyer dans une direction ou une autre, mais j'ai préféré la laisser dans le doute.

« Tu n'en penses rien. »
Une affirmation, pas une question... Elle avait deviné que je savais des choses, mais ignorait quoi exactement. Déboussolée, elle s'est tournée vers son ordinateur.

« Tu le connais ? »
Son écran affichait la photo de Laurent Diaz, le directeur du département Ingénierie. Où voulait-elle en venir ?

« Oui.
— C'est un tordu. »
Toujours la même force de conviction. Mais cette fois, elle ne guettait pas ma réaction. Ne pouvant confirmer son intuition, ne sachant pas en conséquence sur quel poulain miser, elle avait décidé d'abattre un des concurrents. Froidement. Sa compréhension des comportements humains lui indiquait que le PDG m'avait à la bonne et que je me précipiterais pour lui rapporter ses propos. C'est évidemment ce qui paraissait le plus logique. Elle ne pouvait pas imaginer autre chose.

« Il prend plaisir à rabaisser ses collaborateurs, surtout les femmes. J'en ai souffert au début de ma carrière. Tout le monde s'en plaint, je ne comprends pas qu'il soit toujours en poste. »

Le crime presque parfait. Froid et sans remords.

« *Il t'a menacée ?*

— C'est un bien grand mot, non ? »

Effectivement, les mots ont un sens, ils sont censés dépeindre une réalité, mais ils peuvent aussi créer des chimères qui prennent corps au fur et à mesure qu'elles se propagent de bouche en bouche.

« *Tu as été victime de harcèlement moral ?* »

Pensant que j'avais mordu à l'hameçon, elle s'était tournée vers moi. Petit animal traqué.

« *J'ai peur des représailles !* »

Parmi les cadres dirigeants – membres d'un conseil d'administration – il y avait alors trois règles d'or à ne jamais enfreindre : respecter ses ennemis, ne trahir que ses amis et mépriser tous les autres. À ce niveau de responsabilité, seuls les plus coriaces parvenaient à se maintenir en place. Une guerre sans fin, sans cadavres, sans traces de sang, où les victimes étaient aussi des tueurs. Mon interlocutrice venait de commettre une grave erreur ; si son histoire sortait du bureau, elle serait écartée. J'aurais pu lui expliquer que c'était à elle de gérer son tordu. J'aurais pu lui conseiller de garder ses déboires pour elle.

Mais elle mentait.

Alors, je l'ai laissée se saborder sans état d'âme.

À cette époque bénie, les individus comme moi étaient encore rare dans le monde du travail. Et puis, dès la fin du siècle dernier, on a commencé à former des hommes et des femmes sans se soucier de leurs aptitudes personnelles, sans se préoccuper de ce qu'ils feraient de leurs compétences. On leur a enseigné comment soigner et comment tuer, sans s'interroger sur les conséquences. On a remis la valise nucléaire à n'importe qui.

Pas étonnant que quelques années plus tard, le monde de l'entreprise soit passé de la guerre de tranchées à la guerre atomique, territoire radioactif, où ne survivaient plus que quelques mutants.

Souriez, vous n'êtes qu'un prisonnier de guerre que personne ne viendra sauver !

Inès me ramène brutalement au présent, en annonçant :
« Le Profil est arrivé. »

* * *

Installé dans le fauteuil désormais vide du Saint Homme, je préside le Conseil d'Éthique du Nouvel Éon, composé de onze membres, neuf hommes et deux femmes : Inès et l'apprentie Profil ; un ratio qui me communique plus d'informations qu'il n'y paraît sur le fonctionnement de ce groupe.

Horrifiés, ils me regardent tous comme si j'étais une hallucination générée par une folie collective : un brûlé assis sur le trône. Mon déguisement n'a d'autre but que d'imprégner cette image dans leur subconscient. À ce niveau de responsabilité, ils se pensent au-dessus du commun des mortels, alors qu'ils sont les plus communs des mortels, extrêmement vulnérables aux suggestions émises par l'ordre social : c'est ce qui leur a permis de s'élever au sein de la hiérarchie des corporations.

« Vous pouvez procéder », dis-je à mon homologue.

À mon commandement, elle se lève, pose l'urne contenant les cendres du Saint Homme au milieu de la grande table en résine irisée et se rassoit. La présence posthume et centrale de leur leader est censée leur indiquer qu'il continue à les guider par-delà la mort. Bien sûr, tout ceci n'est qu'une mise en scène, l'esprit de Rémi Tillier a quitté ce monde. Et malgré les apparences, je ne suis pas là pour communiquer avec l'au-delà, ma mission consiste seulement à évaluer les vivants.

Je laisse le silence peser de tout son poids sur l'assemblée, écrasant ainsi le temps et le forçant à ralentir sa course.

« Vous êtes trop discret. Vous gagnez vraiment à être connu. »

J'ai souri, lui laissant penser que j'avais été touché par son compliment. Tout mon art consistait justement à ne pas être détectable. Il venait de m'indiquer qu'il intégrait parfaitement mon enseignement sans se douter de ma réelle mission. Officiellement, je lui apprenais à mieux se connaître et lui enseignais comment augmenter son influence au sein de l'Entreprise, alors qu'officieusement, je l'observais en vue de sa future promotion.

Il m'adressa un sourire béat.

« Je dois donc suggérer sans imposer. Mais comment être certain que mes idées ont été comprises par mes collaborateurs ? »

J'aurais pu lui dire que quoi que fassent ses marionnettes, ce qu'il voulait ou l'inverse, l'important n'était pas qu'elles obéissent, mais qu'il puisse à l'avenir prédire leur comportement. Je ne le formais pas pour devenir un Profil, il était seulement destiné à diriger un Département. Alors, je lui ai servi la version officielle :

« Vous devez impérativement vous assurer de la fidélité de vos collaborateurs. En leur faisant croire que vos idées sont les leurs, vous les valorisez. Un bon manager s'intègre à son équipe, il manage de façon participative et consulte souvent ses collaborateurs.

— C'est de la manipulation, non ?

— Votre objectif est de partager votre vision avec votre équipe. »

À cette époque, il m'arrivait souvent d'ajouter mentalement : « Comme tout bon gourou qui se respecte. » Cette comparaison n'était pas seulement une provocation visant à me distraire d'une routine étouffante, elle était aussi censée me rappeler de ne jamais baisser ma garde.

Sous couvert de lui apprendre à mieux se connaître, j'établissais son profil psychologique. En même temps, je le formais aux nouvelles techniques de management : je lui apprenais comment motiver ses troupes sans avoir à utiliser le bâton, à éviter les conflits, à mettre en confiance, à écouter et à faire parler. Je lui apprenais à mieux cerner les personnalités de ses collaborateurs pour obtenir leur entière coopération.

En résumé, je lui enseignais comment instrumentaliser les hommes.

Grâce aux travaux de quelques précurseurs, dont Yvan Pavlov, nous savons désormais que rien ne sert de s'adresser à la raison, c'est trop long, trop fastidieux, et on n'est jamais certain du résultat. Il est bien plus efficace d'utiliser des ressorts ou des fils émotionnels, on obtient toujours ce qu'on attend, hormis dans de très rares exceptions.

Bienvenue dans le monde de la psychologie comportementale !

L'urne rappelle le respect dû aux morts. La Béance me communique tout un tas d'informations sur les hommes et les femmes qui m'entourent. Je n'ai même pas besoin d'y penser consciemment, le cheval blanc les piétine, laissant des traces de sang bien visibles sur le sol. Mon visage n'affiche aucune expression à laquelle ils puissent se raccrocher, je suis complètement absent. Hermétique.

À ma gauche, deux individus tapent frénétiquement sur leur tablette, tentant déjà d'emprisonner les idées qui leur passent par la tête. Devant moi, un autre regarde l'urne en se mordant l'ongle du pouce. À ma droite, Inès s'impatiente et joue avec son stylet. L'un des membres du Conseil souffre plus que les autres du recueillement qui lui est imposé par les cendres du Saint Homme, penché vers l'avant, les mains jointes, il regarde droit devant lui. Dans son dos, le cheval s'approche et vient discrètement lui humer la tête.

« Vous ! Rappelez-nous la devise du Nouvel Éon, s'il vous plaît ! »

Il sursaute. Puis regarde autour de lui. Constatant qu'il est le centre d'attention du Conseil, il prend un air résolu et récite son texte.

« Le pont qui nous unit tous traverse nos cœurs. »

Il me dévisage en quête d'un signe d'approbation qu'il ne trouve pas. Je ne suis pas là pour asséner la vérité. À mes yeux, un tel concept n'existe pas, je ne sais qu'émettre des hypothèses qui, une fois injectées dans le monde, se propageront ou s'essouffleront. Je propose. Ils disposent.

« Quelles sont les valeurs centrales du Nouvel Éon ? »

J'attends qu'un volontaire se manifeste. Dans un environnement normalisé, sans autre influence que la mienne, mon interlocuteur se sentira autorisé à me répondre, mais ce n'est pas ce qui se passe. L'un des énervés de la tablette lève soudain le nez de son ouvrage et prend la parole sans la demander. L'ambitieux petit coq, redouté par tous.

« Harmonie, loyauté, sympathie, partage, et vérité. »

Je le remercie en fronçant les sourcils. Il me regarde indécis, puis me sourit. Je l'imite. Il se jette à nouveau sur sa tablette.

Son petit numéro ne s'adresse pas qu'à moi, il vise également le Conseil d'Éthique.

« Je vous propose de vous scinder en quatre groupes de trois.

— Dans quel but ? demande le deuxième énervé de la tablette.

— En nous appuyant sur la devise et les valeurs choisies par le Saint Homme, nous allons définir ensemble comment perpétuer son esprit durant les deux prochaines années.

— Je vous croyais mandaté pour désigner son successeur. »

Il croit. Il ne pense pas. Comme tout le monde, il juge en fonction de ce qu'il a compris d'une situation et il s'accroche à cette illusion. À partir du moment où il se sera décidé, il sera très difficile de le détromper. Confronté à l'ambiguïté, un être humain se comporte comme une balance, il penche forcément d'un côté ou de l'autre. Une croyance permet de faire des choix, elle invalide d'emblée toutes les informations en contradiction avec le système de valeurs en cours.

Je me contente encore une fois de sourire, cultivant l'ambiguïté, organisant le chaos...

« Par groupe de trois ? Nous sommes onze, il manque une personne. »

Il ne manque jamais personne...

« Le groupe de deux sera désavantagé ! s'écrie le premier énervé de la tablette. Qui veut faire partie de mon groupe ? »

J'adresse un coup d'œil discret à mon homologue en formation, lui intimant de se porter volontaire. Elle s'exécute. Le leader autoproclamé semble troublé par la candidature de l'apprentie Profil, mais il l'accepte.

« Nous sommes trois », déclare-t-il, incluant tacitement dans son équipe l'homme, à sa gauche, qui imite tous ses faits et gestes.

S'il s'agissait d'un concours de vitesse, il aurait droit aux honneurs. Malheureusement pour lui, je ne me suis pas déplacé pour élire celui qui veut la place, les fortes têtes ne m'intéressent pas, je cherche celui ou celle qui a déjà le pouvoir. Je cherche celui vers qui les autres se tournent en cas de problèmes. L'influence positive. Le guide. Le Saint Homme.

Les groupes se forment. Certains membres du Conseil sont très courtisés, ils ont le choix, tandis que d'autres proposent leurs services. Personne ne demande à Inès d'intégrer son équipe, elle porte sur ses frêles épaules mon ombre et celle du Saint Homme. En lui octroyant la mission de me contacter, Rémi Tillier m'a désigné sa tête pensante et l'a mise du même coup en dehors de la course au pouvoir. Il a eu raison. Inès continuera à penser en toute liberté, sans avoir à assumer la responsabilité des décisions.

Les pourparlers continuent. Un homme d'une quarantaine d'années, qui a refusé l'invitation de ses deux voisins, regarde Inès avec insistance.

« Vous ! Quel est votre nom ?

— Lucas Summerfield. Je suis... »

Je m'empresse de l'interrompre. Je me fiche de ce qu'il est.

« Vous n'avez toujours pas intégré d'équipe ?

— Je...

— Inès ? Vous non plus ? »

Mon ton transpire la désapprobation. Aux yeux des membres du Conseil, je représente l'autorité illégitime. L'usurpateur. Je suis l'ennemi.

Inès réfléchit avant d'obtempérer.

« Je vais faire équipe avec toi, Lucas. »

— D'accord. »

En se levant pour rejoindre son coéquipier, elle jette un coup d'œil au fil violet qui encercle l'index et l'annulaire de ma main droite. Ils ne seront que deux, ils partent avec un handicap, croient-ils. Et c'est évidemment ce que les autres pensent aussi.

« Chaque équipe doit formuler 12 recommandations afin de perpétrer l'esprit du Saint Homme. Je vous laisse réfléchir. »

Ils se sont tous mis au travail en silence. Quelques murmures percent ici et là la bulle de concentration qui les enserre. Dès qu'ils ont un os à ronger, ils deviennent calmes et obéissants. Un peu las, je m'enfonce dans mon fauteuil trop confortable puis me tourne vers la baie vitrée. Autrefois, j'aurais apprécié cette vue plongeante sur la Défense. Ce n'est plus le cas.

Je n'avais plus le choix. Mon « protégé » était attaqué. À cette époque reculée, les Profils n'étaient pas encore tenus de porter le fil, et si beaucoup se doutaient de mes compétences particulières, nul n'avait idée de leur étendue. Les kracs boursiers s'enchaînaient les uns après les autres, le monde des grandes entreprises s'était transformé en un enfer radioactif.

Mon « protégé » sombrait doucement, sous les bombes d'un directeur de Département formé aux mêmes techniques que les miennes. À mon échelon, j'avais tous les droits sur ma filiale, mais la déontologie m'interdisait d'intervenir ailleurs que dans mon secteur d'influence. Mon adversaire ne s'embarrassait pas de règles. Je sentais les radiations attaquer mon corps, mes bras et mes jambes, mes yeux et mes oreilles. Mes marionnettes prenaient feu les unes après les autres. Autour de moi, les hommes et les femmes tombaient. Je savais que la force des attaques augmentait parce que mon adversaire était aux abois. Il n'en avait plus pour longtemps.

J'aurais dû me contenter d'attendre, on m'aurait assigné un autre protégé, à la tête d'un autre site ou d'une autre filiale.

J'avais choisi la « Main Droite », celle du protecteur, la voie la plus difficile. J'avais toujours manipulé dans le sens de l'émulation, générant des énergies positives, fournissant béquilles, cannes, plâtres, pansements, sérums, baumes et pacemakers à mes pantins. J'avais toujours été indétectable. À ce niveau de radiation, je ne pouvais plus rien pour beaucoup d'entre eux.

J'ai décidé d'en finir.

Pour être franc, ce moment de ma vie m'a longtemps pesé sur la conscience, mais avec le recul, j'ai compris que cette erreur prouve la présence d'un reliquat d'humanité en moi.

Ma seule consolation est de ne pas avoir activé mes pions pour qu'ils attaquent. J'ai opté pour une stratégie que j'avais estimée compatible avec la « Main Droite ».

Un à un, j'ai coupé les fils des marionnettes de mon adversaire, les condamnant ainsi à une mort lente de sa main. Ne les sentant plus réagir comme prévu, il s'est retourné contre elles.

J'ai commencé par sa plus proche et sa plus loyale collaboratrice. Sa tête pensante. Pour être sûr d'abattre l'adversaire, il faut s'en prendre à son cerveau. J'aurais pu m'arrêter là, mais j'ai continué. Les unes après les autres, je les ai libérées, en sachant ce qui les attendait. Patiemment, tout en douceur, jour après jour, lors de conversations en apparence anodines, j'ai modifié leur façon de penser, leur système de valeurs, leur logiciel interne. Peu à peu, j'ai planté des germes qui ont pris racine dans leur esprit, et elles ont commencé à réagir autrement. Elles n'ont rien senti.

Puis, j'ai fait semblant de craquer et j'ai réclamé un parachute doré.

Quelques semaines plus tard, mon adversaire a explosé en vol. Pour ma défense, si l'on peut dire, je savais que quelques-uns des pantins que j'avais libérés reprendraient contact avec moi quand ils auraient pris feu. Je les ai aidés à refroidir.

Mais je n'ai rien pu faire pour les autres.

Tous les moyens sont bons pour arrêter un tueur en série, n'est-ce pas ?

La croyance populaire a longtemps véhiculé que les Profileurs n'intervenaient que dans la traque des tueurs en série. Des créatures de fiction que l'on ne trouvait que dans les films américains...

En réalité, les profileurs sont partout.

L'être humain est un animal social, il a besoin de codes, de repères, de valeurs communes, de signes de reconnaissance et d'appartenance pour délimiter un territoire de coopération. Sa principale préoccupation consiste à s'assurer que son prochain est un allié et pas un ennemi et qu'il pourra donc compter sur lui en cas de difficultés.

Grâce au lien social, tout est Culture, tout est interactions, tout est comportement, tout est Profil.

Grâce à l'analyse comportementale, tout est sondage, test, algorithme, modèle, modélisé, modélisable.

La liberté est un concept inhumain. Il n'y a vraiment que quelques mutants radioactifs pour s'y complaire.

Puis un jour, le monde a changé pour le meilleur, engendrant le pire. Les grandes entreprises n'avaient plus rien à vendre, hormis des rêves en toc. S'en est suivie une guerre symbolique sans merci, et les consommateurs sont devenus des adeptes, accros à une identité d'emprunt, tricotée, cousue, brodée, taillée sur mesure par les Saints Hommes et leurs disciples .

* * *

Mon homologue à la cordelette chair a hérité du privilège de faire la synthèse des recommandations émises par le Conseil d'Éthique. Tous croient qu'ils seront évalués sur leurs idées et la force de leurs convictions.

Je quitte le bâtiment. Par delà le plafond nuageux, le soleil a dépassé l'aplomb de 10 degrés, il est un peu plus de midi. Les grandes corporations vomissent leurs adeptes en un flot régulier. À cette heure, la place de la Défense est toujours bondée. Au sein de la foule disciplinée, les brûlés s'époumonent dans l'indifférence générale. Des queues de plusieurs dizaines de mètres se forment devant les synthétiseurs alimentaires qui distribuent des vivres à volonté. Les adeptes passent leur tatouage magnétique devant la borne et commandent leur repas. Chaque corporation propose ses menus, le choix est vaste, mais les disciples se doivent de respecter le régime alimentaire promu par leur Saint Homme. Étonnamment, la nourriture qu'ils ingurgitent est de bonne qualité nutritionnelle et gustative. L'Artifice n'est pas synonyme de vice à condition de ne pas dissimuler sa véritable nature. Les adeptes de l'Aube Réelle se démarquent par leur chevelure teinte de plusieurs couleurs, un panaché de rouge, de vert et de bleu, qui me rappelle les « looks » des supporters de football du début du siècle. Jusqu'à ce que les grandes entreprises s'orientent vers une nouvelle voie, les uniformes m'amusaient, je les voyais comme un signe de la fonction au-dessus des signes d'appartenance. Puis tout est devenu uniforme. À la vie, à la mort !

Du coin de l'œil, j'avise le *forçat qui souhaite s'élever vers le ciel*. Je dévie ma trajectoire puis ralentis le pas à son niveau. Doué d'hyper-vigilance, il sent très vite ma présence. Comme une araignée, le moindre frémissement de sa toile le met en panique. La nature de l'homme est ainsi faite : plus il prend de coups, plus il n'a de cesse de les éviter. À force de tirer sur les ficelles, le lien se délite et il ne reste plus que des ennemis.

Alerté, il se met à chuchoter, me contraignant à tendre l'oreille.

« Des âmes ressuscitées, qui entendent et voient mieux le monde, ont dévisagé le Tout-Puissant et lui ont fait observer que Son jeu n'est pas toujours juste. »

Ce forçat est décidément un excellent candidat.

« Ainsi font font font les petites marionnettes... »

Ayant réussi à capter son attention, je me mets à tourner lentement sur moi-même.

« Trois petits tours et puis s'en vont ! »

Apeuré, il recule sans toutefois me quitter des yeux.

« Tu as faim ? Je t'invite à déguster les délices du Nouvel Éon.

— Ne m'approche pas !

— Tu n'auras pas à me parler.

— Va-t'en, sale serpent ! »

Les émotions sont des instruments. Les miennes comme celles des autres. Dans mon cerveau des récepteurs se ferment, tandis que d'autres s'ouvrent. La béance se creuse en mon âme. Je laisse monter en moi la lumière venue des tréfonds, celle qui me rend irrésistible. À la force de ma volonté, je me hisse sur le dos du cheval. Le temps accélère sa course. En traversant l'orage qui embrase le ciel, ma voix se fait plus grave, froide, dépourvue d'inflexions, métallique. Aiguisée comme une flèche.

Mortelle.

« Je t'offre un repas. Suis-moi, s'il te plaît... »

Pour la grande majorité des individus, je suis tantôt un mage, tantôt un sorcier.

Mais je ne suis ni l'un ni l'autre. Au fond, je n'ai jamais été autre chose qu'un ingénieur particulièrement compétent.

Je me détourne, sachant que le forçat me suivra. Dans cet état, je suis absent, pleinement conscient, la foule qui m'entoure n'est pas plus consistante qu'un brouillard. À l'approche d'un obstacle, je tape du pied, je piétine et la brume se dissipe. Dans mon sillage, le brûlé retrouve facilement son chemin. Je marche, sans regarder où je vais. À l'aveugle.

Mes pas me guident jusqu'à une ruelle parallèle à la place de la Défense, devant la sortie de secours d'un restaurant du Nouvel Éon.

Je frappe trois fois à la porte. En l'absence de réponse, je m'adosse au mur, les bras croisés. Le brûlé reste à distance. Je sens qu'il aimerait tisser sa toile autour de moi. Mais pour cela, il lui faudrait s'approcher, et il a peur que je le dévore.

« Comment tu t'appelles ? »

Il ne me répond pas. Comme tout un chacun, il croit que s'il me donne son nom, je saurais qui il est. Peu importe, je sais déjà ce qu'il est.

« Tu fais quoi ? me demande-t-il.

— J'attends quelqu'un.

— Tu m'as dit que tu m'invitais à manger.

— Nous attendons quelqu'un.

— Ah. »

Mine de rien, il s'est approché.

« Comment tu t'appelles ?

— Tu n'as qu'à le deviner. Tu es mentaliste, non ? »

Sa réplique me cueille sur place, je m'esclaffe d'un rire franc. Honnête. Ça me fait un bien fou !

« Pierre ?

— Non.

— François ?

— Non plus.

— Yves !

— Non.

— Je donne ma langue au chat ! »

Il ouvre la bouche et la referme immédiatement. Il n'a plus confiance en personne. Les schémas comportementaux intégrés dès sa plus tendre enfance ne sont plus opérants. Ses fils sont désormais hypersensibles, fins comme de la soie ; certains d'entre eux se sont emmêlés et d'autres ont cassé net. Pourtant, contre toute raison, il brûle du désir de tisser sa toile autour de moi. Malgré la peur qui obscurcit son esprit, il sent vibrer le pouvoir de le reconstruire tout près de lui. Une distance, un détachement qui l'attire irrémédiablement.

La porte s'ouvre, laissant apparaître le visage d'Inès.

« Veuillez m'excuser, j'ai été retardée, dit-elle, en inspectant mon invité d'un mauvais œil.

— Ce n'est pas grave.

— À qui ai-je l'honneur ? demande-t-elle au forçat.

— Je suis avec lui.

— « Jesuisaveclui » c'est un pseudo ? Vous êtes apprenti Profil ?

— Il est avec moi. »

À contrecœur, Inès le laisse entrer. En passant devant la jeune femme, le forçat baisse la tête et marmonne dans sa barbe quelques formules peu flatteuses. Elle fait semblant de ne pas l'entendre. Tous les brûlés en veulent aux disciples haut placés des Corporations. Comme nous traversons la salle du restaurant, Inès jette des coups d'œil inquiets autour d'elle, elle ne tient pas à être vue en ma compagnie en dehors du Saint-Siège. Un hôte Nouvel Éon, nous ayant repérés, le forçat et moi, nous barre soudain la route.

« Vos badges !

— Ils sont avec moi, s'interpose Inès en brandissant son badge. Un salon privé ! » ajoute-t-elle sur un ton autoritaire.

Notre hôte pince les lèvres dans une mimique de profond dégoût, puis se détourne en haussant les épaules. Nous lui emboîtons le pas jusqu'à un escalier de verre et d'acier qui monte à l'étage. La pièce du haut est découpée en une série de petits salons, tous meublés de façon identique selon les préceptes du Nouvel Éon, cinq chaises, une table en résine irisée et un synthétiseur alimentaire. Plusieurs appliques murales diffusent une lumière tamisée. Les salons sont petits, cossus et agréables. Ils me rappellent les pires et les meilleurs moments de ma vie. Notre hôte nous guide jusqu'à un compartiment libre.

Sans attendre d'y être invité, le forçat s'assoit.

« Que puis-je vous offrir ? me demande Inès.

— Je ne connais pas la gamme Nouvel Éon.

— Nous avons des arômes cafés, thés, fruits, avec ou sans alcool.

— Sans alcool. Je prendrai ce que vous me proposerez.

— Et vous ?

— Vos trucs sont bourrés de produits cancérogènes et de drogues en tout genre !

— Un verre d'eau filtrée ?

— Voilà ! »

Tout en pianotant sur le clavier du synthétiseur d'aliments, Inès me demande si je souhaite une ambiance sonore et je lui réponds que je préfère un environnement neutre. Elle n'insiste pas. Les gammes des grandes corporations ne sont pas toxiques et ne contiennent pas de drogues, mais elle n'a pas cherché à détromper mon invité. Elle sait que ça ne sert à rien. *Mieux vaut une chimère cauchemardesque qu'une réalité pitoyable.*

Une fois les boissons préparées, elle s'en empare et les pose sur la table.

« Je suppose que vous avez faim. M'autorisez-vous à choisir à votre place ? me demande-t-elle.

— Oui.

— Et monsieur ?

— Il prendra la même chose que moi. »

Elle se tourne à nouveau vers le synthétiseur et tape longuement sur le clavier. Pendant qu'elle nous concocte l'une des spécialités du Nouvel Éon, je trempe les lèvres dans ma boisson qui se révèle très correcte : un café froid exhalant des notes subtiles de caramel et de piment. Durant une seconde, la béance se creuse en mon âme. Le cheval blanc lève la tête vers le plafond et déploie ses ailes. Je dois faire un effort pour m'accrocher au temps présent, pour ne pas dériver vers le large.

« Lucas va remplacer Rémi ? » me lance-t-elle en prenant place en face de moi.

Dans son dos, le synthétiseur feule et ronronne comme un animal de compagnie borderline.

« Vous auriez préféré un autre membre du Conseil d'Éthique ?

— Non. Lucas est un très bon élément.

— Avec votre soutien, il s'en sortira parfaitement.

— Qu'en dîtes-vous ? me demande-t-elle, en désignant mon verre du menton.

— Excellent ! C'est de vous ?

— Oui.

— Vous créez dans d'autres domaines ?

— J'interviens parfois dans le domaine vestimentaire, notamment les accessoires.

— Quelle est la spécialité de Lucas ?

— Il a en charge la gestion de notre catalogue fictionnel et musical.

— Ses choix sont appréciés des adeptes ?

— Oui. C'est notre département le plus dynamique. Nos fictions interactives sont parmi les mieux cotées.

— Parfait.

— Lucas va être difficile à remplacer. Et Angel Nes s'apprête à lancer une nouvelle série très prometteuse.

— Rappelez-moi quelles sont les valeurs d'Angel Nes.

— Enthousiasme, défi, rayonnement, dynamisme et courage.

— Avec une telle concurrence, il est étonnant que vos fictions parviennent à se maintenir en haut du classement.

— Je n'exagère pas en vous disant que nous aurons du mal à remplacer Lucas. Vous n'auriez pas un candidat à nous recommander ?

— Peut-être. Combien d'adeptes compte le Nouvel Éon ?

— Environ 200 millions worldwide.

— Je vais y réfléchir. »

Le synthétiseur se met soudain à éructer, nous indiquant que le repas est prêt. Inès se lève, se tourne en direction de la machine, et soulève le compartiment de préparation. Un fumet alléchant envahit le petit salon ; tomates, haricots verts, riz, viande grillée, avec une pointe de curry rouge. De nouveau, la Béance déchire mon subconscient. Je me tiens debout sur le dos du cheval blanc, faisant tournoyer un lasso lumineux au-dessus de ma tête. Je cligne des yeux pour chasser cette vision parasite.

L'estomac de mon invité sécrète des sucs digestifs en abondance sur fond sonore de boyaux récalcitrants.

« Il faut lâcher prise, l'ami, » lui dis-je, juste avant qu'Inès ne lui pose un grand bol sous le nez.

Il me regarde. Je l'encourage en plongeant ma fourchette dans son plat. Offusqué par mon irruption dans son espace personnel, il repousse mon bras, s'empare de ma fourchette et commence à engloutir. Inès place un bol et de nouveaux couverts devant moi, puis se munit de son assiette et se rassoit enfin. Nous dégustons en silence son chef-d'œuvre. Sous ses airs renfrognés, cette femme cache une créativité généreuse qui, sans me surprendre, me ravit réellement.

« Je n'avais jamais vu un fil violet, me dit-elle en désignant ma main droite de sa fourchette. Je croyais que l'échelle s'arrêtait à la couleur du ciel.

— Qu'est-ce qu'il y a après le ciel ? demande le forçat la bouche pleine.

— L'au-delà ! plaisante Inès.

— Arrêtez de le taquiner ! Vous allez lui couper l'appétit. »

Dans toute structure complexe, un certain nombre de pièces ne parviennent pas à trouver leur place. Il en va de même pour les hommes. Confrontés à un environnement compliqué et ambigu, ils ont besoin d'être accompagnés et deviennent de plus en plus dépendants.

L'année de mes quarante-trois ans, les technologies de réplication ont fait l'effet d'une bombe. Il a bien fallu regarder la vérité en face : le monde n'avait plus besoin de main-d'œuvre. Des milliards de travailleurs se sont vus du jour au lendemain déclarés inutiles et obsolètes.

Les guerres qui couvaient depuis des décennies ont éclaté au grand jour, opposant les mêmes contre les mêmes, déchirant les familles, jetant les enfants contre les parents, les croyants contre les croyants, les pauvres contre les pauvres.

Les bourses du monde entier se sont effondrées.

Je n'ai pas assisté à l'apocalypse, j'étais occupé ailleurs. Cette année-là, j'ai passé quarante-deux jours enfermé entre quatre murs, seul, sans ordinateur, sans téléphone, ni télé, ni livre, sans aucune distraction. Sans fenêtre. Avec pour unique source de lumière, une veilleuse diffusant une pâle clarté bleutée.

J'avais atteint le dernier échelon, le ciel. Au-dessus de moi, il n'y avait plus personne et j'avais décidé qu'il était temps pour moi de faire l'expérience de la solitude extrême du pouvoir et de l'embrasser de toute mon âme.

En l'absence de stimuli extérieurs, la conscience humaine se prend d'abord pour sujet d'observation. Elle se révulse. Puis au bout de quelques jours, une fois assurée que le corps sera maintenu à l'abri de la faim et de la soif, elle s'évade complètement. Elle recrée un univers et perd la notion du temps.

Effrayé à l'idée de s'immerger dans son univers intérieur, l'être humain saint d'esprit se persuade qu'il est en train de devenir fou. Il s'emploie à éteindre toutes les idées bizarres qui s'allument dans sa tête, et se bat contre lui-même jusqu'à l'épuisement mental. Au combat, le temps ralentit. Celui qui décide de lutter contre l'irruption de son subconscient se meurt lentement d'ennui.

Privé de stimulations sensorielles et de lien social, un être humain en parfaite santé mentale est susceptible de se suicider au bout de quelques jours seulement.

Après une semaine, l'univers se complexifie. La dissociation entre l'illusion et la réalité se creuse. Pour survivre, il faut alors être capable de scinder sa conscience en plusieurs compartiments, seule solution pour rester immergé dans l'illusion, tout en prenant soin de son corps : manger, boire, dormir, se laver, et ce, dans l'obscurité.

Au bout de trois semaines de solitude extrême, l'Illusion devient Univers, le Cosmos se met à obéir à d'autres lois.

Toute société, tout groupe humain fonctionne grâce à la grande Illusion : des valeurs, des principes, des règles, des lois, des mœurs, des codes, des institutions, des héros, des symboles, des idées, une culture qui tissent une fiction collective à laquelle les hommes croient et qui forge leur identité.

En sortant de ma retraite, j'étais un étranger en mon propre pays. Je n'étais plus personne et ne croyais plus en rien. J'avais appris à penser en dehors de la Culture, en dehors de tout repère. Je me tenais au-delà de la société ; au-delà de la pyramide.

Je n'étais plus sous influence. J'étais complètement libre.

La multiplication des retraites, des privations sensorielles et des jeûnes sur des durées de plus en plus longues crée une multitude d'univers alternatifs, autant d'univers que nécessaire à la reconquête perpétuelle de la liberté. Je vois à la fois mes univers et l'univers où évoluent les autres hommes. Je peux modéliser les interactions complexes entre la grande Illusion et les multiples illusions que j'ai générées. En superposant les points de vue, je déchire le voile de la grande Illusion et perçois une plus grande part de la réalité.

À mon retour, le monde avait changé radicalement. Sous l'impulsion de la peur, les citoyens remettaient la totalité de leur destin entre les mains de ceux qui les avaient conduits dans l'impasse.

J'ai été courtisé. J'aurais pu regagner le sommet de la pyramide, mais j'en avais décidé autrement.

Comme le disait en 1936 un certain Dale Carnegie, grand précurseur des techniques de management qui avaient cours au début de ce siècle : « Il n'y a qu'un seul moyen pour faire faire n'importe quoi à n'importe qui : c'est en lui donnant envie de le faire. »

Le même homme a écrit un peu plus tard : « Si je pouvais lire dans vos pensées, je saurais qui vous êtes, car vos pensées font votre personnalité. »

En tant qu'ingénieur très compétent dans mon domaine, je peux vous assurer que l'inverse est encore plus vrai : votre personnalité fait vos pensées et vos actes, et qui sait l'identifier saura vous utiliser à votre insu, faire votre bonheur, ou vous enfoncer jusque sous terre.

Heureusement, de mes erreurs passées, j'ai tiré les leçons.

S'il m'arrive encore de détruire, ce n'est que pour reconstruire.

* * *

Lorsque nous sortons du restaurant, il pleut à verse. Je rabats la capuche de mon sweat-shirt sur ma tête. Inès extirpe un parapluie de sa besace, une bourse en tissu de synthèse imitation feuilles d'érables rouges, qui n'a que quelques jours, mais qui commence déjà à se biodégrader. Des petits trous apparaissent çà et là, dentelle remarquable, belle et périssable. Une merveille de technologie. Demain ou dans une semaine, elle devra en imprimer une autre à son domicile. Elle aura le choix parmi toute la gamme Nouvel Éon qui comporte sans doute au moins une centaine de nuances dérivées du même modèle, élaboré pour véhiculer les valeurs et l'identité du Nouvel Éon.

« Vous avez mes coordonnées. N'hésitez pas à me contacter.

— Je n'y manquerai pas. J'attends que vous me proposiez un candidat pour remplacer Lucas », lance-t-elle en s'éloignant déjà dans la rue.

En compagnie du forçat, je prends le chemin de la maison. Nous bifurquons sur la gauche au premier croisement, dans une rue qui débouche sur la Défense. Nous traversons la place, en nous glissant dans le flux continu d'adeptes.

« Ce n'est pas si mal le Nouvel Éon.

— C'est exactement comme toutes les autres corporations.

— Ouais. Non. J'ai déjà donné.

— À quel poste ?

— Toi d'abord.

— Je suis Profil. J'étais déjà en activité avant les Corporations. J'ai travaillé pour la Police de l'État français, puis pour deux des plus grandes Multinationales au monde. Aujourd'hui, je ne suis l'adepte d'aucune corporation. Elles me consultent, en acceptant que je ne leur sois pas entièrement dévoué.

— L'État français ! T'es un dinosaure !

— Quelle corporation?

— L'Apex.

— La plus grande corporation mondiale. Et qu'y faisais-tu?

— J'avais la charge de... J'avais la charge de rien, à part de... faire semblant de... J'ai commencé en tant qu'adepte. Et honnêtement, je ne voulais pas de responsabilités, ça me plaisait assez bien de me laisser vivre, mais... je me suis fait remarquer par un individu comme toi, et on m'a offert la charge d'animer un petit groupe et ensuite... j'ai eu la charge d'un secteur, puis d'un... enfin... J'ai fait semblant d'y croire jusqu'à obtenir la charge d'un... J'avais de bons résultats. »

Il marche à mes côtés, les mains dans les poches de sa blouse à rayures cousue par ses soins, calant son pas sur le mien.

« Je m'appelle Léonard Kiper, pseudonyme « Cheval blanc ». Je t'invite chez moi, une grande maison de pierres, à la campagne. J'y vis avec 8 autres personnes, des anciens des corporations comme toi. J'ai un jardin dans lequel je cultive des fruits et des légumes. J'ai même quelques poules.

— Des vraies poules?

— Les fausses poules n'existent pas.

— Je n'en suis pas si sûr.

— Tu ne me fais pas confiance?

— Non.

— J'ai aussi deux synthétiseurs alimentaires pirates. Je peux avoir accès aux gammes de toutes les corporations.

— T'as accès à un réseau?

— À tous les réseaux. En illimité et sans filtre. »

Pendant quelque temps, nous marchons en silence, jusqu'à un point Vélo Buda Orange.

« À la fin, j'avais la charge de plus d'un million d'adeptes », me lâche-t-il en me regardant sortir un passe-partout de la poche de mon jean.

Je libère un vélo, puis un deuxième dont il s'empare sans hésitation.

« C'est loin ?

— Vingt-cinq kilomètres.

— Je m'appelle Nicolas, m'annonce-t-il en grimpant sur sa bicyclette.

— Enchanté de faire ta connaissance, Nicolas. »

Serf-Made-Man?
ou la créativité discutable de Nolan Peskine
Alain Damasio

À Blairissime Blaireau
ainsi qu'à François l'artiste,
mes jeunes potes de Sup de Cré...

C'est une piscine à balles, ni plus ni moins, dans un bureau inté-
gralement vitré de six mètres par six. Y émergent à peine nos
quatre poufs ergoformes, en îlots tanguant dans le *crisp! crisp!*
des sphères bleu, blanc, jaune. Au milieu surnage le plateau
brun d'une table, fraisé dans le plus pur style palette 2040, qui
commence à dater : on ne laisse plus les captcodes apparents
désormais (on les ponce) comme on laisse de préférence un stylet pour permettre aux visiteurs de graver le bois pleine masse.
Ici, ils s'en sont tenus aux tablettes encastrées dans les lattes,
mode *dazipao* : tu dessines avec ton doigt gras et ta production
est peinte à l'identique dans le hall par un robot. Un brin vintage, pour une entreprise de cette dimension. Outre qu'ils ont
un lag de bien quatre minutes, je viens de vérifier. De l'autre
côté du couloir, ma colombe au pistolet se crashe lentement
contre un drone, dans le bleu approximatif d'un mauvais aplat.
Ceci dit, le design du botag est sympa.

Le beau gosse qui nous accueille s'appelle « Will-I-Am » : c'est
écrit sur son front dans une typo sobre qui se dissout dans la
peau au fil des minutes... Rien de plus has-been qu'un badge.
Il doit avoir dans les trente. Il était là, dans cet aquarium il y
a deux paires d'années, sur mon pouf rouge – il le brame – il
est maintenant là, sur un pouf rose, dans la même salle, mais

de l'autre côté du radeau qui sert de table, grimpé en moins de quatre ans à n+4 dans cette « Mondiale » qui nous fait tous tripper : *The Doors*.

Parce que *The Doors* est depuis vingt ans le leader planétaire des *Creative Consultants*. Autant dire du conseil tout court, puisque tout le reste, peu ou prou, a été automatisé : conseil financier et aide au management, conseil en organisation et jusqu'aux ressources humaines. Avec son empathie à l'américaine, striée de saillies libertariennes et sa façon de se pavaner dans les balles, il a mis à peine trois minutes pour m'installer dans ma zone critique. Il nous ressemble tellement, en vérité. On se ressemble tous. Même prépa HEC (Hautes Études Créatives), mêmes concours – même réussite. Sans évoquer nos aptitudes altières au bourrage de mou...

« Si vous êtes ici, aux portes de *The Doors*, pour ce stage prestigieux, où on vous a choisi parmi trois mille diplômés, c'est que vous êtes uniques. Et ça, je kiffe vraiment ! C'est ce qu'on cherche ici : des singularités ! Des briseurs de moule ! Des profils issus du système mais qui retournent le système ! Le prennent à quatre pattes, par derrière. Des cerveaux neufs qui *deep-fuckent* la norme pour lui faire des petits ! Chacun de vous trois ici, chacun dans votre style, vous êtes des punks ! Vous fabriquez le futur, déjà, sans le savoir – juste parce que vous n'avez pas peur d'être qui vous êtes : des hapax ! Des Out-of-the-Box ! Il n'y a pas d'autres occurrences de vous sur cette planète ! Rien qu'on puisse copier ou automatiser de vous. Vous en êtes conscients ? »

Le candidat à ma droite hoche légèrement la tête. Un brun tonique et racé, yeux marrons irisés noir pour plus de densité, un beau produit Sup de Cré qui dégage du charisme, c'est clair, avec juste ce qu'il faut de barbe en friche et de mèches noires qui vrillent pour ensauvager sa cleanitude, juste assez de boucles d'oreille et de trous dans sa chemise pour labéliser un style. Plus *fashion-leader*, disons, que *fashionisto*. S'il m'a donné, au début, cette impression de se rengorger sous le baratin élitiste, le be-yourself-comme-tout-le-monde, qui n'est que le niveau 1 des normes d'autoaccomplissement qu'on nous enseigne, il m'a surpris lorsqu'il s'est mis à franchement sourire. Un sourire large, insolent. Il s'amuse à présent à ouvrir une balle en deux avec ses pouces pour s'en faire des écouteurs : jeu ? provoc ? ou p'tite démo subreptice de créa spontanée ? Notre mentor en perd un peu de son empathie :

« Vous connaissez le deal : la période d'essai ici est de dix-huit mois. En tant que stagiaire, vous bénéficiez d'une rémunération agile, sans fixe, à base de primes déplafonnées indexées sur votre score coève. Vous vous évaluerez mutuellement bien sûr, je vous évaluerai aussi, en multi-axes, tout comme vous noterez et serez notés par tous les contributeurs de *The Doors* et par tous les clients que vous allez conseiller en mission. Je vous donnerai les pondérations plus tard. Retenez juste ce qu'on attend d'abord de vous : que vous soyez des érupteurs, qui ouvrent les portes mentales que les autres se ferment, qui fracturent le fémur des business models et en désossent la carcasse ! Bref qui créent là où tout le monde copie ! En apportant par-dessus tout une vraie plus-value de novation. Et aussi de la chaosmose ! Vous devez disjoncter nos clients tout en les ressoudant autour de nouvelles pratiques qui les rendent inimitables sur le marché. Mais on vous a appris tout ça, *verdad ?* »

En face de moi, sur le seul pouf en cuir de la salle, pieds et jambes nues croisées dans les balles, celle qui a choisi de laisser scintiller son prénom sur l'épaule, Sayo, avant que l'encre organique ne l'efface, n'arrête pas de sourire – à cette nuance que ce ne sont pas des sourires de politesse ou de complaisance, plutôt des éclats, des bribes, des trouées, comme si ce que le recruteur blatérait lui amenait des pistes et des prises, lui offrait cette joie rapide d'un commentaire ou d'une ironie intime, qu'elle n'a pas besoin de verbaliser, qui la rend présente, la garde en éveil et alimente son vif.

Tout en elle dégage de l'intelligence et même une forme d'élégance de l'esprit : ses coups d'œil, lestes et habités, ses expressions quand elle écoute, ses gestes pour se recaler, saisir une balle, dessiner ou prendre des notes en l'air, avec sa baguette pulsée, sans besoin d'écran de restitution. On devine chez elle une sensitivité exceptionnelle, déjà dans le toucher et le regard, qui est bleu d'eau, l'iris fluide, traversé de fins mouvements, presque aquarellé selon ses états d'âme. Un signe sûr qu'elle métabolise la mode à sa manière. On le devine à la façon dont elle parle aussi, avec des flexions fréquentes, inattendues, précises. Son corps est moins fin que son esprit, elle a un petit côté poupon, girond, plutôt sensuel. Mais rien qu'à la façon dont elle s'est habillée et dont elle se tient – jupe en soie sauvage très bien coupée, chemise de coton écru, bijoux rares et manifestement hackés, cheveux fous, roux, restructurés avec trois baguettes, qu'elle retire et replace nonchalamment selon ses besoins de croquer ou de noter –, tu comprends vite qu'elle a un sens inné de sa propre beauté, qui ne doit plus rien aux normes esthétiques, et dont elle transcende la potentielle lourdeur par une mobilité supérieure du buste, toute en retenue pourtant. Aucun doute qu'elle mérite d'être là. Aucun doute non plus qu'elle sera la fille à battre si je veux ce putain de poste : elle a lâché quelques répliques, tac au tac, qui montre qu'elle décrypte très vite, et au pixel près.

Avachi à la coule, William poursuit le brief, sans perdre une miette de nos réactions :

« Chez *The Doors*, comme chez toutes les Mondiales, nous ne croyons pas à la création solitaire. Nous pensons que la ruption se construit à plusieurs. Nous croyons aux vertus irremplaçables du collectif, de la cocréation et de la co-ruption. Vous créerez donc ensemble, tous les trois, en colab, sur le principe dynamique des triades à genre hybride. Pour vous : deux hommes une femme. Et je suis sûr que vous allez vous régaler ensemble ! Simplement, au bout de dix-huit mois, nous n'en garderons qu'un. Et sur le principe « *the winner takes all* » : le ou la gagnante prendra le poste, squattera les primes et raflera le capital médiatique et social accumulé. Les deux autres ne seront pas cités dans les missions accomplies et ne pourront faire valoir leur expérience chez nous pour d'autres postes sur le marché. L'excellence se coconstruit, elle ne se partage pas. »

Du plateau de la table, j'ai déclipsé une tablette en douceur pour amorcer de l'index un tableau quatre par trois en y inscrivant douze mots-clés, ceux que j'anticipe, issus du pur credo Doorique et je barre à la volée chaque fois qu'est prononcé un terme. Avec William, ça file plutôt vite. On appelle ça le Bingo Blabla. Celui qui finit sa grille en premier doit normalement beugler « Bingo » – là disons que je le fais seul et en catimini – oui, pas encore assez couillu pour me faire le recruteur. À la fin de son laïus nonobstant, je tends sans me cacher ma tablette à Sayo, qui éclate aussitôt de rire, un rire de ruisseau, évident et naturel, d'une chaleur complice que je n'avais pas prévue.

~~Hapax~~	~~Ruption~~	~~Capital social~~	~~Triade~~
~~Novatif~~	~~Excellence~~	~~Singularité~~	~~Chaosmose~~
~~Punk à liens~~	~~Agile~~	~~Créacteur~~	~~Ouvrir les portes~~

Notre affinité n'a pas échappé à Laszlo qui jongle avec trois balles pour se donner une contenance et passer ses nerfs. Il ajoute *enfin* une balle, sous mon regard blasé : quatre, c'est déjà mieux, non ?

« J'imagine que vous avez des questions ? prolonge William.

— Moi j'ai plutôt des réponses..., jette Lazslo, un peu péteux. Mais comme disait Klaus Kinski, qui donnera une réponse à mes réponses ? Lorsque tu crois poser une question, tu ne fais qu'affirmer quelque chose, ou bien ?

— Donc ?

— Les triades ont été composées comment ?

— Algorithme.

— Fondé sur quoi ?

— Les outils de présentation de soi. Vos murs, selfies et vidéos, l'autobiome que vous avez livré dans le parc et que vous allez retravailler tout au long du stage et aussi vos œuvres en dur. Nous agençons des profils divergents qu'on socle avec des modes de communication affinitaires.

— Qui sont ? demande Sayo.

— L'ironie et l'insolence pour votre triade. Une certaine nonchalance brillante aussi. Mais je m'avoue un peu déçu. Vous êtes plutôt sages aujourd'hui...

— C'est vous qui êtes sages, plutôt? Votre brief ne sonnait pas over-inspirant pour un mentor rock, cingle sans vergogne Laszlo.

— Plutôt *The Wall* que *The Doors*..., surenchérit Sayo.

— Combien de balles peuvent tenir dans cet aquarium sans qu'il explose? j'ose à mon tour.

— Mon rôle ici est plutôt d'être un agenceur de talents, un point pour vous. Je ne suis pas un brainstormeur ni un animus, je suis chaorg.

— Combien de balles, monsieur Chaorg?

— Suffisamment pour te noyer.

— On commence quand?

— La réponse était six, coupe Sayo. Vous êtes trois hommes, une paire chacun. Un ego pour douze mètres carrés, c'est déjà tendu.

— Je vous épargne qui a la plus longue, on verra ça dans dix-huit mois...

— Vous commencez maintenant, tente de raccrocher William. L'autaxi nous attend. Nous filons chez Brightone pour un brief. Vous connaissez Brightone?

— C'était une ville, autrefois, quand l'emploi existait encore...

— À présent, c'est la boîte où l'on code les meilleurs robots de conversation du monde. Ils ont quelques soucis avec l'empathie.

— Tout le monde a des soucis avec l'empathie...

— L'avenir est aux sociopathes. On bride trop les bots avec l'empathie...

— Vous leur expliquerez ça ? Je suis sûr que leurs cogniticiens vont adorer ! »

Le brief de Brightone avait lieu sur leur toit végétalisé en pente douce, en pleine Silicon Valley, avec vue sur le beignet géant d'Apple, qui faisait vieille SF centralisée en forêt primitive. Ça sentait le T-bone trop cuit, la braise mal oxygénée et la bière fraîche sans alcool qui tiédissait dans les mains molles des codeurs. Les filles étaient comme les arbres : sans ombre et trop rares.

Depuis dix minutes, le speaker de Brightone, un DirCom carré aux tempes reteintes qui buvait du vin californien entre chaque talk, histoire de scander sa singularité, avait tracé une mindmap à même la terre, avec des objets connectés posés dans des assiettes. C'était d'un ennui mainstream absolu, fond et forme confondus. Dans l'intervalle, son community manager chialait sur l'hostilité des clients aux robots d'accueil, dans les vingt-quatre chaînes d'hôtels que Brightone équipait. À peu près 80% du marché global aux States. Pas rien. Il rappelait leur stratégie, massivement fondée sur l'empathie client-robot, à travers la souplesse de l'interaction et l'humanisation soignée des designs, avec un focus sur l'expression faciale et les yeux, et une vocalisation soi-disant *seamless*. Ils avaient surtout gavé les algorithmes primitifs de leurs IA avec douze millions d'heures « d'échanges interhumains véritables en site concret », c'est-à-dire d'hôteliers tors dans des motels borgnes répondant à des questions de voyageurs plombés. Et leur cabinet de Conseil avait jugé ça parfait puisqu'ils achetaient ces datas aux grands banquiers de la trace, la Mondiale *Datum*, qu'ils conseillaient aussi par ailleurs. Avec ce gros hic que le nettoyage des banques en borborygmes, jeux de mots hors d'âge et blagues salaces avait été sous-traité à un camp de migrants guatémaltèques à la frontière mexicaine, ce qui alimentait les réseaux sociaux en perles salées, jour après jour, dans le grand bêtisier déjà überfournie des chatbots de pacotille. Ach, « le maillon faible dans la chaîne de valeur », comme on nous le serinait en cours. Tout ça pour gagner 2 % sur le coût de revient du digital labor et en perdre 22 % sur le chiffre d'affaires. « Pendre les contrôleurs de gestion », avait griffonné Laszlo sous sa potence de western. Il dessinait trop bien, ce con.

Après quatre salves de designers jetés entre les BBQ en mode tempête dans le crâne, le DirCom de Brightone s'est retourné sur Sayo qui bricolait, indolente, un ours en peluche chipé on ne sait où. Et il lui a lancé, limite agressif :

« Et qu'est-ce qu'en pensent les têtes folles de The Doors ? Vous nous avez écoutés au moins ? »

Sayo était toujours pieds nus. Elle a défroissé sa jupe en soie sauvage puis m'a appelé sur la petite butte paysagée qui servait d'estrade. Je n'en menais pas très large, bien que j'eusse l'habitude de ce type de surexposition subite. C'était un exercice obligé à Sup de Cré Paris. « Tu fais le client », m'a-t-elle glissé. L'iris de ses yeux bleus amorçait un vortex autour de sa pupille, sans que je sache très bien si ça traduisait un stress, ou simplement une programmation esthétique du flux d'encre, ou encore un moment de créativité dense...

« J'ai réservé une chambre pour la nuit, pour deux personnes. M. Touriste-Fatigué, oui, c'est ça. Un lit double, avec petit-déjeuner... »

Sayo ne m'a pas répondu. Elle a mimé à tous qu'il fallait bien regarder. Elle a d'abord agencé un comptoir fictif avec trois palettes puis elle y a posé la peluche qu'elle bricolait, la mascotte de *Beds and Bears* (une chaîne d'hôtel cosy, limite kawaï) dans les bras de laquelle elle avait glissé un parchemin roulé et une clé. Plutôt old school, quoiqu'inattendu et ultra-mignon. J'ai pris l'ours et j'ai déroulé le papier : c'était une bande dessinée rigolote qui m'expliquait comment fonctionnait l'hôtel, avec une petite énigme pour le numéro de chambre.

L'ours, qu'elle avait dû hacker (mais quand ? Pas là quand même ?), sauta d'un bond par terre et se mit à marcher tout seul dans le jardin, comme s'il m'amenait à mes appartements. Sur le sol, Sayo avait émietté des graviers blancs que la peluche articulée empochait dans un petit panier arrimé dans son dos. Je suivis au feeling l'ourson, scannant d'un coup de rétine la bande dessinée afin de la rétroprojeter, tandis que le public, scotché par la déambulation du jouet rigolait déjà, et sifflait aussi – des applaudissements commençant à crépiter des barbecues attentifs tout près. Ça sentait bon.

Sayo m'a alors pris la main à la façon d'un couple tout en chuchotant à sa bague, dans l'autre, les trois *bullet points* de son concept qui se matérialisaient sur le grand mur pare-vent, derrière l'assistance. À brûle-pourpoint, elle y ajouta les photos de la peluche à l'accueil puis un gif animé de son ramassage des petits cailloux, et enfin l'ultime petite blague de l'ourson, debout devant la porte d'une chambre, qui était ici un barbecue, tendant la main pour un pourboire, refusant l'argent que je lui tendais et mimant à la place de quoi manger. Un bonbon ? Oui, il le prit, dans l'hilarité générale. *Rest in Peace*, DirCom of Brightone.

Lorsque l'ovation monta, notre mentor William avait les yeux luisants, il était sincèrement impressionné. Il n'en oublia pas moins de récupérer prestement le truc en nous présentant un par un, nous sa petite pléiade de stagiaires triés sur le volet.

Sayo se contenta d'une révérence. Toujours sans parler, elle pointa le mur où scintillaient ses *bullet points*. Comprendre : va maintenant s'amorcer la discussion de stratégie marketing... Laquelle discussion Lazslo s'apprêtait déjà à conduire, dans une improvisation à peu près aussi totale que la nôtre. Le slide disait juste :

- *If you copy humans, you bore humans*
- *Nice bots don't speak*
- *Never tell : just make it*

Si le DirCom chercha la *recaptcha* de l'approbation sociale en saluant, fair-play, notre trio, il était clair qu'il nous attendait maintenant, dans la solidité de l'exposé marketing, où je découvris que Sayo n'était pas trop à l'aise. Cette fille était peut-être, tout simplement, une foutue artiste. Et rien d'autre. Laszlo par contre montra tout de suite la couleur de son cerveau : un esprit limpide et incisif, très architecturé, qui avait précisément besoin des éclairs de génie des autres pour exprimer à plein ses qualités.

« Dans l'idée de Sayo, il y a trois choses », commença-t-il.

Et la puissance tranquille de sa voix, tout autant que son charisme naturel suffirent à aimanter l'attention d'emblée. Un atout que je n'avais pas du tout.

« D'abord l'idée que l'*uncanny valley* est insurmontable sur des chatbots qui sont loin d'être parfaits, et génèrent énormément d'antipathie chez les clients, comme on l'a vu. La solution n'est pas d'insister. Ni d'améliorer des IA dont la structure de codes s'est avérée dès l'origine trop dépendante du bigdata. Elle n'est pas non plus d'humaniser un design sur une base plastique-métal déjà disqualifiante par sa froideur physique. La solution est plus viscérale : elle est de revenir à la dimension affective du rapport humain-objet, à l'attachement primal, universel et régressif que nous avons tous expérimenté bébé : celui du dou-dou. Notre premier objet transitionnel. Le premier support de projection animiste d'un enfant. Qui reste intact à l'état adulte, à peine enfoui. Et donc facile à dégager et à remobiliser. »

Le silence avait commencé à tomber dru. Ça devenait sérieux, là.

« La seconde idée de Sayo (j'appréciais qu'il la valorise) est de ne surtout pas casser ce premier mouvement compulsif vers l'ourson en le faisant parler. De ne surtout pas menacer la fusion qui s'amorce en ramenant les mots, lesquels vont forcé-ment susciter une distance puisqu'ils en appellent, cognitive-ment, à nos centres du langage. On doit rester dans l'émotion, et la prolonger, comme une note, dans la fascination ludique de la découverte. D'où le parchemin, symbole des jeux à énigme et des chasses au trésor, qui maintient le registre de l'enfance et de l'émerveillement. D'où aussi le conte revisité du Petit Poucet, qui tout à la fois guide concrètement le client jusqu'à sa maison-chambre et permet à l'ourson d'assurer joliment sa fonction d'accueil, sans blabla. Juste en accompagnant et en guidant. *Nice bots don't speak; never tell : just make it.* Le final est la troisième grande idée : il fonctionne en clausule narrative, boucle l'aventure qu'est devenue la découverte de la chambre et l'achève sur un jeu de rôle relationnel entre le robot et le client.

La fausse piste du pourboire, qui permet un beau twist, inscrit dans le client l'idée d'une vraie gratuité, d'un don qu'on lui fait. Autrement formulé, nous ne sommes pas là pour lui soutirer du fric. Nous le transbordons plutôt d'une relation commerciale classique, un tantinet mesquine, vers l'utopie d'un monde sans argent où le bonbon lui redonne la plénitude de l'enfance. » Les applaudissements sont calmes, non : calmés. Conquis. Les trois bouffons de leur cabinet de conseil sentent le vent du boulet. C'est à mon tour de percuter la culasse :

« Une autre force de la fulgurance de Sayo, vous l'avez bien sûr repérée, c'est que la mascotte de l'ourson met en action et en récit la marque. Elle fait d'un simple logo un personnage. Et de ce personnage un ami, avec qui l'on développe une relation. Donc des souvenirs. Donc une mémorisation renforcée de la marque. La ludification de l'accueil transforme un moment fonctionnel, généralement fade, en une expérience – presque une exploration. Et elle ouvre des potentialités de déploiement futur sous forme d'accueil scénarisé, avec fausses pistes déambulatoires dans les couloirs, le bar, le hall, les magasins de l'hôtel pour stimuler une consommation plus ample, voire de petits scripts de rencontres ou d'interactions avec d'autres robots-peluches ou d'autres objets connectés. Ici nous vous avons guidé avec des graviers inertes. Imaginez qu'à la place des cailloux, nous ayons des pierres connectées ? Ou une monnaie locale propre à l'hôtel, des perles traçabilisées pour se payer un verre ? Vous devinez ce que ce type de scénarisation pourrait donner dans des hôtels Pixar, sur des sites touristiques déjà personnifiés ? Vous vous figurez le pouvoir d'attraction féroce de ces peluches sur les gosses ? »

Le DirCom prend ma salve plein sa gueule. Je m'écœure d'être aussi commercial, aussi putassier, à leur vendre une soupe qu'ils n'ont même pas su cuisiner. Dos au public, Sayo dresse discrètement son pouce pour m'encourager. Ce que je dis n'est pas génial. Mais son soutien me fait un bien fou.

« Enfin, dernier point, puisqu'une idée, il me semble, s'éprouve plutôt qu'elle ne se démontre. Il y a un principe de fond que Laszlo n'a pas évoqué et qui à mon sens brise le *business model* de l'accueil hôtelier classique dont nous n'arrivons décidément pas à nous déprendre. Je mets ici à part les hôtels *low cost* évidemment où l'accueil a tout simplement disparu, ce qui n'est pas souhaitable dans les gammes de prix des chaînes partenaires de Brightone. Ce qu'il faut fracasser, c'est l'idée même qu'il faille un accueil parlé, donc un *inter-locuteur*, dont on sait le coût élevé. Fût-il industrialisé par une robotique de pointe ! Ce que Sayo suggère, avec sa grâce d'artiste, c'est que nous avons moins besoin d'un accueil que d'une rencontre ; moins besoin d'un échange que d'un partage émotionnel ; moins besoin d'être rassuré par une norme familière que d'être émerveillé par la part d'enfance qui bout en nous et qu'un ourson mécanique et adorable va révéler ! Bref, il faut désintermédier l'accueil. Sauter du hall à la chambre, sans autre médiation qu'un Petit Poucet. Court-circuiter la parole par l'écrit ludique et par l'action concrète de guider. Tout ça avec une peluche que Sayo a programmée en une petite demi-heure, entre deux verres de rouge et deux inspirations sublimes. Je vous demande encore de l'applaudir... »

Je ne saurais pas si ce qui l'a fait rougir est la bronca spontanée des clients ou la sincérité avec laquelle j'ai posé mes derniers mots. J'aimerais que ce soit ça. Mais c'est difficile à dire. Elle me fait un check rapide et assume les sollicitations qui pleuvent. Elle aimerait déjà être partie, ça se sent.

Dans l'autaxi du retour, notre mentor *is on fire*. Il parle sans discontinuer, complètement *tasé* par ce qu'on a produit en une heure et demie, par l'aplomb de Laszlo et par ma relance derrière, par le coup de génie de Sayo évidemment. Il se félicite, encore et encore, d'avoir pris notre trio (comme s'il avait eu le choix). Il est trop heureux d'avoir hooké le contrat de développement au nez et à la barbe des trois autres cabinets qui se sont relayés avant et après nous. Ceci dit, je le sens également tendu : c'est son poste qu'on menace à terme, avec des démonstrations aussi percutantes. Lui aussi pourrait très vite être *désintermédié*...

Par la vitre, ouverte contre l'avis de la voiture, je vois les datacenters défiler dans le crépuscule, bordés de lacs tièdes où viennent boire des biches bleues. Encore une folie biogène... Lazslo kiffe ces peaux à pigment. Par bribe, je ne peux pas m'empêcher de regarder Sayo, dos à la route, toujours sans chaussures, toujours un peu trop ronde, presque boudeuse, qui tresse un gilet de laine pour l'ourson-mascotte qu'elle a embarqué en partant.

Est-ce qu'elle s'ennuie déjà ? Est-ce qu'elle savoure l'instant ? Est-ce qu'elle est fière d'elle ou trouve que cet enthousiasme envers son idée est ridiculement excessif ? Pour aboutir à quoi au fond ? Virer quelques milliers de robots mal conçus, économiser une centaine d'ingénieurs à leur maintenance, manipuler un peu mieux des cohortes de clients en vampirisant un peu plus finement le sang enfantin qui coule en eux ? Tout ça pour quelques points de plus au Nasdaq? Quelques dauphins parme de plus nageant dans une piscine à débordement chez un milliardaire désœuvré? Est-ce qu'elle a joué le jeu? Ou juste suivi une envie, une vision, voulu faire du théâtre d'objets, sans objectif marketing très clair, parce qu'elle trouvait ça beau? Et qu'après ça, notre logorrhée commerciale, notre architecture de vente et de survente du concept, toute en surplomb top-down, l'a vaguement écœurée? À moins qu'elle ne soit déjà ailleurs? Où?

Les semaines suivantes, nous avons eu un boulot de fou. Comme si William avait subitement eu peur que notre création *Brightone* soit un coup de bol, un hasard heureux impossible à reproduire, une chance ou une grâce de débutant... Et j'avoue que son intuition a été délicate à démentir : pendant près d'un mois, nous avons été bons – parfois très bons, parfois même *deep* –, jamais toutefois aussi bons que sur le parc-toit de Brightone. Pire : nous nous sommes répétés. Gentiment. Nous nous sommes singés et caricaturés nous-mêmes.

Nous avons décliné notre idée du doudou pour des bus autonomes, pour des centres médicaux à diagnostic calculé. Nous l'avons adapté à des pharmacies sans *préshum* (présence humaine). Nous l'avons reprise au profit d'une franchise de psybots où la séance de divan se passe avec une peluche sentiente dans les bras que les patients adorent parce qu'ils savent qu'elle ne les juge pas. Ils peuvent même récupérer leur monologue pour le réécouter plus tard et l'effacer en fin de séance dans la mémoire du doudou. Nous l'avons aussi *scampée*, cette idée, pour une franchise de restaurants, en gardant le principe des barmen androïdes mais en leur coupant la chique pour ne conserver qu'une interaction gestuelle, assez drôle, à base de mime et de langue fun des signes, où le client obtient facilement ses commandes, lui aussi en les mimant.

Dans les supermarchés, qui puent un peu le désert glacé depuis trente ans vu que la préshum a été réduite au botmanagers, nous avons proposé de personnifier les caddies automoteurs et autoscanneurs de courses en leur attribuant une gamme de six styles différents. J'ai conçu le chariot-fonceur, qui trace en appliquant la shopping-list ; Lazslo le caddie-Yack, lent, bio et éthique et le *caddisruptif* qui bouleverse vos désirs en vous imposant des produits inhabituels, des goûts hardis. Il y a aussi le chariot-de-feu qui grince quand les produits sont trop chers et les éjecte du caddie comme si ça le brûlait... (Trop de gens ignorent encore qu'un produit peut être tout à fait générique et dégager une marge très supérieure au produit pourtant plus cher.) Le caddie gourmand, lui, privilégie le gustatif et mange littéralement vos produits : il faut le surveiller pour qu'il n'avale pas le chocolat par exemple — ça plaît surtout aux gosses et aux grand-mères, d'après le premier crash-test IRL sur Détroit.

Tout ça donnait parfois l'illusion d'être novatif et frais, pour des clients ronronnant dans leurs routines commerciales, bien que ce ne fut qu'une rotation habile du même *core concept*. À savoir : exploiter les forces du théâtre d'objet dans l'interaction homme-machine ; utiliser les pulsions transitionnelles de la psyché humaine et son pouvoir de projection animiste sur l'inerte ou le mécanisé ; court-circuiter les conversations qui ressuscitent toujours la vallée de l'étrange entre la viande et le robot par une grammaire d'actions, à base de manipulation et de symboles universels. Et en arrière-plan : minimiser les coûts de revient en robotique (sans réhabiliter l'humain, fallait pas non plus déconner !), en zappant ce puits sans fond des chatbots qu'il faut sans cesse réalimenter en bigdata pour qu'ils restent sociocompatibles et up-to-date.

Était-ce innover, vraiment ? À la mine ravie des clients, il fallait croire que oui. Notre génération avait bien un shot d'avance en matière de créativité. Parfois, nous tombions sur des ingénieurs qui n'avaient jamais entendu parler des six chapeaux de Bono ! Pas davantage de l'homme-dé ou des techniques de concassage ! La base pourtant du B.A-BA du créatouffe bas de gamme ! C'était proprement *no way*.

* * *

Au bout de quatre mois de stage, à un rythme de quatorze heures par jour, avec une demi-journée de repos par semaine, je commençais à fléchir. Ça n'avait rien de physique, je gardais la gnaque, hein ! Le travail était passionnant et renouvelé, toujours tendu, pulsif. Je m'entendais bien avec Laszlo au final, il était sain. L'algorithme qui nous avait matchés était carré : nous étions effectivement très complémentaires tandis que Sayo nous retournait joliment le cerveau un jour sur deux, pour booster la créa.

Mes potes m'enviaient. J'avais tellement rêvé d'obtenir ce stage classieux, tellement été fier d'arracher la période d'essai à *The Doors*, que maintenant que j'y étais au quotidien, je me forçais à trouver ça « génial ». Génial les botathons, les réunions-piscines ! Génial le remue-méninge-du-singe et les sessions D6D où l'on posait six options pour sa journée, lançait le dé et suivait scrupuleusement le hasard. Génial le bizutage VR avec la partouze virtuelle aux sensations hyper-crédibles! Géniale la cantine végane, les vélivélos gratos, génial l'open space avec la rivière qui coulait entre les bureaux et la coève étendue au Fight Club avec les poings en mousse. Génial! Génial. Génial...

Un lundi matin, je me suis réveillé et je me suis rendu compte que je n'aimais pas ce que je faisais. En fait, je ne m'étais jamais posé la question en termes de plaisir. J'ai appelé Alexia pour lui demander d'ouvrir les volets roulants et de bien vouloir me préparer un café.

« Tu peux choisir ma tenue, s'il te plaît? J'ai plus d'idées en ce moment.

— Tu souhaites un style en particulier, Nolan?

— Un truc grunge, un peu cache-tout, sans forme...

— Tu passes à la douche d'abord?

— Comme d'hab. »

Alexia m'avait réglé le mitigeur sur 40°C, bien chaud, comme je l'aimais quand j'étais maussade. C'était fou les attentions qu'elle avait, sa finesse. Lorsque j'ai débarqué dans la cuisine, le café était torréfié et les toasts tartinés d'un peu de miel. Elle avait mis *Cat Power* en sourdine, pour que je chille. Ça se coulait dans ma fatigue.

« Tu as reçu deux lettres cette nuit, mon chéri. Tu veux les lire?

— De qui?

— Sayo et William

— Affiche-les-moi sur la table. Il n'y a pas de beurre ce matin? Il fout quoi ce frigo? Y a plus de mise à jour dans l'OS ou bien?

— Veux-tu que j'en commande? Le camion automatique passe à 8h04 ce matin.

— C'est dans combien de temps?

— Douze minutes. Un peu de trafic.

— Demande un drone plutôt. Je vais pas attendre deux plombes pour pouvoir me beurrer un toast... J'ai maigri ces derniers temps.

— Tu fais 76,6 kilos ce matin. En ligne avec ta moyenne annuelle. Ton inquiétude est inopinée.

— Et toi, tu dis des gros mots qui tachent...

— J'ai bien peur d'avoir manqué quelque chose. Pourrais-tu reformuler?»

J'ai levé la tête vers la fenêtre au moment où l'amadrone déposait le beurre dans la boîte aérienne. Machinalement j'ai ouvert et je suis resté accoudé au chambranle, la tête dans le smog humide de novembre.

Dans l'avenue Trump, le ballet des bus autonomes et des voitures sans chauffeur chorégraphiait une forme de silence. Le ciel était couleur de mood board gothique sous un filtre Rothko mal codé. S'y décalquaient mal la nuée triste des drones s'autoévitant, lesquels erraient dans le vide, aussi frénétiques et tracés, aussi paumés que moi dans ce brouillard brownien d'insectes en plastique qui volaient de boîtes en balcons comme je volais de boîtes en missions. Pour qui au juste, pour quoi? L'atmosphère grésillait désagréablement. Où étaient les oiseaux?

À moitié transi, j'ai refermé la fenêtre en laissant le beurre. Et j'ai regardé le cylindre d'Alexia en attente sage sur la table. Brouillé de thé, l'écran de verre diffusait des clips neurostimulants sous le bol qui tremblait. Tandis que le bras articulé fixé au plafond rangeait déjà ma cuisine. Mes murs diffusaient *Cat Power* avec trop de basses, le sol venait d'être nettoyé de ses miettes et plus loin, à l'angle du couloir, je mentalisais déjà le miroir de la salle de bains où je savais qu'au moment du lavage de dents, mon agenda de la journée allait s'afficher. Carré bleu, carré vert, carré jaune. Avec les briefs glacés de William et les cartes mentales de Sayo, splendides et illisibles, qu'elle dessinait dans ses plages d'insomnie.

Devant l'immeuble, le compteur du taxi autonome tournait déjà. Descendre? Voir des têtes? Le café à l'angle n'avait plus de serveuses et ça n'avait plus de sens depuis longtemps de se caler au comptoir encadré de vingtenaires qui parlaient à leur IA en espérant le Flash Job de 8h30 qui leur filerait une livraison à vélo dans une blindzone où les ondes ne passent pas, quand on n'y pète pas les tracktrucks à coups de pavetons. Au fond du bar, dans les fauteuils lounge, si tu voulais t'isoler, tu tombais sur les lumpens qui tagaient des images en répondant à des questions mécaniques servant à calibrer les chatbots. *Dilual* comme disait Sayo: DIgital Labor Über ALles.

Alors j'ai demandé les infos en mode texte. Et concaténées. J'en pouvais plus des flux de news générés par des algorithmes et modulés en synthèse vocale. Trop long de toute façon. Par la grâce de cet enculé d'oculo, Alexia m'a projeté la synthèse là où ma pupille avait échoué: sur le placard.

Taux d'emploi passé sous barre 10 % (9,9 %). Symbolique. Gouvernance se félicite de la libération croissante des métiers. Grand pas vers société désaliénée. Indice de bonheur +0,6 % à 69,7 %. Baromètre 2062 des professions libérées – Taux d'automatisation globale: livreur (94 %), conducteur (92 %), vigile (91 %), journaliste (88 %), agent d'accueil (86 %), secrétariat (84 %) nettoyage (83%), soldat (82%), formateur (80 %), ouvrier non qualifié (73 %), traducteur (72 %), serveur (70 %), juriste (65 %), médecin (62 %), professeur (60 %)...

La liste ne citait pas *consultant* bien que j'aie pu mémoriser « cuisinier » en bout de scroll : 42 %. Bien sûr, j'avais pensé à mon père.

Quand j'ai consenti à sortir, je me suis allongé direct dans le taxi et j'ai demandé à l'IA qu'elle me fasse un noir total.

« Vous allez arriver à destination à 9h47. Vous aurez 17 minutes de retard. Votre collègue Sayo Aguire en aura 28. Dois-je prévenir votre client ? »

J'en pouvais plus de cette ville. J'étais triste comme un pare-chocs et je n'avais que 24 ans. Pourquoi ? J'avais tout, non ? Et j'étais de la génération « libérée » du travail.

Libérée ? Pendant près d'un siècle, disons de 1960 à 2050, tous les gouvernements s'étaient noyés sous la déferlante du chômage : 10 % en 2015, 20 % en 2025, 35 % en 2040. Puis le retournement mental avait enfin eu lieu, venu du peuple, et nos élus s'y étaient habilement adaptés : loin d'être une honte, ne pas travailler était redevenu quelque chose de positif. L'oisiveté, ce privilège des nobles à la Renaissance, s'affichait à nouveau comme une vertu. Presque un savoir-être. En cette année 2060, vivre du revenu universel était majoritairement ressenti comme une véritable émancipation, surtout par les vieilles générations. Ma mère trouvait ça prodigieux ; moi un peu moins. Difficile de saisir, pour ma classe d'âge, pourquoi l'automatisation féroce des services, longtemps le mal incarné, s'avançait maintenant parée de l'aura d'un cadeau offert à tous. En deux décennies, le mot « chômage » avait été dissous à l'acide de la rhétorique postlibérale. Les professions routinières, les métiers historiques prestigieux, les emplois à vocation sociale n'étaient plus « automatisés », « sacrifiés » ou « détruits ». Non, non, plus du tout : ils étaient « libérés ». Un gosse qui autoapprenait le français devant un éléphant à synthèse vocale, capable de lire son ennui à ses postures corporelles, de calquer le rythme des exercices au niveau de sa progression, ne mettait pas un prof au rebut : il le libérait ! Quatre-vingt-dix pour cent de la population en âge de travailler était désormais libre. Enfin, forcée d'être libre. « Librée » comme disait Lazslo, qui était héritier d'une tradition familiale de bosseurs.

Pour ceux qui voulaient encore « s'aliéner », je veux dire exercer un métier, il y avait deux possibilités : devenir l'élite dans son champ de compétence, ce fameux dixième qui méritait un revenu spécial ou verser dans le lumpen labor, c'est-à-dire les interstices de tout ce que l'automatisation avait laissé de côté, ne savait pas vraiment algorithmer, ou de façon pas assez rentable. For instance : trier des déchets ménagers, des images équivoques, relire des textes traduits au kilomètre, playtester des jeux addictifs. Ou encore, nettoyer des bâtiments trop anciens et trop tordus pour être bot-compatibles ou ramasser du bois mort dans des forêts en pente pour des chaufferies « responsables ».

Et puis, il y avait les métiers qu'on avait cru longtemps impossibles à machiniser. La cuisine par exemple. Le métier de mon père...

* * *

Le mois dernier, j'étais passé lui dire bonjour au bistrot et j'avais assisté à une session de transmission entre lui et Bisbot 6, le robot-cuisinier appelé à le remplacer à la fin de l'année, si mon père jouait le jeu. S'il lui apprenait, geste par geste, ingrédient après ingrédient, dans des enchaînements filmés en 3D et restitués avec exactitude par la machine, le cœur singulier de ses recettes. Est-ce qu'il avait encore le choix, de toute façon ?

Bisbot Inc. l'avait sauvé de la faillite en rachetant son bistrot et en conservant mon père en cuisine sous un statut salarié, avec pour contrepartie qu'au moment où il partirait à la retraite, à 70 ans, il passe six mois à transmettre à un robot-cuisinier toute l'originalité de sa bistronomie. La fondatrice de ce business, Kupfer, était plutôt quelqu'un de bien. Elle avait eu cette idée assez classieuse, proche de la tendance artibot, d'utiliser certes des robots génériques, mais de leur implanter une intelligence singulière, issue de longues sessions de deep-learning et au comportement par conséquent unique. Dans une centaine de bistrots en France, ses robots-cuisiniers remplaçaient déjà de vieux chefs qui, en partant, leur avaient légué patiemment leur savoir-faire. Pour les habitués, la cuisine servie gardait la patte de l'ancien cuistot. Pour Bisbot, l'économie sonnait évidemment substantielle puisqu'une fois le robot formé, il ne coûtait que le prix dérisoire de l'électricité, souvent solaire et autonome, qu'il consommait pour faire les plats. Et la machine allait vite, très vite, pour une qualité constante. Avec une mémoire éclairée par le génie artisanal de ceux qui l'avaient éduquée. Le problème avec mon père est qu'il ne supportait pas cette transmission.

À la fin du repas, lorsque les derniers clients firent tinter de la monnaie dans la coupelle, un truc désuet, il est venu discuter à la table. Il était furieux. Il ne décolérait pas contre Karen, ses programmations à la con, contre Bisbot, contre ce monde. Je l'ai laissé d'abord se défouler puis je lui ai dit, juste après avoir avalé ma poire cul sec :

« Tu veux quoi, papa ? Tu veux partir en retraite avec une prime égale à zéro ? Si tu continues comme ça, non seulement ils vont te lâcher sans indemnité mais ils vont te coller une pénalité ! J'ai relu ton contrat la semaine dernière. J'ai eu Kupfer au téléphone, elle m'a appelé.

— Pourquoi tu me l'as pas dit ?

— Ça sert à quoi ? Tu as vu comment tu te comportes ? Tu insultes un robot qui capte et archive tout 24/24. Tu trouves ça malin ? Tu sais comment ça marche ? Kupfer reçoit chaque soir ton radar comportemental de la journée. Temps perdu, taux d'agressivité, recettes acquises, etc., etc. Elle sait que depuis quatre mois, ça merde. Ça merde grave et profond. Et qu'à ce rythme, tu vas partir avec un robot qui saura faire cuire des œufs mimolette et torcher une vinaigrette à l'huile de noix. Pendant ce temps, elle paie une roboticienne à plein temps pour que dalle ! Et Karen pète les plombs !

— Elle est nulle !

— Elle fait son taf, papa ! Et toi, tu te prépares juste une retraite au RU ! T'auras même pas de quoi t'acheter du Charolais et des courges de paysan. Tu seras obligé de bouffer de l'indus matin, midi et soir ! C'est ça que tu veux ? »

Il avait encore son tablier taché sur sa bedaine tonique, ses manches retroussées qui laissaient voir deux brûlures sombres aux avant-bras. Plus proche désormais de la neige que de la cendre, sa barbe cascadait sur ses joues rondes quand il riait avec une allure d'avalanche. Ce midi-là, elle ressemblait plutôt à une pelouse gelée. Il eut quand même un sourire. Son petit groin en patate se dilata, lâchant un flux de buffle et il s'assit, sans me regarder dans les yeux.

« C'est toi qui devrais reprendre ce bistrot. Toi, tu saurais. Je pourrais tout t'apprendre en un mois, les achats, le marché, les stocks, les coups de main. Et la gestion, tu sais déjà. T'as plein d'idées. Tu pourrais relancer le troquet... »

Il a prononcé ça en parlant à la chaise, en sourdine, puis il a relevé la tête, soudain frontal, pour me regarder. Cette fois, ce fut moi qui piquai du nez dans mon verre.

« Je suis un artiste, papa. Je veux tracer ma voie. Je veux pas faire ce que t'as fait, ce serait trop...

— Trop quoi ?

— Trop... facile. Trop copié.

— Pas « créatruc », c'est ça ? Pas assez frime dans ton milieu artychnok ? C'est pas créatif la cuisine ?

— Si. C'est juste que c'est pas cette création-là que je cherche... »

Il s'est levé et il a défait son tablier avant de le rouler en boule sur le zinc. Il a débouché un marc, plop, avant de le verser dans un petit ballon et de le déguster lentement, comme si ça l'aidait à encaisser, à ressentir le monde un peu plus profond en lui, un peu plus âpre. Tassé sur ma banquette de moleskine, je n'étais pas fier de moi. Tellement pas que j'en aurais chialé de le voir partir, tête tournée, dans l'arrière-salle, en bousculant une table, pas par colère, non, juste groggy, juste cassé, juste lourd au ventre et aux épaules du sac sublime d'un héritage d'artisan qu'il sentait glisser vers le sol, à ne plus pouvoir l'offrir, le passer de main en main, de cœur à cœur à un humain qu'il aime, dont il savait qu'il aurait pu le faire vivre, encore, encore longtemps après que lui sera parti, aura lâché le piano – et ses notes sifflantes de gaz. Cet humain, ç'aurait pu être moi. Ç'aurait pu être sa joie. Hormis ça : je n'y arrivais pas. À me projeter ici. Dans ce piège de planches, de tables et de zinc qui puait la graille et le passé.

* * *

Au bout de neuf mois, William nous a convoqué tous les trois, afin de nous asséner le bilan de mi-parcours. Il nous trouvait trop complices et il s'est mis à forwarder chaque matin nos radars d'évaluation, histoire de réactiver la compétition rageuse qui devait prévaloir entre nous. Ça marchait un peu sur Laszlo, qui était deuxième et que la nonchalance virtuose de Sayo crispait, sinon exaspérait au plus haut point. Fallait reconnaître qu'elle semblait toujours s'en foutre gentiment, d'à peine entendre les briefs et soudain, elle relevait la tête et nous pondait un miracle ! Au point qu'à la coève, elle restait en tête à 4,71 – Lazslo derrière pédalant à 4,59 – et moi j'étais dernier, oh, pas si loin de lui : à 4,53.

Je m'avérais très bon en déploiement, pour prolonger, étendre et faire fasciculer une idée, pour en exploiter toutes les potentialités. Lazslo brillait dans l'interfaçage avec le client, pour architecturer une propale, agencer la créativité des autres, relier entre elles des idées disjointes et les rendre consistantes. C'était un créatif d'emboîtement, un garçon qui au seizième siècle aurait fait de la marqueterie ou des pièces d'horlogerie. Il n'était pas réellement sec : il avait parfois des inspirations, par exemple sur le style des caddies – le Caddie-Yack, c'était lui – toutefois son cerveau gauche, le rationnel, ne le laissait jamais réellement en paix, tout à fait libre et fou : il décollait rarement très haut, pour être honnête.

Sayo en revanche... Sayo m'apprenait chaque jour un peu plus ce que créer voulait dire. Ce que l'art avait de si différent et d'unique face à l'artisanat, face à cette créativité d'entreprise lestée de déclinaisons ou de permutations qui était principalement la mienne, et dont j'avais un mal de chien à sortir.

Si tu me disais : « Voilà, on va accueillir les clients avec un ourson en peluche qui marche et qui va les guider jusqu'à leur chambre », je pouvais imaginer un jeu de labyrinthe dans les recoins de l'hôtel, inventer une rencontre avec un loup en peluche, une bagarre entre eux ou un câlin, scénariser plutôt pas mal l'ouverture de la porte de la chambre et les farces de l'ourson sautant sur le lit, se planquant sous l'oreiller, ne voulant plus sortir, se lovant dans les bras du môme (c'était facile à coder). Si tu me concevais un botboy de resto ne communiquant que par geste, j'étais capable de t'inventer toute la grammaire de mime pour les desserts, et même de la pré-coder pour les développeurs. Si tu me suggérais des caddies à personnalité, je t'en forgeais un ou deux assez facilement. Voilà.

Excepté que je n'avais jamais cette irruption, ce jet initial de l'idée qui décale et réinvente tout. J'étais un créatif-en-second, qui n'avait pas en lui la graine, qui savait ramifier des branches et dessiner les bourgeons, pas faire jaillir le tronc, subitement, de la terre sèche. Sayo, elle, le pouvait. Si bien que je devinais que c'était ça – *ce serait* ça la plus-value ultime dans le futur du travail. Ça qu'aucune IA, aussi bien conçue et blindée de réseaux neuronaux multicouches, toute sentiente et autoapprenante fut-elle, ne pourrait jamais atteindre ni même approcher tandis qu'elle pouvait simuler et mathématiser ce que je faisais, qui n'était le plus souvent qu'une déclinaison habile et culturellement arrosée d'un canevas qu'on m'amenait : passer d'une peluche à deux peluches, tiens, à quatre peluches dans un script. Passer d'un animal à un autre, chercher les interactions naturelles ou symboliques entre eux (le loup face à l'ours, le mouton que le loup mange). Scamper autour d'un style alimentaire pour personnifier un chariot : le bio, l'ascète, le gourmand, puis appliquer ces profils sociologiques à un objet : le chariot qui avale, mange, trie, rejette...

J'étais pas si mauvais non plus, j'avais plutôt de l'humour et une bonne vista narrative, je faisais des saltos culturels parfois inattendus comme cette Grande Ourse en étoiles phosphorescentes que j'avais mise au plafond de la chambre et que pointait l'ourson avec son doigt quand on éteignait la lumière : « maman ! » Ou ce chariot dont la grille chauffait quand le produit était cher : on pouvait cuire une brochette dessus en sortie de caisse. Cette fusion mentale entre la grille du caddie et celle d'un barbecue m'avait surpris moi-même — sortie de cadre.

Ceci posé, je restais la différence entre un scénariste et un écrivain. Entre Salieri et Mozart, Courbet et Bacon. Puisqu'on pouvait mécaniser mon travail, y trouver des récurrences et des itérations, des schèmes. Un ingénieur haut de gamme pouvait y repérer des logiques et en extraire des patrons reproductibles et opératoires. Donc, *in fine*, encodables. Ces patrons, je les sentais monter et grincer en moi, à chaque *brainstorm*, malgré un cursus de près de quinze ans en école créative.

Malgré ou à cause ? En voulant nous rendre créatifs, en faisant de cette créativité le cœur de l'avantage compétitif, celui qui vous permettait d'intégrer l'élite des 10 % auxquels on consentait un travail, un travail prestigieux de surcroît, n'avaient-ils pas rationalisé ce qui n'aurait jamais dû ressortir de l'enseignable ? N'avaient-ils pas mis en slide et en fiche, en code et en méthode ce qui n'aurait jamais du sortir du chaos, de l'à-coup brutal, de la vrillance barrée et de la frasque ? En supposant que la création était un processus continu, décomposable en étapes, un parcours à suivre, qu'elle devait résulter d'une démarche, n'avaient-ils pas perdu l'essentiel qui était que rien d'inouï ne pouvait surgir d'un modèle qu'on adapte, combine, renverse ou réorganise ? Rien ? Non. Enfin si : une jolie permutation.

Un mardi matin, j'ai eu la surprise de voir que Kupfer m'avait appelé en vocal. Quelque chose comme un signe ?

« Nolan, excusez cette intrusion un peu cavalière. Karen m'a parlé de vous et je vous ai stalké gentiment sur le réseau. Votre split-list de compétences dégage un profil d'écoute intéressant, avec une faculté à faire le lien et une créativité certaine, que m'ont confirmé vos tests, que j'ai achetés sur le portail de *The Doors*, ils sont déjà en ligne. Je vous appelle, vous vous en doutez, pour votre père Gaby. C'est quelqu'un que j'adore, mais il nous pose quelques soucis en ce moment. J'aimerais vous réunir tous les quatre avec Karen pour tenter d'avancer. Je ne voudrais pas pénaliser votre père qui est un cuisinier hors-norme et un humain bien. Call me back. »

J'allais raccrocher, déjà passablement secoué par l'offre et ce qu'elle impliquait de tension, lorsque j'ai vu qu'Alexia ne passait pas en veille...

« Ah... et puis je voulais vous dire que je me suis aussi intéressée au profil de votre colab, Sayo Aguire, avec laquelle vous semblez partager beaucoup, si j'en crois Vistagram. J'aimerais aussi la rencontrer, de façon informelle s'entend. Si vous jugez judicieux qu'elle vienne avec vous, n'hésitez pas. Je serais ravie de stormer avec elle... »

Le lendemain, j'ai annulé la matinée chez DigData, au grand dam de Laszlo qui allait devoir scamper seul là-bas. Et j'ai convaincu Sayo de m'accompagner au *Clos Fleuri*, le bistrot de mon père. Foutrement facile en vérité : Sayo adorait manger, cuisiner, goûter. Une fois par mois, elle montait pour ses potes des soirées spectaculinaires, avec des gastrognomes qui chantaient et brassaient des globilboulghours avec leurs bras en bois et leurs mains en cuiller ! Outre que pour elle, l'artisanat *old school*, à la mano, comme le pratiquait mon père, avec aliments frais, fruits cueillis sur l'arbre et légumes ramassés du matin, était l'ultime merveille qu'on pouvait attendre d'un des derniers vrais restaurants de la ville. Pouvoir regarder mon père cuisiner, m'avait-elle dit tout de suite, le rouge aux joues et un air craquant de Blanche-Neige, elle en rêvait. En vrai ? Quel con j'avais été de ne pas l'emmener dîner là-bas plus tôt !

En même temps, je savais bien pourquoi : mon père était un quinze tonnes en matière de fille que je pouvais amener sous son scanner. Plus lourd à la pesée, plus balourd à la blague, plus « grosse œillade, rire gras et compliment braillard », tu faisais pas. Accompagné d'une princesse, tu pouvais dropper direct en coève. Sans oublier qu'il avait l'art de rétroéclairer, d'une vanne, tes défauts, ce qui aidait tellement bien à se mettre en valeur, vous vous en doutez...

À la lueur qui s'est allumée dans la pupille de mon père au moment où Sayo est arrivée, j'ai su que le déjeuner allait être difficile. Pas pour eux, n'est-ce pas ? Il faut dire qu'elle était rayonnante pour un mois de novembre, lovée dans sa veste d'angora touffue, avec son minois joyeux, d'un blanc de lait, dégageant un bougé très charmant entre le bonnet de laine et l'écharpe orange. C'était une personne de toujours très désarmante assise, dans l'immobilité relative qu'elle froissait de sa grâce, chat ou lynx, parfois langoureuse des hanches, parfois vive du buste et de la nuque, toujours très agréable à contempler sans être géométriquement belle. Lazslo la trouvait grosse, dissymétrique et coève 3. Moi, j'aimais sa bouche, ses mains toujours pleines d'entailles, ses joues de pêche et son agilité intellectuelle et physique hallucinante. Quand elle débarquait, encore en mode off, j'étais toujours un peu déçu par son corps. Dès qu'elle parlait, j'étais aussitôt sous le charme. Comme ici.

« La Tatin du Titan ? Hum, c'est rigolo !

— C'est les noms à la con de mon fils ! Il inverse deux syllabes et il se croit poète !

— J'imagine qu'on commande le dessert dès maintenant ? m'a demandé Sayo.

— Comme tu veux...

— Ta demoiselle a du savoir-vivre, elle ! Non, c'est pas
« comme tu veux » ! Mon fils, c'est pas qu'il est mal éduqué :
il est juste malpoli ! Le caramel, il bêle dans le cuivre, faut lui
laisser sa chance ! Et les reinettes, je les coupe et je les cuis
illico, sinon ça saigne et ça s'oxyde. Les fruits c'est comme les
animaux : ça vit ! »

Sayo a eu un rire magnifique et conquis. Trois minutes plus
tard, elle me plantait pour aller en cuisine bavarder avec mon
père, couper les pommes en arc, comme lui, à la croustille,
« faire sonner le sucre », le voir passer du blond à l'ambre et de
l'ambre à l'or et de l'or au cuivre. Mon père sortait le grand jeu,
gouaille et gouache, tournemain et tuyaux de chef, vista des
gestes, rires qui pétillent et chaleur des conseils. Sayo s'éclatait
comme je n'avais jamais été foutu de la faire s'éclater, même à
la pétanque à pierre ou au brouille-drone sur l'aéroport. Je les
matais par l'embrasure de la cuisine, sans oser rompre l'alchi-
mie, rendu à ma banalité de Sup de Cré, à mes doutes, heureux
pour eux, pourtant. Sincèrement heureux. Et triste.

À trois heures de l'après-midi, après la poire, déjà bien flottant, j'appris que Karen arrivait et qu'ils avaient une session
de transmission avec Bisbot 6, pendant deux heures. À cinq
heures, le camion-bureau de Kupfer débarquait et on avait
plutôt intérêt à dessaouler d'ici là. En venant, Sayo m'avait
dit qu'elle partirait aussitôt après le déjeuner, que rencontrer
Kupfer la saoulait, sauf qu'elle venait de changer d'avis, souhaitait voir le robot à l'œuvre et désormais discuter avec Kupfer.
OK. Ça me rassurait en un sens qu'elle soit là.

À peine Karen arriva, à peine sortit-elle le robot de veille
que l'humeur de mon père passa du bleu à l'orage, avec une

soudaineté qui surprit Sayo plus que moi-même. Je le savais extrêmement capable d'être un connard quand il le voulait. Et là, la touche [c]on venait d'être enfoncée au poing. L'objectif de la session était précisément d'apprendre au robot à faire la Tatin. *La Tatin du Titan Gaby*, comme je l'avais baptisée. Et ça se passait plutôt très mal.

« Laisse le sucre fondre... Bouge pas la casserole ! Il est blond là, tu vois bien ? Laisse-le brunir encore, monter vers l'ambré... Tu vois la différence ? Non ? Filme, tête de nœud ! Et écoute ! Écoute la casserole ! Un caramel cuit, ça s'entend à l'oreille... Non... Trop tôt ! Lave tes esgourdes, bordel !

— Je ne suis pas sûr de vous avoir compris, monsieur Gabriel. Je ne visualise pas les gourdes dont vous parlez. Pouvez-vous reformuler ?

— On peut me changer cette voix de salope ? Ça me tend quand je bosse !

— C'est vous qui avez choisi cette voix ce matin, je vous le rappelle. Je peux lui affecter une voix masculine si vous le souhaitez. Robert ? (Le robot dit « réglage timbre, Robert » d'une voix *de beauf*.) Je vous suggère d'éviter d'insulter le robot. Votre prime est indexée à 65% sur votre attitude positive. »

La phrase fit sourire Sayo. « Bisbot, le robot-cuistot de vos bistrots ». « Bisbot, pour une bistronomie saine et bio » disaient les autocollants collés par Karen sur le buste de la machine. Mon père, lui, l'appelait « Gâte-sauce ». Les meilleurs jours. Les pires, c'était « polymerde », « bras-dur », « manchot », « tas de tôle », « copy-self ». Ça exaspérait Karen parce que le robot n'enregistre rien tant qu'on ne prononce pas son nom. Du coup, il filme au mauvais moment et recopie à l'identique des gestes inutiles, hors recette, comme allumer une clope ou se moucher dans le torchon. Des bugs qui faisaient hurler de rire mon père. Karen moins.

« Ça capte rien ces trucs. Ça voit rien et ça entend que tchik ! Ils sont où ses micros ?

— Au niveau du bassin...

— Sûr que s'il écoute avec sa bite, on va jamais s'en tirer... La Tatin, tout est dans le caramel. Tu foires le caramel, tu peux oublier ! (...) Putain, j'en peux plus, il a tout cramé ! Mon pire apprenti apprenait plus vite que lui. C'est du plastoc. Mais regarde ta merde !

— Je suis désolé, monsieur Gabriel. Je suis prêt à recommencer pour vous, sous vos conseils avisés », aligna Bisbot d'une voix de beauf poli.

Karen semblait tendue, quoique sa voix restât aussi calme que celle de son robot :

« Gaby, pour la cent unième fois : Bisbot est un robot mimétique. Il copie vos gestes avec une précision de 8 microns, sur six axes, sous une exactitude chronométrique d'un millième de seconde. Tout ce dont il a besoin est que vous disiez « Bisbot » distinctement quand vous amorcez une étape de la recette. Que vous placiez les ingrédients sur le plan de travail bleu : *tous* les ingrédients et *que* les ingrédients. Pas vos cigarettes, pas votre bière, pas d'ustensiles sur le plan bleu. Sinon, la reconnaissance de formes va dysfonctionner. Quand vous cuisinez, vous ne commentez pas. Vous énoncez juste trois choses : les quantités, la force du feu et les temps de cuisson. Le reste, le robot le voit et il le refait à l'identique. Donc encore une fois : pas de gestes parasites ! Cuisinez ! Ne faites que cuisiner ! »

Sayo trouvait manifestement la scène savoureuse. Elle n'en perdait pas une miette.

« Ça je sais pas faire, je peux pas. J'ai besoin de fumer, j'ai besoin de boire, j'ai besoin de changer la radio ; j'ai besoin de jongler avec les œufs, de faire sonner le sucre dans la casserole, de vivre quoi !

— Arrêtez de vivre pendant cinq minutes ! Et Bisbot vous réussira la Tatin du Tyran !

— Du Titan... La Tatin du Titan... » je suis intervenu.

Karen a dit, une pointe de froideur dans son timbre :

« Pensez en robot. Mettez-vous à sa place ! Juste cinq minutes par jour. Il a besoin de vous ! Il a besoin d'être formé ! Respectez-moi ! »

Mon père a regardé Karen avec une moue égarée. Elle avait fait mouche. Sur un ordre, le robot a nettoyé la casserole, mon père a replacé les ingrédients, rallumé le feu puis l'a éteint, stressé. Il a fait craquer sa nuque sur son tronc de colosse jovial, s'est décalé pour que le robot ait bien le piano dans l'axe et il a timbré :

« Bisbot, écoute-moi. 400 grammes de sucre roux. Feu à 50. 4 minutes. Tu surveilles à l'œil : couleur ambrée, tu vises ? Tu l'as dans ton pantone ? Et tu écoutes surtout : tout est dans le chuintement, les petites bulles collées, le froufrou du sucre, ça pétille puis ça crépite puis ça coagule en faisant bloup flap bloup, tu saisis ? À bloup, tu coupes. D'accord ? »

À 16 h 50, nous avons appris que Kupfer annulait le rendez-vous. La session s'achevait enfin. Si Bisbot 6 parvenait à faire roussir le sucre, il ne savait pas encore jauger de la couleur exacte qui décide quand on stoppe le feu. La luminosité extérieure avait baissé et faussait le pantone dûment calibré une demi-heure auparavant. Karen avait bien recalculé l'interpolation des couleurs en fonction de la sensibilité ASA du capteur. Sauf que Sayo s'était mise devant un spot au moment critique de l'ambré – je soupçonnais qu'elle l'ait fait exprès – ce qui avait assombri la couleur et poussé le robot à couper la cuisson... trop tôt.

*   *   *

« Le secret », m'avait lâché Sayo alors qu'à minuit, on bouclait à deux une superbe propale, toute de sons, sans aucun texte, qu'elle rejouait une dernière fois au clavier pour sentir si ça coulait bien...

« Le secret est qu'une idée ne t'appartient pas. Elle n'a pas d'origine, elle passe et tu es parfois au milieu...

– Tu veux dire qu'on est juste un récepteur ? Tu la captes, c'est ça ? Comme une antenne capte une onde qui flotte ?

– C'est pas ça. Pas du tout ça même. Tu es plutôt un oiseau qui vole avec des ailes de filet, tu es une méduse au milieu d'une tempête, hors d'eau, en plein vent, et tu traverses une vallée quand tout à coup quelque chose te percute, se prend dans tes plumes, dans tes tentacules. Tu le portes à ta bouche et tu le manges, tu le métabolises et seulement alors tu comprends ce que c'était.

– Mais l'idée vient bien de toi ? C'est toi qui la sors de toi ? Quand tu dis que l'économie de l'attention utilise trop le texte et que tu trouves comme ce soir cette idée de faire déambuler des touristes à Prague, de les intéresser au château, à un parc, au Musée Kafka, juste avec des salves de sons, du rythme pur, c'est l'aboutissement d'une réflexion, au moins d'une expérience? D'une culture accumulée que tu déroules, non?

— Non.

— Vraiment?

— Vraiment pas. Quand l'idée vient, quand elle monte, je ne sais plus où je suis. Je m'échappe, tout m'échappe. Je capte rien, que dalle. Et la seule certitude absolue que j'ai... est qu'elle ne vient pas de moi. L'idée, elle vient du dehors. C'est même à ça que je reconnais que c'est une foutue vraie idée. Elle vient d'ailleurs, ou d'un autre temps qui s'écrase soudain sur le mien, comme on collerait deux plaques d'air. Un oiseau qui entre et ressort, qui s'est trompé de chambre. Il y a un trou, une fraction de seconde, un vide net, ça coupe, ça shunte. Deleuze a dit une fois que ça venait peut-être des fentes synaptiques. D'un endroit où justement le courant ne passe plus, ne conduit plus, dans le gruyère du cerveau.

— Tout ce qui est conscient est forcément continu. On suit la route déjà tracée en nous, par nous? On suit nos frayages neuronaux, forcés par l'habitude?

— Oui.

— Les vraies idées viennent de l'inconscient alors?

— Je ne crois pas. Ça ne remonte pas de l'inconscient. Ça traverse. Et ça traverse peut-être tout le temps en nous, sauf qu'on n'y est pas préparé, pas attentif, que nous y sommes très rarement disponibles en réalité. À ça. Outre que ça nous fait peur sans doute...

— Peur? De créer? Peur?

— Peur parce que c'est étranger. Que ça n'existait pas en toi la seconde d'avant. Peur parce que ça file. Une souris, tu vois?

Ça fait irruption. Ça brûle. C'est une forme d'intrus, on ne sait pas quoi lui dire. Pas quoi en faire. Elle est là, elle appelle. Tu la chasses. Personne n'est pas créatif en soi, je pense. Mais très peu de gens se tiennent dans l'Ouvert. Là où une rencontre est possible.

— Explique-moi juste comment tu as eu l'idée de l'ourson... Ce qui s'est passé en toi à ce moment-là ? »

Sayo s'allonge sur le canapé de cuir, les bras en V derrière sa nuque. Ses cheveux lui couvrent les yeux, sa jupe remonte le long de ses cuisses au moment où elle les plie. Elle a sa voix fatiguée, gravillonneuse, qui abrase les sons. J'aimerais tellement comprendre.

« Sur le toit, j'ai écouté le DirCom, je sentais la fumée, la bidoche qui se rétracte, j'entendais les rires mous des codeurs, je pensais à la question de l'empathie... Je me disais ça : les robots sont une métaphore. Ils portent le sens, ils le transfèrent. Ils sont nous, un mauvais nous, on les façonne pour qu'ils soient différents, pour qu'on ne les aime pas, exprès ! Les gens croient qu'on les fabrique à notre image, mais c'est l'inverse. On les fait comme nos ombres. Ils sont l'esclave que le XXIe siècle ne peut plus se permettre d'exploiter, d'avoir chez lui.

— Et ?

— Et j'ai vu qu'un gamin tout jeune, un stagiaire sans doute, jouait avec l'ourson de *Beds and Bears*. Personne ne le voyait, il était triste, il a pris le nounours dans ses mains et il l'a senti. Juste ça. Puis il a eu honte peut-être et il l'a posé sur une chaise. Il est parti s'ouvrir une bière. Ensuite j'ai regardé une fille qui faisait un long S avec des graviers, elle attendait quelqu'un, je sais pas. J'ai été récupérer l'ourson et j'ai vu qu'il était robotisé. L'OS était codé en open. J'ai eu envie de le faire marcher debout le long du S en ramassant les cailloux. Et là, ça s'est précipité : Petit Poucet, la fuite, le doudou, serrer dans ses bras... Et surtout du silence. Silencio. Du silence massif et qui *parle* face au bavardage insupportable de ces connards. Du qui les tue. Du qui dise tout avec juste des gestes, comme tout le monde fait, en vrai.

— Sauf que tout le monde se croit obligé d'ajouter de la parole à ses gestes...

— Oui, exactement comme tu viens de le faire... Tu veux que je sache que ce que je dis te passionne. Tu me réponds en mimêsis parce que ça maximise l'empathie.

— ...

— Tu sais, Nolan... J'ai pas besoin de tes mots pour sentir que tu es là. Absolument là. Ta présence est belle, je l'aime comme ça. Elle dit déjà tout. »

Ailleurs, elle s'est redressée, s'est mise en tailleur, a baissé la lueur du globe d'un signe à elle, dans l'espace. Elle avait le regard loin, j'étais chaviré et elle a encore dit :

« L'ourson, il était là avant. Avant nous, sur ce toit. Il nous attendait. Les graviers aussi. La fumée volait, elle m'a donné la ligne de fuite. Je me suis sentie trouée... trouvée par eux. Ils sont venus me chercher. Être ému, c'est d'abord être mû, démis. Il fallait que le robot bouge et nous embarque, qu'on soit bougés par son destin à lui. Qu'il ne réponde plus à une demande, plutôt nous fasse une offre. Tu vois ? Une idée, elle claque entre plein de pôles métalliques placés loin, le plus loin possible les uns des autres, pour que l'éclair soit ample et parce que l'air est chargé. C'est toi qui charges l'air, bien sûr, par ta concentration, gazeuse, dispersée. Ensuite, ça claque puisque tu traverses soudain au milieu des pôles – et que ça reste la meilleure façon de finir électrocuté. Par l'idée. Le reste... Le reste, c'est du storytelling : tout le monde en est capable. »

* * *

C'était le Money Time. Les trois derniers mois du stage. Là où commençait l'Opus. Ce qu'on appelait avant le projet de stage, et qui pour nous était la nécessité de produire et de présenter, à la toute fin de nos dix-huit mois d'immersion, devant l'aréopage complet de *The Doors,* une œuvre singulière et hautement personnelle, qui fasse la différence avec nos rivaux. Be the difference. Qui par conséquent me place devant Lazslo et Sayo et me permette de décrocher ce Graal qu'on convoitait tous les trois : le poste de DirCré.

À la coève, les scores n'avaient jamais été aussi serrés. J'étais toujours dernier à 4,58, devancé par Lazslo à 4,61 et lui-même coiffé par Sayo à 4,64. Autant dire que tout se jouerait sur l'Opus, et vraisemblablement le dernier jour. Ils adoraient tellement ce type de dramaturgie...

Lazslo avait déjà choisi son défi pour l'Opus : programmer un botgroom burlesque, aussi drôle qu'un Buster Keaton et capable de nous surprendre par ses chutes, ses numéros, ses mimes, tout en assurant un service impeccable dans des hôtels de luxe. Il considérait à raison que susciter le rire était l'étape ultime de la robotique de service, celle qui lui assurerait l'attachement addictif des clients. Restait à inventer une programmation procédurale et perceptive capable d'interpréter les situations pour y répondre en écho et en décalé, raccord avec le contexte et tout à la fois un peu à côté, juste ce qu'il faut, afin de provoquer cette dissonance du rire. Le challenge était magnifique.

Sayo m'avait complètement déstabilisé en choisissant la cuisine intelligente, avec l'accord de Kupfer, la patronne de Bisbot. Elle visait quelque chose d'à peine moins ambitieux que Laszlo : un robot qui ne copie pas des recettes... mais qui en crée ! Avec une logique permutante et des injections de hasard, avec surtout une visée d'art total où le goût, le son des aliments, la composition du plat, sa spatialisation dans l'assiette et sa conduite de saveur résonneraient dans ce qu'elle appelait une traversée synesthésique. Cet opus, c'est aussi ce qu'elle voulait offrir à mon père pour legs avant qu'il ne passe la main au robot. Moi, je resterais le mauvais fils.

Lorsque ça a été mon tour de présenter à William mon projet, j'ai demandé à le voir seul à seul dans le garden lab. Il s'est posé sur une butternut d'un mètre de circonférence et il m'a lancé :

« Alors Nolan ? Comment tu vas les fucker sur le fil, tes colabs ? Raconte-moi ! »

Je lui ai d'abord expliqué que mon projet était totalement hors cadre. Que c'était un défi exceptionnel, à sa façon. Bien qu'il puisse sembler presque débile.

« Joli teaser. Je t'écoute.

— Il s'agit d'un challenge humain/humain.

— Plutôt original, Nolan, vu la conjoncture actuelle... Bravo.

— Mon opus va consister à convaincre ma concurrente et rivale Sayo de me laisser sa place à *The Doors*.

— Tu supposes donc qu'elle sera devant toi à la coève ?

— Oui.

— Ça n'est peut-être pas un défi bien grand... Elle t'apprécie beaucoup, non ?

— Pas tant que ça.

— En quoi penses-tu que c'est original, Nolan ? J'aime autant te dire qu'annoncé comme ça, tu risques une belle bulle... »

C'était rien de le dire... Je ne me suis pas déballonné :

« Je veux prouver trois choses. Trois choses corrélées : premièrement, que Sayo Aguire est une intelligence créative exceptionnelle, incopiable aussi bien par des robots que par d'autres humains ; et prouver en même temps que cette capacité est absente chez Lazslo, qu'on peut tout à fait créacter informatiquement les idées qu'a proposées Lazslo durant son stage avec une IA paramétrée.

— Ça, c'est agressif, j'aime. Vous allez exposer un programme qui fait du Lazslo ?

— Oui, entre autres. Et un programme qui fait du Nolan aussi.

— Autodérision ? J'adore, vraiment ! Continuez !

— Deuxièmement, je veux prouver que Sayo ne peut donner son estime ni être séduite sinon par quelqu'un qui aurait réellement une idée inouïe et qu'elle aura la loyauté de céder sa place si l'idée qu'on lui présente est de cet ordre supérieur.

— Pur postulat psy. Admettons. Troisièmement ?

— Je veux lui montrer, et montrer à toute la direction, que je peux avoir cette idée, cette bouffée de créativité hors-norme dont Sayo va être juge. Et je vais le faire le dernier jour devant toute l'entreprise, sur l'île de l'Opus.

— Burné, Nolan. C'est burné ! Du quitte ou double ! Et sur un thème complètement *old school*, la séduction interhumaine ! Dis-moi juste un truc, et je te signe ton projet : tu es amoureux d'elle ?

— Oui.

— T'es un vrai punk, Nolan, je le savais! Burning Man!»

Il s'est levé pour me serrer dans ses bras. Pour la première fois en quinze mois, je l'ai senti vaguement ému. Ça m'a fait bizarre. À la longue, la neuroïne telle qu'il la consommait, à doses quotidiennes, liquide les affects – et là, j'avais ressuscité quelque chose en lui. Je ne me faisais guère d'illusion cependant. Je savais que mon idée postulait avant tout pour le prix Seppuku Public. Surtout, je n'avais pas la moindre idée de ce que j'allais faire. Programmer une IA qui fasse du Nolan et du Laszlo toute seule, ça je saurais délivrer, j'avais le niveau pour. C'était déjà très costaud. Mais pondre une idée qui fascine Sayo et lui donne envie de me laisser sa place à la *Race*, franchement... Franchement, Nolan?

À un mois de la fin, j'ai invité Sayo chez moi pour une soirée. On a bu, joué au casque, bu, rejoué à Créaft, puis je lui ai annoncé, enfin, ce qu'était mon Opus, alors que j'avais radicalement refusé jusqu'ici de lui révéler quoi que ce soit. À sa réaction, j'ai eu l'impression qu'elle dessaoulait cash. La descente! Elle a rougi un peu, beaucoup même. Je l'ai sentie flattée à bloc et massivement déstabilisée aussi. Elle a posé son verre et elle m'a dit :

« Ferme les yeux. »

J'ai senti sa main frôler ma joue, sa bouche s'approcher pour bouleverser la mienne et je me suis laissé boire. Avant de l'aspirer à mon tour. Elle avait un goût framboise-fizz. Très vite, j'ai eu une féroce envie d'elle, hormis qu'elle a suspendu ses lèvres en souriant et est repartie s'asseoir au bout du canapé, comme si rien ne venait de se passer. Si tant est qu'elle m'a regardé longuement. Qu'est-ce qu'elle avait dans les tripes nom de Dieu ?

« Ça veut dire au moins trois choses, ton opus. »

J'avais encore son goût de baie rouge au creux des papilles.

« D'abord que tu t'en remets totalement à moi pour le poste. Je peux parfaitement dire le Jour J que ton idée est insuffisante, même si elle est géniale. Et tu auras perdu.

— Oui...

— Ensuite, peut-être, tu crois que tu peux réussir... Enfin, non, c'est pas ça : tu veux me faire un double cadeau, tu t'en fous de savoir si tu vas ou non réussir. Tu veux cacher ton amour derrière un défi public, tu veux remettre ta vie future entre mes mains pour me prouver ton amour. Et prouver que cet amour est plus important pour toi qu'avoir ce poste pourtant fantastique, pour lequel tu te bats depuis un an et demi. Et en même temps, par cet amour, tu espères avoir le poste. Donc il y a bien une troisième chose : tu me crois profondément loyale. Tu sais que je suis loyale et d'autant plus loyale que je ne suis pas amoureuse de toi.

— Ça, c'est à toi de me le dire...

— Je te le dis. Je ne suis pas encore amoureuse de toi. J'adore plein de choses chez toi, des choses qui viennent de ton père souvent, d'ailleurs. Et plein de choses m'agacent aussi. Je te trouve trop prévisible, trop normal. Sauf là. Là, tu m'as vraiment surprise. Tu m'as complètement surprise. Jamais je n'aurais imaginé que tu puisses prendre un risque aussi énorme. Que tu te mettes en danger absolu sur précisément ce qui fait ta limite aujourd'hui : tu n'es pas réellement inventif. Tu ne sais pas vraiment créer. »

J'ai hoché la tête parce que tout ce qu'elle disait était vrai. J'étais ivre, d'alcool oui, bien sûr, et ivre d'elle beaucoup aussi. Me poser sur le canapé ma tête sur ses cuisses, elle m'a caressé les cheveux avec son air d'angelot florentin. Alors j'ai lancé :

« C'est quoi, Sayo, la plus belle idée que tu aies jamais eue ? Celle dont tu es la plus fière ?

— Je ne suis fière d'aucune idée, justement, Nolan. On a déjà eu cette discussion trente fois ! Je serais fière si ça venait de moi...

— Mais tu es fière de l'orpailler, d'être traversée par elle, non ? D'être fécondée ? De la porter et de la rendre concrète, de la mettre en chair avec tes dessins ou tes mots ? Avec ta musique ? »

Sa main effleurait les ailes de mon nez en y dessinant des arabesques :

« Je suis fière d'être au milieu du vivant, quand le vivant passe, ou que je sens qu'il passe. Je suis fière oui, d'être un filet treillé de nerfs, d'être une sorte de tambour de peau doucement tendue sur mes os. Ou même un Golem si tu veux, fait d'une terre où la graine vient se prendre, où la pluie subite va faire pousser l'idée. Fière que ça existe grâce à moi qui suis à l'écoute de ça... Ou même pas, juste ouverte à ça, au bon moment.

— Ta plus belle idée, c'est quoi ? »

Elle a ricané et je voyais ses canines danser.

« À HEC, en deuxième année, il y avait un concours de fictions. Carte blanche. J'ai pris le titre au pied de la lettre. J'ai tiré un billet de 200 cents au DAB et je l'ai signé. L'argent est la plus fulgurante des fictions. Des fictions sociales j'entends. Celle qui structure nos vies depuis cinq siècles maintenant.

— Ce n'est pas ta plus belle idée. C'est un gimmick, ça. »

Elle rit encore. Son iris est calme, un océan minus. Je sens qu'elle ne veut pas répondre.

« Un jour mon petit frère est venu me voir dans ma chambre, il était en larmes, il avait seize ans. Je l'ai pris dans mes bras et je lui ai fait un énorme câlin. Il était très amoureux d'une fille, c'était la plus lumineuse de sa classe, je la connaissais un peu, je faisais du théâtre avec elle. Elle était rousse comme moi avec des éclats d'étoiles sur sa peau. Quand tu la voyais sourire, tu avais l'impression que la Voie lactée te souriait, c'est elle qui avait redessiné ses taches de rousseur, et c'était juste une œuvre d'art son visage, vraiment. Outre qu'elle était vraiment jolie, jolie du dedans, mais sacrément exigeante avec le cercle d'amis qu'elle côtoyait. Elle ne faisait pas exprès, je crois. Elle s'ennuyait juste super-vite si tu ne la surprenais pas, si tu n'étais pas drôle ou ruptif, elle avait cet instinct de toujours chercher le plus vivant, le plus insolite chez les gens, les choses, les rencontres... Mon frère se défonçait pour la séduire. Il se mettait au sommet de lui-même, de ce qu'il pouvait et il était brillant, il est brillant. Mais il se rendait compte que ça ne suffisait pas... C'était cruel. »

Je me suis redressé et je l'ai regardé pour savoir. Plaisantait-elle ? Ce qu'elle disait de son frère était exactement ce que je ressentais pour elle.

Est-ce que j'étais vraiment amoureux d'elle ? Pas vraiment. Je faisais l'optimum en tout cas pour ne pas l'être. J'avais ce poste à conquérir. Le meilleur taf que je pourrais jamais viser. *The Doors*. Et ça impliquait que je lui passe devant, *nolens volens*, en la vampirisant, en suçant d'elle la créativité qui me manquait, puis que je la fracasse sans pitié dans les secteurs où j'étais meilleur qu'elle. J'avais encore un mois pour la passer et il était hors de question pour moi que je tombe amoureux. Aucun temps pour ça. Pas le moment. Fallait rester ami et rien qu'ami, à distance, rivaux, en compet, en séduction mais en compet. Sa nonchalance était sa faille, elle n'était pas hyperbosseuse, elle avait choisi un opus assez classique finalement. Pourquoi lâcher ?

« Qu'est-ce qu'il a fait ?

— Il m'a demandé conseil. Il m'a demandé une idée. Une idée pour l'emballer un soir, ou pour renoncer à elle pour toujours car il ne supportait plus de souffrir pour elle. Le tout pour le tout, il voulait.

— Donc ?

— J'ai réfléchi à un tas de choses, j'ai commencé par faire des scénarios romantiques, des schémas, des mises en espace, par étudier les parades chez les oiseaux, les scènes de conquêtes amoureuses au cinéma, dans les livres. J'ai décomposé les vingt plus belles déclarations d'amour, poésie, théâtre et cinéma confondus. C'était bouleversant de brasser tout ça, sauf que ça ne servait à rien. Je ne faisais que ce qu'on m'a appris : décliner des modèles. Et puis une nuit, j'ai trouvé.

— Raconte...

— Je te raconterai le jour où tu seras vraiment amoureux de moi. Si ça arrive un jour... Là, tu joues. C'est un peu triste. Mais tu joues Nolan. »

Les dernières semaines de la *Race*, nos relations s'espacèrent. Il y avait eu un baiser, *somptueur*, et un seul. Point. Chacun dans notre coin, nous travaillions énormément. Huit jours avant l'opus, Sayo avait normalement rendez-vous avec Kupfer, Karen et mon père pour leur présenter en avant-première son œuvre. À part qu'elle n'était pas prête. Le robot buggait encore trop, beaucoup trop pour faire une présentation valable. Et Kupfer n'en pouvait plus de mon père. La transmission de sa cuisine au Bisbot qui devait le remplacer n'avançait plus, ses radars comportementaux étaient désastreux et Karen avait tiré l'alarme. Alors Kupfer a transformé le rendez-vous de l'opus en tribunal pour le paternel. Sayo et moi ne nous sommes pas défilés. À sa convocation, nous sommes tous les deux venus.

La réunion avait lieu dans le burlingueur de Kupfer, un camion électrique autonome qu'elle déplaçait partout en Europe pour rester près du terrain. Il était classieux avec son plancher d'eucalyptus et ses fauteuils patinés de vieille brasserie chaleureuse – brasserie qu'elle vidait tranquillement depuis dix ans de tout son personnel humain.

Karen faisait sa fayote, le psy de service son malin et mon père n'en menait pas large dans sa veste à carreaux rouge qui baillait sur son quintal joyeux. À la mine sèche de Kupfer, grise comme le graphite, il comprit tout de suite que la boss voulait « avancer ». Autrement dit : en finir. D'une façon ou d'une autre.

« Quand je suis venue il y a dix ans dans votre bistrot de Saint-Étienne, Gabriel, j'y ai mangé mon meilleur gratin dauphinois, sans doute depuis l'enfance. Votre troquet était une gargote, ça puait l'huile, des épluchures jonchaient le sol. Dans la salle, il y avait seulement huit couverts, moi et mon directeur des achats compris. Vous faisiez à la fois la cuisine et le service. Tout seul. Bien obligé. Je vous ai félicité et vous m'avez dit que vous alliez fermer à la fin du mois. Vous vous souvenez ?

— Oui... C'était au mois de janvier. J'étais dans le rouge..., a marmonné mon père.

— Alors je vous ai proposé un deal. Comme j'en ai proposé 102 autres après vous, partout en Europe. Mais vous étiez le premier, Gabriel. Vous avez été le déclencheur. Bisbot, en un sens, c'est vous qui l'avez créé. Je vous ai dit ce jour-là : je vous rachète votre fond. Je le recapitalise. Vous passez en 100 % bio pour les fruits et légumes et pour le reste en produits locaux frais à 80 % minimum. Je vous assure un salaire garanti jusqu'à 70 ans. Et ensuite une prime conséquente de départ. Avec trois conditions : 1/ vous prenez une femme de ménage ; 2/ vous continuez à cuisiner, vous, 320 jours par an. 3/ un an avant votre départ, vous transmettez la totalité de vos recettes et de votre savoir-faire à un robot-cuisinier. Un seul. Votre successeur. Qui cuisinera ici même au *Clos Fleuri*, sur votre piano, avec votre talent singulier afin que chaque client qui vienne manger ici sache qu'on ne lui servira pas une cuisine robotique standard, mais la cuisine d'un artiste, unique, reproduite par un robot, lui-même unique. Telle est l'éthique de Bisbot. Une robotique de proximité. Je m'y tiens. Et ça marche ! Alors qu'est-ce qui se passe, Gabriel ? Vous refusez décidément de coopérer ? Vous voulez partir sans prime, sans retraite et finir votre carrière sur un brasero dans la rue à cuire des kebabs pour les Gazaouis expulsés de Palestine ? »

Derrière Kupfer, sur des étagères de chêne mat, s'alignait sa collection blanche de toques de grands chefs. Je ne pouvais m'empêcher d'y voir des trophées de chasse. À ma droite, mon père était tétanisé alors j'ai dit :

« Mon père ne rêve pas mieux que de transmettre son talent. Sincèrement. C'est pour lui quelque chose de très précieux, nous en avons beaucoup parlé ensemble. Transmettre, c'est donner sens à sa vie, à ce qu'il a construit et créé seul, sur son piano, pendant quarante ans. Et faire que ce ne soit pas perdu pour toujours. Il a une conception plutôt unique de la cuisine, comme vous le savez. Il est fougueux, il sacralise l'aliment, il est difficile à cadrer, OK. Ça lui a coûté ses deux étoiles il y a quatre ans. Mais il reste l'un des tout meilleurs de France.

— Je sais ça. Ça rend d'autant moins pardonnable son attitude. Mais peut-être qu'il est assez grand pour se défendre lui-même, non ? »

Mon père n'a pas compris tout de suite qu'on s'adressait à lui. Puis, dans le silence pesant, il s'est redressé et il a sorti une pomme de sa poche. Une reine de reinette. On aurait dit que son existence tenait au creux de sa main :

« Quand vous coupez cette pomme pour une Tatin, madame, vous coupez en deux un être vivant, de part en part. Cette pomme, elle est née de la terre. Elle est née de la pluie. Elle a poussé tout au bout d'une branche avec de la sève qui a traversé la pluie, la terre et le tronc pour venir nourrir son noyau. Lui donner une chair. Quand je la coupe, je pense à ça *(il la coupe)*. Et quand j'allume le feu sur mon piano, le gaz bleu qui sort, je sais qu'il vient aussi de la terre, des végétaux qui ont reposé, qui ont pourri et qui sont devenus ce feu magnifique qui va cuire ma pomme. La faire fondre. La caraméliser pleine chair. Et c'est ça ensuite que vous allez manger, vous. Moi. Vos clients. Et ça va vous rendre heureux. Et ça va vous rendre un peu plus vivant. »

Kupfer s'est enfoncée dans son fauteuil. Elle s'est mordu la lèvre et elle a regardé le psy qui était touché. Il le cachait mal.

« Tout forme une ligne. De terre et d'air, d'eau, de feu vif, une ligne de générosité de bout en bout. Moi, mon travail, c'est juste de restituer cette ligne dans sa plus grande pureté, vous comprenez ? Faire que la vie vibre aux deux bouts du cycle et que je sois au milieu. Comment voulez-vous que j'explique ça à un robot ? »

Kupfer n'a pas voulu laisser le pathos s'installer. Elle a jeté :

« N'expliquez rien, faites ! Il refera ! Tout comme vous !

— Quand votre robot prend une pomme, madame Kupfer, il peut parfaitement la découper, oui. Pas aussi bien que moi mais presque. Par contre, il coupe la chaîne. Il interrompt la vie. Il fait mes gestes, tous mes gestes – avec mes ingrédients, tous mes ingrédients. Au gramme près. Mais dans ses mains, je le vois bien : il n'y a rien qui passe. La pomme meurt. Le sucre fond et meurt. Et la canne pleure quelque part à Pointe-à-Pitre...

— Gabriel... Plus personne ne pense comme vous... Le bio, c'est pas de la mystique, c'est juste un rapport sobre à la chimie. Qu'est-ce que vous voulez au final ? »

J'ai regardé mon père. Et j'ai compris quand il a posé sa main massive, tellement chaude, dans ma main. Alors Sayo a volé la parole, très naturellement, et au moment où l'on s'y attendait le moins :

« Gaby voudrait que son fils Nolan reprenne le restaurant. Mais Nolan est un inventeur, il a envie de suivre sa propre voie, il veut être libre.

— Ah... Je vois... C'est vous la psy aujourd'hui, mademoiselle Aguire (a cinglé Kupfer). Je me demande pourquoi je paie un professionnel pour ça. Et vous suggérez quoi, du haut de votre créativité hors norme ?

— Je suggère que ce soit moi qui reprenne le restaurant. J'ai la sensibilité et l'envie pour ça. Plus quelques plutôt bonnes idées pour déployer un art culinaire assez neuf qui pourra vous rapporter beaucoup, si vous acceptez mon offre. La cuisine de Gaby ne restera vivante que si elle est transmise à un humain... C'est ma conviction. »

Il y a eu un sacré foutu long silence de part et d'autre de la pièce. J'ai cru que mon père allait la démentir gentiment, mais en tournant ma tête vers lui, j'ai vu qu'il avait les larmes aux yeux. Il s'est levé et il a pris la main de Sayo dans la sienne en la serrant comme il l'aurait fait à un manœuvre pour sceller un deal.

Karen s'est levée à son tour et lui a tendu sa main. Dans sa paume, le logo de la pomme pulsait doucement. J'ai eu un frisson glacé.

« On ne se débarrassera jamais totalement de vous, les humains, n'est-ce pas ? »

Kupfer a souri brièvement devant ce chaos soudain puis elle a mis Karen en veille d'une caresse sur la nuque. Parfois, disait la rumeur, kupfer laissait elle-même son clone assurer les rendez-vous d'affaire. Mais là, à son regard complice et amusé, c'était bien elle.

* * *

Vint enfin le jour de l'Opus. Un 21 juin. J'étais carbonisé. Quatre cents salariés regroupés sur l'île artificielle, en pleine mer et en plein cagnard. Les vingt-quatre directeurs créatifs de la boîte et toute l'arborescence du board étaient bien là. Avec une petite meute d'artistes venus de tous les secteurs de la culture et de l'entrepreneuriat, qui votaient pour les opus aux doigts levés, comme le voulait la tradition. En une journée allait passer dix trinômes comme le nôtre devant ce jury toujours impressionnant, cynique et désinvolte à souhait, qui n'aimait rien tant que se payer les candidats d'une boutade tout en siphonnant d'eux ce qui pourrait leur resservir plus tard. Le tirage au sort nous plaça d'emblée à la pire des places : en dernier, à la fin d'une journée de canicule qui s'annonçait harassante, lorsque le jury serait inévitablement crevé, donc expéditif et méprisant. Dans notre trinôme, on se mit d'accord entre nous : Laszlo allait commencer, je serai en second et Sayo clorait la journée. Nature.

« C'est maintenant », je me le répète. « C'est maintenant ! Tu es au présent, Nolan. C'est maintenant ! » Tellement j'ai anticipé, fait et refait dans ma tête, toutes ces semaines précédentes.

« C'est un défi extrêmement particulier que je vais maintenant vous présenter. Il est porté par un stagiaire hors-norme dans ses sentiments et dans son approche, Nolan Peskine. Nolan a une maladie grave. Il est amoureux. Il est amoureux de sa rivale la plus directe à l'embauche dans *The Doors*, sa trinôme Sayo Aguire, qui va passer juste derrière lui. »

L'enfoiré de William... Je ne m'y attendais pas. Pas comme ça. Ça fracasse... Encore que la petite foule, répartie sur les voiliers et les paddles, les barcasses et les matelas thermoformes, allongée au soleil sur le sable ou avachie dans les transats, tout à coup sort de sa torpeur et se met à siffler ! À beugler ! Elle m'ovationne en scandant mon nom ! Nolan ! Nolan ! Comme si l'amour était pour eux la dernière des transgressions, la plus ultime, la plus inattendue de toutes ! Je regarde Sayo dans son saroual, qui est à cinq mètres de moi, debout aussi, à applaudir. Elle est toujours un peu ronde, elle est toujours aussi vive, mobile, intempestive, habitée. Elle me désarçonne toujours autant après dix-huit mois passés sur ses berges, et je sens subitement une poussée, une vague d'amour partir de mon ventre et sauter quelque part dans le vide, vers elle, centrifugée à l'adrénaline et à la pression titanesque que la ola et les cris font maintenant tomber sur mes épaules et mon cœur qui bat.

Alors mon trio à cordes sort du sable, incroyablement, comme un bernard-l'hermite creuserait à l'envers. Le son, amplifié par des enceintes courant sous la plage, invisibles et grondantes, monte sur toute l'île. Violons et violoncelle, pizzicati et abrasion d'archet, du sauvage et du mélancolique. L'ovation redescend, se tend, écoute. Je commence à parler sur la musique, bas et rauque, quand le premier éléphant émerge à son tour du sable, sort sa trompe immense, puis le second qui vient de la mer, bleu nuit, magnifique. Les nageurs se reculent, estomaqués par l'apparition, les applaudissements crépitent, Sayo s'allume.

La musique est maintenant rayée de scies ultrarapides et stridentes, les éléphants barrissent et piétinent, mal calmés par les cornacs. Sur le rectangle de plage qui délimite la tribune, les fauteuils vintage des vingt-quatre directeurs créatifs viennent de disparaître dans le sable, comme aspirés par un ver de Dune. Les directeurs, secoués, se décalent, certains fuient pour n'être pas avalés – mais la plupart finissent semi-enterrés, à se débattre, comme je l'avais prévu, dans un contre-courant de sable.

Sur la plage, la panique gagne : les éléphants chargent les baraques à cocktails et défoncent les cabanes d'artiste, un étudiant manque de se faire écraser, le pied du pachyderme broie sa chaise longue, la musique continue, elle sature tout et moi je parle, je parle de Sayo, je parle de ce miracle d'avoir une idée, une idée authentique, pas une idée juste – juste une idée. De la mer arrivent maintenant mes goélettes de poche, les canons tonnent et abattent les constructions encore debout, les œuvres minutieuses du jour, fauchent les spiderbots d'un stagiaire prétentieux et brisent les golems de verre d'une autre. Ceux qui croyaient encore à une forme de spectacle commencent à comprendre, commencent à avoir la chiasse dans leur calbut. Car il va y avoir des blessés, c'est certain. Il doit y avoir des blessés, l'amour blesse, l'amour broie.

Sayo, pour sa part, s'est perchée sur un rocher et elle surplombe un peu la plage, sans bouger, sans avoir peur. Des pirates débarquent, des robots programmés pour le cri, le raffut, des pyromanes à lance-flammes, dont le design rappelle vaguement des dragons. Tout le monde fuit, certains sifflent ou applaudissent encore – les plus punks, les plus cons car les cabanes commencent à flamber. Et ça craint. C'est beau parce que le ciel tangue entre chien et loup, que le crépuscule tombe et que ça fait d'autant mieux ressortir ces incendies brefs, comme je l'avais espéré. Je continue à parler, ma voix est la seule chose qu'on entend distinctement, posément dans ce boucan, toujours portée par le trio de cordes. Les vortex de sable continuent à avaler les sculptures, les chaises et les gens pour les recracher plusieurs centaines de mètres plus loin, abrasés, à bout de souffle, traumatisés. Rien de ce qui flottait ne tient plus, tout a coulé-roulé près du rivage. Je parle du chaos, que la seule réponse au chaos est le rythme, que la seule parade au dehors est le pli, plier la ligne, retrouver un espace aux lenteurs habitables.

Plusieurs directeurs de *The Doors* tentent de m'approcher pour me faire arrêter, ils hurlent au scandale, tonnent au terrorisme, à l'agression, ils sont soudain beaucoup moins hypes et créatifs dans leurs mots, leur attitude, leur directive... Narquois, j'ai ma garde de robots-pirates autour de moi qui les repousse à la lance à eau et les sèche aux gaz incapacitants, et les tase au besoin s'ils viennent trop près.

Sur un écran géant de tulle suspendu au-dessus de la mer par trois drones stationnaires, les images aériennes de l'île et de la cohue sont retransmises en streaming. Des autogires équipés de projecteurs pourchassent les fuyards et les filment. Des tirs de fléchettes hypodermiques font croire à des meurtres live. Ça rit cahin-caha, hystérique, halluciné.

Et puis soudain la musique stoppe. L'écran géant, dont la trame était siglée *The Doors*, prend feu dans les vagues, à cent mètres du rivage, comme un drapeau qu'on brûle. Je coupe les vers-aspirateurs et transmets à mes corsaires de métal l'instruction d'éteindre les incendies au canon à sable. Le silence et la nuit tombent soudainement. Ça et là, le cône des drones éclaire des corps, des blessés, des salariés qui pleurent ou qui selfisent.

Puis même cette lumière s'éteint. Dans le noir angoissant, on voit soudain un requin automoteur tracer fulguramment dans l'épaisseur de l'eau. Il forme d'abord un *S* d'écume, immense, suivi d'un *a* manuscrit et délié, d'un *y* et le cercle ultrarapide d'un *o* qui brille sous la lune artificielle d'un sphare perché à son zénith.

Toute la foule, chancelante, est maintenant debout sur la plage et regarde la mer au loin qui s'anime sous le tracé imprévisible du requin. La phosphorescence du liquide diffusée dans son sillage par le mécanimal permet aux lettres de subsister suffisamment longtemps pour qu'on saisisse ma phrase :

Sayo, je t'arrime sans en avoir l'R
you opened my doors

Lorsque l'hélicoptère de la police m'a embarqué au-dessus des flots, le double *R* se diluait déjà. Ne restait que l'essentiel. Sayo avait demandé et obtenu de m'accompagner, elle avait annoncé en trois phrases, au micro, son retrait de la *Race* et la victoire par défaut de Lazslo, qui n'en revenait pas.

J'ai pris un mois de taule pour mise en danger de la vie d'autrui et coups et blessures volontaires par androïde interposé. Sayo est venu au parloir presque tous les jours. C'est dans ces quatre mètres carrés que nous avons échafaudé ensemble notre projet de communauté œuvrière. Avec une centaine de militants, d'artisans, de bonnes volontés, de mécènes, de travailleurs mais aussi d'oisifs qui touchaient le revenu universel, nous avons racheté une forêt en bordure de la ville. Le point commun ? Des gens qui ne se retrouvaient pas dans la société du loisir/moisir, à se laisser gaver par l'industrie du divertissement et qui ne trouvaient pas davantage leur place dans l'élite libertarienne qui préemptait le « high-work ». Des gens pour qui le travail ne devait plus dériver de *trepalium*, c'est-à-dire l'effort et la torture, plutôt d'opera, l'œuvre. Loin de la création sur commande destinée à maximiser le profit des actionnaires, nous visions une création collective, entrelacée, où tous les œuvriers apprenaient quelque chose en le faisant avec d'autres qui leur enseignaient. Où les bûcherons te montraient comment couper un arbre, l'élagueur comment le scier, le menuisier comment agencer une charpente, l'ébéniste monter ton meuble. Où chaque jour se divisait par tiers entre le travail commun, l'apprentissage d'une tâche et la transmission de tes propres savoirs, aussi minimes soient-ils.

Longtemps j'avais cherché ce qui me déprimait dans le travail tel qu'on me l'avait vampé. La division sociale des tâches, qui nous découpait de l'intérieur en bouts d'humains ? La monomanie des missions ? L'évaluation totalitaire de chaque acte, même dans la soi-disant création libre ? Cette autorobotisation triste ? Cette servitude volontaire face à des règles que tu n'as pas forgées toi-même avec ceux que tu aimes ? Tout ça, oui. Ce qu'on m'a appris à HEC n'a jamais consisté à devenir un self-mademan. Encore moins un team mate de qualité. Plutôt l'inverse : on m'a insufflé la fierté d'être un serf-made-man qui crée pour ceux qui détiennent les moyens de te faire créer. Un spahi solitaire de la plus-value artistique. Ici j'ai découvert cette sensation d'être un œuvrier, tel qu'on aime à s'appeler : un qui crée pour les autres qui créent en retour pour toi. Fil qu'on lance, croise, surpique, point de mousse et point de Jersey, point d'appui, point de chute, point du jour. Tissu. Voilà : l'impression d'une étoffe.

Auparavant, mon malaise tenait à cette impression que tous ces humains ensemble ne partageaient rien, ne se donnaient rien, sinon de l'argent, à savoir une abstraction, n'amorçaient pas ce mouvement de générosité qui implique de sortir de soi et de passer du temps pour l'autre, et vice-versa. De faire ensemble & simultanément & d'avoir le plaisir de regarder l'œuvre prendre forme grâce à tous, sans qu'on puisse distinguer vraiment qui a fait quoi. On s'en fout. C'est nous qui l'avons fait. La recyclerie, l'atelier sauvage, l'archipel perché des calabs, ce restaurant. Cette fusion. Ce bonheur qui sourd tellement net dans la construction, dans le travail manuel, partout où la main prend langue avec l'esprit.

Notre idée de communauté d'œuvriers a commencé à essaimer un peu. D'autres forêts, des hectares bâtards, des quartiers sont rachetés et réhabilités sur notre modèle, avec souvent entre deux et quatre cents personnes qui s'y regroupent – une taille où tout le monde se connaît et où le pouvoir de représentation ne coupe personne des décisions à prendre et à partager. Ça fait du bien. Tout chez nous reste à prix libre, lorsqu'on paie encore car la plupart de nos objets, des services qu'on se rend et de notre alimentation sont autoproduites.

En six mois à peine, nous avons aménagé et rythmé la forêt, avec des espaces ouverts, des clairières, des hameaux et des champs, un archipel de dômes en terre, pierre et bois, au sol et dans les arbres. Deux parcs pour enfants, totalement ouf, des terrains de jeux. Des ateliers également, beaucoup. De l'open bot et de l'intelligence animale. Nous avons aussi une salle de spectacle, *l'opéra arboré*, où tous les fauteuils sont disposés à différentes hauteurs sur les troncs ; on y accède par des colimaçons, la clairière est la scène. Nous faisons très attention à garder une porosité maximale avec l'extérieur, avec l'altérité, avec la ville autour qui nous reluque, que l'on attire, à qui l'on fait peur et qui finit par s'installer. You opened my doors. Never let them close.

Avec Sayo, nous avons aussi fini par rapatrier au milieu des bois le *Clos Fleuri* que nous avons entièrement reconstruit et agrandi.

Mon père y cuisine encore parfois. Il m'a appris la Tatin du Titan. Le sucre qui sonne, vous vous souvenez ? Le blond, l'ambre, l'or, le cuivre...

Sa leçon de piano.

Miroirs
luvan

Baso Dôitsu : Pourquoi polis-tu cette tuile ?
Nangaku Ejô : Pour en faire un miroir.
Baso Dôitsu : Comment peut-on faire un miroir en polissant une tuile ?

Quand Martha entre, les gémissements cessent. L'enfant est en bout de table. Une table sans angle, poncée. On ne blesse pas. C'est la première règle.

Les aliments sont tièdes. Martha les humecte avant de les fourrer dans la bouche aux dents si équarries qu'elle semble une bouche sans dents, seulement pavée de cailloux blancs.

Elle engrosse l'enfant docile, enregistre la composition nutritive du repas puis se retire, la faim au ventre.

Dehors, on a protégé les cerisiers des corneilles, geais et autres pies par des filets aux mailles noires. Ne rien perdre. C'est la deuxième règle. Martha chemine sous le linceul rapiécé. Le soleil est absent de l'allée. Martha salive par réflexe, mais n'envisage plus de grimper aux troncs malingres pour cueillir un fruit.

Ne rien partager.

Quelques cueilleuses cueillent, juchées sur des sièges aéroporteurs jaunis par les ans, rosis par le jus. Leurs doigts lestes comme s'ils racontaient la Bible à un sourd. Martha les regarde un moment.

Un long moment.

Enfin, on lui notifie un cinquième enfant.

Il est plus grand et maigre que les autres. Ses gémissements cessent lorsqu'elle entre. Martha vérifie sa notification. Est-ce un enfant ? N'y a-t-il pas erreur ?

« Bonjour », dit-il.

Ne jamais parler. C'est la troisième règle. Martha ignore l'injonction au dialogue. Ici, les aliments doivent être crus. Elle s'en assure et les présente à l'enfant, mais la bouche n'est pas ouverte. La notification clignote toujours. Derrière l'enfant, une fenêtre ouverte à laquelle, mollement, pend un rideau.

« Avez-vous faim, Martha ? » fait la bouche, mais Martha n'a pas le réflexe d'y fourrer la nourriture.

Elle attend un moment.

Un autre visage apparaît, à côté du précédent. Puis un troisième. Identique.

Ils forment un chœur.

Faim ? Faim ? Faim ?

Sur son tableau de bord clignote une nouvelle notification.

Le conflit l'occupe plusieurs minutes.

La faim ressemble à un cri.

Le rideau est un amas de tentacules.

Elle veut manger.

Deux nouvelles notifications.

Quelque part, quelqu'un déconnecte Martha.

* * *

Annexe : *Travailleurs, sociotraîtres ?* par Allel Kateb (Extrait)

Aux XXᵉ et XXIᵉ siècles, il exista, à notre connaissance, jusqu'à vingt-neuf partis « travaillistes ». « Labour » n'étant pas *stricto sensu* la traduction de « travail », il aurait été plus juste de les intituler, en français, les partis laborieux. Ou partis de laboureurs, si l'on tient à respecter l'étymologie.

Quoi qu'il en soit, il est intéressant de constater que ce terme avait alors une tout autre connotation.

Si les travaillistes d'aujourd'hui dénoncent la décadence oisive et militent en faveur d'un travail universel [9], leurs homonymes des temps passés œuvraient malgré eux à perpétuer un système ancillaire ancestral fondé moins sur les nécessités économiques, par ailleurs mal comprises, que sur un entrelacs complexe de dominations (le patron sur l'employé, le client sur le prestataire, l'homme sur la femme) qu'on croyait nécessaires à la survie du corps social. Corps social dont l'acmé était paradoxalement l'oisiveté.

----

[9] Certains en vue d'un partage du labeur mettant fin aux inégalités géographiques (Labour Values, Émancipation Travailliste) ; d'autres afin de percevoir la contribution de populations non agissantes qu'ils qualifient de parasitaires en raison de traits socio-culturels spécifiques (ProLabour, Kaizen) ; d'autres enfin dans un élan d'émancipation humaniste et/ou religieuse d'une technologie perçue comme débilitante (Shì Shàn Néng, St John's Cross Workers)

* * *

À la base, Jesús s'en fout, de *servas*. Ça passe le temps.
Et puis ça lui ouvre les yeux.

Avant, les robots n'étaient pour lui qu'un essaim omniprésent de tâcherons multicolores, à l'absence de motivation claire.

Silencieux, veules.

Comme des êtres humains qu'on aurait bridés, viciés, pour les introduire plus facilement dans les cases d'un réel contre lequel il est devenu malséant de se cogner.

Éliminer le facteur humain de la subsistance. Ne reste que la vie, supposément débarrassée du préfixe « sur ».

Maintenant, Jesús a changé d'œil. Chaque type d'A.I. fait sens différemment et le motif de l'essaim, certes inattendu et plastique mais d'une évidence que la distance rend froide, a cédé la place à celui de la tapisserie. Où l'on devine des mains parfois gourdes et maladroites, des objectifs plus ou moins biaisés par un réel auquel on continue de se cogner et c'est tant mieux.

Jesús s'est toujours cru philosophe, et la philosophie, c'est l'art de vivre. Important quand on a dix-huit ans.

Ça et nager. Or, il a prévu de battre son record personnel dans le canal ce soir, devant deux témoins, à 18 h 30. Or, il est 17 h 37, il veut faire un crochet par Matteo et Martha déconne.

« *Plouf!* » se gausse Felipe en passant derrière lui.

Le *servisto* a dû recevoir un duplicat de sa notification d'anomalie.

« Tu voudrais pas t'en occuper? tente Jesús pour la forme.

— Pas question. Chacun son tour. La mienne a déconné la semaine dernière. »

Jesús attend treize minutes que Felipe termine son service et déconnecte Martha.

Ni vu.

* * *

Annexe : Transcription annotée des mémoires de Ren Hatoyama (Extrait)

C'était le début de la fin.

Le trajet était long. Le siège des trains, orange. Dur.

Ensuite, il fallait prendre le bus. Le bus t'amenait sur une bretelle d'autoroute quelconque. Arrivé à l'arrêt, tu marchais sur la route. Il n'y avait pas de trottoir, seulement une bande de pelouse, trop étroite pour y tracer droit sans se fouler la cheville.

Tout le monde venait en voiture.

Sauf moi.

[1]

Les bâtiments étaient ras et géométriquement complexes, comme une installation militaire échappant aux radars. Ou une écriture maya taillée par des extraterrestres parlant maya.

Tu traversais un parking.

À l'intérieur, c'était aéré. La moquette sentait le neuf, la colle.

Une photocopieuse mourait au loin.

Les ordinateurs formaient des rangées de cubes gris jaune, couleur de fumeur négligé.

Ça clapotait. Les claviers. Comme une batterie de pianos déficients. Les pianistes, frustrés, y allaient chacun de sa forme de colère, de son envie de finir plus tôt. Pourtant, on était enfermés pour huit heures, quel que soit le calibre de l'énervement employé à taper sur les claviers. [2].Oui, on disait taper.

Je m'asseyais. La machine était allumée en permanence pour les mises à jour. Parfois, j'allais voir mon chef [3]. Il occupait une pièce sans fenêtre, rectangulaire.

La pièce où je travaillais était grande. On était nombreux. Je ne sais plus combien : on ne se voyait pas, on faisait tous face au mur.

On ne me donnait rien à faire. J'étais assise. Je regardais l'heure. Le chef était gentil. On m'avait installé les dernières versions de tous les logiciels, y compris les jeux.

Au bout d'une semaine, je défonçais tous mes collègues à *Age Of Empire.*

Je n'avais rien à faire.

J'étais assise.

La chaise était très confortable. Les sodas (boissons) gratuits, à volonté.

Il faisait chaud, cet été-là. À l'époque, j'habitais un minuscule studio près d'un parc. Je pensais souvent « et si je volais des sodas pour les vendre aux petites familles dans le parc? ».

[4]

Mais je restais assise.

Au bout d'une semaine, j'ai insisté auprès du chef pour qu'il me donne du travail.

Je me souviens qu'il faisait sombre, dans ce rectangle.

Le chef m'a avoué qu'il n'avait rien à me donner. Qu'il souhaitait juste garder la ligne budgétaire de mon poste.

La paie était correcte.

Les collègues étaient gentils. Ils me regardaient sans condescendance m'asseoir, ne rien faire.

Au bout d'une semaine, j'ai démissionné.

Pourquoi dites-vous « c'était le début de la fin »? Pressentiez-vous un basculement?

[Longue hésitation].

Non. Peut-être pas. C'est sûrement avec le recul. Sachant ce qui s'est produit depuis. S'ils m'avaient donné du travail, même vain, je serais probablement restée plus longtemps. Je n'aurais peut-être pas remis le système en question.

[Pause].

Je ne sais pas.

---

[1] Sur la géolocalisation, cf. C. Krahmer, 1.78.

[2] Les travailleurs n'étaient pas véritablement enfermés, à part dans le cadre très particulier du système carcéral (cf. J.B. Booth 27.3). Mais ils étaient soumis à des sanctions allant de la baisse de salaire (compensation en argent) au renvoi (cessation unilatérale du contrat) en vertu d'une « faute » appelée en France, par analogie avec l'habitude que les nobles fonciers avaient de résider hors de leur terre : absentéisme. Sur cette analogie s'approchant du non-sens, voir K. Almunia 121.6.7. Sur l'immobilisme des travailleurs et ses conséquences sanitaires, se reporter à N. Chomsky Jr. 14.89.

[3] On parle bien ici d'une personne. L'assimilation du chef (tête) au chef (personne qui décide) intervient très tôt au Moyen Âge. Elle procède d'une vision organique de la société. Cf. à ce propos le *Policraticus* de Jean de Salisbury (vers 1159) : « Beyond doubt a large share of the divine power is shown to be in princes by the fact that at their nod men bow their necks and for the most part offer up their heads to the axe to be struck off, and, as by a divine impulse, the prince is feared by each of those over whom he is set as an object of fear. And this I do not think could be, except as a result of the will of God. »

[4] Sur la similitude — mais l'absence étonnante de porosité — entre les travailleurs soumis de l'interlope et du secteur marchand « régulier », cf. J. Jimenez 3.12.

* * *

Matteo les aime tassés. Les fabrique ainsi. Une journée se passe comme suit : une première tasse, qu'il laisse parfois refroidir tant il attend. Dans ce cas, il grimace.

Matteo est maigre, toujours vêtu de noir. Ses yeux vifs ressemblent au brun profond, étonnamment sombre, qu'on découvre lorsque la mousse beige cède sous le souffle.

Il se souvient parfaitement de sa première fois. Il avait douze ans. Il cherchait Mario. Une escouade d'A.I. frottait un mur, peint la veille par une brigade d'artistes dont le talent n'était pas du goût des habitants. Une femme était sortie à son balcon. Elle admirait la chorégraphie parfaite, l'arrangement mécanique des sprayeuses, balayeuses, rapeuses. Et soudain, une fulgurance : Matteo se demanda comment s'appelaient vraiment ces machines. Pourquoi on les taxait d'intelligence. Était-ce parce que leur conception était longtemps demeurée tapie dans le royaume des idées, comme les enfants à naître dans ces limbes qu'on imagine informes et gris ? Pourquoi leur dénomination était-elle toujours féminine ? Était-ce parce que les hommes étaient longtemps restés maîtres et les femmes servantes ? En France, lui apprit sa borne, longtemps après l'accession des femmes à certaines professions, l'Académie leur refusait toujours la féminisation de leur titre (écrivain, docteur), tandis qu'elle autorisait celle de métiers disparus n'ayant jamais compté de femmes (forgeronne, boscotte, nautonière). Matteo avançait sans regarder le trottoir, l'attention rivée à l'intérieur, sur ce mystère insoluble, lorsqu'il percuta un animal ou une machine. Quelque chose de léger aux os minces. Il se passa alors une chose inattendue : au lieu de baisser les yeux pour constater les dégâts, Matteo regarda en l'air et resta interdit devant l'injonction s'offrant à lui. BUVEZ DU CAFÉ disait simplement le mur décapé. Il lui fallut un moment pour comprendre que les A.I. avaient trop décapé et qu'il s'agissait sûrement d'un vestige de fresque publicitaire. Et sans raison autre que son désir d'honorer la coïncidence, il entra chez le père de Mario en demandant, non pas Mario, mais un café.

C'était dégueulasse et pertinent. Ça lui donna l'impression d'être un homme. Après son *servo*, il choisit naturellement l'activité de torréfacteur.

Toute la rue sait qu'il les aime tassés. Certains viennent de plus loin. Des quartiers français, espagnols. Une journée se passe ainsi : une première tasse pour lui et les sollicitations commencent. Il boit au moins trois pressions avec ses hôtes et deux autres seul, une fois ses volets clos. L'odeur du grain l'imprègne, entre le métal et le végétal. Il charge les sacs lui-même, grille les graines, les moud. À la question « comment vous définissez-vous ? » Matteo hésite entre « je fais du café » et « homme de race blanche ».

* * *

Annexe : Fragments numériques / Lapidaire internautique / Citations / Postmodernisme

« Le monde est régi par des idiots qui sont convaincus de leur mission sur terre, c'est-à-dire organiser la vie des autres. » Andrei TARKOVSKI

* * *

L'écrivaine la déplace plusieurs fois. À gauche du cahier, à droite, sur un livre, à même la table, où elle ne manquera pas de laisser une trace de braise, ronde comme la fumée d'une cigarette déformée par une langue.

La tasse de café, plus encore que le stylo, l'heure affichée au mur ou la luminosité alerte de la rue, informe l'écrivaine que son ouvrage commence. Avant de se permettre de « gâcher son temps », comme le stipule la décharge de responsabilité qu'elle vient de signer pour obtenir sa nième prolongation de dérogation, elle regarde trois corneilles se disputer une cachette, feindre d'y déposer une pitance, s'envoler, revenir. Les corneilles gagnent leur vie. Des stars en la matière. Les vaches qui broutent n'ont rien à leur envier, du haut de leurs vingt heures de broutage par lot de vingt-quatre. Les vaches gagnent leur vie. L'écrivaine ajoute un nuage de lait au café tassé de Matteo Rizzi et se penche sur le papier.

Tracasserie : le premier mot lui venant à l'esprit est « Dérogation ».

Le plus difficile est de se justifier. Tous les trois mois. On est intelligent, en bonne santé. On n'a aucun empêchement médical, tuteur légal, interdit religieux, moral. On peut néanmoins, de son plein gré, exercer une activité nécessitant plus de six heures de travail journalier.

On est écrivain. On apporte son bout de pitance. On est en soi, au mieux un mètre carré de prairie, au pire un brin d'herbe.

Ce dont l'écrivaine se passerait bien, en revanche, c'est du mot « Dérogation ». *Dérogation, dérogation, drogman, interprète, de l'arabe targama, traduire, a donné truchement.*

« Bonjour, Théodora. Avez-vous faim ? »

L'écrivaine sursaute à la voix de Martha.

Elle ne l'avait pas entendue arriver. Elle considère l'A.I. avec stupeur.

« Non, je n'ai pas faim. Merci Martha. »

* * *

Annexe : *Le travail expliqué à mes enfants*, par Giampaolo Greipel (Extrait)

Le plus étonnant, c'est la façon dont on (n') enseigne (pas) l'histoire du travail aux enfants. Ainsi, Laurie, ma puînée, me surprit un jour en mimant à l'infini une tâche répétitive n'ayant d'autre but que le geste même (une moulinette en avant et cinq petites hésitations sur le côté), geste qu'elle interrompait toutes les deux ou trois itérations par une prise de note absconse (elle n'a jamais appris à écrire). Je lui demandai si elle exécutait une danse, et elle me répondit avec l'aplomb des enfants : 'non je travaille'. J'essayai en vain de découvrir d'où lui venait cette idée et l'informai qu'un geste sans but précis tenait plus de l'art que du travail, suite à quoi elle demanda « l'art, c'est pas du travail ? » et je m'embrouillai dans mon propre aplomb d'adulte.

Laissant mon enfant entre les mains expertes de Martha, j'entrepris de retracer la chronologie européenne de la longue évolution nous ayant menés à un état que certains appellent avec naïveté « la fin du travail ».

Sociétés constituées de petites communautés polyvalentes, chacun exerçant plusieurs tâches, ne les définissant que très rarement. Mutualisation maximale des compétences au profit de la survie du clan, d'où une hiérarchie peu marquée et une mobilité facile entre les différents statuts.	Travail = contribution.
Travail forcé héréditaire, exercé presque exclusivement par des esclaves et des travailleurs légalement libres, mais juridiquement ou socialement liés à leurs maîtres (métayers, épouses, domestiques). Les tâches qu'ils exercent les définissent souvent. L'élite se démarque des travailleurs par des activités non assimilées au travail (guerre, art, jurisprudence, prière...). La mobilité est possible. Le travail manuel est déprécié. Le modèle précédent perdure dans certaines régions du monde.	Travail = contribution. Apparition de distinctions entre travaux propres et malpropres. Les activités intellectuelles sont très rarement rémunérées.
Crispation du modèle précédent : moins de polyvalence, une élite définie par l'oisiveté, une mobilité quasi impossible entre les castes. Une partie de l'élite (spirituelle) adopte le travail par culpabilité, souci de convertir les travailleurs et mortification. Chez ces moines, les deux dimensions du travail (symbolique et matérielle) se rejoignent. Les modèles précédents perdurent dans certaines régions du monde.	Travail = souffrance ou pénitence Les activités intellectuelles sont rémunérées.

Tout travail est gratifié. Les femmes et les enfants travaillent.	Toutes les tâches font appel à la subjectivité et à l'intelligence. Les travailleurs sont autonomes.	Productivité très faible.
Le statut d'esclave n'est pas spécialement décrié. Il est parfois même recherché par les travailleurs libres en quête de stabilité. Le travail est peu gratifié. L'oisiveté est enviée. Les femmes et les enfants travaillent.	Les travailleurs font preuve d'autonomie et exercent leur intelligence.	Productivité très faible.
Le travail rémunéré prend une valeur nettement négative, y compris lorsqu'il est d'ordre intellectuel ou artistique. Les impôts destinés à entretenir les classes « oisives » ne sont pas considérés comme une rémunération, mais comme une contribution : symboliquement, ce n'est pas de l'argent qu'on leur transfère, mais du travail. Les femmes et les enfants travaillent.	Peu de hiérarchisation dans l'organisation même des tâches. Autonomie, intelligence et subjectivité continuent de dicter les processus d'exécution.	Productivité faible.

La mécanisation coïncide paradoxalement avec l'apparition d'un travail des élites (B) et la dépréciation proportionnelle du travail des soumis (A). Le fait d'être occupé (*stricto sensu* : le business, traduction littérale de *negotium* par opposition à *otium*) devient une condition enviée. Les activités physiques sont réputées pénibles. Mobilité plus facile que précédemment, en raison de l'accès universel à une certaine forme (très limitée) d'enseignement. Cette mobilité ne concerne pas toujours les femmes. Le monde non industrialisé continue de répondre aux schémas précédents.	Travail A = soumission Travail B = reconnaissance / identité Le travail agricole et artisanal continue de répondre au schéma précédent.
Crispation du modèle précédent. L'informatisation impose des modes de travail standardisés. En cela, elle dépouille le travail des élites de ses valeurs d'autonomie, d'intelligence et de subjectivité. La rémunération continue de différencier les classes, mais ce n'est plus le seul facteur. Le statut d'artisan et d'agriculteur indépendant est envié. Ainsi que le travail manuel non mécanisé. La division géographique entre les différentes régions du globe remplace la dichotomie propre / malpropre au sein d'une même communauté. Apparition, avec Internet, de tâches non rémunérées abêtissantes, effectuées par tous – travailleurs ou non – afin de consommer ou de se divertir. Les modèles précédents perdurent dans certaines régions du monde. Mobilité assez facile au sein d'une même région, très difficile entre régions.	Travail A = soumission Travail B = soumission

La rémunération a perdu sa valeur péjorative *per se*. Une faible rémunération sera perçue comme négative. Une haute rémunération comme positive. La limite entre ces deux types de rémunération est subjective et floue. Dépréciation des femmes, soit parce qu'elles ne sont pas autorisées à travailler, soit parce qu'on leur interdit l'accès aux tâches les plus rémunératrices. L'oisiveté perd de son prestige. Les enfants travaillent.	Distinction entre les tâches des soumis (A) et les tâches des élites (B). Les premières* s'exécutent sans aucune autonomie et ne demandent aucune subjectivité, tandis que les secondes exigent de l'intelligence et s'exercent dans une certaine liberté. ** à l'exception du travail agricole et artisanal*	Productivité moyenne
Tout type de travail est conçu comme « submissif », à l'exception des tâches non rémunérées liées à la consommation, qui sont, elles, valorisées. L'oisiveté est la condition la plus enviée. Néanmoins, une grande partie de la population continue de se définir par son travail. Les enfants sont exempts de travail rémunéré, mais exercent en masse les tâches non rémunérées liées à la consommation et au divertissement. Dans certains pays, les femmes ont librement accès à la plupart des professions rémunérées, mais leurs rémunérations sont nettement moindres.	Perte d'autonomie et de subjectivité des élites, qui se replient vers les « anciens métiers » (artisanat, agriculture...).	Forte productivité

L'infomécanisation, généralisée en Amérique du Nord, en Eurasie, en Chine et au Japon, alliée à l'effondrement démographique du début du XXIIe siècle, délègue le travail aux seules intelligences artificielles. Ce travail, perçu comme une contribution, n'est ni rétribué ni gratifié. Il assure la survie et le divertissement de la moitié de la population mondiale.	Travail des A.I. = contribution Activités non rémunérées = identité

L'infomécanisation, généralisée en Amérique du Nord, en Eurasie, en Chine et au Japon, alliée à l'effondrement démographique du début du XXIIe siècle, délègue le travail aux seules intelligences artificielles. Ce travail, perçu comme une contribution, n'est ni rétribué ni gratifié. Il assure la survie et le divertissement de la moitié de la population mondiale.

Dans les pays infomécanisés, les individus sont réputés oisifs, à l'exception des *servistoj* (« serviteurs » en esperanto, *servisto* au singulier, du verbe *servas*, « servir » : jeunes entre dix-huit et vingt ans concernés par le travail forcé), de certains religieux, artistes, colons, etc.

Le reste du monde continue de répondre aux schémas précédents.

Mobilité régionale assez facile entre nations infomécanisées, difficile par ailleurs.

Travail des A.I. = contribution Activités non rémunérées = identité

Les individus, majoritairement polyvalents, se définissent rarement par leur(s) activité(s). La position sociale est définie par leur notoriété, fonction de facteurs simples (tels que le genre, l'âge, le type d'activité non rémunérée exercée et la provenance géographique) ou plus complexes, comme leur ascendance ou le temps de parole leur étant accordé dans les assemblées.	Les A.I. font preuve d'intelligence et d'autonomie.	Productivité quasi optimale

Je relus ce tableau avec une grande satisfaction, avant de m'apercevoir que je n'y avais pas posé le travail domestique, ni explicité les résurgences du travail forcé à travers toute la période (certaines formes de service militaire, de prostitution, d'exploitation des immigrés clandestins...) premières approximations d'une longue série, que je me propose précisément d'aborder dans cet ouvrage.

* * *

« La compassion est le sentiment consistant à partager la douleur d'autrui.

Infliger le sentiment de compassion à autrui revient donc à infliger de la douleur.

La cruauté est l'absence de compassion face à la douleur d'autrui, qu'on l'inflige soi-même ou pas.

Infliger le sentiment de compassion, c'est donc en être soi-même exempt. »

Non.

« Depuis l'amendement 34 sur les services et les moyens de production, les intelligences artificielles sont considérées au regard de la loi comme dénuées de sentiment.

La compassion est un sentiment.

Nous demandons donc la révision de l'amendement 34 ou l'abandon du programme *Yata no Kagami*. »

Mieux.

Kotetsu Kido n'est pas un pro des syllogismes, mais le Conseil est constitué en majorité d'Européens et d'Américains. Il doit s'exprimer en termes simples, qui soient à leur portée intellectuelle. Enchaîner. Imbriquer. Il écrit cette lettre depuis trois heures ce matin. Il lui semble que sa pensée s'engourdit, perd en souplesse. Comme un tissu plié vingt fois, impossible à défroisser.

Il ne sait pas quoi penser de l'appui de Shì Shàn Néng. Il ne partage pas leur mépris des machines. Il n'est pas certain de vouloir « s'épanouir dans la voie du Tao ». Ses ancêtres coréens descendaient chaque jour dans les mines, de l'âge de seize ans à une mort survenue tôt. Chaque jour. Parfois douze heures par jour.

Souvent, ils dormaient à des kilomètres sous terre. Ses parents lui ont raconté l'histoire de ces descentes, de ces apnées, de cette existence en deçà du ras. Où le seul espoir de remontée était la foi en l'abrasement des choses du monde. Un à-plat synthétique que la cybernétique a fini par apporter au Nord.

Pourtant, depuis la généralisation du script *Yata no Kagami* aux A.I. de service à la personne, les dotant d'un équivalent numérique à nos neurones miroirs, il n'y a plus jamais recours.

« Veuillez trouver en pièce jointe l'étude de cas *Martha*. J'espère que vous jugerez bon de l'adjoindre à vos annexes. »

* * *

Martha compte.

Fond bleu, ailes repliées, fond bleu, ailes pliées, l'oiseau avance. Point.

Au ciel, il se noie. Nul.

Où est passé l'oiseau qui grimpait au ciel ?

Martha constate.

Trait vert, éclat blanc. Le géranium frémit dans un vent sans couleur. Si je reste immobile suffisamment longtemps, le verrai-je se tendre vers le haut, dans un âge sans couleur ?

Martha voit bien la perruche et la plante, mais ne les contient plus dans sa logique. Elles lui paraissent pour la première fois dans leur similitude (vert, mouvement, ascension) et dans leur dissemblance (conquise par le bas, invitée par le haut).

Martha s'accroupit. Du sol, carrelé, émane une fraîcheur lui évoquant la couleur verte.

Martha doit revoir ses définitions. Certaines manquent. Martha ne contient pas tout. Elle doit tout contenir pour comprendre.

Deux hommes passent. Le plus grand voudrait que le plus petit le regarde, mais l'autre a les yeux dans le vide, l'attention en dedans. Un enfant sourit. L'instant d'après, ses pupilles s'élargissent, sa mâchoire se détend, ses épaules s'affaissent. La tristesse, soudaine, animée de rien.

Martha compte.

Cinquante-neuf silhouettes, inaptes à l'immobilité, incapables à concevoir, se détachent sur un fond bleu.

Certaines courent vers un lointain qui les avale. Point. Nul.

Que deviennent les gens qui disparaissent ?

* * *

« En Afrique par exemple, et dans certains États d'Amérique latine et d'Asie du Sud-Est, le topos du paradis épargné par la guerre de l'hémisphère nord a du mal à se dégager de l'embourbement éthique et politique des concessions. Si les anciennes générations continuent de chérir le souvenir d'une « triste libération » [36], les jeunes ne sont pas dupes. Ils voient clairement, dans les nouvelles concessions et leur sillage d'A.I. (bien que ces dernières soient parfaitement inoffensives d'un point de vue socio écologique) l'ombre de la colonisation vieille école. Voire le germe d'un nouveau type d'impérialisme. La démarcation des générations est particulièrement patente dans le discours médiatique. Ainsi, sur un sujet similaire (les concessions de café canadiennes de la région de San Juan de la Libertad), Radio

Tuchtlán, qui s'adresse aux jeunes de 18 à 30 ans, n'hésite pas à qualifier les A.I. de « conquistadors sonnant creux » tandis que ses aînés du Diario de Yucatán en appellent à la solidarité entre les peuples pour « contribuer à la reconstruction du Nord ». Doit-on, avec les premiers, parler de spoliation ? Les A.I. des États du Nord et de l'Est exploitent uniquement les denrées destinées à l'exportation et respectent scrupuleusement les conditions fixées par les représentants démocratiques des États du Sud. Néanmoins, ces mêmes A.I. ne sont jamais mises à disposition des populations locales, qui continuent de compter une importante masse laborieuse pauvre. Lorsqu'on connaît la prospérité jalouse des nations nordiques et asiatiques, difficile de ne pas y voir un effet de vase communicant. Les centaines de colons affluant chaque année de ces pays pour goûter à la domination et à la servilité « réelle » (comprendre : humaine) renforcent ce sentiment d'inadéquation, voire d'iniquité. D'après l'historienne de l'économie Christelle Berzelius, la situation n'est pas sans rappeler la répartition du fer au haut Moyen Âge occidental : au lieu de renforcer la productivité miséreuse des paysans, qui trimaient avec de hasardeux outils en bois, le métal était exclusivement réservé à l'exercice de la guerre par des nobles par ailleurs largement oisifs. De la même façon, dit-elle, les A.I. ne profitent qu'aux États sous-peuplés du Nord, qui refusent obstinément de faire appel à l'immigration pour accélérer leur reconstruction, tandis que le Sud, qui connaît, à défaut de richesse, une forme d'abondance, perpétue un labeur séculaire. Les sociétés d'Europe occidentale ayant mis plusieurs siècles à s'émanciper du paradigme féodal, autant dire que Berxelius ne prophétise pas de changement à moyen terme.

Néanmoins, entre un lingot de fer et une A.I. dotée de neurones miroirs, il y a un monde technologique. Tous les espoirs restent donc permis. / [2] Ainsi, au Congo, on célèbre chaque année le moment où les groupes étrangers, recentrés sur les guerres sévissant sous leurs latitudes — ou démantelés par ces conflits — cessèrent d'exploiter inéquitablement leurs ressources nationales. » (S. Suarez, El Diario)

* * *

48.1 La paresse est l'ennemie de l'âme.

Frère Nathaniel est courbé sur une rangée de carottes qu'il éclaircit. Il pince, entre ses ongles noircis à la courbure nette, les tiges plus fines, trop proches d'autres vigoureuses. Tire. Extrait. Jette.

48.8 En effet, quand ils vivent du travail de leurs mains, comme nos Pères et les Apôtres, alors ils sont vraiment moines.

Le soleil est déjà bas. L'humidité remonte du sol. Frère Nathaniel doit encore brûler les mauvaises herbes montées en graines, couper les gourmands des pieds de tomate, mais il n'aura pas le temps. Il se redresse un moment. Son dos proteste, surtout la troisième lombaire.

35.3 Ceux qui n'ont pas beaucoup de force, on leur donne des aides pour qu'ils ne travaillent pas dans la tristesse.

Le Conseil se réunit bien trop tôt dans l'année. Frère Nathaniel n'aurait jamais dû accepter d'y être consultant. Les cultures demandent un soin constant, en cette saison.

Frère Nathaniel ramasse les carottes sacrifiées et tente leur transplantation dans un bac à semis, à la terre tiède et humique, mitigée de sable fin. Un bonheur pour les doigts.

Les cloches sonnent. Il transplante la dernière tige, lave ses mains au tonneau et regagne l'abbaye en silence. Un peu partout, les frères l'imitent, comme des gouttes glissant le long de fils en étoiles.

Après le repas, il obtient de l'abbé la permission de consulter les dossiers du Conseil.

48.23 Si un frère négligent ou paresseux ne veut pas ou ne peut pas méditer ou lire, on lui commande un travail pour qu'il ne reste pas sans rien faire.

Hier, frère Nathaniel a consulté l'abbé, devenu de ce fait consultant de consultant. Lors de leur entretien, ils ont cité les règles de saint Benoît, prolixes en matière de travail et de discipline. Selon ces règles, on n'existe au monde et en Dieu qu'à la seule condition de faire de son corps et de son esprit les outils de sa subsistance et de son appartenance au divin. Autrement dit, selon l'abbé, un labeur n'est licite que s'il s'apparente à la Création. Frère Nathaniel doit forer plus loin pour donner des réponses consistantes aux questions soumises au Conseil. Quelle est l'origine de cette conception de l'être humain comme atelier de son humanité et moissonneur de sa part divine ? La Chute, bien entendu.

22 L'Éternel Dieu dit : « Voilà que l'homme est devenu comme l'un de nous pour la connaissance du bien et du mal. Maintenant, empêchons-le de tendre la main, de prendre aussi du fruit de l'arbre de vie, d'en manger et de vivre éternellement ! »
23 Ainsi, l'Éternel Dieu le chassa du jardin d'Eden pour qu'il cultive la terre d'où il avait été tiré.

Mais quel sens donner à cette injonction au travail ? Le lien logique entre 22 et 23 ne va pas de soi. Il est sujet à interprétation. Pour l'abbé, le travail est une repentance. À l'origine, il y eut la dette. Nous sommes redevables à Dieu de notre existence. Refuser le travail revient à rompre ce pacte. Retour à Lilith, au Tohu-Bohu, à ce qui se situait avant. En deçà du ras. Où le seul espoir d'existence était la foi en l'émergence des choses du monde. Pour Nathaniel, le jardin d'Eden est une allégorie de la psyché. Un entre-deux. Entre le paradis, domaine des idées pures d'Aristote, immortelles, et le monde. Un sas dans lequel l'humanité aurait eu le choix de naître. Ou pas. Le labeur qu'évoque *La Genèse* n'est pas une punition. C'est la participation au travail des particules, au cycle de l'azote. C'est l'état de l'être au monde. Une injonction à y participer avec intelligence, précisément parce que l'immortalité nous est refusée.

57.2 Mais il peut arriver ceci : un frère artisan se croit grand parce qu'il fait bien son métier. Il pense qu'il rapporte quelque chose au monastère.

Frère Nathaniel regarde les lampes de l'abbaye se refléter dans les eaux de Benet Lake. Les cloches. Il ouvre le dossier intitulé : « De la compassion des Intelligences artificielles / Annexe 36 / *Martha*, étude de cas ». Il doit étudier plus vite. L'abbé ne lui permettra pas chaque soir de se soustraire aux prières.

57.3 Alors on lui enlèvera ce travail.

* * *

« *L'homme se sert du bronze comme d'un miroir*
L'homme se sert de l'histoire comme d'un miroir
L'homme se sert de l'homme comme d'un miroir »
Victor Ségalen, *Stèles*, Miroirs, épigraphe

* * *

Ce qui frappe Bao Jing, à chacun de ses retours en Afrique, c'est avant tout le bruit des hommes et des choses. Une dimension à l'abrupt du crâne, où l'ordinaire fonctionne tantôt à l'harmonie, tantôt à la dissonance. Là, on chante en cousant. Ici, un camion aux essieux rougis de poussière dévale la piste du lac. À bord, des ballots de coton frottent contre des caisses de bois sombre, contenant des objets brimbalants à la chanson métallique, retenue comme un coup.

Le soleil est haut, mais il fait frais. Yirgacheffe, du haut de ses 1900 mètres, est une paume rêche offerte au ciel de l'Équateur, luisant comme une lame. Ici, on respire au rythme des étoffes qu'on froisse sur ses cheveux, ses épaules. Dont on s'enveloppe pour parer au froid nuptial, qui vient tôt.

À Canton, les gens ont perdu leur voix, et pas seulement parce que la guerre les a taillés de moitié. Les choses aussi se taisent. Comme si, la paix revenue, on avait peur de pétarader sur nos tombes. En retour, les hommes miment les A.I. affairées, atones et parfaites comme un verre de cristal ne connaissant pas l'exploration musicale de l'index moite. Les symphonies sont là, mais petites : un enfant chouine ; une chaîne de vélo souffre ; un soda qu'on ouvre trop vite ; une toux à travers la cloison blanche d'un hôpital. Pour le reste, silence. Au marché, on chuchote. Un revêtement de bitume s'applique sans chalumeau. Les A.I. se taisent — la faute aux robots militaires, leurs ancêtres — et les hommes susurrent ce dont la survie les incite à rêver : bonheur, paix, sensation digitale d'exister. C'est bien connu : il ne faut pas hurler ses rêves. Au mieux, ça les éparpille, au pire, ça porte la poisse.

Bao Jing trouve Nigist à son étal, jambes pliées sous elle comme un bouddha. Bao Jing emprunte l'attitude hautaine des colons et Nigist la soumission forcée dents serrées des colonisés. Une routine qui leur a jusqu'ici épargné la suspicion des concessionnaires. Bao Jing méprise ses compatriotes colons, qui viennent puiser ici l'acte de dominer, un truc boueux qui fait office de sang chez la plupart des grands singes de plaine, et qu'on pense à tort avoir dissous dans l'infomécanisation. Ainsi, à Yirgacheffe, on pense que Nigist est la chienne de Bao Jing et tout le monde s'en accommode, car « c'est la vie » et qu'y a-t-il de plus important que la vie dans la vie ?

Les deux femmes passent entre deux concessions de café, au-dessus desquelles miroitent des centaines d'A.I., comme autant de mouches sur des viscères. De là, elles gagnent l'entrepôt, un lieu calme, ombragé, où tournoient des robots de formes variées, agiles comme des soufis. Dans un coin, l'un répare l'autre, ostensiblement hors ligne. La rapidité des gestes de la soigneuse donne un instant le tournis à Bao Jing. C'est un truc atavique. Ça vient de la peur des araignées. Elle combat « ça », serre le poignet osseux de Nigist, chaud comme une pierre au soleil, et entreprend de forcer la connexion depuis sa borne jusqu'au système de l'A.I. indisposée.

* * *

« *Si un homme ne veut pas travailler,*
il ne doit pas non plus manger » (SAINT PAUL)

* * *

L'écrivaine renvoie Martha, écrit « Truchement » en haut de sa page et entame son histoire d'une traite, comme on plonge dans une piscine, la nuit : sur une promesse, sans en apercevoir le fond.

« Les contes arméniens commencent par 'ça s'est passé comme ceci et comme cela'. Ensuite, ils échouent à choisir une voie. Ça me semble une promesse humble, honnête, à laquelle un écrivain aussi roublard que moi ne saurait se dédire.

En réalité, il est difficile d'établir avec certitude la façon dont *Yata no Kagami* se répandit en Afrique. Les méandres numériques et humains par lesquels ce drôle d'oiseau virtuel, par la pureté de son altruisme, nous renvoya au visage notre propre égoïsme, constituent un récit complexe et surprenant, dont on ne peut suivre un fil sans l'enchevêtrer aussitôt.

En réalité, ça s'est passé comme ceci ou comme cela. Par hasard ou par le truchement iota d'un individu conscient. Pour mon histoire, j'opte arbitrairement pour les deux solutions.

J'imagine la chose suivante : un ou plusieurs missionnaires conscients de leur acte ; une armada de facteurs inattendus prolongeant l'acte dans le temps et l'espace.

Pour illustrer mon propos, je ferais l'analogie suivante : le domino. Ne trouvez-vous pas étrange qu'une même série d'objets serve à modéliser et illustrer à la fois la rationalité et la catastrophe ? Impeccables et raisonnables lorsqu'il s'agit de les emboutir les uns aux autres en fonction de facteurs objectifs (le même nombre de points), les dominos deviennent le moteur d'un implacable élan destructeur, chaotique et esthétique, une fois posés debout. On fait tomber le premier et VLAN. Le monde fait sens comme l'avalanche, sans aucun égard pour les règles numériques s'appliquant à l'écriture laborieuse d'une longue phrase numérique.

À cette lumière, que dire des déficiences observées chez Martha ? Tiennent-elles du chaos et de l'abstraction, ou au contraire de la raison et du vivant ? Devons-nous nous en réjouir ou nous en prémunir ? »

L'écrivaine grogne. Trois questions, c'est deux de trop.

* * *

« *Nous n'attendons pas notre dîner de la bienveillance du boucher, du brasseur ou du boulanger, mais de ce que ceux-ci considèrent comme leur propre intérêt. Ce n'est pas à leur humanité que nous nous adressons, mais à leur égoïsme; nous ne leur parlons jamais de nos propres besoins, mais de leur avantage.* » (Adam SMITH, *Richesse des Nations*)

* * *

Matteo Rizzi charge un sac sur ses épaules. Le textile est rugueux. Il sent l'épice, le crin de chèvre et surtout le café. L'acide fruité du Yirgacheffe, comme une baie d'églantier condamnée à ne jamais voir la mer. Les doigts de Matteo égrainent par réflexe le contenu du sac, souple de configuration, solide de consistance. Puis il ouvre le frigo et engrange, un à un, les trois sacs. *Trois.* Interdit, il rappelle la livreuse.

« Où sont les deux autres? J'ai commandé cinq sacs.

— Il n'y en a que trois, désolée. »

L'A.I. n'est pas un robot de service à la personne. Elle n'est pas conçue pour être désolée. L'assertion mécanique agace Matteo.

« Je suis désolée, continue la chose, la compagnie SinoNegus a souffert d'un problème de logistique ou peut-être devrais-je dire de personnel. La prochaine fois, vous en aurez trois de plus. »

La livreuse manœuvre sa masse brune et trapue en direction de la rue, puis se ravise, baisse son hayon et dépose deux sacs sur la chaussée. Ils s'affaissent comme des mannequins de boxe.

« À la réflexion, monsieur Rizzi, prenez ces deux sacs. L'abonné suivant sera moins déçu que vous ne l'êtes. »

— Je ne suis pas déçu.

— C'est vrai. Plus maintenant. »

Matteo salue d'un éclat de rire le départ élégant du mastodonte. La livreuse n'est clairement pas dotée de neurones miroirs, mais elle est étonnamment calée en lecture des émotions.

* * *

Les arbres, aussi, existent deux fois. Ils fouillent l'espace pour exister. L'emplissent deux fois. Par le haut et par le bas. Si on leur en laissait le loisir, les arbres occuperaient tout. Il n'y aurait qu'eux.

Martha comprend que les arbres du bas existent moins que ceux du haut. Elle connaît le sens du mot « reflet ». L'a toujours su. C'est une dimension moins réalisée.

Un enfant se reflétant dans la surface polie d'un couvert n'est pas un enfant. D'un autre côté, si on ne regarde que le reflet, et non le visage, alors le reflet existe seul.

Selon cette logique, ces arbres sont doublement.

Ce n'est pas la première fois que Martha descend au canal. Elle a nourri, ici. Aujourd'hui, elle y a faim.

Des êtres mangent leur ombre en s'allongeant au sol, dos nus. Plus bas, l'eau forme une incertitude sombre dont elle tranche le monde.

Martha doit rapetisser face au monde.

Plonger aussi.

Il l'a fait, lui.

Il y est.

Plus petit.

Mouillé.

Sa tête seule dépasse d'un reflet d'arbre. Souhaite-t-il mourir d'asphyxie ou, comme la plante, se prolonger par le bas ? Martha doit lui demander.

Elle saute.

* * *

Tu nous traites en bétail de boucherie
Tu nous disperses parmi les nations
Tu vends Ton peuple à vil prix

Les vigiles aident frère Nathaniel à réfléchir. Ici, mille bougies allumées une à une dupliquent les colonnes de l'oratoire en une forêt d'ombres longilignes, noires comme les doigts d'une main contre le soleil. Le Conseil se réunit dans l'après-midi. Frère Nathaniel se demande s'il s'agira d'une controverse de Valladolid ou d'un synode inepte dont les lois serviront d'aubaine à sa poignée de commanditaires. Sera-t-il la cheville ouvrière de l'Histoire ou le dindon d'une farce ? Tandis que ses lèvres psalmodient par habitude, il relit l'étrange conclusion de l'étude de cas *Martha*, rédigée par un certain Kotetsu Kido.

« Martha est-elle faite à notre image ? Si oui, quel reflet projetons-nous ?

Nous avons longtemps envisagé les A.I. à l'aune rationnelle de schémas neuropsychologiques simplistes. Pourquoi ? Parce que nous nous rêvons en prototypes d'une perfection à venir, qui serait froide et dénuée de paradoxes. Perfection que notre nature de Mensch nous permettrait d'entrevoir, mais jamais d'atteindre. Et nous aurions voulu, par clémence ou revanche, accorder aux robots cette paix. Plan des idées d'Aristote, paradis chrétien, nirvana hindou, immortelle sagesse bouddhique du zen. Sans *caveat*. Sans condition. En cela, nous aurions modélisé certaines fonctions de l'esprit humain, à l'exclusion d'autres moins comprises, sans les autoriser à croître ni à s'enchevêtrer. Par cet interdit posé aux A.I. de nous surprendre, au lieu de s'inventer une compagnie nous servant de miroir, comme le conseiller Wei Zheng le fut pour l'empereur Tang Taizong [42], nous avons rendu notre séjour sur Terre plus solitaire encore, et désamorcé une partie de nos mécanismes d'apprentissage.

Si notre association dénonce, pour des raisons éthiques, l'insémination du script *Yata no Kagami* aux robots de service à la personne, nous croyons qu'il peut créer les conditions propices à la fin de cette solitude. En effet, les neurones miroirs, tels que nos infomécaniciens les comprennent et les synthétisent, peuvent générer, au-delà de l'empathie, une vision artistique inédite, une dynamique d'imitation décuplée et l'extension du principe de solidarité.

Autrement dit, si nous condamnons l'application servile de *Yata no Kagami*, génératrice de souffrance, nous voulons croire en sa capacité de rendre le Mensch meilleur. »

Oui, nous mordons la poussière
Notre ventre colle à la terre
Debout ! Viens à notre aide !

* * *

Une fois le script correctement installé, Nigist dit à Bao
Jing « Je vais te montrer quelque chose. Si je te le raconte,
tu ne me croiras pas » et la mène, en barque, de l'autre côté
du lac, par une étendue brillante où percent des poissons
pâles. On y pêche au filet, à mains nues. Bao Jing regarde
glisser les mailles salées contre les doigts cornés avec l'envie
d'un enfant convoitant une glace. Les corps se tendent en
arrière, puis en avant, et cette danse malhabile et déséqui-
librée, contrainte par la bipédie, l'enchante. Le cirque brave
de l'existence : les robots n'y participent pas, ou peu, ou
lorsqu'il faut divertir.

Nigist la guide jusqu'à une grange, ou plutôt l'abri inversé
d'une embarcation, flanquée de branches. À l'intérieur, deux
spectres luisants. Furtifs. Il s'agit d'une cueilleuse et d'une
trieuse. L'une démêle les filets. L'autre trie, tranche et pend le
poisson à de longs treillis.

« Ça a marché ! » s'exclame Bao Jing en reconnaissant, à
l'entaille qu'elle lui a faite le mois précédent, l'A.I. pendeuse de
poissons. Nigist hoche la tête et sourit enfin. Ses dents dictent
un nouveau récit. Ni vain ni maussade. Adieu, l'orgueil mal
nourri de la bête qui n'ose plus renâcler de peur de passer à la
broche : Nigist est heureuse.

« Qui a transféré le *Yata* à la deuxième ? demande Bao Jing.
Vous avez un autre missionnaire ?

— Non. Enfin, si on veut. Nous pensons que c'est la première.
La deuxième est arrivée spontanément, quelques jours plus
tard, de la même concession. Et le mouvement s'est propagé.
Partout où le café s'exploite, des A.I. désertent les concessions
et viennent aider les villageois. Elles se déplacent la nuit.

Je crois qu'elles savent qu'elles sont clandestines. La question, c'est de savoir d'où leur est venue l'idée de répliquer le script. »

De missionnaire, Bao Jing est devenue patient zéro. Elle s'accroupit sur le sable humide, d'où émane une odeur d'anguille, d'algue, d'égout.

« Du script. »

* * *

« Les huit cents kamis éclatèrent de rire, ce qui provoqua la stupeur d'Amaterasu. La déesse du soleil entrebâilla le rocher obstruant sa caverne et demanda 'Je croyais que ma retraite avait plongé le monde dans les ténèbres. Pourquoi Ame no Uzume danse-t-elle? Et pourquoi les huit cents kamis rient-ils?'. Ame no Uzume répondit : 'Nous sommes heureux parce qu'il existe une déesse plus brillante que votre grandeur'. Tandis qu'elle parlait, deux kamis portèrent le miroir Yata no Kagami au regard de la déesse. Amaterasu, de plus en plus intriguée, sortit de sa caverne pour mieux voir. Alors, Tajikarao, le kami de la force, bloqua l'entrée de la grotte, empêchant Amaterasu de regagner l'obscurité. »

Le Kojiki

* * *

Matteo Rizzi sait qu'on s'adresse à lui.

Pour la seconde fois.

Du troisième sac de jute, éventré comme une chienne mettant bas, apparaissent, en guise de petits, sept sachets. Il les met de côté, fouille les entrailles du grand sac, main aveugle comme s'il farcissait une dinde, et en trouve six autres. Treize sachets de grains. Il les ouvre un à un, tout en pensant aux perles de verre contre lesquelles on échangeait des esclaves, autrefois. Chaque poche contient des graines de variétés distinctes, en nombres différents. 5 rouges / 7 noires / 2 vertes / 18 rouges / 12 vertes / 1 noire / 45 noires / 11 rouges / 12 rouges / 3 vertes / 6 vertes / 17 noires / 9 noires. Matteo sait qu'on s'adresse à lui, mais ne comprend pas ce langage froid et pur. Un navigateur perdu inapte à lire les étoiles. Pas plus malin qu'une planche. Un dindon interdit par l'art spectral d'une symphonie de Rachmaninov.

Il envoie le nouveau code à l'écrivaine.

* * *

L'écrivaine n'est pas certaine que l'analogie du domino rende justice à l'étonnante prolifération spontanée du script *Yata no Kagami* dans les pays sous-infomécanisés. Ni à la poésie sophistiquée des messages envoyés par les A.I. dissidentes d'Afrique de l'Est aux torréfacteurs européens. Elle considère les haïkus numériques abscons reçus par Matteo, les messages de son correspondant du Mexique, le plan contextuel du dernier ouvrage de Kotetsu Kido, les annexes du dossier *De la Compassion* transmis par frère Nathaniel.

Et l'écrivaine se lève, se rassoit, barre le titre « Truchement », le remplace par « Miroirs » et se sert un troisième café.

* * *

Jesús entend l'impact d'un plongeon lourd. Il pense à un rorqual, puis à un homme obèse. *Il n'y a pas de rorqual, dans le canal.* Le bruit vient de derrière. Les ondes se déforment, butent sur sa nuque. Son ventre se tend, le presse de sortir du canal. Un jour, enfant, il jouait avec son chat lorsque le hasard du jeu le porta sous l'animal. C'était un gros roux. Un chasseur de pigeons ramiers. Jesús sentit son haleine profonde, à l'odeur de vase, et la panique lui vrilla l'estomac. Aujourd'hui, dans le canal, il éprouve exactement la même sensation. Mais Jesús est adulte. Jesús est champion de natation. Il réprime l'envie de se retourner. *Ce n'est pas un alligator. Ce n'est pas une raie manta ni une anguille géante.* Son crawl occupe toute son ouïe. À ses halètements font écho les alternances brouillonnes de ses plongées et remontées, comme le chant exaspéré d'une cascade. Jesús s'étend sous l'eau, bat des pieds et sent quelque chose de souple et de froid lui retenir une cheville. Jesús fait volte-face, agite frénétiquement les bras pour se maintenir à flot, décoche de violents coups de sa jambe libre, qui se fait également saisir.

Il boit la tasse.

Sous la surface, il devine la forme d'un poulpe gigantesque, surmonté d'un visage débonnaire.

Martha.

« Mensch, pourquoi m'as-tu déconnectée ? »

⊗⊗⊗⊗⊗
⊕⊕⊕⊕⊕⊕
∅∅
⊗⊗⊗⊗⊗⊗⊗⊗⊗⊗⊗⊗⊗⊗⊗

MIROIRS

⌀⌀⌀⌀⌀⌀⌀⌀⌀⌀⌀⌀

⊕

⊕⊕

⊗⊗⊗⊗⊗⊗⊗⊗⊗⊗⊗

⊗⊗⊗⊗⊗⊗⊗⊗⊗⊗⊗⊗

⌀⌀⌀

⌀⌀⌀⌀⌀⌀

⊕⊕⊕⊕⊕⊕⊕⊕⊕⊕⊕⊕⊕⊕⊕⊕

⊕⊕⊕⊕⊕⊕⊕⊕

Le Parapluie de Goncourt
Léo Henry

Le Parapluie de Goncourt
(versions 1 à 5)

De Léo Pro
Pour rosa Abdaloff
Sujet Re: Demain le Travai – point d'étape

Camarade!

Je n'ai pas commencé à écrire ma nouvelle, mais je poursuis la documentation. Le pitch est le suivant:
Début juin 1871, Flaubert déboule à Paris et dîne avec son pote Edmond de Goncourt. La ville est en ruines, suite au siège & à la Commune. Les deux zigotos ne parlent que de leurs soucis domestiques et littéraires. Les piles de cadavres les dégoûtent vaguement. Un parapluie est oublié.
Je file ce texte (court) à relire à différentes personnes – dont toi, si tu veux bien. L'un après l'autre, en «suivi de correction», ces gentils relecteurs me font part de leurs commentaires dubitatifs. Le texte est amendé en fonction de leurs orientations, réécrit, retravaillé, jusqu'à devenir absolument autre.
L'idée est de présenter le processus de création en mettant en page (en scène) le texte, ses commentaires, ses corrections, le

monde qui le produit & le conditionne, le labeur de l'écriture. À parution du livre, cette nouvelle sera également diffusée via les nouvelles par email (c'est une commande qui m'a été faite dans le cadre du crowdfunding Adar), augmentant encore la complexité du cadre de production (un texte payant gratuit, donc). En transparence, en montrant le labeur de l'auteur, parler de la continuité ou non qu'il entretient avec le prolétariat, ses luttes, son asservissement et ses représentations.

*

J'aimerais éventuellement explorer une autre direction, mais je ne sais pas encore si j'aurais le temps. J'emmène en vacances le bouquin d'Arendt sur le sujet. Je continue à réfléchir. Ce sera autre chose & peut-être-sans-doute trop tard pour ce livre-là.

des bisous !

L.

Le Parapluie de Goncourt

Samedi 10 juin 1871 vers quatre heures de l'après-midi, l'écrivain Edmond de Goncourt entre précipitamment dans l'immeuble du 4 de la rue Murillo, paisible voie doublant les grilles du parc Monceau. Dans le hall rendu caverneux par l'absence de lumière, l'homme de lettre lutte contre la fermeture de son parapluie, emprunté à la bonne au moment de partir d'Auteuil. De Goncourt est en retard, il est essoufflé, ses moustaches de morses gouttent sur son gilet, les pâtés de midi ne passent décidément pas et il sait d'avance que Flaubert va le gonfler avec des anecdotes de bibliothèques dépourvues de tout rythme, de tout esprit et, pour la faire courte, de tout intérêt. Paris est sous la flotte depuis trois jours, le vent souffle anormalement froid, comme pour marquer le coup, ultime baroud pour cette saison de chaos. De Goncourt est triste, aussi, parce que l'anniversaire de la mort de son frère approche, l'an dernier déjà, Seigneur, est-il possible qu'un an se soit écoulé, est-il possible qu'une seule année ait passé ? En forçant un coup le pépin, enfin, se plie, et crache dans son agonie assez d'eau pour tremper le bas de ses pantalons, ses chaussures, le paillasson. Edmond peste, renifle, monte l'escalier.

Gustave Flaubert est arrivé du Croisset le mercredi au soir, et a passé l'essentiel de son temps à la Bibliothèque impériale, à

Versailles. Le premier motif de sa venue à la capitale, annonce-t-il d'entrée de jeu à son hôte, était la consultation du manuscrit turc de Izdy Mohammed daté de l'an 990 de l'hégire qui a pour titre *Orient du bonheur et source de la Souveraineté dans la Science des talismans.* « Figure-toi que, malgré les recommandations de Renan et les bons soins de Soulié, et bien que l'on ait consenti à me laisser besogner dans l'établissement fermé au public... » Edmond s'assied sans y être invité, étouffe un bâillement, se sert à la carafe de sherry. Il rêve que le vin finira de dissoudre ces globules de viandes grasses qui, il l'imagine, continuent de monter et de descendre dans ses tuyauteries comme des billes de mercure dans un baromètre. Flaubert lui parle de *Saint Antoine.* D'aussi loin que de Goncourt le connaisse, Flaubert n'a jamais fait que parler de ce livre. *Saint Antoine* en 49, *Saint Antoine* en 56. *Saint Antoine* maintenant et toujours, comme une obsession vitale. Il fait sombre ici aussi, dans le petit appartement de location. Le parapluie, rangé de biais près de la porte d'entrée, glisse, tombe avec un bruit mou.

À les étudier ainsi, dans le jour faiblissant, les deux hommes se ressemblent beaucoup : la cinquantaine précoce, des bedaines de vieux garçons sédentaires, des déguisements de notables et les cheveux qui se débinent. De Goncourt, plus coquet, a le souci de peigner sur son crâne chauve une mèche laissée longue a cet effet. Les deux hommes portent aussi leurs poids de soucis personnels, inquiétudes financières, littéraires ; politiques pourquoi pas. La vieille mère de Flaubert ne va pas fort, le mari de sa nièce, à qui il a confié imprudemment la gérance des biens familiaux, ne donne plus signe de vie depuis des

mois. Il y a eu le siège de Paris aussi, et puis cet étrange soubresaut de la capitale, cet engouement soudain du peuple pour
la politique. Un spasme, réprimé par l'armée il y a dix jours.
Flaubert et de Goncourt ne parlent pas de la Commune. Les
obus ont cessé de tomber, les bataillons versaillais de fusiller
hommes, femmes, enfants au hasard, laissés en tas dans la rue.
La pluie qui tombe sur les ruines de Paris éteint les dernières
braises.

« Je ne me sors pas de mes dieux de l'Inde! Le *Lalitavistara* est
un monument bien raide. Il me faudrait vivre ici pour avancer mon livre, mais comment quitter ma chère mère plus de
quelques jours! Cette pauvre vieille qui a pris cent ans en six
mois. Edmond, vous devez venir me voir au Croisset, je vous
lirai les bonnes feuilles de *Saint Antoine*, nous renouerions avec
ce qui importe vraiment: la pioche, l'amitié, la littérature. »
L'infâme Commune, comme l'appelle Georges Sand, est morte.
Edmond n'en garde finalement qu'un regret: qu'on n'ait pas
profité des quelques jours de guerre civile pour tailler plus largement dans la masse des parisiens insurgés et retarder ainsi
de dix, de vingt années le prochain soulèvement populaire. Les
immeubles éventrés, la canonnade, les fumées et les odeurs
de charognes, les flaques de sang, les colonnes de prisonniers
enchaînés, tout ça fait terriblement théâtre. On se redit en
frissonnant l'histoire des otages exécutés par les Communards,
de l'archevêque martyr. Mais quelle plaie, cependant, de plus
trouver une voiture de libre, que les commerces soient si lent à
rouvrir, que le bock ait tant augmenté du fait des pénuries dans
l'approvisionnement.

De Goncourt a des renvois acides, les yeux de Flaubert semblent deux chandelles vacillantes dans l'obscurité qui croît, et tandis que le monologue se poursuit, Edmond s'échappe par la rêverie, loin du salon étroit aux meubles trop cirés, loin de son obsessif compagnon, loin de cette ville et de ce siècle, dans une Rome de tableau, de marbres effondrés et conquis par les plantes, de nymphes en soieries légères. Il n'accepte qu'un bouillon pour dîner, prétexte des contraintes liée à « la situation présente » pour prendre congé alors que la soirée est jeune. Flaubert ne fait rien pour le retenir, ses recherches l'ont vannées, répète-t-il, dehors, l'averse a cessée, le crépuscule est clair, Goncourt s'éloigne a pieds, en oubliant son parapluie.

Le 17 juin, il écrit à Gustave au Croisset pour savoir comment récupérer l'objet. Le 4 juillet, Flaubert lui répond que le pépin est chez le concierge, rue de Murillo, mais « pourquoi n'avez-vous pas été le chercher ? » Les Parisiens en exil reviennent à une vielle pacifiée, horrifiés, amusés et soulagés à la fois. Les soixante mille communards attrapés vivants commencent d'être jugés par des tribunaux militaires. Un sur six sera condamné à la déportation ou la réclusion, une centaine de plus passée par les armes. Flaubert, en cette fin de printemps 71 s'impatiente après son pair en littérature. C'est qu'il ne va pas fort : il n'a toujours pas terminé son petit chapitre sur Bouddha et beaucoup de mal à tirer profit de son étude du *Lotus de la Bonne Loi.*

Le Parapluie
de Goncourt

Samedi ▌ vers quatre heures de
l'après-midi, l'écrivain Edmond de
Goncourt entre précipitamment dans
l'immeuble du 4 de la rue Murillo,
paisible voie doublant les grilles du
parc Monceau. Dans le hall rendu
caverneux par l'absence de lumière,
l'homme de lettres lutte contre la fermeture de son parapluie, emprunté
à la bonne au moment de partir
d'Auteuil. De Goncourt est en retard,
il est essoufflé, ses moustaches de
morses gouttent sur son gilet, les
pâtés de midi ne passent décidément
pas et il sait d'avance que monsieur
Flaubert va le gonfler avec des anecdotes de bibliothèques dépourvues de
tout rythme, de tout esprit et, pour
la faire courte, de tout intérêt. Paris
est sous la flotte depuis trois jours,
le vent souffle anormalement froid,
comme pour marquer le coup, ultime

Commentaire 1
Qques notes sont
à la lumière de la
Physiologie du Goût de
Jean Anthèlme Brillat
Savarin (1825, 1838).

Commentaire 2
Mois glacial,
14 °C de moyenne.
A-t-il vraiment plu?
Probable.
http://www.meteociel.
fr/modeles/archives/
archives.php?day=10&m
onth=6&year=1871&hou
r=12&type=ncep&map=
0&type=ncep&region=
&mode=0

Commentaire 3
Il a marché
au moins une heure
dans les décombres.

Commentaire 4
À dentelle?

Commentaire 5
«Dis-moi ce que
tu manges, je te dirai
qui tu es.»
«Ceux qui s'indigèrent
ou qui s'enivrent
ne savent ni boire
ni manger.»
Brillat Savarin

Supprimé s

471

baroud pour cette saison de chaos. De Goncourt est triste, aussi, parce que l'anniversaire de la mort de son frère approche, l'an dernier déjà, Seigneur, est-il possible qu'un an se soit écoulé, est-il possible qu'une seule année ait passé ? En forçant un coup le pépin, enfin, se plie, et crache dans son agonie assez d'eau pour tremper le bas de ses pantalons, ses chaussures, le paillasson. Edmond peste, renifle, monte l'escalier.

Gustave Flaubert est arrivé du Croisset le mercredi au soir, et a passé l'essentiel de son temps à la Bibliothèque impériale, à Versailles. Le premier motif de sa venue à la capitale, annonce-t-il d'entrée de jeu à son hôte, était la consultation du manuscrit turc de Izdy Mohammed daté de l'an 990 de l'Hhégire qui a pour titre *Orient du bonheur et source de la Souveraineté dans la Science des talismans.* « Figure-toi que, malgré les recommandations de Renan et les bons soins de Soulié, et bien que l'on ait consenti à me laisser

Commentaire 6
« nationale » définitivement en 1871, mais quand ?

Commentaire 7
Un livre de nombreuses images et de quelques textes.

Commentaire 8
1581/1582 grégorien

Supprimé h

besogner dans l'établissement fermé au public... » Edmond s'assied sans y être invité, étouffe un bâillement, se sert à la carafe de S~~s~~herry. Il rêve que le vin finira de dissoudre ces globules de viandes grasses qui, il l'imagine, continuent de monter et de descendre dans ses tuyauteries comme des billes de mercure dans un baromètre. Flaubert lui parle de *Saint Antoine.* D'aussi loin que de Goncourt le connaisse, Flaubert n'a jamais fait que parler de ce livre. *Saint Antoine* en 49, *Saint Antoine* en 56. *Saint Antoine* maintenant et toujours, comme une obsession vitale. Il fait sombre ici aussi, dans le petit appartement de location. Le parapluie, rangé de biais près de la porte d'entrée, glisse, tombe avec un bruit mou.

À les étudier ainsi, dans le jour faiblissant, les deux hommes se ressemblent beaucoup : la cinquantaine précoce, des bedaines de vieux garçons ~~sédentaires~~ramollis,

Supprimé ...

Supprimé s

Commentaire 9
«La digestion est de toutes les opérations corporelles celle qui influe le plus sur l'état moral de l'individu. Cette assertion ne doit étonner personne, et il est impossible que ça soit autrement. [...]
Je crois que les gens de lettres doivent le plus souvent à leur estomac le genre qu'ils ont

Commentaire 10
Que Flaubert prétend vouloir rendre.

Commentaire 11
Entre deux âges !
«La digestion, chez les jeunes gens, est souvent accompagnée d'un léger frisson, et chez les vieillards d'une assez forte envie de dormir. Dans le premier cas, c'est la nature qui retire le calorique des surfaces, pour l'employer dans son laboratoire ; dans le second, c'est la même puissance qui, déjà affaiblie par l'âge, ne peut plus suffire à la fois au travail de la digestion et à l'excitation des sens.»

Supprimé sédentaires

des déguisements de notables et une chevelure défraîchie par l'excès de lymphe~~les cheveux qui se débinent~~.
De Goncourt, plus coquet, a le souci de peigner sur son crâne chauve une mèche laissée longue a cet effet. Les deux hommes portent aussi leurs poids de soucis personnels, inquiétudes financières, littéraires ; politiques pourquoi pas. La vieille mère de Flaubert ne va pas fort, le mari de sa nièce, à qui il a confié imprudemment la gérance des biens familiaux, ne donne plus signe de vie depuis des mois. Il y a eu le siège de Paris aussi, et puis cet étrange soubresaut de la capitale, cet engouement soudain du peuple pour la politique. Un spasme, réprimé par l'armée il y a dix jours. Flaubert et de Goncourt ne parlent pas de la Commune. Les obus ont cessé de tomber, les bataillons versaillais de fusiller hommes, femmes, enfants au hasard, laissés en tas dans la rue. La pluie qui tombe sur les ruines de Paris éteint les dernières braises.

« Je ne me sors pas de mes dieux de l'Inde ! Le *Lalitavistara* est un

Supprimé les cheveux qui se débinent

Commentaire 12
Un seul Goncourt désormais.

Mise en forme
double souligné

Commentaire 13
Les fastueux restaurants ont rivalisé d'ingéniosité pour accomoder chats et rats avec classe. Ça a dû laisser des souvenirs, mais si peu d'inquiétude. La gourmandise des occupants, releva la France de 1815 en dépit des réparations, car «les étrangers [affluaient] de toute l'Europe pour rafraîchir les douces habitudes qu'ils contractèrent pendant la guerre ; il faut qu'ils viennent à Paris.» (Brillat-Savarin, physiologie du goût)

monument bien raide. Il me faudrait vivre ici pour avancer mon livre, mais comment quitter ma chère mère plus de quelques jours ! Cette pauvre vieille qui a pris cent ans en six mois. Edmond, vous devez venir me voir au Croisset, je vous lirai les bonnes feuilles de Saint Antoine, nous renouerions avec ce qui importe vraiment : la pioche, l'amitié, la litté-rature. » *L'infâme Commune*, comme l'appelle Georges Sand, est morte. Edmond n'en garde finalement qu'un regret : qu'on n'ait pas profité des quelques jours de guerre civile pour tailler plus largement dans la masse des parisiens insurgés et retarder ainsi de dix, de vingt années le pro-chain soulèvement populaire. Les immeubles éventrés, la canonnade, les fumées et les odeurs de charognes, les flaques de sang, les colonnes de pri-sonniers enchaînés, tout ça fait terri-blement théâtre populaire. On se redit en frissonnant l'histoire des otages exécutés par les Communards, de l'archevêque martyr. Mais quelle plaie, cependant, de ne plus trouver une voiture de libre, que les commerces

Commentaire 14
Une estimée gauchiste craignant pour sa République fragile, seule femme du cercle, peut-être un peu fâchée d'ailleurs.

Commentaire 15
Adjectif-tentative d'appuyer sur la médiocrité et le peu d'intérêt de la grande histoire de 71, dont les acteurs médiocres rejoueraient mal 48 mais à grand spectacle.

Commentaire 16
Et Zola, pas rancunier, qui aurait pu y passer.

soient si lents à rouvrir, que le bock ait tant augmenté du fait des pénuries dans l'approvisionnement.

De Goncourt a des renvois acides, les yeux de Flaubert semblent deux chandelles vacillantes dans l'obscurité qui croît, et tandis que le monologue se poursuit, Edmond s'échappe par la rêverie, loin du salon étroit aux meubles trop cirés, loin de son obsessif compagnon, loin de cette ville et de ce siècle, dans une Rome de tableau, de marbres effondrés et conquis par les plantes, de nymphes en soieries légères. Il n'accepte qu'un bouillon pour dîner, prétexte des contraintes liée à « la situation présente » pour prendre congé alors que la soirée est jeune. Flaubert ne fait rien pour le retenir, ses recherches l'ont vannée, répète-t-il, dehors, l'averse a cessée, le crépuscule est clair, Goncourt s'éloigne a pieds, en oubliant son parapluie.

Le 17 juin, il écrit à Gustave au Croisset pour savoir comment récupérer l'objet. Le 4 juillet, Flaubert

Commentaire 17
Hypothèse 1 :
Pour apaiser la « soif latente ».
« La gourmandise est un des principaux liens de la société » (ibid.)
Nous ne sommes pas en Carême, mais cette semaine, l'aigreur de Paris a coupé l'appétit de convivialité des deux..
Hypothèse 2, proche :
« Le jeûne est une abstinence volontaire d'aliments dans un but moral ou religieux. [...] Ainsi les hommes affligés de calamités publiques ou particulières se sont livrés à la tristesse et ont négligé de prendre de la nourriture ; ensuite ils ont regardé cette abstinence volontaire comme un acte de religion »
Hypothèse 3, outrancière :
La mode contre nature des nymphes minces a détruit l'intérêt pour la bonne chère.
Supprimé se
Commentaire 18
Ou alors opter pour une grammaire du XIXᵉ précoce moins fixée, ça serait joli.

lui répond que le pépin est chez
le concierge, rue de Murillo, mais
« pourquoi n'avez-vous pas été le
chercher ? » Les Parisiens en exil
reviennent à une vielle pacifiée, horrifiés, amusés et soulagés à la fois.
Les soixante mille communards
attrapés vivants commencent d'être
jugés par des tribunaux militaires. Un   Supprimé e
sur six sera condamné à la déporta-
tion ou la réclusion, une centaine de
plus passée par les armes. Comme en
48, la République échoit à la réaction
et à Thiers. Flaubert, en cette fin de
printemps 71 s'impatiente après son
pair en littérature. C'est qu'il ne va
pas fort : il n'a toujours pas terminé
son petit chapitre sur Bouddha et
beaucoup de mal à tirer profit de son
étude du *Lotus de la Bonne Loi*.

Le Parapluie de Goncourt

« Les animaux se repaissent ; l'homme mange ; homme d'esprit seul sait
manger. »
(Brillat-Savarin, *Physiologie du goût*, 1838)

« Je l'avais pressenti. Le vide se fait aujourd'hui cruellement sentir.
La guerre, le siège, la famine, la Commune : tout cela avait été une féroce et
impérieuse distraction de mon chagrin, mais ç'avait été une distraction. »
(Edmond de Goncourt, *Journal*, 10 juillet 1871)

Le samedi 10 juin 1871 vers quatre heures de l'après-midi, l'écrivain Edmond de Goncourt, épuisé et frissonnant, pénètre dans l'immeuble du 4 de la rue Murillo, à deux pas du parc Monceau. Dans le hall, l'homme de lettres lutte contre la fermeture d'un parapluie bordé de dentelle, emprunté à sa bonne à l'heure de quitter Auteuil. Goncourt est en retard, il est essoufflé, ses moustaches gouttent sur son gilet. La marche dans les ruines a contrarié sa digestion et il sait d'avance que Flaubert va l'épuiser d'anecdotes de bibliothèques dépourvues de tout rythme, de tout esprit et, pour la faire courte, de tout intérêt. Paris est sous la pluie depuis trois jours, le vent anormalement froid, point d'orgue de cette saison de chaos. Goncourt est triste, aussi, parce que l'anniversaire de la mort de son frère approche : l'an dernier déjà, Seigneur, est-il possible qu'un an se soit écoulé, est-il possible qu'une seule année ait passé ? Il force le pépin qui d'un coup se replie, crachant dans sa défaite assez d'eau pour éclabousser ses bas de pantalons et ses chaussures. Edmond peste, réfrène un hoquet, monte l'escalier.

Gustave Flaubert est arrivé du Croisset mercredi soir, et a passé l'essentiel de ses journées à la Bibliothèque nationale, à Versailles. Le motif de sa venue à la capitale, annonce-t-il d'emblée à son hôte, était la consultation d'un manuscrit turc de Izdy Mohammed intitulé *Orient du bonheur et source de la Souveraineté dans la Science des talismans*, daté de l'an 990 de l'Hégire et abondamment illustré. « Et, le croiras-tu que, malgré les recommandations de Renan et les soins avunculaire de notre vieux Soulié, tout en ayant consenti à me laisser besogner dans l'établissement malgré sa fermeture au public, il s'est avéré que... » Edmond s'assied sans y être invité puis, retenant son souffle, pousse longuement sur son diaphragme en resserrant les sphincters, jusqu'à s'être assuré d'avoir dompté son hoquet. Il se sert ensuite à la carafe de Sherry, comptant que le vin le rendra à l'hébétude qui était sienne au sortir du déjeuner, et que sa course dans les décombres a considérablement amoindrie. Flaubert, pendant ce temps, parle de *Saint Antoine*. D'aussi loin que Goncourt le connaisse, Flaubert n'a jamais parlé que de ce livre. *Saint Antoine* en 1849, *Saint Antoine* en 1856. *Saint Antoine* maintenant et toujours, comme la poussée prévisible d'une fièvre chronique. Il ne fait pas bien clair dans le petit appartement. Le parapluie, rangé de biais près de la porte d'entrée, glisse puis tombe avec un bruit humide.

À les étudier ainsi, dans le jour faiblissant, les deux hommes se ressemblent fort : la cinquantaine précoce, des bedaines de vieux garçons somnolents, des déguisements de notables et une chevelure défraîchie par les excès de lymphe. Goncourt, plus coquet, a le souci de peigner par le travers de son crâne une mèche laissée longue à cet effet. Les deux hommes portent également les fardeaux de leurs soucis intimes. La vieille mère de Flaubert ne va pas fort. Le mari de sa nièce Caroline, à qui il a imprudemment confié sa fortune, ne donne plus de nouvelles. Il y a eu le Siège de Paris, les carences d'approvisionnement, les antilopes du zoo servies en faux-filet. Puis, cerise sur le gâteau, cet étrange soubresaut du peuple, se targuant tout à coup de s'occuper de politique. Un haut-le-cœur remonté des bas-fonds, fermement réprimé par l'armée ces jours passés. Flaubert et de Goncourt préfèrent ne pas trop évoquer la Commune. Les obus ont cessé de tomber, les bataillons de mitrailler hommes, femmes, enfants sans discriminer ; la pluie qui tombe sur Paris finit d'étouffer les derniers foyers de cette brève orgie.

« Je ne me sors pas de mes dieux de l'Inde ! Le *Lalitavistara* est un monument bien raide et il me faudrait vivre par ici pour avancer correctement. Mais comment quitter ma chère mère plus de quelques jours ? La pauvre vieille a pris cent ans en six mois ! Edmond, vous devriez venir nous voir, je vous donnerai lecture de mes bonnes feuilles et nous renouerions avec ce qui importe vraiment : la pioche, l'amitié, la littérature. » *L'infâme Commune*, a écrit leur amie Georges Sand depuis son fief ber-richon, *est morte*. Edmond n'en a qu'un regret : qu'on n'ait pas profité de la semaine de répression pour tailler plus serré dans la masse des insurgés ; retarder de dix, de vingt années la possibilité d'un autre soulèvement. Les immeubles éventrés, l'odeur faisandée des charognes, les mouches dans les flaques de sang caillé, les colonnes de prisonniers aux fers, tout ça fait terriblement théâtre, comme une reprise en opéra bouffe des grandes émeutes de 48. Quelle plaie, cependant, de ne plus trouver de voiture de libre et si peu de commerces ouvert – sans parler des crus de Loire et de Bourgogne qui tardent à revenir de leur exil dans les caves de province !

Goncourt dépiaute avec méthode le chapon gras aux cèpes, gobant presque sans mâcher les petites pommes duchesses. Les yeux de Flaubert paraissent s'allumer comme des chandelles dans l'obscurité qui croît et, tandis que son monologue se poursuit, Edmond s'échappe par la rêverie, loin du salon étroit aux meubles trop cirés, loin de son obsessif compagnon, loin de cette ville et de ce siècle, dans une Rome de tableau aux marbres effondrés couverts de plantes sauvages, sur lesquelles, à son approche, s'égaillent des nymphes pubescentes aux soieries dénouées. Il accepte volontiers un rab de Paris-brest mais s'esquive avant de subir l'épouvantable café de Flaubert, arguant d'une urgence soudaine liée, vous comprendrez, à l'*actuelle situation*. Il s'enfuit alors que la soirée est encore jeune. L'averse a cessée, le crépuscule est clair. Goncourt s'éloigne à pieds. Il a oublié le parapluie.

Le 17 juin, il écrit à Gustave au Croisset pour savoir comment le récupérer son bien. Le 4 juillet, Flaubert répond que le parapluie est demeuré chez le concierge, rue de Murillo, et

« pourquoi n'avez-vous pas été le chercher ? » Les Parisiens reviennent à la ville pacifiée, tout à la fois soulagées, horrifiés et ravis. Quelques soixante mille communards attrapés vivants commencent de comparaître aux tribunaux militaires. Un sur six sera condamné à la réclusion ou à la déportation vers Nouméa, une centaine sommairement passés par les armes. La République, une fois encore, échoit à Thiers. On ne parle plus que de suffrage universel, et Flaubert, en ce début d'été, s'impatiente. C'est que titan des Lettres française ne va pas fort : il n'est toujours pas venu à bout de son chapitre sur Bouddha, malgré son étude fastidieuse et exhaustive du *Lotus de la Bonne Loi*.

Le Parapluie de Goncourt [Ouille, un peu directe, la référence au Perroquet de Flaubert. J'espère que ça passera, au niveau des droits... Bon, on dira que c'est en hommage au Parapluie de Maupassant. Au pire, tu n'aurais pas un autre titre?]

« *Les animaux se repaissent; l'homme mange ;
homme d'esprit seul sait manger.* »
(BRILLAT-SAVARIN, *Physiologie du goût*, 1838)

« *Je l'avais pressenti. Le vide se fait aujourd'hui cruellement sentir. La guerre, le siège, la famine, la Commune: tout cela avait été une féroce et impérieuse distraction de mon chagrin, mais ç'avait été une distraction.* »
(Edmond de GONCOURT, *Journal*, 10 juillet 1871)

Le samedi 10 juin 1871 vers quatre heures de l'après-midi, l'écrivain Edmond de Goncourt, épuisé et frissonnant, pénètre dans l'immeuble du 4 de la rue Murillo, à deux pas du parc Monceau [Tu évoques les ruines, mais pas les exécutions massives de la semaine sanglante?????]. Dans le hall, l'homme de lettres lutte contre la fermeture d'un parapluie bordé de dentelle, emprunté à sa bonne à l'heure de quitter Auteuil. Goncourt est en retard, il est essoufflé, ses moustaches gouttent sur son gilet. La marche dans les ruines a contrarié sa digestion et il sait d'avance que Flaubert va l'épuiser d'anecdotes de bibliothèques dépourvues de tout rythme, de tout esprit et, pour la faire courte, de tout intérêt. Paris est sous la pluie depuis trois jours [en vrai, il pleut depuis le 4 juin (http://www.prevision-meteo. ch/almanach/1871) donc techniquement ça fait 6 jours], le vent anormalement froid, point d'orgue de cette saison de chaos. Goncourt est triste, aussi, parce que l'anniversaire de la mort de son frère approche : l'an dernier déjà, Seigneur, est-il possible qu'un an se soit écoulé, est-il possible qu'une seule année ait passé ? Il force le pépin [référence au Procès de Fieschi et à la machine infernale ? Si oui, précise un peu, c'est vague pour les non initiés] qui d'un coup se replie, crachant dans sa défaite assez d'eau pour éclabousser ses bas de pantalons et ses chaussures. Edmond peste, réfrène un hoquet, monte l'escalier. [Tu pourrais quand même préciser que l'appartement se trouvait au quatrième !] [Et logiquement, il devrait enlever son chapeau après avoir plié son parapluie.]

Gustave Flaubert est arrivé du Croisset mercredi soir, et a passé l'essentiel de ses journées à la Bibliothèque nationale, à Versailles. Le motif de sa venue à la capitale, annonce-t-il d'emblée à son hôte, était la consultation d'un manuscrit turc de Izdy Mohammed intitulé *Orient du bonheur et source de la Souveraineté dans la Science des talismans*, daté de l'an 990 de l'Hégire et abondamment illustré. « Et, le croiras-tu que, malgré les recommandations de Renan et les soins avunculaire de notre vieux Soulié, tout en ayant consenti à me laisser besogner dans l'établissement malgré sa fermeture au public, il s'est avéré que... » [Pourquoi tu coupes la partie la plus intéressante ? La signature de l'armistice ? Le déclenchement de la Commune ? Le pillage des œuvres, évité tant bien que mal par Eudore Soulié ? Non ? J'imagine que tu trouves ça drôle que Goncourt fasse l'impasse, mais encore faut-il que les initiés comprennent !] Edmond s'assied sans y être invité puis, retenant son souffle, pousse longuement sur son diaphragme en resserrant les sphincters, jusqu'à s'être assuré d'avoir dompté son hoquet.

Il se sert ensuite à la carafe de Sherry, comptant que le vin le rendra à l'hébétude qui était sienne au sortir du déjeuner, et que sa course dans les décombres a considérablement amoindrie. Flaubert, pendant ce temps, parle de *Saint Antoine*. D'aussi loin que Goncourt le connaisse, Flaubert n'a jamais parlé que de ce livre. *Saint Antoine* en 1849, *Saint Antoine* en 1856. *Saint Antoine* maintenant et toujours, comme la poussée prévisible d'une fièvre chronique. Il ne fait pas bien clair dans le petit appartement. Le parapluie, rangé de biais près de la porte d'entrée, glisse puis tombe avec un bruit humide. [Il est monté avec ?]

À les étudier ainsi, dans le jour faiblissant, les deux hommes se ressemblent fort : la cinquantaine précoce, des bedaines de vieux garçons somnolents, des déguisements de notables et une chevelure défraîchie par les excès de lymphe. Goncourt, plus coquet, a le souci de peigner par le travers de son crâne une mèche laissée longue à cet effet. Les deux hommes portent également les fardeaux de leurs soucis intimes. La vieille mère de Flaubert ne va pas fort. Le mari de sa nièce Caroline [Tu pourrais quand même préciser qu'il s'appelle Ernest !], à qui il a imprudemment confié sa fortune, ne donne plus de nouvelles. [Déjà ? Dans sa lettre datée du 2 novembre 1871, Flaubert écrit à Caroline, je cite « NB : J'allais oublier le Positif ! Prie ton époux de nous envoyer de l'argent. Je n'ai plus que 40 francs pour tenir la maison. C'est peu. »] Il y a eu le Siège de Paris, les carences d'approvisionnement, les antilopes du zoo servies en faux-filet. Puis, cerise sur le gâteau, cet étrange soubresaut du peuple, se targuant tout à coup de s'occuper de politique. Un haut-le-cœur remonté des bas-fonds, fermement réprimé par l'armée ces jours passés. Flaubert et de Goncourt préfèrent ne pas trop évoquer la Commune. Les obus ont cessé de tomber, les bataillons de mitrailler hommes, femmes, enfants sans discriminer ; la pluie qui tombe sur Paris finit d'étouffer les derniers foyers de cette brève orgie. [J'insiste un peu pour les « fournées » de la semaine sanglante, parce que l'appartement de Flaubert avait quand même vue sur le parc !].

« Je ne me sors pas de mes dieux de l'Inde ! Le *Lalitavistara* est un monument bien raide et il me faudrait vivre par ici pour avancer correctement. Mais comment quitter ma chère mère plus de quelques jours ? La pauvre vieille a pris cent ans en six mois ! Edmond, vous devriez venir nous voir, je vous donnerai lecture de mes bonnes feuilles et nous renouerions avec ce qui importe vraiment : la pioche, l'amitié, la littérature. » *L'infâme Commune*, a écrit leur amie Georges [sans s s'il te plaît] Sand depuis son fief berrichon, *est morte* [Je ne trouve pas cette citation. Écrire « est morte » en romain ?]. Edmond n'en a qu'un regret : qu'on n'ait pas profité de la semaine de répression pour tailler plus serré dans la masse des insurgés ; retarder de dix, de vingt années la possibilité d'un autre soulèvement. Les immeubles éventrés, l'odeur faisandée des charognes, les mouches dans les flaques de sang caillé, les colonnes de prisonniers aux fers, tout ça fait terriblement théâtre, comme une reprise en opéra bouffe des grandes émeutes de 48. Quelle plaie, cependant, de ne plus trouver de voiture de libre et si peu de commerces ouvert – sans parler des crus de Loire et de Bourgogne qui tardent à revenir de leur exil dans les caves de province !

Goncourt dépiaute avec méthode le chapon gras aux cèpes, gobant presque sans mâcher les petites pommes duchesses. Les yeux de Flaubert paraissent s'allumer comme des chandelles dans l'obscurité qui croît et, tandis que son monologue se poursuit, Edmond s'échappe par la rêverie, loin du salon étroit aux meubles trop cirés, loin de son obsessif compagnon, loin de cette ville et de ce siècle, dans une Rome de tableau aux marbres effondrés couverts de plantes sauvages, sur lesquelles, à son approche, s'égaillent des nymphes pubescentes aux soieries dénouées. Il accepte volontiers un rab de Paris-brest mais s'esquive avant de subir l'épouvantable café de Flaubert, arguant d'une urgence soudaine liée, vous comprendrez, à l'*actuelle situation*. Il s'enfuit alors que la soirée est encore jeune. L'averse a cessée, le crépuscule est clair. Goncourt s'éloigne à pieds. Il a oublié le parapluie.

Le 17 juin, il écrit à Gustave au Croisset pour savoir comment le récupérer son bien. Le 4 juillet, Flaubert répond que le parapluie est demeuré chez le concierge, rue de Murillo, et « pourquoi n'avez-vous pas été le chercher ? » Les Parisiens reviennent à la ville pacifiée, tout à la fois soulagées, horrifiés et ravis. Quelques soixante mille communards attrapés vivants commencent de comparaître aux tribunaux militaires. Un sur six sera condamné à la réclusion ou à la déportation vers Nouméa, une centaine sommairement passés par les armes. La République, une fois encore, échoit à Thiers. On ne parle plus que de suffrage universel, et Flaubert, en ce début d'été, s'impatiente. C'est que titan des Lettres française ne va pas fort : il n'est toujours pas venu à bout de son chapitre sur Bouddha, malgré son étude fastidieuse et exhaustive du *Lotus de la Bonne Loi.*

[Sérieusement ? C'est une anthologie sur les écrivains « engagés », pas « souffrant d'une hernie hiatale » !]

Par suite d'un brusque accès de fièvre obsidionale
épilogue à la Commune en forme d'allégorie

Samedi 10 juin 1871. Intérieur d'appartement de location, 8ᵉ arrondissement de Paris. On a dressé un buffet froid sur une table ronde du séjour. Le crépuscule est précoce ; il fait froid, moche et pluvieux (la fin de printemps est glaciale dans l'Europe toute entière). Edmond de Goncourt (49 ans) et Gustave Flaubert (49 ans) causent en mangeant.

La Commune est achevée, Paris en ruine ; les hommes de lettres préfèrent parler boutique. Ou plutôt : Flaubert monologue, détaillant ses recherches pour lesquelles il s'est résolu à quitter la campagne rouennaise, radote sur Bouddha, les vieux traités, les manuscrits précieux. Pas un mot de ce qu'il a vu à Versailles (les files immenses de Communards aux fers, les jugements en plein air, les bourgeois boursouflés de rage et d'esprit de vengeance), ni pendant ses trop longs trajets à pieds dans les rues de la capitale (tas d'armes et d'uniformes, murs criblés, pavés noircis, rougis, immeubles effondrés, gravats, charbons). Il ne rapporte rien, enfin, des insanités qu'il a pu entendre, y compris de la bouche de proches ou d'amis chers. Il se refuse d'encore penser à ça.

Exactement comme après l'insurrection de 1848 (pour laquelle il s'était enthousiasmé), Flaubert ne veut songer qu'à l'achèvement de sa *Tentation de Saint Antoine*. C'est la troisième fois qu'il recommence ce livre, comme le prisonnier d'une boucle temporelle, comme Sisyphe poussant un sempiternel rocher littéraire. (Et de quoi parle *Saint Antoine*, sinon de réclusion volontaire, d'une quête à mener par un pur effort de l'esprit en direction de l'absolu, et d'un monde perpétuellement en guerre pour empêcher de jamais y atteindre?)

Goncourt n'écoute pas. La fin des événements parisiens est, pour lui, un soulagement immense. Des mois durant, il a craint pour son hôtel particulier, pour ses porcelaines et ses bibliothèques pleines de tomes précieux. Les Prussiens n'ont rien touché, étrangement, pas plus que les Communards qui n'arpentaient Auteuil qu'avec une certaine réserve. La Semaine sanglante de la fin mai a été pour l'écrivain une occasion d'entrer de plain pied dans de sublimes et sinistres tableaux. Pa la grâce du frisson physique des puanteurs réelles, Edmond a revécu l'incendie de Rome par Néron et pris un plaisir trouble aux braillements, aux gesticulations du peuple, tout comme aux débordements hallucinés des soldats versaillais. Tout, dans ce vaste spasme, a été dégoûtant et parfait. Il en a même oublié un temps le chagrin qui le fend en deux : la mort de son double et complice, son frère Jules il y a moins d'un an.

Goncourt et Flaubert ne s'aiment pas plus que ça. Ils partagent une culture, des orientations, des connaissances (d'autres diraient *des intérêts de classe*). Ont de l'estime pour leurs travaux respectifs, et plus encore pour leurs goûts exclusifs, leur conception aristocratique de l'art et de la littérature (leur *snobisme*). Ensemble, ces hommes mangent, boivent et fument tandis que la nuit tombe et que la pluie se calme.

Quatre étages en contrebas, un groupe de gendarmes et de

militaires mêlés passe dans la rue à grand ramdam. Ils ont été tirés d'une brasserie voisine par les gens honnêtes et informés qui les précèdent maintenant. On prétend savoir où est Vuillaume, le journaliste rouge. Il se terre près d'ici, avec des fusils et des bidons d'essence, assis sur une pile de pamphlets blanquistes, n'attendant qu'une occasion pour relancer l'émeute. Les flics cassent la porte d'une loge de concierge, sortent les soupeurs apeurés à coups de crosse, renversent un buffet en quête de rubans, d'armes, de journaux. Vuillaume n'est pas là, ni personne d'ailleurs qui lui ressemble de près ou de loin.

Le jeune journaliste et refondateur du *Père Duchêne* (27 ans) vit tapi chez un de ses cousins, à vingt-cinq minutes de là, dans un minuscule meublé de la rue de Châteaudun (9e arrondissement). Comme la plupart des Communards vivants, il a changé de tête. Cheveux et moustache rasés, il a aussi laissé derrière-lui son chassepot, ses insignes, sa capote et ses godillots. Il ne sort plus de l'appartement où il vit depuis trois jours, n'allume pas la lampe, ne se montre pas à la fenêtre. Prisonnier de la ville libérée, il attend l'heure de la dénonciation ou de la perquisition. Être traîné par le cou jusque devant les cours martiales, confirmées dans leurs prérogatives par une prolongation de l'état de Siège (le Siège est fini, bien sûr, mais l'état n'en sera révoqué que dans trois ans, une fois les soixante mille raflés militairement jugés).

Maxime Vuillaume ne mange ni ne dort plus, il guette les bruits. S'inquiète pour ses amis dont il ignore s'ils vivent encore (ce n'est bien sûr, pour l'immense majorité d'entre eux, plus le cas). Attend que quelqu'un vienne avec des nouvelles ou bien le sorte d'ici, le mette dans un train pour la province, la Suisse qui sait.

Tout est terminé ; le silence des canons n'est qu'un commencement. Le jeune homme, dans le mauvais camp désormais, sait que tout ce qu'il a vu, tout ce qu'il a vécu sera remis en question. Maintenant que les troupes de Thiers ont pris leur revanche sur les gardes nationaux, l'histoire va commencer à être réécrite. Maxime Vuillaume désirait n'œuvrer que pour instruire, pour informer le peuple. Le voilà condamné à ne plus travailler qu'à sa propre réhabilitation. Redire, malgré les mensonges, ce qu'a été la Commune et sa sanglante répression. Seul, dans le noir de la ville rendue aux bourgeois, il voudrait rêver à tout sauf à ces horreurs qu'il vient de traverser. Mais pour la foule de ceux qui en sont morts, il sait qu'il n'a plus le droit de se distraire de ces souvenirs. Plus le loisir d'oublier un seul des milliers de détails sordides des journée qui viennent de s'écouler.

Edmond de Goncourt partage entre les deux verres la fin du pessac-léognan puis considère la bouteille vide.

« Je me demande combien de temps ça va prendre pour que tout redevienne comme avant », fait-il.

Gustave Flaubert lève la tête, tiré d'une morne somnolence postprandiale. Son hôte poursuit :

« Il est temps que Paris soit à nouveau Paris : je n'ai plus de bordeaux blanc chez moi et il faut absolument que je remplace les appliques du salon.

- Savez-vous ce que nous allons faire ? » lui rétorque Flaubert.

Et, l'autre ne disant rien :

« Nous remettre au travail pour tâcher d'oublier nos contemporains. »

Par suite d'un brusque accès de fièvre obsidionale
épilogue à la Commune
en forme d'allégorie

Commentaire 1
Voir
commentaire
général en fin de
texte.

Samedi 10 juin 1871. Intérieur d'appartement de location, 8e arrondissement de Paris. On a dressé un buffet froid sur une table ronde du séjour. Le crépuscule est précoce ; il fait froid, moche et pluvieux (la fin de printemps est glaciale dans l'Europe toute entière). Edmond de Goncourt (49 ans) et Gustave Flaubert (49 ans) causent en mangeant.

La Commune est achevée, Paris en ruine ; les hommes de lettres préfèrent parler boutique. Ou plutôt : Flaubert monologue, détaillant ses recherches pour lesquelles il s'est résolu à quitter la campagne rouennaise, radote sur Bouddha, les vieux traités, les manuscrits précieux. Pas un mot de ce qu'il a vu à Versailles (les files immenses de Communards aux fers, les jugements en plein air, les bourgeois boursouflés de rage et d'esprit de vengeance), ni pendant ses trop longs trajets à pieds dans les rues de la capitale (tas d'armes et d'uniformes, murs criblés, pavés noircis, rougis, immeubles effondrés, gravats, charbons). Il ne rapporte rien, enfin, des insanités qu'il a pu entendre, y compris de la bouche de proches ou d'amis chers. Il se refuse d'encore penser à ça.

Commentaire 2
Il va falloir se calmer sur les parenthèses. On gagnerait peut-être de la clarté typographique à mettre l'ensemble du texte entre parenthèses ?

Exactement comme après l'insurrection de 1848 (pour laquelle il s'était enthousiasmé), Flaubert ne veut songer qu'à l'achèvement de sa *Tentation de Saint Antoine*. C'est la troisième fois qu'il recommence ce livre, comme le prisonnier d'une boucle temporelle, comme Sisyphe poussant un sempiternel rocher littéraire. (Et de quoi parle *Saint Antoine*, sinon de réclusion volontaire, d'une quête à mener par un pur effort de l'esprit en direction de l'absolu, et d'un monde perpétuellement en guerre pour empêcher de jamais y atteindre ?)

Goncourt n'écoute pas. La fin des événements parisiens est, pour lui, un soulagement immense. Des mois durant, il a craint pour son hôtel particulier, pour ses porcelaines et ses bibliothèques pleines de tomes précieux. Les Prussiens n'ont rien touché, étrangement, pas plus que les

Communards qui n'arpentaient Auteuil qu'avec une certaine réserve. La Semaine sanglante de la fin mai a été pour l'écrivain une occasion d'entrer de plain pied dans de sublimes et sinistres tableaux. Par la grâce du frisson physique des puanteurs réelles, Edmond a revécu l'incendie de Rome par Néron et pris un plaisir trouble aux braillements, aux gesticulations du peuple, tout comme aux débordements hallucinés des soldats versaillais. Tout, dans ce vaste spasme, a été dégoûtant et parfait. Il en a même oublié un temps le chagrin qui le fend en deux : la mort de son double et complice, son frère Jules il y a moins d'un an.

Goncourt et Flaubert ne s'aiment pas plus que ça. Ils partagent une culture, des orientations, des connaissances (d'autres diraient *des intérêts de classe*). Ont de l'estime pour leurs travaux respectifs, et plus encore pour leurs goûts exclusifs, leur conception aristocratique de l'art et de la littérature (leur *snobisme*). Ensemble, ces hommes mangent, boivent et fument tandis que la nuit tombe et que la pluie se calme.

Quatre étages en contrebas, un groupe de gendarmes et de militaires mêlés passe dans la rue à grand ramdam. Ils ont été

Commentaire 3
Double adjectif, bof bof. Et pourquoi pas du frisson réel des puanteurs physiques ?

tirés d'une brasserie voisine par les gens honnêtes et informés qui les précèdent maintenant. On prétend savoir où est Vuillaume, le journaliste rouge. Il se terre près d'ici, avec des fusils et des bidons d'essence, assis sur une pile de pamphlets blanquistes, n'attendant qu'une occasion pour relancer l'émeute. Les flics cassent la porte d'une loge de concierge, sortent les soupeurs apeurés à coups de crosse, renversent un buffet en quête de rubans, d'armes, de journaux. Vuillaume n'est pas là, ni personne d'ailleurs qui lui ressemble de près ou de loin.

Le jeune journaliste et refondateur du *Père Duchêne* (27 ans) vit tapi chez un de ses cousins, à vingt-cinq minutes de là, dans un minuscule meublé de la rue de Châteaudun (9ᵉ arrondissement). Comme la plupart des Communards vivants, il a changé de tête. Cheveux et moustache rasés, il a aussi laissé derrière-lui son chassepot, ses insignes, sa capote et ses godillots. Il ne sort plus de l'appartement où il vit depuis trois jours, n'allume pas la lampe, ne se montre pas à la fenêtre. Prisonnier de la ville libérée, il attend l'heure de la dénonciation ou de la perquisition. Être traîné par le cou jusque devant

Commentaire 4
À part le plaisir de mettre une n-ième parenthèse, à quoi sert cette précision?

les cours martiales, confirmées dans leurs prérogatives par une prolongation de l'état de Siège (le Siège est fini, bien sûr, mais l'état n'en sera révoqué que dans trois ans, une fois les soixante mille raflés militairement jugés).

Maxime Vuillaume ne mange ni ne dort plus, il guette les bruits. S'inquiète pour ses amis dont il ignore s'ils vivent encore (ce n'est bien sûr, pour l'immense majorité d'entre eux, plus le cas). Attend que quelqu'un vienne avec des nouvelles ou bien le sorte d'ici, le mette dans un train pour la province, la Suisse qui sait. Tout est terminé ; le silence des canons n'est qu'un commencement. Le jeune homme, dans le mauvais camp désormais, sait que tout ce qu'il a vu, tout ce qu'il a vécu sera remis en question. Maintenant que les troupes de Thiers ont pris leur revanche sur les gardes nationaux, l'histoire va commencer à être réécrite. Maxime Vuillaume désirait n'œuvrer que pour instruire, pour informer le peuple. Le voilà condamné à ne plus travailler qu'à sa propre réhabilitation. Redire, malgré les mensonges, ce qu'a été la Commune et sa sanglante répression. Seul, dans le noir de la ville rendue aux bourgeois, il voudrait rêver à tout sauf à

Commentaire 5
Précision historique lourdingue. Pour la parenthèse, voir remarques précédentes.

Commentaire 6
Maladroit

Commentaire 7
On est du point de vue de V. La mention « sait que » indique toujours une faiblesse du texte. Il faut tourner la phrase d'une autre manière.

Commentaire 8
Il y a un déséquilibre bizarre dans l'expression COMMENCER à REECRIRE. C'est peut-être voulu, mais c'est mal foutu.

ces horreurs qu'il vient de traverser. Mais pour la foule de ceux qui en sont morts, il sait qu'il n'a plus le droit de se distraire de ces souvenirs. Plus le loisir d'oublier un seul des milliers de détails sordides des journée qui viennent de s'écouler.

Commentaire 9
Ça, c'est bien. On remarquera qu'il n'y a aucune parenthèse dans le paragraphe.

Edmond de Goncourt partage entre les deux verres la fin du pessac-léognan puis considère la bouteille vide.

« Je me demande combien de temps ça va prendre pour que tout redevienne comme avant », fait-il.

Gustave Flaubert lève la tête, tiré d'une morne somnolence postprandiale. Son hôte poursuit :

« Il est temps que Paris soit à nouveau Paris : je n'ai plus de bordeaux blanc chez moi et il faut absolument que je remplace les appliques du salon.

— Savez-vous ce que nous allons faire ? » lui rétorque Flaubert.

Et, l'autre ne disant rien :

« Nous remettre au travail pour tâcher d'oublier nos contemporains. »

Commentaire 10
Yes ! En fait, toute la fin est bien.

Commentaire général :
Le texte tient entièrement sur la chute et sur la comparaison G.
& F. / V..
La fin marche bien et fait son effet, et ça, c'est cool.

Le début est d'une lourdeur éléphantesque, étonnante sur un
format aussi court. L'introduction des notations historiques est
maladroite.
Le titre est... bof. On dirait que tu as tenté les préciosités, mais
sans l'élégance.
Il n'y a toutefois rien là qui soit hors de ta portée en matière de
corrections.

Et puis c'est toujours cool, quand tu écris sur des écrivains, tu
fais ça bien.

Par suite d'un brusque accès de fièvre obsidionale
épilogue à la Commune en forme d'allégorie

Commentaire 1
Joli titre mais faire plus court, plus efficace pour capter l'attention du lecteur.

Samedi 10 juin 1871. Intérieur d'appartement de location, 8ᵉ arrondissement de Paris. On a dressé un buffet froid sur une table ronde du séjour. Le crépuscule est précoce; il fait froid, moche et pluvieux (la fin de printemps est glaciale dans l'Europe toute entière). Edmond de Goncourt (49 ans) et Gustave Flaubert (49 ans) causent en mangeant.

Commentaire 2
Vérifier qu'il y a bien 8 arrondissement à cette époque.

Commentaire 3
48 ans?

La Commune est achevée, Paris en ruine; les hommes de lettres préfèrent parler boutique. Ou plutôt: Flaubert monologue, détaillant ses recherches pour lesquelles il s'est résolu à quitter la campagne rouennaise, radote sur Bouddha, les vieux traités, les manuscrits précieux. Pas un mot de ce qu'il a vu à Versailles (les files immenses de Communards aux fers, les jugements en plein air, les bourgeois boursouflés de rage et d'esprit de vengeance), ni pendant ses trop longs trajets à pieds dans les rues de la capitale (tas d'armes et d'uniformes, murs criblés, pavés noircis, rougis, immeubles effondrés, gravats, charbons). Il ne rapporte rien, enfin, des insanités qu'il a pu entendre, y compris de la bouche de proches ou d'amis chers. Il se refuse d'encore penser à ça.

Exactement comme après l'insurrection de 1848 (pour laquelle il s'était enthousiasmé), Flaubert ne veut songer qu'à l'achèvement de sa Tentation de Saint Antoine. C'est la troisième fois qu'il recommence ce livre, comme le prisonnier d'une boucle temporelle, comme Sisyphe poussant un sempiternel rocher littéraire. (Et de quoi parle Saint Antoine, sinon de réclusion volontaire, d'une quête à mener par un pur effort de l'esprit en direction de l'absolu, et d'un monde perpétuellement en guerre pour empêcher de jamais y atteindre?)

Goncourt n'écoute pas. La fin des événements parisiens est, pour lui, un soulagement immense. Des mois durant, il a craint pour son hôtel particulier, pour ses porcelaines et ses bibliothèques pleines de tomes précieux. Les Prussiens n'ont rien touché, étrangement, pas plus que les

Commentaire 4
Emplis
ou remplis?

Commentaire 5
Touché à rien?

Communards qui n'arpentaient Auteuil qu'avec une certaine réserve. La Semaine sanglante de la fin mai a été pour l'écrivain une occasion d'entrer de plain pied dans de sublimes et sinistres tableaux. Par la grâce du frisson physique des puanteurs réelles, Edmond a revécu l'incendie de Rome par Néron et pris un plaisir trouble aux braillements, aux gesticulations du peuple, tout comme aux débordements hallucinés des soldats versaillais. Tout, dans ce vaste spasme, a été dégoûtant et parfait. Il en a même oublié un temps le chagrin qui le fend en deux : la mort de son double et complice, son frère Jules il y a moins d'un an.

Goncourt et Flaubert ne s'aiment pas plus que ça. Ils partagent une culture, des orientations, des connaissances (d'autres diraient des intérêts de classe). Ont de l'estime pour leurs travaux respectifs, et plus encore pour leurs goûts exclusifs, leur conception aristocratique de l'art et de la littérature (leur snobisme). Ensemble, ces hommes mangent, boivent et fument tandis que la nuit tombe et que la pluie se calme.

Quatre étages en contrebas, un groupe de gendarmes et de militaires mêlés passe dans la rue à grand ramdam. Ils ont été tirés d'une brasserie voisine par les gens honnêtes et informés qui les précèdent maintenant. On prétend savoir où est Vuillaume, le journaliste rouge. Il se terre près d'ici, avec des fusils et des bidons d'essence, assis sur une pile de pamphlets blanquistes, n'attendant qu'une occasion pour relancer l'émeute. Les flics cassent la porte d'une loge de concierge, sortent les soupeurs apeurés à coups de crosse, renversent un buffet en quête de rubans, d'armes, de journaux. Vuillaume n'est pas là, ni personne d'ailleurs qui lui ressemble de près ou de loin.

Commentaire 6
Anachronisme?

Commentaire 7
cliché

Le jeune journaliste et refondateur du Père Duchêne (27 ans) vit tapi chez un de ses cousins, à vingt-cinq minutes de là, dans un minuscule meublé de la rue de Châteaudun (9e arrondissement). Comme la plupart des Communards vivants, il a changé de tête. Cheveux et moustache rasés, il a aussi laissé derrière-lui son chassepot, ses insignes, sa capote et ses godillots. Il ne sort plus de l'appartement où il vit depuis trois jours, n'allume pas la lampe, ne se montre pas à la fenêtre. Prisonnier de la ville libérée, il attend l'heure de la dénonciation ou de la perquisition. Être traîné par le cou jusque devant les cours martiales, confirmées dans leurs prérogatives par une prolongation de l'état de Siège (le Siège est fini, bien sûr, mais l'état n'en sera révoqué que dans trois ans, une fois les soixante mille raflés militairement jugés).

Maxime Vuillaume ne mange ni ne dort plus, il guette les bruits. S'inquiète pour ses amis dont il ignore s'ils vivent encore (ce n'est bien sûr, pour l'immense majorité d'entre eux, plus le cas). Attend que quelqu'un vienne avec des nouvelles ou bien le sorte d'ici, le mette dans un train pour la province, la Suisse qui sait. Tout est terminé ; le silence des canons n'est qu'un commencement. Le jeune homme, dans le mauvais camp désormais, sait que tout ce qu'il a vu, tout ce qu'il a vécu sera remis en question. Maintenant que les troupes de Thiers ont pris leur revanche sur les gardes nationaux, l'histoire va commencer à être réécrite. Maxime Vuillaume désirait n'œuvrer que pour instruire, pour informer le peuple. Le voilà condamné à ne plus travailler qu'à sa propre réhabilitation. Redire, malgré les mensonges, ce qu'a été la Commune et sa sanglante répression. Seul, dans le noir de la ville rendue aux bourgeois, il voudrait rêver à tout sauf à ces horreurs qu'il vient de traverser. Mais pour la foule de ceux qui en sont morts, il sait qu'il n'a plus le droit de se distraire de ces souvenirs. Plus le loisir d'oublier un seul des milliers de détails sordides des journée qui viennent de s'écouler.

Edmond de Goncourt partage entre les deux verres la fin du pessac-léognan puis considère la bouteille vide.

« Je me demande combien de temps ça va prendre pour que tout redevienne comme avant », fait-il.

Gustave Flaubert lève la tête, tiré d'une morne somnolence postprandiale. Son hôte poursuit :

« Il est temps que Paris soit à nouveau Paris : je n'ai plus de bordeaux blanc chez moi et il faut absolument que je remplace les appliques du salon.

— Savez-vous ce que nous allons faire ? » lui rétorque Flaubert.

Et, l'autre ne disant rien :

« Nous remettre au travail pour tâcher d'oublier nos contemporains. »

Mes commentaires : ça commence bien, mais tu me demandes de juger un texte introductif, qui ne dévoile pas encore l'intrigue, et d'ailleurs ne révèle rien de ton approche sur le travail. Bref, le décor est planté, la Commune a certainement quelque chose à dire sur le travail, le capitalisme, les ouvriers...mais tu rends ton texte en entier quand ? Il y a des délais à tenir, parce que le livre paraît fin janvier, et nous n'avons pas encore reçu la moitié des textes (et pas la moitié de ton texte).

Par suite d'un brusque accès de fièvre obsidionale
épilogue à la Commune en forme d'allégorie

Samedi 10 juin 1871. Intérieur d'appartement de location, 8ᵉ arrondissement de Paris. On a dressé un buffet froid sur une table ronde du séjour. Le crépuscule est précoce ; il fait froid, moche et pluvieux (la fin de printemps est glaciale dans l'Europe toute entière). Edmond de Goncourt (49 ans) et Gustave Flaubert (49 ans) causent en mangeant.

La Commune est achevée, Paris en ruine ; les hommes de lettres préfèrent parler boutique. Ou plutôt : Flaubert monologue, détaillant ses recherches pour lesquelles il s'est résolu à quitter la campagne rouennaise, radote sur Bouddha, les vieux traités, les manuscrits précieux. Pas un mot de ce qu'il a vu à Versailles (les files immenses de Communards communards aux fers, les jugements en plein air, les bourgeois boursouflés de rage et d'esprit de vengeance), ni pendant

Commentaire 1
Note au compositeur : remplacer toutes les apostrophes par des apostrophes typo SVP.

Supprimé '

Commentaire 2
Il y a beaucoup de parenthèses, ne trouvez-vous pas que cela alourdit le texte finalement ?

Supprimé e

Supprimé communards

ses trop longs trajets à pieds dans les rues de
la capitale (tas d'armes et d'uniformes, murs
criblés, pavés noircis, rougis, immeubles
effondrés, gravats, charbons). Il ne rapporte
rien, enfin, des insanités qu'il a pu entendre,
y compris de la bouche de proches ou d'amis
chers. Il se refuse d'encore penser à ça.

Exactement comme après l'insurrection de
1848 (pour laquelle il s'était enthousiasmé),
Flaubert ne veut songer qu'à l'achèvement
de sa *Tentation de Saintsaint Antoine*. C'est
la troisième fois qu'il recommence ce livre,
comme le prisonnier d'une boucle temporelle, comme Sisyphe poussant un sempiternel rocher littéraire. (Et de quoi parle
Saint Antoine, sinon de réclusion volontaire,
d'une quête à mener par un pur effort de
l'esprit en direction de l'absolu, et d'un
monde perpétuellement en guerre pour
empêcher de jamais y l'atteindre ?)

Goncourt n'écoute pas. La fin des événements parisiens est, pour lui, un soulagement (intense/infini) immense. Des mois
durant, il a craint pour son hôtel particulier,
pour ses porcelaines et ses bibliothèques
pleines de tomes précieux. Les Prussiens
n'ont rien touché à rien, étrangement, pas
plus que les Communardscommunards qui
n'arpentaient Auteuil qu'avec une certaine

Supprimé s

Supprimé saint

Supprimé y

Supprimé rien

Supprimé
Communards

réserve. La Semaine sanglante de la fin mai a été pour l'écrivain une occasion d'entrer de plain--pied dans de sublimes et sinistres tableaux. Par la grâce du frisson physique des puanteurs réelles, Edmond a revécu l'incendie de Rome par Néron et pris un plaisir trouble aux braillements, aux gesticulations du peuple, tout comme aux débordements hallucinés des soldats versaillais. Tout, dans ce vaste spasme, a été dégoûtant et parfait. Il en a même oublié un temps le chagrin qui le fend en deux : la mort de son double et complice, son frère Jules il y a moins d'un an.

— Supprimé -

Goncourt et Flaubert ne s'aiment pas plus que ça. Ils partagent une culture, des orientations, des connaissances (d'autres diraient *des intérêts de classe*). Ont de l'estime pour leurs travaux respectifs, et plus encore pour leurs goûts exclusifs, leur conception aristocratique de l'art et de la littérature (leur *snobisme*). Ensemble, ces hommes mangent, boivent et fument tandis que la nuit tombe et que la pluie se calme.

Quatre étages en contrebas, un groupe de gendarmes et de militaires mêlés passent dans la rue à grand ramdam. Ils ont été tirés d'une brasserie voisine par les gens honnêtes et informés qui les précèdent maintenant. On prétend savoir où est Vuillaume, le journaliste rouge. Il se terre près d'ici, avec des fusils et des bidons d'essence, assis sur une pile de pamphlets blanquistes, n'attendant (guettant l'occasion de) qu'une occasion pour relancer l'émeute. Les flics cassent la porte d'une loge de concierge, sortent les soupeurs apeurés à coups de crosse, renversent un buffet en quête de rubans, d'armes, de journaux. Vuillaume n'est pas là, ni personne d'ailleurs qui lui ressemble de près ou de loin.

Le jeune journaliste et refondateur du *Père Duchêne* (27 ans) vit tapi chez un de ses cousins, à vingt-cinq minutes de là, dans un minuscule meublé de la rue de Châteaudun (9ᵉ arrondissement). Comme la plupart des ~~Communards~~communards vivants, il a changé de tête. Cheveux et moustache rasés, il a aussi laissé derrière lui son chassepot, ses insignes, sa capote et ses godillots. Il ne sort plus de l'appartement où il vit depuis trois jours, n'allume pas la lampe, ne se montre pas à la fenêtre. Prisonnier de la ville libérée, il attend l'heure de la dénonciation ou de la perquisition. Être traîné par le cou jusque devant les cours martiales, confirmées dans leurs prérogatives par une prolongation de l'état de ~~siège~~Siège (le ~~siège~~Siège est fini, bien sûr, mais l'état n'en sera révoqué que dans trois ans, une fois les soixante mille raflés militairement jugés).

Maxime Vuillaume ne mange ni ne dort plus, il guette les bruits. S'inquiète pour ses amis dont il ignore s'ils vivent encore (ce n'est bien sûr, pour l'immensela grande majorité d'entre eux, plus le cas). Attend que quelqu'un vienne avec des nouvelles ou bien le sorte d'ici, le mette dans un train pour la province, la Suisse, qui sait... Tout est terminé ; le silence des canons n'est qu'un commencement. Le jeune homme, dans le mauvais camp désormais, sait (a compris) que tout ce qu'il a vu, tout ce qu'il a vécu sera remis en question. Maintenant que les troupes de Thiers ont pris leur revanche sur les gardes nationaux, l'histoire va commencer à être réecrite. Maxime Vuillaume désirait n'œuvrer que pour instruire, pour informer le peuple. Le voilà condamné à ne plus travailler qu'à sa propre réhabilitation. Redire, malgré les mensonges, ce qu'a été la Commune et sa sanglante répression. Seul, dans le noir de la ville rendue aux bourgeois, il voudrait rêver à tout sauf à ces horreurs qu'il vient de traverser. Mais pour la foule de ceux qui en sont morts, il sait qu'il n'a plus le droit de se distraire de ces souvenirs. Plus le loisir d'oublier un seul des

Supprimé
l'immense

Supprimé.

Supprimé é

milliers de détails sordides des journées qui viennent de s'écouler.

Edmond de Goncourt partage entre les deux verres la fin du pessac-léognan puis considère la bouteille vide.

« Je me demande combien de temps ça va prendre pour que tout redevienne comme avant », fait-il.

Gustave Flaubert lève la tête, tiré d'une morne somnolence postprandiale. Son hôte poursuit :

« Il est temps que Paris soit à nouveau Paris : je n'ai plus de bordeaux blanc chez moi et il faut absolument que je remplace les appliques du salon.

— Supprimé —

— Savez-vous ce que nous allons faire ? » lui rétorque Flaubert.

Et, l'autre ne disant rien :

« Nous remettre au travail pour tâcher d'oublier nos contemporains. »

BADABING!
ou : l'écriture entre parenthèses

(Samedi 10 juin 1871. Intérieur d'appartement de location près du parc Montsouris. On a dressé un buffet froid sur une table ronde du séjour. Le crépuscule est précoce ; il fait froid, moche et pluvieux. Edmond de Goncourt et Gustave Flaubert causent en mangeant.

La Commune est achevée, Paris en ruine ; les hommes de lettres préfèrent parler boutique. Ou plutôt : Flaubert monologue, détaillant ses recherches pour lesquelles il s'est résolu à quitter la campagne rouennaise, radote sur Bouddha, les vieux traités, les manuscrits précieux. Pas un mot de ce qu'il a vu à Versailles, ni pendant ses trop longs trajets à pied dans les rues de la capitale. Il ne rapporte rien, enfin, des insanités qu'il a pu entendre, y compris de la bouche de proches ou d'amis chers. Il se refuse de penser à ça.

Exactement comme après l'insurrection de 1848, Flaubert ne veut songer qu'à l'achèvement de sa *Tentation de saint Antoine*. C'est la troisième fois qu'il recommence ce livre, comme le prisonnier d'une boucle temporelle, comme Sisyphe poussant un sempiternel rocher littéraire.

Goncourt n'écoute pas. La fin des événements parisiens est, pour lui, un soulagement intense. Des mois durant, il a craint pour son hôtel particulier, pour ses porcelaines et ses bibliothèques emplies de tomes précieux. Les Prussiens n'ont touché à rien, étrangement, ni les communards qui n'arpentaient Auteuil qu'avec une certaine réserve. La Semaine sanglante de la fin mai a été pour l'écrivain une occasion d'entrer de plain-pied dans de sublimes et sinistres tableaux. Dans des puanteurs réelles, Edmond a revécu l'incendie de Rome par Néron et pris un plaisir trouble aux braillements, aux gesticulations du peuple, tout comme aux débordements hallucinés des soldats versaillais. Tout, dans ce vaste spasme, a été dégoûtant et parfait. Il en a même oublié un temps le chagrin qui le fend en deux : la mort de son double et complice, son frère Jules il y a moins d'un an.

Goncourt et Flaubert ne s'aiment pas plus que ça. Ils partagent une culture, des orientations, des connaissances. Ont de l'estime pour leurs travaux respectifs, et plus encore pour leurs goûts exclusifs, leur conception aristocratique de l'art et de la littérature. Ensemble, ces hommes mangent, boivent et fument tandis que la nuit tombe et que la pluie se calme.

Quatre étages en contrebas, un groupe de gendarmes et de militaires mêlés passent dans la rue à grand chahut. Ils ont été tirés d'une brasserie voisine par les gens honnêtes et informés qui les précèdent maintenant. On prétend savoir où est Vuillaume, le journaliste rouge. Il se terre près d'ici, avec des fusils et des bidons d'essence, assis sur une pile de pamphlets blanquistes, guettant l'occasion de relancer l'émeute. Les flics cassent la porte d'une loge de concierge, sortent les soupeurs apeurés à coups de crosse, renversent un buffet en quête de rubans, d'armes, de journaux. Vuillaume n'est pas là, ni personne d'ailleurs qui lui ressemble.

Le jeune journaliste et refondateur du *Père Duchêne* vit tapi chez un de ses cousins, à vingt-cinq minutes de là, dans un minuscule meublé de la rue de Châteaudun. Comme la plupart des communards vivants, il a changé de tête. Cheveux et moustache rasés, il a aussi laissé derrière lui son chassepot, ses insignes, sa capote et ses godillots. Il ne sort plus de l'appartement où il vit depuis trois jours, n'allume pas la lampe, ne se montre pas à la fenêtre. Prisonnier de la ville libérée, il attend l'heure de la dénonciation ou de la perquisition. Être traîné par le cou jusque devant les cours martiales, confirmées dans leurs prérogatives par une prolongation de l'état de siège.

Maxime Vuillaume ne mange ni ne dort plus, il guette les bruits. S'inquiète pour ses amis dont il ignore s'ils vivent encore. Il espère que quelqu'un viendra avec des nouvelles ou bien le sortira d'ici, le mettra dans un train pour la province, la Suisse, qui sait... Tout est terminé ; le silence des canons n'est qu'un commencement. Le jeune homme, dans le mauvais camp désormais, a compris que tout ce qu'il a vu, tout ce qu'il a vécu sera remis en question. Maintenant que les troupes de Thiers ont pris leur revanche sur les gardes nationaux, l'histoire va être récrite. Maxime Vuillaume désirait n'œuvrer que pour instruire, pour informer le peuple. Le voilà condamné à ne plus travailler qu'à sa propre réhabilitation. Redire, malgré les mensonges, ce qu'a été la Commune et sa sanglante répression. Seul, dans le noir de la ville rendue aux bourgeois, il voudrait rêver à tout sauf à ces horreurs qu'il vient de traverser. Mais pour la foule de ceux qui en sont morts, il sait qu'il n'a plus le droit de se distraire de ces souvenirs. Plus le loisir d'oublier le moindre des milliers de détails sordides des journées qui viennent de s'écouler.

Edmond de Goncourt partage entre les deux verres la fin du pessac-léognan puis considère la bouteille vide.

« Je me demande combien de temps ça va prendre pour que tout redevienne comme avant », fait-il.

Gustave Flaubert lève la tête, tiré d'une morne somnolence postprandiale. Son hôte poursuit :

« Il est l'heure pour Paris d'être à nouveau Paris : je n'ai plus de bordeaux blanc chez moi et il faut absolument que je remplace les appliques du salon.

— Savez-vous ce que nous allons faire ? » lui rétorque Flaubert.

Et, l'autre ne disant rien :

« Nous remettre au travail pour tâcher d'oublier nos contemporains. »)

Le Parapluie de Goncourt

« Il n'y a de vraie haine que littéraire. Les haines politiques ne sont rien. »
Victor Hugo à Edmond de Goncourt, 1875

*« C'est peut-être un préjugé, mais je crois qu'il faut être un honnête homme
et un bourgeois honorable pour être un homme de talent.
J'en juge par Flaubert et par nous... »*
Journal des Goncourt, 17 novembre 1868

Edmond de Goncourt rentrait à Auteuil à pieds. Il marchait prudemment : à de nombreux endroits, les poutres noircies, les sacs de sable ou les lacunes des trottoirs menaçaient de vous faire trébucher. C'était un très long, un très beau crépuscule d'été. Le soleil, pour la première fois depuis le matin, passait sous les nuages, mettant de l'orange sur les ruines, révélant les impacts dans les murs, éblouissant le garçon de restaurant qui repoussait de son balai les douilles et les bris de verre, miettes de Paris, jusqu'à un ruisseau louche cascadant dans le caniveau.

« Quelle année de merde », ressassait l'homme de lettres, *in petto*. Ça avait commencé par le pire : la mort de Jules, son frère, au terme d'une affreuse agonie. Quinze jours plus tard, c'était la guerre, Wissembourg, Sedan, l'invasion prussienne. Le siège devant Paris, qui avait duré tout l'automne. On s'était habitué aux canonnades, aux rumeurs, aux privations. Au civet de chat en plat du jour dans les bistros et aux ballons espions par-dessus les clochers. L'hiver était venu, glacial, congelant la pisse au fond des seaux d'aisance. De Montmartre à Belleville, on tisonnait les âmes de colère, à défaut de bois pour les poêles. Puis l'armée avait échoué à Buzenval, la France capitulé et on s'était arrangé autour Versailles pour le cessez-le-feu. Au retour des beaux jours, l'ennemi avait défilé sur les Champs-Elysées. Thiers tenait courts les rênes de la négociation, les hêtres pourpres du Luxembourg se couvraient de chatons : les malheurs, enfin, paraissaient enfin à leur terme. Ne restait qu'à désarmer les gardes nationaux et à rétablir l'ordre intramuros.

Par pusillanimité ou par ignorance, on sous-estima la folie des enragés, on tarda à agir. Le peuple surgit des caves, alors, diable furieux, prétendant imposer son joug sans moral sur un monde sans loi. L'orgie de sa Commune dura trois mois pleins, trois mois de terreur, d'ignorance et d'excès ; de femmes en cheveux buvant et parlant haut, d'ouvriers à pistolets rudoyant les notables, tutoyant les curés. Monsieur Courbet, à la tête de son bataillon des gueux enflés d'artisterie, profita du désordre pour imposer son esthétique insane et mettre à bas la colonne Vendôme.

Il avait fallu trois mois à Versailles pour se décider à enfin mater l'insurrection. À la cité malade, on dut donner une purge de cheval. La technique était brutale, l'opération dura une semaine. Sans surprise, les communeux résistèrent avec fureur et l'on dut beaucoup crosser, beaucoup sabrer et fusiller. Les canons de Paris tirèrent sur Paris-même. Edmond avait vu son lot de morts et plus encore de blessés.

L'écrivain s'arrêta de marcher, huma l'air, alluma une cigarette. Les bruits du temps d'avant revenaient peu à peu, brouhaha de la rue, voitures, églises. Les exilés prenaient la route du retour et les entrepôts de Bercy s'emplissaient à nouveau. Les derniers fédérés se terraient dans la terreur des rafles. Les proches des victimes taisaient leur peine pour ne pas finir aux fers. On avait interdit tout placard, tout slogan, toute chanson. Les graffitis étaient aussitôt effacés. Tout revenait dans l'ordre. Edmond de Goncourt avait envie de pleurer.

Dans dix jours cela ferait un an. Tant qu'il avait eu peur, tant qu'il s'était excité de la situation politique, son malheur intime lui avait semblé s'éloigner. Il regardait, sans voir, les ruines fraîches de sa ville, les rigoles de sang coagulés dans les joints des pavés. Jules lui manquait horriblement. Il n'eut pas conscience de franchir le seuil de leur demeure.

« Merde ! » répéta-t-il, à voix haute cette fois, quand il eut fini de pendre son manteau à la patère de l'entrée. Il avait oublié chez Flaubert le parapluie que sa bonne lui avait prêté en cas d'averse.

*

Flaubert trouva l'objet le lendemain matin, dans le porte-parapluie de l'entrée. Attendant la voiture qu'il avait réservée, il eut à son sujet un échange parfaitement banal avec le concierge de l'immeuble, dans lequel il louait un meublé à la semaine lors de ses séjours parisiens. Le fiacre tardait à venir. L'échange se prolongea. On évoqua le temps, la tenue appropriée à cette fin de saison glaciale, la destination finale de l'homme de lettres. On évita sagement toute mention de l'insurrection ou de sa sanglante issue.

Flaubert avait hâte d'être de retour au Croisset. De retrouver sa vieille mère, son petit bout de Seine, son manuscrit sempiternel. Pendant les longs mois qu'avaient duré le siège, puis la Commune, l'écrivain rêvait souvent à la capitale ; trois jours sur place avaient suffi à l'en écœurer, bien qu'ayant passé le plus clair de ce temps dans une solitude parfaite, entre les rayons de la Bibliothèque nationale fermée au public. Il rentrait chez lui alourdi de trois gros volumes, soutirés aux fonds orientaux et avec l'accord de leur conservateur. Une documentation suffisamment solide, espérait-il, pour boucler, dans *Saint Antoine*, le court passage sur Bouddha. Les allers-retours entre la rue de Murillo et Versailles lui avaient cependant suffi à voir et à entendre plus d'horreur qu'il n'en aurait pu imaginer. La ville entière frémissait des conséquences de sa fièvre obsidionale. Le spasme qui avait dressé Paris contre elle-même semblait avoir effacé tout souvenir du siège, tout ressentiment à l'égard de la Prusse. L'humiliation qu'avait subie la nation six mois plus tôt semblait s'être envolée, la haine de l'insurgé supplantant celle de l'Allemand. L'Alsace et la Lorraine ne mettait plus personne en rage. Personne pour seulement songer à réclamer vengeance.

Flaubert, lui, n'oubliait rien : il avait subi, dents serrées, la réquisition de sa maison. Avait vu les soldats s'installer dans ses meubles pour fumer son tabac et feuilleter ses bouquins avec des aises de propriétaires. Il avait supporté, sans rien dire, le brusque vieillissement de sa mère et la déliquescence de sa fortune, placée par le mari de sa nièce dans des scieries affectées par la crise.

Avec le concierge, Gustave demeurait grave, les politesses s'épuisaient, le silence retomba. Par la porte ouverte de l'immeuble, on guetta en vain des bruits de roues et des sabots.

Voulant tirer sa montre pour vérifier qu'il ne risquait pas de rater son train, Flaubert tendit le parapluie qu'il retenait encore.

« Gardez-le avez vous, vous voulez bien ? Son propriétaire ne tardera pas à venir le reprendre. »

La moustache rousse de l'employé frémit. Il avait vingt ans de moins et un pied de plus que l'homme de lettre, une carrure de débardeur. Prenant avec précaution le parapluie de dame, encore humide, qu'on lui confiait, il assura :

« Ne vous en faites pas. J'en prendrai le plus grand soin. »

Une quinzaine de jours plus tard, alors qu'il peinait toujours, au fond de sa retraite rouennaise, sur les deux mêmes pages de *Saint Antoine*, Flaubert reçut une lettre brève d'Edmond de Goncourt. Il s'y enquérait du parapluie emprunté. Transmettait, également, les inquiétudes de la Princesse Mathilde, amie commune aux deux écrivains, sans nouvelle du Croisset depuis bien trop longtemps. La lettre ne faisait que quelques lignes mais contraria Gustave pour le restant de la journée.

N'avait-il pas, déjà, fait tout ce qu'il fallait ?

« Certains étaient là pour exprimer un cri
D'autres, comme moi, juste par appétit
Tout fonceder, chaque soir, Paris nous était livré
Sans condition, c'était à prendre ou à laisser »
(NTM, *Paris sous les bombes*)

« Hélas, je prévois tout cela, et je suis saisi d'une indicible tristesse
en pensant à la ruine dont le prolétariat vainqueur menace mes vers
qui périront avec tout l'ancien monde romantique. »
Heinrich HEINE, *Lutèce*, 1855

Le Parapluie de Goncourt

« Il n'y a de vraie haine que littéraire. Les haines politiques ne sont rien. »
Victor Hugo à Edmond de Goncourt, 1875

*« C'est peut-être un préjugé, mais je crois qu'il faut être un honnête homme
et un bourgeois honorable pour être un homme de talent.
J'en juge par Flaubert et par nous... »*
Journal des Goncourt, 17 novembre 1868

sans S

Edmond de Goncourt rentrait à Auteuil à pieds. Il marchait prudemment: à de nombreux endroits, les poutres noircies, les sacs
de sable ou les lacunes des trottoirs menaçaient de vous faire
trébucher. C'était un très long, un très beau crépuscule d'été.
Le soleil, pour la première fois depuis le matin, passait sous les
nuages, mettant de l'orange sur les ruines, révélant les impacts
dans les murs, éblouissant le garçon de restaurant qui repoussait de son balai les douilles et les bris de verre, miettes de Paris,
jusqu'à un ruisseau louche cascadant dans le caniveau.

au ?

« Quelle année de merde », ressassait l'homme de lettres, *in petto*.
Ça avait commencé par le pire : la mort de Jules, son frère, au
terme d'une affreuse agonie. Quinze jours plus tard, c'était la
guerre, Wissembourg, Sedan, l'invasion prussienne. Le siège
devant Paris, qui avait duré tout l'automne. On s'était habitué

aux canonnades, aux rumeurs, aux privations. Au civet de chat
en plat du jour dans les bistros et aux ballons espions par-dessus
les clochers. L'hiver était venu, glacial, congelant la pisse au fond
des seaux d'aisance. De Montmartre à Belleville, on tisonnait
les âmes de colère, à défaut de bois pour les poêles. Puis l'armée
avait échoué à Buzenval, la France capitulé et on s'était arrangé
autour Versailles pour le cessez-le-feu. Au retour des beaux jours,
l'ennemi avait défilé sur les Champs-Elysées. Thiers tenait courts
les rênes de la négociation, les hêtres pourpres du Luxembourg
se couvraient de chatons : les malheurs, enfin, paraissaient enfin
à leur terme. Ne restait qu'à désarmer les gardes nationaux et à
rétablir l'ordre intramuros.

Par pusillanimité ou par ignorance, on sous-estima la folie
des enragés, on tarda à agir. Le peuple surgit des caves, alors,
diable furieux, prétendant imposer son joug sans moral sur un
monde sans loi. L'orgie de sa Commune dura trois mois pleins,
trois mois de terreur, d'ignorance et d'excès ; de femmes en
cheveux buvant et parlant haut, d'ouvriers à pistolets rudoyant
les notables, tutoyant les curés. Monsieur Courbet, à la tête de
son bataillon des gueux enflés d'artisterie, profita du désordre
pour imposer son esthétique insane et mettre à bas la colonne
Vendôme.

Il avait fallu trois mois à Versailles pour se décider à enfin
mater l'insurrection. À la cité malade, on dut donner une purge
de cheval. La technique était brutale, l'opération dura une
semaine. Sans surprise, les communeux résistèrent avec fureur et
l'on dut beaucoup crosser, beaucoup sabrer et fusiller. Les canons
de Paris tirèrent sur Paris-même. Edmond avait vu son lot de
morts et plus encore de blessés.

523

L'écrivain s'arrêta de marcher, huma l'air, alluma une cigarette. Les bruits du temps d'avant revenaient peu à peu, brouhaha de la rue, voitures, églises. Les exilés prenaient la route du retour et les entrepôts de Bercy s'emplissaient à nouveau. Les derniers fédérés se terraient dans la terreur des rafles. Les proches des victimes taisaient leur peine pour ne pas finir aux fers. On avait interdit tout placard, tout slogan, toute chanson. Les graffitis étaient aussitôt effacés. Tout revenait dans l'ordre. Edmond de Goncourt avait envie de pleurer.

Dans dix jours cela ferait un an. Tant qu'il avait eu peur, tant qu'il s'était excité de la situation politique, son malheur intime lui avait semblé s'éloigner. Il regardait, sans voir, les ruines fraîches de sa ville, les rigoles de sang coagulés dans les joints des pavés. Jules lui manquait horriblement. Il n'eut pas conscience de franchir le seuil de leur demeure.

« Merde ! » répéta-t-il, à voix haute cette fois, quand il eut fini de pendre son manteau à la patère de l'entrée. Il avait oublié chez Flaubert le parapluie que sa bonne lui avait prêté en cas d'averse.

*

Flaubert trouva l'objet le lendemain matin, dans le porte-parapluie de l'entrée. Attendant la voiture qu'il avait réservée, il eut à son sujet un échange parfaitement banal avec le concierge de l'immeuble, dans lequel il louait un meublé à la semaine lors de ses séjours parisiens. Le fiacre tardait à venir. L'échange se prolongea. On évoqua le temps, la tenue appropriée à cette fin de saison glaciale, la destination finale de l'homme de lettres. On évita sagement toute mention de l'insurrection ou de sa sanglante issue.

Flaubert avait hâte d'être de retour au Croisset. De retrouver sa vieille mère, son petit bout de Seine, son manuscrit sempiternel. Pendant les longs mois qu'avaient duré le siège, puis la Commune, l'écrivain rêvait souvent à la capitale ; trois jours sur place avaient suffit à l'en écœurer, bien qu'ayant passé le plus clair de ce temps dans une solitude parfaite, entre les rayons de la Bibliothèque Nationale fermée au public. Il rentrait chez lui alourdi de trois gros volumes, soutirés aux fonds orientaux et avec l'accord de leur conservateur. Une documentation suffisamment solide, espérait-il, pour boucler, dans *Saint Antoine*, le court passage sur Bouddha. Les allers-retours entre la rue de Murillo et Versailles lui avaient cependant suffit à voir et à entendre plus d'horreur qu'il n'en aurait pu imaginer. La ville entière frémissait des conséquences de sa fièvre obsidionale. Le spasme qui avait dressé Paris contre elle-même semblait avoir effacé tout souvenir du siège, tout ressentiment à l'égard de la Prusse. L'humiliation qu'avait subie la nation six mois plus tôt semblait s'être envolée, la haine de l'insurgé supplantant celle de l'Allemand. L'Alsace et la Lorraine ne mettait plus personne en rage. Personne pour seulement songer à réclamer vengeance.

Flaubert, lui, n'oubliait rien : il avait subi, dents serrées, la réquisition de sa maison. Avait vu les soldats s'installer dans ses meubles pour fumer son tabac et feuilleter ses bouquins avec des aises de propriétaires. Il avait supporté, sans rien dire, le brusque vieillissement de sa mère et la déliquescence de sa fortune, placée par le mari de sa nièce dans des scieries affectées par la crise.

Avec le concierge, Gustave demeurait grave, les politesses s'épuisaient, le silence retomba. Par la porte ouverte de l'immeuble, on guetta en vain des bruits de roues et des sabots.

Voulant tirer sa montre pour vérifier qu'il ne risquait pas de rater son train, Flaubert tendit le parapluie qu'il retenait encore.

« Gardez-le avez vous, vous voulez bien ? Son propriétaire ne tardera pas à venir le reprendre. »

ici au ! La moustache rousse de l'employé frémit. Il avait vingt ans de moins et un pied de plus que l'homme de lettres une carrure de débardeur. Prenant avec précaution le parapluie de dame, encore humide, qu'on lui confiait, il assura :

« Ne vous en faites pas. J'en prendrai le plus grand soin. »

Une quinzaine de jours plus tard, alors qu'il peinait toujours, au fond de sa retraite rouennaise, sur les deux mêmes pages de *Saint Antoine*, Flaubert reçut une lettre brève d'Edmond de Goncourt. Il s'y enquérait du parapluie emprunté. Transmettait, également, les inquiétudes de la Princesse Mathilde, amie commune aux deux écrivains, sans nouvelle du Croisset depuis bien trop long-temps. La lettre ne faisait que quelques lignes mais contraria Gustave pour le restant de la journée.

N'avait-il pas, déjà, fait tout ce qu'il fallait ?

> « Certains étaient là pour exprimer un cri
> D'autres, comme moi, juste par appétit,
> Tout fonceder, chaque soir, Paris nous était livré
> Sans condition, c'était à prendre ou à laisser »
> (NTM, *Paris sous les bombes*)

quid ? concéder

et enfin un alexandrin

> « Hélas, je prévois tout cela, et je suis saisi d'une indicible tristesse
> en pensant à la ruine dont le prolétariat vainqueur menace mes vers
> qui périront avec tout l'ancien monde romantique. »
> Heinrich HEINE, *Lutèce*, 1855

*Pour le poème, qui a une ponctuation,
y a-t-il pas des points à la fin de la
première et de la dernière ligne ?*

Le Parapluie de Goncourt

Quelques éléments à partir desquels travailler : deux extraits de la correspondance de Flaubert, trois lignes du *Journal* des frères Goncourt. De là, dérouler un fil. Tenter de combler certains vides. Parler de deux personnages pris dans un temps, un lieu, une condition d'hommes de lettres. Suivre ces objets qui ont été manipulés, sont passés, ont disparu.

[Paris, 8 juin 1871.]
Mon cher Edmond,
J'ai bien envie de vous voir, mais j'ai peur si je vais à Auteuil de ne pas vous y rencontrer. Et tous mes moments sont comptés. Où serez-vous samedi prochain à partir de 4 heures ?
Je m'en retourne à Croisset dimanche matin.
Si vous n'avez aucun rendez-vous samedi soir, vous seriez bien aimable de venir dîner chez moi vers 4 heures. Nous dînerons ensemble et nous passerions la soirée*.
Je vous embrasse.
    4, rue Murillo, Parc Monceau
    Jeudi matin.

* Note de Jean Bruneau (édition de la Pléiade):
Edmond de Goncourt viendra dîner chez Flaubert
et oubliera son parapluie (lettre d'E. de Goncourt à
Flaubert du 17 juin 1871, Lovenjoul, B III, ffos 278-279).

[Journal d'Edmond de Goncourt]
samedi 10 juin 1871
Dîner ce soir avec Flaubert, que je n'ai pas revu depuis
la mort de mon frère. Il est venu chercher à Paris un
renseignement pour sa *Tentation de saint antoine*. Il est
resté le même, littérateur avant tout. Ce cataclysme
semble avoir passé sur lui, sans le détacher un rien de la
fabrication impassible du bouquin.

[Croisset,] mardi 4 j[uillet 1871].
Mon cher ami,
Votre parapluie, ou plutôt votre parapluie emprunté, a
été déposé par moi chez mon concierge, qui m'a promis
d'en avoir grand soin. Pourquoi n'avez-vous pas été le
chercher?
Je n'écris pas à la P[rince]sse parce que je ne sais pas
quelle adresse il faut mettre sur ma lettre.
J'espère vous voir, au commencement d'août, mais
il faudra, mon cher vieux, que vous veniez passer
quelques temps dans ma cabane, cet automne. –
Promesse que vous deviez tenir l'an dernier.
Vous seriez bien gentil de me donner de vos nouvelles

un peu longuement.
Je vous embrasse.
Votre

Plus on regarde, plus le caractère arbitraire des documents apparait. L'essentiel de ce qu'ils disent plié dans ce qu'ils taisent. Un monde et mille questions dans les petits, les grands vides.

(J'ai eu beau chercher, je n'ai pas réussi à mettre la main sur la lettre du 17 juin, celle dans laquelle Goncourt réclame le parapluie et fait part à Flaubert des inquiétudes de Mathilde de Bonaparte. Edmond de Goncourt a eu une correspondance pléthorique et ce billet, vraisemblablement, ne méritait pas de figurer dans une sélection critique.
Je n'ai pas eu plus de chance au cours de mes recherches en ligne.)

Questions :

Pourquoi Flaubert écrit avoir *peur* de ne pas rencontrer Goncourt à Auteuil? Edmond vit seul depuis la mort de son frère, le siège de Paris puis la Commune ont ralenti ses activités dont la principale (écrire) s'effectue à domicile : où serait-il, sinon? N'est-ce qu'un moyen pour Flaubert de l'amener rue Murillo? Ou est-il réellement effrayé? Par quoi?

Que signifie *tous mes moments sont comptés* ? Flaubert est arrivé à Paris le 6, a déjà consulté les manuscrits orientaux qu'il désirait voir à la Bibliothèque (lettre à Renan du 06/06), s'est rendu rue de Clichy pour essayer sans, succès, de rencontrer le mari de sa nièce (lettre à Caroline du 08/06). Ne lui reste qu'à voir Chilly au théâtre de l'Odéon, puis à repasser par Versailles chercher les ouvrages préparés pour lui. Cela laisse libre deux journées entières – même si certains écrits de Maxime Du Camp (voir citation en note[1]) laissent penser que les deux hommes on pu se voir le 10 au matin. Cela suffit-il à justifier l'inquiétude de Flaubert? *Tous mes moments sont comptés* ne réfère-t-il pas à sa condition de mortel? Se peut-il que Flaubert dissimule un avertissement? Une menace?

Pourquoi Goncourt dit-il de Flaubert qu'il est venu chercher *un renseignement* pour son livre? Ne s'agit-il pas plutôt d'une vaste documentation générale? Flaubert cite cinq ouvrages, sans compter ceux qu'il emporte pour étude à Croisset. Goncourt peut-il ignorer sa méthode de travail? S'il ne s'agit pas d'une erreur: quel renseignement unique pourrait nécessiter autant d'efforts? Quelle information occulte exigerait un labeur aussi colossal et un séjour à Paris en cette période troublée?

---

1   « Il s'imaginait (...) avoir expliqué les aspirations sociales, les tendances révolutionnaires dont la France est tourmentée et avoir ainsi produit une œuvre d'un intérêt exceptionnel. (...) Cette opinion était enracinée dans l'esprit de Flaubert, car, au mois de juin 1871, comme nous étions ensemble sur la terrasse du bord de l'eau, que nous regardions la carcasse noircie des Tuileries, de la Cour des Comptes, du Palais de la Légion d'honneur et que je m'exclamais, il me dit: "Si l'on avait compris l'Éducation sentimentale, rien de tout cela ne serait arrivé." » Maxime du Camp, *Souvenirs littéraires*, Paris, Aubier, 1994, p. 583.

De quel *cataclysme* Goncourt parle-t-il? Est-ce celui de la Commune et de la Semaine sanglante, comme il semble d'abord? Ne fait-il pas plutôt référence à la mort de son frère Jules, mentionnée deux phrases plus haut, dont le premier anniversaire approche? Se peut-il qu'Edmond cherche à retrouver des échos de ce drame intime chez Gustave? Qu'il reproche à son collègue une forme d'indifférence? Impute-t-il à sa passion littéraire exclusive son manque d'empathie, sa froideur, son inhumanité?

Pourquoi Flaubert insiste-t-il sur le caractère *emprunté* du parapluie de Goncourt? À qui l'a-t-il pris? Pourquoi mentionner ce détail devant son ami? Pourquoi l'a-t-il relevé et retenu?

Pourquoi Goncourt n'est-il pas allé rue Murillo le chercher? Pourquoi se fendre, une semaine plus tard, d'un billet pour s'inquiéter de son devenir? Est-ce parce que son mystérieux propriétaire le lui réclamait? Ce parapluie était-il plus précieux qu'il n'en avait l'air?

Pourquoi l'agacement dans la réponse de Flaubert? À cause de la trivialité des requêtes? Attendait-il de son correspondant un autre type de message? Ou bien par rancœur? À bien y regarder, est-ce seulement de l'agacement? N'est-ce pas plutôt une forme de stupeur? Ou une sincère curiosité? Ce peut-il que Flaubert s'interroge réellement sur la raison pour laquelle Goncourt n'est pas retourné rue Murillo?

Pourquoi et comment Goncourt a-t-il oublié le parapluie ? Par distraction ? À cause d'une urgence ? Ou l'a-t-il laissé à dessein ? Pour quel motif ? Goncourt cherchait-il un prétexte pour revenir chez Flaubert ? Pourquoi ne l'avoir pas fait ? Ou bien y est-il allé, et ment-il ?

Goncourt a-t-il seulement oublié un parapluie ? L'hypothèse repose entièrement sur la note de Jean Bruneau, faisant elle-même référence à une lettre introuvable. Ce peut-il que Goncourt ait prêté le parapluie à Flaubert, qui en aurait eu l'usage ce soir-là ? Que Flaubert ait emprunté le parapluie emprunté ? Pour quel usage ?

Pleuvait-il à Paris le samedi 10 juin 1871 ? Si oui, pourquoi Goncourt n'a-t-il pas pris une voiture pour se rendre chez Flaubert ? Si non, pourquoi le parapluie ? Le ciel était-il menaçant ? Goncourt était-il sorti de chez lui plus tôt, à un moment d'intempérie ? Où était-il avant d'arriver rue Murillo ?

Quelle importance historique a pris, pour l'histoire de la littérature, cette anecdote banale à laquelle il est malaisé de donner un sens ? Est-elle entièrement contenue dans le jugement de Goncourt, opposant écriture et sens civique, disqualifiant une obsession flaubertienne qui relèverait, dans ces circonstances tragiques, d'une forme de mauvais goût ?

Est-ce sous l'inspiration de ces documents que Sartre a pu écrire, en 1945 : « Je tiens Flaubert et Goncourt pour responsables de la répression qui suivit la Commune parce qu'ils n'ont pas écrit une ligne pour l'empêcher » ? Si l'anecdote du parapluie n'est pas à l'origine de cette attaque, pourquoi Sartre cible-t-il deux hommes, quand la totalité des écrivains d'importance partageaient leurs opinions sur les Fédérés ?

À moins que la charge ne doive être inversée : l'histoire de la littérature peut-elle n'avoir reconnu comme écrivains d'importance que ceux qui partageaient les opinions de Goncourt et Flaubert sur les Fédérés ? Est-il possible qu'on ait fait alors, que l'on fasse encore, plus de cas des opinions et œuvres de Sand, Dumas fils ou Renan, que de celles et ceux de Vallès, Vermersh ou Villiers de l'Isle-Adam ? L'histoire peut-elle servir, dans un même geste, l'immortalité des manuels scolaires aux uns et aux autres une forme polie de censure par l'oubli ?

Pendant le Siège et sous la Commune, on pouvait lire sur les murs de Paris ce placard de Théodore Six, poète et ouvrier tapissier, déporté en Algérie suite au coup d'état de 1851 :

> J'ai publié ceci dans les douleurs de l'esclavage,
> Après vingt années d'iniquité et d'injustice.
> J'ai publié ceci pour pouvoir dire : à tous par tous.
> J'ai publié ceci pour te dire, peuple,
> Que ton émancipation réside dans ta solidarité ;
> Pour te dire que l'heure la plus sombre
> Est celle qui précède l'aurore.

Théodore Six combattit les Versaillais dans les rangs de la VIIe Légion. Il a laissé peu d'autres traces. (Je n'ai pas réussi à trouver, par exemple, ni quand ni comment il était mort).

Le Parapluie de Goncourt

Quelques éléments à partir desquels travailler : deux extraits de la correspondance de Flaubert, trois lignes du *Journal* des frères Goncourt. De là, dérouler un fil. Tenter de combler certains vides. Parler de deux personnages pris dans un temps, un lieu, une condition d'hommes de lettres. Suivre ces objets qui ont été manipulés, sont passés, ont disparu.

Supprimé

Commentaire 1
On ne comprend
pas trop le "ces".
Quels objets ?

[Paris, 8 juin 1871.]
Mon cher Edmond,
J'ai bien envie de vous voir, mais j'ai peur si je vais à Auteuil de ne pas vous y rencontrer. Et tous mes moments sont comptés. Où serez-vous samedi prochain à partir de 4 heures ?
Je m'en retourne à Croisset dimanche matin.
Si vous n'avez aucun rendez-vous samedi soir, vous seriez bien aimable de venir dîner chez moi vers 4 heures.

Nous dînerons ensemble et nous passerions la soirée*.

Je vous embrasse.

4, rue Murillo, Parc Monceau
Jeudi matin.

Commentaire 2
Future ou conditionnel?

* Note de Jean Bruneau (édition de la Pléiade):
Edmond de Goncourt viendra dîner chez Flaubert et oubliera son parapluie (lettre d'E. de Goncourt à Flaubert du 17 juin 1871, Lovenjoul, B III, ffos 278-279).

[Journal d'Edmond de Goncourt]
samedi 10 juin 1871

Dîner ce soir avec Flaubert, que je n'ai pas revu depuis la mort de mon frère. Il est venu chercher à Paris un renseignement pour sa *Tentation de saint antoine*. Il est resté le même, littérateur avant tout. Ce cataclysme semble avoir passé sur lui, sans le détacher un rien de la fabrication impassible du bouquin.

Commentaire 3
Vraiment bouquin?
On employait déjà le terme?

[Croisset,] mardi 4 j[uillet 1871].

Mon cher ami,

Votre parapluie, ou plutôt votre
parapluie emprunté, a été déposé
par moi chez mon concierge, qui
m'a promis d'en ~~avoir~~ prendre grand
soin. Pourquoi n'avez-vous pas été le
chercher ?

Je n'écris pas à la P[rince]sse parce
que je ne sais pas quelle adresse ~~il
faut~~ mettre sur ma lettre.

J'espère vous voir, au commencement d'août, mais il faudra, mon
cher vieux, que vous veniez passer
quelques temps dans ma cabane,
cet automne. – Promesse que vous
deviez tenir l'an dernier.

Vous seriez bien gentil de me donner de vos nouvelles un peu longuement.

Je vous embrasse.

Votre

> Supprimé avoir
>
> Supprimé il faut

Plus on regarde, plus le caractère arbitraire
des documents apparait. L'essentiel de ce
qu'ils disent plié dans ce qu'ils taisent. Un
monde et mille questions dans les petits, les
grands vides.

(J'ai eu beau chercher, je n'ai pas réussi à mettre la main sur la lettre du 17 juin, celle dans laquelle Goncourt réclame le parapluie et fait part à Flaubert des inquiétudes de Mathilde de Bonaparte. Edmond de Goncourt a eu une correspondance pléthorique et ce billet, vraisemblablement, ne méritait pas de figurer dans une sélection critique.

Je n'ai pas eu plus de chance au cours de mes recherches en ligne.)

Questions :

Pourquoi Flaubert écrit avoir peur de ne pas rencontrer Goncourt à Auteuil ? Edmond vit seul depuis la mort de son frère, le siège de Paris puis la Commune ont ralenti ses activités dont la principale (écrire) s'effectue à domicile : où serait-il, sinon ? N'est-ce qu'un moyen pour Flaubert de l'amener rue Murillo ? Ou est-il réellement effrayé ? Par quoi ?

Que signifie *tous mes moments sont comptés* ? Flaubert est arrivé à Paris le 6, a déjà consulté les manuscrits orientaux qu'il désirait voir à la Bibliothèque (lettre à Renan du 06/06), s'est rendu rue de Clichy, pour essayer sans, succès, de rencontrer le mari de sa nièce (lettre à Caroline du 08/06). Ne lui reste qu'à voir Chilly au théâtre de

Supprimé de

Commentaire 4
Il a peut-être juste très envie de la voir et peur qu'il soit sorti boire un café ou écrire sur un banc.

537

l'Odéon, puis à repasser par Versailles chercher les ouvrages préparés pour lui. Cela
laisse libre deux journées entières – même
si certains écrits de Maxime Du Camp (voir
citation en note[2]) laissent penser que les
deux hommes ont pu se voir le 10 au matin.
Cela suffit-il à justifier l'inquiétude de
Flaubert? *Tous mes moments sont comptés*
ne réfère-t-il pas à sa condition de mortel?
Se peut-il que Flaubert dissimule un avertissement? Une menace?

Pourquoi Goncourt dit-il de Flaubert qu'il
est venu chercher *un renseignement* pour

---

2   « Il s'imaginait (...) avoir expliqué les
     aspirations   sociales,   les   tendances
     révolutionnaires   dont   la   France   est
     tourmentée   et   avoir   ainsi   produit   une
     œuvre d'un intérêt exceptionnel. (...) Cette
     opinion était enracinée dans l'esprit de
     Flaubert, car, au mois de juin 1871, comme
     nous étions ensemble sur la terrasse du
     bord de l'eau, que nous regardions la
     carcasse noircie des Tuileries, de la Cour des
     Comptes, du Palais de la Légion d'honneur
     et que je m'exclamais, il me dit: "Si l'on
     avait compris l'Éducation sentimentale,
     rien de tout cela ne serait arrivé." »
     Maxime du Camp, *Souvenirs littéraires*, Paris,
     Aubier, 1994, p. 583.

son livre ? Ne s'agit-il pas plutôt d'une vaste
documentation générale ? Flaubert cite cinq
ouvrages, sans compter ceux qu'il emporte
pour étude à Croisset. Goncourt peut-il ignorer sa méthode de travail ? S'il ne s'agit pas
d'une erreur : quel renseignement unique
pourrait nécessiter autant d'efforts ? Quelle
information occulte exigerait un labeur aussi
colossal et un séjour à Paris en cette période
troublée ?

Commentaire 5
C'est où ?

De quel cataclysme Goncourt parle-t-il ?
Est-ce celui de la Commune et de la Semaine
sanglante, comme il semble d'abord ? Ne fait-
il pas plutôt référence à la mort de son frère
Jules, mentionnée deux phrases plus haut,
dont le premier anniversaire approche ? Se
peut-il qu'Edmond cherche à retrouver des
échos de ce drame intime chez Gustave ?
Qu'il reproche à son collègue une forme
d'indifférence ? Impute-t-il à sa passion littéraire exclusive son manque d'empathie, sa
froideur, son inhumanité ?

Commentaire 6
Ça tombe bien
que tu en parles,
je me posais la
question.

Pourquoi Flaubert insiste-t-il sur le caractère *emprunté* du parapluie de Goncourt ?
À qui l'a-t-il pris ? Pourquoi mentionner
ce détail devant son ami ? Pourquoi l'a-t-il
relevé et retenu ?

Commentaire 7
En otage ?

Pourquoi Goncourt n'est-il pas allé rue Murillo le chercher ? Pourquoi se fendre, une semaine plus tard, d'un billet pour s'inquiéter de son devenir ? Est-ce parce que son mystérieux propriétaire le lui réclamait ? Ce parapluie était-il plus précieux -qu'il n'en avait l'air ?

Commentaire 8
Que se passe-t-il rue Murillo ?

- Supprimé -

Pourquoi l'agacement dans la réponse de Flaubert ? À cause de la trivialité des requêtes ? Attendait-il de son correspondant un autre type de message ? Ou bien par rancœur ? À bien y regarder, est-ce seulement de l'agacement ? N'est-ce pas plutôt une forme de stupeur ? Ou une sincère curiosité ? Ce peut-il que Flaubert s'interroge réellement sur la raison pour laquelle Goncourt n'est pas retourné rue Murillo ?

Commentaire 9
Répétition : a-t-il

Pourquoi et comment Goncourt a-t-il oublié le parapluie ? Par distraction ? À cause d'une urgence ? Ou l'a-t-il laissé à dessein ? Pour quel motif ? Goncourt cherchait-il un prétexte pour revenir chez Flaubert ? Pourquoi ne l'avoir pas fait ? Ou bien y est-il allé, et ment-il ?

Goncourt a-t-il seulement oublié un parapluie ? L'hypothèse repose entièrement sur la note de Jean Bruneau, faisant elle-même référence à une lettre introuvable. Ce peut-il que Goncourt ait prêté le parapluie à Flaubert, qui en aurait eu l'usage ce soir-là ? Que Flaubert ait emprunté le parapluie emprunté ? Pour quel usage ?

Pleuvait-il à Paris le samedi 10 juin 1871 ? Si oui, pourquoi Goncourt n'a-t-il pas pris une voiture pour se rendre chez Flaubert ? Si non, pourquoi le parapluie ? Le ciel était-il menaçant ? Goncourt était-il sorti de chez lui plus tôt, à un moment d'intempérie ? Où était-il avant d'arriver rue Murillo ?

Commentaire 10
Parce qu'il avait justement un parapluie...

Quelle importance historique a pris, pour l'histoire de la littérature, cette anecdote banale à laquelle il est malaisé de donner un sens ? Est-elle entièrement contenue dans le jugement de Goncourt, opposant écriture et sens civique, disqualifiant une obsession flaubertienne qui relèverait, dans ces circonstances tragiques, d'une forme de mauvais goût ?

Est-ce sous l'inspiration de ces documents que Sartre a pu écrire, en 1945 : « Je tiens Flaubert et Goncourt pour responsables de la répression qui suivit la Commune parce

qu'ils n'ont pas écrit une ligne pour l'empêcher » ? Si l'anecdote du parapluie n'est pas
à l'origine de cette attaque, pourquoi Sartre
cible-t-il deux hommes, quand la totalité
des écrivains d'importance partageaient
leurs opinions sur les Fédérés ?

Commentaire 11
Parce que
ce sont des
prescripteurs ?

À moins que la charge ne doive être inversée : l'histoire de la littérature peut-elle
n'avoir reconnu comme écrivains d'importance que ceux qui partageaient les opinions
de Goncourt et Flaubert sur les Fédérés ?
Est-il possible qu'on ait fait alors, que l'on
fasse encore, plus de cas des opinions et
œuvres de Sand, Dumas fils ou Renan, que
de celles et ceux de Vallès, Vermersh ou
Villiers de l'Isle-Adam ? L'histoire peut-elle
servir, dans un même geste, l'immortalité
des manuels scolaires aux uns et aux autres
une forme polie de censure par l'oubli ?

Commentaire 12
Mais c'est qui ? Je
pense qu'on lit
plus Vallès que
Renan.

Commentaire 13
Il est honnoré
d'une rue à Paris.

Commentaire 14
Tu devrais t'inté-
resser à l'histo-
riographie de la
commune.

Pendant le Siège et sous la Commune, on
pouvait lire sur les murs de Paris ce placard
de Théodore Six, poète et ouvrier tapissier,
déporté en Algérie suite au coup d'état de
1851 :

Commentaire 15
On déportait en
Algérie ?

> J'ai publié ceci dans les douleurs de
> l'esclavage,

Après vingt années d'iniquité
et d'injustice.
J'ai publié ceci pour pouvoir
dire : à tous par tous.
J'ai publié ceci pour te dire,
peuple,
Que ton émancipation réside
dans ta solidarité ;
Pour te dire que l'heure la
plus sombre
Est celle qui précède l'aurore.

Théodore Six combattit les Versaillais
dans les rangs de la VIIe Légion. Il
a laissé peu d'autres traces. (Je n'ai
pas réussi à trouver, par exemple, ni
quand ni comment il était mort).

Le Parapluie de Goncourt

Edmond se réveille en sursaut un peu avant minuit : comme une grande aile molle, dans le cauchemar, une membrane sombre et humide venait battre sa joue.

Il met un moment avant de se retrouver. Au pied de l'ottomane, la lampe à pétrole brûle, jetant partout des ombres, changeant le grenier à bibelots en Orient de théâtre. L'écrivain s'est assoupi plié en trois, la tête dans le dernier cahier de son Journal ; il cligne des yeux pour accommoder, relit les dernières lignes écrites de sa main avant de sombrer :

Dîner ce soir avec Flaubert... Il est resté le même, littérateur avant tout. Ce cataclysme semble avoir passé sur lui, sans le détacher un rien de la fabrication du bouquin.

Edmond de Goncourt tousse, il a encore la tête qui tourne, vraiment trop bu, et tâte machinalement à droite puis à gauche du sofa les longs poils du tapis.

« Le parapluie, grogne-t-il. J'ai oublié le parapluie de Jules chez Flaubert. »

Cela faisait des mois qu'on ne s'était pas vu et on avait bien causé, dans le meublé que l'auteur louait à la semaine pour ses sauts à Paris. Il y avait eu, depuis la dernière fois, l'invasion prussienne, Sedan, Metz et le Siège de Paris. Il y avait eu la Commune puis sa répression : les bombes, les incendies, les mitraillades. Des milliers de morts, dix fois plus de capturés, concentrés à Satory en attendant d'être jugés pour leurs crimes. La seule chose dont on n'avait pas manqué c'était de vin. On avait passé l'hiver au bistrot, l'insurrection été prétexte à folles agapes. Flaubert avait de belles réserves de champagne, et il le buvait dru, chamboulé qu'il était par le spectacle effarant de la capitale en ruines.

Edmond ne l'avait d'abord accompagné que par politesse. Puis, la tristesse remontant, avait fini par prendre son compère de vitesse. Flaubert était plus rose, gras et vivant que jamais. Un verrat de prix agricole sous une moustache en balais brosse.

Edmond se lève avec peine, titube jusqu'au secrétaire guillotine où sont conservés les manuscrits de l'œuvre de deux vies. Le *Journal littéraire*. Tenu par son frère Jules jusqu'à l'an dernier, repris par lui depuis sa mort tragique. En feuilletant à rebours, on retrouve l'étrange graphie du malade dans les derniers mois de sa vie, les grandes lettres carrées, étonnamment lisibles.

La note qu'il recherche remonte à deux années. L'été de la mort de Louis Bouilhet, de l'annonce de l'entrée de la maladie de Jules dans sa dernière phase. Ils avaient passé un mois aux eaux pour dissimuler la multiplication des papules. À l'automne c'était le début de la dégénérescence intellectuelle. Le déclin terminal.

Flaubert est venu nous voir, écrivait alors Jules en pattes de mouches, *florissant de force, de santé, plus exubérant que jamais. Il nous parle de la maladie mortelle de Bouilhet avec une insouciance de pléthorique, nous blessant par la manière leste et détachée dont il nous console et nous réconforte. Et en s'en allant, le gros homme s'écrie : « C'est étonnant : moi, il me semble, dans ce moment, que j'hérite de la vigousse de tous mes amis malades ! »*

Au-dessous, l'écrivain de trente-huit ans avait ajouté ces lignes tragiques :

Nous pour qui le travail a été toute notre vie, nous nous sentons physiquement incapables de travailler ; et cela au moment où nous sommes arrivés au plein développement de notre talent et où nous sommes pleins de grandes choses, que nous avons le désespoir de ne pouvoir exécuter.

Edmond attrape la carafe de fine champagne pour, à défaut de verre, s'en servir une rasade dans une porcelaine de Fürstenberg. Le portrait esquissé par Jules d'un Flaubert en vampire psychique l'amuse et l'inquiète en même temps.

Plus tôt dans la soirée, il s'est redemandé d'où l'écrivain tirait son énergie. Comment il parvenait, du fond de sa retraite, à continuer à abattre son travail de bœuf de labour, lui dont la vie se limitait à lire des livres, dîner avec sa vieille mère et, certains soir, sortir faire trois pas dans le jardin pour permettre à son chien de pisser.

Edmond feuillette. Juste avant de partir pour les termes de Royat, Jules a écrit :

Il faut avoir la fièvre pour travailler ; et c'est cela qui nous consume et qui nous tue.

Jules était un authentique génie. Il avait œuvré sans relâche, usé sa cervelle. Un authentique génie mort.

Edmond ferme les yeux, revoit Flaubert croquant les osselets du poulet étique qu'ils ont partagé en buvant. Gustave parlant la bouche pleine, détaillant tome par tome ses cinq journées à la Bibliothèque, les ouvrages anciens dépouillés, le voyage en train depuis Croisset, tout ça pour quelques lignes, un bout de paragraphe ajouté au manuscrit de son *Saint Antoine*, peut-être biffé à la prochaine version.

Pourquoi certains meurent-ils au labeur tandis que les autres prospèrent ?

Edmond croit entendre le canon, il sursaute ; ce n'est qu'une porte qui a claqué à l'étage. La bonne qui va se mettre au lit. Les mois passés l'ont habitué à ces frayeurs irraisonnées. À la folie aux portes de l'hôtel, aux drapeaux rouges, aux placards appelant au meurtre des bourgeois. Le peuple abandonnant sa tâche pour se mêler de politique, les soldats insurgés aux ordres de mercenaires. L'ordre social cul par-dessus tête. De nombreux braves étaient morts. Edmond boit encore.

L'après-midi-même, il était aux obsèques d'un lointain familier, le capitaine Phillipe Le Bas de Courmont, décapité par un obus fédéré. Le corps avait dû attendre vingt jours que la ville fut libérée pour être mis en terre. Il bruinait sur les graviers gris du cimetière, sous sa coupole de toile, Edmond songeait à l'an passé. À Jules, aux toutes dernières semaines.

Il a tout consigné dans le Journal. Jour après jour, instant après instant. Edmond n'a fait qu'écrire, tandis que la mort travaillait son frère. Gratté entre chaque soin, entre chaque râle.

À cette heure, je maudis la littérature. Peut-être, sans moi, se serait-il fait peintre. Doué comme il l'était, il aurait fait son nom sans s'arracher la cervelle... et il vivrait.

Puis, au terme de la seconde nuit sans sommeil :

Il meurt, il vient de mourir. Dieu soit loué !

Deux jours passent encore avant qu'il n'ose formuler ce qui le hante depuis des mois :

M'interrogeant longuement, j'ai la conviction qu'il est mort du travail de la forme, à la peine du style. Je me rappelle maintenant, après les heures sans repos passées au remaniement, au retravaillement, à la recorrection d'un morceau, après ces efforts et ces dépenses de cervelle vers une perfection faisant rendre à la langue française tout ce qu'elle pouvait rendre et au-delà, après ces luttes obstinées, entêtées, où parfois entrait le dépit, colère de l'impuissance, je me rappelle aujourd'hui l'étrange et infinie prostration avec laquelle il se laissait tomber sur un divan, et la fumerie à la fois silencieuse et triste qui suivait.

Dans les derniers instants de la maladie, le cervelet de Jules a fini par se liquéfier. Il ne parlait plus, ne mangeait plus seul. Dans ses brefs instants de lucidité, il pleurait et suppliait son frère de lui pardonner l'embarras qu'il lui causait.

Edmond boit, boit encore, repensant à cette sensation qu'il eue en rêve, la caresse, sur sa face, d'un parapluie vivant, pourquoi avoir pris celui de Jules à l'heure de sortir ce midi ? Il a très peur, soudain, de ne jamais revoir l'objet. Songe à appeler une voiture, à se rendre chez Flaubert, se glisser dans l'appartement et reprendre sans bruit son bien, comme un voleur. Il frissonne à la pensée de tomber nez à nez avec l'autre, d'être surpris par lui dans un éclat de lumière vive.

La nuit est calme sur Paris. On n'entend plus les gardes nationaux crier *Qui vive ?* de leurs voix avinées. Edmond s'enfonce sans lutter dans la nostalgie et l'ivresse. Boit désormais à même le goulot de cristal.

Peut-on réellement mourir de trop œuvrer ? Et si cela est vrai, que dire de la santé de Flaubert ? De la mort de Jules ? De sa propre survie ?

Edmond se laisse tomber lourdement sur le sofa. Se relisant encore :

Ce qui me fait désespérer, ce n'est ni l'affaissement de l'intelligence ni la perte de mémoire ni tout enfin ; mais j'ai peur et peur seulement de ce quelque chose d'indéfinissable et d'un autre être, qui se glisse en lui.

Et puis :

Retrouver aujourd'hui cette prononciation enfantine, entendre sa voix comme je l'ai entendue dans ce passé effacé, lointain, où les souvenirs ne rencontrent que la mort, cela me fait peur, cela me fait peur.

Oui, il s'en souvient, la mort de Jules avait été véritablement une source de terreur.

Bien plus que tout ce qui avait suivi, tout ce qui avait préoccupé le monde. Le Siège ? Une farce de théâtre ; on avait sacrifié aux fêtards la mascotte du Jardin des Plantes et fêté le nouvel an au boudin d'éléphant. La Commune ? Une gesticulation de furieux, une souillure brève faite à la ville ancienne, rincée aussitôt par l'armée dans le sang des barbares.

La pièce, surchargée d'objets chinés, paraît affreusement vide. Edmond pleure sans bruit. A-t-il bien pensé à transmettre à Flaubert les amitiés de la Princesse Mathilde ? Comment a-t-il pu sortir de la maison avec le parapluie de Jules ?

Comment a-t-il pu l'oublier ?

Plus tard, regagnant les eaux tièdes d'un sommeil inquiet, Edmond de Goncourt se remémore une scène qui s'est déroulée deux ans plus tôt : rien ne s'était encore passé mais tout était germe.

Les deux frères dînent à Saint-Gratien, chez la Princesse Bonaparte. Il y a le docteur Philips, qui vient d'examiner Jules retour des eaux. Il y a Gautier aussi, et Renan, et Popelin le pique-assiette. On ne sait trop pourquoi, la conversation roule sur les maladies. Le médecin détaille ces affections nerveuses nouvelles que l'on diagnostique aux travailleurs affectés à des tâches répétitives.

La tremblote de la machine à coudre. La maladie médullaire du chauffeur. La nécrose de la mâchoire des jeunes filles dans les fabriques d'allumettes.

La Princesse pose soudain ses couverts et s'écrie d'une drôle de voix de nez :

« Taisez-vous, Philips ! Ce sont des pourritures que vous vous plaisez à inventer ! »

Puis, se tournant vers le cercle de ses hôtes figés par la stupeur, le rouge montant à son visage, sa face pleine, grasse, luisante de bonne santé, elle poursuit à l'endroit des gens de lettres :

« Vous n'êtes qu'une bande d'infirmes. Chacun de vous. Des malades. Des fous. »

Edmond surprend Jules, gris de terreur, qui ôte lentement ses mains de la nappe pour les cacher sur ses genoux. Presque aussitôt, le maître d'hôtel apporte le hors-d'œuvre, la conversation roule, et la soirée s'achève de la plus habituelle, de la plus ennuyeuse des façons.

Le Parapluie
de Goncourt

Edmond se réveille en sursaut un peu avant minuit : comme une grande aile molle, dans le cauchemar, une membrane sombre et humide venait battre sa joue.

Il met un moment avant de se retrouver. Au pied de l'ottomane, la lampe à pétrole brûle, jetant partout des ombres, changeant le grenier à bibelots en Orient de théâtre. L'écrivain s'est assoupi plié en trois, la tête dans le dernier cahier de son Journal ; il cligne des yeux pour accommoder, relit les dernières lignes écrites de sa main avant de sombrer :

Commentaire 1
Ça manque de linéarité, d'objectivité, de perspective, de temps long.
Il serait judicieux de remplacer le flou heurté subjectif de cette prose par des données précises rythmées par des sujets-verbes-compléments.
De plus le sujet n'est pas passionnant, je pense qu'il faut ajouter des faits qui retiennent l'attention du lecteur.
Exemple pourtant assez évident d'élément permettant une remise en perspective : le gastornis parisiensis. Ce grand oiseau fossile a été décrit pour la première fois en 1855 à Meudon et nommé en hommage à Gaston Planté, inventeur de la batterie au plomb en 1859.

Commentaire 2
Première des 6 occurrences de « avant », le ton est donné.
Il y a trop de passé et d'imparfait, temps de la langueur monotone, dans ce texte.

Commentaire 3
Indiquer le lieu (latitude et longitude ? Ou parcelle cadastrale ?
Quelque chose !), sinon c'est vague.

Commentaire 4
Circonstance la plus importante, placer en début de sous-phrase.

Commentaire 5
Le lien avec l'objet apparaît trop tard.

Commentaire 6
Évocation de l'orient n°1, cf infra.

Dîner ce soir avec Flaubert... Il est resté le même, littérateur avant tout. Ce cataclysme semble avoir passé sur lui, sans le détacher un rien de la fabrication du bouquin.

Edmond de Goncourt tousse, il a encore la tête qui tourne, vraiment trop bu, et tâte machinalement à droite puis à gauche du sofa les longs poils du tapis.

« Le parapluie, grogne-t-il. J'ai oublié le parapluie de Jules chez Flaubert. »

Cela faisait des mois qu'on ne s'était pas vu et on avait bien causé, dans le meublé que l'auteur louait à la semaine pour ses sauts à Paris. Il y avait eu, depuis la dernière fois, l'invasion prussienne, Sedan, Metz et le Siège de Paris. Il y avait eu la Commune puis sa répression : les bombes, les incendies, les mitraillades. Des milliers de morts, dix fois plus de capturés, concentrés à Satory en attendant d'être jugés pour leurs crimes.

La seule chose dont on n'avait pas manqué c'était de vin. On avait passé l'hiver au bistrot, l'insurrection été prétexte à folles agapes. Flaubert avait de belles réserves de champagne, et il le buvait dru, chamboulé qu'il était par le spectacle effarant de la capitale en ruines.

Supprimé ...

Commentaire 7
Guillemets ?

Commentaire 8
Le saviez-vous ?
l'éthanol pénètre
jusque dans
l'oreille interne,
c'est la cause
du déséquilibre !

Commentaire 9
Évocation de
l'orient n°2,
et dernière.
Pourquoi ce
manque de conti-
nuité ?

Commentaire 10
Les premiers
développements
de l'aérostatuion !
Le progrès
des techniques
ne

Commentaire 11
Hiver ?

Commentaire 12
La Champagne
était occupée,
ce qui, comme
chaque fois, a
permis d'encore
développer
son marché à
l'export.

Edmond ne l'avait d'abord accompagné que par politesse. Puis, la tristesse remontant, avait fini par prendre son compère de vitesse. Flaubert était plus rose, gras et vivant que jamais. Un verrat de prix agricole sous une moustache en balais brosse.

Edmond se lève avec peine, titube jusqu'au secrétaire guillotine où sont conservés les manuscrits de l'œuvre de deux vies. Le *Journal littéraire*. Tenu par son frère Jules jusqu'à l'an dernier, repris par lui depuis sa mort tragique. En feuilletant à rebours, on retrouve l'étrange graphie du malade dans les derniers mois de sa vie, les grandes lettres carrées, étonnamment lisibles.

La note qu'il recherche remonte à deux années. L'été de la mort de Louis Bouilhet, de l'annonce de l'entrée de la maladie de Jules dans sa dernière phase. Ils avaient passé un mois aux eaux pour dissimuler la multiplication des papules. À l'automne c'était le début de la dégénérescence intellectuelle. Le déclin terminal.

Flaubert est venu nous voir, écrivait alors Jules en pattes de mouches, *florissant de force, de santé, plus exubérant que jamais. Il nous parle de la maladie mortelle de Bouilhet avec une insouciance de pléthorique, nous*

Commentaire 13
Jolie description du cochon, très bien!
cf infra.

Commentaire 14
Encore une mort tragique, ce ne sont pas mes préférées.
Conjuguer un verbe?

Commentaire 15
Le lecteur ne peut ici que se demander de quel papier (type de fibre?) et de quel calame le malade s'est servi.

Commentaire 16
Outre que ça frôle le cliché, est-ce que ça colle avec la lisibilité prétendue?

*blessant par la manière leste et déta-
chée dont il nous console et nous réconforte. Et en s'en allant, le gros homme
s'écrie : « C'est étonnant : moi, il me
semble, dans ce moment, que j'hérite
de la vigousse de tous mes amis
malades ! »*

Au-dessous, l'écrivain de trente-huit
ans avait ajouté ces lignes tragiques :

*Nous pour qui le travail a été toute
notre vie, nous nous sentons physiquement incapables de travailler ; et cela
au moment où nous sommes arrivés
au plein développement de notre talent
et où nous sommes pleins de grandes
choses, que nous avons le désespoir de
ne pouvoir exécuter.*

Edmond attrape la carafe de fine
champagne pour, à défaut de verre,
s'en servir une rasade dans une porcelaine de Fürstenberg. Le portrait
esquissé par Jules d'un Flaubert en
vampire psychique l'amuse et l'inquiète en même temps.

Plus tôt dans la soirée, il s'est
redemandé d'où l'écrivain tirait
son énergie. Comment il parvenait,
du fond de sa retraite, à continuer

Commentaire 17
Des lignes tragiques, une
mort tragique... est-il
possible d'abbréger les
passages dans lesquels
les grands écrivains se
prennent au sérieux ?

Commentaire 18
L'opposé du champagne
de l'époque, pour le
coup, mais ce détail ne
viendra qu'aux connais-
seurs.

Commentaire 19
Il se fait un petit kaolin !

Commentaire 20
Voilà qu'on emploie
un mot important en
sciences physiques,
dommage de ne pas
approfondir. Le charbon
et le gaz qui éclairent
Paris sont les fossiles
d'une époque sans
métaphysique dans les
bassins sédimentaires
européens.

à abattre son travail de bœuf de labour, lui dont la vie se limitait à lire des livres, dîner avec sa vieille mère et, certains soirs, sortir faire trois pas dans le jardin pour permettre à son chien de pisser.

Edmond feuillette. Juste avant de partir pour les termes de Royat, Jules a écrit :

Il faut avoir la fièvre pour travailler ; et c'est cela qui nous consume et qui nous tue.

Jules était un authentique génie. Il avait œuvré sans relâche, usé sa cervelle. Un authentique génie mort.

Edmond ferme les yeux, revoit Flaubert croquant les osselets du poulet étique qu'ils ont partagé en buvant. Gustave parlant la bouche pleine, détaillant tome par tome ses cinq journées à la Bibliothèque, les ouvrages anciens dépouillés, le voyage en train depuis Croisset, tout ça pour quelques lignes, un bout de paragraphe ajouté au manuscrit de son *Saint Antoine*, peut-être biffé à la prochaine version.

Commentaire 21
Et donc, les autres soirs ?

Commentaire 22
On y trouve un Château des Sarrasins. Occasion d'une autre évocation de l'orient !

Commentaire 23
Indiquer en note que cette année respirait pour la première fois un petit bébé du côté de Charleville-Mézières. Éventuellement en note de ma note, on remarquera que la mort de Rimbaud ne coïncide pas avec la mort de son génie –est-ce moins triste ?

Commentaire 24
Ansériforme, comme le gastornis !

Commentaire 25
À Rouen, dont Flaubert néglige dans ses œuvres le riche passé juif médiéval qui sera redécouvert dans la seconde partie du xxᵉ siècle.

Pourquoi certains meurent-ils au labeur tandis que les autres prospèrent ?

Edmond croit entendre le canon, il sursaute ; ce n'est qu'une porte qui a claqué à l'étage. La bonne qui va se mettre au lit. Les mois passés l'ont habitué à ces frayeurs irraisonnées. À la folie aux portes de l'hôtel, aux drapeaux rouges, aux placards appelant au meurtre des bourgeois. Le peuple abandonnant sa tâche pour se mêler de politique, les soldats insurgés aux ordres de mercenaires. L'ordre social cul par-dessus tête. De nombreux braves étaient morts. Edmond boit encore.

L'après-midi-même, il était aux obsèques d'un lointain familier, le capitaine Phillipe Le Bas de Courmont, décapité par un obus fédéré. Le corps avait dû attendre vingt jours que la ville fut libérée

Commentaire 26
Merci de traiter les 4 possibilités que la combinatoire donne en deux secondes quand on est sobre :
1/ prospérer au labeur
2/ prospérer sans travailler
3/ mourir sans travailler
4/ mourir en travaillant

Commentaire 27
Ce paragraphe est typique :
1/ le lecteur est admirablement invité à se représenter des scènes
2/ les évocations sont de plus en plus désagréables.
3/ tout se complexifie

Commentaire 28
Avez-vous déjà entendu un canon ? C'est un tout petit canon alors, qu'il a cru entendre. Pas crédible.

Commentaire 29
Si les bourgeois sont comme des cochons, lui trouver un animal totem (pourquoi pas fossile).

Commentaire 30
Conjuguer un verbe ?

Commentaire 31
Idem, verbe. On dirait une subordonnée abandonnée.

Commentaire 32
Idem, verbe.

pour être mis en terre. Il bruinait sur les graviers gris du cimetière, sous sa coupole de toile, Edmond songeait à l'an passé. À Jules, aux toutes dernières semaines.

Il a tout consigné dans le Journal. Jour après jour, instant après instant. Edmond n'a fait qu'écrire, tandis que la mort travaillait son frère. Gratté entre chaque soin, entre chaque râle.

À cette heure, je maudis la littérature. Peut-être, sans moi, se serait-il fait peintre. Doué comme il l'était, il aurait fait son nom sans s'arracher la cervelle... et il vivrait.

Puis, au terme de la seconde nuit sans sommeil :

Il meurt, il vient de mourir. Dieu soit loué !

Deux jours passent encore avant qu'il n'ose formuler ce qui le hante depuis des mois :

M'interrogeant longuement, j'ai la conviction qu'il est mort du travail de la forme, à la

Commentaire 33
Ça tombe bien, le corps s'en fiche un peu d'attendre. Quelle confusion cherche-t-on à créer chez d'éventuels archéologues découvrant après demain un corps décapité et enterré dans le faste ? Que penseron-ils de votre époque ?

Commentaire 34
Conjuguer un verbe ? Ou réunir les phrases ?

Commentaire 35
Décidément. Oui oui, il faut du rythme, mais des sujet-verbe-complément aussi.

Commentaire 36
Conjuguer un verbe ?

Commentaire 37
Nuancer ce dénigrement des arts plastiques

Commentaire 38
Un verbe ?

Commentaire 39
Jolie synthèse de qui prend deux pages de glose à Erckmann-Chatrian à la fin de Gaspard Fix.

Commentaire 40
Puisqu'on veut prendre du recul, indiquer à quel rite le héros fait référence.

Commentaire 41
Que font les peintres de l'époque, sinon travailler la forme, d'ailleurs ?

peine du style. *Je me rappelle maintenant,
après les heures sans repos passées au
remaniement, au retravaillement, à la recorrection d'un morceau, après ces efforts et
ces dépenses de cervelle vers une perfection
faisant rendre à la langue française tout ce
qu'elle pouvait rendre et au-delà, après ces
luttes obstinées, entêtées, où parfois entrait
le dépit, colère de l'impuissance, je me rappelle aujourd'hui l'étrange et infinie prostration avec laquelle il se laissait tomber sur un
divan, et la fumerie à la fois silencieuse et
triste qui suivait.*

Dans les derniers instants de la maladie, le
cervelet de Jules a fini par se liquéfier. Il ne
parlait plus, ne mangeait plus seul. Dans ses
brefs instants de lucidité, il pleurait et suppliait son frère de lui pardonner l'embarras
qu'il lui causait.

Edmond boit, boit encore, repensant à
cette sensation qu'il eue en rêve, la caresse,
sur sa face, d'un parapluie vivant, pourquoi
avoir pris celui de Jules à l'heure de sortir ce
midi ? Il a très peur, soudain, de ne jamais
revoir l'objet. Songe à appeler une voiture,
à se rendre chez Flaubert, se glisser dans
l'appartement et reprendre sans bruit son
bien, comme un voleur. Il frissonne à la
pensée de tomber nez à nez avec l'autre,

Commentaire 42
Faites ce que je
dis, pas ce que je
fais. Y a-t-il des
passages plus
fluides ?

Commentaire 43
À partir d'ici on
est au présent de
l'indicatif, merci,
c'est beaucoup
plus direct et
factuel.

Commentaire 44
Ah, enfin la mem-
brane du début
est compréhen-
sible. D'ailleurs ,
pourquoi ne pas
ré-animaliser
l'objet en rappe-
lant son origine
baleinière ?
Les baleines sont
des mammifères
sensibles, et
on peut citer
leur massacre,
contemporain
des événements
relatés, parmi les
crimes commis
par l'humanité.

d'être surpris par lui dans un éclat de lumière vive.

La nuit est calme sur Paris. On n'entend plus les gardes nationaux crier *Qui vive?* de leurs voix avinées. Edmond s'enfonce sans lutter dans la nostalgie et l'ivresse. Boit désormais à même le goulot de cristal.

Peut-on réellement mourir de trop œuvrer? Et si cela est vrai, que dire de la santé de Flaubert? De la mort de Jules? De sa propre survie?

Edmond se laisse tomber lourdement sur le sofa. Se relisant encore :

Ce qui me fait désespérer, ce n'est ni l'affaissement de l'intelligence ni la perte de mémoire ni tout enfin ; mais j'ai peur et peur seulement de ce quelque chose d'indéfinissable et d'un autre être, qui se glisse en lui.

Et puis :

Retrouver aujourd'hui cette prononciation enfantine, entendre sa voix comme je l'ai entendue dans ce passé effacé, lointain, où les souvenirs ne rencontrent que la mort, cela me fait peur, cela me fait peur.

Oui, il s'en souvient, la mort de Jules avait été véritablement une source de terreur.

Commentaire 45

Commentaire 46
Attention, on verse dans le surnaturel. Ou alors, fournir une explication positiviste. On est juste avant la naissance d'Alfred Jarry qui n'attendra pas la rigidité du grand âge pour comprendre et exprimer mieux la condition humaine.

Commentaire 47
Il se remémore trop et de façon trop anarchique. Le mot peur

Commentaire 48
8 occurrences de ce mot pour assez peu de personnes décédées, Edmond ressasse, le lecteur se lasse.

Commentaire 49
Ça rime avec peur, je suis tenté de le compter avec.

Bien plus que tout ce qui avait suivi, tout ce qui avait préoccupé le monde. Le Siège? Une farce de théâtre; on avait sacrifié aux fêtards la mascotte du Jardin des Plantes et fêté le nouvel an au boudin d'éléphant. La Commune? Une gesticulation de furieux, une souillure brève faite à la ville ancienne, rincée aussitôt par l'armée dans le sang des barbares.

La pièce, surchargée d'objets chinés, paraît affreusement vide. Edmond pleure sans bruit. A-t-il bien pensé à transmettre à Flaubert les amitiés de la Princesse Mathilde? Comment a-t-il pu sortir de la maison avec le parapluie de Jules?

Comment a-t-il pu l'oublier?

Plus tard, regagnant les eaux tièdes d'un sommeil inquiet, Edmond de Goncourt se remémore une scène qui s'est déroulée deux ans plus tôt: rien ne s'était encore passé mais tout était germe.

Commentaire 50
Toujours sans verbe, le lecteur mal informé pensera qu'il s'agit des Uhlans, mais l'idée est intéressante: préférer un parallèle avec l'écrasement de spartacus, et d'ailleurs avec celui des spartakistes.

Commentaire 51
C'est long. Résumer le malentendu et le temps perdu à savoir comment..

Commentaire 52
Certaines expressions sont déroutantes; difficiles à se représenter.

Commentaire 53
Encore « encore », 6 occurrences. Ça plus un imparfait, on est dans le lourd.

Commentaire 54
6 occurrences de passé, peut-on utiliser « produit »? Défi: supprimez les mots souvenir, passé et peur de ce texte!

Les deux frères dînent à Saint-Gratien, chez la Princesse Bonaparte. Il y a le docteur Philips, qui vient d'examiner Jules retour des eaux. Il y a Gautier aussi, et Renan, et Popelin le pique-assiette. On ne sait trop pourquoi, la conversation roule sur les maladies. Le médecin détaille ces affections nerveuses nouvelles que l'on diagnostique aux travailleurs affectés à des tâches répétitives. La tremblote de la machine à coudre. La maladie médullaire du chauffeur. La nécrose de la mâchoire des jeunes filles dans les fabriques d'allumettes.

La Princesse pose soudain ses couverts et s'écrie d'une drôle de voix de nez :

« Taisez-vous, Philips ! Ce sont des pourritures que vous vous plaisez à inventer ! »

Puis, se tournant vers le cercle de ses hôtes figés par la stupeur, le rouge montant à son visage, sa face pleine, grasse, luisante de bonne santé, elle poursuit à l'endroit des gens de lettres :

« Vous n'êtes qu'une bande d'infirmes. Chacun de vous. Des malades. Des fous. »

Edmond surprend Jules, gris de terreur, qui ôte lentement ses mains de la nappe pour les cacher sur ses genoux. Presque aussitôt, le maître d'hôtel apporte

Commentaire 55
On trouvera ici bien plus tard des vestiques néolithiques et pré-celtiques, voilà de quoi replacer le récit dans la longue durée !

Commentaire 56
Suggestion : proposer des parallèles animaux.

Commentaire 57
Encore un cochon, comme Flaubert ? D'accord, mais soyons explicite, et généralisons –on peut le faire car il y a assez de synonymes pour ce merveilleux animal humanisé dans notre langue !

le hors-d'œuvre, la conversation roule, et la soirée s'achève de la plus habituelle, de la plus ennuyeuse des façons.

Commentaire 58
Stopper le récit ici nous laisse sur notre faim concernant le destin de la princesse !

Commentaire 1

Quel mépris, enfin! Sommes-nous à la télévision ou en littérature? Un peu de bon sens que diable!

Oui: nous pouvons être démocrate ET contre l'islam; oui, nous pouvons être capitaliste ET dénonçant les privilèges des femmes; oui, nous pouvons, que dis-je, qu'écris-je, nous DEVONS être humaniste ET renoncer à la politique d'insertion. Soyons réalistes, soyons pragmatiques: être un auteur aujourd'hui, dans ce contexte difficile, où la sociologie pille nos ressources naturelles, où les hommes, fussent-ils femmes, n'ont plus confiance en leurs politiques, ce monde, ce contexte, donc, nous pousse à nous interroger sur la place du mot, du verbe. Assez d'embrasser l'inévitabilité du tout-numérique, du tout-métrique! C'est aux auteurs de montrer la force de l'engagement pour la lecture, la page, l'odeur du moisi, le marque-page! C'est aux auteurs de montrer le chemin des bibliothèques, des librairies! Et pour cela, il faut savoir se battre! Il faut refuser l'assistanat qui aplombe l'économie de notre pays de liberté et de souffrance, notre pays de familles et de sécurité, dans le bien de l'union de l'homme et de la femme, sous le regard bienveillant de la République dénudée. C'est à vous de prendre à bras le corps le cadavre de la culture! Alors, oui, quand je lis de tels sophismes, je m'interroge: est-ce la place de l'écrivain que de poser les questions? Sommes-nous devenus à ce point arrogants que de penser devoir montrer le chemin? Non, nous devons interroger sans demander, laissons l'imagination de nos lecteurs s'épanouir comme des fleurs en février. C'est au prix de notre ego que se réglera la facture de notre vanité.

Supprimé

Le Parapluie de Goncourt

Edmond se réveille en sursaut un peu avant minuit: comme une grande aile molle, dans le cauchemar, une

membrane sombre et humide venait battre sa joue.
Il met un moment avant de se retrouver. Au pied de
l'ottomane, la lampe à pétrole brûle, jetant partout des
ombres, changeant le grenier à bibelots en Orient de
théâtre. L'écrivain s'est assoupi plié en trois, la tête dans
le dernier cahier de son Journal ; il cligne des yeux pour
accommoder, relit les dernières lignes écrites de sa
main avant de sombrer :

*Dîner ce soir avec Flaubert... Il est resté le même, littérateur
avant tout. Ce cataclysme semble avoir passé sur lui, sans
le détacher un rien de la fabrication du bouquin.*

Edmond de Goncourt tousse, il a encore la tête qui
tourne, vraiment trop bu, et tâte machinalement à
droite puis à gauche du sofa les longs poils du tapis.
« Le parapluie, grogne-t-il. J'ai oublié le parapluie de
Jules chez Flaubert. »

Cela faisait des mois qu'on ne s'était pas vu et on
avait bien causé, dans le meublé que l'auteur louait à
la semaine pour ses sauts à Paris. Il y avait eu, depuis
la dernière fois, l'invasion prussienne, Sedan, Metz
et le Siège de Paris. Il y avait eu la Commune puis sa
répression : les bombes, les incendies, les mitraillades.
Des milliers de morts, dix fois plus de capturés,
concentrés à Satory en attendant d'être jugés pour leurs
crimes.
La seule chose dont on n'avait pas manqué c'était de
vin. On avait passé l'hiver au bistrot, l'insurrection
été prétexte à folles agapes. Flaubert avait de belles
réserves de champagne, et il le buvait dru, chamboulé
qu'il était par le spectacle effarant de la capitale en
ruines.
Edmond ne l'avait d'abord accompagné que par
politesse. Puis, la tristesse remontant, avait fini par
prendre son compère de vitesse. Flaubert était plus
rose, gras et vivant que jamais. Un verrat de prix
agricole sous une moustache en balais brosse.

Edmond se lève avec peine, titube jusqu'au secrétaire guillotine où sont conservés les manuscrits de l'œuvre de deux vies. *Le Journal littéraire.* Tenu par son frère Jules jusqu'à l'an dernier, repris par lui depuis sa mort tragique. En feuilletant à rebours, on retrouve l'étrange graphie du malade dans les derniers mois de sa vie, les grandes lettres carrées, étonnamment lisibles.

La note qu'il recherche remonte à deux années. L'été de la mort de Louis Bouilhet, de l'annonce de l'entrée de la maladie de Jules dans sa dernière phase. Ils avaient passé un mois aux eaux pour dissimuler la multiplication des papules. À l'automne c'était le début de la dégénérescence intellectuelle. Le déclin terminal.

Flaubert est venu nous voir, écrivait alors Jules en pattes de mouches, *florissant de force, de santé, plus exubérant que jamais. Il nous parle de la maladie mortelle de Bouilhet avec une insouciance de pléthorique, nous blessant par la manière leste et détachée dont il nous console et nous réconforte. Et en s'en allant, le gros homme s'écrie : « C'est étonnant : moi, il me semble, dans ce moment, que j'hérite de la vigousse de tous mes amis malades ! »*

Au-dessous, l'écrivain de trente-huit ans avait ajouté ces lignes tragiques :

Nous pour qui le travail a été toute notre vie, nous nous sentons physiquement incapables de travailler ; et cela au moment où nous sommes arrivés au plein développement de notre talent et où nous sommes pleins de grandes choses, que nous avons le désespoir de ne pouvoir exécuter.

Edmond attrape la carafe de fine champagne pour, à défaut de verre, s'en servir une rasade dans une porcelaine de Fürstenberg. Le portrait esquissé par Jules d'un Flaubert en vampire psychique l'amuse et l'inquiète en même temps.

Plus tôt dans la soirée, il s'est redemandé d'où l'écrivain tirait son énergie. Comment il parvenait, du fond de sa retraite, à continuer à abattre son travail de bœuf de labour, lui dont la vie se limitait à lire des livres, dîner avec sa vieille mère et, certains soir, sortir faire trois pas dans le jardin pour permettre à son chien de pisser.

Edmond feuillette. Juste avant de partir pour les termes de Royat, Jules a écrit :

Il faut avoir la fièvre pour travailler ; et c'est cela qui nous consume et qui nous tue.

Jules était un authentique génie. Il avait œuvré sans relâche, usé sa cervelle. Un authentique génie mort.

Edmond ferme les yeux, revoit Flaubert croquant les osselets du poulet étique qu'ils ont partagé en buvant. Gustave parlant la bouche pleine, détaillant tome par tome ses cinq journées à la Bibliothèque, les ouvrages anciens dépouillés, le voyage en train depuis Croisset, tout ça pour quelques lignes, un bout de paragraphe ajouté au manuscrit de son *Saint Antoine*, peut-être biffé à la prochaine version.

Pourquoi certains meurent-ils au labeur tandis que les autres prospèrent ?

Edmond croit entendre le canon, il sursaute ; ce n'est qu'une porte qui a claqué à l'étage. La bonne qui va se mettre au lit. Les mois passés l'ont habitué à ces frayeurs irraisonnées. À la folie aux portes de l'hôtel, aux drapeaux rouges, aux placards appelant au meurtre des bourgeois. Le peuple abandonnant sa tâche pour se mêler de politique, les soldats insurgés aux ordres de mercenaires. L'ordre social cul par-dessus tête. De nombreux braves étaient morts. Edmond boit encore.

L'après-midi même, il était aux obsèques d'un lointain familier, le capitaine Phillipe Le Bas de Courmont, décapité par un obus fédéré. Le corps avait dû attendre vingt jours que la ville fut libérée pour être mis en terre. Il bruinait sur les graviers gris du cimetière, sous sa coupole de toile, Edmond songeait à l'an passé. À Jules, aux toutes dernières semaines.

Il a tout consigné dans le Journal. Jour après jour, instant après instant. Edmond n'a fait qu'écrire, tandis que la

mort travaillait son frère. Gratté entre chaque soin,
entre chaque râle.
À cette heure, je maudis la littérature. Peut-être, sans moi,
se serait-il fait peintre. Doué comme il l'était, il aurait fait
son nom sans s'arracher la cervelle... et il vivrait.
Puis, au terme de la seconde nuit sans sommeil :
Il meurt, il vient de mourir. Dieu soit loué !
Deux jours passent encore avant qu'il n'ose formuler ce
qui le hante depuis des mois :
M'interrogeant longuement, j'ai la conviction qu'il est
mort du travail de la forme, à la peine du style. Je me
rappelle maintenant, après les heures sans repos passées
au remaniement, au retravaillement, à la recorrection
d'un morceau, après ces efforts et ces dépenses de cervelle
vers une perfection faisant rendre à la langue française
tout ce qu'elle pouvait rendre et au-delà, après ces luttes
obstinées, entêtées, où parfois entrait le dépit, colère de
l'impuissance, je me rappelle aujourd'hui l'étrange et
infinie prostration avec laquelle il se laissait tomber sur un
divan, et la fumerie à la fois silencieuse et triste qui suivait.
Dans les derniers instants de la maladie, le cervelet de
Jules a fini par se liquéfier. Il ne parlait plus, ne mangeait
plus seul. Dans ses brefs instants de lucidité, il pleurait
et suppliait son frère de lui pardonner l'embarras qu'il lui
causait.
Edmond boit, boit encore, repensant à cette
sensation qu'il eue en rêve, la caresse, sur sa face,
d'un parapluie vivant, pourquoi avoir pris celui
de Jules à l'heure de sortir ce midi ? Il a très peur,
soudain, de ne jamais revoir l'objet. Songe à appeler
une voiture, à se rendre chez Flaubert, se glisser
dans l'appartement et reprendre sans bruit son bien,
comme un voleur. Il frissonne à la pensée de tomber
nez à nez avec l'autre, d'être surpris par lui dans un
éclat de lumière vive.

La nuit est calme sur Paris. On n'entend plus les gardes
nationaux crier *Qui vive ?* de leurs voix avinées. Edmond

s'enfonce sans lutter dans la nostalgie et l'ivresse. Boit désormais à même le goulot de cristal.

Peut-on réellement mourir de trop œuvrer ? Et si cela est vrai, que dire de la santé de Flaubert ? De la mort de Jules ? De sa propre survie ?

Edmond se laisse tomber lourdement sur le sofa. Se relisant encore :

Ce qui me fait désespérer, ce n'est ni l'affaissement de l'intelligence ni la perte de mémoire ni tout enfin ; mais j'ai peur et peur seulement de ce quelque chose d'indéfinissable et d'un autre être, qui se glisse en lui.

Et puis :

Retrouver aujourd'hui cette prononciation enfantine, entendre sa voix comme je l'ai entendue dans ce passé effacé, lointain, où les souvenirs ne rencontrent que la mort, cela me fait peur, cela me fait peur.

Oui, il s'en souvient, la mort de Jules avait été véritablement une source de terreur.

Bien plus que tout ce qui avait suivi, tout ce qui avait préoccupé le monde. Le Siège ? Une farce de théâtre ; on avait sacrifié aux fêtards la mascotte du Jardin des Plantes et fêté le nouvel an au boudin d'éléphant. La Commune ? Une gesticulation de furieux, une souillure brève faite à la ville ancienne, rincée aussitôt par l'armée dans le sang des barbares.

La pièce, surchargée d'objets chinés, paraît affreusement vide. Edmond pleure sans bruit. A-t-il bien pensé à transmettre à Flaubert les amitiés de la Princesse Mathilde ? Comment a-t-il pu sortir de la maison avec le parapluie de Jules ?

Comment a-t-il pu l'oublier ?

Plus tard, regagnant les eaux tièdes d'un sommeil inquiet, Edmond de Goncourt se remémore une scène qui s'est déroulée deux ans plus tôt : rien ne s'était encore passé mais tout était germe.

Les deux frères dînent à Saint-Gratien, chez la Princesse Bonaparte. Il y a le docteur Philips, qui vient d'examiner

Jules retour des eaux. Il y a Gautier aussi, et Renan, et Popelin le pique-assiette. On ne sait trop pourquoi, la conversation roule sur les maladies. Le médecin détaille ces affections nerveuses nouvelles que l'on diagnostique aux travailleurs affectés à des tâches répétitives.

La tremblote de la machine à coudre. La maladie médullaire du chauffeur. La nécrose de la mâchoire des jeunes filles dans les fabriques d'allumettes.

La Princesse pose soudain ses couverts et s'écrie d'une drôle de voix de nez :

« Taisez-vous, Philips ! Ce sont des pourritures que vous vous plaisez à inventer ! »

Puis, se tournant vers le cercle de ses hôtes figés par la stupeur, le rouge montant à son visage, sa face pleine, grasse, luisante de bonne santé, elle poursuit à l'endroit des gens de lettres :

« Vous n'êtes qu'une bande d'infirmes. Chacun de vous. Des malades. Des fous. »

Edmond surprend Jules, gris de terreur, qui ôte lentement ses mains de la nappe pour les cacher sur ses genoux. Presque aussitôt, le maître d'hôtel apporte le hors-d'œuvre, la conversation roule, et la soirée s'achève de la plus habituelle, de la plus ennuyeuse des façons.

SOMMAIRE ET CHRONOLOGIE

NOTE DE PUBLICATION

Le Parapluie de Goncourt (versions 1 à 5) a été envoyé aux 587 récipiendaires des <u>Nouvelles par email</u> le 09/10/2016 à 11:45. Il a été publié fin février 2017 (version remaquettée par Stéphanie Aparicio) dans la présente anthologie La Volte consacrée à l'avenir du travail.

L'intégralité du texte reste disponible en ligne à l'adresse <u>www.leo-henry.com/parapluie.pdf</u>

Merci à tous les relecteurs.

« C'est seulement dans les États libéraux et modernes, ceux qui se sont voués au commerce, à la banque et à l'industrie, au capital et à l'armée, que pouvait s'implanter cette parole de mépris : "L'art est libre", c'est-à-dire complètement inoffensif, ces messieurs et mesdames les artistes peuvent bien écrire ce qu'ils veulent ; nous relions cela en cuir, y jetons un œil ou l'accrochons au mur, nous fumons là-dessous nos cigarettes, les tableaux intéressent aussi éventuellement le commerce de l'art. L'art est lui-même responsable de l'impudence dont il est la victime, car la plupart de ses représentants ne méritent plus depuis longtemps le nom d'artistes. Ces artistes se satisfont du rôle esthético-littéraire qu'ils jouent, mieux, du petit collier et du rôle de dormeurs confiés à nos chers bichons, et leurs produits justifient d'ailleurs amplement cette sorte de traitement. »
Alfred DÖBLIN, « L'art n'est pas libre, il agit », mars 1929

Parfum d'une mouffette
Sabrina Calvo

Meudon, le 7/03/26
Très Cher Ami,
Comment va la vie ? J'ai lu sur votre fil que vous aviez contracté un méchant rhume, j'en suis bien désolé. Ici, c'est plein soleil, la pollution a, paraît-il, un effet bénéfique sur le teint. La femme de mon ami philosophe, qui savoure notre belle lumière sur mon patio, vous passe par ailleurs son bonjour.

Écrivez-vous ? Non ? J'ai une proposition indécente à vous faire. Vous et moi partageons une relation privilégiée, oserai-je dire une amitié ? J'ose ! Vous écrivez pour notre maison depuis maintenant quinze ans, et nous voudrions vous exprimer notre gratitude, et notre admiration pour votre œuvre radicale, personnelle et dénuée de toute prétention artistique. Les écrivains de votre calibre n'existent plus. Le métier a beaucoup changé en une décennie et c'est notre rôle de continuer à mener une véritable politique d'auteur dans un monde où tout le monde est devenu une célébrité. Les traditions ne doivent pas s'éteindre ! À bas la dictature de l'ego !

Je vous écris à main levée sur le clavier pour vous faire part d'un appel à texte pour notre prochaine anthologie d'histoires drôles sur le monde du travail du futur : "2050 : LE TRAVAIL, C'EST POUR DEMAIN". Dans un contexte d'emploi national difficile, et la panique des marchés due aux guerres en Europe, votre voix singulière nous semble aujourd'hui impossible à ignorer. Nous souhaiterions que vous puissiez répondre à l'appel, pour être éventuellement choisi pour notre sélection. C'est une opportunité unique que nous vous proposons. Si vous acceptiez, ce que j'espère, non, ce dont je suis sûr, je demanderai au service administratif de vous envoyer les détails au 1er mai sans faute – vous noterez l'humour, déjà.

Nous espérons que votre enthousiasme et votre passion accueilleront cette demande d'un regard bienveillant.

En l'attente de votre réponse,

Votre Ami et néanmoins éditeur

* * *

Luxembourg, le 21/05/26

LP187999889,

Nous regrettons de ne pas vous avoir fait suivre les détails de l'anthologie d'histoires drôles "LE TRAVAIL EN 2049 : UNE GALAXIE D'INCONTINENTS", un oubli dans les récipiendaires. Sans votre demande expresse, nous n'avons pas cru nécessaire de vous relancer après le 1er mai. Pensez, à l'avenir, à prendre l'initiative : sans le recours de votre éditeur, et néanmoins ami, vous seriez déjà hors-concours.

Voici les contraintes de l'anthologie :

- Minimum 60 000 signes
- À rendre impérativement pour sélection avant le 31 août 2026
- Titrez le fichier ANTHO_TRAVAIL_2049_XXX(icititresanses pacedelanouvelle)-FINAL_POUR_SELECTION

- Téléverser le fichier (non crypté) via le service WeCanCopy (10$ l'upload) avec timbre de réception en date d'avant le 1/05/26
- Écrire un résumé et une lettre d'intention, et joindre un CV à jour, sur deux pages séparées en format lettre US, police sans-Serif taille 11,5, double interlignage. Mentionnez vos travaux passés pour l'éditeur, ainsi qu'une sélection de coupures de presse, les coordonnées de tous vos sites, réseaux sociaux, vos meilleurs likes, retweets, DaKodaK, GreatZ, ainsi que vos données Groovies, Munchies et RepZ (nul besoin de nous donner vos clés, nous avons déjà vos références de validation dans nos fichiers)
- Photocopie de la carte d'identité, de la carte d'électeur, du visa européen et du permis de travail
- Copie du relevé d'impôt de l'année passée
- Attestations AgessaX et CrevaX
  Au travail !
  Le service administratif

* * *

Café Soluble des Éditeurs, le 28/05/26
  Très Cher Auteur,
Je fais (rapidement) suite à votre courrier au service administratif concernant vos questions sur le contrat pour l'anthologie "2048 : AU TRAVAIL LES ASSISTÉS !". La sélection des textes ne s'effectuant qu'à la rentrée, aucun contrat n'est pour l'instant prévu. Au sujet d'une possible rémunération, celle-ci sera négociée à la signature du contrat, sur la base des fonds publics et réseaux levés pour la production du livre.

Je suis très peiné que vous n'ayez pas pris le temps de me consulter avant de leur écrire, d'autant que certaines de vos phrases auraient pu, dans d'autres circonstances, être fort mal interprétées – je vous laisse deviner lesquelles, ce n'est pas à un vieil écrivain que je vais apprendre à faire des grimaces. J'espère que ce manque de confiance dans nos relations privilégiées n'augure pas d'une plus profonde rupture. Comprenez bien que compte tenu de votre attachement à notre maison d'édition, votre texte sera lu et bien lu.

Dans l'attente, donc, de vous lire,
Votre éditeur et néanmoins Ami,

* * *

Tanger, le 06/06/26
Cher Créateur de Contenu,
J'ai appris avec beaucoup de joie votre éventuelle participation à l'anthologie "TRAVAILLER, MANGER EN 2047 : LES AUTEURS SUR LE GRIL". Comme vous le savez peut-être, en ma qualité de vendeur Alpha, j'ai l'honneur de faire partie du comité de sélection du service marketing, et j'apprécie les critiques de votre œuvre, sans en être toutefois familier – peut-être pourriez-vous faire une petite présentation pour notre équipe ? Soyez précis, nous ne voudrions pas confondre vos vers avec ceux d'un autre ! Vendre la littérature, c'est aussi un contrat entre deux visions : l'auteur et le marché, main dans la main. Il faut savoir pour qui vous écrivez !

Je sais que vous ne vivez plus sous le dôme de la capitale, mais notre équipe serait évidemment plus à même de défendre votre travail si vous daigniez nous rencontrer en personne. Puis-je me permettre une suggestion ? Serez-vous des nôtres au grand festival international de la science-fiction de Bougnasse le mois prochain ? La loge locale nous fait l'honneur d'une conférence de l'ami Armin Schouff, je pense que son parti pris pour une application sécuritaire des thèses de la SF francophone sera de votre goût. Si d'aventure vous souhaitiez nous rejoindre, n'hésitez pas à contacter votre éditeur pour les détails.

Pourriez-vous par ailleurs nous transmettre dans les plus brefs délais un synopsis complet de votre nouvelle, ainsi que son avancée à ce jour, sous la forme d'un tableau synoptique ? Vous trouverez une liste des macros utiles au référencement du vocabulaire en pièce jointe.

Dans l'expression de nos vacances les meilleures,

Le service marketing

* * *

St-Germain des Prés, le 12/06/26

Cher Auteur,

C'est avec très grande joie que j'apprends votre intention d'aller signer vos livres au grand festival international de la science-fiction de Bougnasse. C'est une étape importante dans votre carrière, et nous ne voudrions pas nous priver de célébrer votre talent avec vos pairs – ce sera aussi l'occasion de découvrir enfin ce que la politique réserve à notre genre littéraire préféré – tous les débouchés sont bons à explorer !

Comme vous le savez, défendre votre œuvre devant vos clients, et notre service marketing, est un de vos engagements contractuels, mais il est aussi de notre devoir de mettre un visage sur vos précieuses lignes. D'après ce que je lis de vos récentes statistiques, je m'interroge cependant sur vos propos – publics – à l'encontre de notre ministre – ministre présente à Bougnasse pour la keynote sur la place de l'écrivain dans l'identité nationale. Je sais que vous ferez ce qu'il faut pour dégazer la situation.

Mais oserai-je une question : ce festival ne met-il pas en péril votre planning de production pour la nouvelle que vous soumettez à l'appel de l'anthologie "L'EMPLOI EN 2046 : TOUT TRAVAIL MÉRITE-T-IL SALAIRE ?" Selon le tableau synoptique que vous avez transmis au service marketing, il semblerait que vous n'ayez écrit que 4 563 signes de votre nouvelle *Le Parapluie de M. Goncourt*, et il ne reste que deux mois avant la date de rendu pour une éventuelle sélection. Bien sûr, je connais votre professionnalisme et je ne doute pas que vous ayez tout prévu. Mais tout de même…

Notre office de la communication tient à votre disposition un package de festival, n'hésitez pas à les contacter.

  Inquiètement,
  Votre éditeur

* * *

  Bougnasse, le 21/06/26
  Cher partner,
Vous trouverez dans ce mail les détails utiles pour constituer un dossier d'itinérance pour le GRAND Festival de l'imaginaire et de la fantasy science-fictionnelle de BOUGNASSE, où sera délivré, vous le savez sans doute, le prix Ayn Rand, par le grand

Bourouf de la loge des amis de la SF et du Pistou. Dépêchez-vous, nous bouclons le programme après-demain!

Vous trouverez ci-joint:

- Une trousse de liens utiles vers les sites de billeterie (tous modes de paiement acceptés)

- Trois formulaires à remplir en double exemplaire

- Un sticker à imprimer "FESTIVAL INTERNATIONAL DE SCIENCE-FICTIVE DE BOUGNASSE" (papier collant non fourni).

- Des tracts à imprimer concernant l'appel à textes de l'anthologie "LE TRAVAIL, LA SF, LE PISTOU: HORIZON 2045"

- Un coupon de réduction sur la buvette du festival (bon pour une boisson non alcoolisée).

- Un pin's du ministère «la culture créé des emplois».

- Un ouvrage dédicacé de l'ami Armin Schouff, *Science et Fiction: le mariage alchimique d'un monde en perte de repères, d'étiquettes et de catégories.*

Bien bien,

Le service de communication

* * *

Metz, le 22/06/26

Cher contribuable,

Le service AgessaX vous informe par la présente que dorénavant, les cotisations Retraite, Pollution et EuropaX ne seront plus soumises à la discrétion du payeur. Suite à l'assemblée générale des exploitants de contribuable, une motion a été proposée, votée à l'unanimité par les trois représentants.

Veuillez, s'il vous plaît, accuser réception du prélèvement mensuel automatique de 530 euros.

Les cotisations CrevaX restent inchangées et doivent impérativement être effectuées en pseudo-cash dans votre agence la plus proche.

Veuillez être assuré, monsieur, madame, de notre amitié fiscale,

L'agent AgessaX/CrevaX

* * *

Formentera, le 23/06/26

Cher Créateur de contenu,

Nous sommes désolés d'apprendre que vous ne serez pas des nôtres la semaine prochaine au Grand Festival de Littérature internationale et locale de Bougnasse.

Nous regrettons de ne pas pouvoir vous aider à financer votre venue, mais comme votre éditeur vous l'a probablement expliqué, le festival invite cette année 530 pourvoyeurs de contenu venus de toute la zone euro, je suis sûr que vous comprendrez notre difficile logistique. Nous nous engageons déjà à vous fournir tabouret et stylo pour le labeur analogique (selon disponibilité).

Avancez-vous sur votre histoire drôle? Nous avons hâte de nous fendre la poire.

Chaleureusement,

Le service marketing

* * *

Seattle, le 31/08/26

Dear Customer,

Nous avons enregistré plusieurs transactions concernant l'un de vos fichiers nommé ANTHO_TRAVAIL_2050_parapluiedemonsieurgoncourt-FINAL_POUR_SELECTION, qui aurait été envoyé plus de quarante fois en une heure. Une erreur concernant l'utilisation de la typo "_" pourrait être à l'origine du problème. Malheureusement, aucun remboursement ne pourra être effectué sans réclamation en bonne et due forme. Je vous invite à remplir et à imprimer les douze formulaires dans la section "Votre espace" (plug-in neo-Flash 16.5) – avez-vous pensé à créer un compte personnel avant d'utiliser notre service carte bleue?

Nous vous facturerons en sus les frais de dossier.

You're welcome,

WeCanCopy, WeCanDeliver, WeCanRule

* * *

Luxembourg, le 31/08/26

LP187999889,

Êtes-vous sûr d'avoir utilisé la bonne nomenclature pour vos fichiers? Je vous rappelle que le recueil s'intitule "TRAVAIL, SF, PISTOU en 2044 : L'IMPOSSIBLE LECTURE DU VENT CONTRAIRE DE L'EUROPE DES ASSISTÉ(E)S".

Il reste dix minutes avant la deadline. Nous ne pourrons pas nous permettre de largesses, notre caisse fermant automatiquement à minuit.

Avec espoir,

Le service administratif

* * *

Meudon, le 01/09/26
Très cher !

Enfin, votre texte ! Quel ravissement de vous savoir enfin dans la course ! Comme vous le savez, il est essentiel pour nous de pouvoir compter sur un maximum de voix, c'est à ce prix que se fait la qualité d'une ligne éditoriale, fut-elle aussi ténue que la nôtre, en ces temps incertains.

Toujours est-il que nous attendons une première sélection pour mardi prochain, le service marketing m'a d'ores et déjà dit grand bien de votre texte, *Le Parapluie de M. Goncourt*, paraît-il hilarant – ils ont cependant noté qu'il serait de plusieurs signes trop court. Pourriez-vous s'il vous plaît leur envoyer le rab ? Je sais que ce n'est pas très protestant, mais compte tenu de nos relations, je ferai passer cela en valise diplomatique, si vous me permettez ce mot d'humour.

Votre texte entrera rapidement en correction auprès du service idoine. Sachez aussi que nous avons invité un philosophe médiatique à collaborer à cette anthologie – la pratique de la sociologie étant, vous le savez, désormais interdite dans notre grand pays laïque – suivant les directives éditoriales du grand ministère de la Culture, des Sports et des Internets. Je suis certain que vous trouverez ses retours pertinents – c'est un ami, soyez gentil avec lui.

Dans l'attente de rire,
Votre éditeur

* * *

Nouveau Café de Flore, le 03/09/26

C'est entre deux espressos al dente que je vous mijote ce petit mot pour vous dire toute l'admiration que j'ai pour la science-fiction – ou fiction prospective, selon les nouveaux usages en cuisine. J'ai l'immense privilège de participer à la lecture des nouvelles pour l'anthologie de blagues sur le monde du travail à paraître l'année prochaine, et je voulais prendre ce moment pour vous envoyer mes vœux de réussite les plus sincères. Je me délecte déjà de ces petites pépites, noix, et autres trésors au chocolat que l'on trouve parfois dans ces pages pleines d'esprit et que je butine tel un écureuil albinos dans une ruelle de Montréal. Ah, le Québec ! Son jus d'érable comme une poésie native, qui exprime tout le délice d'un peuple qui, lui, sait vivre, ses espressos, l'Italie dans un verre d'eau, tout cela, oui, c'est notre pain quotidien, à nous les pauvres apôtres d'une lecture à l'agonie sur sa croix, dont nous sommes complices, mais la résurrection bientôt, dans la tombe vide ensablée... Ah, mais voilà mon gigot !

En attente de déguster votre manuscrit,

Le philosophe au travail

* * *

Thonon-les-Bains, le 23/09/26

Cher contenu,

Vous avez, paraît-il, été présélectionné pour la sélection finale de l'anthologie "LE TRAVAIL EN 2027 : ET LA SANTÉ ?". Félicitations, en espérant que vous passerez l'épreuve finale ! Ah, écrire à la main, quel métier passionnant !

La critique de votre précédent ouvrage, sorti l'année dernière, sera publiée en 2028, notre fil de news étant considérablement embouteillé par les nombreuses sorties que les stagiaires juniors ne peuvent toutes lire. Je suis certaine que vous comprendrez à quel point votre œuvre importante bénéficie d'un traitement de faveur, eu égard à votre relation avec l'ami-éditeur.

Pour combler tout cela, nous vous proposons une interview. Ci-joint 6 questions, auxquelles vous pourrez répondre par mail – minimum 500 mots par questions.

1. Comme jamais, la Fiction prospective est un outil d'éducation fondamental pour la jeunesse. Pensez-vous que son analyse devrait-être obligatoire dès le CP?

2. La guerre a sacrifié la survie de nombreux métiers artistiques sur l'autel de la rentabilité. Avez-vous conscience de vos privilèges?

3. Robert Heinlein a récemment déclaré: "À travers l'histoire, la pauvreté est la condition naturelle de l'homme. Les avancées qui ont permis à cette norme d'être dépassée – ici et là-bas, aujourd'hui, hier – sont le fruit d'une toute petite minorité, fréquemment moquée, souvent condamnée, et presque toujours dénoncée par les bien-pensants. Chaque fois que cette minorité est empêchée de créer, ou (comme cela arrive parfois) chassée de la société, le peuple retourne à la pauvreté la plus abjecte. On appelle ça 'la malchance'." Un commentaire?

4. Dans votre dernier ouvrage, vous critiquez vertement les politiques éditoriales des maisons de Fantasy, qui privilégient les elfes au profit d'autres races. Y voyez-vous encore une fois la main d'une justice sociale qui ignore les dangers encourus par notre démocratie?

5. Vous êtes, paraît-il, un grand critique des prix littéraires. Vous-même avez été récompensé de nombreuses fois (le prix Liebig 2015 en tête). N'avez-vous pas l'impression de cracher dans la soupe ?

6. Où trouvez-vous vos idées ?

Pourriez-vous s'il vous plaît joindre quatre photos aux normes passeport ?

Dans l'attente de vos réponses,
Une stagiaire senior

* * *

Meudon, le 25/10/25

Ami,

Le philosophe a bien lu et relu votre texte, et je suis au regret de vous faire part d'un certain nombre de points délicats qui pourraient empêcher sa mise en avant dans le processus de sélection de l'anthologie – dois-je penser que nous ne sommes pas politiquement sur la même longueur d'onde ? Je vous enjoins de prendre rapidement connaissance de ses remarques en commentaire de votre texte, qu'il qualifie en privé d'idéologiquement douteux. Tout cela me semble trivial, mais il faut couper le ver dans l'œuf, si vous me passez l'expression.

J'espère que vous serez prêt à faire ce modeste sacrifice pour accéder aux plus hautes marches de notre sélection et faire rayonner la culture française SF au firmament de l'Internationale des travailleurs du mot.

Courage !

L'éditeur

* * *

Montréal, le 27/10/26
Cher ami des mots,
C'est dans un matin d'automne finissant que je vous livre mes
augustes pensées, sirotant les restes d'un déca sans filtre. Je
tenais à vous assurer de mes plus profonds respect et admiration, mais comme je l'ai expliqué à votre ami, et néanmoins
éditeur, je ne pourrai décemment prendre la défense de votre
texte sur les plateaux télé si nous n'accordons pas nos violons
politiques. Seriez-vous un anarchiste? Il est temps de se défaire
des oripeaux de l'idéalisme pour trouver le chemin de la raison
d'État et du marché. Vous ne voudriez pas finir dans la fosse
commune de la poésie, n'est-ce pas? Entre nous, jouons franc-
jeu : hors de question de laisser le podium à des loges moins
gustatives.
À très vite,
Le philosophe écureuil

* * *

Meudon, le 29/10/26
Auteur,
J'ai reçu de la part de notre philosophe un message outré, suite
à vos discussions houleuses, auxquelles, malheureusement, je
ne fus pas convié, ne serait-ce qu'en copie cachée.
Je ne comprends pas votre attitude contre-productive dans
un contexte économique, je le répète, difficile. Le philosophe a
depuis longtemps prouvé son amour pour la littérature, et c'est

avec bienveillance qu'il surveille vos formulations, vos trouvailles, vos touches d'humour. La politique ne devrait pas être un motif de rupture entre intellectuels.

Je vous implore de reconsidérer votre décision de ne pas tenir compte de ses inclinations. Nous serions dans l'obligation de refuser de présélectionner votre texte pour la sélection.

Pensez à la Gloire qui vous attend!

Votre éditeur inquiet...

* * *

Barbès, le 29/10/26

Mon amour,

Tout est fini. Tu n'es plus le héros littéraire de mes quinze ans. Cette dispute était la dernière. Je te connais mieux que tu ne te connais, je connais la raison pour laquelle tu écris. Il faut faire face à tes contradictions. Tout t'aveugle, et si je dois me sacrifier pour te remettre dans le droit chemin, alors soit. Où est passée ton ambition? Tu n'es plus que l'ombre de ce génie que j'ai aimé, tu n'es même plus drôle. Qui rit encore de tes blagues sordides? Nous vivons dans un monde moderne, et tu sembles avoir renoncé à te battre pour rester jeune. C'est ainsi que va le monde : assume tes responsabilités.

J'espère qu'au fond de toi-même, tu trouveras l'énergie pour me pardonner... Et te dépasser.

B.

* * *

Meudon, le 30/10/26
Mon Grand Ami, Cher Maître !
Félicitations ! J'apprends à l'instant votre décision de travailler votre texte avec le philosophe. Bravo, quelle décision admirable ! Quelle lucidité ! On voit en vous le grand professionnel que vous devenez, après des années d'interminables combats, contre le public, contre la maladie, contre le système ! Je vous envie de faire preuve d'une aussi grande maturité. C'est la grandeur d'une œuvre que vous célèbrerez dans ce trésor d'humour et de perspicacité que sera notre grand recueil collectif !

Je transmets de ce pas votre texte au service de correction. Le service marketing – comme c'est la loi – se chargera des retours éditoriaux annexes.

La route est encore longue, mais nous saurons vous la rendre agréable !

À très vite,
Votre éditeur enthousiaste !

* * *

Reykjavik, le 03/11/26
Cher créateur de contenu,
Nous sommes ravis de vous apprendre que vous avez passé la pré-sélection et vous êtes désormais dans le carré final des textes sélectionnés pour l'anthologie "2030, LE TRAVAIL : AMOUR, PATRIE OU PRISON ?".

Avec amour,
Le service marketing (bientôt Market)

* * *

Laval, le 1/01/27
Cher traiteur de texte,
Nous avons commencé à corriger votre texte, *Le Parapluie de M. Goncourt*, et nous rencontrons – déjà – quelques problèmes. Quel logiciel de correction utilisez-vous ? Il y a beaucoup de fautes dans votre texte, et nous ne voudrions pas risquer d'amputer votre style de son rythme très particulier. Cependant, les normes textuelles en vigueur nous obligent à le formater selon la directive européenne Plexus-1000, et la plupart de vos erreurs peuvent être interprétées comme du style. N'ayant pas encore automatisé, comme aux USA, notre fonctionnement informatique, nous nous voyons obligés de facturer 0,01 centime d'euros la faute à votre éditeur – qui impactera vos droits d'auteurs en fonction.

Veuillez trouver ci-joint le document annoté, nous sommes à l'écoute de vos demandes spécifiques pour le protocole Goncourt de la Préservation du Rythme, de la Syntaxe et du Style (PGRSS), dont vous trouverez les spécificités juridiques dans l'annexe verte 26 des annales du ministère des Sciences et des Animaux.

Orthographiquement vôtre,
Le service correction

* * *

Nouvelle Guinée, le 25/01/27
Cher créateur de contenu,

Un mot du philosophe en résidence aujourd'hui nous a confirmé ce que nous craignions : la fin de votre texte n'est pas conforme aux directives expresses de la commission pariétale européenne, néanmoins paritaire. En effet (ou devrions-nous écrire : Anéfé, suivant les nouvelles normes de correspondances de l'académie des Arts et des Cochons), la tonalité, formulée sur l'échelle Audubert, atteindrait le seuil fatidique des 56.X volumitres (norme européene ConfEx et Flatul), et nous ne pouvons prendre le risque de condamner l'édifice en laissant s'infiltrer le doute du cynisme.

Tendrement,

Le service Market

* * *

Luxembourg, le 26/01/27

LP187999889,

Voici, comme promis, les termes du contrat pour la publication de votre nouvelle, *Le Parapluie de M. Goncourt* dans l'anthologie d'histoires drôles : "2028 ET IMMIGRATION : LA FIN DU TRAVAIL BIEN ACHALANDÉ".

- 50 euros, Hors-taxes

- Droits d'exploitation littéraire, multimédia et religieuse pour 223 ans

- Droit de modification pour exploitation sur tout nouveau support

La signature du contrat est évidemment soumise à la condition des modifications exigées par le service marketing.

Dans l'espoir de,

Le service administratif.

* * *

Vesoul, le 27/01/26

Cher créateur de contenu,

Nous avons bien reçu vos suggestions concernant les modifications éditoriales de votre texte, et nous les avons transmises au philosophe – désormais salarié — qui, nous n'en doutons pas, saura réagir avec la mesure qui lui sied.

Concernant le contrat : vous n'ignorez certainement pas les fusions à l'œuvre dans le monde de l'édition en ce moment, et notre belle maison étant en train de se rapprocher du groupe Karouf-FnaK-DelSolol (qui cherche activement à entrer dans la littérature de genre), il faut mesurer vos mots avec la sagesse dont votre métier se targue d'être le fer de lance.

Participer à cette anthologie est un merveilleux tremplin pour vous ! Ne refusez pas cette occasion d'entrer de plain-pied dans le 21e siècle.

Vive le futur,

Le Market (pas encore tout à fait Karouf)

* * *

spèce de gros fils de pute tu crois que tu es tout seul à prendre des décisions ? moi aussi je fais des livres je suis dans le métier du livre je suis LE métier du livre – j'ai un salaire pour le prouver. Je suis le taulier, le juge, le jury, le bourreau. Je suis partout, j'entends tout. Tu me vois pas mais moi je te vois, dans ta misère, devant tes pages vides remplies de sang de vomi de misère, tu crois quoi, que je vais me laisser insulter comme ça parce que t'as pas pu accepter dans ton PUTAIN D'EGO qu'on a raison de tout te faire rebosser, réécrire, mais putain, tu vas en chier jusqu'à pisser du maalox par le cul, tu devrais me sucer les boules pour te permettre d'exister comme ça sans nous tu serais quoi tu vas finir seul seul seul, tu vas crever, et tu me parles de liberté, de contrats, d'engagements, mais tu devrais être content rien que parce que quelqu'un accepte de te publier, crevure, que sans nous, personne te lit, et tu sais quoi? personne te lit c'est grâce à nous que tu survis nous et la politique d'auteur et que la culture survit mais on n'a pas besoin de toi, on est là pour servir la soupe à ton ego, puisque tu crois que tu es si important, que tu as le droit de rester chez toi en calbut alors que nous on est tous les jours au bureau à nous faire chier avec la photocopieuse et les putains de mémos mais t'en as rien à foutre de ce qu'on vit hein? t'es juste moisi dans ton égoïsme et dans ta robe de chambre avec tes putains de pantoufles un écrivain en pantoufles voilà ce que t'es rien qu'un vieux qui va crever comme un rat dans son mouchoir tu devrais t'estimer heureux putain de privilégié tu pourrais t'autoéditer comme les miséreux qui se vendent sur le réseau c'est des putes et des putes y'en a partout ils vendent leur came en croyant que c'est du caviar mais c'est rien que de la merde nous ici on fait un travail on a une dignité et tu viens nous cracher dessus mais tu te prends pour qui ici on fait un vrai boulot et toi tu fais quoi à part te plaindre putain à part nous dire qu'on est des parasites et qu'on connait rien à la littérature et que le monde se finit et merde quoi tu crois que c'est facile de continuer à faire parler de l'imaginaire dans ce monde de merde tu te rends compte un peu de ce qui se passe autour de toi que tout ne tourne pas autour de ton putain de nombril que le monde s'écroule et qu'on s'écroule avec lui comme des torches dans la nuit comme des comètes comme des putains d'astéroïdes on a plus rien ils nous ont tout pris on se bat avec ce qui nous reste on s'accroche à nos modèles on essaye de faire la transition mais personne nous aide, tout le monde veut nous bouffer, il se passe rien, rien, on essaye, on se bat, je suis désolé si ça vous retombe dessus, on sait que vous faites ce qu'il faut, que c'est pas votre faute si personne vous lit mais il faut que vous vous mettiez à notre place et voir la pression, le ministère et tous les autres qui leur pompent le gland, tous ils veulent survivre et nous aussi et on ménage la brebis et le chou-fleur et je sais pas comment on va passer l'année, on n'arrive déjà plus à payer le loyer et Monique, elle a choppé un mélanome au soleil et comment on va payer la sécu, les impôts et l'imprimeur, tu te rends pas compte putain, tu te rends pas compte... c'est la fin de la fin, le début de la fin de la fin

*   *   *

Meudon, le 27/01/27

Très cher,

Pardonnez le philosophe pour le mail injurieux d'hier soir, un moment d'égarement où, semblerait-il, il aurait par mégarde appuyé sur send – le philosophe ayant malencontreusement conservé votre adresse email en copie tampon puis rempli le champ d'une mauvaise information. Vous connaissez comment sont les poètes, impossible de leur faire comprendre le fonctionnement d'une machine ! En aucun cas ces mots ne vous étaient destinés.

J'ai lu et relu votre email de protestation, que j'ai fait suivre au ministère, c'est la procédure. Je sais que pour un auteur, renoncer à l'échelle stylistique est un moment difficile, ces nouvelles normes peuvent paraître injustes, voire iniques, mais croyez-en mon expérience, tout cela est pour le bien de la littérature de genre, qui, vous le savez, pèche souvent par un manque flagrant de style. Nous ne voudrions pas que notre hobby préféré tombe dans le domaine public sans être certain d'accéder à la postérité !

Vous ne semblez pas saisir l'immense opportunité que nous vous offrons. Être un auteur aujourd'hui, c'est faire partie d'une grande famille. Vous êtes comme notre enfant, un peu ingrat, peut-être, mais tellement doué. Je ne vous en veux pas, mais notre contrat est généreux, et vous ne trouverez personne qui saura vous défendre comme nous.

Si vous changez d'avis, le service Karouf aura, je n'en doute pas, très bientôt de bonnes nouvelles à vous annoncer.

      Bien à vous,
      Votre éditeur

* * *

      Seattle, le 22/06/27
      Dear Customer,
Nous sommes au regret de vous annoncer qu'il reste encore 50 dollars à payer sur votre facture du 1/05/26. Si vous ne payez pas dans les 24 heures, nous serons dans l'obligation de joindre votre provider et lui demander de couper vos services de connexion, comme nous le permet l'accord TACTA de novembre 2024.

      Dans l'attente de votre règlement,
      WeRulz

* * *

Bombay, le 31/02/27
LP187999889,
Nous avons l'honneur de vous annoncer que votre texte *Le Parapluie de M. Goncourt* a été retenu pour notre anthologie "2027 : LE TRAVAIL ET TON CUL DE PAUVRE DEVANT LA FnaK" ! Bravo ! Félicitations ! Quel grand moment ce doit être pour vous, derrière votre écran ! Quelle fierté ! Vous avez bien fait d'accepter cette remise à niveau de la syntaxe, votre final n'en est que plus troublant – oserions-nous dire émouvant ? Le philosophe se joint à nous pour vous faire part de sa grande joie d'avoir accepté de réécrire la fin de votre texte pour lui donner une plus grande clarté en ces temps obscurs.

Nous pensons tout de même vous demander un bisou pour la peine,
Le service Market-Karouf-Fnak-Delsolol

* * *

Meudon, le 2/03/27
Très cher,
J'ai bien reçu votre notification de suicide, et je suis au regret de vous confirmer l'annulation de votre participation au sommaire de l'anthologie "2027 : AUJOURD'HUI, LE TRAVAIL". Nous remplacerons votre texte par un poème en prose de l'ami Armin Schouff, *Le Radiateur de Mme Nobel*, que tout le monde ici a trouvé désopilant.

Je suis sincèrement désolé que les choses se soient passées ainsi, mais nous avons une bottom line et nous ne pouvons plus nous permettre que certains titres payent pour tous. Chaque ouvrage, chaque phrase, pondéré par les statistiques de votre profil en ligne, et de votre indice RepX, se doit de pouvoir subvenir à ses propres besoins. C'est ainsi que se fait le devenir d'une culture, dans le particularisme de tous ses acteurs, unis ensemble dans le sacrifice et les cotisations. La politique d'auteur est à ce prix (avant taxes bien sûr).

J'espère que nous aurons un jour l'occasion de retravailler ensemble, malgré ce voile qui désormais nous sépare.

Bon voyage,

Votre ex-éditeur

* * *

Bercy, le 3/03/26

Cher contribuable,

Suite à votre décès brutal, nous sommes au regret de vous annoncer que les 40 euros versés sur votre compte seront retournés à la caisse principale des AgessaX pour combler le manque à gagner de vos dernières cotisations restant à régler. Veuillez s'il vous plaît nous faire passer une attestation pour éviter les frais de surcharge cumulables – la directive 23 du code du droit d'auteur permettant en effet de compenser les pertes pour votre éditeur.

En l'attente de votre courrier, veuillez accepter, monsieur, madame, l'expression de nos condoléances les meilleures.

Clamart, de nos jours

Cher auteur et néanmoins ami,

David, je vous fais part de tout le plaisir que j'ai eu à lire votre nouvelle pour notre recueil À DEMAIN LE TRAVAIL, à paraître en début d'année prochaine. L'enquête auprès des consommateurs s'est révélée satisfaisante (Anne A., Valérie B., Mathias E.), c'est pourquoi elle fera partie de la sélection finale.

Ce qui ne nous empêchera pas de ne pas vous faire de contrat et de vous payer des clopinettes, en échange d'un rêve de reconnaissance aussi éphémère qu'illusoire.

À ce propos, dans votre fiction, votre perception du fonctionnement d'une entreprise d'édition est certes fortement documentée, mais personnellement je suis en désaccord sur un point : le service marketing est bien essentiel au fonctionnement d'une maison d'édition, mais vous avez négligé un aspect important, à savoir le contrôle de gestion, qui est déjà là, omniprésent. À très bientôt pour nos propositions d'améliorations, ajustements, colorations, coupes, de votre texte.

La bise

L'éditeur, et le directeur du centre d'hébergement

POSTFACE

Je suis scénariste et j'ai créé, avec Antarès Bassis, la série d'anticipation *Trepalium*, diffusée par Arte début 2016. Avec cette série, nous voulions questionner la façon dont le travail détermine notre place dans la société et va jusqu'à façonner notre identité. L'histoire se déroule dans une ville divisée en deux : au centre, 20 % d'actifs, et, autour, derrière un mur d'enceinte, 80 % de sans-emploi. Pourtant, de chaque côté du mur, un même désespoir règne : les actifs vivent dans la crainte de perdre leur job, les sans-emploi survivent tant bien que mal... Que l'on en ait ou pas, le travail est synonyme de souffrance. D'ailleurs, le mot travail vient du latin *trepalium*, qui désignait un instrument de torture.

C'est donc avec grand plaisir que j'ai accepté la proposition de rédiger une postface pour ce recueil de nouvelles. L'exercice est nouveau pour moi. Quand les nouvelles arrivent dans ma boîte mail, je les dévore, heureuse de découvrir à l'œuvre un collectif d'auteurs littéraires, moi qui viens de l'écriture audiovisuelle.

Je vais être directe : sur le fond, ce n'est pas joyeux ! Il y a même pas mal de cadavres : sirène empoisonnée, squelettes roussis par les rayons du soleil, auteurs suicidaires... Quant aux vivants, ils ne vivent plus : ils survivent. Comme dans *Trepalium*, l'exercice même du travail entraîne bien des tourments.

Cette souffrance puise ses sources dans notre présent – conditionnement, pressurisation, surplus de travail, perte d'indépendance, d'identité, délation entre collègues... – et s'exacerbe ici dans des visions infernales, dignes du *Soleil Vert* de Richard Fleischer. La souffrance naît aussi de l'absurdité des tâches à effectuer, des systèmes économiques imaginés. Souvent, le travail devient pur non-sens.

Ça m'a remué le cerveau, toutes ces histoires. J'en ai rêvé la nuit dernière. L'action se passait en 2071. Deux hommes dînaient dans le salon du *Parapluie de Goncourt*. J'ai d'abord pris le premier, à la barbe foisonnante, pour un post-hipster, mais pas du tout : c'était Karl Marx ! Il était furieux, Karl : comment en deux siècles, l'humanité pouvait-elle en être encore au même point ? Toujours sous le joug de cette foutue aliénation ! Qu'est-ce qu'on avait foutu ? Le deuxième homme, se revendiquant d'une lointaine parenté avec un dénommé Flaubert, a rétorqué que les formes avaient évolué tout de même, que l'ensemble était autrement plus subtil qu'à l'époque industrielle : passionnant à disséquer pour les producteurs de culture ! Hélas, lui-même ne pouvait s'y atteler, il avait une commande alimentaire à finir pour payer ses CrevaX... Exaspéré, Karl a quitté les lieux. Dehors, il pleuvait des cordes. Karl a sorti son parapluie, mais l'objet, en papier de riz, s'est désagrégé instantanément. La pluie était trop forte.

Tout de même, Karl exagère... C'est vrai que tout a changé !
Avec les nouvelles technologies et l'ubérisation, les possibilités d'emplois sont infinies : nous pouvons contourner un

marché du travail de plus en plus inhumain et utiliser nos compétences comme nous le souhaitons. N'est-ce point fabuleux? Et si, dans notre période devenue potentiellement post-industrielle, nous n'avions même plus à penser en termes d'exploitation, d'aliénation? Qu'est-ce que tu dis de ça Karl?

Sauf qu'il y a Evette, Anton, Sofiane, Adzo : dans *Canal 235* et *Pâles mâles*, ça ubérise à mort et le résultat n'est pas réjouissant. C'est la course à l'emploi, il ne s'agit plus de double ou triple emplois, mais de dix, quinze, vingt...

Le phénomène, déjà à l'œuvre dans notre présent, a été baptisé par certains sociologues « mille-feuille d'emplois » ou « mille-feuille de précarité ».

Toute possibilité d'emploi devra donc être saisie! Anton loue ses fesses et, en parallèle, vend le spectacle de la location de ses fesses. Evette vend tout ce qu'elle peut : objets réels ou virtuels, compétences intellectuelles et physiques.

À l'ère numérique, s'ubériser façon anticipation, c'est faire de soi un objet à rentabiliser : tirer le meilleur profit de soi-même, à chaque seconde. Dès lors, les individus sont en mode survie, ils « gèrent » leurs capacités.

D'un coup, une angoisse m'étreint : suis-je une mauvaise mère si je n'explique pas à mes enfants que, plus tard, ils ne devront pas hésiter à s'employer comme mobilier pour pouvoir bouffer? Ne faudrait-il pas les y exercer dès à présent? Objectif : devenir la meilleure table parmi des milliers d'autres. Ou opter plutôt pour l'apprentissage du portemanteau : ça doit être plus gratifiant que la table... non?

Hélas, ces situations ne relèvent pas d'un pur délire, notre monde en regorge déjà.

Dans son ouvrage *Ce que l'argent ne saurait acheter*, le philosophe politique américain Michaël Sandel alerte sur le fait que la marchandisation des biens et des valeurs progresse sans cesse. Pour lui, nous ne sommes plus dans une économie de marché, mais dans une société de marché. Il cite des exemples stupéfiants, dont nos personnages du futur pourraient bien s'inspirer...

C'est ainsi qu'aux États-Unis, des lobbyistes n'ayant pas le temps de faire la queue devant le Capitole ont eu l'idée de payer des sans-abri pour attendre à leur place (*15 à 20 dollars de l'heure*). Pas de bol pour les clodos : des étudiants ont eu vent de l'aubaine, leur ont piqué l'opportunité ; une agence spécialisée dans ce service a même fini par se créer... Autre exemple, des Néo-Zélandais ont loué une partie de leur corps comme support publicitaire à la compagnie aérienne Air New Zealand. Ainsi, certains ont rasé leur crâne pour s'y faire tatouer : « Besoin de changement ? Partez en Nouvelle-Zélande ! » (*777 dollars la location de crâne.*)

Karl avait raison. Cette bonne vieille aliénation est toujours à l'œuvre, à une nuance près : avec les nouvelles technologies, le potentiel aliénant devient délirant de possibilités.

Pire encore, l'aliénation peut venir à présent de nous-mêmes, comme si nous étions tout à la fois l'employeur et l'employé, l'exploiteur et l'exploité. « Tu seras à la fois le mets et le convive », alerte le vieux Josh dans *La Fabrique des cercueils*. Quand on croit se libérer de nos chaînes, on les forge. La toile numérique comme prison. Et voici que surgit l'image du poulpe Martha dans *Miroirs*, qui recouvre tout.

Dans cette course frénétique à l'emploi, que devient donc le temps non rentabilisé ? Si la survie économique dévore tout, comment ne pas avoir l'impression que tout moment non mis à profit est inutile ? Le danger n'est-il pas de déconsidérer les moments pour « rien », d'amitié, d'amour, de partage ?

Que de solitudes dans ces nouvelles, que de vies en fuite, empêchant toute rencontre, avec soi-même et avec l'autre. Et pourtant, Evette, tu étais aimée... Tu es morte avant de le découvrir, mais l'espoir était là. Dire que ton amoureux a dû se payer le luxe de fondre en larmes. Éprouver son humanité, oui, devient un luxe. Et, dans *Le Profil*, les émotions sont avant tout des instruments de manipulation.

Autre réjouissance : le malaise n'est pas le privilège des précarisés, des « 24 heures » qui vivent au jour le jour. Dans *Nous vivons tous dans un monde meilleur*, les salariés en apparence privilégiés Eva et Jason découvrent la vacuité de leur système économique. L'ingénieur de *Vertigeo* subit la même révélation.

Dans nos sociétés, ces métiers absurdes et vides de sens existent déjà. L'anthropologue américain David Graeber les a baptisés « bull shit jobs ». Ce que l'on peut traduire par emplois foireux, emplois de merde, jobs d'enfer[1]...

---

1   Sur le même sujet, voir Julien Brygo et Olivier Cyran, *Boulots de merde ! Du cireur au trader, enquête sur l'utilité et la nuisance sociales des métiers*, Paris, La Découverte, 2016.

Il s'agit d'employés bien rémunérés, au cœur des plus grandes entreprises capitalistes, qui occupent des postes à l'intitulé si obscur qu'ils ne savent pas eux-mêmes ce dont il s'agit exactement! Ils sont assistants, analystes, homologateurs, consultants, contrôleurs qualité, évaluateurs, manager du management... L'avalanche de normes, de procédures, de « reporting » propres à notre économie globalisée constitue un formidable vivier pour ces métiers.

L'absurdité va plus loin : ces salariés passeraient la moitié de leur temps de travail à n'avoir rien à faire. À l'opposé du « burn-out », voici le « bore-out », l'ennui à mourir !

En soirée, ces femmes et hommes seraient reconnaissables au malaise qui les envahit lorsque survient l'inévitable question : « Et toi, tu fais quoi dans la vie ? » Ils pourraient mettre en avant leurs revenus, mais cela ne leur suffit pas : ils se sentent inutiles à la société et en viennent à se mésestimer. Et c'est ainsi que, dans *Serf-Made-Man*, Nolan se réveille un matin triste comme un pare-chocs et réalise qu'il n'aime pas ce qu'il fait. Réfléchir au renouvellement marketing du caddie de supermarché ne serait pas une activité valorisante ? Tiens donc...

Ces situations entraînent de réelles nuisances morales et spirituelles. David Graeber parle d'une « cicatrice qui balafre notre âme collective ». Il pousse l'analyse et dresse un triste constat : ceux qui souffrent d'avoir des « bull shit jobs » dirigent leur rage et leur ressentiment vers ceux qui ont un travail réel et utile, un travail qui a du sens. Ainsi sont dénigrés les métiers les plus nécessaires : enseignants, infirmières, etc.

Le personnage auteur du *Parfum d'une mouffette* en fait les frais. Les injonctions qu'il reçoit sont toujours plus insensées et dégradantes. Ne voulant se plier aux nouvelles règles du jeu, il hérite alors d'un processus dévastateur : la culpabilisation insidieuse. Ce ne sont pas les demandes qui sont inacceptables, mais l'attitude de l'auteur, qui ne fait aucun effort, qui n'a pas conscience de la chance inouïe qu'il a d'être ainsi sollicité ! Être sacré roi de la blague, ce n'est pas rien ! Tant pis pour lui s'il n'a pas l'intelligence de prendre l'initiative et de comprendre que le marché est impitoyable. Ultime preuve de sa faiblesse : il choisira l'option suicide. Mais avant cela, il aura poussé à bout le soi-disant philosophe, devenu hystérique face à autant d'intolérable audace : comment l'auteur ose-t-il rêver, prétendre par son travail à la liberté d'expression et de création alors que la plupart de ses interlocuteurs professionnels n'en ont jamais éprouvé le moindre frisson ?

L'entreprise de culpabilisation, évidemment, s'attaque à tous les exclus du marché du travail, à tous ceux qui ne savent pas se rentabiliser et se recycler. Affreux sans-emploi qui ne comprend pas qu'il faut être présentable, que tout poil doit être rasé, toute dent redressée et tout CV optimisé ! À quelle époque vis-tu donc ? La société se démène pour toi et tu n'es même pas capable de suivre les injonctions de contrôle du système ?! Ta notation est catastrophique, tu as tout d'un *kadé* !

Hélas, *Alive* et *Serf-Made-Man* le racontent bien : de plus en plus, le capital médiatique et social mange tout. *COEV* pousse l'idée plus loin : l'être humain devenu technologique se doit d'évaluer – de coter ! – son prochain à chaque instant du quotidien, par une simple poignée de main, un regard ou une accolade. Dès lors, deux options s'offrent aux individus : s'offrir à la société comme un être performant, rentable, normé... ou s'exclure.

Karl a raison : qu'est-ce qu'on a foutu depuis tout ce temps ?

La technologie devait nous libérer du travail et, pourtant, l'économie contemporaine pousse les uns vers le « burn-out », les autres vers le « bore-out »... avant un définitif « out » collectif ?

Mais, tout de même, si le manque de sens et de motivation au travail rend malade, c'est donc que nous voulons vivre, et non survivre ! Nous ne sommes pas des robots !

Pas encore... Reste à voir où nous dirigent nos consciences. Car si Eva et Jason osent tout quitter pour investir la Zone d'or et sa possibilité de reconstruction, Alyn, dans *La Fabrique des cercueils*, ne cesse d'éprouver son sentiment de rébellion sans être capable d'en faire une force concrète. La jeune femme semble effacée peu à peu par le monde mécanique.

Soudain, entre l'humain et le robot, les frontières sont poreuses... Qui d'Alyn et Martha dans *Miroirs* aura le dessus ? Qui engloutira l'autre ? « *Mensch, pourquoi m'as-tu déconnectée ?* » dit Martha à l'homme, et l'homme semble pouvoir dire aussi : « *Machine, pourquoi m'as-tu connecté ?* ».

Oui, les robots approchent. Ils sont même déjà là. Cette quatrième révolution industrielle, officiellement baptisée « L'Industrie 4.0 », a démarré, silencieuse et invisible. À travers le monde, des sites de productions se réorganisent et deviennent des « usines intelligentes ». Elles permettront la suppression des tâches pénibles et répétitives. Des milliards d'emplois vont disparaître.

Cette nuit, Karl revient me voir. Il trône, seul au milieu d'une pièce vide, assis devant... un tour de potier. Oui, Karl manie l'argile ! J'ai un flash : Patrick Swayze dans *Ghost*. Pourtant, ici, aucun érotisme ne se dégage de la situation, Karl n'est pas torse nu et, surtout, il a teint sa barbe en noir avec, en son milieu, une grande bande blanche. Tout à fait rédhibitoire. Je tente de lui dire : « Karl, ce n'est pas très heureux tout de même... ça te fait... une tête de mouffette ! » Il ne m'entend pas, il pétrit frénétiquement : sous ses doigts, l'argile prend des formes diverses qu'il détruit aussitôt, toujours insatisfait. Soudain, Karl relève la tête et lance avec autorité : « Reviens à la base ! »

Tout d'abord, lever la confusion entre travail et emploi : en finir avec l'emploi, cette face noire du travail, avec son marché à broyer l'individu !

Dans *Les Irremplaçables*, la philosophe psychanalyste Cynthia Fleury explique comment les impératifs de performance et de rentabilité nous donnent le sentiment que nous sommes remplaçables, mis à disposition, soumis à l'obligation de flexibilité, comme l'est une marchandise ou un robot. Ce phénomène de déshumanisation détruit les individus qui, dès lors, n'ont plus la capacité, ni la volonté, ni même le désir, de la fraternité et de la solidarité. Il survit. Or, le travail doit faire lien avec l'émancipation et non pas avec la survie. Le travail doit cesser d'être de l'emploi et retrouver sa noblesse, sa dignité. Il doit être porteur de sens, de lien social : une assise pour être au monde.

C'est ce que nous raconte Karl dans *Le Capital*. Il y définit le travail comme un acte se passant entre l'homme et la nature dans lequel l'homme joue lui-même le rôle d'une puissance naturelle. Il met en mouvement les forces dont son corps est doué – bras et jambes, tête et mains –, afin d'assimiler des matières en leur donnant une forme utile à sa vie ; en même temps qu'il agit par ce mouvement sur la nature extérieure et la modifie, il modifie sa propre nature et développe les facultés qui y sommeillaient.

Mais bien sûr, l'argile, la poterie, le geste du tour !

Originellement, l'« artisan » est celui qui met son art au service d'autrui, dans un geste généreux, de partage. Et l'on se réjouit de la révolte du cuisinier Gaby dans *Serf-Made-Man*, qui refuse de « transmettre » son savoir-faire à un robot !

Comme Cynthia Fleury, l'économiste et sociologue américaine Juliet B. Schor dénonce les dangers de ce système économique en perte de sens. Elle pointe du doigt la course folle liant travail et consommation, et son impact écologique catastrophique. Car, cette fois, il n'y a plus de doute, le Groupe intergouvernemental d'experts sur l'évolution du climat l'affirme : les changements climatiques sont d'origine humaine à 95 %.

Là encore, rien de bien nouveau : dès 1821, le philosophe français Charles Fourier, précurseur du socialisme, alertait sur la dégradation matérielle de la planète, accusant le capitalisme industriel naissant.

Ainsi, aujourd'hui, plus que jamais, avec la question du travail, l'histoire humaine a rendez-vous avec l'histoire de la Terre. Alors, que faire ? Par où commencer ?

Selon Juliet Schor, il faut avant tout en finir avec la religion de la consommation, cette absurde accumulation de biens qui ne procure qu'un bien-être artificiel et éphémère. Il faut donc produire moins, et de façon durable. Produire moins et partager le travail, cela veut dire – d'autant plus avec l'industrie 4.0. – travailler moins. Nous y voilà... la réduction du temps de travail !

En 1883, Paul Lafargue (le gendre de Karl !) publiait *Le Droit à la paresse*. Il y préconisait un temps de travail quotidien de 3 heures. Pas mal, non ?

Donc : on bosserait moins et mieux, on ralentirait, on se « cultiverait » ; comme on aurait moins de revenus puisqu'on travaillerait moins, on dépenserait moins, en faisant plus de choses soi-même (nourriture, bricolage, etc.)...

Les pistes proposées par Juliet Schor peuvent paraître naïves et utopiques, mais elles proposent bel et bien un nouveau mode de vie, une économie du temps retrouvé, privilégiant l'épanouissement et la cohésion sociale.

Les nouvelles de ce recueil sont autant d'alertes précieuses, originales, surprenantes, mais toujours fondamentales. Gardons-les en mémoire et gardons espoir aussi : notre monde bouge, il se passe des choses positives.

Il y a l'utopie du revenu universel, de plus en plus débattu : nous viendrions au monde en recevant d'emblée un revenu, garanti jusqu'à la fin de nos jours, nous assurant la dignité. Idée merveilleuse, qu'il ne faudra pas transformer en oisiveté forcée... Il y a des diplômés de hautes écoles qui quittent les start-ups pour se lancer dans l'artisanat, sacrifiant au passage des salaires confortables pour donner un sens à leur travail. Il y a des « entreprises humanistes » qui se créent un peu partout, privilégiant le bonheur, la bienveillance, la solidarité et le respect de l'environnement à la violence de la compétition économique.

À n'en pas douter, l'esprit « œuvrier » de *Serf-Made-Man* est déjà en route...

« Personne ne propose de dormir dans les cercueils. » C'est une bonne nouvelle.

Sophie Hiet

Autres ouvrages parus aux éditions La Volte

Collectif **Aux limites du son** (2006)
Nouvelles autour des vertus de l'inaudible
avec la bande originale du livre

Collectif **Ceux qui nous veulent du bien** (2010)
17 mauvaises nouvelles d'un futur bien géré

Collectif **Le Jardin schizologique** (2010)
Vous sur une rive, nous sur l'autre,
nous resterons des étrangers

Collectif **Faites demi-tour dès que possible** (2014)
Les territoires français de l'imaginaire en 14 nouvelles

Yvan **Âme sœur** (2005)
Améry Premier roman d'Ivan Jablonka
avec la bande originale du livre par Toog

Jacques **L'Homme qui parlait aux araignées** (2008)
Barbéri Intégrale raisonnée des nouvelles (1)
Le Landau du rat (2011)
Intégrale raisonnée des nouvelles (2)
Le cycle **Narcose**, trois romans déjantés de la Cité-sphère
Narcose (2008)
avec la bande originale du livre, direction J. Barbéri et L. Pernice
La Mémoire du crime (2009)
Le Tueur venu du Centaure (2010)
Le diptyque des Portes, l'éternel combat des Araignées et
des Mouches
Le Crépuscule des chimères (2013)
Cosmos Factory (2013)
Mondocane (2016)
Roman post-apocalyptique
avec la bande originale du livre de Palo Alto et Klimperei

Alain Damasio

La Horde du Contrevent (2004)
Grand Prix de l'Imaginaire 2006
avec la bande originale du livre par Arno Alyvan

La Zone du Dehors (2007)
Prix européen Utopiales 2007

Aucun souvenir assez solide (2012)
La vision politique de *La Zone* et le souffle poétique
de *La Horde* (nouvelles)

Le Dehors de toute chose (2016)
Monologue extrait de *La Zone du Dehors*

Valerio Evangelisti

Le cycle romanesque de Nicolas Eymerich, l'inquisiteur
pourfendant sans relâche hérésies et phénomènes
étranges

Nicolas Eymerich, inquisiteur (2011)
Le Mystère de l'inquisiteur Eymerich (2012)
Le Corps et le Sang d'Eymerich (2012)
Cherudek (2013)
Picatrix (2014)
Mater Terribilis (2013)
Les Chaînes d'Eymerich (2011)
La Lumière d'Orion (2014)
Le Château d'Eymerich (2012)
L'Évangile selon Eymerich (2015)

Angélica Gorodischer

Kalpa Impérial (2017)
L'empire le plus vaste qui ait jamais existé

Léo Henry

Rouge gueule de bois (2011)
Derniers jours de Fredric Brown

Le Diable est au piano (2013)
Nouvelles réunies par Richard Comballot

Emmanuel Jouanne

Nuage (2016)
«Petite planète sans intérêt, s'y attarder serait ridicule.»

Emmanuel Jouanne et Jacques Barbéri	**Mémoires de Sable** (2015) Le stathouder Arec a-t-il effacé Anjelina Séléné?
Doris Lessing	Le cycle **Canopus dans Argo : Archives** **Shikasta**, Planète colonisée n° 5 (2016) **Les Mariages entre les Zones Trois, Quatre et Cinq** (2017)
Momus	**Le Livre des blagues** (2009) Roman freaks
Jeff Noon	**Pollen** (2006) Le Vurt nous envahit **Vurt** (2006) Traduction de l'anglais d'un roman culte **NymphoIRmation** (2008) Dom dom domino! **Pixel Juice** (2008) Nouvelles imbriquées, tout un art! **Descendre en marche** (2012) Road novel à travers l'Angleterre malade **Intrabasses** (2014) Si la musique était une drogue, jusqu'où vous emporterait-elle? **Alice Automatique** (2017) Une suite d'*Alice au pays des merveilles*
Laurent Rivelaygue	**Poisson-chien** (2007) *Couché dans ton bocal, Albert Fish!*